スコットランド文学

その流れと本質

木村 正俊 編

開文社出版

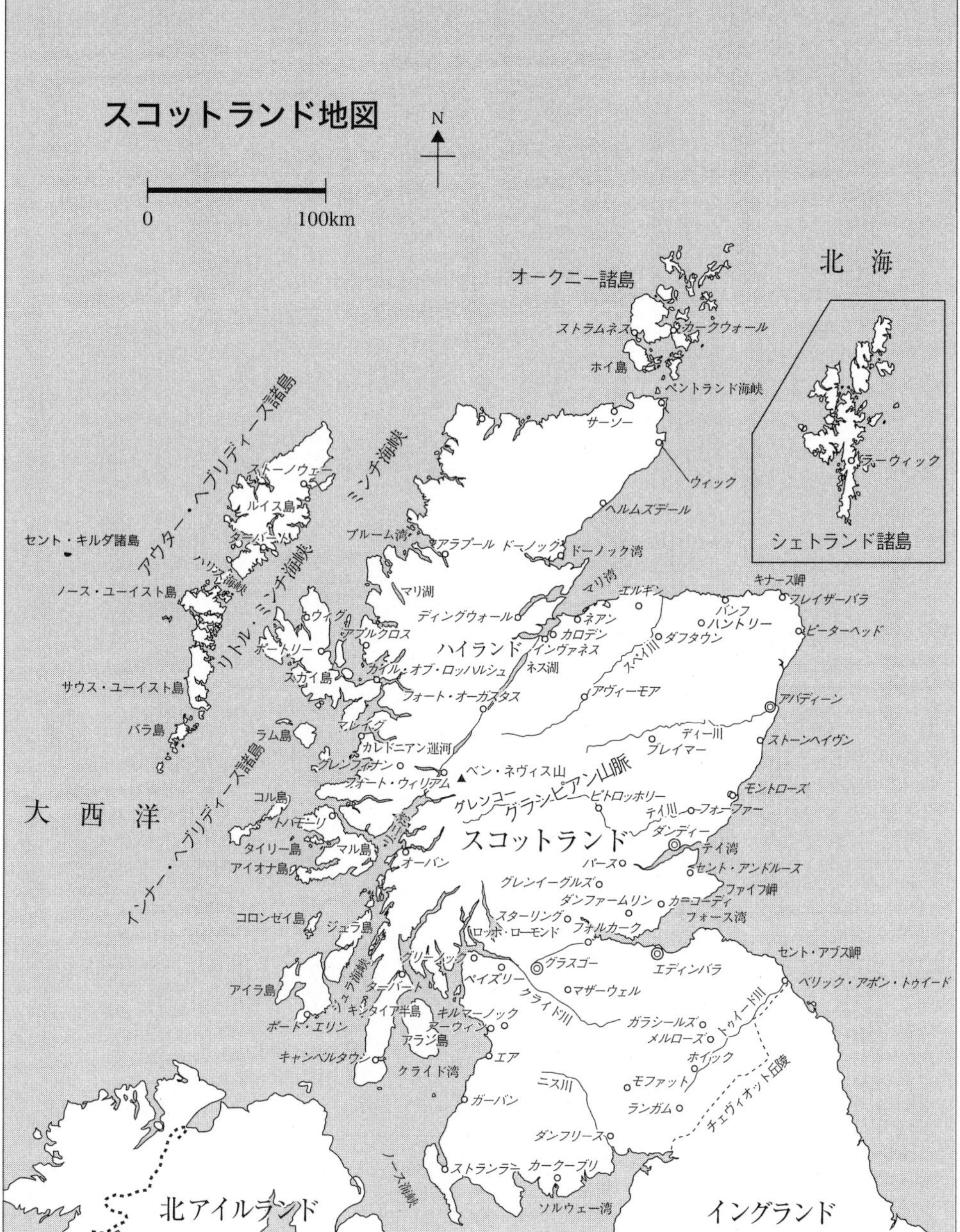
スコットランド地図
N
0
100km
北　海
オークニー諸島
ストラムネス
カークウォール
ホイ島
ペントランド海峡
サーソー
ウィック
ヘルムスデール
シェトランド諸島
ラーウィック
アウター・ヘブリディーズ諸島
ミンチ海峡
ストーノウェー
ルイス島
ターバート
ハリス海峡
リトル・ミンチ海峡
セント・キルダ諸島
ノース・ユーイスト島
サウス・ユーイスト島
バラ島
ブルーム湾
ウラプール
ドーノッグ
ドーノック湾
マリ湾
マリ湖
ディングウォール
エルギン
ネアン
カロデン
インヴァネス
ハイランド
ネス湖
キナース岬
フレイザーバラ
バンフ
ハントリー
ピーターヘッド
ダフタウン
スペイ川
アヴィーモア
アバディーン
ウィグ
アプルクロス
ポートリー
スカイ島
カイル・オブ・ロッハルシュ
フォート・オーガスタス
マレイグ
ラム島
カレドニアン運河
グレンフィナン
ベン・ネヴィス山
フォート・ウィリアム
グレンコー
グランピアン山脈
ディー川
ブレイマー
ストーンヘイヴン
モントローズ
ピトロッホリー
テイ川
フォーファー
ダンディー
テイ湾
インナー・ヘブリディーズ諸島
大　西　洋
コル島
トバモーリ
タイリー島
マル島
アイオナ島
ローン湾
オーバン
スコットランド
パース
セント・アンドルース
ファイフ岬
グレンイーグルズ
ダンファームリン
カーコーディ
スターリング
フォース湾
コロンゼイ島
ジュラ島
ロッホ・ローモンド
フォルカーク
セント・アブス岬
グリーノック
グラスゴー
エディンバラ
ジュラ海峡
ターバート
ペイズリー
ベリック・アポン・トゥイード
アイラ島
マザーウェル
クライド川
キンタイア半島
キルマーノック
ガラシールズ
トゥイード川
ポート・エリン
アーウィン
メルローズ
アラン島
ホイック
キャンベルタウン
エア
クライド湾
ニス川
モファット
チェヴィオット丘陵
ガーバン
ランガム
ダンフリース
ノース海峡
ストランラー
カークーブリ
ソルウェー湾
北アイルランド
イングランド

凡　例

一、本文中で文学者名や作品名には適宜原語を併記したが、執筆者によって記載するかしないかの原則が異なることがある。生没年の記載についても同様である。

一、本文中で注をつけた箇所は（　）つき数字で示し、その内容説明は章末にまとめた。

一、書名の邦訳題は『　』に入れて示した。論文、小説（短編）、詩編、歌謡などは、原題の場合は“ ”でくくり、邦訳題「　」に入れて示した。

一、語句の説明に際しては〔　〕を用いたほか、強調の場合には〈　〉なども用いた。

一、本文中で、引用したテキストあるいは参考にした文献を挙げる場合は（　）で示し、書名（略記）と当該箇所の頁数のみを記した。

一、St. Dr. Mr. Mrs. などの略語のピリオドは原文に付してある場合以外は省略した。

一、人名で、生年、没年が確定していない場合は c.（およそ）をつけた。

一、使用テキストや版が異なることによって表現・表記に不一致が生じた場合は、各執筆者の記述を尊重し、そのままにした。

一、人名、地名、書名など邦訳語の不一致、一般用語の表記不一致がある場合は、執筆者の記述を尊重し、そのままにした場合がある。

◇目 次◇

序章　スコットランド文学の展開

多文化の生んだ想像力の遺産
――中世から現代までをたどる――

木村正俊

複合文化の緊張と創造する力

スコットランドの文学はスコットランドの文化に大きな影響を及ぼし、スコットランドのアイデンティティの確立と保持に貢献した。本書は、独自の言語や技法を用いて「マカール」（詩人）たちが活躍した中世から最先端の文学を生み出している現代にいたるまで、スコットランド文学の遠大な流れのなかで、きわめて顕著な功績を残した文学者たちや独特なテーマを考察しながら、スコットランド文学の本質を明らかにしようとする。(1)

ブリテン島北部の、いわゆる「辺境」に位置するスコットランドの風土は、寒冷と不毛から逃れがたい宿命を負わされていた。その厳しい自然環境は、荒々しいまでの特異な美しさをたたえ、そこに住む人々の心性をさまざまな形で鍛え、同時に癒してきたことも事実である。複雑な海岸線と険しい山岳地帯のために、スコットランドは容易に近寄ることのできない国と想像されるが、現実の歴史を見れば、過疎の地が狙われたかのように、さまざまな民族がこの地をうかがい、侵入した。その点では、隣接するアイルランド島と類似した状況であったといえるかもしれない。

アイルランドから渡ってきたケルト民族であるスコット人が、先住のケルト民族とされるピクト人を支配して同化を果たし、スコットランドは、ケルト文化を(地域によっては)色濃く残すことになった。スコットランド全体が統一されて独立王国となり、誇り高い民族精神のもと独自の文化を創生したが、北欧のゲルマン人の来襲や移住、南部のイングランドとの激しい対立・闘争や議会の合同を経て、スコットランドは多種多様な文化が共存する、複合的な文化圏に変容した。政治や宗教、言語などさまざまな領域で異質な要素が触れあい、融合と拮抗の現象が顕著になった。ある意味で、スコットランドは緊張感の高い国となり、それがスコットランドの「創る力」の根源となっているように思われる。

文学の伝達媒体である言語についてみれば、ことに異種の言語が使用される状況が重要である。スコットランドでは、中世以降に限っていえば、ハイランド地方・西部島嶼地方で使用されるゲール語と、ローランド地方で用いられるスコッツ語の二つが主な言語であった。しかし、イングランドとの関係が深まり、一七〇七年の議会合同の後はことさら目だって、イングランド語である英語が勢力を増し、急速に支配的な「共通語」としての強大な役割を果たすようになった。スコットランドの居住者は、英語の必要性が増大したことで、自らの伝統的な言語を捨てるか、あるいは二枚舌の言語話者に転じなければならなくなった。ここに、新たな英語中心の文化が確立され、それがますます勢いづいて進展し続けることになる。

結局、歴史の古いゲール文化の伝統を担ったゲール語文学、力強いスコッツ語を駆使したスコッツ語文学、そして広範な使用地域をもつ英語による英語文学が三つ巴をなして、スコットランド文学は三極構造となった。したがって、スコットランド文学といっても、単一の言語によって書かれた作品の総称ではない。現在のスコットランドにおける文学は、それぞれの言語を駆使した作品がそれぞれに固有の感性と言語美を特徴としながら、競合するかのように成果をあげているということができる。多様な言語の共存する社会の緊張関係が生む発信力は高まっている。

本書では、スコッツ語文学と英語文学に領域を限って、本書で章を割り当てて扱った文学者を主として取り上げ、時代の流れを追いながら考察していくことにする。残念なことに、ゲール文学の重要性を認識しているものの、いくつかの理由から、今回は章を割り当てて記述できないことをお断りしなければならない。

源流としての中世

中世スコットランドの文学は、スコットランドの地域言語であるスコッツ語（Scots）で書いた詩人たちが黄金時代を築いたことに象徴されるように、当時のイングランド文学に匹敵する、あるいはそれに勝る高みに達した。スコッツ語詩は一時期すたれたものの、一八世紀に復興の動きが出てバーンズらを生み、二〇世紀にはふたたびマクダーミッドらによって再生運動が起こり、現代も多くの詩人たちがスコッツ語で作品を発表している。その意味で、中世のスコッツ語文学が、バラッドとともに、スコットランド文学の豊饒な想像力の源流となっていることは疑いない。

一三世紀終わりから一四世紀前半にかけて、スコットランドはイングランドの侵入に抵抗して戦った。二人の英傑、ウィリアム・ウォレスとロバート・ブルースが戦勝をもたらし、以後二人は国民的な偶像として文学においてもたたえられることになる。ジョン・バーバー（John Barbour, c.1320–95）は一三七五年頃に長詩『ブルース』（*The Bruce*）をスコッツ語で書き、これがスコッツ語による文学の先鞭となった。『ブルース』は愛国心にあふれた叙事詩で、ブルース王を主人公に、スコットランド独立戦争をうたっており、スコットランドの『ローランの歌』としての位置を占めるに値する。バーバーのテーマは「自由」であり、「子どもと妻のために、祖国の自由のために」戦うことの重要さを訴える。彼はロマンスの技法を用い、歴史と芸術の両方の要求を満たそうとした。独立戦争のもう一人の英雄ウォレスをたたえる長詩「ウォレス」('Wallace')は「ブラインド・ハリー」(Blind Harry, c.1440–c.1492)によって一四七七年頃に書かれたが、ハリーは修辞法に通じており、バーバーの技法も受け継いでいる。

中世最大の詩人であったチョーサーの没後、一五世紀からルネサンスに至る期間は、英語による文学は不毛の時期であったが、スコットランドではチョーサーを師としながらもスコッツ語で書くすぐれた詩人が多数輩出した。一五世紀はスコットランド文学が最も隆盛した時代で、最初の「スコティッシュ・ルネサンス」とよばれている。チョーサーの詩風を伝えたスコットランドで第一の詩人は、帝王詩人ジェイムズ一世(James I, 1394–1437)であった。ジェイムズ一世の自叙的な恋愛詩『王の書』(*The Kingis Quair*, c.1424)には、フランス風の宮廷ロマンスの影響が見られる。といっても、この詩はけっして模倣的な作品ではなく、独特の繊細さと創意に満ちている。スコットランドにおける文学的開花のすぐれ

スコットランド王ジェイムズ１世

た先導者となったのは、ジェイムズ一世にほかならない。

チョーサーの影響を受けながら、スコットランド文学に新しい芸術的な特質をもたらしたのは、ロバート・ヘンリソン（Robert Henryson, c.1420–c.1490）であった。彼はジェイムズ一世によって確立された上品な表現様式の基盤を拡大し、独創性のある詩の世界を構築した。ヘンリソンがチョーサーから最も大きな影響を受けたのは明らかではあるが、彼は当時の他のスコットランド詩人が誰一人できなかったような仕方でチョーサーから学んでいる。(2) 修辞の方法とスタンザの形式、個性の反映などの見事さは類をみない。ヘンリソンの知的な関心は広く、彼の代表作『寓話』の題材は一二世紀のラテン語の寓話集などから得ている。『オルフェウス』もボエティウスの『慰め』のなかの一編の詩に基づいている。彼の表現能力は一五世紀でみれば並外れて高く、あたかも劇作家であるかのように巧みな話術を駆使して、人間や動物の葛藤する内面を描き出すことができた。とはいえ、彼の作品はまだ中世色が濃く、ルネサンス文学の燭光を感じさせる段階へは至っていない。

やはりチョーサーから多くを学び、中世を代表する最もすぐれたスコットランド詩人となったのは、ジェイムズ四世時代の宮廷詩人ウィリアム・ダンバー（William Dunbar, c.1460–c.1520）である。ヘンリソンとダンバーはスコットランドの隣接する地域で、ほぼ同時期に、同じ文学伝統のなかで活躍したが、二人は驚くほど好対照をなしている。(3) ヘンリソンは英語の詩を批判的な目をもって読み、独自性を発揮したが、根底ではチョーサー文学と連結していた。しかし一方のダンバーは、チョーサーの卓越性を意識しながらも、類比するもののない特異な詩的世界を現出させた。ヘンリソンの関心はヨーロッパの知識人に向けられたが、ダンバーの最上の詩は彼の住むスコットランドの環境の反映であった。彼の詩のテーマは、宮廷の生活、首都エディンバラの街路、職人たち、宗教心、風景、庭園、個人的な苦しみなど広範囲に及ぶ。詩は概して短いが、詩想は斬新で、怒りのこもった皮肉は突き刺すような鋭さをもっている。エディンバラについての風刺詩では、通りのひどい喧騒や悪臭、た

Braun and Hogenberg's Map of Edinburgh, 1582, a city scarcely changed since Dunbar wrote 'May nane pass through your principal gates for stink of haddocks and of skates.'

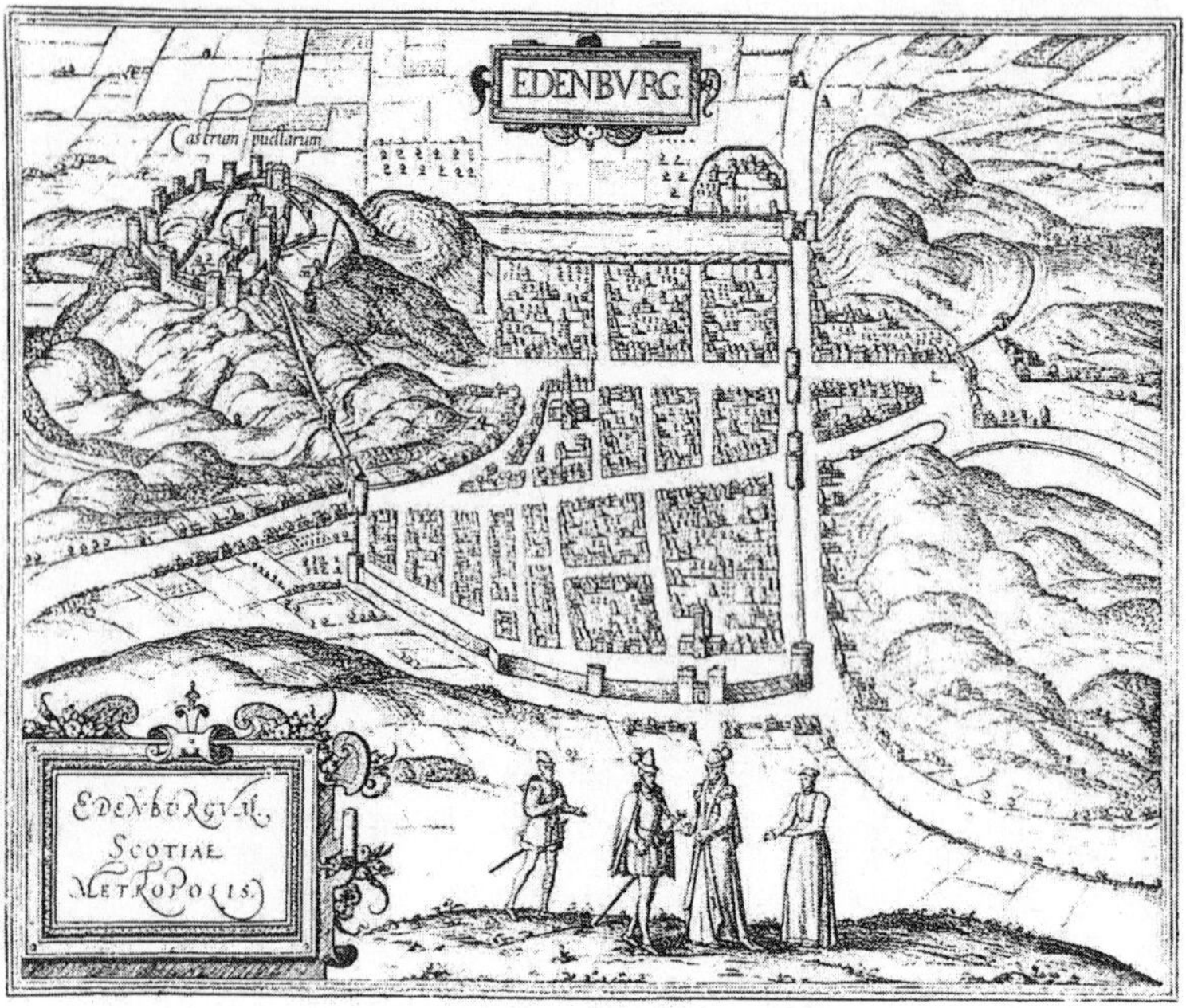

エディンバラの地図（1582 年）

むろする物乞いなどにあからさまな嫌悪感を示している。[4] 詩の韻律の面でもかなり気ままで、中世詩の固定的な枠組みから抜け出している。「技法的には完成した、自意識の強い詩人」であったといってよいかもしれない。

ダンバー以後の重要な詩人としては、ダンバーらと同じくスコッツ語で書いたガウィン・ダグラス（Gavin Douglas, c.1474–1522）を挙げることができよう。スコットランド中世の古典主義はダグラスをもって頂点に達する。彼はダンバーを思わせる詩やバラッド風の詩を書いたが、彼の詩の題材の範囲が狭く、韻律も力強さに欠ける。ダグラスの最も有名な業績は、ウェルギリウスの『アイネイス』（Aeneid）をラテン語から直接にスコッツ語に翻訳（一五一三年完成）したことであった。ダグラスは時代の移行期を生き、ルネサンスのヒューマニズムへの架け橋となったところに、彼の時代的な意義が認められる。スコッツ語による文学は、一五六〇年の宗教改革や一六〇三年の同君連合、一七〇七年の議会合同などによって打撃を受け、発展が阻害された。

スコッツ語による文学と並んで、一五世紀前後を通じてスコットランド各地で広くうたわれたバラッドもまた、スコットランド文学の源流となった。バラッドは、「エトリックの羊飼い」(ジェイムズ・ホッグ)の母親がウォルター・スコットに語ったといわれるように、本来は歌うために作られたもので、読むためのものではなかった。しかし、伝承されたバラッドは文字化され、編集され、テキストとなって固定化された。その過程でバラッドは、加筆されたり改ざんされたりしたことも多い。一八世紀から一九世紀にかけて、多くの人々が伝承バラッドの収集に携わった。ウォルター・スコットも熱心に収集にあたり、『スコットランド・ボーダー地方バラッド集』(*Minsyrelsy of the Scottish Border*, 1802–3) を刊行したが、これはヨーロッパ・ロマン主義運動に重大な影響を与えることになった。現在では、F・J・チャイルド (Francis James Child, 1825–96) の集大成した『イングランドとスコットランドの伝承バラッド集』(*The English and Scottish Ballads*, 1857–8) がキャノンとなっている。それには三〇五編のバラッドが収載されている。

それら三〇五編のうち約六〇編が、スコットランドとイングランドのボーダー地方 (国境地方) に伝わるバラッド、いわゆる「ボーダー・バラッド」である。ボーダー・バラッドはスコトランドのバラッドとほぼ同義と考えてよいであろう。ボーダー・バラッドには、ボーダー地方の社会と生活、実在の土地で起こった事件や伝説的な人物、イングランドとスコトランドとの間の歴史的な戦いやクラン同士の抗争をうたったバラッドなどが含まれる。それらは人間の生々しい生活の記録であり、喜怒哀楽の感情のきわだった表現である。伝承バラッドは、後の多くの詩人や小説家の想像力の源泉となり、スコットランド文学を支える基盤となっている。

スコッツ語文学の復興

一八世紀はスコッツ語文学への回帰が目立ち、いわば「地域言語の復興」(vernacular revival)が達成された時代であった。(5) それはスコットランドの文化的、文学的アイデンティティを取り戻そうとする、誠実な願望の表明ではあったが、押し寄せる英語の支配力に立ち向かうには、スコッツ語の勢力はすでに限定的で弱体化していた。しかしながら、復興の動きは精力的で、その成果は驚嘆するほど大きかった。一七〇七年の合同の前年に、エディンバラの印刷業者、ジェイムズ・ワトソン(James Watson, d.1722)は、『スコッツ語による精選詩集』(*Choice Collection of Comic and Serious Scots Poems*)の第一巻〔第二巻は一七〇九年、第三巻は一七一一年〕を発行し、これが人気を得て、一八世紀におけるスコッツ語詩の基本的なテキストとなった。同時にこの詩選集は合同以後の歴史展開への文化的な抵抗を示す旗印ともなったことから、エディンバラの著名な医師で、合理主義者のアーチボールド・ピットケアン(Archibald Pitcairn)らがこの詩選集の精神に共鳴した。さらにまた、ピットケアンと会って影響を受けた文法学者トマス・ラディマン(Thomas Ruddiman, 1674–1757)はエディンバラで編集者・印刷業者の仕事を開始し、ガウィン・ダグラスの翻訳『アイネイス』にスコッツ語の語彙集をつけて刊行した。この本の出版がスコッツ語とスコットランドの古典的な文学の双方にたいする誇りを高めたことには大いに注目されなければならない。スコットランドではすぐれたラテン語詩の伝統もあり、そのような古典文化への尊崇が、新たなスコッツ語文学の誕生を側面から支える要因となったこともありうるであろう。

ワトソン、ピットケアン、ラディマンらのスコッツ語復興へのめざましい努力と功績の恩恵を受けて、この時代にスコッツ語詩人たちが活躍する場が開けたように思われる。一八世紀最初に現れた重要なスコッツ語詩人は、アラン・ラムジー（Allan Ramsay, 1684–1758）であった。ラムジーはワトソンやラディマンの業績に惹かれてスコッツ語による文学の時代的要請を意識するが、中世の黄金時代からおよそ二〇〇年が経っており、彼自身のスコットランド詩人としてのアイデンティティには、かなり揺らぎがあったとみられる。一七二一年に刊行した初の詩集『詩集』では、八〇編の詩のうちおよそ半分が英語（イングランド語）で書かれ、残りは英語とスコッツ語の混合であった。英語で書いたり、スコッツ語で書いたり、あるいはそれらの混合した言語で書く傾向は生涯変わっていない。一七一二年にラムジーが設立した文学サークル「イージー・クラブ」（Easy Club）は、彼の詩才を磨くのに役立ったと同時に、愛国精神を高める活動の機会をも提供した。ラムジーはジャコバイト支持者と受け取られたために、実際はそうでなかったにしても、彼のスコッツ語詩人としての試み、書店経営、劇場や絵画への支援などは、ことごとく教会などの保守派から攻撃を受けた。

ラムジーは詩人としてよりも、編集者としての仕事に有能さを発揮した。中世スコットランドとルネサンスの詩を収めた選集『エヴァー・グリーン』（*The Ever Green*, 1724）と自らの詩とスコットランドの歌謡やバラッドを集めた『茶卓雑録』（*The Tea-Table Miscellany*, 1724–37）は、大いに注目されるべき彼の業績である。

スコッツ語を用いて、ラムジーより確かな技法で成功を収めたのは、ロバート・ファーガソン（Robert Fergusson, 1750–74）であった。彼は、ラムジーと違って、中途半端な教育を受けた田舎出身の若者ではなく、都会でことさら上品さを見せたり愛国的に振舞ったりしようとはなかった。また、バーンズとも異なり、エディンバラの知識人をまえに自意識にとらわれ、素朴さを際立たせようとすることもなかった。彼は生粋のエディンバラ人であり、まさにエディンバラの詩人であった。首都エディンバラの光景や人々の生活を力強いスコッツ語でうたった詩作品は暖かさと色彩に富み、後進のバーンズにも衝撃的な影響を与えたことで知られる。当時のエディンバラは、啓蒙の高まりを見せていた時期で、学者や教養人による知的な活動がめざましかったが、そ

ダンフリースに建つロバート・バーンズ像

の一方で、都市の拡張発展に伴い、市民の生活は喧騒と混乱の様相を呈していた。彼はそのエディンバラの過激なまでのにぎやかな現実に目を向けて詩作した。全体の作品数は、スコッツ語による詩が三三編、英語による詩が五〇編であるが、それらの中には、田舎の自然を描写した詩や、ユーモアのある風刺的な作品も含まれる。彼はエディンバラを文化的に荒廃した都市とみなし、嫌悪感を表明したが、同時に、深い愛着をも示した。規模の大きいスコッツ語詩「オールド・リーキー」（'Auld Reikie' 1773）は、ジョン・ゲイの都会詩『トリヴィア』（*Trivia*）にも比せられる傑作で、エディンバラ市の通りの眺めや騒音などをリアルに描き、市の行政などを批判している。[6] ファーガソンの詩によって、一八世紀のスコッツ語詩は前例のない一つの高まりに達した。

一八世紀のスコッツ語詩における最高の達成はロバート・バーンズ（Robert Burns, 1759–96）の作品にみられる。バーンズはラムジーとファーガソンらの伝統を引き継ぐことで霊感を鼓舞し、詩人としての天与の才能を開花させることができた。エアシャーの貧しい農夫の子として生まれ育ったバーンズは、素朴な土地言葉で自らの感情を奔放率直にうたい、独自の詩的領域を開拓した。彼はスコットランドで支配的な長老派のカルヴァン主義と対峙し、同時にスコットランド啓蒙主義の影響を受け、詩的人間として自己形成する宿命を担わされた。[7]

一七八六年の『詩集――主としてスコットランド方言による』(*Poems, Chiefly in the Scottish Dialect*)の刊行は、それまでの因習を破る画期的な功績で、彼の詩人としての名声を確立させた。バーンズの身につけた合理的思考と批判精神は、「信心深いウィリーの祈り」や「聖なる祭日」などの宗教風刺詩と「二匹の犬」や「愛と自由」のような政治・社会風刺詩に遺憾なく発揮されている。畢生の傑作「タム・オ・シャンター」は迷信と理性の拮抗する世界を描き、ゴシック性をおびた不思議な魅力をもった作品となっている。

バーンズの特長は自然詩や恋愛詩などの抒情的な作品に見られるのはもちろんであるが、バーンズの真価は風刺詩にあるとの見解も広く支持されている。とはいえ、バーンズは歌謡の収集家、創作家としての業績が顕著である。スコットランド固有の伝統的な旋律に新たな詞をつけ、歌謡を再生させた彼の活動は、ロマン主義運動の高揚へと導く要因ともなった。

英語を用いた文学へ

バーンズが活躍したあと、スコッツ語による文学は二〇世紀にスコッツ語文学の復興運動が起こるまで退潮の傾向をたどり、英語(イングランド語)を用いた文学が隆盛をきわめることになる。一六〇三年の同君連合を一つのモメントに、英語によるスコットランド文学が勢いを増した。一七世紀のスコットランドで英語を用いた最も偉大な詩人は、ホーソンデンのウィリアム・ドラモンド(William Drummond of Hawthonden, 1585–1649)である。英語を用いたといっても、彼の詩にはスコッツ語やラテン語も混在していた。彼の詩はスコットランド文学の流れでとらえられることは少ない。

一八世紀の英語によるスコットランド文学は、一七世紀同様になじみのうすいものである。しかし、『四季』

(*The Seasons*, 1726–30)の詩人ジェイムズ・トムソン(James Thomson, 1700–48)は影響力の大きい重要な詩人として記憶されなければならない。彼の詩は主情的感傷詩であるが、自然へ寄せる感情のリアルな表現は近代的であり、先駆的である。晩年の長詩『怠惰の城』(*The Castle of Indolence*, 1748)がロマン派諸詩人へ与えた影響は著しいものがあった。

ロマン派詩人だけでなく、ヨーロッパ全体の知識人層を感動の渦に巻き込んだのはジェイムズ・マクファーソン(James Macpherson, 1736–96)であった。マクファーソンは一七六〇年七月、三世紀頃の古代ケルトの吟遊詩人とされるオシアン(Ossian)のゲール語詩篇を英語に翻訳したと称して、『古詩断片』(*Fragments of Ancient Poetry*)を出版、続いて六一年一二月に『フィンガル』(*Fingal*)、さらに六三年三月に続編『テモラ』(*Temora*)を出版した。これら一連の翻訳詩集は「オシアン詩群」ともいうべきもので、エディンバラ大学教授ヒュー・ブレア(Hugh Blair)などエディンバラの名だたるリテラティ(知識人たち)の後押しを得て刊行され、国内外で関心をよぶ読み物となった。サミュエル・ジョンソンがそれを偽作と断じて非難したものの、この作品のもつ神秘的、ロマン主義的な内容と語りは読み手の心をかきむしるように感動させ「オシアン旋風」を巻き起こした。真偽性については、今もって事実は確かめられていないが、マクファーソンが収集した断片的な記録を編集し、ある程度改変を加えたのではないかと推定されている。いずれにしても、「オシアン詩群」によって、スコットランドのハイランド地方とその特異な文化に関心が集中し、進歩と文明を否定する価値観と美意識が浮き彫りにされたことは意義深い。「オシアン詩群」はナポレオンを感動させ、ゲーテやシラー、ブレイク、バイロン、スコット、テニソン、さらにはJ・R・R・トルキーンなどの文学者の想像力を刺激した。それは、一八世紀後半から一九世紀末にかけて支配的になるロマン主義のさきがけとなる現象であった。

一八世紀において、ブリテン諸島の間の文化的緊張関係に直接に身をさらして名を馳せたすぐれた小説家は、トバイアス・スモレット（Tobias Smollett, 1721–71）である。彼はグラスゴー大学で教育を受けたあとロンドンに出て、海軍軍医助手として海外の遠征に加わり、帰国後はロンドンで外科医として開業したが失敗に終った。自らの外国体験をもとに書いた海洋冒険小説『ロデリック・ランダム』（*Roderick Random*, 1748）で成功を収めた。盗賊を主人公にした『ファゾム伯ファーディナンド』（*Ferdinand, Count Fathom*, 1753）はいわゆる「ピカレスク（悪漢）小説」の代表的作品である。スモレットはスコットランド文学の流れのなかで看過されやすいが、彼の「スコットランド性」は再検討される必要がある。最後の傑作である書簡体小説『ハンフリー・クリンカー』（*Humphry Clinker*, 1771）は、一七六〇年代のイングランドにおけるスコットランド人に対する偏見ないしは敵意を扱っている。議会の合同以降イングランドでは、ロンドン政界で力を見せるスコットランドの代表を嫌悪し、スコットランドに悪感情を抱くことが目立った。一七五六年に文芸誌『クリティカル・レヴュー』（*Critical Review*）の創立に参加し、同誌で健筆をふるったスモレットも、イングランドで成功したスコットランド人として敵視され、彼の記事がもとで裁判沙汰が起こり、投獄さえされている。その後、彼は文芸誌『ザ・ブリトンズ』（*The Britons*）の主筆に就任し、スコットランド出身のビュート卿を後援したりした。『ハンフリー・クリンカー』は中立的なウェールズ人によるイングランドとスコットランドの客観的な観察記録の形をとっているが、イングランドの都市化や贅沢、田舎の虚偽性などが批判にさらされており、スモレットの目は光っている。スモレットは中央指向の強い作家であったとしても、スコットランド的なものの価値も認識しており、複雑性をもっている。

スモレットと並んでジェイムズ・ボズウェル（James Boswell, 1740–95）もまた、スコットランドを飛び出し、イングランドほか各地で異質な文化の衝突を直接に体験した作家であった。ボズウェルといえば何よりも、古今東西の伝記文学部門で匹敵するもののない不朽の名作『サミュエル・ジョンソン伝』（*The Life of Samuel*

ヘブリディーズ諸島を旅行し、スカイ島のダン・ヴェガン城でフローラ・マクドナルドと会ったジョンソン博士（左端）とボズウェル（右端）

Johnson, 1791）の作者として知られる。トマス・マコーレイが『エディンバラ・レヴュー』（*Edinburgh Review*）で「間違いなく偉大な、非常に偉大な作品」と評したこの書は、この上ない綿密さと誠実さをもって、真実に迫ろうとしたボズウェルの記録者としての態度から生まれたものに違いない。ボズウェルは、エディンバラ大学とグラスゴー大学で学んだほか、オランダのユトレヒト大学でも法学を研究した。ドイツ、イタリア、フランスなど大陸諸国に滞在し、ルソーやヴォルテールなどの面識を得ている。その間に彼は、社交能力を身につけ、記録する能力を高めたのであろう。ジョンソン博士との座談のなかでも、こうした能力が発揮され、そのことがやがて記念碑的な名著を生む土台になったと考えられる。一七六五年、グランド・ツアーの折にはコルシカ島へ渡り、帰国後『コルシカ島事情』（*An Acount of Corsica*, 1768）を出版した。ボズウェルはことさら文化衝突の体験を求めたコスモポリタンであったようにみえる。

ボズウェルはスコットランドの文学者としては横目

で眺められることが多い。一見彼のイングランドや大陸を向いた姿勢が、トムソンやスモレットの場合と同じく、スコットランドと離反している印象を与えるからであろう。しかし、彼の心性はスコットランドと深くかかわっている。一七七三年にサミュエル・ジョンソンと連れ立ってハイランド地方の奥地を旅行したときのボズウェルの旅行記『ヘブリディーズ諸島旅日記』(*The Journal of a Tour to the Hebrides with Samuel Johnson LL. D.*, 1785) のなかに、ボズウェルのスコットランドへ寄せる愛と誇りの明白な感情を読み取ることができる。

ヘンリー・マッケンジー (Henry Mackenzie, 1745–1831) は、国際人ボズウェルと違って、スコットランドの首都にとどまりながら、スコットランド文学を一つの高みへ導く活躍をした。彼の代表作『感情の人』(*The Man of Feeling*, 1771) は一八世紀後半の重要なジャンルである「感傷小説」の典型ともいえる作品で、ロバート・バーンズが「聖書に次いで大事な本」と言って愛読したことでも知られる。今なお高い価値をもってはいるが、「感情」の概念が理解しがたいうえに、作品構成が複雑であることから、この小説が一般に好んで読まれることは少ない。(8) マッケンジーの時代は、アダム・スミスの『道徳感情論』(一七五九) に象徴されるように、社会秩序を基礎づける原理として「感情」が重視された。スミス自身、喜びや怒り、悲しみなどのさまざまな感情が作用し合うことをもって社会秩序の根幹とみなした。他者の感情を自らの感情として受け止め、「同感 (同情)」することを社会維持のうえで不可欠とする思想である。たしかにスミスの唱える同感をもって社会を見れば、不合理な事柄がいっぱい浮かび出でくるはずである。『感情の人』の主人公ハーリーは、他人の不幸にすぐ反応し涙する人である。彼は、ある売春婦の不幸な身の上話を聞いては、彼女の涙に美徳を見い出す。彼の反応は過剰であるかもしれないが、一方で彼は、イングランド人が何の権利があって、植民地インドを支配し搾取しているのか、と批判的な意見を述べもする。マッケンジーの言う「感情」は啓蒙の時代らしく「理性」と同義語と思われる場合がある。マッケンジーは、感情を鈍化させ、世の不幸や不平等に目をつぶる世俗の人々 (支配階級を含めて）を批判し、憐れみの対象としていたのではなかったか。

一九世紀初期――「スコットの時代」

一八世紀末から一九世紀初期は、ワーズワスやコールリッジらの活躍でイングランドのロマン主義運動は盛期を迎え、民衆の生活や文化を素朴な言葉で革新的に表現した作品が書かれた。それに呼応するかのようにスコットランドでは、ウォルター・スコット（Walter Scott, 1771–1832）が歌謡や伝説に関心を示し、ボーダー地方の伝承バラッドを編集した『スコットランド・ボーダー地方バラッド集』（*The Minstrelsy of the Scottish Border*, 1802–3）を刊行した。続いてスコットは、長編物語詩『最後の吟遊詩人の歌』（*The Lay of the Last*, 1805）、『マーミオン』（*Marmion;A Tale of Flodden Field*, 1808）、『湖上の美人』（*The Lady of the Lake*, 1808）を発表する。これらはスコットランドの過去への憧憬や愛着が込められた、ロマンス的な色調の濃いもので、スコットに人気詩人の名声をもたらした。バイロンの人気が急激に高まるや、スコットは苦もなく小説の執筆へ転じ、一八一四年、一七四五年のジャコバイト蜂起に材をとった小説『ウェイヴァリー』

スコット・モニュメントのなかのウォルター・スコット像（エディンバラ）

（*Waverley; or 'Tis Sixty Years Since*）を発表し、成功を収める。その後あわせて二七冊を数えるいわゆる「ウェイヴァリー叢書」（一八一四—三二）と総称される小説群を刊行、写実的で同時にきわめてロマン的な筆致で読者の嗜好を満たした。スコットの小説領域の拡大に貢献した功績は大きい。

スコットはイングランドとの合同を支持し、保守的な立場を貫いたことから、スコットランド史との真剣な取り組みに欠けるとか、歴史解釈が想像的すぎるとかの批判が出て、作品が長大で数が多いこともあり、大方に敬遠される時期が続いた。しかし、彼の歴史小説は、博覧によって得た材料を駆使したもので、強烈な想像力にあふれ、精確な技巧に支えられており、本質的に傑作ぞろいである。彼の文学は、ゲーテやユゴー、バルザック、スタンダール、ドストエフスキーなど、海外の文学者にも大きな影響を与えた。

スコットが『スコットランド・ボーダー地方バラッド集』を編集していたときスコットと会って友人となり、それを契機にめざましい文学活動を展開したのが、「エトリックの羊飼い」（'The Ettrick Shepherd'）の別名をもつ小説家・詩人、ジェイムズ・ホッグ（James Hogg, 1770–1835）である。一八一〇年、ホッグはエトリック・フォレストからエディンバラへ移り、歌謡集『森の遍歴詩人』（*The Forest Minstrel*）を発行した後、新たに刊行された『ブラックウッズ・マガジン』誌（*Blackwood's Magazine*）の定期寄稿者となり、ボーダー地方の歴史や伝説についての物語を連載した。今日彼の名声を最も高からしめているのは、一八二四年発表の小説『許された罪人の手記と告白』（*The Private Memoirs and Confessions of a Justified Sinner*）である。ある敬虔なカルヴァン主義者による実兄殺しの事件をテーマとした、悪魔のからむこの奇異な作品は、スコットランド的な要素を多分にもっており、現代の作家たちにも多大な影響を与えた。アンドレ・ジッドはこの小説を狂信と誇大妄想を描いた最高の傑作と位置づけている。(9) このような小説を書くことができたのは、ホッグがスコットランド長老派の信仰の根強い環境に育った背景と大いにかかわっているであろう。

ホッグと同じように、小説家ジョン・ゴールト（John Galt' 1779–1839）もまた長老派の信仰が深く根を下ろした地域社会（エアシャー）に生まれ育ったことから、教会支配のもとで動く人々の生態や心理を活写することができた。ゴールトの時代は、スコットランド社会が産業や文化の面で著しく変化する移行期で、国外ではフランス革命やアメリカ独立革命など世界史的な激動が起こった。彼自身、イングランドやヨーロッパ、カナダへ渡り、国際的な場で活躍した。ゴールトの小説家としての関心は広い範囲に及び、スコトランドの歴史や社会変動にも鋭い目が向けられている。

彼の最高の傑作は『教区の年代記』（*The Annuals of the Parish*, 1821）である。教区の牧師の記録という形で、教区の出来事が一人称で綴られるので、視野の狭い作品とみられがちであるが、その教区の窓口をとおして外の世界の変動が覗かれる仕組みである。彼は作品のところどころにスコッツ語を用い、ユーモアもまじえて、文体を工夫する。この作と三部作をなす『市長』（*The Provost*, 1822）と『エアシャーの遺産受取人』（*The Ayrshire Legatees*, 1820）も地域社会についての細かな社会観察の所産である。『限嗣相続』（*The Entail*, 1823）は物語の次元が広がり、グラスゴーの悲劇的運命をたどる一家の「サガ」となっている。宗教改革から契約派までのプロテスタント一家を扱った『リンガン・ギリーズ』（*Ringan Gilhaize*, 1823）も地域に根ざした力強い歴史小説である。

スコットより少し遅れるが、ロマン主義を代表する詩人として、ジョージ・ゴードン・バイロン（George Gordon Byron, 1788–1824）があらわれた。ロマン主義第二期を形成するバイロン、シェリー、キーツの三人の詩的天才は、フランス革命後とはいえ革命的な理念に無縁ではなく、理性に対する情熱の優位や自由な想念を訴え、それぞれに個性あふれるすぐれた詩作品を世に送った。バイロンはロンドンで生まれたが、父親はノルマン系イングランド人の家系の出で、母親はステュアート王家の血を引くスコットランドの貴族、ゴードン家の出身であった。三歳のとき父親と死別したため、幼少期を母親の故郷アバディーンで過ごした。大伯父の五代目バイロン男爵が死に、一〇歳で第六代目バイロン男爵となる。以後ノッティンガムシャーのゴードン家の城館に暮らし、スコットランドに戻ることはなかった。しかし、バイロンはスコットランド生まれであることを誇りにし、スコットランドに育ったことを終生忘れなかった。

ケンブリッジ大学在学中の一九歳のとき、バイロンは詩集『無為の時間』（*Hours of Idleness*, 1807）を出版したが、フランシス・ジェフリー（Frances Jeffrey, 1773–1850）が編集する『エディンバラ・レヴュー』誌（*Edinburgh Review*）に酷評されたので、早速『イングランドの詩人とスコットランドの批評家』（*English Bards and Scotch Reviewers*, 1809）と題するポープ風の風刺詩を刊行して応戦、ジェフリーやスコット、ワーズワスらを激しく批判した。二一歳のとき、バイロンはポルトガル、スペイン、ギリシア、トルコなどへ約二年間の放浪の旅へ出て、帰国後『チャイルド・ハロルドの巡礼』第一、二巻（*Childe Harold's Pilgrimage*, I, II, 1812）を出版して一躍有名になった。異国の風物や見聞を感慨込めて記述した物語詩である。スイス滞在中の作品『マンフレッド』（*Manfred*, 1817）は、アルプス山中の城主である、ファウストに似た超人的人物を描いた詩劇である。『ドン・ジュアン』（*Don Juan*, 1819–24）はヨーロッパ全土をまたにかけた冒険とロマンスの物語詩で、ここにいたってバイロンの豊かな、奔放な詩才が自由に発揮される。イギリス社会にたいする風刺や毒舌に満ち、機知と情熱にあふれた屈指の名作である。

スコットやホッグ、ゴールトと並んで、いわば「スコットの時代」に活躍した女性作家にエディンバラ生まれのスーザン・フェリア（Susan Edmonston Ferrier, 1782–1854）がいる。「スコットランドのジェイン・オースティン」ともいわれたこともあるが、彼女の皮肉のこもった機知は独自のもので、スコットランドの風習や文化にからんだ人間性へのしたたかな批評は大いに注目されるに値する。

一九世紀中期〜後期——ヴィクトリア時代

ヴィクトリア女王の在位は、一八三七年から一九〇一年まで六四年余りであるが、文学史的にヴィクトリア朝とよばれる期間は、一八三二年から一九〇〇年までと考えるのが妥当であろう。この時代は科学・技術が発達し、科学的精神や合理思考が至上の支配力をふるった。進歩と発展への信仰は、いきおい「楽天主義」の思潮をもたらす。一八三〇年代のスコットランド文学は停滞の様相をみせ、詩の創造力は一八世紀に比べ格段に落ち込んでいく。スコッツ語による作品も、感傷的になり、気が抜けたものとなる。全体にイングランドの引力が強まり、スコットランドの伝統的な発信力が弱まったといえるであろう。

そのような主知的で合理主義的な時代思潮のなかで、それへの反動として理想主義の復興を唱え、時代への警鐘を鳴らしたのがトマス・カーライル（Thomas Carlyle, 1795–1881）であった。彼はドイツ思想の影響を受け、カントやフィヒテ、シェリングらの理想主義哲学に共鳴して光明を得た。カーライルの主張は、人間の文化は思索的であるべきであって功利的であってはならぬ、というもので、ロマン主義的な「賢人」ないしは「哲人」の理想を表明したものである。『サーター・リサータス』（*Sartor Resartus*, 1833–4）で一躍イギリス最高の文人の一人と認められ、『フランス革命』（*The French Revolution*, 1837）や『英雄崇拝論』（*On Heroes and Hero Worship*, 1841）などで深遠な思想を展開した。彼は英雄について独自のロマン的英雄観をもち、英雄とは真なるもの、聖なるもの、永遠なるものをもつ人間であると考え、歴史に残るような偉大な人間を英雄とよんだ。英雄を重視し、一般国民に主体を置く民主主義を否定した。彼によれば、フランス革命が失敗に終ったのは、指導者の失敗、すなわち「英雄」が欠如していたことによる。カーライルはスコットランド、そして英国を超え、国際的な見地から発言したが、その原理的な思考の根底には、スコットランドの一途で不屈な国民性が流れているように思われる。時代の「良心」としてカーライルの果たした役割は、現代にあってますます評価されるべきかもしれない。

ハントリー出身のジョージ・マクドナルド（George Macdonald, 1824–1905）は、カーライルとはまったく違った次元でロマン主義的性向を開花させたヴィクトリア朝時代の詩人、小説家である。神学校で学び、一時は聖職にも就いたが、ドイツとイギリスのロマン主義者たちから文学的洗礼を受け、特異な力強い想像力を育んだ。作品は五〇冊以上に及ぶが、児童文学と大人向けファンタジー小説で功績を残している。『北風の向こうの国』（*At the Back of the North Wind*, 1871）のような超自然的な物語もすぐれているが、幻想的な『ファンタスティス』（*Phantastes: A Faery Romance for Men and Women*, 1858）と『リリス』（*Lilith*, 1895）はファンタジー小説の古典ともいうべき傑作で、C・S・ルイスは『ファンタスティス』を読んで決定的な影響受けたという。同時代人のルイス・キャロルやジョン・ラスキンらをも刺激したにとどまらず、後進のJ・R・R・トールキーンらの霊感を鼓舞し、二〇世紀文学への影響も大きい。キリスト教的な説教調の記述などのために一時は人気がなかったが、近年その豊饒な想像世界が親しまれるようになり、価値の再発見が進んでいる。

ヴィクトリア朝時代は当然のように、スコットランドからイングランドへ流出した文学者を多く生んだが、バラッドの詩人ジョン・デイヴィッドソン（John Davidson, 1957–1909）も典型的な一人といえよう。カルヴァン主義の福音派に属する家庭に育ったデイヴィッドソンは、ライエルの地質学、ダーウィンの動物学などを学んだことで、教会の説く教義へ疑念を抱くようになり、キリスト教との確執に悩んだ。グリーノックで都市の荒廃ぶりや労働者の悲惨な生活を目撃した後、彼は八九年に教師生活に見切りをつけロンドンに出て、「ライマーズ・クラブ」（Rhymers' Club）に入り、本格的な詩作に従事する。『ミュージックホールで』（*In a Music-Hall and*

Other Poems, 1891）や『フリート街牧歌』（*Fleet Street Ecologues*, 1893）などを出版し、詩人として成功を収めるが、やがて着想が衰え、読者も離反する。赤貧生活に苦しみ、最後はイギリス海峡で溺死した。デイヴィッドソンの詩は「観念の詩」（'poetry of ideas'）ともいわれ、T・S・エリオットやヒュー・マクダーミッドに影響を与えた。彼のバラッドにヴィクトリア時代のスコットランド人の道徳的な信念と宣教的な熱意を感じ取ることができる。

スコット以来、スコットランドで最も成功した作家の一人、ロバート・ルイス・スティーヴンソン（Robert Louis Stevenson, 1850–94）の場合は、スコットランドからヨーロッパ大陸へ、さらには南太平洋へと、行動範囲を極度に広げての作家人生の展開となった。彼は新ロマン主義の精神を受け継ぎ、世紀末唯美主義の影響を強く受けていた。均衡と秩序の時代思潮にたいする反動は、彼の不思議な、未知なるものへの希求本能を刺激してやまなかったであろう。エディンバラの名家に生まれ、エディンバラ大学で法律を学んだものの、生来病弱だったこともあり、スコットランドを飛び出し、南仏や南イングランドへ転地したり、南洋航海をしたりして、最後は南太平洋のサモア島に大邸宅を買って住んだ。

R. L. スティーヴンソン

一八八三年、海賊冒険譚の『宝島』（*The Treasure Island*）で一躍有名になり、作家としての確固たる地位を築いた。この作品によって彼が冒険小説に高い芸術性を与えた貢献度は計り知れない。『ジキル博士とハイド氏』(*The Strange Case of Dr Jekyll and Mr Hyde*, 1886)は善悪二つの相反する心理をアレゴリーとして描き、人間の二重人格性を浮き彫りにしたが、そのテーマこそグレゴリー・スミス(Gregory Smith)の言う「カレドニア的相反」の典型例であった。怪奇と幻想に満ちたこの小説は、虚構であるとはいえ、フロイトの精神分析と同列の深層心理の症例として、現代において一層重みをもって読まれるべきであろう。

スコットを愛読した彼は、スコットランド史への関心を深め、『バラントレーの若殿』(*The Master of Ballantrae*, 1889)や『誘拐されて』(*Kidnapped*, 1886)を書いた。彼の文学の現代的な価値は、悪徳や暴力といった人間心理の暗い側面に光を当て、鋭い感覚で描写したことにあるだろう。彼は近代心理の象徴的表現に腐心し、当時のゾラ流の自然主義や写実主義を避けようとした。磨き上げられた文体はこの上なく巧みなもので、明澄で古典的な完成をみたといってよい。

「シャーロック・ホームズ」(Sherlock Holmes)の生みの親、アーサー・コナン・ドイル(Arthur Conan Doyle, 1859–1930)もスコットランドからの流出組みの一人であった。といっても、彼がエディンバラで過ごした期間は、生まれてから九歳までと、一七歳でエディンバラ大学医学部に入学してから卒業するまでの五年間、あわせて一四年間だけである。在学中に一度船乗りになり、卒業後ふたたび船医となったが、帰国後はポーツマスで医院を開業するなど、主にイングランドに在住した。コナン・ドイルの自伝『わが思い出と冒険』(*Memories and Adventures*, 1924)でも、エディンバラ時代の記述はほんのわずかしかない。コナン・ドイルの作品にスティーヴンソンの場合のような、濃密なスコットランド性を探すことは困難である。とはいえ、彼が首都エディンバラで育ったこととエディンバラ大学医学部で知的な訓練を受けたことが、彼の冒険好きな性向を強め、推理力を養い、文学的営為の根源力となったことは疑いない。(10) 彼の推理小説の主役ホームズの犀利きわまりない「知力」は、スコットランド近代の誇った「知力」と同根のものであったと思われる。コナン・ドイルは文学的才能に恵まれ、全部で六〇編の「ホームズ物語」と総称される作品群を残した。それらはいまも世界中で読まれ、熱烈なファンに支持されているが、スコットランド文学の本質的価値を探る批評家から熱い視線を集めることが多いとはいえない。彼が政治的に保守派で、イギリス帝国支持者であったことなどが評価を左右しているかもしれない。

『ピーター・パン』の作者、ジェイムズ・バリ（James Barrie, 1860–1937）もまた、イングランドで成功し名をなした。キリミュアに生まれた彼は、エディンバラ大学を卒業したあとロンドンへ出て、フリーの新聞記者をしながら、故郷の人々の風変わりな生活をテーマにした物語を書いて頭角をあらわした。バリはいわゆる「菜園派」（'Kailyard School'）に属する作家として扱われる。菜園派の文学は、総じて一九世紀スコットランドの田舎地方を舞台に、そこに暮らす教区牧師や教師、医師、農民などの日常生活をスコッツ語をまじえて書くものである。登場人物たちは信仰や因習にとらわれ、独善的であったり頑なであったりすることが多い。菜園派の文学は地域に根ざした人々の生態をリアルに描いて興味をそそるが、一面でその大衆性や感傷的性が批判にさらされる。バリの初期の作品『旧光派の人々』（*Auld Licht Idylls*, 1888）や『スラムズの窓』（*A Window in Thrums*, 1889）はいかにも菜園派文学らしい性格をもっている。だが、彼の作品は、鋭い批判や風刺のこもったもので、一面的な解釈を許さない。バリの恋愛小説『トミーとグリゼル』（*Tommy and Grizel*, 1900）は、自我の歪みからくる異様な人間関係の悲劇を描いている。永遠に歳をとらない妖精ピーターの活躍する、一九〇四年上演の劇『ピーター・パン』（*Peter Pan, or The Boy who Would't Grow Up*）や小説『ピーターとウェンディ』（*Peter and Wendy*, 1911）もまた、ピーターと対照的に、時間に追われ、そこから逃れられない現実世界の人間を風刺し、皮肉っている。

一九世紀末の唯美主義に共鳴し、ケルト文芸復興運動の旗手ともなったウィリアム・シャープ（William Sharp,1855–1905）〔異名、フィオナ・マクラウド Fiona Macleod〕は、ペイズリーに生まれ、グラスゴー大学に学んだが、オーストラリアにしばらく滞在後、一八七九年、ロンドンに居住した。ロンドン時代には、ダンテ・ゲイブリエル・ロセッティの知遇を得てラファエル前派（Pre-Raphaelites）とかかわりをもち、ジャーナリスト・編集者として活躍した。本名ウィリアム・シャープの名で詩、小説、劇、伝記、評論などを執筆するかたわら、「フィオナ・マクラウド」の女性名でケルトを題材にした一連の著作を発表する。また、一九世紀のスコットランドにおけるケルト文芸復興運動の指導者パトリック・ゲデスとかかわりをもち、季刊誌『エヴァーグリーン』（*The Evergreen*, 1905–96）の編集長となり、同誌に自らも詩や短編を寄稿した。

一八九〇年から九一年にかけてイタリアに滞在したが、その地で彼は、自己のなかに文学の表現者としての「もう一人の自分」（*alter ego*）を創り出し、以後ケルト世界を背景に異名を用いて『楽園——島々のロマンス』（*Pharais A Romance of the Iles*, 1894）、『山の恋人たち』（*The Mountain Lovers*, 1895）など幻想的な小説を執筆した。シャープがケルト文化に関心をもった原点は、幼年期に一家が夏に毎年のように西ハイランドに滞在し、ゲールの歌、妖精や英雄の物語などに親しんだことであったかもしれない。本名で執筆するシャープと異名で執筆するシャープの二面的自我の設定は注目に値する。おそらくシャープはケルト文化のなかに女性的価値を見出し、それを理想化していたために、女性の視点からその価値を追求したかったに違いない。こうした女性性の視点の確立は、現代において大いに検討を要する課題である。

二〇世紀以降——新たな表現の高みへ

二〇世紀のスコットランド文学は、菜園派の作家たちへの不満と反抗から始まったといえる。ジェイムズ・バリは二〇世紀に入ってピーター・パン物語を発表し（一九〇四年に劇で上演）、国民的人気を得たが、作品に近代の不安や時代の思潮をとらえる姿勢は欠けていた。菜園派を批判する新たな動きとして、反菜園派の小説が登場する。その代表はジョージ・ダグラス・ブラウン（George Douglas Brown, 1869–1902）の『緑のよろい戸のある家』（*The House with the Green Shutters*, 1902）である。この強力な写実主義の小説は、調和を破壊し、固定観念を打破する要素を多分にもっており、菜園派の感性に馴染んだ読者にとっては一種の「解毒剤」ともなる役割を果たした。

菜園派のもたらした弊害について、ヒュー・マクダーミッド（Hugh MacDiarmid, 1892–1978）〔本名、クリストファー・マレー・グリーヴ Christopher Murray Grieve〕は一九二六年、「この病気は正当に診断されたことがない。その悪影響が認識され、いくつかの対策が講じられ効果がみられたが、いまなお蔓延している」と批判した。(11) そのマクダーミッドを先頭に、感傷性に陥って停滞しているスコットランド文学を再生させようと「スコティッシュ・ルネサンス」運動が展開されることになる。マクダーミッドは、スコットランド人の心理に適し、現代文化の動向にも合致した「統合スコッツ語」（Synthetic Scots）を使用してスコッツ語詩の興隆を目指す。それは現代文学の最先端をいこうとする果敢な実験でもあった。一九二五年に、統合スコッツ語による初の詩集『歌の祭』（*Sangshaw*）、ついで二六年には、二番目の詩集『小さいビール』（*Penny Weep*）と代表作となる有名な長編詩『酔いどれ男アザミを見る』（*A Drunk Man Looks at the Thistle*）を刊行した。二六八五行から成る『酔いどれ男アザミを見る』は、バーンズの「タム・オ・シャンター」の主人公のような酔いどれ男が、パブから帰宅する途中丘の上で横になり、巨大なアザミ（スコットランドのシンボル）と対峙して、「夢」のなかで啓示を受ける話である。それはジョイスの「内面の独白」にも似た、意識の流れの手法で綴られる。語り手は、

ヒュー・マクダーミッドの
LPレコードのジャケット

スコットランドが長きにわたって帝国の産業的な支配を受けて、その文化が深く低落して妥協的になっていることを嘆く。この詩はモダニズム文学の時期の最も挑戦的で野心的な作品として揺るがぬ位置を占めるであろう。

「ダンバーへ帰れ」のスローガンを掲げ、マクダーミッドはスコッツ語詩復興を声高に訴え続けたが、もう一人のスコットランドを代表する詩人、エドウィン・ミュアは、スコッツ語によってのみスコットランド文学の興隆をはかるマクダーミッドに疑義を呈し、二人の間に対立関係が生じた。しかし、スコッツ語による作詩がアイデンティティの維持に不可欠であるという認識は衰えることがない。

マクダーミッドとの深い親交で知られ、一時的にスコティッシュ・ルネサンス運動に協力したルイス・グラシック・ギボン（Lewis Grassic Gibbon, 1901–35）（本名、ジェイムズ・レズリー・ミッチェル James Leslie Mitchell）は、自らもスコッツ語ですぐれた小説を書いた。二人は、スコティッシュ・ルネサンスにかんするエッセイや短編を集めた『スコットランドの風景』（*Scottish Scene*, 1934）を共著で刊行した。ギボンの生きた時代はスコットランドが急速に英国の国家体制に組み込まれていく時期で、社会的意識を強めたギボンは、失われていく共同体の言語の復権を夢見た。スコットランド固有の言語と豊かな文学伝統の再興への願望が、彼の小説の三部作『夕暮れの歌』（*Sunset Song*, 1932）、『雲のかかる谷』（*Cloud Howe*, 1933）、『灰色の花崗岩の町』（*Gray Granite*, 1934）、〔これらは『スコッツの書』（*A Scots*

Quair, 1946）にまとめられる〕に込められている。この三部作は、地域言語で書かれた二〇世紀スコットランド文学の最高の達成である。ギボンの残した一八編にのぼる作品は、一九九〇年代以降とくに多く出版されるようになり、高い評価が与えられている。

マクダーミッドとギボン以後、スコッツ語を使用して顕著な功績をあげた詩人として、ロバート・ギャリオッホ（Robert Garioch, 1909–81）とシドニー・グッドサー・スミス（Sydney Goodsir Smith, 1915–75）をあげることができる。さらに、トム・レナード（Tom Leonard, 1944–　）もグラスゴーの言葉を取り込んで完成度の高い作品を書いた。レナードの文学仲間である小説家・劇作家ジェイムズ・ケルマン（James Kelman, 1946–　）もグラスゴーの労働者の声を語りに織り込んで文学を活性化させた。ケルマンの影響を受けた多くの小説家のなかで、アーヴィン・ウェルシュ（Irvine Welsh, 1958–　）は『トレイン・スポッティング』（*Train Spotting*, 1993）で傑出した地位にある。

マクダーミッドと異なり、英語を用いて作品を書いた二〇世紀前半における最高の文学者は、間違いなくエドウィン・ミュア（Edwin Muir, 1887–1959）である。ミュアはオークニー諸島のメインランドに生まれ、ワイア島（Wyre）の牧歌的環境で自然と親和しながら育った。伝説や独自の伝統が息づいているその土地での暮らしが、ミュアの詩的想像力の源泉になっていることはたしかである。しかし、グラスゴーへ転居したことで、彼の生涯は暗転し、大都市の汚れや悲惨さを目撃する。彼は精神的衝撃を受け、悪夢のような暗い生活のなかで、耐え難い神経の消耗を体験する。幼少期の「エデン」の喪失を意識し、文明悪と対峙することになる。彼はドイツ文学のロマンティシズムに魅かれニーチェやハイネなどを耽読したほか、イプセンやショーにも親しんだ。プラハやドレスデン、ローマなどヨーロッパ各地で長年過ごしたが、それが彼の視野を広げ、国際性を高めることになった。カフカをイギリスに最初に紹介した功績もそのような体験の成果であろう。

彼の詩人としての全体的業績は『エドウィン・ミュア全詩集』(*The Complete Poems of Edwin Muir*, 1991)にまとめられている。彼の詩は、人間の宿命や永遠など伝統的なテーマを扱ったものが多いが、深い瞑想と鋭利な直感から紡ぎ出される言語宇宙は、ときに神秘的なイメージを介在させ、象徴的でさえある。そこにT・S・エリオットの影響を読み取ることもできよう。韻律的巧みさにあふれた技法が多くみられ、英語のもつ詩的喚起力を十分に味わうことができる。ミュアは完全に同質のスコットランド文学を共有するには、完全に同質の言語を共有することが必要である、つまり、英語で書くことによってのみ国民文学を創ることができると信じた。その立場から、スコッツ語詩の復興を目指したマクダーミッドのスコティッシュ・ルネサンス運動を批判したことは有名である。詩人、小説家、翻訳者、自伝作家、批評家など、文学者としていくつもの顔をあわせもつミュアは、スコットランド人やイギリス人であることを超え、ヨーロッパ人として通用する大きな存在であった。

ミュアは一九五〇年から五四年まで、スコットランドで唯一寄宿制の成人教育のためのカレッジである、ニューバトル・アビー(Newbattle Abbey College)〔エディンバラ南東ダルキースにあった〕の学長を務めたが、そこの夜間クラスに参加し、ミュアの薫陶を受けたのが、詩人・小説家のジョージ・マッカイ・ブラウン(George Mackay Brown, 1921–96)であった。ブラウンはミュアと同じオークニー諸島生まれで、同郷意識が二人を強く結びつける縁となった。ミュアの励ましもあって、五四年に初の詩集『嵐』(*Storm*)を刊行、各方面で注目される。エディンバラ大学に入学後、ブラウンの文学活動が広がりマクダーミッドをはじめ多くの錚々たる詩人たちと交わった。五九年には第二詩集『パンと魚』(*Leaves and Fishes*)を刊行する。ブラウンの詩には宗教的見方が一貫して流れ、生と死、再生への深い関心が感じ取られる。オークニーの光景や人々の姿が美しくうたわれるのはミュアと共通であろう。一九六一年のカトリック教への改宗後は、死を超越する信仰への帰依心が、明澄な言葉で表現される。そうしたブラウンの詩の世界は、その後の短編集『愛のカレンダー』(*A*

Calendar of Love, 1967）や長編小説『グリーンヴォー』（*Greenvoe*, 1972）などにも繰り返し描かれる。抒情性のある透明で簡潔な文体は、完成度が高く深い感動をよぶ。第二の長編『マグヌス』（*Magnus*, 1973）は、オークニー島に伝わる『オークニーの人々のサガ』（*Orkneyinga Saga*）から題材を得て、オークニーの守護聖人聖マグヌス（殉教者マグヌス伯）が争いを避けて斧で頭を打たれて殺された話を扱っており、ブラウンの文学境地の拡大と深化を示している。オークニー諸島メインランドのストラムネス（Stromness）に居を定め、オークニーの風土、歴史、生活を語った「オークニーの吟遊詩人」であった。

スティーヴンソン以後の偉大な作家はミュリエル・スパーク（Muriel Spark, 1918–2006）である。彼女はエディンバラに生まれたが、一九歳でアフリカへ渡り、帰国後はロンドンへ移る。『ポエトリー・レヴュー』誌（*Poetry Review*）の編集長を務め、評伝や、詩集、長編小説などを発表した後、ニューヨークとローマに本拠を置き、作家業に専念して多くのすぐれた作品を刊行した。

人生の大半をスコットランドの外で過ごし、スコットランドと縁が薄いようにみえるが、スパークのエディンバラへ寄せる思いは強かった。エディンバラでの子供時代が文学的成長に重要性もっていることを認め、アイデンティティはスコットランド人であると明言していた。もっとも、スパークは自らをエディンバラからの「亡命者」であるとみなし、亡命者に仕立て上げたのはエディンバラであるとも述べている。(12)「亡命」の動機はピューリタン的なエディンバラのエトスから逃れたい思いだった。彼女の最高の傑作『ミス・ジーン・ブロディの青春』（*The Prime of Miss Jean Brodie*, 1961）はエディンバラのカルヴィニズムを究明した作品となっている。女学校の教師ブロディは、その名が示すように、一八世紀のエディンバラに実在した人物ウィリアム・ブロディ（Wiiliam Brodie）を暗示している。彼は二重の生活を送った伝説的人物で、昼は家具職人で法人の役員を務める立派な市民だが、夜は極悪非道な無法者に変わった。最後は絞首台で処刑されている。ミス・ジーン・ブロディも二重の性格をもち、考え方が分裂している。カルヴィニズムの教義にとらわれ、自らを神と思い、ムッソリーニを賞賛する。その一方で、芸術に重きを置いた進歩的な教育を実践しようとする。生徒も神の役割によって二種類に選別し、選ばれた生徒をあらかじめ運命づける。彼女はときに英雄的であるが、ときには無力になる。結局、お気に入りの生徒に独裁者であると密告され、辞職に追い込まれてしまう。スパークはあきらかに分裂したスコットランドに執着している。とはいえ、彼女の文体は上品で、会話では中産階級の多様な言い回しが巧みに用いられている。スパークの作品は広く愛読され、イアン・ランキン（Iain Rankin, 1960– ）が「スコットランドが生んだ最もヨーロッパ的な作家」と評したように、国際的に名を知られたコスモポリタンであった。

スパーク亡き後のスコットランドの大御所作家の一人はアラスター・グレイ（Alasdair Gray, 1934 – ）である。グレイはグラスゴーに生まれ、グラスゴー美術学校へ進んでデザインと壁画を専攻した。一九七〇年代にグラスゴー大学のフィリップ・ホブズバウムのライティング・グループに属し、トム・レナード、リズ・ロッホヘッド（Liz Lochhead, 1947– ）、ジェイムズ・ケルマンらと創作の腕を磨いた。最も有名なデビュー長編『ラナーク　四巻からなる伝記』（*Lanark :A Life in Four Books*, 1981）は大きな反響をよび、アントニー・バージェスはじめ多くの作家・批評家から絶賛を浴びた。この大作は変則的な四巻構成で、三巻から始まり、一巻、二巻、四巻の順になっている。一巻、二巻は、グラスゴーに暮らす画家志望の少年ダンカン・ソーの友情と初恋、苦悩と幻滅をリアリズムで描き、三巻、四巻は、ソーの転生ラナークが退廃の色濃い未来の都市アンサンクを放浪する物語である。ラナークはグラスゴーを含む旧い州名であり、それを持ち出すことでグレイは、グラスゴーの過去と未来を見つめ直そうとする意思を示しているのであろう。この作品はリアリズムとファンタジーが交錯する手法を用い、ジョイスを思わせる実験小説に仕上げられている。作中に「作者」が登場したり、「批評家による注」がつけられたり、実在する現代作家や批評家が登場する「盗作の索引」がつけ加えられ、ポストモダンの要素が濃い。こうした遊びや仕掛けは、小説の変革を目指すグレイの有効な手段になっている。デザインを得意とするグレイ自身によるユニークな幻想的挿画や割付も想像力を刺激する。グレイには他に、『一九八二年ジャニーン』（*1982, Janine*, 1984）などの長編小説や詩、戯曲もある。

イアン・ランキンやアーヴィン・ウェルシュ（Irvin Welsh）と並んで、現代スコットランドを代表する小説家にイアン・バンクス（Iain Banks,1954–　）〔筆名、イアン・M・バンクス Iain（Menzies）Banks〕がいる。ダンファームリンに生まれ、スターリング大学で学び、ロンドンで働いたりした。一九八四年、恐怖小説のような奇怪さにあふれた作品『蜂工場』（*The Wasp Factory*）でデビューした後、四年間に六つの作品を発表し、スコットランドに戻った。八六年の『橋』（*The Bridge*）は、アラスター・グレイの『ラナーク』のような複雑な構成で、リアリズムとファンタジーの交錯した作品である。『橋』の翌年、バンクスはSF小説『フレバスのことを考えよ』（*Consider Phlebas*, 1987）を発表するが、その際本来の名前についていたミドルネームを復活させ、イアン・M・バンクスの筆名を用いている。以後、SF小説にはこの筆名を用いるようになった。

イアン・バンクスの小説はみな知的な工夫が凝らされたゲームである。そのゲームには機知やブラックコメディー、シンボリズムが盛り込まれている。ポストモダンの実験的な試みに、読み手は快く反応し、ゲーム・プレーヤーとなって、楽しむことが期待されているのであろう。

一九六〇年代以降のスコットランド詩壇を代表する詩人はダグラス・ダン（Douglas Dunn, 1942–　）である。レンフルーシャーに生まれたが、イングランドのハル大学で英文学を修めた後、フィリップ・ラーキンのもとで同じ図書館で働いた。一九六九年、第一詩集『テリー通り』（*Terry Street*）を刊行、スコティッシュ・アーツ・カウンシル賞とサマセット・モーム賞を受けた。労働者階級の出身であるダンは、ハルのテリー通りに暮らす貧しい住民の日常生活を描写する。ダンはハルに暮らしたことで「異邦人」意識を強めたであろうか、詩のなかに情景や人物と距離をおく姿勢、客観的視点を持ち込む。『野蛮人』（*Barbarians*, 1979）では、階級と国家としての地位の面から、スコットランドの再発見を目指し、『聖キルダの議会』（*St Kilda's Parliament*）では、真実のスコットランドと観光名所としてのスコットランドのイメージとの落差を取り上げている。この詩集にはまた、最初の妻のガンによる死を深く悲しむ名品も含まれる。『哀歌集』（*Elegies*, 1985）、『ロバの耳』（*The Donkey's Ears*, 2000）など多くの詩集があるが、ダンの詩は経験に基づく知性があふれており、思索的である。形而上詩を思わせるイメージの連鎖もみられ、韻律も巧みである。詩集の他に『ひそやかな村』（*Secret Villages*, 1985）など短編集があり、選集の編者としての業績でも知られる。

このような遠大な流れのなかで、スコットランド文学は独自の豊饒な想像力世界を構築し、世界に誇りうる創造の高みへ到達した。以下の各章において、個々の作家たちの具体的な達成を振り返り、スコットランド文学の本質的価値を究明したい。

注

（1）本書は執筆者や叙述内容が木村正俊編『文学都市エディンバラ　ゆかりの作家たち』（あるば書房、二〇〇九）と重複する部分がある。関連ある事項については同書を参照。

（2）Denton Fox（ed.）, *Robert Henryson The Poems*（Clarendon Press,1987）, Introduction.

（3）James Kinsley（ed.）, *Scottish Poetry in a Critical Suvey*（Cassel and Company, 1955）, p. 24.

（4）Mackay Mackenzie（ed.）, *The Poems of William Dunbar*（Faber and Faber, 1950）, Introduction.

(5) Gerald Caruthers, *Scottish Literature* (Edinburgh University Press, 2009) にこの時期のスコッツ語復興の動きについての記述がある。

(6) Cf. Allan H. Maclaine, 'Robert Fergusson's *Auld Liekie* and the Poetry of City Life' in *Studies in Scottish Literature*, Vol.1, Number 2, October 1963.

(7) バーンズと啓蒙主義については「スコットランド啓蒙主義の残したもの——文化的側面——」(日本カレドニア学会 CALEDONIA 第三〇号、二〇〇二) を参照。

(8) ヘンリー・マッケンジー著、久野陽一、細川美苗、向井秀忠訳『感情の人』(音羽書房鶴見書店、二〇〇八) に『感情の人』の読み方についての有益な解説がある。

(9) Gerald Caruther, *op.cit.*, p. 104.

(10) *Ibid.*, p. 122.

(11) Ian Donnachie (ed.), *Studying Scottish History, Literature and Culture* (The Open University, 1996), p. 119.

(12) Joseph Hyness (ed.), *Critical Essays on Muriel Spark* (G. K. Hall, 1992), p. 21.

第一章　中世の詩人たち

初期に活躍した個性豊かな詩人群像
——祖国の風土に息づいた詩人魂——

境田　進

詩人群が活躍した社会背景

中世のスコットランドは、欧州北辺にあって経済的には決して豊かではなかったが、知的レベルは高く、有名無名の詩人たちがすでに活躍していたほどであった。またスコットランドは境界を接する南方のインランドの干渉や侵入に対抗し、国の保全のために大陸のフランスとの政治や文化の面で緊密な関係維持に努めていた。その結果フランス語やラテン語から多くの文献を自由に翻訳していた。しかもラテン語は教会の言語のみでなく、教育の情報伝達語にもなり、法学、修辞学、古典詩の知識を求める手段でもあった。詩人たちは一五世紀になると、イタリアから広まる人文思想に大きな興味を示した。例えばガウィン・ダグラスの『アエネイス』翻訳がそれに当たる。だがイングランドは隣国でもあり、フランス文化からイングランド文化に傾倒する機運が生じ、スコットランドの詩人たちはイングランドの詩人チョーサー（Geoffrey Chaucer, 1340–1400）の作品にも傾倒したと考えられる。この結果引き続きイングランドの文献もいろいろ入ってきた。

確かに文学の伝統は当初は国家の主体性が弱いこともあってイングランドよりは遅れたが、この地域の口承文学が豊富なことと、他言語による文学の影響力も強く、多くの主題や形式の選択に中世のスコットランド詩人群は不自由を感じなかった。ちなみに詩聖チョーサーの後を受け継ぐ優れた詩人たちがイングランドには乏しく、その後しばらく不振が続いた。イングランドの詩人たちは霊感による着想に欠けており、チョーサーの複雑な韻律をまねて類似の主題を用いて作詩はしたが、ありふれた言葉を魅力ある表現に変える天分の才が乏しかった。チョーサーに私淑したスコットランドの詩人はこれとはまったく違っていた。一五世紀はイングランドでも実に多くの韻文を生んだが、一流の詩作品は生れて来なかった。ところがスコットランド文学では初めて詩が開花する機運に恵まれた。イングランドが薔薇《ばら》戦争（1445–85）前後の混迷にあるうちに、スコットランドはたぐいまれな平和のひと時に恵まれたこともあって詩作品が一斉に開花した。

ウィリアム・ダンバー（William Dunbar, c.1460–c.1520）が『詩人たちの哀歌』（*Lament for the Makaris*）で亡き詩人群の名を挙げるのを見るにつけ、詩人たちとその作品が多く失われたことも想像に難くない。この時代は「死の舞踏」（*danse macabre*）(1)に象徴される黒死病が猛威を振るったのも一因であるが、折しも宗教改革の変動期でもあり、浮薄と見られた世俗詩が排斥され、中世初期の作品の多くが抹消されて、その詩人の名も消え行く悲劇も当然あったことと思われる。

死は痛まし　食らい尽くすは
詩仙の花、高貴のチョーサーに、
リドゲイトと、ガウアーと三者 悉《ことごと》く。

死の恐怖が私を脅かす。(2)

死が私の同胞すべてを拉致したので
私のみを生かしおくはずはあるまい。
力ずくで私は死の餌食となることだ。
死の恐怖が私を脅かす。(3)

このような叙述に当時の交錯した社会像が顔を覗かせているのも注目に値する。

詩人の風土とその栄えある地位

古来ケルト人の住むハイランド地方のゲール語による口承文学は無視されることが多かった。後のアングロ・サクソン文学が優勢だったせいもある。南部の英語とゲール語とを区別し、初期スコットランド文学を際立たせるのは、スコットランド人の性格の内にあるケルト人の本質によるところが多い。一三世紀と一四世紀にいたって文字による文学形式が出現するまでスコットランドでは全く文学がなかったと言えば、ケルト人の日常生活に充満している多量の口承文化を無視することになる。その口承文化とはバラッドや伝説の英雄の物語に代表される。スコットランド南部地方が主としてアングロ・ノルマン語になったとき、流入してきた言語は古来のケルトの伝統と同化し、同時に超自然で神秘な異教信仰も注入された。このような口承の慣習から中世の無名の民衆や吟遊詩人が誕生し、スコットランドのケルトの吟遊詩人からはバラッドも発生した。予言詩人トマス・ザ・ライマー（Thomas the Rhymer, c.1220–c.1297）が妖精と旅をしたことを語る同名の作品『トマス・ザ・ライマー』は、まさに秀逸な古詩の部類に入ると考えられる。

スコットランド初期の記述文学は政治的な独立統合の戦いを描いた。ジョン・バーバー（John Barbour, c.1320–95）の『ブルース』（*The Bruce*）とかヘンリー・ザ・ミンストレル（Henry the Minstrel, c.1440–c.1492）の『ウォレス』（*The Wallace*, 1460）があり、スコットランドの愛国運動を描写して愛国心を涵養し、スコットランドの国民性を形成しようとした目的が見てとれる。実はスコットランド文学は『ブルース』に始まると言ってもよい。それらの作品に登場するブルースやウォレスは、イングランドの古英詩『ベオウルフ』（*Beowulf*）の英雄ベオウルフにも似て英雄視され、スコットランドの勇気と忍耐、抵抗の理想像となった。彼らは味方より何倍もの敵軍に対抗し友軍を率いて敢然と立ち向かい、自由と正義のために戦った事実がこの台頭する国の最初の重要な文学作品となったのは意義深い。

中世期、特に一五世紀スコットランドでは学問が振興した時代でもある。イングランドのオックスフォード大学、ケンブリッジ大学に次ぐ、第三番目のセント・アンドルーズ大学が一四一一年にスコットランドに設立された。この頃軌を一にして、多数の詩人群の最も優れた詩が現れた時期と重なる。これらの詩人をマカリス（Makaris）〔単数形は makar, 英語は maker(s)〕と呼び、ギリシアの詩人と同様に創造者と預言者をも含意する詩人の尊称である。彼らを時にはスコットランド・チョーサー派詩人（Scottish Chaucerians）とも名づけている。イングランドではチョーサーの後継者は一時劣勢となったが、彼の精神はスコットランドに及んで詩の黄金期をもたらし、幾多の優れた詩人群を輩出した。

スコットランドの生んだこれらチョーサー派詩人群には、ジョン・バーバー、ロバート・ヘンリソン（Robert Henryson, c.1420–c.1490）、ウィリアム・ダンバー、ガウィン・ダグラス（Gavin Douglas, c.1474–1522）、ブラインド・ハリー（Blind Harry or Henry the Minstrel, c.1440–c.1492）、ジェイムズ一世王（King James I, 1394–1437）、サー・デイヴィッド・リンジー（Sir David Lindsay, 1490–1555）が含まれる。彼らはチョーサーの亜流（Epigone）と言われるほどまでに、彼の持つ思想と精神を体得した。そして彼の尊い遺産を受け継いだから、スコットランドのチョーサー派詩人群とも呼ばれるのである。その中で最も秀逸の詩人はヘンリソンやダンバー、そしてダグラスであり、彼らには芸術性の高い独創力と力強さが見られる。さらには王者韻(4)（rhyme–royal）のような詩形を用いたり、その言語もスコットランドの南部を中心とした地域言語であるスコッツ語（Scots）に文語の中期英語を混合して用いたりしている。当然のことながら彼ら独自の語彙や頭韻の詩法も用いた。この頭韻詩ではスコッツ語の『ゴラグロスとガウェイン』（*Golagros and Gawayn*, 成立 1450–1500）などがある。さらには一四〇〇年以後に頭韻詩で脚韻がなく、長い詩脚の作品がイングランドだけでなくスコットランドでも現れた。例えば『ベケットによるとされる予言』（*The Prophecies ascribed to à Becket*, ?1420）、『スコットランドの予言』（*The Scottish prophecies*, c.1440–1450）、大詩人であるダンバーの『二人の女房とやもめ一人』（*The Twa Mariit Wemen and the Wedo*, 1513）、『スコットランドの広野』（*Scottish Field*, 1515）で、この『スコットランドの広野』がこの種の詩の最後の作品となっている。

マカリスの社会批判と独立精神

ここで注目すべきはスコットランドのマカリスが、チョーサーの模倣の単なる亜流とか追随者ではなく、一国の優れた独創性のある、深い思想の詩人であったことである。またチョーサー以上に学識があり、フランスの古典やギリシア・ラテンの原典に精通していたこと、さらには苛酷な運命に苦しむ社会的弱者に同情し、王侯貴族や僧侶などの特権階級を暗に誹謗するとか、揶揄《やゆ》するあたりは、現代人にも近い批判精神に溢れる積極性がある。一言で言えば、チョーサーは宮廷人の視野であり、スコットランドのマカリスはさしずめ社会派の視野であろう。

中期スコットランド文学は南部のイングランドよりも遅まきではあるが、口承から発展し豊かに発達を遂げた。その詩は国民が独自性を発揮し、強大なイングランドから独立の自由を得ようと必死に努力している時代相に、彼らのスコッチ魂を形成するにも役立った。自由を渇望する戦いに断固とした決意を持ち、戦士たちはケルト人の意志と独立精神を忘れず、彼らがアングロ・サクソン人とは別個である誇りを失うことはなかった。これと同様に彼らの文学も大陸の形式と様式は用いながらも、自己の特性を失うこともなかった。スコットランドのマカリスはその特質を失わぬ芸術家の誇りを忘れることなく、彼らの意志とその国民の信条表明として、結果的には後世に伝える見事な作品を残すことに貢献した。チョーサーに類似の詩作の技巧、形式と主題を用いはしたが、彼らを単に独創性を欠く模倣の詩群として軽視すると、大きな誤りを犯すこととなる。スコットランドのチョーサー派詩人群でも、特にヘンリソンやダンバーなどは、脚韻を持つ連形式の頭韻詩に貢献し、イングランドよりもスコットランドで一層長く使用された。頭韻詩は同じ音価の子音を頭に頂く単語をできるだけ多く詩行に重ねるために、中世期の語彙に精通するには欠かせない資料を提供した。チョーサーの詩よりも彼らスコットランド詩人の作品のほうが、言語も複雑難解で語源が多岐にわたる特徴がある。

中世スコットランドの詩作品には多様な古語の多くが詰め込まれており、このような単語はさぞかしスコットランド中世の教養人には日頃なれ親しんだ言葉であったのではと想像される。さらに頭韻詩でマカリスは賛辞、卑猥、恋愛、冒険、戯言などに使用し、また弱弱強格の詩脚を組み合わせた頭韻詩(5)を用い、特にヘンリソンの作品で風刺に最も活発に利用された。

これらマカリスのうち、四大詩人の特徴を適切に要約した次のような比較がある。「ヘンリソンはジェイムズ一世王ほど高貴ではないが、より評価が高く、ダンバーほど直裁には感銘を与えないが、より分別があり、ダグラスほど寓意的ではないが、より簡潔性がある」[6]。ただし、マカリスの詩作品は宮廷人とか貴族や教養人を対象に書かれた、いわば美しい花園にあるが、一般民衆もこの種の詩作品に常時触れるとは想像しがたい。一般の民衆には彼らなりに自然発生になる作者不詳の、余り形式にとらわれない野に咲く花があり、それが民謡であり、バラッド（ballad）であることだけ述べるに止めておく。

鮮鋭な自然描写と当時の言語

当時のマカリスの特徴として、自然に対する捉え方が特に注目に値する。彼らはスコットランドの風景を描くのに、独自の目で周囲の自然環境の真の姿を理解し、忠実に描写しようと努力した。マカリスの詩は誠実に自然美を表す態度が明らかで、スコットランドの風景や空をこよなく観察し、我々の近代感覚にも通じるところがあると思われる、例えば次のようなヘンリソンの描写がある。

北風が大気を浄化すると
霧深い雲が空から追い払われた。[7]

短くとも北国スコットランドの気候風土を示す適確な表現であろう。この風景はいわば一幅の水墨画を眺めるような印象を受ける。ダンバーでは空や木の葉そして花の色彩の鮮やかさに鋭敏な美的感覚を持っており、**purpour**（紫）**azure**（青色）、**gold**（金色）、**gure**（黄色）、**lyart**（ねずみ色）といった色調を用い、ガウィン・

ダグラスでは朝の空に実に多彩な色合い、golden, bluish–gray, blood–red, fawn–yell（淡黄褐色）、freckled–red（斑文様の赤）、など色調のニュアンスを工夫する。詩人たちが現代人の色調感覚にも通じるような、自然に対する表現法を用いることはまさに刮目《かつもく》に値する。中世スコットランド詩人の自然感覚については次のような見解がある。「スコットランドの詩人たちは未開の地域や悪天の写実性のほとんど近代感覚に近い姿を見せているが、中世期にはめったに見当たらぬものである」(8)。

中世スコットランドの文学作品に使用される言語の様相はきわめて複雑であるが、おおよその説明をすれば、次のとおりになるであろう。すなわち、歴史段階によって区分されるスコッツ語は、一三〇〇年頃までは主に中期北方英語のノーサンブリア（Northumbria）地方言で、これが一四五〇年頃までは初期スコッツ語となる。つまりスコットランドの新しい文学は、英語であるイングリス（Inglis）で書かれた原典やその翻訳の増大とともに展開していく。このイングリスがスコッツ語の名称に取って代わり、このイングリスをスコティス（Scottis）と呼ぶようになった。そして一五世紀の間にスコティスの多くの語が英語と共通になったが、スコティスの語の中には音韻、綴り、語彙が英語から著しく離れたものも当然生じた。

その一方で、このスコティスの語彙の中にはイングランド南部ではすでに古語で廃用の、アングロ・サクソン語の語形に由来する語も混入した。この頃の複雑な言語運用の一例をあげると、ジェイムズ四世（1488–1513）は本来のゲール語（Gaelic）を話すことができたが、詩人のダンバーはこのスコティスを使い、宮廷では彼のライバルの詩人のケネディ（Walter Kennedy）がハイランド地方の下層の家系の出で、しかもアイルランド語（Irish）を用いるので彼を侮ったといわれる。このようにこの時期はいろいろと使用言語が混在しているのも一つの特徴といえる。その後になると地方言作家が各自に用いる言語をイングリスと呼んだ。バーバーの『ブルース』はこのイングリスで書かれた代表例である。

一四五〇年以後一六二五年頃までは中期スコッツ語に区分し、ヘンリソンやダンバー、ダグラス、リンジーなどの詩人はこの中期スコッツ語を用いて表現した。ダグラスは自身の言葉をスコティス、つまりスコッツ語と呼んだ最初の詩人の一人だった。ただし、一四六〇年頃までは、チョーサーの南部英語、もしくは南部英語に似せた造語が加わった、いわば「人造文学英語」（例えば、『王の書』）も加わる。物語や喜劇的な詩の用語としては純粋な口語のスコッツ語が用いられる傾向が強かった。時が経つと中世期約四〇〇年の間に、スコッツ語の中には英語と共通の多くの単語が生じたが、この両者の間には発音が違う例も当然のことながら現れた。

中世初期を飾る三詩人

初期に登場する詩人は予言と魔術、および祖国愛の詩人であり、その第一に挙げるべき詩人は、トマス・オブ・アースルドウン（Thomas of Erceldoune）（c.1220–97）である。彼は詩人・予言者で、トマス・ザ・ライマー（Thomas the Rhymer）とか、トマス・レアルモント（Thomas Learmont）とも言い、スコットランドに侵入したイングランド王、アレクザンダー三世の死と、スコットランド王、ジェイムズ四世の即位を予言したといわれる。また時にはトルー・トマス（True Thomas）の名で知られ、マーリン（Merlin）〔アーサー王伝説中の魔術師かつ予言者〕と同じ霊力を持つといわれる。物語詩、『サー・トリスタン』（Sir Tristan）が彼の作とされる説もあり、仮にこれが正しければ、彼こそスコットランド最古の詩人となる。この文献の書写は英語化されてはいるものの、その中にスコットランド方言が残されている貴重な文献でもある。彼は一五世紀の物語の材料にもなり、中でも興味ある詩は『トマス・ライマー』（*Thomas Rhymer*）で、彼が妖精の国に入って予言の力を得る話となっている。ハイランド地方の民間伝承で、フランシス・チャイルド（Francis Child, 1825–96）が編集した最古のバラッド群に含まれて、他の追随を許さぬ魔術の物語詩に貢献する。特にライマーの題材の語りは超自然的ながら、その魔術は人間には無害で危険がなく、このようなスコットランド起源の物語詩に太古のケルト信仰が色濃く生き残っている。ちなみにスコットランド出身でオックスフォード大辞典（ＯＥＤ）の編集者、Ｊ・Ｈ・Ａ・マリ（Sir James Henry Augustus Murray, 1837–1915）の手になる『トマス・オブ・アールスドウンの予言物語』（*The Romance and Prophesies of Thomas of Erceldoun*）（O.U.P./E.E.T.S.）が一八七五年に刊行されているのは偶然ながら興味深い。

次に挙げなければならないのはスコットランドの独立の戦いを書いた熱血の愛国詩人、ジョン・バーバーで、彼の生涯は判然としないが、オックスフォードとパリで勉学したと思われる。アバディーンの大司教でロバート二世王の財務卿を務めた。本格的なスコットランド文学は彼の叙事詩によって始まると言ってもよく、スコットランド詩の父として尊敬される。長編詩『ブルース』（*The Brus*, c.1374–5）を書き上げたが、これは八音節二行連句の一万三六一五行もの超大作で、スコットランド独立と救国の英雄、ロバート・ブルース（Robert Bruce）が一三七五年頃にバノックバーン（Bannockburn）でスコットランド征服のイングランド軍を打ち破った偉大な業績を称えて、生き生きとした筆致で語られている。バーバーは、「真実のみを語る」（say nocht but subfast bing）とは言っているが、史実の敵兵の数を増幅するとか、自由に伝説までも加え、客観的編年史を熱狂的愛国主義のため気ままに変えた部分もあり、登場人物も主として過大に英雄視されている傾向がある。この作品はジョン・ラムジー（John Ramsay）なる者の手稿とか修正が加わったとか、諸説があるが定かではない。次は詩文中の激戦の一部である。

彼は大変辛い窮地に立たされた、

その場で攻撃を仕掛けている彼らは
抜き身の武器で彼に肉迫したからで、
彼はけんめいにこれ防戦に努めた。
そこでは兵たちに死闘が見られた。
殴る、突き刺す、打ちのめすやら
頑強に彼らはこの場で身を守った、
兵たちの力闘で門の防戦に努め
敵勢をものともせずそこに留まり
その間に夜には両軍ともに
戦闘を認めあうことになった。(9)

この作品は後年のウォルター・スコットの創作にも影響を及ぼした。他にバーバーの作とされる二つのフランス・ロマンス詩の翻訳や、『トロイの書』(*The Troy Book*)、『聖者の生涯』(*The Lives of the Saints*)、『アレグザンダーの書』(*The Buik of Alexander*)などがある。

同時期に建国の史実を叙事詩に歌い上げた、アンドルー・オブ・ウイントン(Andrew of Wyntoun)(c.1350–c.1420)という詩人も現れる。一四二〇年頃に彼は『初期年代記』(*Orygynale Cronykil*)を書いた。これはスコットランドのごく初期からジェイムズ一世の統治時代までの韻文詩による歴史書で、この中にシェイクスピアが『マクベス』の劇作に参照したであろう重要な物語も含まれる。さらにこの書にはジョン・バーバーの生涯と作品についての大部分の資料も含まれている。ウイントンは執筆をスコットランドの歴史の当初から始めて、独自の創意工夫になる年代記の真面目な先駆者となることを志したせいか、彼のこの歴史書は広く知られていたが、なぜか一七九五年までは出版されなかったのは不思議である。

抒情詩人ジェイムズ王の劇的な出現

前述の初期三詩人のあとに王位の身の抒情詩人、ジェイムズ一世王が現れた。王は一一歳の時、貴族たちの謀反から身を守るためフランスへ渡る途中、イングランドで捕らわれ一四二〇年までウィンザー城に一九年間留め置かれた。その間に自室の窓下を通るヘンリー四世の姪でサマーセット公の姫、ジョウン・ボウファト（Joan Beaufort）に恋心を抱き、めでたく一四二四年に彼女と結婚でき王妃としたが、彼はこの恋の委細を述べた詩作をした。これが『王の書』（*The Kingis Quair*, 出版 1713）であり、独創性は少ないものの、彼の純粋な気持と自然な愛情が表れた王者韻の美しい抒情詩である。

当時広く翻訳されたボエティウスの『哲学の慰め』をベッドで読み、マクロビウス（四世紀頃のローマの文筆家）の夢の注釈、それに『薔薇物語』（*The Romaunt of the Rose*）、さらにはジョン・リドゲイト（John Lydgate, c.1370–c.1450）の『恋愛寓意詩』（*The temple of glas*）や、全編にわたりチョーサーの『カンタベリー物語』の中の『騎士の物語』（*The Knight's Tale*）と、『トロイルスとクリセイデ』（*Troylus & Criseyde*）などの影響を受けて作詩を志した。スコッツ語と当時の話し言葉としては使用されなかったと思われるチョーサーの英語を混用して、チョーサーが『トロイルスとクリセイデ』で用いたチョーサー連、すなわち王者韻（rhyme royal）で詩作されている。詩人が夢で出会った淑女を恋してしまう。彼の恋のはげしい苦悩とは、まさに次のような生か死かの二者択一のすさまじい状況にあった。実はこの恋の苦悩は王自身の心境吐露なのである。

私は涙して嘆き悲しむほかになすすべがないのだ、
このような幽閉の身の冷たい壁の囲いの中では。
これから先は私の休息が私の苦悩となるのである。
涙で私の干上がった空しい願望を癒すことになろう。
しかもこの身に私の悲しみをすべて背負っていくはず。
だからどんなすべも無益、せめてヴィーナスが恩寵により
わが望みを叶えるか、わが魂を天に召すかのいずれかだ。(10)

夢が移り行くうち彼は天に昇り愛の女神ヴィーナス、智慧の女神ミネルヴァ、運命を操るフォルトゥナを訪れ、彼の恋が成就する指導を受けるが、万有は流転する理法を悟り地上に帰る。するとヴィーナスの御使いの山鳩が花とお告げを持って訪れ、やがて彼の恋の嘆きが癒されることを告げる。最後に万事は好調で、師のガウアーとチョーサーへの祈りで終る。この作品の他に『キリストの教会』(*Christis Kirk*)なども王の作とされる。王は晩年に土地資産の収用で貴族と反目し惜しくも暗殺された。一九世紀に詩人ダンテ・ゲイブリエル・ロセッティが『王の悲劇』(*The King's Tragedy*, 1881)を詩作して、王妃ボウファトの悲哀を切々と歌い上げた。

社会観照の抒情詩人、ヘンリソンの登場

ジェイムズ一世王に劣らぬ抒情性を併せ持ち、さらに人情の機微を突く大詩人、ロバート・ヘンリソンがほぼ

同時期に現れる。彼はまれにみるほど創意に富み、詩作に際立った斬新性を兼ね備えたすぐれた詩人であり、中世スコットランド詩人の中でひときわ光彩を放つ活躍をした。彼の生涯については不明の部分があるが、ダンファームリンで教師をして、ヨーロッパ大陸の大学で修士号を取得、一四六二年にはグラスゴー大学で法律を教えていたらしく、彼の作品の中には法律用語が時々見られる。彼は当時としては最も学識あるマカル（makar）〔マカリス（makaris）の単数形〕として広く名声を馳せていた。ほとんどの詩作品をチョーサー連（すなわち王者韻）で書いたが、チョーサーの単なる模倣者ではなかった。『イソップ道徳寓話』（*The Morall Fabillis of Esope the Phrygian*）とか『クリセイデの遺言』（*The Testament of Cresseid*）が彼の代表作であるが、彼独自の芸術的水準にまで到達しており、表現に変化を与えるべく頭韻を用い、詩の効果をさらに高めている。『クリセイデの遺言』はチョーサーの『トロイラスとクリセイデ』ほど錯綜はしていないが、『クリセイデの遺言』はチョーサーの続編となる特質を持ち、バラッドのような悲劇性の緊迫感があり音楽的旋律に比する美しさがある。チョーサーは女性の移り気を語ったものの、心優しくてヘンリソンのように女性に罰を報いる迄には至っていない。ヘンリソンは、ある冬の夜にチョーサーの『トロイラスとクリセイデ』を読み終えるとその続編を書いてみることにした。その中でこの絶世の美女、クリセイデが恋人トロイラスを見限りダイオミーディーツに鞍替えして捨てられると、恥を凌いで父親の家に舞い戻り失神する。正気に返り目覚めると自分が癩《らい》病だと分かり、彼女の天性の美貌も失う。彼女は癩《らい》宿入りをし、物乞いに悲哀の日々を送る。ある日彼女の元の恋人、馬上のトロイラスが通りかかったが、二人とも互いに気づかない。だがほのかな記憶が彼に甦ると、彼女に金貨入りの財布と宝石を投げ与える。後で彼女はトロイラスと気づき、自らの過去の不実と後悔の念で心も張り裂ける思いだった。その後彼女は遺言を彼に認《したた》め、彼より以前に贈られた紅玉を彼に残して死ぬ。彼は彼女を偲び墓碑銘を刻んだのである。

見よ、麗しの女性、トロイの町のクリセイデ
一頃は婦徳の花と称えられしものを。
この墓石の下、今は癩者逝き、横たわる。(11)

この詩作に崇高な芸術性の哀感の他に愛の叙情性が現れ、一見快い読み物のように見えても、比喩により密かに人倫の道をも説いている。これもスコットランド文学に見られる彼ら詩人たちの優れた感性であると思う。

ヘンリソン『イソップ道徳寓話』の扉

さらにヘンリソンはギリシアのイソップの伝統に従い動物寓話の形式を探求し、同時に修辞法と文法の研究にも役立てた『イソップ道徳寓話』を著した。この寓話で諂《へつら》いと虚栄の危険性を述べ、暗に圧制者に対する皮肉により分別と節度の徳を示している。共同社会の理想も徐々に崩れ去るこの当時、彼は時代の移ろい行く世相の風潮や問題を鋭く捉えた。これは現代の我々も共有する感覚である。この寓話の中で田舎の商売の鼠《ねずみ》とスコットランドの都市勃興期の鼠《ねずみ》とを対比させ矛盾を突く。狐《きつね》と狼《おおかみ》の話で

は悪を黙認し偽善で立身出世に狂奔の僧侶や托鉢僧をあばく。彼の物語は時として人間性の暗黒面を示すほか、人間の欠点と悪の破滅的な結果を説くあたり、迫真感があり印象深い。彼は当時のスコットランドの人間性と社会の雰囲気を豊かに描写した。その作品は読者の心に情景が色彩豊かによみがえり、風刺を込めていながらも、いつの間にか内容は自然に現実味を帯びるという見事な筆致を示す。

さらにヘンリソンの同世代のヘンリー・ザ・ミンストレル（Henry the Minstrel, c.1440–c.1492）という伝記詩人が出現している。彼はブラインド・ハリー（Blind Harry）とも称し、その経歴は殆ど不明で、一四六〇年に『ウォレス』（*Wallace*）という詩を作ったが、これはスコットランドの詩でも著名な作品の一つである。イングランドの圧迫に抵抗した独立の擁護者であるウィリアム・ウォレス（William Wallace, c.1270–1305）に敬意を表した作品で、二行連句に弱強五歩格の押韻ある堂々の約一万二千行という長編の構成となっている。

才気煥発の詩人ダンバーと後続の二詩人

チョーサーから学び、中世スコットランドで最大の詩人との評判が高いウィリアム・ダンバーがヘンリソンとほとんど踵《きびす》を接して出現した。彼はセント・アンドルーズ大学に学びフランシスコ会の修道士となり、喜捨を乞い免罪符を売り回り、一五〇〇年から一三年間スコットランド王ジェイムズ四世の宮廷に仕え桂冠詩人にもなるが、詩作でも報酬は乏しかった。だが彼は多才な詩人で五月の牧場や日差しの見事な描写ができる反面、教会や社会の俗悪に荒々しい風刺の矢を報いた。彼は創意に富んだ詩人であり、チョーサーからスペンサーに至る詩人の中で彼をしのぐ詩人はないとまで激賞されるほどで、先述の色彩感覚の他に、叙景描写の用語選択にも長じ、例えば船を「しぶきに浮く花」、雲雀《ひばり》を「鳴り響く空」というような表現に、彼独自の卓越した修辞法がよく現

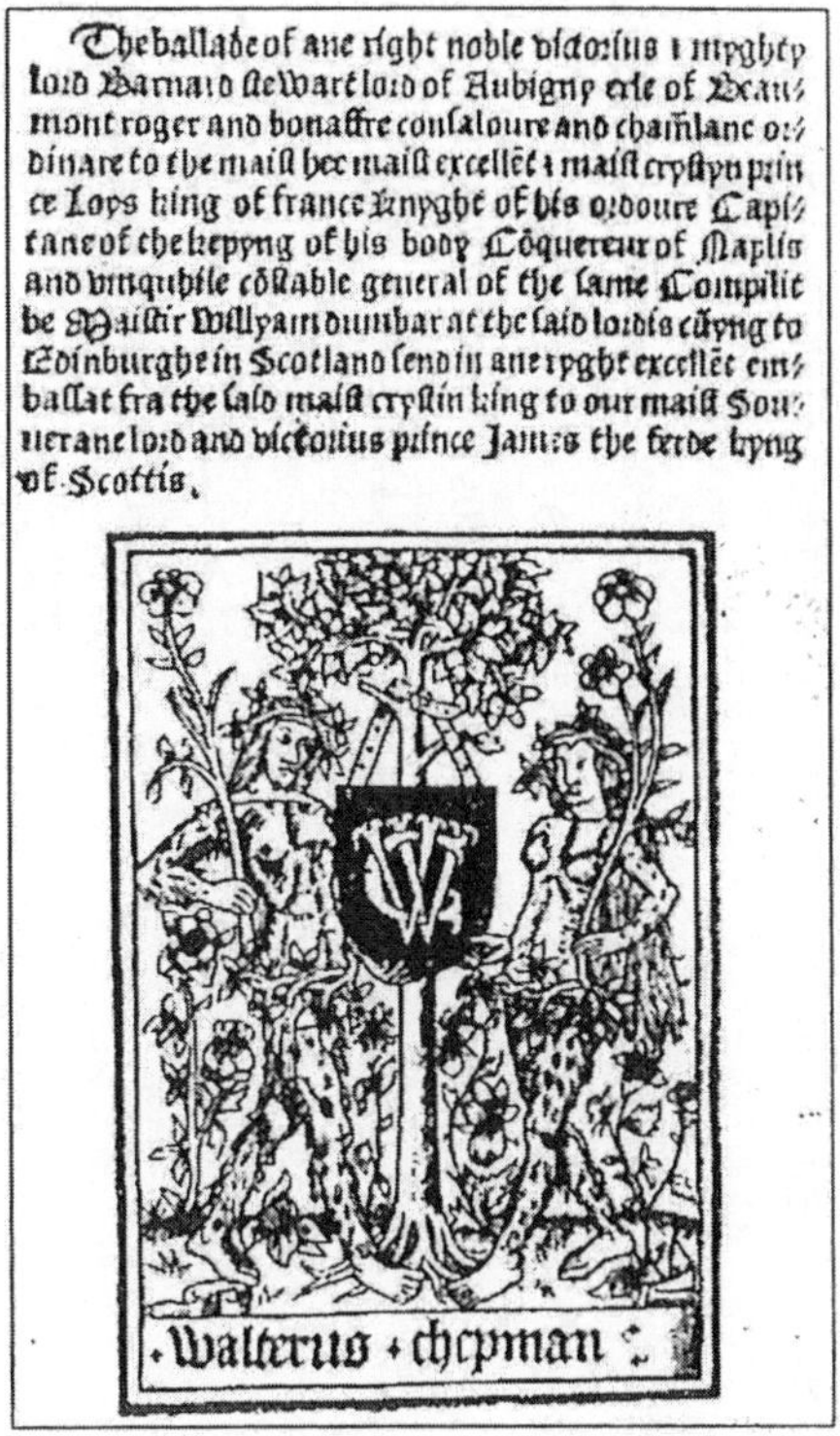

ダンバーの詩集につけられた扉絵

れている。押韻多様の詩人として彼は創造力の才を遺憾なく示し、同時代の高名の詩人、ウォルター・ケネディ（Walter Kennedy, 1455–1518）〔彼の詩作品は現在ほとんど失われている〕とフライティング（flyting）を競った。これは「機知のわざ競べ」（contest of wit）というべきもので、あくまでも論争を中心に一切の妥協なく、その当時精根の限りを尽して詩作の機知を争う過酷な競技だった。

彼の秀作は政治寓話にあり、洒落《しゃれ》と率直な哀調が特色で、本章の導入部で触れた『詩人たちの哀歌』（*Lament for the Makaris*）には自己の死の宿命と、過去から当時までの大詩人の死とを合わせて悲愴な感がある。この詩は彼が五〇歳の頃、病を得て死の恐怖から作詩した。宗教的物語詩として一二行連の『七大罪悪の踊り』（*The Dance of the Sevin Deidly Synnis*, 1503–8）を詩作するさいには、自身の聖職者の経験が生かされており、擬人化された七つの大罪は恐怖とヒューマーを伴った舞踏を描写する。

一方で「スコットランド詩人」（'Rhymer of Scotland'）と称揚された彼は、史実にも強い関心があり、ジェイムズ四世とテューダー家のマーガレットとの婚姻には『薊《あざみ》と薔薇《ばら》』（*The Thrissil and the Rois*, 1503）を詩作した。

薊《あざみ》はスコットランド、薔薇《ばら》はイングランドを表す。各様の詩歌の数およそ百篇で自由奔放に自己の情熱と天分を発揮した。また『薔薇《ばら》物語』に倣って、恋愛の悲哀と歓喜を艶やかな情調で述べる。しかも活発なヒューマー、生き生きとした想像力、鋭い風刺、激しい毒舌に満ちて彼独特の世界を形成している。宮廷に仕えると同時に外交官の彼はロンドンやパリに実地見聞を広め、貴族間の権力抗争、教会の腐敗堕落、大衆の悲惨な生活、騎士階級の専横などをつぶさに知り尽し、これらを風刺した。例えば腐敗しがちな僧の横暴を皮肉った彼の詩、『タングランドのえせ托鉢僧』(*The Fenieit freir of Tungland*)に、柄《がら》にもなく鳥の飛翔をまねた僧の暴挙を揶揄《やゆ》している。

見事な翼はズタズタに引き裂け
翼からスッポリ体が抜けると、
目元まで泥沼のド真ん中
ぬかるみにすべり込んだ。(12)

その風刺は小気味よくバラッド風ながら、詩人バーンズのように不思議な素朴さがある。それは『金の円盾』(*The Golden Targe*, 1508)や、先述の『二人の女房とやもめ一人』にも現れており、前者は愛、美、理性そして詩人の寓話である。この両作品では五月の朝で始まるが、チョーサーに比べてその自然描写もより具体的で写実性があり、スコットランド流に詩人の風土愛が色濃く出ている。彼の作品は二〇世紀のスコットランド文壇に多大の影響を及ぼしたともいわれている。

ダンバーのごとく自然描写と寓意と風刺でその才を示し、マカリスの掉尾を飾るにふさわしい二詩人、ガウィン・ダグラスとデイヴィット・リンジーの名をここで忘れずに挙げねばならない。その一人はガウィン・ダグラスで、ダンバーとほとんど時を同じく活躍した詩人である。彼はセント・アンドルーズ大学で学び、次いでパリの大学で学んだので、当時沸き起る文芸復興の兆しをいち早く体感した詩人でもある。エディンバラで大聖堂の司祭長となり、次いで教皇からダンケルドの司教に任ぜられたが、政治紛争に巻き込まれ、一年間投獄される。その後王妃の寵を失った甥に連座して司教座を剥奪され、ロンドンに逃れ黒死病で痛ましくも波乱の生涯を閉じた。

The
Palice of Honour.
By
Gawyn Douglas,
Bishop of Dunkeld.

Reprinted at Edinburgh:
By James Ballantyne and Company.
M.DCCC.XXVII.

ダグラス『誉れの宮』の扉

　彼はオウィディウスの『愛の技法』を詩に翻訳し、ウェルギリウスの『アエネイス』（一二巻）を翻訳、スコットランド人による英文学史上最初の完訳で、批評家は今日でも最も貴い偉業と称えている。詩人エズラ・パウンドは、他のどんな翻訳よりも作詩法に完璧に精通していると激賞している。訳の各巻に原作よりも興味ある自作のプロローグを書いた。その内三巻には、五月、秋、冬それぞれの田園の見事な描写がある。その光景は完璧なスコットランド色の自然である。特に冬の描写は彼の経験により想起される四季のうちで出色《しゅっしょく》のでき栄えで、写実性を帯びる冬景色の活写も見事に、ケルト系詩人の自然風土に対する愛着をこよなく表している。彼の他の詩作として寓意詩の『誉れの宮』（*Palis of Honoure, ?1533*）があり、チョーサーの影響が色濃く残る中世の慣習による夢の寓意詩で王に奉呈された。それはフランスの流行に従い人生で名誉を得る方法を説く。夢の中で詩人は寓意の代表、知恵と愛に出会う。詩人は謙虚の正しさを教わり、ダンバーを含む全時代の詩人たちに出会う。そして詩人はこの世の苦痛と救済の希望とに遭遇する。最後に慈悲が統率する忍耐に守られた名誉の殿堂に達する。彼は鍵穴に導かれ、そこから名誉を一瞥するや、目も眩む壮観に気も遠くなる。真の名誉を得るには、困難を乗り越えて始めて達成されるという道徳を基準とした詩である。さらに道徳的寓意詩の『ハート王』（*King Hart*, 初版 1786）がある。心という城の若者も美女なる快楽に、若者が老人となるや捨てられ、城は老衰に包囲され城を素直に明け渡す。人ならだれでも体験する心の一生を描く作品となっている。

　もう一人のデイヴィッド・リンジーは、スコットランドのどの家でも聖書とリンジーの本は備えてあるとまで言われたほど有名な詩人兼劇作家だったが、それなのに若い頃の経歴はほとんど不明である。セント・アンドルーズ大学で学び、ジェイムズ四世の宮廷に仕え、一五二九年にナイトに任ぜられた。宮廷詩人として『三階級のおかしな風刺』（*Ane Plesant Satyr of the Thrie Estatis*）という道徳劇を一五四〇年に上演し、風刺家の改革論者として認められている。彼の言う三階級とは、僧侶、貴族、平民であり、最も堕落した階級は僧侶だと論断する。この劇は幕間狂言を添え、敢えてジェイムズ五世の面前で上演された。この頃宗教改革の余波もあり、多くの中世スコットランドの劇作品の排除もある中で、このような反体制風刺劇が残されたのは奇跡に近い。この劇で僧侶の不知、不品行と強請、神の道を説きながらも免罪符により収益を図り、安楽な生活に鎮座して信者をなおざりにする僧、寵臣の媚諂《こびへつら》いと悪徳、彼らに対する大胆で痛烈な攻撃で、高位の権力の座にある者こそ深く反省すべきだとの詩人の信条を示した。あえて下品な言葉や直截な表現で上演、教会の腐敗を狙い撃ちでスコットランドの状況を大胆に批判する。

『夢』（*The Dreme*, 執筆年 1528）は彼の大作で夢の寓意を用い、詩人が記憶女史に地獄、浄罪界、星座、天上界、地上界そしてスコットランドへと導かれ、この国の陥った荒廃を嘆き悲しむ。これは君主に対する辛辣な教戒をも示唆している。特にこの作のスコットランドの風景は、チョーサー風の和む四月の朝ではない。風と霙《みぞれ》の冬の日で、彼が海に面した洞穴から荒海のうねりを見る情景に象徴性がある。『王への申立て』（***Complaint to the King*, 1530**）では宗教形式を模倣して書き、悪徳の問題、民衆の悲哀、教会や宮廷貴族の悪弊を打破する願望を表した。さらに大胆な批判詩は『君主制』（*Monarchie*, 1552）という最後の作品で、彼が詩人であると同時に変革期の時代の改革者たらんとする自負がある。彼の詩は魅力があるが、快さとか想像力に多少欠けるところもある。ただし純粋の風刺、激しい道徳の息吹、これらの点で彼には他のマカリスをしのぐ説得力とか人間味や活力で溢れている。彼の作品はスコットランドの宗教改革運動にも重要な役割を果したのみか、彼の死後も二世紀にわたり人気を博した。さらに現代になると彼の風刺が再評価されてきている。

注

（1）死の舞踏（danse macabre）はあらゆる人間を等しく墓場へと踊りながら導く死の寓意化。一四世紀にドイツの道徳劇が発端となり、急速にイングランドやフランスに広まり、一六世紀にホルバイン（Holbein, 1538）が画に描き有名になる。

（2）J. Kinsley, *William Dumber Poems*（O.U.P., 1958）'*Lament for the Makaris*' ll. 49–52.

（3）*Ibid.*, ll. 97–110.

（4）帝王韻ともいい、チョーサーが『哀憐の歌』（*Complaint unto Pity*）や『トロイラスとクリセイデ』で使用した詩形。各行が弱強一〇音節を含む七行連より成り、*ababbcc* と押韻する詩形でチョーサー連に同じ。チョーサーを愛読したスコットランド王ジェイムズ一世が、この詩型を用いて『王の書』を作詩したので、「王者韻」とも呼ばれるようになった。またフランスの『王の歌』（*Chant Royal*）にこの名称が由来するという異説もある。

（5）この詩形は、スコットランド王ジェイムズ六世（在位 1567–1625）、後のイングランド王 ジェイムズ一世（在位 1603–1625）の命名になる、いわゆる tumbling verse の部類に入る。

（6）C. Elliot, *Robert Henryson Poems*（Oxford University Press, 1963）, introduction xv.

（7）C. Elliot, *Robert Henryson Poems*（Oxford University Press, 1963）, 'Testament of Cresseid', ll. 17–8.

（8）G. G. Coulton, *Medieval Panorama*（Meridian Books, 1938）, p. 105.

（9）K. Sisam, *14th Century Verse & Prose*,（Oxford University Press, 1921）Book. xvii, ll. 781–791.

（10）W. W. Skeat, *The Kingis Quair*,（Blackwood & Sons 1884）p. 18 stanza 69.

（11）C. Elliot, *Robert Henryson Poems*（Oxford University Press, 1963）'*The Testament of Cresseid*' ll. 608–9.

（12）M. Mackenzie, *The Poems of William Dunbar*（W. Faber & Faber, 1932）, '*The Penieit freir of Tungland*', ll. 105–8.

第二章　バラッド

スコットランドの伝承バラッド
——その歴史と物語世界——

宮原牧子

歴史を伝える民衆のうた、バラッド

伝承バラッドとは、中世以来イギリスおよびヨーロッパ各国において、一般の民衆や吟遊詩人たちによって口伝えに受け継がれてきた物語歌である。伝承バラッドは、文字を知らなかった人々がうたい、文字を知らなかった、あるいは使うことのなかった人々がこれらを聞くことによってのみ、長い間伝えられてきた。もともとはメロディがついていて、人々はこれに合わせてうたい、踊っていたのだという。スコットランドにおいては、一六世紀から一七世紀にかけて最盛期を迎えた。一六世紀の印刷技術の発明・発展と、ジャーナリズムの隆盛にともなって、ブロードサイド・バラッドが誕生する。ブロードシートと呼ばれる大判紙に印刷され、街頭で売られたバラッドである。もっとも、文明の発達したイングランドにおいては盛んであったが、スコットランドにおいてはあまり発展しなかった。その後、トマス・パーシー（Thomas Percy, 1729–1811）やサー・ウォルター・スコッ

ト（Sir Walter Scott, 1771–1832）らの尽力によって歴史の中に埋もれてしまうことを免れたバラッドは、ロマン派詩人たちをはじめ、後世の多くの詩人たちに影響を及ぼした。詩人たちは伝承バラッドやブロードサイド・バラッドの形式やテーマを模倣したバラッド詩を生みだした。バラッド詩制作は現代詩人たちにまで引き継がれている。

『ジュニア・クラスのためのスコットランド史』（*History of Scotland for Junior Classes*, 1850）の中に、ジョニー・アームストロングやジェイムズ王といった英雄たちにまつわる多くの伝説は、民衆のバラッドの中に失われることなく保存されている、と書かれているように[1]、スコットランドのバラッドは、この国の歴史、人々の心の歴史を現代に伝える貴重な資料でもある。ジョージ・エアトッドは次のように指摘する。

> 民衆の歌にこそ、彼らの紛れもない真の心情が込められているものである。何のてらいもない民衆の口から生まれた歌の底流には、彼らの性質や歴史をつくりあげてきたもの、つまり彼らの真の習慣や倫理、観念や迷信、愛情やユーモアや悲しみがある。……また、物語詩が描くと考えられているもの、すなわち本来ならば人々の現実の生活の多様さのみが伝え得る、彼らの性質の個々の相違や、活き活きとした出来事の多様さを描き出すという意味において、スコットランドのバラッドに勝るものはない。[2]

歴史書には多かれ少なかれ書き手の主観が介在する。しかし、民衆が生みだし、自らの口を通してうたい継がれてきたバラッドには、彼らの真の感情、真の歴史を読みとることができるのである。

スコットランドに伝わるバラッドの中でも、特にスコットランドとイングランドの国境地方に伝わるバラッドを「ボーダー・バラッド」（Border Ballads）とよぶ。ボーダー地方（the Borders）を舞台とし、この地の社会と生活を色濃く反映した人々の物語や、この地で実際に起こったスコットランドとイングランドの抗争やクラン同士の戦いをうたった歴史物語など、一言にまとめるならば、「恋と戦い、掠奪、殺戮の宝庫」である。[3] フランシス・ジェイムズ・チャイルド（Francis James Child, 1825–96）が『イングランドとスコットランドの伝承バラッド集』（*The English and Scottish Popular Ballads*, 1857–58）に収録した伝承バラッドは全部で三〇五編であるが、そのうちボーダー・バラッドの数は約六〇編にものぼる。中島久代氏は、ボーダー・バラッドを次のように定義する。

> 豊かな背景とさまざまのストーリーを持つボーダー・バラッドの定義付けをあえて試みれば、リード（ジェイムズ・リード）の言うように、野蛮な時代の野蛮な地域での人々の生活の様子を表現した文化ないし文学であり、あるいは、喜び、迷信、野蛮な行為、悲しみをうたった人間の生活のユニークな記録であり、同時に、実際の出来事とは異なるとしても、歴史的出来事を伝える媒体がボーダー・バラッドである。ボーダー・バラッドの語り手たちの口調は具体的であり、かつ暗示的でもあり、なかなか饒舌であり、例えればスコットの歴史小説の語り手たちに似ている。そして最大の特徴は人間関係の描写が中心であることである。（略）社会の枠と歴史の認識が表現されているかどうか、この違いがシンプル・バラッドとボーダー・バラッドの大きな差異である。[4]

うたい手たちに歴史認識が意識的なものであったかどうかに拘わらず、ボーダー地方に伝わるバラッドは紛れもなく人間の生活の記録である。

バラッドの蒐集

伝承バラッドの蒐集が本格的にはじまったのは一八世紀であった。一七〇七年、スコットランドとイングランドの議会が統合されたころから、イングランド化していくスコットランドの状況に反比例するかのように、スコットランドの人々の自国への愛情・愛着が強まっていった。そんな中、自国の言葉で自国の人々をうたうバラッドが、国民のアイデンティティを示すものとして見直されていった。

一八世紀から一九世紀にかけてバラッドの蒐集は、アラン・ラムジー（Allan Ramsay, 1686–1758）、トマス・パーシー、デイヴィッド・ハード（David Herd, 1732–1810）、ジェイムズ・ジョンソン（James Johnson, ?1750–1811）、サー・ウォルター・スコット、ジェイムズ・ホッグ（James Hogg, 1770–1835）、ロバート・ジェイミソン（Robert Jamieson, 1780–1844）、ジョン・フィンレイ（John Finlay, 1782–1810）、ウィリアム・マザウェル（William Motherwell, 1797–1835）、ウィリアム・エドモンストン・エイトン（William Edmondstoune Aytoun, 1813–65）らによってなされてきた。そして、それらを元に、スコットランド、イングランド、アイルランドのバラッドを網羅し、集大成したのがフランシス・ジェイムズ・チャイルドである。現在では、バラッドを語る際には、チャイルドが編集したテクストをキャノンとすることが常である。（以下、伝承バラッドの原題に付した番号は、チャイルドの分類番号である。）

エイトンをはじめ多くの研究者、編集者たちが主張するように、スコットランドに限らず伝承バラッドの蒐集においては、いつも蒐集・編集者による加筆、改ざんの問題がつきまとう。また、伝承バラッドを全三〇五編、それぞれのバラッドの異版を多いもので約二〇版も収録したチャイルドでさえ、全てのバラッドを収録しているわけではないと自ら述べているように、口承歌である伝承バラッドの完全な収録というのは、到底実現できることではない。かつて、ある個人の作品と伝承バラッドが未分化に蒐集されてしまった例もあった。「ハーディクヌート」(Hardyknute) というバラッドは、後にスコットランド、ファイフ生まれの詩人、エリザベス・ウォードロー夫人 (Lady Elizabeth Wardlaw, 1677–1727) の手による作品であることが明らかになったのだが、パーシーの『英国古詩拾遺集』(*Reliques of Ancient English Poetry*, 1765) に収録された際には、パーシー自身、伝承バラッドであるのか、個人の手によるものであるのか判断しかねたという。

このようにバラッドの研究には困難と曖昧さがつきものではあるが、ここでは、スコットランドの地でよく知られる物語の世界とその背景を紹介していきたい。

バラッドの物語とその分類

伝承バラッドは歌の内容によっていくつかのグループに分類することができる。ここでは、デイヴィッド・バハン (David Buchan) の著書『スコットランドのバラッド集』(*A Book of Scottish Ballads*, 1973) の分類に従い、(一) ロマンティック&トラジック・バラッド (Romantic and tragic ballads)、(二) マジカル&マーヴェラス・バラッド (Magical and marvelous ballads)、(三) ヒストリカル&セミ・ヒストリカル・バラッド (Historical and semi-historical ballads)、(四) コミック・バラッド (Comic ballads etc.) にグループ分けし[5]、それぞれの代表作を取り上げる。

(一) ロマンティック&トラジック・バラッド

恋人たちをうたったバラッドで、悲劇的なものが多い。悲劇的ではあるが、チェンバーズが指摘するように、「印象的なまでの独特のすばらしく美しさがあり、この国の前時代の人々のたぐい稀な詩才をうかがわせる」[6]ものばかりである。

ボーダー・バラッド、「ダグラス家の悲劇」(The Douglas Tragedy 7B)は、チャイルドの『イングランドとスコットランドの伝承バラッド集』においては「ブランド伯」(Earl Brand 7)のB版として収録されているが、スコットの『スコットランドボーダー地方バラッド集』(*Minstrelsy of the Scottish Border*, 1802–03)におけるタイトル「ダグラス家の悲劇」の方がはるかに有名である。

1

「さあさあ　起きて　ロード・ダグラス
　輝く鎧をお召しになって
あなたの娘が　夜陰《やいん》にまぎれて駆け落ちしたと
　世間に知れてはなりませぬ」

2

「さあさあ　起きろ　勇敢な七人の息子たち
　輝く鎧を身にまとえ
妹を盗まれないよう　気をつけろ
　姉は昨晩盗まれた

3

マーガレットを白い馬の乗せ

ウィリアムは葦毛の馬に乗り
角笛を腰にぶらさげて
軽やかに　二人は駆けて行きました(7)

ダグラス家はボーダー地方の有力なクランであった。家系はブラック・ダグラス家とレッド・ダグラス家に分かれる。ロード・ダグラスの娘、マーガレットが恋人ウィリアムと駆け落ちし、これを阻止しようとダグラス家の者たちが二人を追う。歌は二人の駆け落ちを知らせる声で始まるが、このように伝承バラッドは、歌の背景にある詳しい経緯や事情の説明は省き、唐突に話が始まるのが常である。逃げる二人の後をマーガレットの父親と兄弟たちが追ってくる。

6　マーガレットは　白い手に手綱をしっかりつかみ
一滴の涙も流さず　見つめていました
七人の兄弟たちがつぎつぎ倒れ
愛する父親も苦戦の様子

7　「ウィリアム　もう止めて

「ダグラス家の悲劇」

あなたの剣は強すぎます
恋人は　この世にいくらもいましょうが
父親は　二人とはおりません」

「一滴の涙も流さず」戦いを見つめるマーガレットの様子は、彼女もまた気高きクランの一員であることを示すと同時に、行為のみを語るバラッドが人間の深い悲しみを表現し得るということを証明している。しかし、続く7連目のマーガレットのセリフは、肉親と恋人とが決死の戦いを繰り広げるのを目の当たりにしているにも拘わらず妙に現実的で、前の連で計り知れない悲しみに耐えている彼女自身とのギャップが実に面白い。バラッドが単なる夢物語ではなく、人間の本音をも内包する懐の深さを有していることを示していると言えるだろう。戦いに勝ったウィリアムとマーガレットは先を急ぎ、小川にたどり着く。

12

馬から降りて　水を飲み
とてもきれいな湧き水でした
恋人の心臓の血が流れて
マーガレットはとても怖くなりました

13

「しっかりして　ウィリアム
こんなに深傷《ふかで》で　どうしましょう」
「おれの緋色のマントの影が

澄んだ水に映っているだけ」

マーガレットの父親や兄弟たちの戦いで、ウィリアムもまた深い傷を負っていたことが、ここで初めて明らかにされる。澄んだ小川の水にウィリアムの血の赤が美しい色彩のコントラストを生み、恐ろしくも美しい。淡々とした、抑制されたリズムの中で交わされる会話であるからこそ、却って恋人たちの必死さが伝わってくる。二人はウィリアムの母親の館にたどり着くが、ウィリアムは「夜中を待たずに」、マーガレットは「夜明けを待たずに」息絶える。心中や後追い自殺は伝承バラッドに度々うたわれるモチーフである。

18　ウィリアムは聖メアリ教会に埋められました
　マーガレットは聖歌隊席に埋められました
マーガレットの墓からは　美しい赤いバラ
　ウィリアムの墓からは　イバラが生えました

19　ふたつは出会って　からみ合い
　いつも一緒をよろこびました
これで皆さんおわかりでしょう
　二人は　本当の恋人でした

20　しかしやがて　ブラック・ダグラスがやってきて

ああ　彼はなんという無情者
美しいイバラを抜きとって
聖メアリ湖に投げ捨てました

伝承バラッドの世界では、この世で結ばれることのなかった恋人たちは、死後バラとイバラに生まれ変わり、「恋結び」によって結ばれる。ただし、ここに取り上げた版のように、無残にも恋結びが破られることもある。いずれにしても、死を越えて恋人たちに幸せをもたらそうとする民衆の想像力は何とも自由である。「ウィリアムの亡霊」（Sweet William's Ghost 77）では、死んだ恋人の亡霊が登場し、生前とかわらぬ調子で恋人と話しをする。

2

「眠っているかい　マーガレット
それともおきているかい
ぼくがおまえにあげた
信念と真心を返しておくれ」

3

「信念と真心は返せない
二人の愛は裂かれない
あなたが部屋へ入ってきて
頬《ほお》と顎《あご》に接吻してくれなけりゃ」

4

「ぼくの唇はとても冷たい　マーガレット
　いまでは土の臭いがする
おまえの唇に接吻すれば
　おまえの命は長くない」

「信念と真心」とは、この世での誓いを意味し、これを絶つことなくして死者はあの世で安らかに眠ることができない。あの世にいくことのできない恋人がいるのは、「飢えた虫たち」（14連目）の這いまわる、「露がおりたら／たちまち寝床はぬれそぼつ」（15連目）場所、つまり土の中であり、「土の臭いがする」唇というリアリティは、豊かな想像力によって生まれた超自然的な歌の世界の中にあって、現実的で地に足のついた表現である。こういった表現があるからこそバラッドは、科学の時代を生きる現代の読者をも物語世界に容易に惹きこむことができるのである。

このように伝承バラッドでは、よく死んだ者たちが生前と何ら変わらぬ姿で登場するが、彼らは「肉体をもった亡霊」であり、バラッドのうたい手であった民衆は、生の世界と死の世界を分け隔てることなく、人間が決して避けることのできない悲劇である死を受け止めるのである。そこには死をも超越する生のエネルギーの強さが感じられる。

スコットランドとイングランドの対立を背景にした伝承バラッド「メイズリー」（Lady Maisry 65A）は、ヒロインの非業の死というストーリーとは対照的に、そんな生のエネルギーが満ち溢れた歌である。

1

北国の若者たちは
　こぞって求愛に出かけました
メイズリーの愛を勝ちとるために
　しかし彼女は　誰一人見向きもしません

2

若者たちは　ありとあらゆる贈り物で
　メイズリーに言い寄りました
ブローチと指輪を贈って
　メイズリーを求めました

伝承バラッドに限らず、ヨーロッパ各国には、美しく高慢な女が数々の求婚者たちを足蹴にし、その報いとして、例えば悪魔の求婚を受け入れるといった悲惨な運命をたどる、という話が多数あるが、メイズリーがどんな求婚も受け入れないのは、敵国イングランドに恋人がいるためである。このことを嗅ぎつけた台所番の少年がメイズリーの兄のもとに走る。

8

「ご主人様と奥様はお達者です
　三人の弟様もお元気です
妹のメイズリー様もお変わりなく
　赤ん坊で大きなお腹はなさっていますが」

この小姓さえ黙っていればと、ドラマや映画といった、より刺激的な視覚と聴覚の複合芸術に慣れている現代の読者・聞き手でさえ、物語の成り行きにハラハラさせられる。このように伝承バラッドは、緊迫感溢れるサスペンス的要素をも含んでいる。

メイズリーを問いただし、真実を打ち明けられた兄は次のように憤る。

14

「公爵だろうと男爵だろうと
　だれでもこの領地に迎えられたはず
よりによってイングランドの野良犬をつかまえて
　この俺様に恥をかかせるとは

15

「その子が腹から出てきたときは
　野良犬とはきっぱり別れるのだ
ひとときたりとも　奴のそばにとどまるならば
　命は無いものと　覚悟するのだ」

この伝承バラッドにうたわれている出来事が実際に起こった事件であるのか、そうでないのかは分からない。しかし、たとえこのバラッドがスコットランドとイングランドの抗争の歴史と、その時代を生きた人々の感情が作り出した架空の物語だとしても、ここに歌われている人間の心情にはリアリティがある。表面の激昂《げきこう》ぶりとは裏腹に妹にかけられた兄の温情は実に興味深い。彼は、妹がイングランド人の子を宿していることを「恥」としながらも、赤ん坊は誕生させ、男と別れるならば妹を殺すつもりはないと明言する。伝承バラッドはこのように、人間の複雑な心理までもうたい得るのである。この兄のセリフに、兄から妹への近親相姦的な恋愛感情を推測することも可能だろう。近親相姦のモチーフもまた、バラッドに頻繁に見られる。

兄の譲歩にも拘わらず、メイズリーは恋人ウィリアムへの愛を貫くことを宣言し、火あぶりの刑に処せられる。中世スコットランドの法律では、子を宿し由緒ある家系を汚した女に下される罰は火あぶりであった。この知らせを聞いたウィリアムは、彼女の元に駆けつける。

26

ウィリアムが　あと一マイルに近づいたとき
　メイズリーは　馬のいななきを聞きました
「ひどいお兄さん　火をもっと強くして
　膝まで届いていませんよ」

27

ウィリアムが　戸口で馬を降りたとき
　メイズリーは　手綱が鳴るのを聞きました
「ひどいお兄さん　火をもっと強くして
　まだまだ　顎まで来ませんよ

28

「お兄さん　火をもっと強くして

わたしにちゃんと届くよう
ウィリアムが　急いでこちらにやってきます
すぐにも今度は　あなたの番よ

29

「ウィリー　もしもこの手が自由なら
ほんとは　こんなに不自由ですが
燃える焔から身をよじり
あなたの息子を投げるのに」

物語は、ウィリアムの復讐と後追い自殺を誓うことばで終わるが、その直前にうたわれる、火あぶりにされながらも兄を挑発するかのように言葉を発し続けるメイズリーの強さ、気高さが、凄まじいエネルギーとなって胸に響く。これこそまさに「燃える焔」の中からでさえも命を繋ごうとする、厳しい時代を生き抜く人間のエネルギーなのである。

（二）マジカル&マーヴェラス・バラッド

異界や魔術、呪いといった民間伝承を元にうたわれたもの。妖精の女王や王たちが登場したり、人間と異界の者たちとの関わりをうたったりする。中でも「タム・リン」（Tam Lin 39A）は時代を超えて愛され続けているバラッドであり、現代でも絵本や映画に登場する。また、スコットランドの脚本家リズ・ロッホヘッド（Liz

Lochhead, 1947– ）は「タム・リンの恋人」（Tam Lin's Lady, 1984）というバラッド詩を書いている。ボーダー地方を流れるエトリック川とヤロー川が交わる辺り、カーターホーの森に出かけて行ったジャネットは、タム・リンと出会う。

1

「金の飾りを髪につけた
　娘さん方
若いタム・リンがいる
　カーターホーに行ってはなりません

2

「カーターホーに行って
　金の指輪か　緑のマント
そうでなければ乙女の純潔を
　奪われずにすむものはない」

3

ジャネットは緑のスカートを
　ひさの上までたくし上げ
金髪をおでこで
　きりりとむすびました
ジャネットは急いで急いで

カーターホーへ行きました

4

ジャネットがカーターホーについたとき
タム・リンは泉のそばにいました
泉のそばにタム・リンの馬が見えました
けれどもタム・リンの姿は見えません

5

ジャネットがバラの花を
ほんの二輪も摘まぬうち
タム・リンが「もうそれ以上は
摘んではいけない」といいました

バラを摘むのは、妖精を呼びだす行為のモチーフである。スカートを「ひざの上までたくし上げ」て馬に跨《また》がるジャネットは勇ましく、印象的である。イングランドの詩人ウィリアム・モリス（William Morris, 1834–96）は、このジャネット像をモチーフに、イングランドとフランスの戦いに翻弄される恋人たちをうたった「洪水の中の干草の山」（The Haystack in the Floods, 1858）というバラッド詩を書いている。

森から戻ってきたジャネットは、タム・リンとの子どもを身ごもっている。前述のように、伝承バラッドでは物語の経緯の詳細は省略されるため、ジャネットの突然の妊娠は、現代の読者には驚きであろう。ジャネットは再び森へ向かう。

24

「妖精の国は心地よいところ
　けれども気味の悪いことに
七年ごとに
　地獄へいけにえを捧げるのだ
僕は色も白くて肉付きも良い
　いけにえは僕に違いない

25

「今夜はハロウィン
　明日が万聖節だ
僕を救い出してくれるかい
　君には勇気があるはずだ」

ヨーロッパには類似の話が多数あるが、その多くは男が異界の女を人間界に連れ戻すというストーリーである。『白雪姫』や『眠れる森の美女』を読みなれている現代の読者にとって、救い出すのは女、救い出されるのは男という設定は、衝撃的ではなかろうか。バラッドの中の女たちは兎にも角にも強いものである。また、当時の妖精のイメージも、ディズニーの『ティンカー・ベル』のような可愛らしいものではなく、醜いものであるという概念が一般的であった。

31

「妖精たちは　君の腕の中で
　僕をイモリやマムシに変えるだろう
それでもしっかり抱いて怖がらないで
　君が子どもを愛しているなら」

「子ども」をダシにする卑屈なまでのタム・リンの願いは滑稽であり、腕の中でイモリやマムシ、熊や獅子、真っ赤に燃える鉄の棒や石炭に変身するタム・リンをしっかりと抱いて放さないジャネットは勇ましくも意地ら

「タム・リン」

しい。妖精の国を無事に脱出した二人をエニシダの茂みの中から見ていた妖精の女王は、恨みの言葉を口にする。

42

「タム・リンよ
　こうなることがわかっていたら
おまえの灰色の両目をくりぬいて
　木玉をかわりに入れておけばよかった」

妖精の国で見たことは、決して人間の世界で語ってはならないという掟がある。女王の怒りの原因は掟ばかりではない気もするが。この掟は次に取り上げる「うたびとトマス」(Thomas Rhymer 37A)にも登場する。

1

正直もののトマスが野原で寝ころんでいると
　粋な女が見えました
女は颯爽堂々と馬に乗り
　羊歯の丘を越えてやってきました

2

スカートは草色の絹織りで
　マントはきれいなビロード製
乗った馬のたてがみに
　五十九個の銀の鈴がついていました

3

正直もののトマスが帽子をとって
　深々とおじぎをしていいました
「ようこそ　尊き天の女王様
　あなたのようなかたを見るのははじめてです」

4

「いいえ　いいえ　正直もののトマス」女はいいました
「わたしは天の女王ではありません
わたしはただ　きれいな妖精の国の女王で
　おまえをたずねてきたのです

5

「トマス　わたしのいっしょに行くのです
　正直もののトマス　おまえはわたしと行くのです
七年間おまえはわたしに仕えるのです
　楽しい日にも悲しい日にも」

異界での経験をした人間が、再び人間界に戻ってくるという物語は『浦島太郎』をはじめ、世界各国に存在するが、このトマスのモデルは、一三世紀に実在したとされるトマス・レアモント（Thomas Learmond of Erceldoune）という詩人・予言者である。トマスの予言能力の確かさから、人々は彼がその力を妖精の国で授かったものにちがいないと信じ、これが伝説化した。また、「七年間」という年月は、『創世記』に登場するヤコブが伯父ラバンの下で働いた年数をモチーフとしていると考えられる。ヤコブはラバンの娘ラケルと結婚するため、伯父に言われたとおり、七年間彼の下で働く。(しかし約束の七年後、初夜の床に現れたのはラケルの姉、レアであり、彼はラケルを得るため更に七年働かなければならなかった。)このように、このバラッドで最も注目すべき点のひとつは、キリスト教の影響を色濃く反映していることである。スコットランドにキリスト教の教会が初めて建設されたのは四世紀末のことであった。以来、この地のキリスト教は、独自の発展を遂げていった。

7

四十日と四十夜　正直もののトマスが
　赤い血に膝までつかって行きました
お日様もお月様もみえません
　海鳴りの音が聞こえるばかりです

8

二人は馬で行きました　どんどんどんどん行きました
　そしてとうとう緑の園につきました
「おりてください　おりてください　女王様
　あの果実《み》をとってさしあげましょう」

9

「いやいや　それはなりません　正直者のトマス
　あの果実《み》に触れてはなりません

地獄のすべての呪いが
　この国の果実《み》にかかっています

10

「パンがひとやま　ワインがひと瓶
　わたしの膝にこれこのとおり
先を急ぐそのまえに
　しばらくやすんで　さあめしあがれ」

「四十日と四十夜」は、旧約聖書や新約聖書に度々見られるモチーフである。例えば、『マタイによる福音書』第4章、1～2節においては、「さて、イエスは悪魔から誘惑を受けるため、霊に導かれて荒れ野に行かれた。そして四十日間、昼も夜も断食した後、空腹を覚えられた」と書かれている。また、「緑の園」とはエデンの園を、「あの果実《み》」とは「園の木の果実」を暗示し、そして「パン」と「ワイン」はそれぞれキリストの血と肉体のモチーフであると考えられる。しかし、スコットランドにおける初期のキリスト教が本来の形ではなく、スコットランドの土俗的信仰を混じり合ったものとなっていたのと同様に、このバラッドにおけるキリスト教的モチーフもまた、本来のものではない。「四十日と四十夜」かけてトマスが渡るのは「血の海」であり、「緑」は妖精の色であり、「あの果実《み》」は食べれば「地獄の呪い」がふりかかる、という極めて異教的なものとなっているのである。

女王は「羊歯の丘をめぐる道」（十四連）を通り、トマスを妖精の国へと連れていく。

15

「けれどトマス　おまえが見たり聞くことは
　ひとにいってはなりません
もし一言でもしゃべったら
　二度と故郷《くに》へは帰れない」

16

トマスの上着はてかてか光り
　靴はすべすべ緑のビロード
そして七年の月日が過ぎるまで
　トマスの姿は見えません

イングランド詩人ジョン・キーツ（John Keats, 1795–1821）の「つれなき美女」（La Belle Dame sans Merci）やラドヤード・キプリング（Rudyard Kipling, 1865–1936）の「トマス最後の歌」（Last Rhyme of True Thomas）は、この「うたびとトマス」を変奏したバラッド詩である。また、アメリカのファンタジー作家、エレン・カシュナー（Ellen Kushner, 1950–　）の『吟遊詩人トマス』（*Thomas the Rhymer*, 1990）は、「うたびとトマス」の他、さまざまな伝承バラッドをモチーフとして取り込んだ小説であり、一九九一年には、世界幻想文学大賞を受賞している。

（三）ヒストリカル&セミ・ヒストリカル・バラッド

歴史上の出来事をうたったバラッド。伝承バラッドは、感情を排し淡々と出来事を語るものであるが、語られている事柄は歴史書が伝える歴史と等しいものではない。ボーダー・バラッドの中には、「オッタバーンの戦い」(The Battle of Otterburn 161C)、「フロッデンの戦い」(Flodden Field 168)、「フィリップホーの戦い」(The Battle of Philiphaugh 202) といった、実際にスコットランドとイングランドとの間に起こった戦いをうたったものが多い。例えば、エイトンが『スコットランドのバラッド』(*The Ballads of Scotland*, 1859) の中に収録している作品、「クロムデイル平原」(The Haughs of Cromdale、チャイルドの『イングランドとスコットランドの伝承バラッド集』には未収録) は、一七世紀のスコットランドの英雄ジェイムズ・グレアム・モントローズの勇ましい戦いぶりをうたったバラッドであるが、実際にこの戦いを行われたのはクロムデイルではなく、そこより三五キロほど北西に向かったオールダーン (Auldearn) の地であった。伝承バラッドでは、うたわれている内容が必ずしも歴史的事実と一致しているわけではない。チャイルドは、バラッドのうたい手や聞き手は事実というものに無関心なものであると述べているが、(8) これこそ伝承バラッドが時代や地域を越えて多くの人々に受け継がれていった所以でもある。また、歴史書とは往々にして勝者の側から書かれるものであり、必ずしも客観的事実ではないように、バラッドもうたい手によってその内容が変化する。チャイルドが収録している「オッタバーンの戦い」のA版はパーシーが『英国古詩拾遺集』に収録したイングランドの武勇をうたったものであるのに対し、C版はスコットが『スコットランド・ボーダー地方バラッド集』に収録したものでスコットランド側から同じ戦いをうたったものである。

ヒストリカル・バラッドに分類されるのは戦争をうたったものばかりではない。実際に起こった事故や出来事を土台にしてうたわれた伝承バラッドの中で、最も美しく、最も有名な歌のひとつが、「サー・パトリック・スペンス」(Sir Patrick Spens 58A) であろう。これは前述の「うたびとトマス」と同じ時代にうたわれていた古いバラッドである。一二八一年、アレグザンダー三世の娘マーガレットがノルウェー王エリックに嫁ぐにあたり随行した者たちが、帰路海難に遭い命を落とした。マーガレット王妃は幼子を残し若くして亡くなったが、アレグザンダー三世がこの世を去ると、その孫娘が王位を継ぐべく呼び戻され、この際にも海難事故が起こっている。「サー・パトリック・スペンス」がいずれの事故を元にうたわれたものであるのかは定かでない。というのも、歴史書の記録にはサー・パトリック・スペンスの名前はどこにも登場しないからである。冒頭に登場するダンファリンとは、エディンバラから一六マイルほど北西に実在する町である。

1

ダンファリンの町でのことです
　王様が血のような酒を飲みながらたずねました
「わしの船をあやつれる
　腕ききの船乗りはどこにいる」

2

王様の右手に控《ひか》えた老騎士が
　大声でいうことには
「サー・パトリック・スペンスこそ
　いちばん腕ききの船乗りでございます」

3

王様は長い手紙を書いてから
　自《みずか》らそれに署名して

そのとき浜辺を歩いていた
　サー・パトリック・スペンスに送りました

4

ひとこと読んでサー・パトリックは
　大声あげて大笑い
ふたこと読んだそのときに
　涙が流れて眼がみえません

国王からの手紙を受け取ったサー・パトリック・スペンスは「大声あげて大笑い」した後、「涙が流れて」手紙も読めなくなってしまう。たった四行の中に喜びと悲しみという人間の感情の両極が凝縮して表現される。同じく口承詩であるマザー・グースの中に「ソロモン・グランディ」という歌がある。

ソロモン・グランディ
げつようにうまれて
かようにせんれい
すいようにけっこんして
もくようにびょうき
きんようにきとく
どようにしんで

にちようにはかのなか
はいそれまでよ
ソロモン・グランディ[9]

通常「ナンセンス詩」に分類される歌であるが、イギリスの作家ジョージ・オーウェル（George Orwell, 1903–50）はエッセイの中で「なんとも憂鬱な話だが、君やぼくの身の上話とそっくりではないか」[10]と述べている。人間の一生をたった一〇行でうたいあげるダイナミズムは、個人の詩人には到底真似することができない。そして、この詩がダイナミックでありながら、なおかつ説得力を持っているのは、長い時間をかけて不特定多数の名もなき人々がこの歌に関わってきたからであり、そこに口承歌の底力がある。「サー・パトリック・スペンス」の一見乱暴にも見える、たった四行の感情表現が説得力を持つのも同じ理由に依るのだろう。

サー・パトリック・スペンスは急いで船出の準備をするが、仲間たちは嵐を怖れ、これを止めようとする。しかし続く連は、事故が起こった後の情景である。ここに見られる貴族に対する冷ややかな視線には、うたい手である民衆の生の感情を読み取ることができて面白い。

8　スコットランドの大宮人がお嫌《きら》いなのは
　コルクの靴がぬれること
けれどもそのお遊びがすむまえに
　お帽子がぷかぷか波に浮かびます

9

奥方様がいついつまでも
　扇かざしてすわるでしょう
サー・パトリック・スペンスが
　港に帰るのをまちわびて

10

奥方様がいついつまでも
　金のかんざし髪にさして立つでしょう
いとしいひとを待ちわびて
　二度と会えはしないのに

11

アバディーンへ　アバディーンへいたる途《みち》すがら
　五十尋《ひろ》の海底に
サー・パトリック・スペンスは眠ります
　そして足許《そば》にはスコットランドの大宮人

「金のかんざし」のきらびやかな美しさは、歌の悲劇的な物語と対象を成して、悲劇的要素を際立たせる。「サー・パトリック・スペンス」を元に、イングランド詩人ダンテ・ゲイブリエル・ロセッティ（Dante Gabriel Rossetti, 1828–82）は「白船」（The White Ship, 1877–80）を書いた。この詩も「サー・パトリック・スペンス」と同じく、歴史的事実を元にしたバラッド詩である。一二世紀、イングランド王ヘンリー一世の息子を含む約三〇〇人の乗員乗客がホワイト・シップ号と呼ばれる船の難破で命を落としたという歴史的事実を、ただ一人生き残った屠殺人が語るという物語であるが、物語の終盤、船の難破をヘンリー王に伝える少年の髪は金髪であり、浜辺には金色の芥子の花が輝いていた、とうたわれる。ロセッティは、「サー・パトリック・スペンス」の「金のかんざし」が作品にもたらす効果も含めて、この伝承バラッドを変奏したと言えるだろう。もう一点注目すべきは、サー・パトリック・スペンスは民衆が創り出した架空の人物であり、王の命令には絶対服従であった一民衆である彼が、海の底でスコットランドの大宮人たちを足許にして眠るという設定である。現実の世界では決して覆ることのない身分の上下であるが、バラッドの中でのそれは容易に逆転する。ここには、虐げられる民衆の願いを読み取ることが可能だろう。伝承バラッドがうたい継いできたのは、歴史的真実ではなく、時代時代を生きた人々の心情的真実なのである。

(四) コミック・バラッド

ここまで取り上げてきたバラッドは、いずれも人々の悲しみをうたう歌であったが、コミック・バラッドは言うまでもなく、人々の笑いをさそう歌である。悲しみは人々の生活につきものだが、「笑い」は人々の生活になくてはならないものである。コミック・バラッドの中には、昔の人々の生活や風習を今に伝える歌が少なくないが、「羊の毛皮にくるまれた女房」は、昔も今も変わらない夫婦の問題（?）をうたった伝承バラッドである。

1　パンも焼かない　酒もつくらない
　ヒイラギ　緑のヒイラギ

きれいなお手々が荒れるからだと
　ロビン様よ　弓を引け

2

洗濯もイヤ　絞るのもイヤ
　ヒイラギ　緑のヒイラギ
金の指輪が傷むからだと
　ロビン様よ　弓を引け

3

ロビンは　羊の檻に行き
　ヒイラギ　緑のヒイラギ
羊の脚をわしづかみ
　ロビン様よ　弓を引け

4

黒い羊の息の根止めて
　ヒイラギ　緑のヒイラギ
剥いだ毛皮を　女房の背中に掛けました
　ロビン様よ　弓を引け

各連二行目と四行目は、リフレイン（折り返し句）であり、バラッドの特徴のひとつである。通常は意味のない言葉の繰り返しであり、もともとバラッドがうたわれていた時代に、主旋律に合わせて挿入された合いの手のようなものであると考えられている。しかし、リフレインは時に物語の内容に沿って人々の感情を高揚させたり、あるいは物語の内容を補ったりするという効果を持つ。このバラッドの二行目のリフレインにはあまり意味がないようだが、四行目の、「ロビン様よ　弓を引け」というリフレイン、合いの手が、同じ境遇にあるこの世の男たちの叫びだとするならば面白い。また、ロビンという名前には、義賊ロビン・フッドが意識されていたのかもしれない。ロビン・フッドは伝承バラッドから誕生した、イングランドのシャーウッドの森を舞台に活躍する英雄である。ロビンがうたわれるのは当然イングランドのバラッドが中心であるが、スコットランドにも、例えば「ロビン・フッドの誕生」（The Birth of Robin Hood、エイトンの『スコットランドのバラッド』第二巻に収録）といったバラッドが残っている。民衆を虐げる代官等にとっては無敵の英雄ロビンでさえ、女房の扱いに苦心していたのだと想像すると、このバラッドの面白さも増すというものである。

羊の毛皮にくるまれた女房は、一転、従順な女になる。

7

「ああ　ロビン　離してちょうだい
　ヒイラギ　緑のヒイラギ
立派な女房になりますから
　ロビン様よ　弓を引け

8

「洗濯します　絞ります
　ヒイラギ　緑のヒイラギ

金の指輪も気にしません
　ロビン様よ　弓を引け

9

「パンも焼きます　酒もつくります
　ヒイラギ　緑のヒイラギ
肌荒れなんか気にしません
　ロビン様よ　弓を引け

10

「それでもまだまだ足りないならば
　ヒイラギ　緑のヒイラギ
家畜の世話も　畑仕事も
　ロビン様よ　弓を引け

11

「それでもまだまだ足りないならば
　ヒイラギ　緑のヒイラギ
お部屋の隅で　あなたの靴を磨きます」
　ロビン様よ　弓を引け

手抜き女房をここまでやり込めるバラッドは珍しい。大抵、男が泣き寝入りするのが落ちである。ただ、羊の毛皮にくるまれただけで激変する女房にも、「お部屋の隅で　あなたの靴を磨きます」という過剰なまでの卑屈さにもリアリティはなく、女たちがこの歌で気分を害するようなことがあったとは想像し難い。

バラッドの伝承

ここに取り上げた伝承バラッド以外にも、庭師の青年が美しい花々で娘に求愛する「庭師」(The Gardener 219)、一族から追放され、恋人の元に向かうが、彼の母親の嘘のため恋人に会うこともできずに死んでしまう娘の物語「ロッホ・ロイヤルの娘」(The Lass of Roch Royal)、国王に見染められた娘が女王の怒りを買って絞首刑となる「メアリー・ハミルトン」(Mary Hamilton 173)、恋人に毒を盛られた息子と母親の対話で語られる「ロード・ランダル」(Lord Randal 12)、イングランドからスコットランドを守った実在の英雄の活躍と死をうたった「ジョニー・アームストロング」(Jonnie Armstrong 169)、荒野に野ざらしになっている騎士の死体を冷徹で皮肉な目で見つめた「二羽のからす」(The Twa Corbies 26 headnote)、妖精の騎士と人間の娘の頓知比べ「妖精の騎士」(The Elfin Knight 2)など、数々の伝承バラッドがスコットランドの地に受け継がれている。

そして伝承バラッドは、後の詩人・小説家たちよって新たな生命を吹き込まれた。前述のウォードロー夫人やエイトンの他、ロバート・バーンズ、ジェイムズ・ホッグ、ウォルター・スコット、ジョージ・マクドナルド、R・L・スティーヴンソン、エドウィン・ミュアといった本書に取り上げる詩人たちの多くがバラッド詩を書いている。その他、伝承バラッド「ヤロー川の土手」(The Braes o Yarrow 214)を元歌とするバラッド詩「ヤロー川の土手」(The Braes of Yarrow)で有名なウィリアム・ハミルトン(William Hamilton of Bangour, 1704–54)、パーシーの『英国古詩拾遺集』にも収録され発表当時大変な人気を博したという「マーガレットの亡霊」（"Margaret's Ghost", 別名 "William and Margaret"）の作者デイヴィッド・マレット（David Mallet, c.1705–65）、スコットとの親交も深かった詩人で劇作家のジョアンナ・ベイリー（Joanna Baillie, 1762–1851）、スコットの『スコットランド・ボーダー地方バラッド集』編集にも携わったジョン・レイデン（John Leyden, 1775–1811）、バラッドを題材とした絵画も多く残した画家であり詩人でもあるウィリアム・ベル・スコット（William Bell Scott, 1811–90）、バラッド制作を茶化す詩を書くほどにバラッドに精通していたロバート・W・ブキャナン（Robert W. Buchanan, 1841–1901）、バラッドの起源をめぐる論争で活躍したアンドルー・ラング（Andrew Lang, 1844–1912）、一二歳にしてバラッド詩を書き始めたと言われるジョン・デイヴィッドソン（John Davidson, 1857–1909）など、バラッド詩を書き残したスコットランド詩人の名を挙げればきりが無い。今なお受け継がれ続けるバラッドは、スコットランド文学の土台のひとつであると同時に、これを支え続ける大きな支柱のひとつなのである。

注

（1）Henry White, *History of Scotland for Junior Classes*（1850）, p. 46.

（2）George Eyre–Todd, *Scottish Ballad Poetry*（1893; London, 1997）, p. 1–2.

（3）山中光義『バラッド鑑賞』（開文社出版、一九八八年）、一〇七頁。

（4）藪下卓郎他監修・バラッド研究会編訳『全訳　チャイルド・バラッド』（音羽書房鶴見書店、二〇〇五年）第二巻、xi頁。

（5）Cf. David Buchan, *A Book of Scottish Ballads*（London: Routledge, 1973）.

（6）William and Robert Chambers, *The Romantic Ballads: Their Epoch and Authorship*（1859）, p. 1.

（7）伝承バラッドの訳については、全て『全訳　チャイルド・バラッド』全三巻（藪下卓郎他監修・バラッド研究会編訳、音羽書房鶴見書店、二〇〇五―〇六年）に依る。

（8）Cf. F. J. Child, ed., *The English and Scottish Popular Ballads*（New York: Dover Publications, Inc., 1965）, II, p. 19.

（9）谷川俊太郎訳『マザー・グース』（講談社文庫、一九八一年）第一巻、七九頁。

（10）http://www.nonsenselit.org/index2.php?option=com_content&do_pdf=1&id=61（"Nonsense Poetry", Tribune, 21 December 1945, republished in *Shooting and Elephant and Other Essays*, London, Sacker and Warburg, 1950, p. 179. The text is taken from the Project Gutenberg Australia edition of August 2003）.

第三章　アラン・ラムジー

イージー・クラブの真実
――『イージー・クラブ議事録』から見えてくるもの――

照山顕人

アラン・ラムジー研究への新しい光

文学史をひも解けばアラン・ラムジー（Allan Ramsay, c.1684–1758）が一八世紀の非常に重要な詩人であることは明白である。しかし現代では、本国のスコットランドでさえも顧みられることは少ないという。その理由として、二つのことが考えられる。一つは使用言語である。ラムジーは重要な詩をほとんどすべてスコッツ語で書いた。スコッツ語は現在ではスコットランド人にとっても、かなり難解で、その詩が敬遠されるのも致し方ない。二つ目にはロバート・バーンズ（Robert Burns, 1759–96）の存在である。今日、スコットランドの詩人といえばバーンズなのである。バーンズはラムジーの詩作法を引き継いだ詩人で、バーンズにしてみればラムジーは師匠的な存在である。しかしバーンズが「国民詩人」と称されるほどの詩人となったため、ラムジーの影は薄い。ラムジーを少しでも知っている人がいるとすれば、それはあくまでもバーンズの先学としての認識にすぎず、本来の詩人としての評価を得ているとはいえない。ラムジーは一般読者からは軽んじられてきたのである。

しかし、近年の調査で膨大な量の詩や書簡、文書などが発見され、これら未刊行資料が、一九四五年から一九七四年にかけてスコットランド・テキスト協会（Scottish Text Society）〔以下ＳＴＳと略記〕から刊行された『アラン・ラムジー著作集』（*The Works of Allan Ramsay*, ed. Burns Martin, John W. Oliver, Alexander Kinghorn et al）〔以下『著作集』と略記〕に収められた。この中でもっとも重要なものは、第五巻に収録されている『イージー・クラブ議事録』（*Journal of the Easy Club*）〔以下『議事録』と略記〕である。詳述は後にするが、これはラムジーらによって立ち上げられ、一七一二年から一五年まで活動を展開した文学サークル「イージー・クラブ」（Easy Club）の活動記録である。このマニュスクリプトは、ロンドンの競売会社サザビーズで競りにかけられ、エディンバラの書籍商が競り落とし、一九〇七年にアンドルー・ギブソン（Andrew Gibson, 1841–1931）が購入した。ギブソンは他のラムジー研究者には公開せず、これをもとに『新説アラン・ラムジー』（*New Light on Allan Ramsay*, 1927）を著したのだった。コーリ・アンドルーズはその著書『一八世紀スコットランド・クラブ詩における文学のナショナリズム』(1)の中で、『新説アラン・ラムジー』を二〇世紀に著された出版物の中でラムジーに関する最も重要かつ本格的な研究書であると位置づけている。

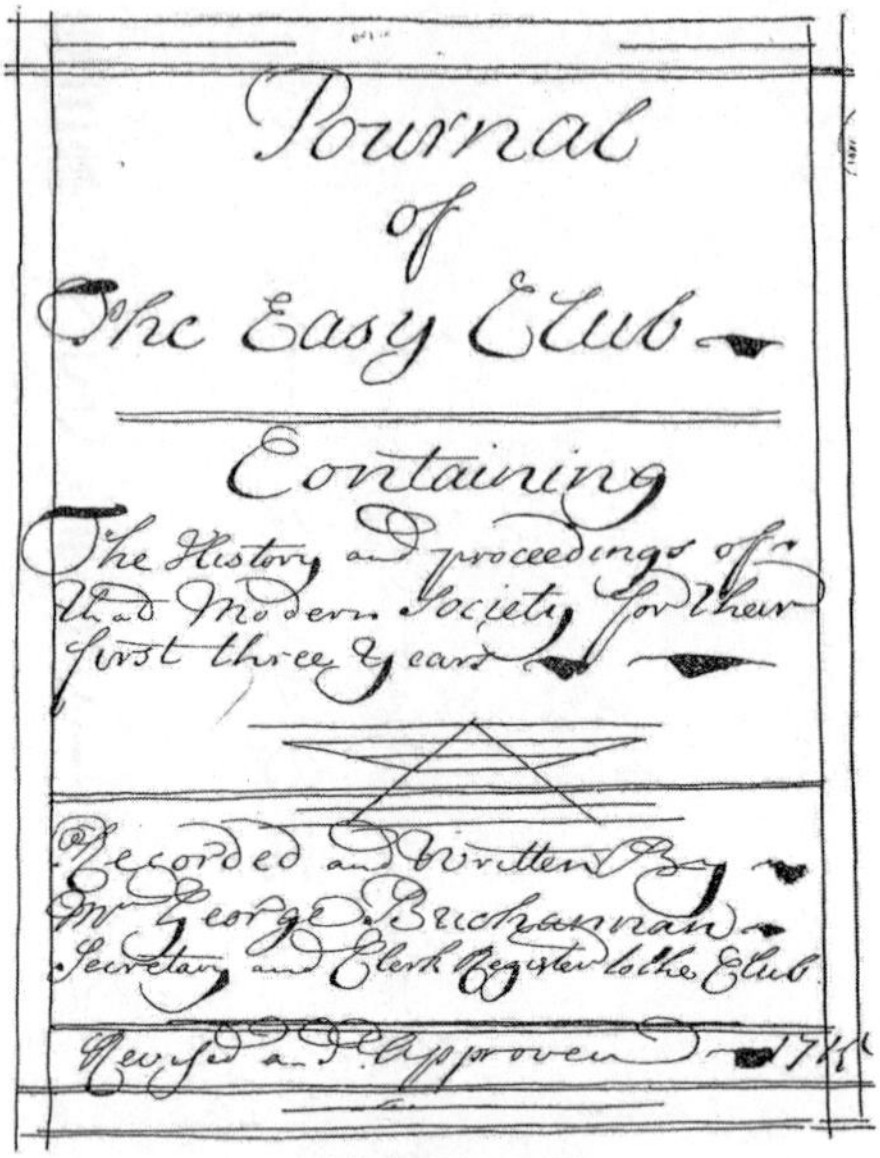

『議事録』の扉

ギブソンの死後、マニュスクリプトの原本は行方不明になったが、ギブソンが生前作っておいたその写しが見つかり、一九七二年出版の『著作集』第五巻に収載された。『議事録』が初めてラムジー研究者の目に触れることになったのである。

一九二七年のギブソンによる『新説アラン・ラムジー』と、STS版『著作集』の中に収められた『議事録』とによって、ラムジー研究、特にそのイージー・クラブとの関係についての研究に拍車がかかった。その結果、ラムジーが詩人として成長していく過程で重要な役割を果たしたこのクラブの性格や構成メンバーなどが解明されたのである。

例えば、バーンズ・マーティンはギブソンの『新説アラン・ラムジー』が刊行されるや『アラン・ラムジー——生涯と作品の研究』(*Allan Ramsay: A Study of His Life and Works*, 1931)を著して、ギブソンの研究と照らし合わせながら、これまでのラムジー研究を検証した。その結果「ラムジーとイージー・クラブの関係について今まで書かれてきたものは全く意味をなさなかった。しかし幸運にもギブソン氏が小さなグループの『議事録』のマニュスクリプトを手に入れたので、彼が詩人〔ラムジー〕の〔イージー・クラブの〕会員であったときのことを正確かつ詳細に説明したのである(2)」と『議事録』を高く評価した。一九七九年にはF・W・フリーマン(F. W. Freeman)とアレグザンダー・ロウ(Alexander Law)が、書誌学に関する研究紀要『ビブリオテック』(*The Bibliotheck*)に論文を寄稿、イージー・クラブで初めて出版されたラムジーの詩の全貌を明らかにした。また一九八九年にはアレグザンダー・ロウが『スコットランド文学ジャーナル』(*Scottish Literary Journal*)にイージー・クラブにおけるラムジーを描き出した。その後一九九〇年には同誌にマリ・G・H・ピトック(Murray G. H. Pittock)がイージー・クラブとジャコバイトの関係についての研究を発表している。さらには二〇〇四年に前述のコーリ・アンドルーズがその著書の中で、ラムジーのスコットランドに対する愛国心がクラブ内での活動にどのような影響を及ぼしたかを克明に論じている。以上が主な研究であるが、それらはラムジー研究の一端にすぎず、ＳＴＳ版『著作集』以降は、多くの研究者が論考を行っている。著作集が世に出たことによって、今またラムジー研究が活気を取り戻してきているのである。

アラン・ラムジーの生涯

ラムジーの出生年月日は明確ではないが、一六八五年あるいは一六八四年の一〇月一五日といわれている。出生地はラナークシャーのレッドヒルズ（Leadhills）、地名から推測できるように鉛鉱山の町である。鉱山で働いていた父親はラムジーが生まれてすぐ亡くなり、母親は再婚したが、一七〇〇年に亡くなった。母親の再婚によって一家は大所帯となっており、ラムジーは極貧の中で育てられた。まともな教育を受ける機会にも恵まれず、教区学校に通うのが関の山だったという。しかしラムジーの長子によれば、ロバート・ブルースやウィリアム・ウォレスを中心としたスコットランドの歴史、デイヴィッド・リンジーの詩などはレッドヒルズ時代に読んでおり、それが以後芽生えてくる彼のナショナリストとしての大きな栄養素になったようだ。

母親の死後、一七〇〇年ころにラムジーはエディンバラに上京、一七〇四年、鬘《かつら》職人のもとに徒弟奉公に入る。六年後に奉公が満期を迎えると正規の鬘職人となり、エディンバラの正市民として認められて、一七一二年に鬘製造販売店を開業した。この年の暮れラムジーはクリスチャン・ロス（Christian Ross）と結婚、二人には少なくとも五人の子どもが生まれたようだ。長子には父親と同じ名前がつけられ、後に肖像画家として大成するが、長子以外の消息は不明な部分が多い。

一七一二年にラムジーは文学サークル「イージー・クラブ」を立ち上げる。このサークルを通して彼は詩を書くことを学び、詩作の技術を磨いた。イージー・クラブ解散後も精力的に多くの詩を発表するが、中でも「マギー・ジョンストンへの哀歌」('An Elegy on Maggy Johnstoun')は秀逸で、かつての仲間から惜しみない賛辞が与えられた。マギー・ジョンストンはエディンバラで小さな農場を経営していたが、彼女のつくるビールが非常に美味で、それに魅了された人が多数来訪し、彼女の住まいは事実上居酒屋のようになっていた。エディンバラのゴルフコース、ブランツフィールド・リンクス(Bruntsfield Links)を臨むモーニングサイド(Morningside)にあったため常連客にはゴルファーたちが多かった。

ゴルフに飽きたとき、
マギー・ジョンストン亭が私たちの憩いの場、
今、私たちゴルファーは沈んでいる、
　　鉛のように心も重く。
こん棒を持った死神が彼女に苦痛を与え、
そうして彼女は亡くなったのだ。(3)

マギー・ジョンストンが亡くなったのは一七一一年ころである。このラムジーが書いた詩は当時のエディンバラの居酒屋の様子をコミカルに伝えている。

一七二一年にはイージー・クラブ創設以降に書かれた詩を集めて『詩集』(*Poems*)を出版した。八〇篇の詩のうち半分が英語(イングランド語)で書かれ、残りはスコッツ語と英語の混合だった。彼はスコッツ語の重要性を強調したのだった。この中でラムジーはエディンバラの下層階級の生活を愛情込めて描き、特にハイ・ストリートの居酒屋や売春宿を詠ったものは秀作とされている。

一七一八年から鬘屋に加えて書店の経営にも乗りだし兼業していたが、一七二三年ころから一七二五年の間に鬘屋は廃業、書籍販売と文筆業に専念することとなった。このころ有料の「貸し出し図書館」（circulating library）も設立し、書物を買うことのできない下層階級層に演劇や小説を広めていったのである。また中世スコットランドの詩やスコットランドの歌や諺などの言語伝承集の編纂にも携わり、生まれた故郷の文学的、民俗学的伝統を後世に残すことにも盛んに取り組んだ。

彼の最も意欲的な作品の一つは一七二五年に発表した牧歌劇『気高い羊飼い』（*The Gentle Shepherd*）である。それまでに書きためた牧歌詩数編をもとにして芝居に改作したものだった。この作品はスコッツ語を使って大きな効果を生んだ。舞台は王政復古時代のエディンバラ郊外。生まれが貴族であることを知らない羊飼いが身分の低い羊飼いの女性と恋に落ちるが、ちょうどそのころ名乗り出た実の親から結婚を禁じられる。しかしその恋人が実は親類筋の貴族の出身と判明し、無事結ばれるという内容である。ラムジーは一七二九年にこれをバラッド・オペラに改変、さらに評判が高くなり、エディンバラ文壇におけるラムジーの地位は不動のものとなった。

ラムジーは性格的ににぎやかなことを好み、ピューリタン的な暗さが好きではなかった。そのため彼が劇場に関心を示すのは当然のことであった。また一七二九年には『気高い羊飼い』が初演され、その後さまざまな場所でロングランを続けたが、専門劇場はまだ存在しなかった。一七三六年一一月八日にはスコットランド演劇史上初の劇場とみなされているニュー・シアター（New Theatre）をカルーバーズ・クロースに開館し、劇場経営に乗り出すが、翌年早々に劇場公演認可法が可決、六月施行により劇場は閉鎖に追い込まれた。その後さまざまな方策を用いて再開に漕ぎつけようとしたが、叶わなかった。

一七四〇年ラムジーはすべての事業から引退してカースル・ヒル（Castle Hill）に隠居、一七五八年壊血病のため亡くなった。亡骸はグレイフライアーズ教会墓地（Greyfriars Kirk Cemetery）に埋葬された。七八歳だった。

イージー・クラブの設立

ラムジーの詩人としての経歴は、イージー・クラブに寄せる詩作品から始まる。イージー・クラブで養われた愛国の精神が彼のその後の作家生活の精神的バックボーンになる。

新しく発見された議事録から、ラムジーを華々しく詩人としてデビューさせたイージー・クラブという小さな文芸サークルの正体が明らかになった。

一七一二年五月、一七〇七年のイングランドとの合同に反感を持つ四人の若きナショナリストたちが文学サークルを立ち上げた。イージー・クラブと呼ばれ、ジョゼフ・アディソンとリチャード・スティールによるロンドンのスペクテイター・クラブを手本としていた。ラムジーはこの創設メンバーの一人である。

『議事録』は一七一二年五月一二日から始まるが、その冒頭で事務局長兼書記の「ジョージ・ブキャナン」（George Buchannan）はイージー・クラブの設立の趣旨や指針を説いている。すなわち会の目的を会員による相互改善（mutual improvement）と位置づけ、入会するにふさわしい人物を、自由で、柔順で、独創的な性格の持ち主とした。そのためクラブの名称を「イージー・クラブ」とすること、さらに会員の行動を律するために著名人の名前を「通り名」としてつけるというものだった。

会則で示されているように、クラブ名の「イージー」には会の趣旨である「気楽さ」、「陽気さ」、「無邪気さ」が込められ、その精神に反する考え方や行動はご法度とされた。また会員たち自身も‘easy[easiness]’の定義を『議事録』のいたるところで論じて‘easy’へのこだわりを示し、またラムジーがクラブに寄せる詩にも

'easy[easiness]' という語が多用されている。

「通り名」は、クラブ内で会員の行動が逸脱しないように、戒めとして、各界の著名人の名前を借りることにしたものだった。当時のエディンバラのクラブでの習慣に倣ったようだが、イージー・クラブの通り名は、ほとんどがイングランドの名士から取られていた。

最初にクラブを立ち上げた四人の若者の通り名は、設立の趣旨を書いた「ジョージ・ブキャナン」のほか、「アイザック・ビッカースタッフ」（Isaac Bickerstaff）、「ロード・ロチェスター」（Lord Rochester）、「トム・ブラウン」（Tom Brown）だった。設立の数日後、「サー・ロジャー・レストレンジ」（Sir Roger L' Estrange）、「サー・アイザック・ニュートン」（Sir Isaac Newton）、「サー・トマス・ヘイウッド」（Sir Thomas Heywood）の三人がさらに入会したが、その通り名もイングランドの名士たちの名だった。

アラン・ラムジー

議事録もすべて通り名で書かれているため、本名など素性はほとんどわかっていない。クラブのメンバーは最終的に一四人にのぼったが、素性がはっきりしているのは四人だけである。「アイザック・ビッカースタッフ」はラムジーが用いたものだが、『スペクテイター』紙（*The Spectator*, 1711–12, 1714）の前身である『タトラー』紙（*The Tatler*, 1709–11）でスティールが使ったものだった。「ジョージ・ブキャナン」はスコットランドの歴史家の名前から取ったもので、本名をジョン・ファーガス（John Fergus）という商人、「ロード・ロチェスター」は法律家のジェイムズ・ステュアート（James Stewart）、「サー・ロジャー・レストレンジ」は法廷弁護士のジョン・エドガー（John Edgar）だった。

六月六日にクラブとしての最初の大事業が行われる。敬愛する『スペクテイター』紙に手紙を書くことになったのである。ラムジーが起草することになり、イージー・クラブの設立とその目的、創設に関わった会員の名前、現在のクラブの状況などをしたためた。毎回会合では『スペクテイター』紙の記事を読むことになっていると打ち明け、『スペクテイター』紙への傾倒ぶりを披露している。(4)

イージー・クラブが創設された一八世紀はスコットランド史上きわめて興味深い。一七〇七年の合同に始まり、それによってスコットランド人はアイデンティティー喪失の危機にさらされ、自信を失っていく。しかし、一方で合同によって議会がなくなり政治家がロンドンに移住すると首都エディンバラには知識人がひしめき、スコットランド啓蒙運動が開花、エディンバラを中心に高い知的環境が築かれていった。啓蒙運動の理念から、あらゆる階層が一様に高度な知性の恩恵に浴することができたのである。その洗練された知性の具現の一つとして、言語の面ではスコットランド固有の伝統的スコッツ語を劣等視し、洗練された上品さをかもし出す英語（イングランド語）が大きくクローズアップされた。その結果、上流階層や知的階層は進んで英語の勉強を始めるのである。しかし上流・知的階層のイングランド志向とは裏腹に、合同直後の苦難の時代こそスコットランドの自尊心を守らなければならないとする、ナショナリズムを鼓舞する動きも現れてきた。

一八世紀は、そのように相反する二つの複雑な感情がスコットランド人の中に広がった時代だった。そしてこの時代を背景として、イージー・クラブの知的な会員たちは『スペクテイター』紙こそ洗練と教養の規範であるとして崇めたのである。アディソンとスティールはこれまでのジャーナリズムには希薄だった政治的中立性を標榜しつつ、「雅《が》」に過ぎず、「俗」に走らざる文体で巧みに世相を映しだし、文学批評上の指導者として仰がれたのである。

イージー・クラブの転機——反イングランドの主張

『議事録』からクラブの活動が三会期に分けられることがうかがわれる。そしてその三会期中に計五四回の会合が開かれている。第一会期は創設の一七一二年五月一二日から同年八月八日で会合は一八回、第二会期は一七一三年一一月五日から同年一二月二二日で一二回、第三会期は一七一四年一二月六日から一七一五年五月一一日で二四回である。議事録の記録は一七一五年五月一一日で終わっているが、エディンバラ大学図書館のレイン・コレクション(Laing Collection)にあるラムジーの書簡や詩の内容から判断すると、クラブは少なくとも一七一五年一一月までは会合を開いていた形跡があるという。

第一会期と第二会期の間に一年三カ月の休会がある。初期メンバーの主だった会員三名が国内外での勉学のためエディンバラを離れたためである。休会後の一七一三年一一月五日に久しぶりに会合が持たれたが、その日の議事録はジョージ・ブキャナンの厳しい意見から始まる。

……イングランドの裏切り、思い上がり、そしてイングランドに対する憎しみによってスコットランドがこれまでどのような被害を受けてきたか、またさらに〔イングランドの〕恥ずべきやり方で、今どんな被害を受けようとしているのか、そして〔われわれが〕自らの国を批判し、われわれの後援者[5]にイングランド人を選ぶことによって、スコットランドはいかに大きな侮辱を受けたかを表明するものである。……後援者にスコットランド人を選び、自らの国の英雄や文人に敬意を払うこととするのは、スコットランド人の作ったクラブの規約の栄誉ある条項となると思う(6)。

すなわちイングランドの不誠実な行為により発会当時イングランドの著名人から取った通り名を放棄し、新たに自国の歴史上の著名な人物を通り名として名乗るべきと定められたのである。そのときの出席者を見ると、ラムジーがアイザック・ビッカースタッフから「ガウィン・ダグラス」(Gawin Douglas)に、トム・ブラウンが、「サミュエル・コルヴィル」(Samuell Colvill)に、リチャード・ブラックモア(Sir Richard Blackmore)が「ブラインド・ハリー」(Blind Harry)に改名した。ジョージ・ブキャナンは、もともとスコットランド人の通り名であったため継続してそれを使用した。他の会員は後の会合からスコットランド人の名前を名乗ることとなった。ブキャナンのこの文言を読む限り、決定自体がイングランドとの合同への反発の発露であることが想像できる。また以後クラブに寄せるラムジーの詩からも合同後のスコットランドへの失望がうかがわれる。

イージー・クラブのナショナリズムとジャコバイティズム

反イングランドを掲げたイージー・クラブがジャコバイトであったとする記述は数多い。ロウギ・ロバートソン(Logie Robertson)やオリファント・スミートン(Oliphant Smeaton)のようなヴィクトリア時代のラムジー研究者は、トマス・ラディマン(Thomas Ruddiman)、アーチボールド・ピットケアン(Archibald Pitcairn)、パトリック・アバークロンビー(Patrick Abercrombie)といった筋金入りのジャコバイトがイージー・クラブの会員だったとして、それぞれの著書に彼らの名前をあげている。しかしそのような事実はまったくない。モーリス・リンジーは、『スコットランド文化必携』に寄稿した一九八一年でも、同じ間違いを繰り返しているのだが、(7) おそらく、これはイージー・クラブがジャコバイト色を強く発信していたという一般的な認識のもとで、当然前述のジャコバイト派文人もイージー・クラブに属していたものとの先入観があったためであろう。

第一会期の『議事録』には、イージー・クラブがジャコバイトであったことをうかがわせる記録はない。愛国の精神にあふれる文言は至るところに見えるが、イングランドを敵対視するものではない。それどころか、イングランドの英雄、文人から通り名を選ぶくらいイングランドを礼賛している。したがって前述のブキャナンの言葉はあまりにも唐突で辛らつといえよう。

ブキャナンの声明の数日後、ラムジーはクラブに「著名なるアーチボールド・ピットケアン医学博士を悼む詩」（'A Poem to the memory of the famous Archbald [sic] Pitcairn, M. D.'）〔以下「ピットケアンを悼む詩」と略記〕を寄稿した。医師であり、劇作家であり、詩人であったピットケアン（Archibald Pitcairn, 1652–1713）はクラブの第二会期が始まる一六日前に亡くなっている。当時彼は愛国者であり、過激なジャコバイト主義者として有名で、有能な医師としての経歴を悪化させるほどにその主義・主張に傾注したのである。ラムジーは「ピットケアンを悼む詩」の中でクラブの会員や同臭味のスコットランド人が手本にすべき模範的な愛国の士としてピットケアンを描いている。おそらく彼の死がブキャナンをしてこの声明を書かしめる引き金となったのだろう。

「ピットケアンを悼む詩」は、ギブソンが著書『新説アラン・ラムジー』の中でタイトル頁を掲げたため、その存在は知られていたが、ギブソンの死後の調査では、「ピットケアンを悼む詩」だけ不明のままだった。しかしそれは後にエディンバラ市中央図書館で発見され、ようやく一九七九年にF・W・フリーマンとアレグザンダー・ロウがその全詩文を公表するにいたった。(8)

この詩には四行の献辞と一七行の序詩があり、詩本体は一〇〇行である。この中でラムジーはピットケアンに

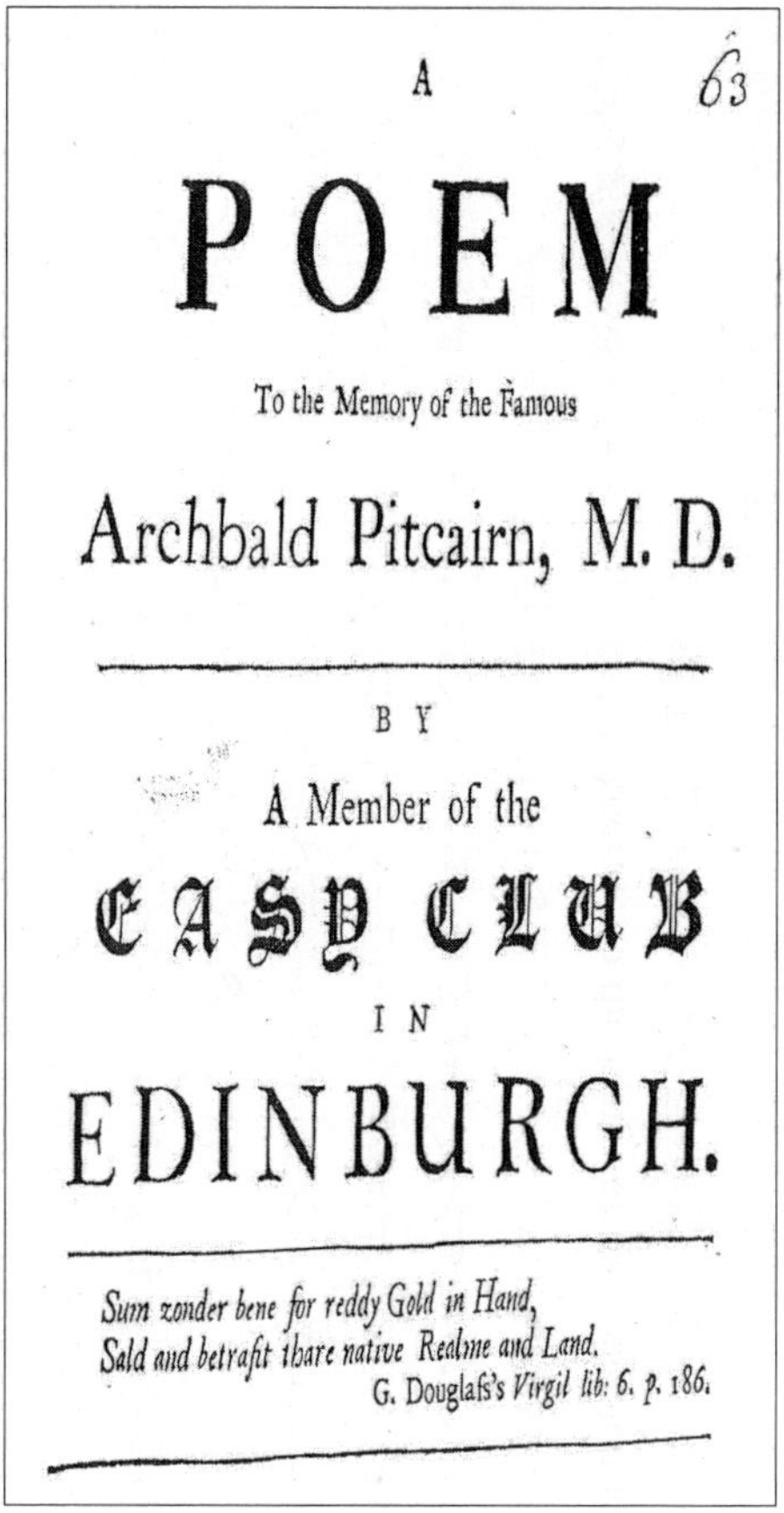

A 63

POEM

To the Memory of the Famous

Archbald Pitcairn, M. D.

BY

A Member of the

EASY CLUB

IN

EDINBURGH.

Sum zonder bene for reddy Gold in Hand,
Sald and betrasit thare native Realme and Land.
G. Douglass's *Virgil lib: 6. p. 186.*

「著名なるアーチボールド・ピットケアン医学博士を悼む詩」の扉

存分な賛辞を送るとともに、合同後のスコットランドを憂い嘆くのである。

詩はピットケアンの天国への到着で始まる。そこにブルースやウォレスが現れる。ウォレスは自分のような解放の士がもはや存在しないことを嘆き、「もう一度勇敢なクランを導くために」現世スコットランドに戻ることを切に願う。そして最後にこの物語はブルース、ウォレス、ダグラス、グレアムなどのスコットランドの闘士たちが、天国にやってきたピットケアンを歓迎する言葉で終わるのである。

冒頭でラムジーはピットケアンの言葉を交えていう。

高徳の一族、気高いスコットランド人らしく、
ピットケアンはわれわれの奴隷状態や不名誉を拒絶した。
イングランドの惨めな奴隷とは、おお、神よ、けしからぬ！

彼はしばしば声を荒げたものだ。「われわれには耐え難い重荷に
奴らをうろたえさせよ。
われわれはあくせく働き、最も高慢な君主に従うのではなく、
われわれ自身の君主に従うのだ。」(9)

「われわれ自身の君主に従う」の文言はイージー・クラブに寄せられた文書の中で唯一ジャコバイト的記述と解釈できる箇所である。合同後のハノーヴァー家の君主を否定し、スコットランドのステュアート家の君主の存続を望むのである。こういえばラムジーが、あるいはこの詩を受け入れたクラブ会員たちがジャコバイトであったと認識されるかもしれないが、これはあくまでもピットケアンの言葉であり、決してラムジー自身の言葉ではない。ラムジーやクラブの会員はステュアート家再興を望んでいるわけではなく、合同そのものに異議を唱えた愛国主義者なのである。ジャコバイトと愛国主義者とは違う。彼らは合同によってスコットランドのアイデンティティーが喪失されるのではないかと危惧したのである。

この詩は一七一三年一一月一八日の会合で披露された。出席者からは好評を得、イージー・クラブの経費で印刷されることになった。そしてこれはラムジーにとって印刷された最初の詩となったのである。

第三会期の一七一五年二月二日の会合では、合同によって生じたスコットランド社会の疲弊について話し合われた。その結果、前年八月に即位したばかりの国王ジョージ一世に請願書を書くことになり、二月九日の会合で「合同の解消を求める国王への請願」(‘Address to the King for the Dissolution of the Union’) が提出された。起草したジョージ・ブキャナンは「祖国への愛にあふれた団体として陛下に申し入れをさせていただきたい」と前置きを述べ、次のように語る。

……われわれが今ここに姿を現すのは不幸な理由があるからです。われわれは全能の神に、今スコットランドがうめいている苦難からわれわれを救い出し、われわれの子孫を守り給えと祈っているのです。そしてわれわれは陛下のお力でお慈悲をいただき、それによって現在失意の奈落にあるわれわれの国の悲しむべき凋落の原因を明らかにするために、われわれは今王座のもとにやって来ました。……われわれの祖国への忠誠は、陛下がイングランドとの合同を解消されることによってのみ守られるのです。(10)

この請願はクラブの会員によって承認され、「送達に付すよう命令された」。実際に送られたかどうかはわからないが、これは当時の愛国心あふれる若者たちの気持ちを代弁していたと考えられる。しかしこの請願書は合同の解消を要請するのみで、ステュアート家支持の言葉はなく、政治に対するクラブのスタンスには、積極性は感じられない。彼らは政治の議論にも夢中にならなかったし、イングランドにおけるウィッグとトーリーの対立についても好ましくはないという立場を取っていた。一七一五年二月九日の議事録には「クラブは団体として決して政治に関わったり、干渉したりするものではないことを規定した(11)」との記述がある。政治には「熱く」ならず、「イージー精神」を尊重することが会員間の同意事項だった。それゆえに極めて政治色の強いジャコバイト問題に関してはあえて支持・不支持の態度の表明をしなかったものと思われる。

ピトックのように、イージー・クラブの「非ジャコバイティズム」に疑念を表明する研究者もいる。(12)イージー・クラブとラムジーは必ずしも同格ではないが、前述したオリファント・スミートンは次のような興味深い逸話を紹介している。

一七四五年の蜂起のとき、ハイランド軍がエディンバラを陥落すると、チャールズ・エドワード王子は、ラムジーに勲章を授けるからホリルード宮殿まで来るようにと伝えた。しかしラムジーはどういうわけか、ちょうど指定された日に、ペニクックに住む友人のジェイムズ・クラークのところへ行ってしまったのである。(13)

もしラムジーがジャコバイトであったのならば、勲章が授けられることを大変な名誉と感じ、万難を排してでも参内したであろう。ラムジーが後年になって変節したのだと言ってしまえばそれまでだが、右の引用のようにチャールズからの勲章を拒否したとも取られる行動を考えれば、ラムジーのジャコバイト説には説得力がなさそうである。

第三会期は、アン女王の死（一七一四年八月一日）とそれに伴うハノーヴァー朝の成立、ジョージ一世に対するマー伯の挙兵（一七一五年九月六日）などジャコバイティズムを煽《あお》るような政治的混乱を控えた時期だったが、クラブの中は相変わらず陽気で「イージー」な雰囲気である。この会期の議事録は、ガウィン・ダグラス、すなわちラムジーの韻文による会員への出頭要請で始まるのだが、その筆致は時の世相とは裏腹である。

我々はジョージ・ブキャナンをイージー・クラブの幹事に指名する、
もし異論がなければ、我々の権限で。
ブラインド・ハリーとサー・ウィリアム・ウォレス、
そして浮かれ老いぼれガウィンの真っ正直な陽気な三人組の勧告に従って。
我々は太陽の神ポイボスと九女神にかけて、
健全で気分のいいものすべてにかけて、

まじめで、機知があり、楽しいものすべてにかけて、
赤ワインとブランデーにかけて、でき立てのエールとシェリー酒にかけて、
プディングとケーキにかけて、羊肉とビフテキにかけて、
干し魚とニシンにかけて、甘酸っぱいお菓子にかけて、
二枚貝と蟹にかけて、牡蠣とロブスターとあまりにもまずい食べ物にかけて、諸君に命じる。
そのすべてをこの力強い言葉で要約すれば、
陽気な人々にばか笑いをさせるすべてのものにかけて、
諸君に命令し、指示し、そして請う、
もし諸君がこのクラブを愛し、歩くことができるのならば、
必ずイージー・クラブの会合に出席せよ、
無視をするな、更なる催促の労をとらせるではない。

水曜日の
午後五時だ。

もしも来るならば、今後諸君を無視はしない、
さもなければ諸君に一撃を食らわすことになろう。(14)

全会期通して『議事録』に寄稿されている詩に重々しいものは少ない。笑いを誘うもの、まじめさを欠くようなものもある。多くの詩に会員を登場させ、揶揄《やゆ》したり、嘲弄《ちょうろう》したりする。仲間内の笑い、舞台裏の笑いにあふれ、彼らのいう「イージー精神」の発露がいたるところに見られる。

第三会期中の一七一五年二月二日にラムジーはイージー・クラブに桂冠詩人の称号を要請し認められている。また「イージー・クラブの基本法、名誉、特権を守るために代表を議会に送ることになり、党派闘争のまねごとをしてジョージ・ブキャナンを選出する」(15)などと政治を茶化し、さらに二月二三日の会合では大宴会の計画を立てるのである。

『議事録』を読む限り、会の雰囲気はお祭り騒ぎである。もしラムジーをはじめとするクラブの会員たちがジャコバイトであったのなら、なおのことこの時期の彼らの行動や会の雰囲気は理解しがたい。

伝統を守るナショナリズム

ラムジーやクラブのナショナリズムはジャコバイティズムに由来するものではなく、イングランドとの合同に対する反発だった。クラブの会員たちは発会当初イングランドの著名人の名前をその通り名に採用するが、しばらくして、イングランドに対する不信感からスコットランド名士の通り名に変更する。しかしクラブは「反イングランド」を表明した第二会期以降も『スペクテイター』紙を重んじ、会合のたびにその記事を朗読する。この矛盾点は何か。

アレグザンダー・ロウは次のように説明する。

　イングランド文学には敬意を払い、その最善の要素を見習いたいとする願望を持ちつつ、一方でイングランドの政治には不信を抱くのである。議会の合同に対する不服は頻繁に起こる。それは当然スコットランドの愛国心と結びつく。明白なジャコバイト主義はない。それはジョージ一世に対する謹み深い請願書を見れば

わかる。(16)

すなわち「反イングランド」宣言後も彼らは粛々と『スペクテイター』紙を読み続けざるを得ないのである。この期に及んでも、イングランドの文化が持つ洗練と教養の呪縛からどうしても逃れることができず、イングランドとの関係を断ちたいと思っても断つことはできないというジレンマがうかがえる。イージー・クラブは一七一五年に解散し、ラムジーは『スペクテイター』紙を読むという儀式からは解放されるが、イングランドとの合同によるスコットランドのアイデンティティー喪失の危機感は、ラムジーにとっていかんともしがたいものだった。

合同の副産物として、スコットランドの上層階級に諸手で歓迎された「イングランド志向」は、ナショナリストにしてみればいわば亡国につながる流行だった。この現象に危機感を感じたラムジーはスコッツ語による作詩に着手し、またスコットランドの文化遺産である伝承歌謡など言語伝承の編纂を始めたのだった。中世の詩やバラッドを収めた『エヴァー・グリーン』（*The Ever Green*, 1724）や自らの詩と伝承歌謡を集めた『茶卓雑録』（*The Tea-Table Miscellany*, 1723–37）は、『スコットランド諺集』（*A Collection of Scots Proverb*, 1737）とともにスコットランド人の愛国心を鼓舞するものとして、一八世紀における国民文学の復興に大いに寄与したのである。

一七〇七年の合同の反動として位置づけられる国家意識の高揚は、多くのナショナリストを生んだ。イージー・クラブに加わった若きラムジーもさらにその感情を強くしたが、その過程はシリアスなものでも、厳格なものでもなかった。陽気でどんちゃん騒ぎの好きな若者たちの集まるクラブの中で愛国の心は培われていったのである。

愛国主義を掲げ、スコッツ語で詩を書いた一八世紀の詩人は、ラムジーの流れを汲むロバート・ファーガソン（Robert Fergusson, 1750–74）とバーンズが筆頭に上がるが、この三人はすべてそれぞれが属したクラブの活動を通して創作活動に励んでいた。ラムジーのイージー・クラブ、ファーガソンのケイプ・クラブ（Cape Club）、バーンズのバチェラーズ・クラブ（Bachelors' Club）、クロカラン・フェンシブルズ（Crochallan Fencibles）、フリーメイソン（Freemason）である。フリーメイソンはやや性格を異にするが、これらのクラブは共通して 'conviviality' の性格が基盤にあった。コーリ・アンドルーズは、'conviviality' をキーワードの一つとして、三人の詩人が関わったクラブとナショナリズムの関係を前掲書において解き明かそうとしている。'conviviality' は「宴会好き」、「浮かれ騒ぎ」、「陽気さ」という意味である。このような性格のクラブを通して、彼らはスコットランド人としての同胞意識を高め、スコットランドの伝統を守ろうとしたのであろう。

注

（1）Corey Andrews, *Literary Nationalism in Eighteenth-Century Scottish Club Poetry*, New York, 2004.

（2）Burns Martin, *Allan Ramsay: A Study of His Life and Works*, Cambridge, 1931, p. 25.

（3）Burns Martin, John W. Oliver, *The Works of Allan Ramsay*, vol. 1, Edinburgh: William Blackwood & Sons LTD, 1945, p. 12.

（4）一七一二年八月八日付け『議事録』には「今日全記事を読み終えるまで『スペクテイター』紙の記事を毎回会合で読むことが命じられ、アイザック・ビッカースタッフより第一巻が用意された」とあることから、第一会期では読まれなかったと考えられる。また読まれたとする記録もない。第二会期から読まれるようになったと思われる。

（5）通り名のこと。

（6） 'Journal of the Easy Club', *The Works of Allan Ramsay*, ed. Alexander M. Kinghorn and Alexander Law, vol.5, Edinburgh: William Blackwood & Sons LTD,（以下 'Journal' と略記） 1972, pp. 27-28.

（7） Maurice Lindsay, 'Ramsay, Allan', *A Companion to Scottish Culture*, ed.Divid Daiches, London: Edward Arnold, 1981, p. 307.

（8） F. W. Freeman and Alexander Law, 'Allan Ramsay's first published poem: the poem to the memory of Dr. Archibald Pitcairne' Off print from *THE BIBLIOTHECK*. vol. 9（1979） no. 5.

（9） *Ibid*. p. 155.

（10） 'Journal' p. 52.

（11） *Ibid*. p. 49.

（12） Murray G. H. Pittock, 'Were the Easy Club Jacobites?', *Scottish Literary Journal*, vol. 17. 1990.

（13） Oliphant Smeaton, *Allan Ramsay*（Famous Scots Series）, Edinburgh & London: Oliphant Anderson, 1896, pp. 115–116.

（14） 'Journal' pp. 42-43.

（15） *Ibid*. p. 49.

（16） Alexander Law, 'Allan Ramsay and the Easy Club', *Scottish Literary Journal*, 16（2）, 1989, pp. 39-40.

第四章　トバイアス・スモレット

スコットランドとブリテンの狭間で
――スモレットにおける正統と周縁――

服部典之

スモレットのスコットランド性

トバイアス・スモレット（Tobias Smollett, 1721–71）の文学を最も強く特徴付けるのは、そのスコットランド性である。一七二一年に風光明媚なローモンド湖近くのダンバートンに生まれたスモレットは、幼少期から青年期をスコットランドで過ごした。地元ダンバートンのグラマー・スクールを出た後、名門グラスゴー大学で医学や博物学や文学を学んだ。在籍期間についてはこれまでの研究では明らかになっていないが、一七三五年にはグラスゴーの薬局で働き、次の年一七三六年からグラスゴーの医師であるウィリアム・スターリングとジョン・ゴードンの元で徒弟として働いたことは分かっている。上京した後に医師免許をバーバー・サージョンズ・ホールで取得しているから、そもそもは医学の道を目指していたといえる。

一七三九年、スモレットは一八歳にして故郷のスコットランドをあとにしてロンドンに上京した（後述す

スモレット家の屋敷（現在はホテル）

るように書き上げた劇作『国王殺し』（*The Regicide*, 出版は一〇年後の一七四九年）を携えており、文学への野心も秘めていた）。軍医として働いた後開業していたが、一七四六年頃から文学一本で生計をたてるようになり、一七四八年に出した小説デビュー作である『ロデリック・ランダム』がヒットしたおかげで有名な小説家となり、ひたすら文章を書き続けることになる。有名になったとはいえ、この時代に職業作家として生計をたてるのは困難で、当時の多くの文筆家がそうであったように、食べるためにスモレットはありとあらゆる種類の著述や出版を行わざるを得ず、生涯にわたって馬車馬のように働き続けた。少し余裕ができた一七五〇年に上品な住宅街のチェルシーに引っ越すことができた後、スモレットは数多くの三文文士たちを家に招き歓待した。それはもちろんスモレットが（彼の小説の良き登場人物たちと同じように）慈悲心に富んでいたためだが、文士たちの困窮ぶりを彼が一番分かっていて同情したからでもあった。

スモレットが、ロンドンに拠点を移したあと故郷スコットランドに帰ったのは、一五年後の三二歳のときと、一七六六年の四五歳のときの二度だけであった。三二歳帰郷の際、母親は彼の顔をほとんど忘れていたというし、四五歳の時は結核を悪化させていて、おそらく二度と郷里の土を踏めないと覚悟していたと思われる。心の中でスコットランドに永久の別れをした彼は、八年来の仕事である『万国の現状』（*The Present State of All Nations*, 1768）を完成させ、一七六八年には手紙で同郷のデイヴィッド・ヒュームに「永遠の亡命」を告げた。そしてその後イタリアに渡り一七七一年に客死することになる。だから、決して長くない五〇年という生涯の中で、スモレットがスコットランドにいたのは、その半分にも満たないことになる。

それにもかかわらず、そしてスモレットの文学作品でスコットランドを扱ったものがめだって多いというわけでもないにもかかわらず、彼の文学の根幹がスコットランド性であるというには、それだけの理由がなくてはならない。本章は、スモレット文学の魅力を、そのスコットランド性から説き起こすことで概略し、同時に彼をスコットランド文学の流れの中に位置づけるものである。

スコットランドの悲しみ

一七四〇年に海軍医師の職を得たスモレットは、対スペイン戦争（ジェンキンズの耳戦争）勃発に際して、イギリス船チチェスター号に乗り込んだ。一七四〇年に南アメリカスペイン領であるカルタヘナ（現在のコロンビア）まで行き、悲惨な戦闘を目撃するという、当時の文学者としては希有な体験をした。この経験は彼の小説デビュー作『ロデリック・ランダム』のカルタヘナ遠征エピソードに生かされている。悲惨な戦役の中でも幸運であったのは、この時期しばらくカリブ海のジャマイカに居住し、裕福な農園主の娘と結婚し、多額の持参金を得たことであった。カリブ海での戦争とロマンスは、彼の小説に素材を、生活に基盤をもたらしたことになる。

スモレットが文学の道で名を上げたのは、一七四五年のジャコバイトの反乱の後、敗北した上に惨殺されたスコットランド兵たちを偲ぶ詩「スコットランドの涙」（'The Tears of Scotland', 1746）によってである。その最終連は次のようになっている。

熱い血が私の中を駆け巡り、
強い記憶が支配するあいだに、
私の親を愛する胸を
私の国の運命への憤怒に打たせよう。
そして、私の弔いの詩を
侮蔑する敵への怨念の奔流とさせよう。
嘆くがよい、不運なカレドニアよ　嘆くのだ
おまえの失われた平和と引き裂かれた栄光を。(1)

愛する祖国を想う痛切な詩だといえよう。スコットランド出身のスモレットが亡きスコットランド兵のために涙を流すことはごく自然で、スコットランド性が最高に発揮されたこの詩がスモレットの文名を高めたのは極めてふさわしいことに思われる。

ただ、事態が複雑なのは、スモレットは名誉革命で放逐されたジェイムズ二世を正統であると詐称するジャコバイト派ではないことである。つまり、倒されたスコットランド兵がそのために蜂起したジェイムズ二世の孫チャールズ・エドワード・ステュアートの支持者ではなく、当時の国王であるジョージ二世のハノーヴァー朝派

を支持していた（スコットランド兵たちを容赦なく残酷に殺したのは、ジョージ二世の息子のカンバーランド公爵に他ならないのである）。しかし、ハイランドに渡ったジェイムズの孫と共に蜂起した多くのスコットランド兵には、スモレットは心情的に同情を禁じ得なかったと思われる。それが、このような慟哭の表現となったのである。

彼の政治的立場と民族的心情が分裂している様は別の書物の中にも現れている。スモレットはデイヴィッド・ヒュームの『イングランド史』（一七五七）を引き継いで名誉革命からジョージ二世までの歴史を『続イングランド史』（*The History of England, from the Revolution to the Death of George the Second*, 1848）に書いているが、客観的な記述であるはずの歴史書の中で、彼がジャコバイトの反乱をどう評価しているかを見ると、彼の分裂を見て取ることができる。この歴史書の中の公的立場においては、スモレットはカンバーランドを賞賛している。「この戦いの報せがイングランドに届いた時、イングランド中は喜びに舞い上がりカンバーランド公を英雄としてまた救世主として褒めそやした」[2]。しかし、スモレットは政府軍が最後のカロデンの戦いで圧倒的勝利を遂げた後も攻撃の手を緩めなかったことを記述する。カンバーランド軍はハイランドのフォート・オーガスタス（この町の名前は一七一五年のジャコバイトの初期の反乱の時、カンバーランド公が自分の名前ウィリアム・オーガスタスによって命名したものである）まで追討し、男たちを冷酷に殺害し、女たちをレイプし子供たちとともに裸で放置して死なせ、食料を略奪して、八〇キロ四方が全て荒廃したとまで述べている。その上で「人の心を持った読者なら、このような場面を悲しみと戦慄を持たずに読むことはできないであろう」（五〇〇）と締めくくっている。イングランド軍の残虐さを執拗に描くスモレットは、心情的にはジャコバイト軍とスコットランド兵たちを同情して悲しんでいるようにしか読めない。事実、当時の書評でも、スモレットがジャコバイトであるという批判が起こったことはルイス・ナップが指摘する通りである[3]。

一七四五年のジャコバイトの反乱については、ウォルター・スコット（Walter Scott, 1771–1832）の『ウェイヴァリー』（*Waverley*, 1814）が物語の中心で扱っている。スコットランド人のウォルター・スコットも、スモレットと同じような分裂意識を描き、物語ではそれがどのように解決されるかが眼目となっているのである。この意味でスコットはスモレットのスコットランド性の正統な継承者と言えるだろう。

スコットランドの怒り

スモレットの祖父のジェイムズ・スモレットがイングランド・スコットランド合同（一七〇七）に際してスコットランド議会にいて、締結にあたっての立役者であった事実は確認しておく必要があるだろう。トバイアスを含むスモレットの一族が伝統的に政治においてはホイッグ党員であり宗教では長老派であったのは、このジェイムズに拠るところが大きいと思われる。ブリテン連合王国成立を意味するこのイングランド・スコットランド合同締結に際して、イングランド側の立役者の一人（正確に言うと暗躍者）にイングランドの文学者ダニエル・デフォー（Daniel Defoe, 1660–1731）がいたが、彼はスモレットの先輩文人である。一八世紀を代表する文学者のうち二人が、何らかの意味でこの合同に関わっていることは示唆的である。

ただ、スモレットの祖父に対する感情は複雑であっただろう。というのは、彼の父のアーチボールドが両親の了承を得ないまま無一文の女性と結婚したことで、ジェイムズの不興を買い、トバイアスは幼少期もそれほどの援助を受けたように思われないからだ。小説に描かれた物語から小説家の人生を推測するのは危険ではあるが、彼の小説デビュー作の主人公ロデリック・ランダムの父が祖父の反対を押し切って結婚したことで不利益を被ったことを読む我々は、スモレットの収まらない怒りをつい感じてしまう。

名誉革命への寄与によりウィリアム三世から爵位を与えられた祖父であるにもかかわらず、スモレットの彼への気持ちにアンビバレントな面があったのと同じように、スモレットは祖父が締結のために助力したイングランド・スコットランド合同そのものにも、多分に両面価値的であった。スコットランドはイングランドと共にブリテン連合王国となったことにより、国家として伸張したはずであるが、実質は吸収合併された国家スコットランドの悲哀をスモレットは生涯感じ続けていたと思われる。この意味で、彼はスコットランドとブリテンの狭間で揺れる人であった。

イングランドにおいてスコットランドに対する差別が公然と行われていたのは、スモレットの小説に描かれたエピソードを見ると顕著である。例えば、『ロデリック・ランダム』（*The Adventures of Roderick Random*, 1748）で、作者スモレットと同じようにロンドンに上京したランダムは、「スコットランド人はすばらしい」との甘言で近づいたイングランド人にペテン賭博で身ぐるみはがれるし、医師免許の面接では、「おまえたちスコットランド人は、エジプトのイナゴのように最近我々の国にはびこっている」(4)と侮辱される。ランダムが船医として乗り込んだ船サンダー号のエピソードは、スモレット自身が体験した、カルタヘナ遠征もとづいていることは先ほど書いた通りだが、イングランド人のクランプリー少尉候補生とアイルランド人のオーカム艦長とマクシェーン医師たちのスコットランド人へのいわれない悪意は読者を腹立たせる。ランダムとトムソンらスコットランド人そしてウェールズ人のモーガンが迫害され、三人は共闘することで対抗するのだ。どす黒い怒りと復讐というこの作品のテーマの根本には、不屈のスコットランド魂がある。

スモレットがロンドンに出てから始めて二〇代で書いた小説にスコットランド性が刻み込まれているのは当然だが、彼の最後の小説であり五〇歳の時出版された『ハンフリー・クリンカー』（*The Expedition of Humphry Clinker*, 1771）でも、スコットランド差別への怒りが依然として表明されている。イギリス国内一周旅行を行っているマシュー・ブランブルの一行が、ロンドンから北上して、ニューカースルを越えたスコットランド近くにやってくると、宿屋の窓という窓にスコットランド人を嘲るへぼ詩が書き殴られているのに気がつき、驚きまた怒る。ブランブルらはウェールズ人であるが、イングランド人の不埒に怒りを表明する。ブランブルは「下劣な中傷をする連中の傲慢さを軽蔑するのと同じぐらい、私はそれを堪え忍ぶスコットランド人の冷静さを賞賛したい」（一九八）と述べる。スモレット作品において、ウェールズ人は同じケルト族であるためだろうか、『ロデリック・ランダム』のモーガンも『ハンフリー・クリンカー』のブランブルらも、スコットランドという国と国民に極めて同情的である（『ランダム』を見ると、アイルランド人はなぜかケルト同盟から外されており、スコットランドに攻撃的に描かれているのだが）。イングランドにとっての周縁者同士（ケルティック・フリンジ）の結託と言えるだろう。ところが、途中から一行に加わったスコットランド人の変人リスマヘイゴーは、自国のことなのに何食わぬ顔である。彼は、「これがイングランド人全体の感情であるとするなら、イングランドほど繁栄して強力な国民のねたみを買うことができるぐらい重要な国であることが証明されるわけで、かえって自分の国を褒め称えずにはおられなくなりますね」（一九八）という反応である。

スコットランドの誇りと愛

スモレット小説の主要登場人物には気位の高い人物が多い。ランダムやリスマヘイゴーなどスコットランド人には誇り高い人物造形がなされているが、これはスコットランド性と無縁ではない。第二作長編のタイトル・ロールを担うペリグリン・ピックルや最終作品のハンフリー・クリンカーはスコットランド人という設定ではないが、彼らの根本には周縁意識があり、正統たる中心への反抗心と負けず嫌い気質は、スモレットの重要なキャラクターたちを、スモレットのスコットランド性と結びつけている。「自負心」＝プライドの観点から彼らの何人かを眺めてみよう。

イギリス一八世紀小説には、フィールディング作『トム・ジョーンズ』の「山の男」のエピソードや、『ペリグリン・ピックル』の「貴婦人の回顧録」など、主筋と直接関係のない物語が挿入されることが多いが、『ロデリック・ランダム』にも「メロポインの物語」が脱線として導入されている。作品終盤で、負債のためマーシャルシー監獄に入れられたランダムは、ぼろぼろの姿の一人の詩人に出会うが、これがメロポインである。才能ある詩人が投獄されるに至った事情をランダムは聞くのだが、一八歳という若さで悲劇を書き上げて野望を胸にロンドンに上京したメロポインの物語は、すでに指摘されているように、スモレット自身が『国王殺し』という悲劇を携えて上京した実話と酷似している。メロポインは自分の悲劇を上演すべく、幾人もの劇場関係者に接触するが、空約束ばかりで上演は遅延に遅延し、書き直し要求に何度応えても決して受け入れられることはない。一番悪いのが、劇のシーズンは限られているために、それを言い訳に無駄な希望を持たされて何年も待たされるために、借金が重なることで、ついに彼は債務者監獄のマーシャルシー刑務所に投獄されて、ここでランダムに会ったわけであった。

このエピソードから読み取ることができることは、

トバイアス・スモレット

文学を志望する青年の自己評価の高さとプライドと、世間という他者からの評価の乖離である。ランダムがメロポインの悲劇を激賞しているのは、スモレットが自らの『国王殺し』を自負していたことの現れであろうが、残念ながらスモレットの悲劇の評価は彼の時代にも、そして現在も極めて低いものであり、台詞の大仰な言葉遣いとぎこちない劇展開への客観的な判断は、スモレットの自己評価にもとるものである。スモレット自身はこの失敗をエピソードとして盛り込んだデビュー小説の『ロデリック・ランダム』がベストセラーとなることで、自らの恨みを別の形で晴らすことができたわけである。ただ、メロポインの挫折はこの小説の中で解消されていないし、スモレット自身が『国王殺し』上演の試みで見せた「自己評価と他者評価」の乖離は、スモレットが成功した後に強引にこの劇を出版した後でも、決して埋められることはなかった。このことは、スモレットにおいては、実人生でも物語でも、正しい自己評価に基づかないプライドは個人を破滅させる可能性があることを示唆している。

もちろん、この小説の主人公ランダムが、最もプライドの高い人物であることは言うまでもない。彼は本来ジェントルマンとなるべき家系であり、独立した（インディペンデントな）存在であるという自負心を持っており、彼の最も大きな駆動力は、自分の父が祖父の意に沿わない結婚をしたために、当然自分が持つべき特権を剥奪されたという理不尽への怒りである。彼が頼りにするのは伯父のボーリングと親友のストラップだけだが、大都会で賭博や舞踏会や酒宴などの遊びに興じるうちに自分を過大評価するようになり、親友を無理矢理フランスに追いやるなどの暴挙に出るようになり、次の章では住み込んでいた医師の親方から追い出されることになり生きる術を失う。スモレットの登場人物にあっては、正しい自己評価に基づかない傲慢は、次の段階での堕落をもたらす。そのようなキャラクターたちを救うのは、彼らが他人への暖かい人間愛を発揮したときである。王政復古期の一七世紀後半の演劇に典型的な放蕩主人公になりそうになるスモレットの主人公たちは、ヘンリー・マッケンジー（Henry Mackenzie, 1745–1831）の描く感傷小説『感情の人』（*The Man of Feeling*, 1771）の主人公ハーリーのように、他人の不幸に同情するセンチメントを示す人物の様相を呈したとき、再び浮上するというパタンをとることが多い。この意味で、スモレットの登場人物の成長のパタンは、一七世紀後半から一八世紀後半に至る文学史の大きな流れを踏襲していると言えるだろう。従って、作品終盤で牢獄に入れられて人生最低の局面に落ちたときに、メロポインという気の毒な人物の身の上を聞いて大いに腹立ち同情したランダムは「感情の人」となり、その直後に長年会わなかった伯父のボーリングが突如現れて彼を出獄させたことも、スモレット的救済といえるのである。

大作である第二長編『ペリグリン・ピックル』（*The Adventures of Peregrine Pickle*, 1751）でも、プライド（自負心）は主人公の自己認識や成長と密接に関係する重要なテーマとなっている。ピックルは生まれつき反抗的で、自分を迫害する教師たちなど大人に策略と力を持って復讐する点はランダムそっくりである。しかし、そのプライドによる行動はさらに過激である。寄宿学校に入れられた彼の描写を見てみよう。

> 今やピックルは勉強の上でライバルたちに勝利を収めたので、ますます野心は大きくなり、今度は腕っ節の強さで学校中を服従させたいという欲望に囚われていた。……ついに彼はこれを成し遂げて、知恵のみならず喧嘩でも勝利し、成功に酔いしれていた。自分の力が増すにつれて、彼のプライドはますます大きくなるのであった。(5)

学校近くの農園主が育てた作物を食べ散らかした後で法外な弁償金を要求されたピックルは、仲間と組んで農園主を叩きのめしたあげく、叱責する教師たちをものともせずに、集団で学校から脱走する。このような数々の悪戯を重ねるエピソードを読むと、ピックルというキャラクターが、ジル・ブラースが典型であるピカレスク・ヒーローの系譜をある程度引いていることが分かる。ジル・ブラースは、フランス人小説家ルサージュ（Le Sage）作『ジル・ブラース』（*Gil Blas*, 1715–35）の主人公であり、スモレットはこの小説を英訳して『ロデリック・ランダム』と同年の一七四八年に出版している。

ピックルが単に悪戯のエピソードが羅列されるピカレスク小説型のキャラクターに留まらないのは、彼がプライドに駆られて行った悪事のために窮境に陥った後に、人間的な感情の暖かさと愛情という本来彼が持ち合わせている深奥を回復するためであり、これは『ロデリック・ランダム』から引き継がれた特徴である。特にこの変化が顕著なのが、男性主人公ピックルとその恋人エミリアの関係である。ロデリック・ランダムの恋人のナーシッサの場合、カルタヘナ戦役からイギリスに帰ってからランダムが出会った女性だが、彼がナーシッサと結婚するのは、彼がプライドの駆動力にセンチメントの力を加えて世間で成功した後で、いわばその報酬としてである。ところがピックルは作品の早い時期にエミリアに出会っているが、持参金をあまり持たない彼女と関係を築く上で、プライドが障害となる。

> この説明〔彼女には多額の持参金がないという〕は、彼の愛情を減ずることこそなかったが、彼のプライドに動揺を与えた。というのも、想像力豊かなためピックルは自分の成功をすっかり誇張して考えていたからである。そして、自分がエミリアを強く愛する気持ちが、自分の高い地位を傷つけることはないだろうか、と考え始めたのである。（九七）

プライドが愛情と財産を天秤にかけるとき、恋愛はうまく進行するはずもない。グランド・ツアーに出かけたため長い間会わなかったピックルが彼女と再会するのは、作品が後半に入ってのことである。大陸での様々な体験、特に複数の女性との関係を持ったことですっかり気分が高揚し、旅行の途中でエミリアから手紙を受け取りながらも、彼女との関係など並のもの（middling）に過ぎないとして返事を返さない。この様を作品は「ばかげたプライドが支配したために、愛すべき恋人の思い出は彼の心からほとんど消え去っていた」（二一八）と記述する。自分をあるべき姿よりも高く位置づける悪しきプライドが極まるのが、ピックルによるエミリア陵辱未遂事件である。

ピックルは、実の母親に見捨てられたことで、父親の友人で父の姉の夫でもあるトラニオン提督に引き取られて、その力添えがあったからこそ立派に成長できたのであるが、エミリアの件に関しては提督の忠告を聞こうとしない（そもそも彼はトラニオンを愛してはいてもその命令には一切従わないのではあるが）。トラニオンは二人の結婚に賛成していなかったが、エミリアが自分の親友の娘であったことを知ると態度を一変し、結婚を前提に真剣につき合うようにピックルに言いつける。ところが、すっかり「虚栄とプライド」（三六〇）で舞い上がった彼は、久しぶりに恋人に再会するにも関わらず、下劣な下心しか見せず、「今では、欲望を我慢できない火照った気持ちに高ぶり、放蕩者の眼で彼女を凝視するのであった」（三六一）。同時期の文学者であるイングランド人のリチャードソンは、王政復古期演劇の放蕩者の系列に連なる稀世の悪党ラブレスを生み出したが（『クラリッサ』一七四八―九）、そのすぐ後に出版された『ペリグリン・ピックル』の主人公もラブレスに続こうとするかのようである。

ラブレスほどの悪辣《あくらつ》で周到な策略を考えつくことができないピックルは、仮面舞踏会でエミリアを酔わせてある宿に連れ込むというまことにありきたりな手段でエミリアを陵辱しようと試みる。手段はとにかく、自分が最も愛する女性への接し方としては最低であり、特にこのエピソードの直前に亡くなったトラニオンの遺産をちらつかせて肉体関係を迫る態度は、最大の恩人の伯父の思い出に泥を塗るものであり、恋人の愛情を侮辱するものである。ピックルは二人の愛を踏みにじったことになる。

エミリアは毅然たる態度でこの性的誘惑を退けるのだが、痛烈な叱責の言葉はピックルを唖然とさせ、彼はエミリアが出て行くことをとどめることができず、普段の饒舌さとは裏腹に、彼女の怒りを鎮めたり自分の行動の弁解したりする言葉を全く発することができない。通常ピックルは他人に攻撃されたときや意に染まないことをされたときは、猛烈な復讐にでるのだが、このときだけはエミリアの勇気と決然たる態度に感嘆するしかないのである。

この後ピックルは自暴自棄とでも言えるような悪戯や冒険を繰り返すのだが、ふられた後にエミリアへの自分の真剣な愛を自覚したピックルが、心からの愛を再認識するのは彼女の兄でピックルの親友のゴーントレットの結婚式においてであった。ピックルは「彼女への優しい気持ちと愛情で自分の魂が溶解するのを感じ」、「どんなに抑えようとしても、深いため息が自然と漏れて、彼の全身は心配と混乱の様相を呈していた」（五八七）のである。依然として彼女の愛を取り戻せない彼の境遇は、徐々に傾いていき、ついにはフリート監獄に入れられることになる。常に自分を中心的リーダーとして複数の仲間に慕われ、自分が核となった世界を築いていたピックルは、物理的に閉ざされたそれ自体が核のような監獄に押し込まれることで、プライドと独立を旨としてきた自己認識崩壊の危機に立たされる。最終的に自分一人だけの世界に押し込まれた彼は、唯一の収入源の出版社倒産など、悲劇的な事態が起こるたびに、つまり悲惨さが増すほどに、より傲慢によりかたくなになっていく。最後の砦である自我の核を守ろうとするあまり、再び「ばかばかしい傲慢《ごうまん》」に捉えられる。このプライドは自分を正しい位置に据えず、それ以下のものとして自己規定をするため、親友のゴーントレットや恋人のエミリアその人の金銭的援助も固辞して引き籠《こ》もることになる。

この危機を救ったのは、彼の持つ無私の愛と寛大さだと言えるだろう。エミリアの兄に知られないまま、彼が海尉になれるように尽力するなど、エミリア陵辱未遂の後も変わらずピックルは慈善を続けている。

彼が人知れず行っていた慈善活動の対象者は大勢いた。彼が秘密裏にこの美徳を行っていたのは、虚栄を張っているように見られたくないためと、このような今時はやらないことを行っている姿を目撃されることが気まずくて恥ずかしかったからだ。（六一一）

恥ずかしながら慈善を行う「偽善者の正反対」という愛すべき長所は、後の小説である『ハンフリー・クリンカー』のマシュー・ブランブルに引き継がれることになる。フリート刑務所に投獄されてもペリグリン・ピックルは、この慈善の心を忘れることがない。

これほど多くの惨めな人々の中に混じって生活を送っているのに、彼らを苦境から救いたいと感じないでいるほど、人は共感と同情の心に欠けているわけではないのだ。毎日、ピックルの関心を引き、善行を施したくなるような、嘆かわしい場面が展開した。……

このような具合だから、彼の心が開いている間は、彼の財布が閉じることは決してなかったのだ。

（七四六―七）

プライドによって自分の殻に閉じこもろうとするピックルの心を開くのは、気の毒な人々への愛情であり、共感によってその人たちと繋がろうとして無私の愛を注ぐことである。ピックルは、「感情の人」となったわけであり、それに対する人々からの感謝を受けるとき、ピックルは自分の正しい位置を発見するに至り、プライドは平衡感覚を取り戻すことになる。また、彼の心の中で性の対象に墜ちていた存在のエミリアが、独立した財産と心で再登場したとき、ピックルは彼女を一個の独立した人間として、彼女を尊敬しつつ愛することを知った。結果的に彼の元に、偶然彼が出資していたインドへの貿易船が到着して莫大な利益をもたらしたのも、自分を遠ざけていた父が遺言書を残さずに亡くなって家の財産を彼が継承するのも、ピックルのプライドが愛と感情によって正されたことへの報酬として読者には捉えられるのである。

スモレットの諦観

本章の「スコットランドの怒り」の節で、『ハンフリー・クリンカー』に登場するスコットランド人のリスマヘイゴーが、スコットランド人の悪口を書いた落書きを見ても、意外と平気であると指摘した。ある場合には無性に憤激する人物なのだが、スコットランド性に関しては、ある種の達観をしているようだ。場合によっては、スコットランド人である自分自身を笑うことで、一定の精神のバランスを保っているように思われる。この境地は同じスコットランド人でもランダムには見いだせないものだ。スモレットの晩年にあって、彼がスコットランド性及び自分自身に関して、ある種の諦観に達していることをスモレットの作品の中に見ることができる。

『ハンフリー・クリンカー』の旅は、ウェールズのカントリー・ハウスに住むマシュー・ブランブルという初老の男性が健康回復のための転地がてら、一家を連れてブリテン島を一周する国内旅行となっている。ブリテン島一周であるから、当然スモレット出身の故郷であるスコットランドも訪問先となり、スモレットの作品としては久しぶりにスコットランドの描写を見ることができる。彼にとっては、ブリテン島で健康回復に最適の地を探す旅であるし、同行者の若い甥や姪にとっては人生を最も享受できる地の探訪となるのである。

先に結論を言うなら、彼らの目的地は二つに分裂しているように見える。スコットランドとその後訪れるイングランドにあるブランブルの旧友のデニスンのカントリー・ハウスの空間の二者である。スコットランドに入ってからの一行の気分が明るくなっているのは、書簡体小説の形をとっているこの小説での各自の手紙から明白である。とりわけ機嫌がよいのはブランブルで、スモレットの生まれ故郷のキャメロン（今でもスモレット家のキャメロン・ハウスは高級ホテルとして残存している）では、「私はスコットランドのこの場所には愛国主義者の感じるような愛着を覚えるのです」（二四七）と、作者スモレットの肉声そのものが聞こえてくるし、「ここではすべてのものが想像を超えるほどロマンチックで、この地はスコットランドのアルカディアと言って間違いがないのである」（二四八）とまで言っている。そして、「スモレット博士がこの川に寄せたオードの写しを送ります」と言って、彼自身の手による「リーヴンの流に寄する歌」（'Ode to Leven-Water'）をフィクションの中に挿入するという大胆なことを行っている。この詩の最初の二連を村上至孝氏が訳されているので、紹介しよう。

リーヴンのほとり心のどかにさまよい
ひなの草笛もて愛の調べを奏でしとき
かの昔アルカディアの野辺を歩みし
いと幸多き若人をも羨まざりき

清き流よ　その透き通れる波のうちに
わがうら若き身を洗うを常となしぬ

なれが清浄の源を汚す早瀬もなく
ながさざなみうてる 水脈《みを》を防ぐる巌もなし
甘《うま》しげにさざめつつ流れる床は
白く　円く　つややかなる細石《さざれいし》を敷けり(6)

この詩が挿入されたブランブルの手紙を読む限り、彼らの旅は理想的な終着地にたどり着いたように思われるのだが、この旅はさらに続いて、イングランドに戻った彼らは複数のカントリー・ハウスを訪れて、悪しき典型と良い典型の二者に遭遇することになる。ブランブルは、偶然大学時代の同窓生のデニソンに再会するのだが、友の家の中に幸福の典型を見いだす。

以上のように、一行の旅の理想の地は一義的にスコットランドに絞られていないのは、物事を相対的に眺める視点を獲得したスモレットの複眼的洞察によるものと考えられる。単純にイングランドよりスコットランドをよしとする価値観や、イングランド・スコットランド合同への単純な賛成や反対などの立場をとることへの逡巡《しゅんじゅん》が、この小説の物語作りに作用しているのである。同時にスモレットが、スコットランドとブリテンの狭間で揺れて逡巡する自分をある意味で受容したことの文学的表現になっている。

本作品の中盤のロンドンで、セント・ジェイムズ宮殿での晩餐の場面が描かれているが、ここには小説の架空の人物たちと実在の国王や政治家が一堂に会していて興味深い。小説での時間設定は一七六五年であり、スモレットが雑誌『ブリトン』によって支援していた前首相のビュート伯も登場している。彼はジョージ三世の忠臣であり、スコットランド人であったため、プロパガンディストとして同郷人のスモレットを登用したのだが、在任中不人気でこの時点ですでに辞任しており、晩餐に参加してはいるものの憂鬱に沈んでいる。かたや、意気揚々としているのがジョン・ウィルクスで、彼は狂信的イングランド愛国者であり、『ノース・ブリテン』なる雑誌をスモレットの『ブリテン』に対抗すべく出して、スモレットの雑誌を廃刊に追い込んだ。スコットランド人同盟が、自分たちの呼称である「北ブリテン人」を詐称するウィルクスの雑誌にしてやられたのは、何とも皮肉で腹立たしいことではあるが、晩餐の様子では、ケルト同盟者たちは「やむなし」といった諦観を持っているように描かれる。

現実に起こったこれら一連の出来事に疲れ果てた上に、若干一五歳であった最愛の娘を一七六三年に失っていたスモレットは、失意にうちひしがれていたはずで、彼が母国に永遠の別れを告げてヨーロッパに旅立ったのも、自らを祖国喪失者として規定したからであろう。実際彼はイタリアのリヴォルノで客死し、今もそこに眠っている。

ただ、彼の諦観にただただ絶望を読み込む気になれないのは、『ハンフリー・クリンカー』の今の場面がそうであるように、彼の小説に軽やかな諧謔とユーモアが漂っていて、人間の怒りや悲しみが描かれているにしても、感情豊かなキャラクターたちが絶望から読者やひいてはスモレットを救っているように思えるからである。スモレットの文学は、生き生きとして個性的な登場人物(キャラクター)たちが織りなす冒険と豊かな感情によって、今でも読む人々を惹きつけてやまないのである。

注

(1) Tobias Smollett, 'The Tears of Scotland' in *The Works of Tobias Smollett XII: Miscellanies.* (Westminster: Archibold Constable and Co. Ltd., 1901), p. 22. なお、作品からの引用の日本語訳は特に注記のない場合、この章の筆者である。

（2）Tobias Smollett, *The History of England, from the Revolution to the Death of George the Second Designed as A Continuation of Mr. Hume's History.*（London: Longman, 1848）, Vol.II, p. 499.

（3）Knapp, Lewis Mansfield, *Tobias Smollett: Doctor of Men and Manners*（New York: Russell & Russell Inc., 1963）, p. 187.

（4）Tobias Smollett, *The Adventures of Roderick Random*（Oxford: Oxford University Press, 1979）, p. 86. 以下、引用箇所は同書の頁を記す。

（5）Tobias Smollett, *The Adventures of Peregrine Pickle*（Oxford: Oxford University Press, 1983）, p. 56. 以下、引用箇所は同書の頁を記す。

（6）Tobias Smollett, *The Expedition of Humphry Clinker*（Oxford: Oxford University Press, 1979）, pp. 249–250. 翻訳は村上至孝『笑いの文學――スターンとスモレット――』研究社、一九五五年、一一一頁から。

第五章　ジェイムズ・マクファーソン

武勇譚の吟唱と記憶
――ゲール語文化の永続化への期待――

三原　穂

オシアン詩群

ジェイムズ・マクファーソン（James Macpherson, 1736–96）は、三世紀頃に存在したとされる古代ケルトの伝説的戦士であり詩人であるオシアン（Ossian）がつくったというゲール語の詩を翻訳した。(1) サミュエル・ジョンソン（Samuel Johnson）は、この翻訳に対して懐疑心を抱き、偽物であることを主張し続けたことはよく知られている。しかし、この翻訳は古い時代がもっていた想像力の豊かさを表明することによって、一八世紀のロマン主義勃興の動きに大きく関わるものになったことは否定できない。その証拠に、真贋論争を超えたところで、この翻訳はヨーロッパ大陸に強い影響を及ぼし、ゲーテをはじめとする文人たちがオシアンに傾倒していったのである。本章は、この翻訳が示す古代ケルト世界の想像力の豊かさを明らかにすることになる。

マクファーソンの翻訳は、『スコットランドのハイランド地方で収集された古詩断片』（*Fragments of Ancient*

Poetry, Collected in the Highlands of Scotland, 1760)〔以後『古詩断片』と略す〕、『フィンガル』(*Fingal*, 1762)、『テモラ』(*Temora*, 1763) という順番で出版された。その後、『フィンガル』と『テモラ』の合本版として、一七六五年に『オシアンの作品』(*The Works of Ossian*) が二巻本で出版される。『オシアンの作品』では、『フィンガル』と『テモラ』に四〇〇程の修正が加えられ、さらに第二巻には説教師として有名なヒュー・ブレア (**Hugh Blair**) の論文が収録されることになった。[2] この版はゲーテなどに影響を及ぼしたが、[3] その後一七七三年に『オシアンの詩』(*The Poems of Ossian*) が新たに出版される。

これらオシアン詩群が出版されて二〇〇年以上の時間が経過した現代において、オシアン詩を編集しそれを世に知らしめようとするハワード・ギャスキル (**Howard Gaskill**) とダヴィズ・ムア (**Dafydd Moore**) の努力に注目する必要がある。一九九六年にギャスキルが編集し出版した『オシアン詩とその関連作品』(*The Poems of Ossian and Related Works*)〔以後『オシアン詩』と略す〕は、『古詩断片』と『オシアンの作品』を合本したものになっている。[4] ムアは、二〇〇四年に、四巻本で、オシアン詩とその関連作品と関連資料の選集を出版し、『フィンガル』と『テモラ』の初版のファクシミリ版や、オシアン詩に関わる手紙やパンフレットなどの重要な資料を提示している。[5] 本章は、便宜上ペーパーバックで扱いやすいギャスキル版に依拠している。

オシアン詩翻訳の動機

マクファーソンがオシアン詩の翻訳を次々に発表するに至ったのは次の二つの理由が考えられる。一つはスコットランド人としての愛国心であり、もう一つがジョン・ヒューム (**John Home**) とヒュー・ブレアとの接触であった。

ステュアート朝復興をめざしたスコットランドでのジャコバイトの蜂起（the Jacobite Rising）は、一回目が一七一五年から一六年、そして二回目が一七四五年から四六年に起こった。これを受けて一七四六年以降、ハイランド文化を抑制する政策がとられた結果、ハイランドは「連合王国の文明化された社会」に組み入れられることになったとフィオーナ・スタフォード（Fiona Stafford）は『崇高な野蛮人』（*The Sublime Savage*）〔以後『野蛮人』と略す〕の中で述べている(6)。「一七五一年までに学校でのゲール語の使用が完全に禁止された」ため（『野蛮人』一七）、「マクファーソンはゲール語が話されるハイランド中部で生まれ育った」にもかかわらず（『野蛮人』一七）、学校で英語を学ばざるをえなかった。子供の頃からゲール語の歌に慣れ親しんでいたはずの彼にとって、このような文化抑制政策は民族的アイデンティティの喪失を意味していたのかもしれない。そのためにマクファーソンは、ハイランドの古い文化やゲール語の純粋さへの誇りをよりいっそう強く抱くようになった（『野蛮人』三五）。このようなケルト文化に対する誇りとその抑制に対する不満が、マクファーソンにオシアン詩を翻訳させるきっかけとなったと考えてよいだろう。ただ、スタフォードは、『オシアン詩』への序文において、マクファーソンの翻訳の努力をケルト文化の破壊という文脈の中で理解すれば、その努力は、ジャコバイトの反乱によってハイランドが被った「損害のいくつかを修復しようとする試み」

ジェイムズ・マクファーソン

だったと論じながらも(x)、その翻訳が、連合王国の英語文化とハイランドのゲール語文化の二つの文化を調停する役割を果たすものとして解釈できる可能性も指摘している(viii, xv)(7)。

このような文化的背景とは別に、マクファーソンのヒュームとブレアとの接触も彼に翻訳を促すことになったと考えられる。スコットランドの古詩収集に関心をもっていたヒュームとマクファーソンとの一七五九年の巡り合い、そしてその後のブレアによる翻訳への強い働きかけこそが、マクファーソンのオシアン詩翻訳の重要な契機となったのである。

二〇〇〇年に出版されたジョゼフ・ローゼンブラム(**Joseph Rosenblum**)による著作『惑わすための実行』(*Practice to Deceive*)〔以後『実行』〕とスコットランド・ハイランド協会がオシアン詩真贋論争の解決のために集めた記録や証拠をまとめた調査結果である『ハイランド協会委員会報告』(*Report of the Committee of the Highland Society of Scotland*, **1805**)の補遺〔以後『報告』〕、そして一九世紀末に出版された、ベイリー・ソーンダーズ(**Bailey Saunders**)によるマクファーソンの伝記『ジェイムズ・マクファーソンの生涯と手紙』(*The Life and Letters of James Macpherson*)〔以後『生涯と手紙』〕の三つの資料を主に用いて、マクファーソンのヒュームとブレアとの関係を論じていきたい(8)。

マクファーソンは、一七五三年、アバディーンのキングズ・カレッジ(**King's College**)に入学するものの、一七五五年に学費を払えなくなって放校となってしまうが、同じアバディーンのマーシャル・カレッジ(**Marischal College**)で勉学を続けることになった(『実行』二二)。その後、「彼はエディンバラ大学でも学ぶことになるが、学位は取得しなかった」(『実行』二二)。一七五六年に故郷の慈善学校で教壇に立つため、インヴァネスシャー(**Inverness-shire**)のルーヴェン(**Ruthven**)に帰郷し、ここで吟唱されていたバラッドや物語を収集しはじめた(『実行』二二)。マクファーソンはその後エディンバラに戻り、出版業を営むジョン・バルフォア（John Balfour）の「原稿整理編集者兼売文家」として働く（『実行』二一二）。そしてようやくジョン・ヒュームとの出会いを果たす時がやってくる。

一七五九年に、マクファーソンは、旅行中、ヒューム同様スコットランドの古詩に関心をもっていた、哲学者にして歴史家のアダム・ファーガソン（Adam Ferguson）に邂逅し、ファーガソンからヒュームへの紹介状を渡される（『実行』二〇、二三）。同年に、マクファーソンはヒュームとモファット（Moffat）で出会い、「そこでハイランドの詩に対する互いの興味について彼らは語り合った」（『実行』二三）。ヒュームとは違い、ゲール語を聞き話すことができたマクファーソンに対し、ヒュームは、マクファーソンが集めていたハイランドの詩を英語に翻訳するように求めた（『実行』二三）。マクファーソンは、ゲール語は英語と大きく異なっているので、ゲール語の詩を英語に翻訳したところで、大きな乖離を隠すことはできず、ゲール語の口承的美点を活字としての英語で伝えることはできないと考えたため（『野蛮人』八〇—八一）、このヒュームの依頼をいったんは断ろうとした。しかし、ゲール語のバラッドに基づいてつくった、実質マクファーソンの創作である、「オスカーの死」（'The Death of Oscur'）をヒュームにゲール語詩からの翻訳として提示することになった（『実行』二三）。ヒュームはいたく喜んで、この種の作品の提示をさらに要求し、マクファーソンはこれに応じた（『実行』二四）。

ヒュームはマクファーソンの翻訳をブレアに見せると、ブレアは感動し（『実行』二四）、マクファーソンにもっと多くのハイランドのゲール語詩の翻訳をするように強く勧めることになった（『報告』五七）。マクファーソンは翻訳することに抵抗を示した。それは、翻訳したところで原物の精神が伝えられないこと、さらに、オシアン詩が現代的思考や現代詩とはかなり異質なものだったので一般読者に受け入れられないことを懸念していたからであった（『報告』五七）。ブレアは、翻訳をすれば、学界に対して大きな貢献をすることになり、逆にしなければ、母国に対する不正行為を働くことになるのだと主張してマクファーソンを説得し、彼にオシアン詩を翻訳させることに成功した（『報告』五七）。

このようにブレアに説得されたマクファーソンは、オシアン詩を英語に翻訳し、一七六〇年六月にエディンバラで『古詩断片』を発表するに至る（『生涯と手紙』七八）。ブレアがこの翻訳の出版の監督を行い、彼自身が序文を書いている（『生涯と手紙』七八）。そして早くも同年後半には増補改訂版となる第二版が出版されることになる（『実行』二六）。

『古詩断片』の発表以来、オシアン詩への読者の関心が高まるにつれて、エディンバラでは、ハイランドにまだ眠ったままになっているかもしれないゲール語の詩の収集と復興を望む声が高まり、マクファーソンはゲール語の詩をさらに収集するように促された（『生涯と手紙』九〇―九一）。マクファーソンはこの提案に難色を示した（『生涯と手紙』九一）。しかし、ブレアは説得をあきらめず、この収集計画を進めることに前向きなヒューム、ファーガソンらと協力して、財政面での支援を条件に、マクファーソンにハイランド古詩収集旅行に出ることを承知させたのであった（『生涯と手紙』九二―九四）。

こうしてマクファーソンは、一七六〇年八月にハイランドへと古詩収集の旅に出る（『実行』二九）。マクファーソンは旅先で聞いたゲール語のバラッドを書き写し、「写本もいくつか入手した」（『実行』二九）。その後エディンバラに戻ったマクファーソンは、一七六一年四月までに二万語近くの叙事詩を完成させる（『実行』三〇）。それが一七六二年の『フィンガル』、そして一七六三年の『テモラ』の出版へとつながっていく。マクファーソンはその『フィンガル』への序文で、「審美眼をもつと同様に高い地位についているいくらかの人たち」の要望により、「ハイランドと西方諸島を旅行」して、昔の吟唱詩人が歌い残しているオシアンの詩を収集しそれを回復することになったと説明している。(9)

自然と人間の一体化

以上述べたような背景でマクファーソンが翻訳するに至ったオシアン詩は、自然と人間が強く結びついた比喩にその特徴がある。オシアン詩には、このような比喩が非常に多く見受けられる。人間が自然に例えられたり、あるいは逆に、風や星などの自然が人間のように扱われる。単純な直喩が多いものの、このような比喩を見ることで、自然と人間が一体化した古代ケルトの世界をうかがい知ることができる。

『オシアンの作品』には『フィンガル』や『テモラ』以外に、他のオシアン詩も多く収録されているが、そのうちの一つ「カリックスラの詩」(‘Carric-thura: A Poem’)から、人間を自然に例える比喩を畳みかけている例を紹介したい。この詩は、クライモラ(Crimora)という女性がその恋人コンナル(Connal)を恋慕するあまり、自らも武装して戦場まで恋人についていく話が展開されるが、語り手がコンナルを次のように自然に例えている。(10)

〔武器を操る〕汝の腕は嵐のようであった。汝の剣は太陽の光のように輝いた。汝の背丈は平原の岩のようであった。汝の目は竈《かまど》の火のように燃えていた。武器をもって戦う時、汝の声は嵐よりも大きかった。少年が棒を振り回して薊が薙ぎ倒されるように、戦士たちは汝の剣で倒れていった。(『オシアン詩』一六五)

この後、クライモラとコンナルの前に姿を現した敵のダアゴオ(Dargo)も自然に例えられて「強者ダアゴオは雷雲のようにやってきた。彼の眉はひそめられ、曇っていた。彼の目は岩にあけられた二つの穴のようであった」と描写されている(『オシアン詩』一六五)。このダアゴオと間違えてクライモラは誤って彼女の弓矢でコンナルを射抜いてしまい、コンナルは「樫の木のように」倒れてしまう（『オシアン詩』一六五）。そして彼は、「藪だらけの丘からころげ落ちる落石になったかのように」その命を落としてしまう（『オシアン詩』一六五）。

「ダースラの詩」（'Dar-thula: A Poem'）では、ダースラという女性が愛するネイソス（Nathos）が、自然の比喩を使って描写されている。

汝の顔は朝の日の光のようで、汝の髪は烏の翼のように黒く、汝の心は夕暮れ時のように寛大かつ穏やかで、汝の言葉は葦に吹く風、あるいは、滑るように流れるローラ川のようであった。しかしいざ激しい戦いが起ると、汝は嵐の海のようであった。（『オシアン詩』一四〇）

以上のように人間が自然に例えられると同時に、オシアン詩では自然が意思をもった人間のように扱われている。同じく「ダースラの詩」で、人のような意思をもった風がネイソスとダースラを裏切って、彼らの味方ではなく敵のカーバー（Cairbar）のいる場所へと導くのである。「風は汝の帆船を欺いている。風が汝の帆船を欺いているのだ、ダースラ」と語られ（『オシアン詩』一四一）、彼らを敵地へと運ぶ風の残酷さが強調されている。星も人間のように描写される。『テモラ』第七編では、トン・セーナ（Ton-théna）という星が、イニシュフェイル（Inisfail）すなわちアイルランドを目指し向かうラーソン（Larthon）を優しく見守っている。夜空に昇ったトン・セーナが、「割れた雲の間から笑った」ことによって、この星の光が自分を照らし導くことをラーソンは喜ぶのである（『オシアン詩』二八二）。風の例とは対照的に、この星がラーソンをイニシュフェイルに無事に誘導する役割を果たしている。

以上のように、自然と人間を一体化させる比喩がよく用いられているのは、人間も自然と同じように無常であるという古代ケルトの考えに基づいている可能性がある。この無常観は、「ベラソンの詩」（'Berrathon: A Poem'）で明らかにされているオシアンの考えから知ることができる。昔の首領たちが死んでしまってもういないように、彼らの子孫もまたいずれ死んでいなくなってしまう。人は生まれそして死ぬことを繰り返していく。それはあたかも波打ち際に打ち寄せては引いていく「大海の波のよう」であり、生い茂っていてもいずれ突風に吹かれてその姿を消してしまうことになる木の葉の存在と同じだとオシアンは語る（『オシアン詩』一九八）。このような無常観を訴えた後、オシアンは次のようにこの詩を締めくくる。

しかし私の名声はとどまり、モーヴェンの樫の木のように大きくなるだろう。それは、その大きな頭を嵐に突き出し、嵐の中にあっても、喜んでいるのだ。（『オシアン詩』一九八）

無常を強く感じる古代ケルト人にとって、消えずに永遠に残るものとは何かを真剣に考える必要があった。それこそが名誉であった。樫の木そのものも嵐などに直面すれば、波や木の葉と同じように消えてなくなってしまうことがあるが、その嵐の破壊的な力に屈せずに生き続けようとする樫の木の姿を、オシアンは、長らく後世に残り続ける名声と重ね合わせている。死後もその名を後世に残すことこそが、古代ケルト人が無常観的ペシミズムから救われる手段なのであった。

死後の名声と吟唱詩人

このように死後の名声が重んじられている点が、オシアン詩において、自然と人間の一体化した比喩よりも重要な特徴になっている。オシアン詩のいたるところで、後世に名を残す重要性が訴えられているが、潔く勇敢に戦った姿が吟唱詩人によって歌い継がれることによって、自らの名誉が代々後世に伝えられていくことを古代ケルトの戦士たちが強く望んでいたことがわかるのである。

『オシアンの作品』の第二巻の巻頭につけられた論文において、マクファーソンは、古代人が後世に名を残そうとしたことを口承伝統と結びつけている。

もともと戦士としての誉れを愛し、先祖の〔武勇に関する〕記憶に非常に愛着を示していたので、彼ら〔ハイランドの首領たち〕は、彼らの種族の偉業、特に彼ら自身が属する特定の一族の偉業に関する言い伝えと歌に喜びを見出した。彼らの先祖の記憶すべき行為を伝えるために、代々吟唱詩人がすべてのクランで雇われた。(『オシアン詩』二一三―二一四)

先祖の武勇の誉れを記憶し、後世に名を残すことにこだわる古代ケルトの戦士たちは、歌の伝統を重視した。彼らは、記憶されるに値する戦士としての名声を、吟唱詩人が歌い継いでいくことを期待した。吟唱詩人の歌による口頭伝承の中で戦士たちの名声は永続していくことになった。

この名声の歌は、口承という手段を使って、聞く者そして伝える者が記憶するものであり、文字として記録するべきものではなかった。マクファーソンは、ゲール語文化が口承文化と強く結びついていて、文字の文化とは無縁だったからこそ、古代人の純粋な感情の吐露が生の声となって生き続け、その生きた古代人の感情を戦士たちの名声の歌を通して伝えることができると考えた。そして、その名声は、吟唱詩人の歌声によってのみ記憶され伝承され続けてきたとマクファーソンは信じたのである。

「カーソンの詩」(‘Carthon: A Poem’)では、クレサモー(Clessámmor)によってバルクルーサ(Balclutha)にやむなく残されたモイナ(Moina)は、クレサモーとの間に儲けた息子カーソンを生んでやがて死んでしまう。フィンガルの父コンホール(Comhal)がバルクルーサを陥落させると、運よく難を逃れたカーソンは、コンホールの子孫への復讐を心に誓う。フィンガルの領地に攻め込んで最初は優勢であったが、フィンガル側についていた父クレサモーに倒されまさに死なんとする時に、カーソンは、「私の名声が歌に歌われ偉大なものとなるように、ああ、〔フィンガル〕と戦っていたらよかったのに」と後世の人々に自分の名声が知られずに死ぬことを嘆く(『オシアン詩』一三二)。このような嘆きに対し、フィンガルが次のように反応する。

おお、カーソンよ、私の多くの吟唱詩人が歌を後世に伝える。後世の者たちは、篝火として燃える樫の木のまわりに座って、歌人が歌う昔の歌を聞いて夜を過ごす時、カーソンの名声を耳にするだろう。茂るヒースの中に座って休んでいる狩人は、一陣の風にヒースがざわめくのを聞き、目をあげて、カーソンが倒れた岩を眺めるだろう。その狩人はその息子の方を向いて、その兵〔カーソン〕が戦った場所を息子に見せながら次のように言うだろう。バルクルーサの王はそこで戦ったのだ。その戦いぶりはあたかも千もの流れが集まってたいへんな力を見せるかのようだった、と。(『オシアン詩』一三二)

フィンガルは敵ながら立派に戦ったカーソンを称賛し、カーソンの死後の名声を保証している。カーソンの名声は、吟唱詩人によって後世の人々に歌い継がれると同時に、狩人の父から子へ、子から孫へと伝えられていくことになるのである。

『テモラ』の第二編において、フィンガルを倒してみせると大見得を切るフォルダス(Foldath)は、「フィン

ハープで弾き語りする盲目の詩人オシアン（ランシマンの絵から）

ガルは、歌なしで死ぬことになるだろう」と言う（『オシアン詩』二三九）。これは、フィンガルは自分と戦っても、その名声を残すことができるような戦いぶりは示せないので、吟唱詩人によって武勇譚を歌ってもらえないということを意味している。このように大見得を切るフォルダスをカスモー（Cathmor）が「汝は彼［フィンガル］がエリンで名声を得られずに倒れるとでも思っているのか。吟唱詩人が勇者フィンガルの墓を見て黙っていることがあろうか」とたしなめる（『オシアン詩』二三九）。このカスモーの言葉から、吟唱詩人の歌と墓が関わり合いのあるものだったことがわかる。その墓を見て吟唱詩人に歌を歌ってもらえるかどうかが、死んだ戦士たちにとって重要なことだった。

『テモラ』第三編では、フィンガルがカリル（Carril）に戦士コンナル（Connal）の墓を建てるように命じる。

吟唱詩人を連れていって墓を建ててくれ。今宵コンナルがその墓の中で休めるようにしてやってくれ。その勇者の魂が風にのってさまよわないようにしてやってくれ。（『オシアン詩』二四九）

この後、フィンガルのカリルへの指示は、戦いで倒れたすべての者のために墓を建てるようにと続けられる。首領ではなく、下々の者であったとしても、危急時にはまるで岩のようになって自分を守ってくれた彼らの勇敢さをフィンガルは褒め称え、カリルに彼らの存在を忘れないように言う。そしてカリルは吟唱詩人たちに声高らかに「墓の歌」すなわち挽歌を歌わせる（『オシアン詩』二四九）。死んだ戦士の墓で吟唱詩人が挽歌を歌わない限り、死者の魂は安らぎをえないという古代ケルト人の考え方を、『テモラ』第二編のはじめにあるその要旨でマクファーソンが紹介しているように（『オシアン詩』二三六）、吟唱詩人は戦死した戦士たちの墓で、彼らに名誉を授ける歌を歌うことによって、その魂を鎮めるという重要な役割も果たしていたことがわかる。吟唱詩人たちの歌は、戦士たちの名誉を後世に伝えるための武勇譚であると同時に、彼らの魂を鎮める鎮魂歌でもあったのだ。

ゲール語文化の永続化への期待

かくして、一八世紀まで語り継がれていた古代ケルトの戦士たちの武勇譚は、マクファーソンによって翻訳のかたちでまとめあげられた。この翻訳は二つの大きな矛盾を内包していた。声を文字にすること、そして、ゲール語を英語にすることであった。吟唱の声は紙上の印字へと変換され、もとのゲール語ではなく英語として紙上に固定されたのである。

ゲール語の武勇譚は、歌声がつくりだす実体のないテクストの中で文字とは無関係に生き続けてきたものである。いわば空中に漂うようなその見えないテクストは、固定されることなく、臨機応変の自由な変化を許容するものであった。歌声によって生き続けてきたものが、紙面に文字として固定された瞬間に、ゲール語文化を象徴する口承的精神は失われてしまうことになった。しかもその文字は、英語というスコットランド人にとっては抑圧的な言語であったので、ますますケルト的精神は失われていったのである。

このような大きな矛盾が生じることを十分承知のうえで、敢えてオシアン詩の翻訳を発表するに至ったマクファーソンの意図は何だったのであろうかと改めて考え直してみると、それは、自然と人間の一体化した古代ケルトの原始の世界を再現し、さらに、吟唱詩人が古代ケルトの戦士たちの名声を歌い継いで伝えていったように、一八世紀に消え去ろうとしていたケルト民族と文化の誉れを後世に伝えることであったのではないかと考えられる。マクファーソンは、ケルト文化の消滅を黙って見過ごしていたスコットランド人に対する警鐘が乱打されるのを心の耳で聞きとっていたのである。

マクファーソンに対してオシアン詩の翻訳を促したブレアは、『フィンガルの子、オシアンの詩に関する批評的論文』(*A Critical Dissertation on the Poems of Ossian, the Son of Fingal*, 1763)において、古詩にこそ、「古代人の風俗の最も自然な映像が表されている」と述べている。[11] スタフォードが指摘しているように、ブレアは、洗練された文明の影響を受けていない、「最も自然な状態にある感情を〔古詩に〕見出すことを期待」し、「古代社会を無邪気な黄金時代とみなしていた」(『野蛮人』一七二)。このブレアの考えは、洗練された英語文化の浸透と影響に抵抗し、「最も自然な状態」を保持していたゲール語文化の伝統を保護しようとするマクファーソンの意図と結びつけられうる。

またさらに、ジャコバイトの蜂起の後、イングランド文化に飲み込まれようとしていたケルト文化は、消滅の危機に瀕していた。吟唱詩人の歌声にのせて武勇譚が語られ、民族的ルーツを知ることができた口承的伝統が、文化抑制政策の影響で当時すでに消滅しつつあったので、吟唱詩人の歌声によって語り継がれてきた先祖たちの名声、すなわち、古代ケルトの戦士の武勇の誉れを、不本意ではあるが、ゲール語ではなく英語で、声ではなく文字を媒介にして、永続化させる必要性をマクファーソンは感じたのではあるまいか。というのも、そうでもしなければ、太古から歌によって伝承されてきた先祖の名誉を、ひいてはケルト民族の名誉を後世に伝えられなくなってしまうからであった。マクファーソンは、消滅していくケルト文化への挽歌を歌わないようにしなければならなかった。つまり、その永続化への期待を彼の翻訳にかけたのであった。

この期待は後世の文人たちに通じたのかもしれない。現に、アルフレッド・テニスン（Alfred Tennyson）やマシュー・アーノルド（Matthew Arnold）らが、英語として印刷されたオシアン詩に影響を受けている。[12] このようにオシアン詩は、マクファーソンの翻訳を契機に、ゲール語の歌を歌って伝えていく吟唱詩人から、英語の詩を紙面に文字として残す文学的詩人へと受け継がれていったのである。

注

（1）正確には、ゲール語というよりはむしろアース語とした方がよいかもしれない。ただ、アース語はゲール語の一つと考えられるので、本章では、両者を同じものとしてみなしたい。

（2）Howard Gaskill, introduction, *Ossian Revisited*, ed. Gaskill（Edinburgh: Edinburgh University Press, 1991）, p. 2.

（3）オシアン詩のヨーロッパ大陸での受容に関しては、以下の文献が詳細な情報を提供している。Howard Gaskill, ed., *The Reception of Ossian in Europe*, The Athlone Critical Traditions Series 5（London: Thoemmes, 2004）.

（4）Howard Gaskill, ed., *The Poems of Ossian and Related Works*（Edinburgh: Edinburgh University Press, 1996）. ギャスキルが一七七三年版ではなく一七六五年版を自らの版の基礎に置いている理由については、この一九九六年版の序の部分にある「この版に関して」（"About This Edition"）を参照されたい。

（5）Dafydd Moore, ed., *Ossian and Ossianism*, 4 vols.（London: Routledge, 2004）.

（6）Fiona J. Stafford, *The Sublime Savage: A Study of James Macpherson and the Poems of Ossian*（Edinburgh: Edinburgh University Press, 1988）, p. 20.

（7）本章は、スタフォードの意見を紹介しているが、トマス・カーリー（Thomas M. Curley）は、彼女とギャスキルそしてムアを、マクファーソンのオシアン詩翻訳の重要性を高く評価し直そうとする学者（revisionist scholars）とみなしている。Thomas M. Curley, *Samuel Johnson, the Ossian Fraud, and the Celtic Revival in Great Britain and Ireland*（Cambridge: Cambridge University Press, 2009）, p. 14.

（8）Joseph Rosenblum, *Practice to Deceive: The Amazing Stories of Literary Forgery's Most Notorious Practitioners*（New Castle: Oak, 2000）; Henry Mackenzie, *Report of the Committee of the Highland Society of Scotland, Appointed to Inquire into the Nature and Authenticity of the Poems of Ossian*（Edinburgh: Constable, 1805）; Bailey Saunders, *The Life and Letters of James Macpherson: Containing a Particular Account of His Famous Quarrel with Dr. Johnson, and a Sketch of the Origin and Influence of the Ossianic Poems*（London: Sonnenschein, 1894）.

（9）James Macpherson（ed.）, *Fingal: An Ancient Epic Poem*（London: Becket, 1762）, p. a1r. マクファーソンによる古詩収集旅行に関する詳細は以下の文献を参照されたい。野口英嗣「ジェイムズ・マクファーソンの西部・島嶼地方への旅行——『オシアンの詩』本文成立過程の分析」、日本カレドニア学会編『スコットランドの歴史と文化』（明石書店、二〇〇八年）二〇五—二二一頁。

（10）夏目漱石は、「カリックスラの詩」の一部を擬古文調の日本語に翻訳して明治三七年二月に『英文学叢誌』に発表している。「コンナル」「クライモラ」という人名の表記は漱石訳によるものである。

（11）Hugh Blair, *A Critical Dissertation on the Poems of Ossian, the Son of Fingal*（London: Becket, 1763）, p. 1. この論文は『オシアンの作品』の第二巻に収録されている。

（12）Howard Gaskill, introduction, *The Reception of Ossian in Europe*, ed. Gaskill（London: Thoemmes, 2004）, p. 2.

第六章　ジェイムズ・ボズウェル

迷走するライオンハンター
――伝記文学が残った――

江藤秀一

カメレオン・ボズウェル

出会いは突然やってきた。一七六三年五月一六日、ジェイムズ・ボズウェル（James Boswell, 1740–95）は知り合いの書肆トマス・デイヴィス（Thomas Davies）の店の奥でデイヴィスと談笑していた。そのとき不意にその男は現れた。ドクター・サミュエル・ジョンソン（Dr Samuel Johnson, 1709–84）――ボズウェルが面識を得たく方々《ほうぼう》に出会いの機会を求めていた人物である。ボズウェルはこの人物と面識を得ることによって『ジョンソン伝』（*The Life of Samuel Johnson, LL. D.* 1791）を執筆し、英文学における伝記文学の金字塔を打ち立て、その名を文学史に永遠に残すことになる。

ボズウェルはスコットランドのエディンバラでは弁護士を生業とし、多くの裁判にかかわる一方で、イングランドのロンドンに出てきては多くの文人とかかわった。そして、若い頃には当時の貴族子弟のお決まりのコースであった大陸巡遊旅行《グランドツアー》を体験した。

ジェイムズ・ボズウェルの父のアレグザンダー（Alexander）はアフレック卿を名乗る領主であった。その父が亡くなるとジェイムズが父の後を継いで領主となる。スコットランドの法曹界からイングランドの法曹界へ鞍替えを目指していたボズウェルは、領主としての務めとイングランドへの転出との二つの道を前にして悩むことになる。一七〇七年のイングランドとスコットランドの合同は、多くのスコットランド人をイングランド優勢の劣等感とアイデンティティを求める葛藤とに迷い込ませていた。ボズウェルもその悩める一人であった。結局ボズウェルはイングランドの法曹界への転出という願いを果たすことになるが、領主としての役割を捨て去ることはなかった。

ボズウェルはあるときは弁護士、あるときは作家、あるときはまじめな領主、そしてあるときは放蕩者とさまざまな顔を持っていたが、カメレオンさながらに順応してきた。そして、大陸巡遊旅行を経験して世界市民を自称し、スコットランド訛を取り除こうと努力しながらも、スコットランド魂を持ち続けた。本章では彼の残した日記や著作物からボズウェルのさまざまな姿を述べてみたい。

貴族の息子として

ボズウェルは一七四〇年一〇月二九日にエディンバラ市内で、三人兄弟の長男として生まれた。(1) 父はエディンバラの腕利きの弁護士であり、一七五四年にはスコットランド最高の控訴裁判所の裁判官の一人に任命された。母のユーフェミア（Euphemia）は旧姓をアースキンといい、彼女の父のジョンはスターリング城の副司令官であった。

一七五三年一〇月、ボズウェルは現在のエディンバラ大学のオールド・コレッジに入学し、その後グラスゴー大学へ移った。グラスゴーではエディンバラのような華やかな社交の機会には恵まれず、ボズウェルは孤独感にさいなまされて、一七六〇年三月のある日、衝動的にロンドンへ出奔したのであった。このロンドン滞在はわずか三カ月ほどであったが、ボズウェルはロンドンの虜となってしまう。そんな息子に父は弁護士試験合格を条件に、将来のロンドン行きを認めたのであった。一七六二年七月末に弁護士試験に合格したボズウェルは、一一月一五日、エディンバラを発ってロンドンへ向かった。

一七六三年五月一六日、ボズウェルはデイヴィスの本屋であこがれのジョンソンと面識を得る。デイヴィスが恭しくボズウェルをジョンソンに紹介した。突然の出来事に緊張したボズウェルだが、ジョンソンがスコットランド人に偏見を持っていることを思い出して、ボズウェルはデイヴィスに「私の出自を言わないで下さい」と願った。ところが、デイヴィスはすかさず「スコットランド出身です」と意地悪く言ったのであった。そんな居心地の悪い出会いにもかかわらず、ボズウェルは閉廷時にはロンドンへ出てジョンソンとの交際を深めていった。

ジョンソンと出会ってから数カ月経った一七六三年八月、ボズウェルは父の希望に応じて法学を学びにユトレヒトに出かけることとなり、そこから一八世紀の貴族の子弟が行う当時流行の大陸巡遊旅行に出た。ボズウェルはドイツからスイス、イタリア、フランスとほぼ一年八カ月にわたって大陸を周遊した、途中、ルソーやヴォルテールを始めとして多くの著名人との面会にも成功した。特筆すべきはコルシカの将軍パスカル・パオリ(Pascal Paoli)との面会である。

コルシカは当時フランスの援助を得て、ジェノバの圧制に反乱を起こして戦っていた。その指導者がパスカル・パオリであった。ボズウェルはコルシカを訪問してその将軍のパオリと面会した初のイギリス人であった。ボズウェルは今日の市民外交官的役割を見事に演じ、島の人たちから大いに信頼され、手厚くもてなされた。この滞在をもとに、一七六八年、ボズウェルは『コルシカ島事情、コルシカ島旅日記とパスカル・パオリ覚書』（*An Account of Corsica, The Journal of a Tour to that Island, and Memoirs of Pascal Paoli*）を上梓する。

出世作『コルシカ島事情、コルシカ島旅日記とパスカル・パオリ覚書』

イギリス一八世紀は旅行の時代でもあった。貴族の子弟は流行の地イタリアへ向けて大陸旅行を盛んに行った。ジェイムズ・クック（James Cook）やジョゼフ・バンクス（Joseph Banks）といった航海者や探検家が活躍した。そうした流れの中で旅行記や航海に関する記録も数多く出されることとなる。南海の未開地を訪れた航海者たちは、その航海記の中で自分たちにはない原住民の生活ぶりを描写し、その素朴な生活ぶりを賞賛したのであった。こうして南海への航海は「高貴《ノーブル》な野蛮人《サヴェッジ》」の思想に多大な影響を及ぼすこととなった。(2) この「高貴な未開人」という理想像は、一九世紀のロマン派文学にも影響を及ぼすことになる。『コルシカ島事情』もこの文脈の中で見ることができる。(3) というのも、そこに登場する人々は、自然豊かな素朴な島で自由を求めて戦う高貴な人々ばかりだからである。

コルシカ島に到着した際に訪問するように紹介されていたジャコミニという人は、ボズウェルが訪れたときにはすでに亡くなっていた。ボズウェルはジャコミニのいとこのアントニオのところに行くように指示される。次はそこにいたるまでの記述である。

> オリーブの木で覆われた山の光景はこの上なく心地よく、私の周りで育っている（ビーナスの神木と考えられている）ギンバイカやその他の香りのよい低木や草花の香りはとてもさわやかであった。歩いていくと、

しばしば農夫たちが茂みから突然現れてくるのが見えた。彼らは皆完全武装していた（中略）。私の荷物を運んでくれている男も武装しており、私が小心者であったならば、恐れおののいたことであろう。しかし、この男と私はお互いに馬が合った。薄暗くなるにつれて、私はアリオストの素晴らしい一節からの次の行を心の中で繰り返した。

暗い森と曲がりくねった道を二人は一緒に歩いたが、
彼らは猜疑心で苦しめられることはない。(4)

このようにボズウェルは自然の豊かさを描写し、一六世紀イタリアの詩人アリオストの詩の一部を引用して古風な雰囲気を醸し出し、現地の人に対する恐れは全くないことを強調する。

パオリに関してもボズウェルはパオリがいかに高潔の士であるか、文明化した教養人であるか、そして敬神の人で私利私欲のない好人物であるかを述べることになる。次は初対面時の夕食会での印象である。

将軍は歴史や文学に関して大いに語った。私はたちまち彼が古典の造詣が深く、知識豊かな心の持ち主であり、食事時の彼の会話は教訓に富んで愉快であることを感じとった。彼は食事前にはフランス語を話していた。今はイタリア語を話しており、イタリア語ではとても雄弁である。（『コルシカ島事情』、四二一―四二二）

パオリはフランス語とイタリア語に加えて英語にも長けていた。イギリスの歴史にも詳しく、さらにはイギリス議会議事録にも目を通していたという。こうして、ボズウェルはパオリがいかにイギリスからの支援を受けるにふさわしい人物であるかを述べるのである。

ボズウェルとパオリは日々親密さを増し、互いの結婚に関して話すまでになる。ボズウェルは「彼の困難で危機に面した状況下では彼は家庭的な幸福を享受できない。彼は自国と結婚しており、コルシカ人は彼の子供たちである」(『コルシカ島事情』、五四)と述べ、生涯独身を通してイングランドを繁栄に導いたエリザベス一世のことを髣髴とさせる所見を披露する。さらに、パオリの見た夢が後に正夢のごとくに現実になるという現地の高官やパオリ自身の話を掲載し、パオリを神格化するのである。

以上のように、『コルシカ島事情』は、パオリの高潔な人となりを中心に、「幸福」(happy)、「親切」(kind)、「好ましい」(agreeable)といった肯定的な形容詞をちりばめて、パオリはもちろん、コルシカ島とその住民を理想化するのである。

コルシカ島の首長の服装をしたボズウェル

しかし、『コルシカ島事情』がたとえばジョンソンの『スコットランド西方諸島の旅』(*A Journey to the Western Islands of Scotland*, 1775)と根本的に違っているのは、前半で島の地理や歴史などを紹介しているものの、ボズウェルの政治的意図が感じられる点である。つまり、この作品は一八世紀の優れた旅行記とされているが、単なる旅行記ではなく、宣伝活動的《プロパガンダ》な要素が目立つ作品でもあると考えられているのである。パオリがコルシカ住民の美徳を高める立派な指導者として描かれるのも、コルシカがイギリスやヨーロッパの国々から正式に認可されることをボズウェルが願っていることの表れであるというのである。(5) ボズウェルは帰路で世話になった駐留フランス軍将校をほめたたえ、フランス軍駐留には農作物のさらなる流通、フランス技術の移入などといった利点があることに言及しているが、その意図が宣伝活動にあったというふうに考えると合点がゆく。実際にボズウェルは帰国後、『コルシカ島事情』を公にするだけではなく、有力な政治家であったウィリアム・ピット（William Pitt）に面会を申し込んでコルシカの支援を依頼したのであった。

あまりの熱の入れようにジョンソンは、コルシカのことをそんなに気にするなとボズウェルに忠告した。それに対してボズウェルは「コルシカのことを気にするなですって。それは名誉や人類愛や友情や敬神を気にするなということです。とてもできません」(6) と激しく反論した。この熱い気持ちは生涯変わることなく、戦いに敗れたパオリがイギリスに亡命してきた後も、ボズウェルはその支援の心を失うことはなかった。

弁護士ボズウェル

一七六六年三月、スコットランドへおよそ三年半ぶりに戻ってきたボズウェルは、弁護士としての仕事を開始する。その弁護士としての最初の仕事は、一二〇頭の牛を盗んだかどで告訴されたジョン・リード（John Reid）という農夫の弁護であった。リードはボズウェルに対してそれ以前の盗みは認めたものの、この牛泥棒に関しては無罪を主張した。ボズウェルは確固たる証拠もないままに弁護に努めたところ、幸運にも無罪を勝ち取った。

これによってボズウェルは高い評価を仲間から受けることとなった。

それから八年後の一七七四年八月のこと、ボズウェルは再びジョン・リードの弁護を引き受けることになる。今度は牛ではなく、一九頭の羊を盗んだ疑いである。この裁判でもジョンは羊は他人から貰ったものだと無実を主張するものの、それを証明することができなかった。ボズウェルは前回と同じように必死に弁護するが、そのかいなく判決は死刑であった。ボズウェルはこの判決を何とか覆そうと努め、あわせて、友人の外科医と相談して、処刑されたときは蘇生術を施す計画も立てたのだった。しかし、これは実行にいたらなかった。(7)

この一件に関するボズウェルの日記は、彼の苦悩とジョンの処刑にいたるまでの経緯を生々しく描く。特に処刑前日と処刑日のボズウェルの日記には胸に迫るものがある。

九月二〇日、処刑の前日、ボズウェルは刑務所を訪ねる。そこにはジョンの妻と一五歳位の娘のジャネット、一〇歳位の長男ベンジャミン、二～三歳の末の子ダニエルが来ていた。ボズウェルは「彼と妻と二人の子供たちはとても静かに振舞っていた。末っ子のダニエルは父の陰鬱な状況については何も知らずに、父にまとわりつくように飛びつき、元気よく笑ったり叫んだりしていた。それを目にするのは奇異な感じであった。鎖に足をつながれて意気消沈している父と全くもって自由で浮かれ騒いでいる子供には著しい違いがあった」(『日記』、二三七)と実に落ち着いて一家の様子を観察しているが、ボズウェルにはすでに結婚して妻子もあり、同じ子を持つ身としては辛い思いをしたことであろう。

いよいよ処刑の日となった。白い服を用意してきた妻の顔には深い悲しみがあった。そして、その白い服を着たジョンの印象はとても際立っていた。この日のボズウェルの記録は胸が痛む。

今朝、いつもの服を着ているジョンに会ったときには大して心を動かされることもなかった。しかし、今、

彼は白装束で、高いナイトキャップをかぶって、背が高く見え、私は震えるような恐怖に襲われた。(『日記』、二四一)

執行の時が来た。ボズウェルは記す。

執行時間の午後二時を時計が打った。私は厳粛な調子で「二時だ」と言った。リチャードが入ってきた。彼の足音に私は強い感情を呼び起こされた。彼は静かに「さ、いきましょうか」と言った。恐ろしい瞬間だった。ジョンは「はい」と言い、降りていく支度を即座にした。(『日記』、二四三)

一日の仕事を終えたボズウェルは陰鬱な気分に襲われながら帰宅した。椅子から立ち上がるのも困難なほどに疲れ果て、また恐れおののき、しばらくの期間、ボズウェルはこの裁判のショックから立ち直ることができなかった。

もう一件、ボズウェルがまだ独身であったところ、ダグラス訴訟事件という有名な民事裁判があった。この裁判は初代ダグラス公爵の遺産相続を巡って、公爵の妹の息子であるアーチボルド・ダグラスに相続権があるのか、それともダグラス家の遠縁にあたるハミルトン公爵にその権利があるのかという裁判である。ボズウェルはアーチボルド・ダグラスを支援してバラッドなどを発表し、文書による支援を行った。その効果は大きく、ボズウェルはダグラスへの同情を集めることに成功した。こうして、人々の関心を大いに引いたダグラス訴訟はダグラス側の勝訴となった。この判決に喜んだ人々はかがり火をたいて祝ったが、一部が暴徒と化してしまった。彼らは判事たちにどちらの言い分に賛成したにせよ窓辺に明かりをともすよう要求し、従わない場合には窓を壊すと警告したのであった。その暴徒の先頭にはなんと、興奮したボズウェルがいて、明かりのついていない判事の家の窓に石を投げていたのであった。後ほどボズウェルは裁判所で説明を求められたが、何とか言い逃れたのであった。(8)

弁護士ボズウェルは先のジョン・リード裁判でもダグラス裁判でも感情に任せて動くところがあった。ボズウェルがスコットランドの法曹界で出世できなかったのは、依頼人と自分を同一化しすぎて、法的代理人としての役目と同情者としての役目とを区別できなかったからだとの見方がある。(9) そこがボズウェルの人間としての長所でもありまた短所でもあろう。

結婚とヘブリディーズ諸島への旅

ダグラス訴訟が行われていた一七六九年はボズウェルにとってもうひとつ大事な出来事があった。同年一一月、父親の反対を押し切って、いとこのマーガレット・モンゴメリ（Margaret Montgomerie）と結婚したのである。これに対し、父のアレグザンダーは同じ日に再婚するといういやがらせをやってのけたのであった。そういう険悪な状況のなか、ボズウェルはマーガレットを心底愛し、マーガレットはボズウェルの心の支えとなり、ボズウェルの持病ともいえる憂鬱症は以前ほどひどくはなくなっていった。

一七七三年、積年の願いであったジョンソンとのヘブリディーズ諸島巡りが実現する。八月一四日の夜、待ちに待ったジョンソンがエディンバラの宿屋に到着した。その知らせを受け取ったボズウェルは即座にその宿へ駆けつけた。ジョンソンに親しみをこめて抱きしめられたボズウェルは喜びに堪えなかった。二人はハイ・ストリートをボズウェルの自宅に向かって歩いていった。通りには下水設備はなく、窓からの汚物投棄も依然として行われており、「暗闇でもにおうね」とジョンソンに指摘されて、「愛国的なスコットランド人なら嗅覚をなくして欲しいと願ったことだろう」とボズウェルは恥ずかしい思いをしたのであった。

八月一八日、二人はボズウェルの召使いのジョゼフを伴って八三日間のハイランドおよび西方諸島の旅を行った。この旅行を基に『ヘブリディーズ諸島旅日記』(*The Journal of a Tour to the Hebrides with Samuel Johnson, LL. D.*, 1785)が誕生する。

『ヘブリディーズ諸島旅日記』に見るボズウェルの真情

この旅行記は「ボズウェルの」旅日記ではあるものの、内容的には主にスコットランド旅行中のジョンソンの言動の記録となっている。出版はジョンソン死後の一七八五年のことで、旅から戻って一二年を経過してからのものである。

ジョンソンを主人公とはするものの、ところどころでボズウェルの真情も吐露される。特に父のアレグザンダーとは若い頃は職業に関することで、また後には結婚問題や相続の件で確執があったが、この旅行記で述べられる父についてはすでに亡くなっていたからであろうか、尊敬の念が感じられる。たとえば、八月一八日の項では、「立派な判事である父は私に法職を強く勧めた」と「立派な」という形容詞を使って父のことに言及している。(10) また、「私は当地の誰もが父に敬意と、それどころか好意を寄せていることを知り大きな喜びを覚えた」(八月二三日)、あるいは「私はインヴァネスで皆が並々ならぬ敬意を込めて父のことを話すのを聞いて大いに満足した」（八月二九日）というように、父の評判に満足と喜びを表明しているのである。さらには「最も遠縁の親族や私が知りえたあらゆる境遇にある立派な人々への配慮は私が父から受け継いだものである」（八月二九日）と述べて、父譲りの性格を積極的に評価しているのである。

この旅はまた、ボズウェルにはスコットランド人としての祖国愛を確認する旅でもあった。[11] この旅日記のはじめのほうでボズウェルは、自分がすべての民族や言語や国家を愛する「世界市民」であると自負しながらも、「スコットランドに対するひどい軽蔑を露にされると、私はそのイングランド人に調子を合わせながらも、はっきり言って、彼らを子ども扱いにするのである。したがって、ジョンソン博士でさえも同じように扱わざるをえないことがときにはあるのだ」（『旅日記』、一二二）と述べる。しかし、旅の同伴者は「ジョン・ブル」の代表者ともいえるドクター・ジョンソンである。彼はボズウェルの祖国愛に挑むかのような言葉を時に発するのであった。たとえば、スコットランド国王ゆかりのダンドナルド城を訪ねた際には、その城の屋根は落ち、ジョンソンはどのように想像力を働かせてみても国王の住まいにふさわしい城とは思われなかった。ジョンソンはすかさず「これがボブ王（ロバート王）のお城か」と大声で述べて、ボズウェルの「往古のスコットランドへの熱い思いを苛立たせようと」（『旅日記』、四三〇）したのである。

ボズウェルらはこの旅の途中では多くのジャコバイト運動の関係者とも面会した。ジョンソンはジャコバイト運動に関してはほとんど口を閉ざしているが、ボズウェルは素直に感情を露にしている。たとえば、グレンモリスンの寒村の一軒宿の主人が一七四五年の乱について詳細に語ったとき、ボズウェルは涙ながらに次のような感想を述べている。

この件に関しては私の心にいろいろな思いが次々に浮かんできて、私は強く心を打たれるのだ。ハイランド各地の名やバグパイプの音色が私の血を沸かし、私の心は憂鬱な気持ちと勇気への尊敬の念で一杯になるのだ。(『旅日記』、一四〇)

このように、スコットランド人のボズウェルはイングランド文壇の大御所を祖国に案内しながら、スコットランド及びスコットランド人について考える機会をたくさん得たことであろう。それもジョンソンがスコットランドに偏見を持っていたからますますそのスコットランドを意識しなければならなかったことと思われる。この旅日記には後の『ジョンソン伝』には見られないボズウェルのスコットランドに対する熱い思いが感じられるのである。

領主ボズウェル、イングランドへの転居、そして異国での死

一七七三年一一月二二日、スコットランドの旅を終えてロンドンへ戻るジョンソンを見送ったボズウェルには、エディンバラでの退屈な弁護士としての仕事の日々が待っていた。先述のジョン・リード裁判はこの翌年のことであった。裁判で思い通りにいかなかったボズウェルは、ロンドンへの転出を本格的に考えるようになっていった。一七七七年九月二〇日、ボズウェルはロンドンへの定住をジョンソンに相談した。ジョンソンは次のように述べた。

君ほどロンドンに愛着を持っている人を僕は知らない。ロンドンに住みたいという君の願いを責めることはできない。でもね、僕が君の父君の立場だったら、君がロンドンに落ち着くことにはおそらく同意しないだ

ろうね。(『ジョンソン伝』、三巻一七六―一七七)

このように定住を反対されたボズウェルは、「一年のうちのある一定の期間は故郷で暮らし、首都から知的な香りを持ち帰り、変化ある故郷の生活をなお一層楽しみます」(『ジョンソン伝』、三巻一七八)と応じて、ボズウェルが故郷を捨てるのではないかとのジョンソンの不安を解消しようと努めた。

ボズウェルは若い頃からイングランドへの転出を望み、多くの教養人同様にスコットランド語の用語や用法を避けたり、その訛をなくす訓練をしていた。その一方でボズウェルは先祖の土地を引き継ぐことについても早くから考えていた。一七六三年一〇月、ユトレヒトに留学中の若きボズウェルは、「人生の計画」という一文を日誌に認めている。それは二人称で書かれており、次のように自分に言って聞かせるような調子となっている。

君はスコットランドに戻って、法廷弁護士団の一人になり、定職を持ち、議会入りするか、法服を身にまとうことになっている。完全に独り立ちして、毎年ロンドンへ行くことができるし、オーヒンレックで借地人のためになることを行い、隣人と仲よく暮らし、その地を美しくし、家族を養い、不滅の至福を神に願いながら、数カ月過ごすことができるのだ。(『日記』、九七―九八)

このようにボズウェルの心は故郷のオーヒンレックを守ることと、イングランドに定住することの二つの道の間で揺れ動いていたのである。

一七八二年八月、父が亡くなると、ボズウェルはその後を継いで八〇の借地を抱える領主となった。ボズウェルは領主になるとすぐに農地改良を行ったが、新しい農法は借地人には酷なものであった。中には借金を抱えてよそへ移らざるを得なくなっていった借地人もいた。ボズウェルはそのようなときには、別の農地を探して新たな機会を見つけてやるといった寛大さを持っていた。(12)

スコットランド人でありながらイングランドを絶えず目指したボズウェルは、領主の跡を継ぐことによって議員になれる可能性が出てきた。それはロンドンでの生活も獲得できるという利点もあって、大変に好都合であった。しかし、政界進出のために有力者のロンズデール（Lonsdale）伯爵らの力を借りようとしたが成功せず、政治家への夢は断念せざるを得なかった。一方で、スコットランドの法曹界からイングランドの法曹界への転出は一七八六年に叶うこととなった。しかし、スコットランドの法律とは違う点が多く、ボズウェルは自信のなさに気も沈みがちであった。家族と離れて暮らすことも精神的に辛かった。同年九月には家族がロンドンに移って来たが、妻のマーガレットはロンドンの生活になじめず、体調を崩し、わずか二年足らずでオーヒンレックへ戻ってしまった。

翌一七八九年四月、マーガレットの病状は悪化し、六月四日、マーガレットは亡くなった。妻を亡くしたボズウェルはその後、なかなか立ち直ることができず、目に見えて落ち込んでいく。ロンドンに出てきても、芝居に行く気も失せ、生きる力を失いつつあった。一七九五年四月一四日、クラブの会合の日、ボズウェルは体調を崩し、悪寒に襲われる。激しい頭痛がし、三週間の腎臓異常と尿毒症が続いた。そして、同年五月一九日、「イングランド」のロンドンでこの世を去った。享年五四歳であった。後には、『ジョンソン伝』が残った。

伝記の代表作『ジョンソン伝』

ボズウェルは一七七二年頃からジョンソンの伝記執筆の意図を抱いてその材料を書き溜めていたが、いざ本格的に取り掛かろうとすると、弁護士の仕事や領主としての仕事もあり、伝記執筆に集中することができなかった。原稿が完成したのはジョンソンが亡くなって六年近くも経った一七九〇年一二月のことで、刊行は翌年五月一六日であった[13]。この日はくしくもボズウェルがジョンソンと出会った記念すべき日であった。

ボズウェルはジョンソンの談話を通じて、ジョンソンの政治的宗教的信条を伝え、また、ジョンソンの性格を明らかにしていく。次はジョンソンの性格が見事に表れた一例である。一七六九年一〇月二六日のこと、ボズウェルは人間は死の恐怖を克服できると主張し、ジョンソンに意見を求めた。それに対してジョンソンは次のように応じた。

「いいや、君。自分で考えなさい。問題はどう死ぬかではなく、どう生きるかということだ。死ぬということは重要じゃない。一瞬の出来事だからね。」彼は（真剣なまなざしで）「死とはそういうものであるに違いないと誰でもわかっており、それに甘んじているのだ。泣き言など何の役にも立たないのだ」と、気色ばんで答えた。

私はその話を続けようとした。彼はひどく怒って、「その話はもう結構だ」と言い、極めて興奮してしまい、私を不安に陥れて苦しめるような話し方をして、いらいらと早く立ち去って欲しいという様子を見せた。私が去ろうとしていると、「明日は会わないぞ」と叫んだ。私はこの上なく不安になって帰った。（中略）私はまるで自分が何度もライオンの口に頭を突っ込んでも無事だったのに、ついに噛みちぎられた人間のように自分のことを思った。（『ジョンソン伝』、二巻一〇六―〇七）

『ジョンソン伝』ではこの例のようにその会話をジョンソンがどのような態度で発したのかもあわせて述べら

ジェイムズ・ボズウェルの肖像
（ジョシュア・レノルズ筆）

れているので、主人公のジョンソンが静止した無機物的な人物ではなく、今にもこの場に出てきて、「君ねー」と声を上げる生きた人物であるかのような臨場感あふれる効果を生み出すのである。そして「ライオンに噛みちぎられた人間のように」という巧みな比喩が、ジョンソンの激しい性格をより鮮明に浮かび上がらせる。ボズウェルの作家としての優れた技量の表れであろう。

ジョンソンがスコットランド人をからかう場面も『ジョンソン伝』でたびたび描かれている。ボズウェルはそんなジョンソンにちょっと対抗したこともある。ボズウェルが使用人への心づけを廃止したのは自分たちが最初だと自慢したところ、「君らが心づけを止めたのはだね、貧しすぎて渡せなかったからだよ」（『ジョンソン伝』、二巻七八）とやり返される。

スコットランド人へのからかいはジョンソンと彼の宿敵とも言える政治家のジョン・ウィルクス（John Wilkes）との間でもなされた。一七八一年五月八日、ボズウェルはジョンソンおよびウィルクスと本屋のディリーの家で昼食をともにした。ウィルクスがボズウェルにスコットランドの弁護士の年収を尋ねた。ボズウェルが二〇〇〇ポンドだと答えると、ウィルクスが、「二〇〇〇ポンドもどうやってスコットランドで使えるのかね」

と尋ねた。ジョンソンはそれをとらえて、「イングランドでそのお金を使えましょうが、問題が一つありますな。スコットランドで一人の人が二〇〇〇ポンドも手にしたら、ほかの人にいくら残ると言うんでしょうね」とからかった。畳み掛けるようにウィルクスは、「先の戦争でテュロー（フランス私掠船の船長）がスコットランドの七つの島から分捕って持ち去った戦利品のすべてをご存知でしょうな。テュローは三シリング六ペンスを手にして船に乗り込んだんですよ」と述べた。この二人に対してボズウェルは「ジョンソンとウィルクスはスコットランドの貧困を勝手に想像して大いにからかったのであるが、私とビーティー博士は異議をとなえる価値もないと思った」（『ジョンソン伝』、四巻一〇一—〇二）と無視している。

このように祖国スコットランドやスコットランド人のことをからかわれてもボズウェルは憤りを見せない。それどころか、

彼がいくぶん度を越した「生粋のイングランド人」で、スコットランドとその人々の双方に対して不当に偏見を抱いていたということは認めなければならない。しかし、それは知性の偏見であって、感情のそれではない。彼はスコットランド人に対しては何らの悪意も持っていなかった。（『ジョンソン伝』、二巻三〇〇—〇一）

と、ジョンソンを弁護するのである。

『ヘブリディーズ諸島旅日記』ではスコットランド魂をからかわれときの悔しい思いを率直に述べるボズウェルであるが、『ジョンソン伝』の中ではその姿はほとんど見られない。ボズウェルは由緒ある祖国と祖国民には格別の愛着を持ちながらも、それらへのからかいを平静に受け取る、あるいは受け流すのである。劣等感に凝り

固まった狭量な人間であれば、自国や自国民へのからかいをとても受け流すことはできないし、逆に攻撃的になることであろう。自国に対する揺らぎない自信があればこそ、このような「ゆとり」が生まれるのだろう。ボズウェルは『コルシカ島事情』で、「私は今までにいくつかの外国を訪れたことがあった。異なった言語や感情を持つ人々に自分を合わせることができる」（『コルシカ島事情』、二〇）と述べているとおり、五四年という短い生涯にあって、大陸旅行では各国の著名人との面会を求めて飛び回り、帰国後はエディンバラで弁護士稼業の傍ら、ロンドンへ足しげく通っては各界の著名な人々との交際を楽しんだ。ボズウェルは『ジョンソン伝』で「国民に対する偏見にこだわる偏屈者ではない」（『ジョンソン伝』、二巻七七）と自ら述べているように、どのような状況にあっても相手の色合いに合わせていかようにでも行動することのできるカメレオンさながらの「世界市民」であったわけだ。

注

（1）ボズウェルの生涯については江藤秀一「ジェイムズ・ボズウェル――伝記とともに行き続ける作家」、木村正俊編『文学都市エディンバラ　ゆかりの文学者たち』（あるば書房、二〇〇九）参照。

（2）Hoxie Neale Fairchild, *The Noble Savage: a study in romantic naturalism*（Russell & Russell, 1961）, p. 9.

（3）William C. Dowling, 'A Plutarchan Hero: The Tour to Corsica', in Harold Bloom（ed.）*Dr. Samuel Johnson & James Boswell*（Chelsea House Publishers, 1986）, p. 173.

（4）James Boswell, *The Journal of a Tour to Corsica*（1768）,（Introduction by）John Edmondson（In Print, 1996）, pp. 23–24. 以下の引用はこの版を用い、引用頁は『コルシカ島事情』として本文中に示す。邦訳は筆者による。

（5）Thomas M. Curley, 'Boswell's Liberty-Loving *Account of Corsica* and the Art of Travel Literature' in Greg Clingham (ed.), *New Light on Boswell: Critical and Historical Essays on the Occasion of the Bicentenary of the Life of Johnson* (Cambridge University Press, 1991), pp. 89–90. William R. Siebenschuh, *Form and Purpose in Boswell's Biographical Works* (University of California Press, 1972), pp. 16, 29.

(6) James Boswell, *Life of Samuel Johnson, LL. D.* (1791), (ed.), G. B. Hill and L. F. Powell, 6 vols (Clarendon, 1934-64), ii, p. 59. ボズウェルの『ジョンソン伝』については、以下この版を用い、引用頁は『ジョンソン伝』として本文中に示す。邦訳は『サミュエル・ジョンソン伝』中野好之訳（みすず書房、一九八一～八三）を参考に拙訳とした。

(7) James Boswell, *The Journals of James Boswell 1762–1795*, selected and introduced by John Wain (Yale University Press, 1991), p. 222. 以下の引用はこの版を用い、引用頁は『日記』として本文中に示す。邦訳は筆者による。

(8) Peter Martin, pp. 230–234.

(9) David Daiches, 'Introduction: Boswell's Ambiguities', in *New Light on Boswell*. p. 2.

(10) ジェイムズ・ボズウェル『ヘブリディーズ諸島旅日記』諏訪部仁他訳（中央大学出版部、二〇一〇）、四一頁。以下の引用はこの版を用い、引用頁は『旅日記』として本文中に示す。

(11) パット・ロジャーズは、ボズウェルがジョンソンをハイランドに連れ行くのはローランドでは不可能となってしまったスコットランド人としての自らのアイデンティティの確認のためであった、と述べている。Pat Rogers, *Johnson and Boswell: The Transit of Caledonia*, (Clarendon Press, 1995) p. 171.

(12) John Strawhorn, 'Master of Ulubrae: Boswell as Enlightened Laird' in Irma S. Lustig (ed.), *Boswell: Citizen of the World and Man of Letters,* (The University Press of Kentucky, 1995) p. 125.

(13) パット・ロジャーズ『サミュエル・ジョンソン百科事典』永嶋大典監訳（ゆまに書房、一九九九）、一三九頁。

第七章　ヘンリー・マッケンジー

感情の時代と名誉と美徳
——救済の力を求めて——

市川　仁

読み直されるべき作家

ヘンリー・マッケンジー（Henry Mackenzie, 1745–1831）は一八世紀のスコットランド文学の代表的な作家の一人であるが、時代の変化とともにあまり読まれなくなってしまった作家でもある。彼には代表作『感情の人』（*The Man of Feeling*, 1771）を始めとして、『世俗の人』（*The Man of the World*, 1773）、『ジュリア・ドゥ・ルービニエ』（*Julia de Roubigné*, 1777）などの小説があり、しかも小説形式だけでなく、スコット（Sir Walter Scott, 1771–1832）の言うように詩と演劇でもその才能を示し、『テュニスの王子』（*The Prince of Tunis*, 1773）、『難破』（*The Shipwreck*, 1784）、『ファッションの力』（*The Force of Fashion*, 1789）などの劇や、若い頃の秀逸なバラッド「ダンカン」（'Duncan', 1764）、「ケンネス」（'Kenneth', 1765）などを残している。そしてこれらの作品は読み込んでゆくと、スコットランドのアイデンティティをも含めて、一八世紀のマッケンジーが生きた時代の様々な問題点をも描き出していることが分かる。

マッケンジーが果たした役割はスコットランド文学の世界にとどまらない。レッシングやシラーなどのドイツ文学の紹介にも携わっているし、その一方で彼の作品がたとえばフランス語に翻訳されたことからみても、外国の文学に与えた影響も見逃してはならないであろう。さらに彼は、スコットランド啓蒙の父と呼ばれるフランシス・ハチソン（Francis Hutcheson,1694–1746）、スコットランド啓蒙の中心人物であるヘンリー・ヒューム（Henry Home, 1696–1782）からヒュー・ブレア（Hugh Blair, 1718–1800）、ウィリアム・ロバートソン（William Robertson, 1721–93）、アダム・ファーガソン（Adam Ferguson, 1723–1816）などが築いたスコットランド啓蒙の伝統を引き継ぎ、次世代のスコットランドの知的世界を導いていった中心的人物たちの一人としても高く評価されるべきであろう。それはまず、スコットから「北のアディソン」と呼ばれたように、雑誌『ミラー』（*Miller*, 1779）やそれに続く『ラウンジャー』（*Lounger*, 1785–6）で編集者・投稿者として活躍したことからも確認できる。また、たとえばバーンズ（Robert Burns, 1759–96）を支援したり、スコットの小説出版への援助をするなどして、スコットランドの作家たちの才能を認めて世に送り出していることからも、彼の活躍と存在の重要さが理解できるのである。

このようなことから、マッケンジーという作家が新たな視点から読み直されるべきときが来ているともいえるのである。

スコットランド啓蒙の洗礼を受けて

マッケンジーが生まれたのは一七四五年八月である。エディンバラの中産階級の家の長男としてであった。その一カ月前、チャールズ王子（Charles Edward Stuart, 1720–88）がステュアート家再興をもくろんでジャコバイトの乱の旗揚げをしている。したがって政治的には最後のジャコバイトの乱の決起と敗退を経験し、以後イングランドの傘の下にありながら、スコットランドがその民族アイデンティティを求めつつ、文化的に大きく花開いていった時代にマッケンジーは生きたといっていいであろう。

マッケンジーの父は、マッケンジー一族の首長で第八代キンテイル男爵の直系であった。一時期アイルランドでジョージ二世軍に仕えていた軍医で、退役後はエディンバラで評判のいい医者として開業していた。母親は第一六代キルラヴォック男爵の長女マーガレット・ローズ（Margaret Rose）。古いスコットランドの歌にも登場するような一族と縁戚関係を持つ非常に古い家系の出であった。また代々、客人のもてなしに気を配り、音楽や文学をこよなく愛する家系でもあった。母は心優しい人で、読書好きでもあったという。人びとから尊敬される父と読書好きで物静かな母。そして音楽や文学をこよなく愛する家系。このような環境がマッケンジーの文学的・文化的素養の基礎となり、彼の感受性に大きな影響を与えていたことがうかがい知れるのである。

六歳になる一七五一年、エディンバラ・ハイスクールに入学し、一七五七年に卒業する。授業はもっぱらラテン語の古典を読むことであった。年に一度の試験は、教師の前でラテン語の作品の一部を暗唱することであったという。

ところで、マッケンジーは演劇の作品も残しているが、劇に関心を抱くようになったのは、このハイスクール時代だった。初めて見た劇はジョン・ヒューム（John Home, 1722–1808）の『ダグラス』（*Douglas*, 1756）であった。この時彼はわずか一一歳だったが、この悲劇に熱狂的な涙を流す観衆を見て、「ドラマのさわりの部分でいかに惜しげない聴衆の涙を誘うかが劇の評価基準である」(1) ことを感じとったという。マッケンジーの『感情の人』の涙の原点をここに見ることができるかもしれない。

エディンバラ・ハイスクール卒業後、一七五八年三月にエディンバラ大学に入学する。ここで大きな影響を受けたのは論理学と形而上学を教えるかたわらで文学を講じていたジョン・スティーヴンソン（John Stevenson, 1695–1755）であった。この文学講座はマッケンジーだけではなく当時の多くの学生にも影響を与えた。

そのほか彼に影響を与えたのは、ハイランド人の自然科学の教授ファーガソンで、果敢な熱血漢のような人物であった。この教授の影響で、後年マッケンジーはエディンバラの科学者たちの会に加わっている。ところでスコットランドの大学には活発な討論と文学クラブの伝統があり、マッケンジーもその一員として加わっていた。彼らの討論のテーマはたとえば、芸術と人間の関係、奴隷制の問題、人間の理性についてなどであった。この会の名誉会員や招待客として名の上がっているスコットランドの主要な知識人たち——歴史学者ロバートソン、論理学・形而上学者スティーヴンソン、エディンバラ高教会の主教・説教師ブレア、哲学者デイヴィッド・ヒューム（David Hume, 1771–76）、自然科学者ファーガソン、牧師・劇作家ジョン・ヒューム、医師ウィリアム・カレン（William Cullen, 1710–90）など——が一目置くほどの活発な活動であった。マッケンジーがいかにスコットランドの時代の先端をゆく知識人の中で生きていたかが分かるのである。

ヘンリー・マッケンジー

大学を卒業したのは一七六一年三月であった。この後は財務裁判所の弁護士ジョージ・イングリス（George Inglis of Redhall, 1711–85）のもとで二年間の見習いとして働くことになる。だが法律を学びながらも文学に対する関心の灯を消すことはなかった。一七六三年一一月、「幸福」（'Happiness'）と題した彼の詩が『スコッツ・マガジン』誌（*Scots Magazine*）に初めて掲載される。さらに翌年には「メランコリーへの頌歌」（'Ode to Melancholy'）、「街」（'The Street'）が同誌に掲載された。

これらに続いて、彼が大学の講義前にほとんど即興で作ったという詩「ダンカン」と「ケンネス」が『スコッツ・マガジン』誌に掲載される。これはスコットランドの英雄譚であるが、トンプソン（Harold William Thompson）はこの二つの詩を高く評価し、「一八世紀のブリテンで作られた中で最も美しいロマンティック・バラッド」だと褒めたたえ、「ウォルター・スコットですら二〇歳でこれほどのものを書かなかったし、ロバート・バーンズですらこれほどのものを書いていない」（『スコットランドの感情の人』七六）とまで言っている。さらに「知識人たる文学者のひとりがこれを理解して、マッケンジーにさらなる精進を勧めていたら、ロマン主義運動の歴史が書き換えられた」とし、「当時のエディンバラで詩を本当に分かっているのはマッケンジーぐらいしかいなかった」（『スコットランドの感情の人』七六）とも言っている。しかしながら、マッケンジーにはロマンスという立派な道があったにもかかわらず、脇道にそれて、感受性という細い道に入ってしまったという。彼のこの作品は本能的な実験にすぎないが、「これこそ深い伝統の上に築かれた彼自身の伝承文学に根ざした唯一正統なものであるということが彼には理解できなかった」（『スコットランドの感情の人』七七）と言うのである。

一七六五年一一月、スコットランドの財務裁判所の弁護士に任命される。しかしその一方で、ロンドンの財務裁判所でイギリスの法律を勉強するチャンスにも恵まれ、ついにロンドンに行くことになる。しかしロンドンでの生活はわずか三年間であった。故郷への思いや家族に会いたい気持ちがつのり、一七六八年にエディンバラに戻る。そして再びイングリスの下で働くことになる。

ところでマッケンジーが代表作『感情の人』を書こうと思い立ったのはこのロンドン滞在中で、出版されたのは一七七一年四月であった。これに続き一七七三年二月には『世俗の人』を出版する。さらに三月には戯曲『テュニスの王子』がエディンバラのシアター・ロイヤルで六夜にわたって上演された。順風満帆の船出となった。またこの年にはイングリスがリタイアするということで、財務裁判所を買い取っている。三〇歳を前にして彼はすでに作家としても法律家としても大成功を収めたわけである。

一七七六年一月六日、マッケンジーは、グラント一族の首長ルドヴィック・グラント（Ludovick Grant）の娘ペニュエル・グラント（Penuel Grant）と結婚する。二人の間には一四人の子どもが生まれている。

結婚の翌年四月には書簡体の小説『ジュリア・ドゥ・ルービニェ』を出版するが、この作品以降はこれといった小説を書くことはなかった。

この頃、エディンバラの法律家たちの集まりで、文学などを論じるサークル「ミラー・クラブ」で雑誌の刊行が検討されていた。出版の経験のあるマッケンジーが編者を依頼され、一七七九年に『ミラー』が刊行された。残念ながら翌年には休刊に追い込まれているが、さらに翌年、同じメンバーで今度は『ラウンジャー』が発刊された。そしてマッケンジーがバーンズを紹介したのがこの『ラウンジャー』においてであった。この雑誌で「彼は並の天才ではないと間違いなく断言できる」(2)（『ラウンジャー』九七号）と言って彼の才能に折り紙をつけたのだ。ロマンティック・バラッドの「ダンカン」や「ケンネス」を書いたマッケンジーが自分との同質性をバーンズの中に見ていたのかもしれない。そのバーンズはすでに三年前の一七八三年一月一五日、学校の教師ジョン・マードックへの手紙の中で、感情小説を書く作家が好きで、マッケンジーの『感情の人』は聖書に次ぐものだと思う、と言って持ち上げている。(3)

マッケンジーの社会的貢献は多方面にわたり、エディンバラ王立協会の設立やハイランド農業協会設立に力を貸したりもしている。すでにスコットランドの知識社会の中心的存在の一人となっていた。そのような彼の有名ぶりを偲ばせるエピソードが残されている。マッケンジーは経済学者のアダム・スミス（Adam Smith, 1723–90）とも親しい間柄だった。ある時、イギリスの詩人サミュエル・ロジャーズ（Samuel Rogers）が紹介状を持ってスミスを訪ねた。スミスは誰にいちばん会いたいかと彼に尋ねた。すると彼は『ジュリア・ドゥ・ルービニェ』の作者だと答えたという。またある作家はマッケンジーの小説は必携で、彼は二冊も読みつぶしたという話も伝えられている。(4)

本業は順調だった。しかし末っ子のジョンを六歳で失い、父親が他界し、東インド会社で働いていた二男のルイーズが二〇歳の若さでこの世を去り、と次々に不幸が重なった。マッケンジーはバーンズの詩集の編集者ジェイムズ・カリー（James Currie, 1756–1805）に宛てた手紙の中で、気力の減退を訴えて次のように言っている。

能力と気力がなくなってペンを取る資格もないほどだ。激しい苦悩にうちひしがれてそれに打ち勝つこともできず、身も心もばらばらだ。（『ヘンリー・マッケンジー』二一四）

だがこのような不幸を経験しながらも社会的には順調な道を進んでゆく。一七九〇年にアダム・スミスがこの世を去ると、スコットランド知識階級のリーダーとしての役割はマッケンジーへと移っていった。

ところですでに述べたように、マッケンジーはスコットの最初の小説『ウェイヴァリー』（*Waverley*, 1814）出版にあたって大きな貢献をしている。一八一四年のことである。出版社のジェイムズ・バランタインがこの小説一千部の印刷をためらい、マッケンジーに最初の何章かの印刷を依頼した。彼は作家が誰かも知らぬままに二つ返事で請け合ったという。ジャコバイトの乱を中心に書いたこの歴史小説に、スコットランドのアイデンティティを感じたのかもしれない。

晩年は『ジョン・ヒュームの人生と著作について』（*Account of the Life and Writings of John Home*, 1822）、『ヘンリー・マッケンジーのひとりよがりの逸話』（*Anecdotes and Egotisms of Henry Mackenzie* 1745–1831, 1824）などを書き、一八三一年一月一四日に八五歳で亡くなった。エディンバラのグレイフライアーズ・チャーチヤードに埋葬された。

一八世紀感情の時代と『感情の人』

一八世紀のイングランドが理性と繁栄の時代であったように、スコットランドの一八世紀も、まるでそれまで抑制されていたエネルギーが一気に噴き出したかのように、人文、科学、経済などあらゆる分野で様々な優れた人物を輩出した時代であった。

この時代には、人びとは一方では知的・合理主義的な考え方を重んじ、おそらくそれこそが人びとを前世紀の古いくびきから解放し、繁栄へと導いてくれるものとしていた。資本主義経済の発展により中産階級はめざましい躍進を遂げてゆく。だがその一方で利益を追求するあまり他人に対する思いやりすら忘れられていったことも事実であった。このような時代においてスコットランドにとっても大きな問題は理性と倫理・道徳の問題であった。これについては、たとえば当時の啓蒙思想に大きな影響を与えたアダム・スミスが『道徳感情論』を「人間はどんなに利己的であろうとも、その本性として道徳規準をもっている。そのために、人は他人の運不運に関心をもち、他人の幸福こそが自分にとって必要なものだとするのだ。しかしその場合でも、人の幸せを見ることを喜ぶだけで、そこから何かを得ようとするのではない。この種のものが憐れみとか同情で、他人の不幸に対して感じる感情である……。この感情は……決して徳のある人や慈悲深い人に限られるのではないが、そのような人は最も鋭い感受性をもってそれを感じるのであろう[5]」という言葉で始めているように、人間の感情と道徳を重視する動きが生まれてくる。これはまたブレッドヴォルドが『感受性の博物学』(*The Natural History of Sensibility*, 1974)の中で、

実際、驚くべきことは一八世紀の哲学者たちがうち揃って公式化したのが、善良な人、感情の人、美しい心情の人という感情的な哲学であった。だが哲学者は小説家、劇作家、詩人とのみ歩調を合わせていた。……感情的倫理感(sentimental ethics)がたえず発展していって、それが、作家によってどのように表現されようとも基本的には同じひとつの力として時代を駆っていたと結論しても問題はないように思われる[6]。

という言葉にも如実に示されている。

ところでホーマイ・J・シュロフが『一八世紀の小説——紳士というもの』(*The Eighteenth-Century Novel: The Idea of the Gentleman*, 1983)の中で、「マッケンジーは小説を執筆しているとき、当時の哲学の楽天的な感情重視の流れに強く引かれていた[7]」と述べているように、マッケンジーの代表作『感情の人』が書かれ、それが熱狂的に受け容れられたのは、このような時代背景があったからこそであった。ただこのような感情重視の流れは長続きはしなかった。シュロフは『感情の人』出版から半世紀後の一八二六年に書かれた次のような手紙を引用して、「涙というファッション」がどれほど流行を呼び、またどれほどすばやく消え去っていったかを語っている。

ある晩、本を朗読してもらおうということになり……一座の人たちは『感情の人』を選びました。ただ、少し感動的すぎるのではないかと気遣う方もいらっしゃいました。……だれも涙を流しませんでした。さわりの部分だと思っていた一節一節では、何てことでしょう。みんな笑ったのです。（『一八世紀の小説』二一四）

この本が初めて出版されたときには「母や姉たちは涙を流して読み、夢中になって本の話をしていたのをよくおぼえています」（『一八世紀の小説』二一三）という言葉が示しているように、実際、予想以上の売れ行きで、エディンバラでは一週間で完売し、在庫もないほどだったという。またイングランドではわれ先にこの本を読もうとばかりに、夫人たちが図書館に押し寄せたというほどのものだったのである（『ヘンリー・マッケンジー』一九）。だが涙に訴えて人の道を説くという手法自体は、マッケンジーの時代に、そしてこの国に限ったものではないといえよう。その意味で、この小説を現代という枠組みの中において読み直す意味があるように思われる。

美徳と体面と名誉ある貧困と――『感情の人』を読む

全体で二四章からなるこの小説は主人公であるハーリーという男が残していった断片の寄せ集めという設定になっている。寄せ集めとは言うものの、それぞれが独立してまったく脈絡がないというわけではなく、むしろ全体としてひとつのまとまったストーリーとして読めるし、当時の社会の様々な問題を描き出してもいる。

主人公ハーリーは教会では相手から先に頭を下げられるような古い家系の出だが、今では落ちぶれて年間二五〇ポンドほどの収入しかないという。近隣の土地はほとんどが財をなした裕福な新興市民階級の所有になっているということから、当時の中産階級の躍進ぶりが分かる。

ハーリーは内気な人間である。これはマッケンジー自身がきわめて内気な人間であったことを考えるとその反映とも読むこともできる。また彼は人に取り入ることや気遣いを知らない人間として描かれ、対人関係の鈍さが目立つのだが、実は「非常に繊細な感情から生まれる意識」(8)をもった内気な人間であるからだとされている。彼の繊細さはおそらく彼がたびたび流す涙に象徴されているのであろうし、鈍いのは繊細ゆえにとっさの反応に弱いためである。その鈍さと涙を組み合わせることで、優しさや善良さを引き立たせる効果をねらっているようにも思われる。

物語はこのようなハーリーが、父親から継いだ土地と土地続きになった王室御料地を借りる話をつけるためにロンドンに行き、そこで経験する様々な事件の展開を語るものであるが、そこに見られるテーマは大きく「美徳と体面」と「名誉ある貧困」の二つに分けることができる。そしてそこに付随的な問題を提示する形になっている。

ハーリーがロンドンで会う乞食は占い師でもあった。彼は「誰もが自分が信じたいと願っていることを信じようとするものなのです。私の占いを聞いて、それを繰り返してあざ笑う人はたいてい、まわりの人たちが想像する以上に、真剣になっているのです」(一八)と言って、占われる人たちの心理を巧妙に突く。

次にはベドラムの精神病院が取り上げられる。ここに描かれているように当時はベドラムはロンドン名所のひとつになっていた。ここでは高名な数学者、株式投資で一文無しになった紳士、ギリシア語を専門とする校長先生、身分違いの男性に恋をした貴婦人などが紹介される。ここで案内人が語る「人を惑わすような考えが大部分の人間を動かす動機となり、燃えるような想像力が力となって人間の行動を駆り立てるのです。哲学者の目から見れば、この世は大きな精神病院と言っていいのかもしれませんね」（二五）という言葉は、精神病院がこの世を映す鏡であることをいみじくも語っている。

美徳と体面の問題は友人から紹介された「人間嫌い」の男の言葉によって語られる。彼は「体面と上品さ、こんなものは世間の通貨のようなもので、それに弄ばれる者たちに通用するものなのだ。人びとは徳という実体を体面という影にすり替えてしまっているのだ」（三〇）といって体面ばかり気にする人たちを揶揄したり、「いわゆる人間らしさということについての流行が、偽善の体系を公然と認められたものにしてしまうのだ」（三〇）といって人間のあるべき姿も流行の衣をまとってしまうことを嘆く。形式と流行によって実体が喪失されつつあることを鋭く指摘している。また「真理探究の方法をたどりながら間違った道を進んでいて、つじつまの合わないような話をそれがまれに見るすばらしいものであるといって弁護する」（三〇）といって進歩派気取りの哲学者の主張を皮肉ってもいる。

ヘンリー・マッケンジー

この徳と体面についての考えは次の売春婦のエピソードの中でさらに展開される。ハーリーは、売春婦の身の上話を聞く。彼女は「お気に入りの小説の中で情熱的に作り上げていたあの完璧な男性像によく似ていた」（四三）男性に、「結婚などは服従に過ぎず、純粋な愛は縛られることを拒絶する」（四四）と言われ、それを信じるようになったという。また彼女の「私たちの理性は機械のようなもので、絶え間なく聞かされていたら、いつも抵抗できるとは限らないのです」（四四）という言葉は、巧みな言葉に翻弄される彼女の弱さに重ねて、言葉に操られる人間の愚かさを示し、あの精神病院の案内人の言葉のエコーともいえる。

また、金で名誉が買えるものではないと言う彼女に対する男の「いいかい、エミリー、名誉なんてものは愚か者の使う言葉なんだ。つまりね、賢い者が愚か者をだますために使う言葉なのさ」（四六）という言葉にはあの人間嫌いの紳士の言葉が響いている。また彼女を捜し当てて登場する彼女の父親が、娘の名誉が汚されその父親である自分の名誉も失ったといって嘆くのだが、これに対するハーリーの「世間というのはひどく残虐なものです。私たちの悲しみをねじ曲げ、なおいっそう鋭い苦悩でもってその悲しみを研ぎ上げようとするのです。世間が動機や行動に貼りつける名前の奴隷になることはやめましょう」（五五）には、皮肉にも「世間というのは暴君みたいなものさ。それに服従するのは奴隷なんだ。世間などという枠にとらわれずに楽しくやろうよ」（四六）というエミリーをだました男の言葉が響いている。

名誉を重んじすぎるあまり昇進しなかった父親と名誉や世間体にとらわれるあまり身の破滅を経験することになる彼女。一方、名誉というくびきから解放されるはずの男も堕落した人間として描かれている。マッケンジーはここで涙を流し名誉や誇りを捨てた父親の姿を「ついに人間としての本性がうち勝った（五一）」と表現している。ここに人間が本来持っている善なる性質の尊さを訴えていることが分かるのである。

さてこの小説の後半では金銭欲と徳が中心となる。ロンドン上京の目的を果たさぬままに故郷へと帰るハーリーに、帰途知り合った男との会話の中で、「個人が莫大な富を獲得することが、野望という基準を作り上げ、個人的な道徳と世間的な美徳を壊してしまったのです」（六二）とか「軽薄な人間と利害に賢い人間がこの時代の特徴なのです」（六二）と語らせている。これは、当時新興の成金階級が力をつけ、徳などというものを忘れてなりふりかまわず金銭に走っている世相を映しだしていると見てよい。また帰途ハーリーが出会った故郷の知人エドワーズに東インドでの抜け目ない仲間たちの無法ぶりを「自分の良心を犠牲にしてまで金持ちになろうなどとは考えられない」（六九）と批判させ、ハーリーに「インド征服を喜んでいる人たちをそのままにしておくことなどできません……いったいどんな権利があって領土を所有しているのでしょうか」（七六）とか「名誉ある貧困を誇りにしてインドから帰ってくる指揮官を目にするのはいつのことでしょうか」（七七）といわせている言葉も、金銭と徳の問題とともにマッケンジーのインド政策批判を代弁させたものと読んでいいであろう。ついでに言えばイタリア人の少年に語らせる「その方にも来ていただいて、イングランド人でも天国に行けるということを知ってください」（九〇）という言葉には、イングランドへの痛烈な皮肉が込められている。

最後にハーリーがひそかに思いを寄せていたミス・ウォルトンの結婚について叔母が語る言葉「でもね、今じゃ、生まれではなくてお金で尊敬されるんですよ。恥ずかしい時代になったものですよ」（八〇）も同じように金銭中心主義を批判する言葉である。

涙と感傷小説

マッケンジーといえば即座に『感情の人』であり、また『感情の人』といえばセンチメンタリズムと結びつけられる。しかしこれまで読んできたように、視点を変えると、この小説は単なるお涙頂戴式の感傷小説ではなく、むしろ一八世紀後半のイギリスの時代のある面を映し出し、様々な問題提起をしているともいえる。そしてその問題のひとつひとつを登場人物の口を通して、あたかも時代を超えて響き渡るアフォリズムのごとく語らせているのである。その問題解決のひとつの方法としてマッケンジーは「徳」を持ち出し、その「徳」を生み出すものこそが「感情」だと考えたのである。ここで彼が言う「感情」とは感傷や涙もろさに通ずるものではない。それは「慈愛を称賛し、不人情なことを非難することを失っていない感情」（七八）とあるように他人に積極的に関わってゆく力を持ったものである。これこそが様々な問題を解決し、人びとに平和をもたらす原動力になると考えていた。マッケンジーが言う「感情の人」とはそのような徳を備えた人のことなのであり、それによって人びとを救済できるのではないかとする。背景には当時の時代思潮があるが、積極的な力を持った「感情」ということであれば、それはマッケンジーの時代に限られるものではなく、現代にも十分に通じるのである。拝金主義で殺伐とした現代にあって、それを再考する意味でもマッケンジーが読み直されていいのかもしれない。

ところで興味深いことに、一般的に感傷小説の典型ともいえるこの小説で sentimental という語を目にすることはない。『オックスフォード英語辞典』の定義が持ち出されて説明されるように、sentimental は「洗練されかつ高尚な感情をもった、ないしはそのような感情を見せる」の意味であり、後にこれが「涙もろい」という意味に変わってゆく。とすれば、この小説が sentimental の本来の意味での感傷小説であると言ってもいっこうに差し支えないであろう。ちなみに sentimental と語幹を同じくする sentiment(s) はいくつか見られるが、これとて使われているのは「考え」とか「意見」という意味である。

この小説ではあまりにも多くの涙が流される。だが無駄に流されているわけではない。エミリーの父親のかたくなな名誉の観念を溶解させたような涙もある。実際 tear(s) が最も目につくのだが、その涙ばかりに目を向けてしまうと、読者の目は涙に曇りマッケンジーの意図が見えなくなってしまうかもしれないのである。

（1）Harold William Thompson, *A Scottish Man of Feeling: Some Account of Henry Mackenzie, Esq. of Edinburgh, and of the Golden Age of Burns and Scott*.（London and New York: Oxford University Press, 1931）. p. 45. 以下『スコットランドの感情の人』とし、本文中に引用頁数のみを記す。訳文は拙訳による。

（2）Henry Mackenzie, *Lounger* 97, vol. 3, 4th edition（1788）, p. 273.

（3）『スコットランドの感情の人』p. 218.

（4）Gerard A. Barker, *Henry Mackenzie*.（Boston: Twayne Publishers, 1975）. p. 22. 以下『ヘンリー・マッケンジー』とし、本文中に引用頁数のみを記す。訳文は拙訳による。

（5）Adam Smith, *The Theory of Moral Sentiments*. Ed. by Knud Haakonssen.（Cambridge: Cambridge University Press, 2009）. p. 11. 訳文は拙訳による。

（6）Louis I. Bredvold, *The Natural History of Sensibility*.（Detroit: Wayne State University Press, 1962）. p. 23-24.

（7）Homai J. Shroff, *The Eighteenth Century Novel: The Idea of the Gentleman*.（New Delhi: Arnold Heinemann, 1978）. p. 205. 以下『一八世紀の小説』とし、本文中に引用頁数のみを記す。訳文は拙訳による。

（8）Henry Mackenzie, *The Man of Feeling*. 1771. Ed. by Brian Vickers.（New York: Oxford University Press, 2009）. p. 8. 以下本文中に引用頁数のみを記す。訳文は拙訳による。

第八章　ロバート・ファーガソン

オールド・リーキーに捧げた詩魂
――スコッツ語で描いたエディンバラの市民生活――

米山優子

詩人への道――啓蒙期のエディンバラで

ロバート・ファーガソン（Robert Fergusson, 1750–74）が生まれたエディンバラは、イングランドとスコットランドの合同後半世紀を経て、知識人たちの目覚ましい活躍の舞台となっていた。ヨーロッパ随一の知性の中枢として誉れ高い都市である一方、庶民の生活文化も花開き、オールド・タウンには大衆の活気が満ちていた。ニュー・タウン建設に向けてさらなる発展を予感させるエディンバラで、ファーガソンは短い一生の大半を過ごした。

ファーガソンは、現在のノース・ブリッジ付近にあったキャップ・アンド・フェザー・クロース（Cap-and-Feather-Close）という路地の家に生まれた。周辺の小路は、一七六五年に着工したノース・ブリッジ建設の際に取り壊され、ファーガソンの生家も現存していない。父はブリティッシュ・リネン銀行の前身であるブリティッシュ・リネン社で、事務員として働いていた。ファーガソンには兄が二人、姉と妹が一人ずついた。アバディーンから出てきた両親にとって、五人の子どもを養うのは決して楽ではなかった。幼い時から身体が弱かったファーガソンは、敬虔な両親のもとで大切に育てられた。近所の私塾に半年間通った後、八歳からエディンバラ・ロイヤル・ハイスクールでラテン語を学びはじめた。後にサー・ウォルター・スコット（Sir Walter Scott, 1771–1832）や現代詩人ロバート・ギャリオッホ（Robert Garioch, 1909–81）も、ここの同窓となる。一二歳の時、奨学金を得てダンディーのグラマースクールに進み、一四歳でセント・アンドルーズ大学に入学した。神学を専攻し、ラテン語、ギリシア語、哲学、文学などを学んだが、模範生とは程遠く、悪ふざけが大好きな学生であった。彼の詩才は、そんな大学時代に輝きを放ちはじめる。

ファーガソンの在学中、セント・アンドルーズ大学には名物教授ウィリアム・ウィルキーがいた。ウィルキーは理系の教師であったが、デイヴィッド・ヒュームから「スコットランドのホメロス」と呼ばれる詩人でもあった。ヒュームのようなスコットランド啓蒙期（Scottish Enlightenment）を代表する哲学者にとっても、農学や天文学など自然科学の知識と文才を兼ね備えたウィルキーは一目置く存在だったのだろう。学内の選考会で受賞者と選に漏れた学生との間で乱闘が起こった時、騒動に加担していたファーガソンはあやうく除籍されそうになったが、ウィルキーの尽力によって処分を免れることができた。数学の得意なファーガソンはウィルキーを慕い、彼の死に際して「セント・アンドルーズ大学自然哲学教授、故ウィリアム・ウィルキー博士の思い出に寄せる牧歌」（'An Eclogue to the Memory of Dr William Wilkie, Late Professor of Natural Philosophy in the University of St Andrews'）を書いた。詩作を始めた当初は英語を用いていたファーガソンだが、これは初期の作品でありながらスコッツ語（scots）で書かれている。羊飼いのジョーディとデイヴィが教養豊かなウィルキーの死を悼み、会話を交わす形式になっている。

ああ、なんと悲しいことだろう、ウィリー！私は何度も
一緒に、エニシダやシュロの茂った向こうの土手に
羊を追っていき、のんびりと
あなたの愉快な話や歌をじっくり聞かせてやった。
カレドニアの川辺で聞く歌はいつも
ゆかりのある楽曲の中でもいちばんの出来だろう。(1)（三三一―三七行）

ジョーディのことばにデイヴィは、「彼は才能が豊かだから天の星も瞬きしないほどだって」と返す。ファーガソンは、スコッツ語詩の伝統的な論争詩（flyting）の型をとりながら、二人の哀悼の意を牧歌的に表現している。また詩形の点でも、やはりスコッツ語詩の伝統に見られる「標準ハビー・スタンザ」（Standard Habbie Stanza）を用いている。

このほかに大学関係者については、アバディーンの名家出身であるデイヴィッド・グレゴリー教授や、学生に人気のあったポーター、ジョン・ホッグに寄せる哀歌、一七七三年にサミュエル・ジョンソンがジェイムズ・ボズウェル（James Boswell, 1740–95）とセント・アンドルーズ大学を訪問した時の様子を揶揄する作品「セント・アンドルーズ大学の学長と教授陣へ、サミュエル・ジョンソン博士への素晴らしい歓待に際して」（'To the Principal and Professors of the University of St Andrews, on their Superb Treat to Dr Samuel Johnson'）＊などがある。

一七六八年、ファーガソンは大学を卒業せずにエディンバラへ戻った。当時、学位をとらずに学業を終えるの

は珍しいことではなかった。前年に父が亡くなり、母は家賃の安いベルズ・ワインド（Bell's Wynd）に転居していた。事業に失敗した兄は、海軍に入ってオークニーにいた。弁護士や医者や聖職者になるためにはさらに勉強を続ける必要があったが、家計に余裕はなく、本人にそのつもりもなかった。アバディーン近郊で牧場を経営する母方のおじを頼ってみたが、思うようにはいかず、結局エディンバラで法律文書を転記する職に就く。「輝かしい才能」をもった一九歳の感受性豊かな青年が、「無味乾燥で時代遅れの法律の仕事」[2]に満足できなかったのは想像に難くない。劇場に出入りするようになったファーガソンは歌手や俳優と知り合い、都会の娯楽を享受する日々を送った。そして仕事の合間に詩を書きつづけた。

一七七一年、ウォルター・ラディマン（Walter Ruddiman, 1719–81）が編集する『週刊雑誌エディンバラの愉しみ』（*The Weekly Magazine, or Edinburgh Amusement*）に、ファーガソンの英語の詩が掲載された。翌年、スコッツ語で書かれた「牡蛎《かき》売り」（'Cauler Oysters'）*や「トロン教会の鐘に寄せて」（'To the Tron Kirk-Bell'）などの詩が同誌に発表されると、大きな人気を博した。当時、エディンバラには様々なクラブが設立され、同好の士が集って意見を交わす場となっていた。ファーガソンは酒と喧騒の好きな人々で知られるケイプ・クラブ（Cape Club）に入り、芸術家や商人との交流を楽しんだ。ケイプ・クラブは、クレイグズ・クロース（Craigs Close）のパブ「マン島の紋章」（The Isle of Man Arms）で開かれるのが決まりだった。会員はそれぞれニックネームを付けられ、杯を交わしながら陽気な夜を過ごした。皆から「主唱者殿」（'Sir Precenter'）と呼ばれたファーガソンは非常に声がよく、数々の詩を披露したが、中でも長編詩「オールド・リーキー」（'Auld Reikie'）*はスコッツ語でわが街を称揚した代表作である。

ケイプ・クラブの会員には著名な画家も名を連ねていた。「硫黄殿」（'Sir Brimstone'）ことアレグザンダー・ランシマン（Alexander Runciman, 1736–85）、サー・ウォルター・スコットの肖像画で有名なサー・ヘンリー・

レイバーン（Sir Henry Raeburn, 1756–1823）、ロバート・バーンズ（Robert Burns, 1759–96）の肖像画で知られるアレグザンダー・ネイスミス（Alexander Nasmyth, 1758–1840）などもその一員であった。ファーガソンの肖像画は何枚かあるが、ランシマン作のものがエディンバラのナショナル・ポートレート・ギャラリーに所蔵されている。その容貌は、ファーガソンの友人であり彼の伝記を残したトマス・ソマーズ（Thomas Sommers）の回想と重なる。ソマーズによれば、肌の色は青白く、黒い大きな瞳は射抜くような眼差しで、鼻が長く、唇は薄く、歯は白くて歯並びがよかった。力のあるはっきりとした声で、歌うような響きがあった。早口で説得力があり、話し方は丁寧であった。身長は約一八〇センチメートルでスタイルがよく、肩幅は狭くて手足が長かった。歩く姿はスマートで、姿勢がよく、気取るところがなかった。[3] 額は高く、茶色の髪は黒い絹のリボンで束ねられ、頬に豊かな巻き毛を垂らしていた。衣服は粗末で、上着は色褪せ、白い絹の靴下も薄汚れていた。[4] ラディマンは、貧しいファーガソンに二着の服を贈ったという。ファーガソンの容姿は、画家に創作力を喚起させることもあった。聖書の一場面を描こうとしていたランシマンが、悔い改める放蕩息子にぴったりのモデルを探しているのを知ったソマーズは、ファーガソンを紹介した。画家と詩人は初対面であったが、ランシマンは翌日からスケッチを始め、見事な一枚が完成した。[5]

ファーガソンの肖像
（アレグサンダー・ランシマン筆）

ケイプ・クラブで夜ごと仲間と酒に耽る生活は、ファーガソンの想像力を刺激し、多くのすぐれた作品を生み出す源となった。しかし、身体に悪影響を及ぼしたことは確かである。彼は健康を損ねた上、階段からの転落事故で頭をひどく打ち、遂に理性を失ってしまった。精神を病み、狂気に陥ったファーガソンは、モーニングサイドの精神病院に入れられた。二〇〇四年に初のスコットランド桂冠詩人（Scots Makar）に選出されたエドウィン・モーガン（Edwin Morgan, 1920–2010）は、ファーガソンの悲劇の一瞬を生々しく描いている。

「まだ宵の口だ」と人々は言った、「九時になったばかりだ。
馬車を用意したよ、ほらあそこだ。
憂鬱な君には、ほんの少しワインがあればいい。
上着を着たまえ、外は寒いぞ。」
人々は彼を精神病院へ連れていった。クラブではなかったのだ。
背後で門がガチャンと閉まると彼は
わめき、入院患者たちがざわざわとそれを繰り返した。
また地獄へやってきたのだ！　もう一度
恐怖の杯を飲み干すために、眠れぬ藁《わら》をつかむのだ！　彼は歌った、
確かに歌った、しかし出たのは悲鳴みたいな声だった、
そのおかげで彼は一週間前に意識を戻した。猫が
ふざけて牙にムクドリをくわえ、
自分の楽しみと詩人の夢を搾り取り、奪い去った。

死ぬほど震えた声だった。そんな感じだったのだ。(6)

ここの陰鬱な小部屋で二カ月間過ごした彼は、見舞いに訪れた母や姉妹が帰った夜、大声で母を呼びながら息を引きとった。その悲痛な叫びは、建物中に響き渡ったという。(7) 一緒に庭を散歩し、明日もまた会いに来てくれと頼まれたソマーズは約束を果たせなかった。二四歳の詩人が迎えたのは、あまりにも痛ましい最期であった。

「トロン教会の鐘に寄せて」

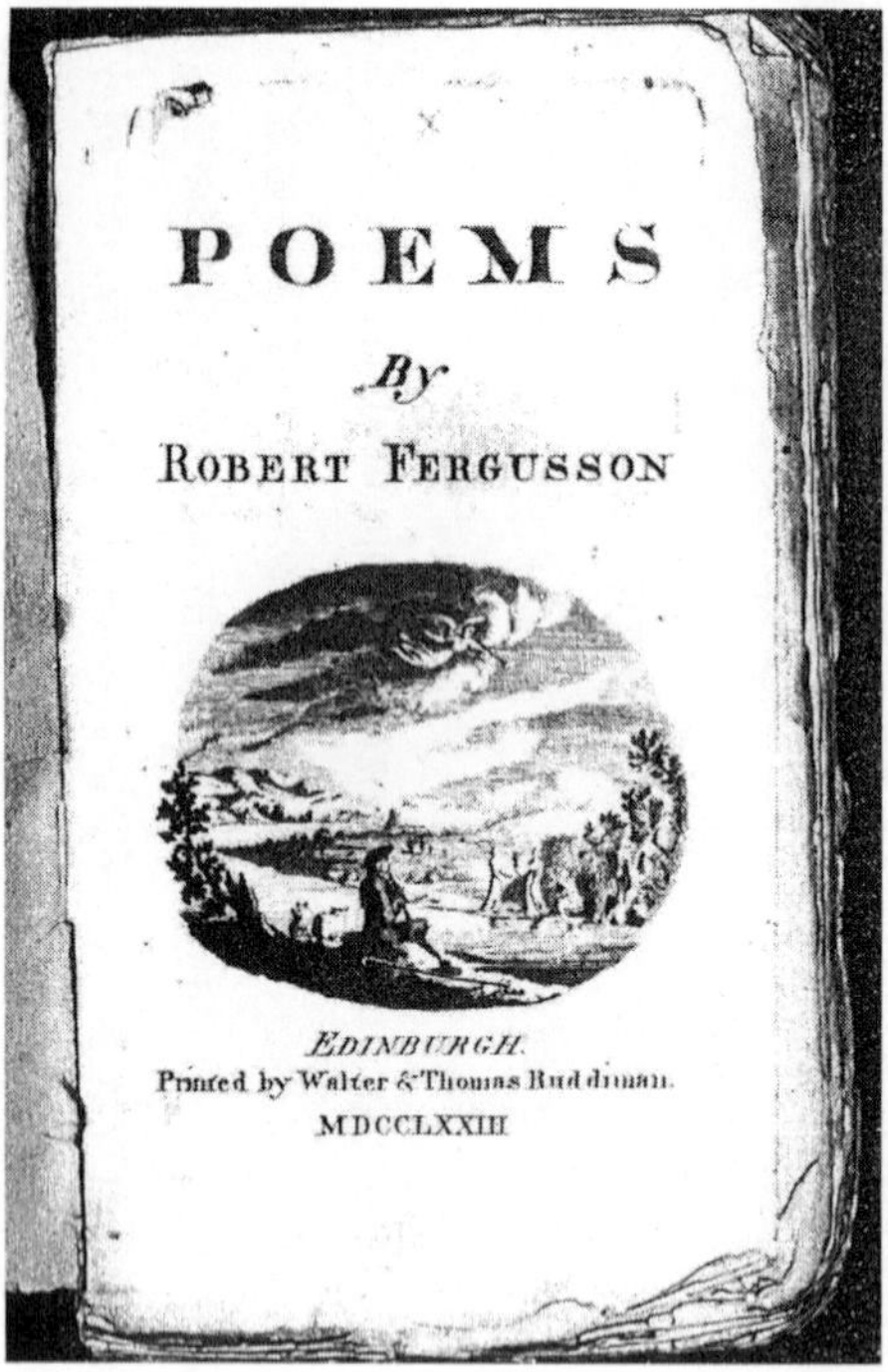

ファーガソン『詩集』(1773年)の扉

晩年の約二年間、ファーガソンは法律文書館に勤めながら八三編の詩を残した。大半は英語の詩で、スコッツ語で書かれているのは三〇編ほどである。スコッツ語は古英語から分岐して、中世にローランドで発展したが、近代以降は使用領域が減少した。ファーガソンが今日高く評価されるのは、日常的な題材をスコッツ語の特徴を生かして表現した作品である。古スコッツ語の詩選集を出版して中世の名作をよみがえらせたアラン・ラムジー（Allan Ramsay, 1686–1758）の後、ファーガソンは同時代のスコッツ語を用いて市民生活の息づかいを伝えた。『週刊雑誌エディンバラの愉しみ』に掲載された順を追って、代表作を紹介する。

「トロン教会の鐘に寄せて」（前述）は、ロイヤル・マイルにあるトロン教会の巨大な鐘に苦言を呈した風刺詩である。鐘の大音響に悩まされたファーガソンは、「役立たずで、気が狂いそうにやかましい無用の長物」（『詩集』九五頁、一行）と手厳しい。トロン教会は一六三七年に建てられ、その塔に悪名高い鐘が取り付けられたのは一六七三年である。一八二四年一一月の大火の際に炎に包まれ、塔と共に消失した。その後再建され、毎年大晦日には大勢の人々が時計の針が零時を告げる瞬間を待った。スコットランドでは元日の早朝、友人や親戚の家に年賀に訪れる習慣がある。教会で新年の祝杯をあげた人々は、それぞれの挨拶先へ向かったものだった。(8) 二〇世紀半ばで教会としての役割を終えたが、今もその姿をとどめている。

がみがみとうるさいおかみさんに喩えられる鐘の音は、近隣の住民を辟易《へきえき》させていたようだ。ファーガソンは、もし自分が市長だったら滅多打ちにして二度と鳴らなくしてやると憤慨する。

ある夜、悪魔の夢を見た。
悪魔が言うには「この鐘はおれが悪さをするための
狡猾で抜け目ない代物だ。
気づかれる前に
二又の槍で人間を捕らえる
巧妙な罠《わな》なんだ。

（『詩集』九六頁、三七—四二行）

教会に来る人々をおびえさせて喜ぶのは悪魔の仕業と決め込んで、ファーガソンは最終連で攻撃の矢を市議会員に向けている。彼の風刺は「標準ハビー・スタンザ」のリズムによってますます強まり、悪魔を野放しにしているのはお偉方のせいだといきり立つ。

市議会員はずっと離れたところが住んでいるが、
さもなければ弔いの鐘にすくみあがるだろう。
こっぱみじんにした鐘を悪魔にくれてやれ、
確かに
こんな決まり文句があるものだ
「取り柄のない奴にもいいところはある」のだと。
(『詩集』九七頁、五五―六〇行)

「リース競馬」

エディンバラ市民の祭典をうたったのが、「リース競馬」('Leith Races')である。競馬は大衆の娯楽として古くから親しまれてきた。リース港の砂浜では一七世紀から毎週土曜日にレースが催され、時にはジェイムズ七世(James VII, 在位 1633–1701)の御前試合もあったという。(9) ファーガソンの時代には、七月のある一週間に毎日レースが行われ、貴賤を問わず観客が集まった。市会議員は閣議場からうやうやしく列をなして競馬場に向かい、遠方から押し寄せた庶民もエディンバラ市民の歓声に加わった。

七月の晴れわたった朝のこと、
「自然」がまとう緑色のマントが
大麦の畝《うね》の至るところに広げられ
浮ついた私たちの眼をうっとりさせる。
光り輝く女王が見えた。
この世で最も美しい方。
その瞳は銀色に輝き、
肌は吹き寄せられた雪のように、
その日、たいそう白かった。

（『詩集』一五四頁、一―九行）

ファーガソンは、彼を競馬場へ連れていく歓喜の女神（'Mirth'）を登場させて、レースを楽しむ様々な観客を仔細に描いている。巡回する警備官、パブのおかみさん、ハイランドからやってきた見物人、アバディーンの魚売りなど、彼らの口にすることばにはそれぞれの特徴が含まれており、実に生き生きとした描写になっている。

ウイスキーの飲みすぎで、何週間も赤ら顔のにきび面とは、
市警備官の顔のこと、

度胸ある床屋は、かみそりを曲げて
レースに出掛ける奴らの顔そりをする。
以前、奴らの義足はキルトに包まれていたが、
今はゲートルを履いている。
その丈夫な毛皮は足をちっとも守らない。
当日の湿ったダートの
うんざりするような跳ねからは。

（『詩集』一五六頁、七二―八〇行）

観客に注意を呼び掛ける警備官をからかう表現からも、市民の興奮が伝わってくる。作品の随所に市内の地名が現れるのも、ファーガソンの詩の魅力である。

バウ通りの鋳掛け屋たちは
もう忙しなくカチャカチャ音をたてたりしない、
体力と金が続く限り、
奴らは冗談言い合って酒を飲んでいる。
リース通りを歩いていけば、ありとあらゆる人の行き来で
ごったがえし、
奴らのかみさんと子どもらは

腹ペコだ、奴らが酒浸りの日々に
祝杯をあげているから。

（『詩集』一五八頁、九一—一〇九行）

ここぞとばかりに羽目をはずす群衆の中に、夏の風物詩を楽しむファーガソン自身の姿も感じることができる。

最高裁の「閉廷」と「開廷」

エディンバラでは、最高裁判所（Court of Session）の開廷期間も街をにぎわせる重要な時期であった。開廷期間は年に二回あり、六月に開廷して八月にいったん閉廷する。再び一一月に開廷すると、年を越して三月まで機能する。ファーガソンの作品は、たいてい創作直後に『週刊雑誌エディンバラの愉しみ』に掲載されているが、一七七三年三月一五日付で書かれた「閉廷」（'The Rising of the Session'）は、三日後に同誌上に発表された。公布文を模した冒頭は、おどけた雰囲気と共に繁忙期の終わりを告げ、これから訪れるひと時の静けさをほのめかしている。

諸君に告げる、
最高裁はこれにて閉廷。
法務官よ、指先を休ませ
ペンを置きたまえ。

白い頭髪と共に
幸せな六月が再びやってくるまで。

（『詩集』一二三頁、一―六行）

なじみのある地名に加えて、ファーガソンは市民によく知られた人物を登場させている。ロビン・ギブは、かつて議事堂のそばの外館（Outer House）にあった酒場の主人である。

ロビン・ギブの店で仕入れたオランダ産ジン、
朝その一滴を飲む者はいない。
酒を一口となれば、
かみさんよりもロブの出番だが、
奴はかみさんをかわいがるのに忙しい、
銀貨がいっぱい手に入るまで。

（『詩集』一二五頁、五五―六一行）

同じ年の一一月四日、「開廷」（'The Sitting of the Session'）が掲載された。この主題は、ウィリアム・ダンバー（William Dunbar, c.1460–c.1520）の「最高裁の通知」（'Tidings frae the Session'）を模したものであり、ファーガソンはラディマンが編集した中世の宮廷詩人の作品集『精選詩集』（*Choice Collection*, 1766）に収録された同作品を読んでいたと考えられる。(10) 最高裁の再開で街は活気を取り戻し、ロブの店も繁盛する。

「閑散期にのろのろしていた動きは潤滑油で順調に進む」ようになり、それは「最高裁が終わるまで」続くはずだが、再び開廷する「六月一二日を迎える頃にはキーキーきしむようになっているだろう。」（『詩集』一八一頁、一五―一八行）

うまく縮れさせたばかりのロブ・ギブの白髪のかつらは、
雪玉のように白く輝くだろう。
奴は付けで飲むのが大好きなんだ、
ウィスキー一口やワイン一滴を
まだ寒い昼前から
一気に飲み干す時には。

（『詩集』一八二頁、二五―三〇行）

「閉廷」も「開廷」も「標準ハビー・スタンザ」で書かれており、ロブもまたお目見えしている。前作を知る読者の気持ちは高揚し、エディンバラ市民だからこそ味わえる喜びで祝杯をあげたことだろう。

「酒に寄せる牧歌」

「閉廷」の一週間後に掲載された「酒に寄せる牧歌」（'A Drink Eclogue'）は、ファーガソンのスコットランド賛歌として読むことができる。酒場の地下室に貯蔵されたスコットランド産のウイスキーと輸入品のブランデーが、議論を繰り広げる論争詩（前述）である。ブランデーは、ウィスキーを「ポーターや議長や市警備官に飲まれる粗野な小作人」（『詩集』一八四頁、一〇―一一行）と挑発する。それに対してウイスキーは、ハイランドの人々でさえ外国産であるというだけで高価な酒に飛びついているが、フランスではブランデーこそが普段の飲み物なのだと冷静に反論する。

私を飲みながら食事をすれば、人を熱くできるし、
楽しい気持ちにしてあげられるのだが。
私はここで作られたのに、嫌な不運に見舞われたものだ！
トルコ産でもイタリア産でもフランス産でもない。
ここの紳士方は今では大変口が肥えて
あんたを飲み、私の値段を聞いてもくれないのだから。
（『詩集』一八六頁、六三―六八行）

これを聞いたブランデーは、「無駄口をたたくスコットランド人よ！」（『詩集』一八七頁、九七行）とウィスキーを罵倒する。そこでウイスキーが挙げるのはアラン・ラムジーの名前である。

確かに私は情熱的な詩人にいちばん好まれ、
その歌を愉快な主題のものに仕上げる。
アランの歌があんなに澄んだ鳥のような声で歌われ、

魂に精気を吹き込み、耳に音楽を響かせたのは誰のおかげだと思うのか？
小川の流れだけが知っている、そしてその歌謡を繰り返すことができるのだ。
田園の草地で羊の群れを起こそうとして
ヒバリに負けないくらい口笛を吹き鳴らす
夏の土手にいる羊飼いまで届くように。

（『詩集』一八七頁、一〇五―一一二）

ファーガソンは、ブランデーが貧しい詩人の飲み物と言うウイスキーの声を借り、舶来の文化に迎合して流行の高級品を追い求める人々の浅はかさを憂える。彼は、先輩詩人ラムジーも土着の酒を愛したことを誇らしげに語っている。ファーガソンに倣い、ロバート・バーンズも「ハギスのために」（'To a Haggis'）や「スコットランドの酒よ」（'Scotch Drink'）で同様の愛国精神を見せている。

両者の言い分に決着をつけるのは、最終連で登場する酒場のおかみさんである。おもしろいことに、ウイスキーのことばと比較するとブランデーの方がスコッツ語を多用しているが、おかみさんも力強いスコッツ語でブランデーを一蹴する。

自分の育ちを自慢するつもりかい、この混血児め！
地酒から茶色に染まってしまったのかい？
ご主人様の服を着て、晴れた日にオールド・リーキーの十字路を
気取って歩く下働き野郎だね。

古いなじみで、おそらく場違いな仲間が
貧弱な面を見せようとするやいなや
見栄っ張りの成り上がり者は飛び下がって姿を消し
知らんぷりを決め込む。
ぼろを引きずった仲間の一人に思われるのを恐れて。
（『詩集』一八八頁、一二五—一三二行）

四人のロビン——後世の文学者からのオマージュ

薄命の詩人を慕う文学者の中に、ロバート・バーンズ、ロバート・ルイス・スティーヴンソン（Robert Louis Stevenson, 1850–94）、ロバート・ギャリオッホ（前述）がいる。敬愛する詩人と奇しくも同じ名を受けた彼らは、自分自身とエディンバラとの結びつきを通して、この街を見事にうたったファーガソンへの思慕を募らせている。

『詩集——主としてスコットランド方言による』（*Poems, Chiefly in the Scottish Dialect*, 1786）で成功を収めたバーンズは、この第二版をエディンバラで発表し、一躍名を馳せた。バーンズは、市民に愛された詩人ファーガソンに敬意を表して、彼の眠るキャノンゲイト教会を訪れている。ファーガソンがこの世を去ってから一二年ほど経っていたが、そこに墓碑銘はなかった。バーンズは、「エアシャーの農夫」からの願い出として、キャノンゲイト教会の資産管財人に石碑建立の許可を得た。

ここには彫刻を施した大理石も、立派な詩も刻まれていない、
伝説の絵が描かれた壷も、生き写しの胸像もない、
この素朴な石碑は、蒼白のスコシアが、
詩人の遺骸に悲しみを投げ掛けるための道標である。

石碑に彫られた詩句はここまでだが、バーンズは以下のように続けている。

彼女は悼む、美しい豊かな調べを生み出す若者を、
想像力が歌の力をこの上なくかきたてたにも関わらず薄幸なあなたの運命を。
それでも、奢り高ぶった裕福な人々はいかめしく、
大いにほめちぎった報われない者にひもじい思いをさせた。

兄弟である詩人《バード》が涙を流して送るこのささやかな弔辞は、
これ以上捧げることはできないもの。
しかしあなたの貴重な「歌」は名声を得て永遠に生きつづける。
「芸術」が表せるものよりも崇高な記念碑なのだ。(11)

『詩集——主としてスコットランド方言による』の第二版にも収録された「小作人の土曜日の夜」（'The Cotter's Saturday Night'）、「聖なる祭日」（'The Holy Fair'）、「エアの橋」（'The Brigs of Ayr'）、「二匹の犬（お話）」（'The

Twa Dogs, a Tale')、「シラミに寄せて、教会である婦人の帽子にシラミを見て」('To a Louse, On Seeing One on a Lady's Bonnet at Church')などには、ファーガソンの「農夫の炉辺」('The Farmer's Ingle')*、「リース競馬」(前述)、「聖なる市」('Hallow-fair')*、「年の瀬」('The Daft Days')*、「歩道と大通りが母語で交わした不平」('Mutual Complaint of Plainstanes and Causey, In Their Mother-tongue')*、「幅広の黒ラシャの服地」('Braid Claith')からの影響がうかがえる。[12] バーンズは、スコッツ語の詩で脚光を浴びたファーガソンの華やかな部分を称えるだけではなく、あまりにも早すぎた孤独な末路を嘆いた。

不遇の天才よ!天に教えを受けたファーガソン!
どんな心の持ち主が涙を流さずにいられようか、
人生の日が沈み、その輝かしい経歴に
影響を投げ掛けはじめることを思うと。

ああ、真なる価値と天賦の才の持ち主がどうしてやつれなければならないのか、
困窮と悲哀に鉄のような束縛を受けて。
称号付きのならず者とご立派な道化は
幸運から授かった光彩のただなかで輝いているというのに。[13]

エディンバラ生まれのスティーヴンソンは、ファーガソンの陰の部分と自らを重ねあわせた。スティーヴンソンはエディンバラ大学を卒業した後、この地に長くとどまることはなかった。持病を抱え、ヨーロッパ各地やア

メリカを転々としながら療養していたスティーヴンソンにとって、ファーガソンはスコッツ語でエディンバラ市民の心を代弁した詩人であった。世間の人々の目には「荒れまくってエディンバラの精神病院で死んだ、血の気の失せた品行の悪い酔っ払いの若造」(14)と映ったファーガソンだが、スティーヴンソンは、ファーガソンとバーンズ、そして自分自身との時代を超えた精神的なつながりを書簡の中で次のように述べている。

我々は、スコッツ語の抒情詩の竪琴に触れた三人のロビンだ。一人は世界のロビンとなり、努力して成功し、永遠の存在だ。だが、私ともう一人のロビンは――ああ！　どんなつながりがあるかと言えば――同じ街の生まれで、二人とも病弱で、揃いも揃って気がおかしくなりそうなほど手の焼ける奴で、そのうち一人は破滅主義の精神病院行きだった（中略）。ロビン兄さんは、バーンズよりもずっと前、激しくつらい中で若死にし、来たるべき偉大な作品の手本を残した。そして新参者のロビンはその後にやってきて、貧血症を乗り越え、完成した作品のパロディを力なく作ろうとしている（中略）。あなたにも、誰にもわかるはずはない、この気持ちがどんなに深いものかということを。ファーガソンは私の中に生きている。(15)

後に、スティーヴンソンと同じエディンバラ生まれの四人目のロビンが誕生した。ファーガソンの三倍の長さの人生を、ほとんどエディンバラから離れることなく過ごしたギャリオッホである。彼は、ファーガソンの生誕二〇〇年記念論文集に以下の一篇を寄せている。

わが街の詩人よ、多くの場所が
我々を似たもの同士にしている。はるかな

時代を隔てていても、気持ちは一心同体だ。
時々忘れてしまうんだ、
あなたがキャノンゲイトの土の下に眠っていることを。(16)

二〇〇年経ってもなお、ギャリオッホの眼にはファーガソンの姿がはっきりと見える。それは、「エディンバラが女王の存在であり、見参するに余りある価値がそなわっていて、そこで生活すればよい経験になることが多少はあった頃の情景」(17)がファーガソンの眼に映っているからに違いない。古スコッツ語の文芸が華やかであった中世のエディンバラに思いを馳せるのは、一八世紀のファーガソンも現代のギャリオッホも同じである。ファーガソンと共にスコッツ語詩の伝統に連なろうとしたギャリオッホは、ファーガソンがこの世を去った一〇月に墓前で彼を偲んだ。

意気消沈の年、キャノンゲイト教会の墓地は
古めかしく陰鬱で、小さなバラの茂みはすっかり葉を落とし、
五羽のカモメがくすんだ空気に反射して白く光っている。
なぜここにいるのだろう？ここは鳥たちには何も用のない所だ。

我々はなぜここに？　近くの
墓に集まっている。大半がファーガソンの墓に来ていて大変な人出だ。
尊敬の念に満ち、そわそわして

死を見つめている――演説だ――私には聞こえない。
しばしの間、帽子をとり霧雨の中に立ち尽くす。
今から二〇〇年前の水たまりにさかのぼる男を弔うために。
男の骨を覆う泥がしかめ面で見返している。悲しみの喪服が
私の心をよぎる。やれるものならあざ笑ってみろ。
ロバート・バーンズがひざまずき、土くれに口づけしたここで。(18)

墓のあるキャノンゲイト教会の前には、没後二三〇年を記念して建造されたファーガソンのほぼ等身大の彫像がある。その足元には、「オールド・リーキー、スコットランドが月下に知るこの世の最高の町よ」(一―二行、『詩集』一〇二頁)という最晩年の力作「オールド・リーキー」の冒頭が刻まれている。ファーガソンの兄弟を自称するロビンたちは、親しみを込めた献辞を「ロビン兄さん」に捧げている。エディンバラが人々に愛される限り、ファーガソンと彼の詩もこの街の中で生きつづけるだろう。

注

(1) James Robertson, ed., *Robert Fergusson Selected Poems* (Edinburgh: Polygon, 2007), p. 81. ファーガソンの詩の引用はすべて本書により、本文中に『詩集』と記して頁数を示す。翻訳はすべて拙訳である。なお、作品名に＊が付されているものについては、拙稿「ロバート・ファーガソン――夭逝したオールド・リーキーの詩人」、木村正俊

編『文学都市エディンバラ』（あるば書房、二〇〇九年六月、六四―八二頁）で言及している。

（2）Robert Burns, 'Epistle to William Simpson, Ochiltree', ll. 19–24, James Kinsley, ed., *The poems and songs of Robert Burns*, vol. I (Oxford: Clarendon Press, 1968), p. 94.

（3）Thomas Sommers, *The Life of Robert Fergusson, the Scottish Poet* (Edinburgh, 1803), p. 45.

（4）Robert Ford, ed., *The Poetical Works of Robert Fergusson* (Paisley: Alexander Gardner, 1905), pp. xxxvii.

（5）Ford, pp. lxvii–lxviii.

（6）Edwin Morgan, 'In the Cells', Robert Crawford, ed., *'Heaven-Taught Fergusson': Robert Burns's Favourite Scottish Poet* (East Lothian: Tuckwell Press, 2003), p. 133.

（7）James Grant, *Old and New Edinburgh* (London: Cassell, Petter, Galpin & Co., 1880–1883, rpt. by Tokyo: Meicho-Fukyu-kai, 1988), vol. II, p. 324.

（8）Grant, vol. I, p. 191.

（9）Grant, vol. III, p. 268–9.

（10）Allan H. MacLaine, *Robert Fergusson* (New York: Twayne Publishes, 1965), pp. 129–30.

（11）Robert Burns, 'Epitaph. Here lies Robert Fergusson, Poet', Kinsley, vol. I, p. 322.

（12）ファーガソンのバーンズへの影響については拙稿第四節（木村、七四―七七頁）を参照。

（13）Robert Burns, 'On Fergusson', Kinsley, vol. I, p. 323.

（14）R. L. Stevenson, 'Letter to W. Craibe Angus', Bradford A. Booth and Ernest Mehew, eds., *The Letters of Robert Louis Stevenson* (New Haven: Yale University Press, 1994–5), Vol. 7, p. 110.

（15）*Ibid.*

（16）Robert Garioch, 'To Robert Fergusson', ll. 199–204, Sydney Goodsir Smith, ed., *Robert Fergusson 1750–1774: Essays by Various Hands to Commemorate the Bicentenary of his birth* (Edinburgh: Nelson, 1952), p. 7.

(17) Garioch, 'To Robert Fergusson', ll. 1–12, Smith, p. 1.

(18) Robert Garioch, 'At Robert Fergusson's Grave, October 1962', Roderick Watson, ed., *The Poetry of Scotland: Gaelic, Scots and English 1380–1980* (Edinburgh: Edinburgh University Press, 1995), pp. 595–6.

第九章　ロバート・バーンズ

変革の時代をうたった天性の詩人
——多層の声を響かせながら——

木村正俊

矛盾と対立をはらんだ詩人

ロバート・バーンズ（Robert Burns, 1759–96）が活躍した一八世紀の後半は、さまざまな領域での改革や変化がめざましい、移行の時代であった。一七〇七年のイングランドとスコットランドの議会合同以降、スコットランドの政治や宗教、教育など枢要な分野で新しい動きが生じ、制度や組織、慣行が改変され、時代の歯車が激しく回転した。それに伴い国民の意識にも変容をきたし、たとえば言語の使用についてみても、スコットランド固有の地域言語の一つであるスコッツ語（Scots）に代わって、イングランドの言葉（英語）がしだいに勢いを得て支配的になった。そのような変容は、言うまでもなく、スコットランド国民の拠って立つ精神的基盤、あるいはアイデンティティを揺るがさずにはおかないものであった。英語を積極的に学び、その広範にわたり強固に確立された文化を受容しようとする側と、スコットランドの独自な伝統的文化を守り抜こうとする側の間に、ある種の対立の構図が形成されていくことになる。

スコットランド国民の精神世界を仕切った宗教の面でも、厳格なカルヴァン主義に基づく長老派教会では、「旧光派」(the Old Lichts)の守旧的な信仰姿勢に対し、より穏健で進歩的な「新光派」(the New Lichts)が立ち向かう形で力を強め、両者の間で熾烈な抗争や攻撃が繰返された。バーンズの故郷エアシャーでは、聖職者たちの激高した争いだけでなく、彼らの腐敗や堕落もとりわけ目立ったために、バーンズの詩人としての創作欲を強烈に刺激した。時代の動きを凝視する詩人——バーンズは、社会派の立場を取らざるを得なかった。文学の表現も、古典主義的な方法からロマン主義的な方法へ移行し、空想的あるいは幻想的なゴシック小説が好まれる傾向が顕著になった。バーンズの作品のなかには、その二つの方法のはざまに身を置く表現者の揺れが散見される。

一方、海外ではフランス革命やアメリカ独立革命が起こり、それらがスコットランドにも激震をもたらしたことから、バーンズのような鋭角的な感性と行動の人は、革命から大きな衝撃を受けざるを得なかった。革命の理念に同調し、その成功をたたえながらも、保守的な英国の国家体制のなかで、バーンズはあからさまに賛意を表明できない。詩人の内奥で、動揺と迷いの後、なぞめいた変節にいたる葛藤劇が展開していくことになる。

移行期の時代を生きぬいたバーンズの生涯や思念、詩的業績は、けっして一元的ではなく、単純でもない。それらは複雑で多様であり、一筋縄では解明しきれない重層性を帯びている。そこには矛盾と相克、時には混乱さえみられる。たとえば、詩作品だけとってみても、おだやかな抒情詩や熱情にあふれた恋愛詩があるかと思えば、鋭い批判精神にあふれ(それでいてユーモアがある)社会風刺詩があり、墓碑銘もあれば猥雑このうえない歌謡がある。詩人バーンズの奥行きはことさら深く、とらえがたい不可解さを秘めている。本章ではそうした詩人の多層の声を作品のなかに探ってみたい。

ロバート・バーンズの生家（アロウェイ）

『詩集』（キルマーノック版）刊行まで

「スコットランド最愛の息子」、「エアシャーの大詩人」とも称されるバーンズ（Robert Burns）は、一七五九年の一月二五日、スコットランドの南西部にある、エアシャーの寒村アロウェイ（Alloway）に農家の長男として生まれた。父親のウィリアム・バーンズ（William Burnes, または Burness）はスコットランド北東のキンカーディンシャーの出身であったが、エアシャーに移住してきて、アロウェイに耕作地を借り、農業を営んでいた。母親はカーコズワルドの小作人ギルバート・ブラウンの娘で、アグネス（Agnes）という名であった。ウィリアムとアグネスの間には、ロバートを筆頭に七人の子どもが生まれた。

父親ウィリアムは正式な教育は受けなかったが、識見と信念のある教育熱心な人物で、自ら息子のロバートとギルバート（Gilbert）を教育しただけでなく、一七六五年三月、ほかの四人の親と共同出資で、ロバートと弟のギルバートをアロウェイ・ミルのジョン・マードック（John Murdoch）の学校に通わせ、そこで英語の読み方や文章作法の指導を受けさせた。

マードックの指導で、聖書のほかマッソン編『英国精選詩文集』（Arthur Masson's *A Collection of English Prose and Verse, For the Use of Schools*）を教科書にして、シェイクスピアやミルトン、ドライデン、ポープなど古典的な作品を読み、英文学の教養を身につけた。父親からは神学、歴史、地理、農業などの本を与えられた。ほかにロバートの好みで、アディソンやグレイ、シェンストン、マクファーソン、スターン、スモレット、マッケンジーなどに親しんだ。バーンズの教養のなかには、英語文化の要素が多く入り込んでいる。

プロテスタントの土壌に育ったウィリアムは厳格なまでに信仰心が厚く、宗教についての知識も豊富で、家庭での信仰心を高め、敬虔な祈りを捧げるのに熱心であった。その信仰の生真面目さは、バーンズの代表作の一つ「小作人の土曜日の夜」（'The Cotter's Saturday Night'）に描かれる父親のそれと同じであったに違いない。楽しい夕餉がすむと、家族の皆がまじめな顔をして、いろりをぐるりと囲む。父親は家長らしい風格をもって、かつて彼の父親の誇りであった大きな家庭用聖書をひもとき、「さあ、お祈りをしよう」とおごそかに言う。

そして天上の永遠の王の前にひざまづき、
　聖者であり、父であり、夫である彼はお祈りを唱える。
　　・・・・・
めぐりゆく時が果てしない天空を回り続ける限り、
　こんなにも楽しい団欒はいっそう仲むつまじく打ちとけて、
ともに讃美歌を歌い、創造主をたたえよう。(1)

バーンズは、ウィリアムが編集した『父親と息子の対話形式による宗教心の手引き』と題する教本を熱心に読んだらしい。父親は神の絶対性に盲従した、頑迷固陋なだけのカルヴァン主義者ではなく、むしろ自由主義的な思考をする人であった。父親の教えで、バーンズは理性的な力によってカルヴァン主義の信仰に一定の距離を置き、自制した神信仰ができたと考えられる。

一七六五年、バーンズ一家はマウント・オリファント（Mount Oliphant）に農場を借り、一七六八年に息子たちはマードックの学校での教育を終えたが、ロバートは、一七七三年にエアのマードックの学校に短期間通った。一七七五年にロバートはカーコズワルドのヒュー・ロジャー（Hugh Rodger）の経営する学校に送られ、数学や測量術などを学んでいる。

最近は、バーンズの教養や知識は決して低いものではなかったとの主張が有力になってきた。七〇〇通を越すバーンズの手紙集を編纂したD・ファーガソンは、「バーンズは実際は教養の高い人であった」と判断している。(2) 批評家のバターワースも「びっくりするほど広い範囲の学識があった」と明言する。(3) バーンズの受けた教育と読書の範囲はかなり広く、聖書・宗教、英文学、民俗・民話、歌謡、スコットランド文学、歴史、思想などの分野にわたっていた。

バーンズは、文学者からだけでなく、当時の啓蒙思想家たちからも影響を受けたことが考えられる。ことに、ジョン・ロックやアダム・スミスの著作に感化されたことは明らかである。たとえば、ムア博士への手紙のなかでバーンズは愛読書にふれ、ジョン・テーラーの『原罪の聖書的教義』とロックの『人間悟性論』をあげている。

このように合理的な思考方法に馴染む一方で、バーンズは古い時代からエアシャー地方に根強く残っている伝統的な文化にも幼い頃から関心をいだき、想像力をふくらませる体験をした。バーンズの周辺は、口承によって伝えられた伝説や民俗、バラッド、歌謡、俗信・迷信、古諺などを日常的に聞くことができる環境であった。敏感なバーンズはそれらを耳から仕入れ、蓄え、血肉化していたに違いない。マウント・オリファントで暮らした子ども時代に、母親と彼女の従姉妹の未亡人、ベティ・デイヴィッドソン（Betty Davidson）から「悪魔、幽霊、妖精、ブラウニー、魔女、魔術師、きつね火、ケルピー、鬼火、生霊、妖怪、魔女のいたずら、魔法の塔、巨人、龍などの話や歌のことを聞き、……それらが詩情を生む源泉になった」とバーンズは後年、自伝的な手紙（一七八七年八月二日）のなかで述懐している。(4) バーンズの内面世界に、合理的思考方法と超自然的な想像力という、二つの相反する要素が共存していたことがわかる。

一七七七年にバーンズ一家は、ターボルトンの近くのロッホリー（Lochlea）に移住した。ロバートは弟のギルバートのほか、デイヴィッド・シラーとジョン・ランキンを含む五人の友人とターボルトンに「独身者クラブ」（Bachelors' Club）を結成し、討論の仕方などを訓練した。一七八一年の七月四日、ロバートはフリーメイソンに入会する。以後生涯にわたって彼は熱心なメイソン会員であった。一七八一年から八二年にかけて、バーンズは亜麻の梳き方を覚えるためにアーヴィンに滞在し、亜麻精製店で働いた。滞在中に彼は、ロバート・ファーガソンの詩集を買い求め、詩の創作意欲を強く刺激された。そのファーガソンとの運命的な出会いによって、バーンズは詩人になる決意をしたともいわれる。一七八四年二月、父親ウィリアムが死去し、バーンズは人生の転機を迎えることになる。

ウィリアムは知的で利口な人であったが、彼なりの計画をもってしても、農業経営はいつも失敗した。農業革命が進み、灌漑や農機具の改良が行なわれていたものの、土地はやせて石ころだらけで、降雨も多く、農耕は困難をきわめた。そのうえ地主たちが小作料をつり上げたりしたため、小作人の収入は上がらず、農民の大部分は困窮にあえいだ。バーンズ一家も搾取的な地主たちの犠牲になり、「農民エグザイル」の状態に追い込まれた。マウント・オリファントで暮らした時期は最悪で、ロバートは父の右腕となってギルバートとともに、心身を酷使して働いたという。ロッホリー時代も、土地が不毛で、収穫が少なかったことに加え、法外な地代を支払わされ、困窮生活がつづいた。

こうした失敗つづきの苦難にみちた農耕作業は、自己形成期のバーンズにとって、もちろん厳しい試練であった。しかし、その一方で、自然のなかでの農耕は、もう一つの精神的な恵みを彼にもたらした。つまり、田園における自然との親和は、彼の生来の鋭敏な感性を練磨し、豊かな想像力を飛翔させ、さらには独自の価値観を形成するのに役立ったのである。彼の周囲の自然とさまざまな出来事は、詩作するうえでの、ありがたい素材を数多く提供してくれた。

父親の死後すぐに、ロバートとギルバートはモスギール（Mossgiel）に農場を借り、八六年まで暮らしたが、ここでようやく事態は好転した。この時期にロバートは未来の妻、ジーン・アーマー（Jean Armour）と知り合うことになる。八六年にジーンの妊娠が知れわたったために、ジーンの父親は二人の結婚に猛反対、ロバートは一時ジャマイカへの移住を計画したりする。ジーンが双子を出産したのち、一七八八年に二人は結婚した。だが、多情なバーンズは他の女性とも関わりを持ち、エリザベス・ペイトン（Elizabeth Paton）との間に娘エリザベスをもうけ、謎にみちた「ハイランドのメアリー」こと、メアリー・キャンベル（Mary Campbell）とも深く愛し合った。

父親の死が一つの契機になって、バーンズは大きな詩的転回を遂げ、一七八六年の前半までの十数カ月間、まるで詩神に揺さぶられ、言霊が一身を駆け抜けたかのように、詩作に打ち込んだ。多くのすぐれた詩作品を書いたこの時期を、バーンズにとっての「驚異の年」と呼ぶこともできるであろう。一七八六年七月三一日に『詩集——主としてスコットランド方言による』（*Poems, Chiefly in the Scottish Dialect*）は、キルマーノックの出版業者、ジョン・ウィルソンによって発行され、一部三シリングで発売されると大好評を得て、一カ月以内に六一二部が売り切れた。詩集の発行は大成功を収め、バーンズは一躍詩人としての名声を確立させた。この詩集はキルマーノック版（Kilmarnock edition）とも呼ばれる。

詩人の「マニフェスト」とすぐれた風刺詩群

バーンズはこのキルマーノック版に詩人の思いを込めた序文をつけた。それはバーンズの詩人意識を高らかに宣言したものである。バーンズが詩人として身を立てる決意をしたのがいつであったか、その時期を特定するのは難しい。早い時期から詩作に手をそめてはいたものの、詩人になる意志を固めたのはアーヴィン時代であったとも考えられるが、弟ギルバートの証言では、一七八四年の夏頃であったらしい。この時期以降、バーンズは自らを「詩人」（the poet ; the bard）と呼ぶことが多くなり、詩人のもつ能力を強く意識するようになった。キルマーノック版に付した序文は、そうしたバーンズの詩人意識を公言した「マニフェスト」であった。デイヴィッド・デイチズは、キルマーノック版はバーンズが詩人としての栄光を獲得しようと出版したもので、詩人の権利を認知してもらうのが第一の目的であったと指摘している(5)。

詩人にとって誇りは罪ではない。
努力して手に入れる賞は栄光、
そして名誉がその喜びだ(6)。

キルマーノック版の申込みの宣伝に使われた右の言葉は、バーンズが詩集刊行によって「誇り（pride）」、「栄光（glory）」、「名誉（fame）」を勝ち得ようとしていたことを明確に示している。序文の締めくくりの言葉は

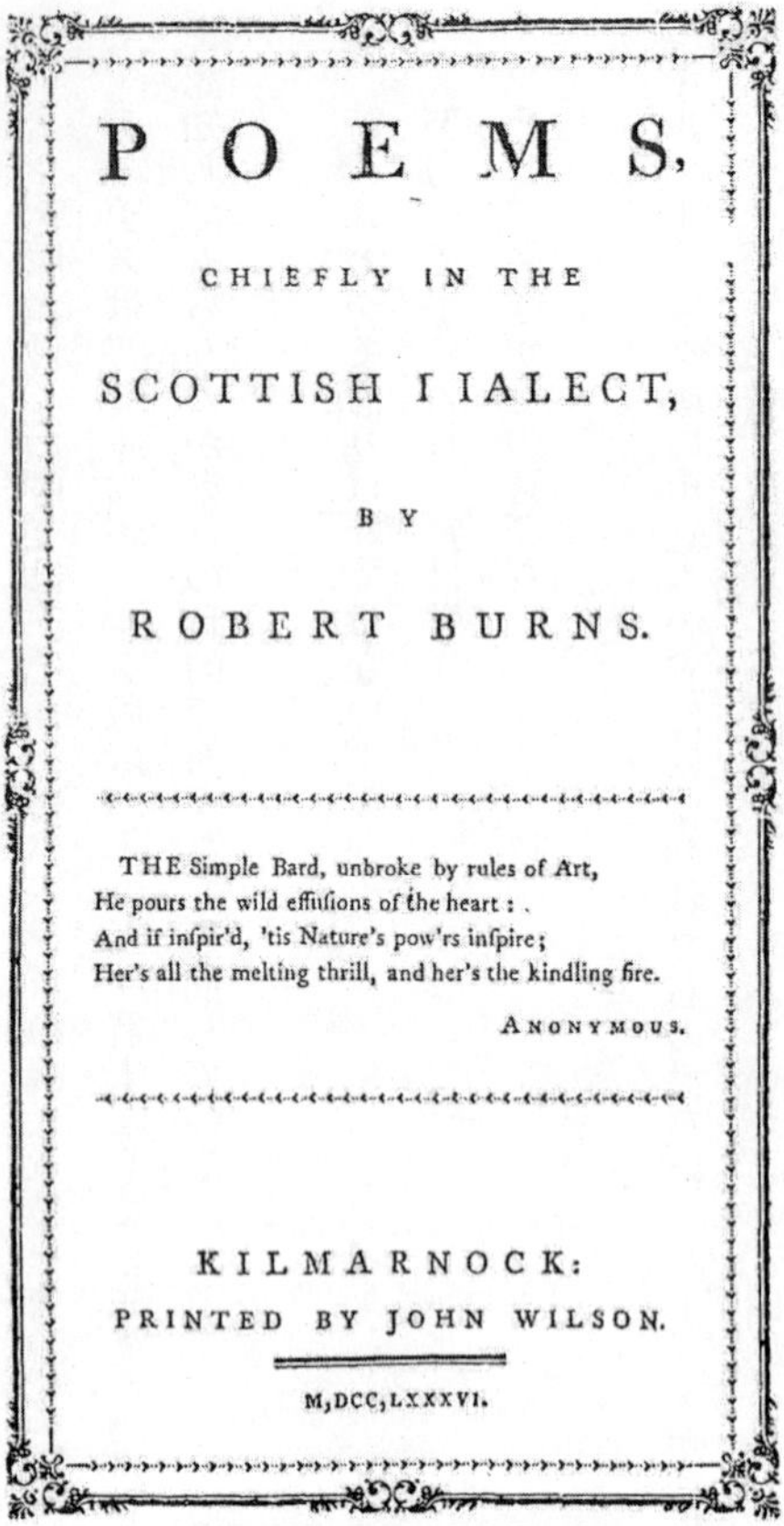

POEMS,

CHIEFLY IN THE

SCOTTISH DIALECT,

BY

ROBERT BURNS.

THE Simple Bard, unbroke by rules of Art,
He pours the wild effusions of the heart:
And if inspir'd, 'tis Nature's pow'rs inspire;
Her's all the melting thrill, and her's the kindling fire.

ANONYMOUS.

KILMARNOCK:
PRINTED BY JOHN WILSON.

M,DCC,LXXXVI.

The title page of the first published poems of Robert Burns. 1786.

1786年に刊行された『詩集』（キルマーノック版）の扉

「彼（詩人）がつまらないと、またばからしいと、決めつけられるならば、彼に、容赦なく、軽蔑と忘却の宣告を受けさせよ」となっている。これは詩人の自信と誇りの、裏返しの表現以外の何ものでもない。バーンズは自己実現をはかることを詩作の原点にすえている。しかし、そればかりではない。彼は詩人の公的な意味も強く意識していた。社会的な場で詩人が果たすべき役割、あるいは機能の重大さを片ときも忘れることがなかった。序文のなかの「いまや彼は一人の著者というおおやけの性格で世に出るのだから」という言葉はそのことを裏づけている。

実際、キルマーノック版にはバーンズの自負を裏付けるような傑作が三六編掲載された。ローランド地方の地域言語であるスコッツ語で書かれたそれらの作品の中には、「二匹の犬（お話）」（'The Twa Dogs. A Tale'）、「スコットランドの酒」（'Scotch Drink'）、「聖なる祭日」（'The Holy Fair'）、「悪魔に物申す」（'Address to the Deil'）、「夢」（'A Dream'）、「まぼろし」（'The Vision'）、「ハロウィーン」（'Halloween'）、「小作人の土曜日の夜」（'The

Cotter's Saturday Night')、「ネズミに寄せて」('To a Mouse')、「兄弟詩人デイヴィーへの書簡詩」('Epistle to Davie, a Brother Poet')、「人間の運命は嘆くこと（挽歌）」('Man Was Made to Mourn')など、バーンズの傑作が多数含まれている。八三年四月から八五年一〇月の間に書かれ、キルマーノック版に掲載された詩で高く評価されるもののほとんどは風刺詩であり、バーンズが早くから本格的な風刺詩人であったことを証拠立てている。

キルマーノック版に掲載された風刺詩のなかで、「聖なる祭日」は最も有名なものの一つであるが、これは田舎の教区で毎年夏頃行われる聖餐式（Holy Communion）を扱っている。教会敷地内で一週間ほど続くこの催しは、近隣の善男善女が集まり、お祭りのようににぎわう。そこに長老派教会の対立的な「旧光派」と「新光派」を代表する説教師たちが顔を出し、それぞれ勝手に会衆に向って狂気じみた熱心さで説教をする。

いま穏やかに話すかと思えば、今度は怒りに声を荒げ、
　足を踏みならし、跳び上がる。
あの長い顎、上を向いた鼻、
　この世のものとは思われぬ叫び声と身振り、
おお、それは敬虔な信者の胸を燃え上がらせる、――
　まるで皮膚病の膏薬《こうやく》のように
　　このような日には。(7)

こうした聖職者の扇動的な説教ぶりを、バーンズはユーモアを込めて風刺し、皮肉るが、同時に、説教に無関心で、泥酔して浮かれ騒いでいる会衆をも風刺の対象にする。聖なる場での俗化した風景は、詩人の目からみて

笑いをもたらすものでしかない。バーンズの宗教風刺詩にはすぐれたものが多く、たとえば「信心深いウィリーの祈り」（'Holy Willie's Prayer'）は、あまりに刺激的であることを恐れてキルマーノック版には載せられなかったが、長老派の偽善的な牧師を鋭く揶揄している。ウィリーはカルヴァン主義の正統派信仰にとらわれ、自分が神に選ばれた一人であることを少しも疑っていない。バーンズはウィリーの鼻持ちならぬ思い上がりと善良ぶりを皮肉った後、ウィリーの化けの皮をはぐように、ウィリーが、複数の女性とひそかに肉体関係をもっていることを神に告白し、神の許しを乞うさまを描く。しかも、ウィリーの告白は心からの悔悟ではなく、罪意識のかけらもないことが明かされる。それでいて、ウィリーは彼の敵対者を神が罰してくれるよう祈願する。

教会や聖職者を風刺した詩の他に、バーンズは貴族や地主、ときには国王をも風刺した、いわば政治・社会風刺詩も書いた。キルマーノック版に掲載された「二匹の犬（お話）」はその代表となる傑作である。この作品は、社会組織のもつ不平等や不合理、地主階級の怠惰と堕落などを暴露し、鋭く風刺している。二匹の犬による対話形式をとり、「動物寓話」を装って人間社会の実情を非難していることで、犬による人間の見方が強調され、一層風刺性が高まっているといえよう。二匹の犬そのものがスコットランドの階級対立を示しており、一方のシーザーは地主に所有される犬で、紳士・学者タイプに描かれる。一方のルーアスは農夫の飼い犬で、利口な正直者タイプにみえる。ルーアスは地主である主人が、いかに情け容赦なく小作人から法外な地代を搾取するか明かす。

ぼくは見てきた、うちの主人の地代納金日に、
金の足りない、あわれな小作人たちが、
どれほど土地差配《さはい》人の暴言に耐えしのばなければならなかったかを、

ぼくの胸はいつもえぐられた。
彼は足踏みをして脅し、悪口雑言を浴びせ、
彼らを捕まえるぞとどなる。
だが、彼らは、神妙な顔をして、そこに立ち、
耳を傾け、恐れ、震えていなければならない。(8)

シーザーはさらに、地主たちが怠惰と無気力のために一種の神経症を患い、生活破綻をきたしていることを暴露して批判する。二匹の犬は「たがいに人間でなく、犬でよかった」と喜び合う。地主たちが無為のあまり、「精神異常」に陥っているという症例よりも、犬たちに人間が批判されているところに、この作品の恐ろしさがあるのであろう。同時にまた、地主階級の実態に疎い、農民たちの無知ぶりも批判されている。バーンズのすぐれた風刺詩は、どうやらバーンズの強烈な詩人意識あっての所産といえるようである。

エディンバラでの自己確認

キルマーノック版の刊行は期待を超える大成功をもたらし、大きな反響をよんだ。当時のエディンバラ文学界の中心的な存在であった小説家、ヘンリー・マッケンジー（Henry Mackenzie, 1745–1831）は、彼の編集する『ザ・ラウンジャー』誌（*The Lounger*）の一〇月号で、バーンズを「天から学んだ農夫」（'Heaven-taught ploughman'）とたたえるなど、バーンズの声価は広がっていった。バーンズの周辺でもキルマーノック版への反応が大きく、盲目の詩人トマス・ブラックロック博士や、銀行家バランタインらにエディンバラでの『詩集』

の第二版発行を勧められたこともあって、バーンズは七六年一一月の終わりに、エディンバラを訪問し、出版の実現に努力した。グレンケアン伯からバーンズは出版業者のウィリアム・クリーチを紹介され、マッケンジーの後押しを受けて出版契約にこぎつけた。印刷はウィリアム・スマイリーが請け負った。フリーメイソンの会員や貴族などが講読を予約し、第二版（エディンバラ版 Edinburgh edition）の第一刷は八七年四月二一日に刊行された。この版もすぐに売り切れ、第二刷が追加され、あわせて三〇〇〇部が発行された。エディンバラ版で新たに追加された作品は「死神と偽医者（実話）」（'Death and Doctor Hornbook'）「聖職叙任式」（'The Ordination'）「極めて善良な人々」（'Address to the Unco Guid, or the Rigidly Righteous'）「ハギスのために」（'To a Haggis'）など二二編である。

バーンズがエディンバラに滞在したのはふた冬だけで、最初の滞在は一七八六年の一一月末から翌年の五月まで、二度目は同年一〇月から翌年の五月までで、通算しても一年くらいの期間である。エディンバラに最初に滞在したときは、バーンズは著名な詩人として栄光の絶頂にあり、多くの貴族階級の紳士淑女や知識人たち（リテラティ）と交流した。あちこちのフリーメイソンのロッジの会合にも出席し、大いに歓待された。

しかし、そのうち人々のバーンズに対する畏敬の念も冷え込んできて、人気も一過性のものであったことを覚る。バーンズは詩人としての仕事を続けるためにも、スコットランドの名所旧跡を知ることが必要であると考え、一七八七年の早春、エディンバラ版を刊行した後、各地を四回にわたって旅行した。最初はボーダー地方、二回目以降はハイランド地方を回った。それらの旅行を通じてバーンズは、スコットランドの風光の明媚さにふれただけでなく、歴史的な場所に足を運んで往時をしのんだり、地元に伝わる音楽に耳を傾け、それを記録したりした。こうした旅行の体験が後に歌謡の収集や創作の重要な糧になった。

二回目にエディンバラに滞在した一七八七年の一二月四日、バーンズは、別名「クラリンダ」（'Clarinda'）として知られる、マクルホーズ夫人（Mrs Agnes Craig M'Lehose）と知り合い、恋愛関係が始まった。二人は文通をつづけ、アグネスは「クラリンダ」、バーンズは「シルヴァンダー」（Sylvander）の愛称を用いてお互いを呼び合う往復書簡を多く残した。しかし、精神的な愛の高みに達した二人の恋愛関係は、一七九一年にいたってついに終わりを迎える。

バーンズのエディンバラでの交遊生活には満ち足りた面もあったが、その一方で、彼は首都での生活に落ち着きのなさと不安を感じていた。名士たちの邸宅に招かれたり、社交サロンでちやほやされても、心の通った交流とは思えず、結局、自分は田舎の詩人であり、都会の洗練された人物たちと交わる相手ではないとまで考える。バーンズはエディンバラで真の理解者あるいは後援者を見つけることはできなかった。彼は単なる「見知らぬ土地での滞在者」に過ぎないことを自覚する。その上リテラティに、土地言葉ではなく、イングランド語（英語）で詩を書くことを勧められた。バーンズはリテラティの意見に失望し、かえって自らの詩人としての使命と役割を確認する。つまり、エアシャーの農村生活のなかで最も自在に駆使できる言語、スコッツ語で詩作することを決意する。バーンズは、スコッツ語によって輝かしい文学伝統を守った先達、アラン・ラムジーやロバート・ファーガソンをはっきり意識していた。彼は一七八七年、ムア博士（Dr John Moor）への自伝的な手紙のなかで、土地の言葉を捨て、より多くの読者のために英語で詩を書くことはとても実行できない、と本心を述べている。そして、「正直な語り」（'honest narrative'）で書くことを約束する。

啓蒙主義の瀰漫する首都の知的でにぎやかな雰囲気のなかで、バーンズ詩人として生まれついている自らの運命と使命を意識し、「土地の息子」（'native son'）として生きる覚悟を決めたのである。それはバーンズにとって賢明な選択であった。

伝承された歌謡の収集と創作

エディンバラでのこのアイデンティティの認識があってはじめて真のバーンズが誕生したともいえる。一七八七年以降、バーンズの主な創作活動は歌謡を書くことに充てられ、死の直前まで続く。一七八八年、バーンズはダンフリースの北方約一〇キロにあるエリスランド農場に引っ越した。自分の家を建てて家族を呼び寄せ、ここで過ごした一年目の冬はバーンズにとって生涯で最も幸福な時期であったらしい。その幸福感のなかで彼は、「僕には僕の妻がいる」（'I Hae a Wife o' My Ain'）、「タム・グレン」（'Tam Glen'）、「ジョン・アンダーソン、私の好きな人」（'John Anderson, My Jo'）、「遥かな遠い昔」（'Auld Lang Syne'）、「私の心はハイランドにある」（'My Heart's in the Highlands'）、「天国のメアリーによせて」（'Thou Lingering Star Lessening Ray'）などのほか、彼の畢生の傑作とされる詩「タム・オ・シャンター」（'Tam o' Shanter'）を書いた。

ロバート・バーンズ（ネイスミス筆）

一七八九年九月、バーンズは収税吏の仕事を始めた。農場の仕事をしながらの兼業である。九一年の九月には税務署のあるダンフリースのウィーヴェネルに一家で転住した。バーンズは詩人としての業績が認められて、すでに八七年からダンフリースの名誉町民となっていた。ダンフリースでは劇場の設立に尽くすなど、町の文化の向上に寄与した。フランス革命当時のことであり、フランス軍の侵入を防ぐための義勇軍の結成に参加した。この時期のバーンズは、政治的に揺れた立場にあり、彼の真意は矛盾と謎に包まれている。

政治的な活動とは別に、ダンフリース時代のバーンズは、歌謡の収集や創造に力を入れ、ジェイムズ・ジョンソン（James Johnson, c.1750–1811）の『スコットランド音楽博物館』（*Scots Musical Museum*, 1787–1803）とジョージ・トムソン（George Thomson, 1757–1851））の『スコットランド精選歌謡集』（*A Select Collection of Original Scottish Airs*, 1792–1841）の編集に協力し、多くの歌謡を寄稿している。バーンズの風刺詩など詩作品がバーンズの高い評価につながっていることはたしかであるが、歌謡こそバーンズの特徴を表しているとする主張も有力である、実際、スコットランドに古くから伝承された歌謡の旋律の美しさは琴線を震わせてやまない感動的なものである。民俗の伝統のもたらす創造力は大きい。バーンズは歌いかたのうまかった母親の歌やバラッドをたくさん聞いて育ち、幼い頃から歌心を養っていた。バーンズが一五歳のとき、ネリー・キルパトリック（Nelly Kilpatrick）を恋し、「おお、かつぼくは愛した」（'O Once I Lov'd'）を作詩したのも、そのような歌心の高まりが自然に詩となってあふれ出たものであろう。歌はバーンズの詩精神の根幹にあり、詩作の根源力となっていることは何よりも明らかな事実である。それがアイデンティティ意識と結合したことで、バーンズの歌謡収集活動は、いやがうえにも高まったのである。

バーンズの三七三編のソングの大部分がジェイムズ・ジョンソンとジョージ・トムソンという互いに競争相手である二人の音楽編集者によって記録され、発表されたことは多くの意味で幸いなことであった。一七八七年、エディンバラの彫刻師で、『スコットランド音楽博物館』の編集者であったジェイムズ・ジョンソンがバーンズと会い、スコットランドに残存する歌謡の歌詞や音楽を収集し、出版使用する計画を明かし、バーンズがこれに協力した。一七八七年初期から一七九二年末にかけて、バーンズが書いた歌謡のうち、大部分はこの歌謡集に掲載されることになる。第一巻は一七八七年に出たが、バーンズがこの編纂に協力者としてかかわったのは第二巻から第四巻までで、第五巻の完成を直前にバーンズはこの世を去ってしまう。結局、バーンズは歌約二〇〇編と未完の断片を寄稿したことになる。一方のジョージ・トムソンが編集し、八部に分けて刊行した『スコットランド精選歌謡集』にもバーンズは七〇編以上の歌を寄せた。トムソンはエディンバラの公務員で、音楽愛好家として知られていた。一七九二年にスコットランドの伝統的な歌謡の出版を企画し、バーンズに協力を求めた。トムソンはバーンズが手に入れた歌謡に無断で手を入れることも多かったので、バーンズは苦労したといわれる。

バーンズは詩の場合と同様、古い歌に改変を加え、新たなものに再創造している。もと歌よりもバーンズの歌のほうははるかに力強く、律動的である場合がほとんどである。バーンズは伝承された民族の遺産である歌を記録し、保存し、後代に伝えることを最大の使命と考えていた。歌は、言語と同じく、アイデンティティの維持に不可欠なもので、決して忘却され、消滅していくことがあってはならないものとして意識されていた。その意味で、彼の作歌活動は芸術的な意味をもっていたと同時に、社会的な意味ももっていた。彼はマリ湾やファイフの海岸の農民、生まれ故郷のエアシャーの農民、そのほかスコットランド各地で、多種多様な歌を集めて回った。バーンズの歌のテーマは、自然や恋愛、友情、仕事、酒、食物、社会、政治、愛国など幅広い範囲にわたっている。

ロマン主義の高まりとバーンズの位置

バーンズが歌への関心を深め、一途に歌の収集と再創造に尽くした背景には、一八世紀後半に起こった、古物、遺跡、伝説など民俗的価値のあるものを発掘しようとする時代の動きがあった。伝統や形式、合理思考、科学精神が支配的になった近代に反抗するかのように、人間の内奥に宿る自然的な、生命的な、ある意味で、不合理で感性的な表現を求める趨勢が強まっていた。文芸や芸能の領域でいえば、古典主義の支配力がしだいに弱まり、ロマン主義が台頭してくる時代が始まっていた。古典主義の伝統が根強く、その枠組みからまだ脱出し終えてはいないが、ロマン主義の想念が限りなく勢いづいている盛期を迎えてはいない、いわばロマン主義の最初期が到来しかかっていた時期である。バーンズは、ポープなどに代表される古典主義的精神と教養を十分に身につけてはいたが、同時にまた、押し寄せてくるロマン主義のたしかな足音も聞き知っていた。バーンズの内面には相反する二つの価値観が並存し、対立し葛藤する構図が形成されていたに違いない。

たとえば、バーンズの最高の傑作とされる物語詩「タム・オ・シャンター」では、理性的、合理的、教訓的価値観と感情的、非合理的、流動的な価値観が共存している。主人公のタムが、吹き荒れる嵐の夜遅く酒に酔って帰宅する途中、廃墟の教会で悪魔や魔女たちが宴会でにぎやかに踊っているさまを目撃し、彼らに追われて必死に逃げるが、異界と現実世界を分け隔てる橋の上で、乗っていた馬が尻尾を抜かれてしまうという、幻想的で、怪奇的な「タム・オ・シャンター」の物語は、すでにロマン主義の開花、というよりその極致を表わしている。それでいて、物語のなかのタムの妻、そして語り手である詩人が、タムの日常的な堕落した習慣や欲望などをことさら批判し、教訓的な言辞を吐く。この物語が書かれた時期は、ちょうどゴシック小説がしだいに多く書かれる時期にさしかかっていた。鋭敏なバーンズはそうした時の流れを十分に感知していたはずである。バーンズは一七九六年にこの世を去る。それから二年後、旧来の詩歌の伝統を破り革新しようとする、ロマン主義の主張を盛り込んだ、ワーズワスとコールリッジの『抒情民謡集』(*Lyrical Ballads*)が刊行される。バーンズは古典主義時代の最終走者であり、ロマン主義運動の先頭をゆく旗手でもあったように思われる。

注

（1）*Robert Burns Poems and Songs*, edited by James Kinsley（Oxford University Press, 1969）No 72. 日本語訳は、ロバート・バーンズ研究会編・訳『増補改訂版　ロバート・バーンズ詩集』（国文社、二〇〇九）による。以下、バーンズの日本語訳は同書による。

（2）*The Letters of Robert Burns*, vol. I edited by Delancy Ferguson and Gross Roy（Clarendon Press, 1985）, Introduction.

（3）L.M. Angus-Butterworth, *Robert Burns*（Aberdeen University Press, 1969）, p. 80.

（4）*The Letters of Robert Burns*, vol. I edited by Delancy Feerguson and Gross Roy（Clarendon Press. 1985）, p. 135.

（5）David Daiches, *Robert Burns*（Andre Deutsch, 1966）, pp. 102–3.

（6）*Ibid.*, p. 102.

（7）*Robert Burns Poems and Songs*, edited by James Kinsley. No 70.

（8）*Ibid.*, No 71.

第一〇章　ジェイムズ・ホッグ

時代を超える「羊飼い」
——三つの「回想」をめぐるロマン主義的自我——

金津和美

ロマン主義文学とホッグ

自伝は、近代的自我の成長と分裂をテーマとするロマン主義文学において枢要な文学形式である。ワーズワスの叙事詩『序曲』（*The Prelude*）を始めとして、コールリッジの『文学自叙伝』（*Biographia Literaria*）、バイロンの『チャイルド・ハロルドの巡礼』（*Childe Harold's Pilgrimage*）や『ドン・ジュアン』（*Don Juan*）など、ロマン主義を代表する作品には自伝的要素を含むものが数多い。そして、おそらくこのロマン主義的自伝文学の潮流が生み出した肥沃な土壌の裾野に、ジェイムズ・ホッグ（James Hogg, 1770–1835）の「回想」（'Memoir'）を見出すことができるだろう。ワーズワスの哲学詩に比べれば、ホッグの自伝は明らかに体裁が異なる。しかし、ワーズワスが生涯を通じて幾度も『序曲』を書き直したように、「回想」もまた、ホッグによる生涯にわたる自我の書き直し作業であり、現実と虚構との多層性の中に現れる近代的自我を描き出したという点では、同じくロマン主義的営為の一つに数えられる。本章では、一八〇七年、一八二一年、一八三二年に出版された三つの「回想」を比較しながら、詩人・小説家ホッグの多面的な活躍と作品、そして、彼が生きたロマン主義という時代を考察し、ロマン主義的自我の相貌を明らかにしてみたい。

三つの「回想」

一八〇七年に出版された最初の「回想」は、『山の詩人』（*The Mountain Bard*）初版に添えられている。ウォルター・スコット（Walter Scott, 1771–1832）に宛てた書簡として「とてもおろそかにはできない貴方様のご依頼にしたがって、私の暮らしぶりと幅広い教養についてお話しいたします」[1]という丁重な一文で語り始めるホッグは、スコットランド国境地方の小村エトリック出身の羊飼いらしく素朴で飾り気がない。地元の口承文化と深く関わり、一八〇二年にスコットの『スコットランド・ボーダー地方バラッド集』（*Minstrelsy of the Scottish Border*）のための民謡収集を手伝ったことで文壇への道が開けたホッグだが、スコットによる民謡再生の試みが不十分であるとして、『山の詩人』を世に問うたのである。

しかし、『山の詩人』初版は期待していたほどの反響を呼ばなかった。しかも、その後に借り受けた農場経営にも失敗したホッグは、故郷にも居られなくなり、一八一〇年、エディンバラに上京する。一八二一年に再版された『山の詩人』における「回想」で中心的に描かれるのは、エディンバラで文筆家として身を立てようとする彼の孤軍奮闘ぶりと、その成功である。ホッグは『山の詩人』の再版を、スコットやバイロンといった大詩人と肩を並べる選集出版の第一巻として考えていたらしい。翌年に出版された全四巻の『ジェイムズ・ホッグ詩集』（*The Poetical Works of James Hogg*）には『山の詩人』は含まれていないが、再版された「回想」に見られるホッグは、詩人としての自信と意欲に満ちあふれている。

だが、一八二一年版「回想」は、出版されるとすぐに批判にさらされた。なかでも特に厳しい非難を向けたのが、ホッグが文人仲間として篤い信頼を寄せていたジョン・ウィルソン（John Wilson, 1785–1854）である。一八二一年八月号の『ブラックウッズ』誌（*Blackwood's Edinburgh Magazine*）〔通称『マガ』（*Maga*）〕に掲載された「新しい顔をした古い友」という匿名でのウィルソンの書簡は、ホッグの教養と品性を疑い、（「豚」という意味を持つ語「ホッグ」（hog）にかけて）「エトリックの森の羊飼いというより、キャノンゲイトの豚飼いだ」[2]と彼を貶《おとし》めるほど容赦のないものであった。

「エトリックの羊飼い」ホッグ

一八一九年のピータールー虐殺事件を引き金として、各地で議会改革運動がさかんであり、エディンバラもその例外ではなかった。そういった政情不安の中にあって、『マガ』の主筆を務めるウィルソンの批判は、トーリー党支持を謳う文芸誌としての品位を危惧したものと考えるべきであろう。しかし、ホッグの傷つけられた友情と自尊心はそれではおさまらない。やがてホッグは、いくつかの長編小説を通して『マガ』の批判に応じることになる。

三つめの、そして最後の「回想」は、ホッグが死去する三年前、物語集『アルトリーヴ物語』（*Altrive Tales*）の一部として一八三二年に出版された。この年、イギリス史において大きな節目となる出来事が起こったことは注目すべきだろう。ジョージ四世の崩御とともに、グレイ伯爵率いるホイッグ党が政権を握り、新政権の主導のもとで第一次選挙法改正法案が可決された。トーリー党支持の地盤として繁栄を誇ってきたエディンバラ文壇にとって、政権の交代に続く新法案の通過は衝撃的であり、『マガ』の版元であったウィリアム・ブラックウッド（William Blackwood, 1776–1834）が陥った経営危機はそれを象徴している。しかも、同年、時代の変化を見届けるように、エディンバラ文壇の大御所スコットが息を引き取る。ホイッグ党政権の誕生、選挙法改正案の通過、スコットの死。これらの一連の出来事によって、イギリス・ロマン派という時代、そして「近代のアテネ」の繁栄の時代に幕が引かれた。

しかし、消え行くエディンバラ文壇の灯火を惜しみながらも、ホッグはその灯火と運命を共にすることを受け入れはしなかった。一八三〇年には、ロンドンで『フレーザー』誌（*Fraser's Magazine for Town and Country*）が刊行され、『マガ』のライバル誌として名乗りを上げていた。友人作家ジョン・ゴールト（John Galt, 1779–1839）の勧めで、ホッグは『フレーザー』誌に投稿するようになり、次第に常連の寄稿者となる。『フレーザー』誌の誌風は、政治的にも道徳的にも柔軟で自由主義的であり、『マガ』にみられるようなカルヴァン主義の厳格さを求めてはいなかった。そのため、『マガ』では受け入れられなかったホッグの作品が、『フレーザー』誌では数多く掲載されたのである。折しも、マウント・ベンジャの経営が行き詰まり、残された農場アルトリーヴの資金繰りに奔走するホッグが、ロンドンに活路を求めたとしても不思議はない。一八三二年初旬、ホッグは選挙法改正運動に沸くロンドンを訪れ、ロンドン読者に歓呼の声をもって迎えられる。すかさず、ホッグはロンドンの出版者ジェイムズ・コクラン（James Cochrane）とともに、自らの文筆活動の集大成として、スコットの『傑作全集《マグナム・オプス》』に匹敵するホッグ散文集の刊行に着手する。『アルトリーヴ物語』は、その散文集の第一巻として出版され、大幅に加筆修正された最後の「回想」が添えられた。

すでに六〇歳を越える年齢に達していたが、最後の「回想」に見られるホッグは、これまで以上に自由闊達である。「エディンバラの編集者に気のいい自己本位といわれて、しばしば笑いものにされたが、必ずしもそればかりではないのだ。きっとまた笑いものにされるだろう。だが、構ったことではない」（「回想」一一）と書き加えられた前文は、スコットへの恭しい挨拶で始められる最初の「回想」とは対照的だ。ここでのホッグは、もはやエディンバラ文壇の誹謗中傷を恐れることなく、ありのままに自らの人生と信念を語ることに躊躇がない。おそらくそれは、ロンドンを中心として開かれた新しい時代の新しい読者に向けられた、ホッグの希望と期待の表れでもあったのだろう。

事実、一八三二年版「回想」には、自らを大衆詩人、大衆作家として位置づけようとするホッグの強い意図が読み取れる。例えば、ホッグはスコットランド民衆文化を代表する詩人ロバート・バーンズ（Robert Burns, 1759–96）と同じ誕生日一七七二年一月二五日に生まれたと記している。ホッグの洗礼の記録が一七七〇年一二月九日に残っており、おそらくホッグの本当の誕生日は一七七〇年一一月末頃だろうと考えられるため、バーンズと誕生日が同じであったという記述は極めて疑わしい(3)。しかし、ホッグはバーンズと誕生日が同じであることを強調し、さらに、バーンズの死の翌年、一七九七年に初めてこの不世出の農民詩人について知り、「必ず詩人になろう、バーンズの後に追うのだと固く心に誓った」（「回想」一八）と語っている。

三つの「回想」において見られるホッグの表情はそれぞれに異なる。無名の羊飼いとして謙虚を装うホッグ、文壇での成功に舞い上がるホッグ、老練な眼差しで過ぎ行く時代を見送るホッグ。いくつもの顔を持つホッグであるが、その作品の表情もまた多面的である。ホッグの実像に迫るため、次に「回想」が焦点とする詩人ホッグの姿を追ってみたい。

民衆詩人ホッグと『女王の祝祭』

ホッグの詩人としての才能が大きく開花したのは、物語風詩集『女王の祝祭』（*The Queen's Wake*, 1813）においてである。これは流行を誇っていたスコットやバイロンの詩風に倣って、ホッグが自身の詩をいくつか選び、一つの物語に編纂した作品だ。最初はスコットを通じて馴染みの出版者アーチボルド・コンスタブル（Archibald Constable）に出版を持ちかけたが、一顧だにされなかったため、仕方なく偶然に知り合った書籍商ジョージ・ゴルディー（George Goldie）に依頼した。ところが、一八一三年一月に出版されると、『祝祭』はたちまち大きな反響を得る。あらゆる文芸誌が『祝祭』を書評に取り上げて絶賛した。ホッグの作品をほとんど省みることのないフランシス・ジェフリー（Francis Jeffrey）でさえ『祝祭』には注目し、控えめながらも好意的な書評を『エディンバラ・レヴュー』誌に掲載している。『祝祭』の成功は、ホッグに詩人としての名声を与えただけではない。やがて「エトリックの羊飼い」（'Ettrick Shepherd'）としてエディンバラ文壇にその名を刻むことになる重要な出会いをもたらした。ワーズワスやロバート・サウジー（Robert Southey）というロマン派を代表する詩人たちの知遇を得て、交流が始まったのもこの頃である。また、スコットから贈られた『祝祭』に好意を表したことをきっかけに、バイロンとホッグとの間でいくつかの手紙が交わされた。しかし、特に重要なのは、文壇の寵児ともてはやされるホッグの取り巻きとして現れた、ウィルソンとの出会いである。またゴルディーの破産後、コンスタブルに紹介されてブラックウッドと出会い、『祝祭』の版元としている。彼らこそ、『マガ』においてホッグを「エトリックの羊飼い」という虚像に仕立て上げた張本人であり、次世代のエディンバラ文壇の繁栄を担う中心人物たちである。

『祝祭』は、フランスから祖国スコットランドに戻った女王メアリ・ステュアートを迎える祝宴を舞台としている。メアリ女王の帰国を祝って、スコットランド各地から詩人たちが集まり、三夜にわたって竪琴を奏でて詩を競う。そして、最後の三夜目に、スコットランドを代表する吟遊詩人が選ばれ、女王の竪琴（クィーン・メアリ・ハープ）が授けられる。真のスコットランド詩人を決める詩の競演に、ホッグ自身を思わせる国境地方の詩人も参加する。「緑なすエトリックの山々の／自然の懐に抱かれて」(4) 育ったという詩人は、その惨めな身なりゆえに宮廷人たちの失笑を買う。しかし、エトリックで最後に妖精を見たというホッグの祖父ウィル・レイドロー（Will Laidlaw）の祖先、デイヴィッド爺（Old David）の妖精話を詩人が吟じると、その素朴で自然な調べに聴衆は魅了され、喝采を送る。人々の声に推されてエトリックの詩人は、ハイランド地方から来た詩人ガルディン（Gardyn）と女王の竪琴を巡って再び詩を競う。結局、女王の竪琴はガルディンのものとなるが、それというのも、スコットランド博物館に現存するメアリ女王の竪琴には、ガルディンという人物を介して、パースシャーのリユード家（Lude）にもたらされたという記録が残っているためだ。(5)

競演に敗れた国境地方の詩人は、せめてほかの褒美をと女王に懇願する。詩人の願いに応えて、女王は「荒野の魔法使い」（『祝祭』、「結び」（'Conclusion'）二二〇行）が作ったという魔法の竪琴を詩人に与える。

　　腕のない素人が手にすれば、
　　　まともな音ひとつ出ぬこの竪琴。
　　だが、修練を積み、ひとたび力を引き出せば、
　　　その音色は魔法のよう。
　　　　・・・・・
　　この竪琴を聴けば、夜の妖精たちは、

月明かりの中、住処を離れ、
憑かれていると噂される木のそばで、汝のその見開いた目に、
きらきらと光る小さな姿を現すだろう。
谷間を求めて走り去る影法師を
この竪琴は生きている人の姿、
この世ではもはや会うことのできぬ
かつて愛され、今でもいとおしい人の姿に変える。
そうしてお前に、地上のものや天上のものとの
聖なる対話を与えるだろう。(『祝祭』、「結び」二二二―二四四行)

「これこそ自分にふさわしい竪琴である」(『祝祭』、「結び」二四五行)と、詩人は精霊との交わりをもたらすという魔法の竪琴を国境地方に持ち帰る。詩人はその竪琴で故郷エトリックの自然や妖精たちの話を歌い奏でる。そして、その死後、竪琴は国境地方の代々の詩人たちに譲り渡され、最後に「修道僧ウォルター」(『祝祭』、「結び」三三〇九行)、すなわち、スコットの手に渡る。しかし、語り手が「故郷の思いに忠実に」(『祝祭』、「結び」三三四行)新しい音色を奏でようとすると、僧ウォルターは気を悪くして、国境地方を去ったという。

どうやらこの頃、ホッグは『湖上の美人』(*The Lady of the Lake*, 1810)を始めとする国境地方を舞台としないスコットの詩風に不満を募らせていたらしい。『祝祭』において、ホッグは自身こそが故郷エトリックの自然と文化を歌い継ぐべき生粋の民衆詩人であると喧伝《けんでん》している。さらに、それは自らがスコットランド国民詩人、すなわち、詩仙の伝統に連なることを示す試みでもあったのだろう。その一例として、『祝祭』における珠玉の

作品、「キルメニー」（'Kilmeny'）を挙げておこう。

純粋無垢な乙女キルメニーは、ある日突然、精霊たちにさらわれて姿を消す。村人たちは手を尽くして捜すが見つからず、娘のことを諦めかけていたとき、以前よりも美しく神々しい面持ちをしたキルメニーが戻ってくる。どこに行っていたのかと尋ねる村人たちに答えて、彼女は自分が連れて行かれた精霊たちの国について、また、そこで見たさまざまな幻について語り出す。キルメニーが見た光景というのは、メアリ女王治世下のスコットランドとその後の歴史である。メアリ女王の結婚問題をきっかけに次第に治世に乱れが生じ、やがて宗教改革を訴えるジョン・ノックスの登場によって、女王はスコットランドを追われ、イングランドで処刑されるという悲しい運命が語られる。さらに、メアリ女王亡き後、ステュアート王朝とノックスの後継者の間に争いが絶えず、盟約者たち（Covenanters）による数々の抗争が起こり、スコットランドが戦場と化すこと。また植民地主義によって帝国が拡張していく一方で、「百合が茂り、鷲が飛んだ」（「キルメニー」一五五八行）と、フランス革命の勃発、ナポレオンの台頭が予言される。そして「未亡人が叫び、赤い血が流れ／鷲は人類の終わりを言い渡す」（「キルメニー」一五六〇―六一行）という凄まじい対仏戦争の後に、最終的な勝利が英国にもたらされるとキルメニーは伝える。

『祝祭』が出版された一八一三年、ナポレオン戦争は最終局面にあった。ロシア遠征に失敗して甚大な打撃を被ったナポレオン軍を、イギリスはスペイン・ポルトガル両国軍と組んでイベリア半島で撃退し、戦争の勝利を決定的なものとした。戦意高揚と勝利の期待を歌う「キルメニー」に見られるように、出版当時の対仏関係を写し取った『祝祭』は、単なる民謡詩集ではなく、スコットランドの国家的な主題をも扱った一つの叙事詩的な作品でもあった。

キルメニーは、彼女が見たものをすべて語り終えると、精霊の国を去る。故郷の村に戻った彼女の周りには自然の万物が集い、完全な平和が築かれる。

彼女の穏やかな姿が現れるところではどこでも、
丘の獣たちは歓喜した。
狼は喜んで野を駈け、
王者のような野牛は、頭をたれて跪いた。
月毛の鹿はやさしく近寄り、
その白百合の手元に身を寄せた。
・・・・・
すべての生き物が平和の輪となり、
穢れなき世の夕べのようであった。　（「キルメニー」一六〇八—一六三三行）

ミルトンの『失楽園』第四巻を思わせるこの楽園の描写こそ、スコットランドの理想的風景としてホッグが想起したものではなかったか。『祝祭』で描かれるスコットランド国民詩人とは、「荒野の魔法使い」によって作られた魔法の竪琴を受け継いで土着の文化を守り歌う詩人であり、キルメニーにみられる純粋無垢な民衆の精神を代弁する真の民衆詩人なのである。

『祝祭』によって、羊飼いホッグは詩仙としての成長を果たした。しかし、時代は彼を詩仙のままには留め置かなかった。したがって次に、「回想」にはあまり描かれていないホッグのもう一つの顔、すなわち、小説家ホッグの誕生と挑戦について見てみよう。

小説家としてのホッグ

『祝祭』の翌年、一八一四年にスコットの小説『ウェイヴァリー』(*Waverley*)が出版されると、エディンバラ文壇の様相は一変した。魔法の竪琴を受け継いだスコットが、その竪琴を置いて、小説という新しい竪琴を奏で始めたのだ。ウェイヴァリー小説の誕生とともに、ロマン派文学における詩の時代は終わりを告げ、小説の時代が到来した。さらに、一八一七年の『マガ』創刊が、エディンバラ出版界の新時代に華を添えた。事業拡大を期待したブラックウッドは、その前年、店舗をサウス・ブリッジからニュータウンの目抜き通りプリンスィズ・ストリート一七番地に移転する。新店舗を拠点として、ウィルソンやJ・G・ロックハート(J. G. Lockhart, 1794–1854)を編集者として刊行された『マガ』は、やがて『エディンバラ・レヴュー』誌や『クォータリー・レヴュー』誌と並ぶ主要文芸誌に成長し、エディンバラ出版界の繁栄を支えることになる。

「スコットが詩を書くのをやめるとともに、男も女も、もはや誰も詩を読まなくなり、皆が物語や小説に目を向けた。私もそうせざるを得なくなった一人だ(6)」と語るように、ウェイヴァリー小説の登場とともに、ホッグ自身も小説家への転身を図る。だが、小説家への転身を急いだ背景には、ホッグの経済的事情もあったようだ。マーガレット・フィリップス(Margaret Phillips)との結婚によって長男が生まれて間もなく、大農場マウント・ベンジャを九年間借り受けるという、かなり無謀な借地契約に手をつけてしまった。逼迫する家計を支えるため、ホッグは大急ぎで長編小説『男の三つの危険——戦争、女たち、魔術』(*The Three Perils of Man: War, Women and Witchcraft*, 1822)を書き上げ、さらに『女の三つの危険——愛、嘘、嫉妬』(*The Three Perils of Woman or Love, Leasing and Jealousy*, 1823)、『許された罪人の手記と告白』(*The Private Memoirs and

Confessions of a Justified Sinner, 1824）と次々に小説を出版した。

しかし、小説という新しい文学的領域への躍進を図るホッグに対して、『マガ』の文士たちの態度は極めて冷ややかであった。『マガ』の前身『エディンバラ・マンスリー・マガジン』誌の企画を練り、立ち上げに関わったことから、「ブラックウッズ誌という名高い作品の創始者であり、正真正銘の発起人」（『回想』四三）と自称するホッグであるが、少なくとも創刊当時、彼が『マガ』の看板詩人の一人であったことには違いない。一八一九年二月号に掲載されたウィルソンの論文では、「現実の農村と人間性を詠う詩人」[7]バーンズと比較して、ホッグを迷信と超自然の詩を詠《よ》む「妖精界の桂冠詩人」（『マガ』五巻二六八）と呼び、「唯一、（バーンズの）後継者に値する詩人」（『マガ』五巻二六〇）と称えている。『祝祭』にみられるホッグの詩人像を追認する論評である。だが、そこには「スコットランドの農民が詩的なのは宗教心が篤いからである」（『マガ』五巻二五九）と現状の社会秩序を肯定しようとする『マガ』の政治的意図が隠されていることも見逃してはならない。そもそも、『マガ』がホッグに期待したのは、トーリー党保守主義に基づく社会観に満足する従順な農民詩人像である。したがって、ホッグが小説家として声を上げるとともに、ウィルソンの論調は手のひらを返したように冷淡になる。一八二三年六月号の『女の三つの危険』の書評では、ホッグの人間描写

ジェイムズ・ホッグ

を粗雑で自然ではないと批判し、ウィリアム・ハズリット(**William Hazlitt**)の作品やメアリ・シェリー(**Mary Shelley**)の『フランケンシュタイン』(*Frankenstein, or the Modern Prometheus*, 1818)との類似性を指摘して酷評している(『マガ』六巻一九七―二〇三)。

『女の三つの危険』への書評を考えると、ホッグの代表作『許された罪人の手記と告白』への反応も理解できるような気がする。『女の三つの危険』については、書評だけでなく、連載中の文芸談義『アンブロウズ亭夜話』(*Noctes Ambrosianae*)において、その副題をめぐり「男、酒、メソジスト教」、「リボン、色男、気付け酒」などと冗談が交わされて話題となる(『マガ』三巻一三二)。しかし、『告白』については、書評はおろか、『夜話』においてさえ触れられることなく、完全に黙殺されるのだ。その代わりに、一八二五年一月号の『夜話』一九話で、『告白』の直後に出版された叙事詩『ハインド女王』(*Queen Hynde*, 1824)が取り上げられている。アンブロウズ亭に集った文士たちが『ハインド女王』を朗読し、激賞するという設定だが、その美辞麗句の空々しさには、ホッグの作品に込められた真意を無難にかわそうという意図が透けて見える。実際、『夜話』一九話におけるホッグは、「正直に言って、君こそ真の詩人だ」(『マガ』四巻一二六)というクリストファー・ノース(**Christopher North**)〔ウィルソンの筆名〕の言葉に感激し、涙を流して感謝を示しながら、泥酔して正体がなくなったところをノースに支えられて退場するという、無害で他愛ない農民詩人の姿として描かれている。

では、『告白』にこめられた真意とは何だったのか。『告白』は、統合法成立以前の一八世紀初頭のスコットランドを舞台とし、第一部「編者が語る」と第二部「罪人の告白」という二つの語りによって成り立っている。いずれの語り手もコーウァンズ・クロフトという丘で発掘された遺体の謎の死について語っている。この死者が残した手記をまとめた編者は、それがダルカースル城の領主の次男ロバート・ウリンギムのものであり、母親の師したウリンギム牧師に引き取られて、敬虔なカルヴァン主義信者として育てられたという複雑な生い立ちや、エディンバラで再会した実兄ジョージ・コルウァンの殺害と逃亡の経緯、そして、彼に関わるさまざまな謎の証言について明らかにする。一方、「罪人の告白」はロバート自身が綴った手記であり、そこには編者が知ることができなかった謎の真相、すなわち、分身のようにロバートに寄り添い、悲劇へと導いていく悪魔ギル・マーティンの存在について記されている。

コーウァンズ・クロフトで発掘された墓の話は、一八二三年八月号の『マガ』に掲載されたホッグの書簡の中で最初に紹介されたものである。『告白』の編者はこの書簡を引用し、「この雑誌に掲載された巧妙なつくり話に、これまでたびたび一杯食わされているので、この話を一読したときすぐには信じなかった」(8)と疑いながら、真相を解明しようとエトリックに赴く。案内を求めて、編者はまず「同郷人で大学の同窓生である弁護士のチ――ドのロ――ト氏」(『告白』一六九)を訪ねるが、それがスコットの娘婿ロックハートであることは容易に想像がつく。「ロ――ト氏」は、ホッグに会いたいという編者の希望を聞くと、「それくらいの距離なら馬に乗って一緒に出掛け、彼に証拠品を提出させることに異存はない。明日、義父から君の乗る馬を借りることができれば、神秘的で昔の面影を湛えた土地へ小旅行が楽しめるし、その上格好の気晴らしにもなる」(『告白』一六九)と気安く同意する。さらにホッグの旧友であり、スコットの執事となったウィリアム・レイドロー(William Laidlaw)と思われる人物「レ――ロー」を連れて、一行はホッグを探してシアルステインの羊市にやって来る。ところが、羊飼いホッグは彼らを「不信の目でじろじろと眺め廻し」(『告白』一七〇)、まともに取り合おうとしない。一緒に死体を掘り起こすのを手伝ってほしいという「ロ――ト氏」の頼みにも、「とんでもない！　わしは他に仕事があるんでな。[略]百年も眠っとった遺体を掘り起こしになんぞ行かんでも、今日一日じゃあやり切れないくらいたんと仕事があるんでね」(『告白』一七〇)と取りつく島もない。

結局、編者たちはホッグを諦めて、代わりの案内人たちとともに発掘現場へと向かうが、その光景は、一八〇二年の夏、ホッグが初めてスコットと会ったときの経験を連想させる。一八三二年版「回想」の追記として『アルトリーヴ物語』に収録された「過ぎし日々の思い出」（'Reminiscences of Former Days'）には、エトリックを訪れたスコットが、ホッグやレイドローたちとともに、スコット家所縁の地所ランクルバーンを訪ねたときの出来事が記されている。代々の領主に洗礼を施した洗礼盤が残されているという言い伝えを聞いて、彼らは廃墟のあちらこちらを掘り返してみる。偶然、「錆で厚く覆われた小さな壺の片割れ」（「回想」六二）が現れると、スコットは瞳を輝かせ、「かつて奉納された兜にちがいない」（「回想」六二）と興奮する。ところが、よく調べてみると、それは百姓たちが牛に刻印をつけるために使ったタール桶にすぎないことがわかる。期待を裏切られて意気消沈するスコットだが、その瞳を「長い眉毛が深く覆ったか」と思うと、「笑みを抑えながら、くるりと背をむけて足早に立ち去り、〈見るべきものは何もないと知るために、はるばる馬に乗ってやって来たのだな〉と呟いた」（「回想」六二）という。

スコットの好古趣味や家系への誇りを面白がる一節であるが、そこには、スコットが国境地方に描いた想像的世界が現実には存在しないものであることを揶揄するホッグの皮肉も込められている。そして、その皮肉は、スコットとの出会いの一幕をパロディー化した『告白』最後の場面では、一層、痛烈で厳しいものとなっている。「ロ——ト氏」の意に反して、もはやホッグは発掘作業に同行しようとはしない。また、想像していたものが何もないことを悟り、静かに立ち去るスコットに対して、『マガ』の文士たちは、ホッグが「羊毛商人向きの世迷いごと」（『告白』一七〇）と一笑する虚構を追い求めることに懸命である。しかも「何がしかの神秘が隠されている」（『告白』一七四）かもしれないという罪人の手記の解読を試みるが、編者にはその意図が理解できない。「夢か狂気の産物であるとしか思えない」（『告白』一七五）という編者の嘆きは、悪魔ギル・マーティンに取りつかれて悲劇に陥ったロバートの絶望の叫びとどこか似通う。いかにもその声は、現実と想像の境界を省みず、虚構を弄ぶことの過ちに悶え、苦悩する声である。ロバートに寄り添う悪魔の正体を見抜き、糾弾する村人たちと同様に、ホッグが『告白』の編者に不信の目を向けて警戒するのはそのためであろうか。「ロ――ト氏」の誘いに応じない羊飼いホッグは、もはや『マガ』の思惑通りにはならない自由な存在として、『マガ』が生み出す虚妄の世界から巧みに身を遠ざけようとするのである。

ロマン主義を超えて

晩年に「アルトリーヴ物語」シリーズとして企画されたホッグの散文集には、『男の三つの危険』や『女の三つの危険』を省いて、『告白』が収録される予定であった。出版当時、ほとんど省みられることなく、また、その異色な作風ゆえにロックハートとの共著とさえ疑われたことを考えると、(9)一見、奇妙な選択のようにも思われる。しかし、ホッグの散文集が、ロマン主義時代に続く新たな時代にむけた企画であったことを考えると、『告白』にこめられた近代への懐疑と警告が、彼の作品の底流に一貫して存在していることにあらためて気付かされる。『告白』の編者が読みとれなかった罪人の意図が、新しい時代の新しい読者に届くことを期待したのであろうか。散文集の第一巻として出版された『アルトリーヴ物語』には、ヴィクトリア朝小説家らしくジョージ・クルイックシャンク（George Cruikshank）の挿絵が施されている。三つの「回想」は、エディンバラ文壇におけるロマン主義的土壌の中で多方面に成熟し、しかし、決して時代に縛られることなく「羊飼い」であり続けた、詩人・作家ホッグの捉えがたい近代的自我の姿を映し出している。

注

（1）James Hogg, *Altrive Tales: Collected among the Peasantry of Scotland and from Foreign Adventurers*（Edinburgh: Edinburgh University Press, 2005）, p. 12.「回想」の引用はこの版により、引用頁数のみ本文中に記載する。訳文は拙訳による。

（2）*Blackwood's Edinburgh Magazine*. Vol. X, August 1821, p. 43. 訳文は拙訳による。

（3）Gillian Hughes, *James Hogg: A Life*（Edinburgh: Edinburgh University Press, 2007）, p. 3.

（4）James Hogg, *The Queen's Wake: A Legendary Tale*（Edinburgh: Edinburgh University Press, 2005）, p. 62, ll. 259–60.『祝祭』の引用は本書の一八一三年版により、引用行数のみ本文中に記載する。訳文は拙訳による。

（5）*Ibid*., xxviii.

（6）James Hogg, *Anecdotes of Scott*（Edinburgh: Edinburgh University Press, 2004）, p. 30.

（7）Nicholas Mason eds. *Blackwood's Magazine, 1817-25: Selections From Maga's Infancy*（London: Pickering & Chatto, 2006）, Vol. V, p. 255.『マガ』の引用はこの版により、引用巻数・ページ数のみ本文中に記載する。訳文は拙訳による。

（8）James Hogg, *The Private Memoirs and Confessions of a Justified Sinner*（Edinburgh: Edinburgh University Press, 2002）, p.169.『告白』の引用はこの版により、引用頁数のみ本文中に記載する。訳文は『悪の誘惑』（高橋和久訳、国書刊行会、一九八〇年）による。

（9）John Carey, 'Introduction' to *The Private Memoirs and Confessions of a Justified Sinner*（Oxford: Oxford University Press, 1999）, p. x.

第一一章　ウォルター・スコット

スコットランドの歴史の語り部
――物語詩と歴史小説の展開――

米本弘一

エディンバラとボーダー地方

トバイアス・スモレット（Tobias Smollett, 1721–71）がイタリアで客死し、遺作『ハンフリー・クリンカーの旅』（*The Expedition of Humphry Clinker*）が出版された一七七一年に、ウォルター・スコット（Walter Scott, 1771–1832）はスコットランドの首都エディンバラで生まれている。父ウォルターは事務弁護士、母アンはエディンバラ大学医学部教授の娘であった。この知的家庭環境と当時のエディンバラの文化的状況は、スコットの人格形成に深く関わる一つの要因となる。

一八世紀後半のエディンバラは「スコットランド啓蒙」と称される時代を迎えており、哲学者デイヴィッド・ヒュームや道徳哲学者・経済学者アダム・スミスなど錚々たる学者・思想家が活躍し、『ブリタニカ百科事典』が生み出された時期であった。エディンバラ大学で法律を学んだスコットは、そのような知的風土から直接に、また間接的にも、さまざまな影響を受けている。「ローランド・エリート」として教育を受けたスコットは、古典的教養を身に付けた理性の人であり、基本的には保守的な考え方の合理主義者であった。

しかし、文学者としてのスコットの形成に多大な影響を与えたもう一つの要因も忘れてはならない。スコットは生後一八カ月頃に小児麻痺と思われる病気にかかり、右足が不自由になる。そのため彼は、衛生状態の悪いエディンバラを離れ、ボーダー地方（the Borders）のケルソー（Kelso）近郊の祖父の家に預けられる。ここでスコットは、親戚の者たちが語る、戦いに明け暮れた祖先の武勇談、ジャコバイトの反乱にまつわる話、ボーダー地方の伝説や物語などに心を奪われる。特に、古くから語り継がれてきた数多くのバラッドを祖母や叔母から聞かされたスコットは、その美しさに完全に魅了されてしまう。このボーダー地方で過ごした幼い日々の経験が、スコットランドの過去に対するロマンティックな憧れをスコットの心の中に芽生えさせることになる。

スコットのエディンバラ時代の住居
（1801–1826）

一七七七年にエディンバラに戻ったスコットは、七九年にはハイスクールに通うようになるが、体調を崩すたびにボーダー地方で療養するという生活を繰り返しており、ケルソーのグラマースクールにも通っている。この学校で彼は、のちに印刷所・出版社の共同経営者となるバランタイン兄弟に出会っている。少年期のスコットは文学作品に対する関心の幅を広げ、シェイクスピアをはじめとするエリザベス朝の劇、スペンサーなどの詩、歴史書や旅行記、ロマンスや伝説などを手当たり次第に読みあさっている。サミュエル・リチャードソン、ヘンリー・フィールディング、ヘンリー・マッケンジー（Henry Mackenzie, 1745–1831）〔のちにスコットはマッケンジーの友人となる〕、スモレットなどの小説に親しんだのもこの頃のことであった。

このような読書体験の中で特に重要な意味を持つのが、一三歳の時に読んだ、トマス・パーシーの『英国古詩拾遺集』（*Reliques of Ancient English Poetry*, 1765）であった。スコットは文字通り寝食を忘れてこの本を読み耽り、収録されているバラッドの多くをすぐに暗唱できるようになったという。この著書はスコットにバラッド研究の学問的意義に気付かせ、のちに彼自身によるバラッド集編纂につながることになる。

一七八七年にスコットは、すでに国民詩人としての名声を博していたロバート・バーンズ（Robert Burns, 1759–96）と出会っている。それは、エディンバラ大学教授アダム・ファーガソン宅でのことであり、この二人の出会いについては有名な逸話が残っている。バーンズは壁に掛かっている木版画に添えられた詩に目を留め、その作者名を尋ねた。その場にいた学者たちの誰もそれに答えられなかったが、スコットだけがその詩の作者名をバーンズに教えることができたという(1)。

一方で、スコットは法律家としての地位を着実に確立していく。一七八三年にエディンバラ大学に入学した彼は、例によって病気による中断はあったものの、大学での法律に関する講義を受けている。また、一七八六年から は父の法律事務所で見習いとして働き、法律家としての実務を学んでいる。そして彼は、父親と同じ事務弁護士ではなく、法廷弁護士をめざすことに決め、勉学にいそしんだ結果、一七九二年には司法試験に無事合格し、弁護士としての資格を得る。その後彼は、セルカーク州長官代理（一七九九）、さらには民事高等裁判所書記（一八〇六）という公職に就いている。

晴れて法廷弁護士となったスコットは、以前から続けていたバラッド収集に本格的に取り掛かる。彼は裁判所の休廷期間を利用してボーダー地方を訪れ、各地域に伝わるバラッドを書き取るなどして、膨大な量の資料を集めている。こうして集めたバラッドに詳細な注や解説を加え、長文の序を付けて出版されたのが、『スコットランド・ボーダー地方バラッド集』（*The Minstrelsy of the Scottish Border*, 1802–03）全三巻である。この長年の成果は好評のうちに迎えられ、専門家にも高く評価された。このバラッド集編纂の際に、スコットは「エトリックの羊飼い」（'The Ettrick Shepherd'）ことジェイムズ・ホッグ（James Hogg, 1770–1835）に出会っている。その間にスコットはドイツ・ロマン主義文学にも関心を向け、シラーなどの詩を読み、ビュルガーやゲーテの作品を翻訳している。バラッド集編纂と共に、このことも詩人スコットの誕生につながっていくのである。

また彼は、一七九七年にはフランス人女性シャーロット・カーペンターと結婚しており、九九年には長女ソファイアが生まれている。のちに彼女はジャーナリスト、J・G・ロックハート（John Gibson Lockhart, 1794–1854）と結婚する。このロックハートこそが、ボズウェル（James Boswell, 1740–95）の『サミュエル・ジョンソン伝』（*The Life of Samuel Johnson*, 1791）と共に伝記文学の傑作として知られる『ウォルター・スコット伝』（*The Life of Sir Walter Scott*, 1837–38）の著者である。

詩人から小説家へ

バラッド集編纂者として文学者としての第一歩を踏み出したスコットは、続いてみずから詩作を始めることになる。それは、スコットランドの歴史を題材とし、バラッドの様式を模して書かれた長編物語詩であった。彼は詳細な注と解説を付した物語詩を次々と発表し、詩人としての地位を確立する。

まず最初に出版されたのが『最後の吟遊詩人の歌』(*The Lay of the Last Minstrel*, 1805)である。この詩は一六世紀中葉のボーダー地方を舞台とするもので、スコットの祖先に当たるバックルーのスコット一族の活躍が描かれている。全体の枠組みとして、詩人自身による「序詩」、散文で書かれた「前書き」と注が配され、本編の詩全六曲で、いにしえの歌人の「最後の生き残り」たる老吟遊詩人が過去の勇士たちの武勇談を語るという構成になっている。中世の魔法使いの『秘法の書』、魔法の呪文による変身など、ボーダー地方の伝説や風習などが巧みに取り込まれており、バラッド集編纂者としてのスコットの面目躍如たる作品である。敵同士の家の男女の恋を描いた筋立て、テンポの良い詩のリズム、美しい情景描写などが広く受け容れられ、この詩は大成功を収めた。

続いて発表された『マーミオン』(*Marmion*, 1808)は、一六世紀初頭のスコットランドを舞台としており、ジェイムズ四世率いるスコットランド軍が、一五一三年のフロッデンの戦い(the battle of Flodden)でイングランド軍に大敗を喫した悲劇を描いている。この詩では、全六曲それぞれに、スコットの友人たちに宛てられた書簡体の「序詩」が添えられている。つまり、詩人がみずから読者に語り掛けるという形をとっており、スコット自身が「吟遊詩人」の役割を果たしているのである。女性を誘惑し次々と陰謀を企てる「悪役」としての主人公マーミオン、修道院を抜け出し、男装して彼に付き従う恋人のコンスタンス、生きながらにして壁に塗り込められるというコンスタンスに対する残虐な刑罰、騎士ラルフ・デ・ウィルトンの恋、マーミオンとデ・ウィルトンの決闘など、中世の騎士道の世界を描いたこの作品は、スコットの詩の中でも最もロマンティックな要素に満ちあふれたものであり、その壮大なスケールと力強さによって多くの読者の心を捉えた。

次に出版された『湖上の美人』(*The Lady of the Lake*, 1810)は、スコットの詩の中で最もよく知られており、最もよく読まれている作品である。この詩は一六世紀のハイランド地方を舞台とするもので、国王ジェイムズ五世によるダグラス一族の追放を背景に、「湖上の美人」エレンと騎士マルカムの恋が描かれている。国王自身も遍歴の騎士フィッツジェイムズとして登場する。狩りの途中で道に迷った彼がエレンの姿を初めて見た時の様子は次のように描かれている。

しかし彼が角笛を再び吹くか吹かないうちに
見よ！　その音を聞いて跳び立つように、
小島の間から幹を湾曲させて伸びる
オークの老木の下から、
一人の少女が櫂を操り
一艘の小舟が小さい入り江に向かって滑ってきた。
その入り江は切り立った岬をめぐって
深く優美な曲線を描き、
ほとんど見えないほどの渦を巻きながら、
垂れ下がる柳の小枝をひたひたと洗い、
ゆっくりと、ささやくような音を立てながら、
雪のように白い小石の浜に接吻をしていた。
小舟が白銀の浜に着いたちょうどその時、
狩人は今までたたずんでいたところを離れ、
藪の中に身を隠して、

この「湖上の美人」を眺めた。
少女は立ち止まり、遠くで再び角笛が
聞こえないものかと、聞き耳を立てているようだった。
頭を上げ、真剣な眼差しで、
目と耳に注意を集中し、
髪の毛は後ろに垂らし、唇を開いて、
ギリシャ彫刻にみる彫像のように、
耳をそばだてて立っていたが、
その姿はまるでこの岸辺を守護する水の精のようだった。(2)

この詩に描かれた美しい風景は、ヨーロッパ中にロマンティックなハイランド地方のイメージを広め、舞台となったカトリン湖周辺には数多くの観光客が押し寄せることになる。この作品によって詩人としてのスコットの名声は頂点に達し、一年間で二万部以上という驚異的な売り上げを記録している。この詩は他の国々でも広く読まれ、作曲家フランツ・シューベルトはこの作品のドイツ語訳に曲をつけている。その中で特に有名なのがエレンが歌う「アヴェ・マリア」である。

スコットはその後もいくつかの物語詩を書いているが、それらの作品の売り上げは『湖上の美人』には遠く及ばず、詩人としてのスコットの人気には次第に翳《かげ》りが生じてくる。そこで彼は新たなジャンルを開拓すべく小説執筆に取り掛かることになる。この小説家への転身にはいくつかの理由が考えられるが、そのうちの一つとして、壮大な歴史的テーマを扱った題材を描くには、何かと制約の多い詩という形式は適していなかったということが挙げられる。さらにもう一つの理由としては、詩人バイロン（George Gordon Byron, 1788–1824）の出現がある。『チャイルド・ハロルドの巡礼』（*Childe Harold's Pilgrimage*, 1812）によって一躍文壇の寵児となったこの詩人の活躍ぶりと才能を目の当たりにしたスコットは、詩人としてのみずからの活動に限界を感じたのかも知れない。結果的にバイロンはスコットを詩人から小説家に転身させるのに一役買うことになるが、スコットの小説はのちにバイロンの愛読書となる。

歴史小説の確立

小説としての第一作『ウェイヴァリー』（*Waverley*）は一八一四年に、スコットが敬愛する先輩作家ヘンリー・マッケンジーへの献辞を付して出版された。この小説は、歴史小説というジャンルを確立したという意味で、文学史上重要な位置を占める作品である。その背景には、この小説が書かれた時期の社会の思潮と、当時のスコットランド社会が置かれていた特殊な状況がある。

一八世紀後半から一九世紀初頭にかけて、ヨーロッパ全体がさまざまな変革を経験している。一七七六年にはアメリカが独立し、七九年にはフランス革命が勃発、その後ナポレオン戦争によってヨーロッパ全土が戦場と化す。ゲオルグ・ルカーチが指摘しているように、このような動乱の時代を経験した一般大衆は、「歴史というものが実在し、それは常に変化する過程であり、ついにはすべての個人の生活にまで直接関与するに至るという感情」を抱くようになる。(3) スコットはこのような時代の精神を本能的に感じ取り、歴史を静止したものと見なすのではなく、社会を大きな流れの中で捉える歴史観を小説という形で体現したのであった。

また、一七世紀後半から一八世紀にかけてのスコットランドの社会も、大きな変化を遂げている。この時代

ウォルター・スコットの肖像
（1822年、ヘンリー・レイバーン筆）

のスコットランドは、氏族制に基づく封建的な社会が崩壊し、近代的な社会へと移行していく過程にあった。その中で特に重要な出来事は、一六八八年の名誉革命と一七〇七年のイングランドとの議会合同である。名誉革命によってスコットランドの王家ステュアート家の王ジェイムズ二世は王位を追われ、その後ドイツから呼ばれたハノーヴァー家の王に取って代わられる。その結果、一七一五年と四五年にはジャコバイト、つまりステュアート家支持者たちによる反乱が起こる。また、イングランドとの統合によってスコットランドは独自の議会を失い、国家としてのアイデンティティを喪失することになる。したがって、この時代のスコットランドの社会では、新旧の勢力が激しく衝突し、価値観の対立・葛藤がさまざまな形で生じている。

『ウェイヴァリー』は、この動乱の時代の総決算とも言うべき一七四五年の反乱を題材とする作品である。この反乱の失敗を契機として、古い社会の価値観は否定され、その後スコットランドは近代的社会へと急速な変貌を遂げることになる。スコットは、自分がこの小説を書いたのは、「ほぼ完全に消えていくのを私がこの目で見てきた古い習慣」を書き留めておくためであったと言っている。[4] この小説のもう一つの執筆動機は、一八〇〇年に出版されたマライア・エッジワース（Maria Edgeworth, 1768–1849）の『ラックレント城』（*Castle Rackrent*, 1800）の成功であった。エッジワースはこの小説で、スコットランドと同じように急激な変化を経験したアイルランドの社会を描いている。スコットは「エッジワースがこのように幸先良くアイルランドに対して成したのと同じようなことを、わが祖国に対しても試みることができるのではないかと思った」と述べている。[5]

スコットは過去の時代の出来事を、現在と直接つながりを持ち、さらには未来へと続くものとして描いている。つまり、彼は歴史を一つの連続体として扱っているのであり、これが新しいジャンルとしてのスコットの歴史小説の大きな特徴となっている。『ウェイヴァリー』では、過去の歴史はスコットランドの行く末を決定し、自分たちが今生きている社会に重大な影響を与えたものとして描かれている。そういった意味で、一九世紀初頭のスコットランドで歴史小説が確立されたのは、単なる偶然ではなく、必然的なことであったと言うことができよう。

スコットはただ単に昔を懐かしみ、スコットランドの過去の栄光を賛美しているのではない。彼は社会の変化によって生じる価値観の対立を描き出し、そういった対立の解消によって社会が進歩していくという見方も示している。つまり、スコットは没落していった社会層や失われていく価値に対する共感の気持ちを表すと同時に、社会の進歩を肯定し、現状を維持しようとする態度を示しているのである。このような二面的な態度はスコットの小説すべてに見られるが、それが最もよく現れているのが、『ウェイヴァリー』の主人公の物の見方や行動である。

この小説の物語は、イングランドで生まれ育ったエドワード・ウェイヴァリーの旅を中心に展開していく。彼は幼い頃、ハノーヴァー家を支持する父親のもとを離れ、ステュアート家支持の伯父の家に預けられる。エドワードはその屋敷にある膨大な量の蔵書を、興味のおもむくまま読みあさる。中でも彼が最も好んだのは、騎士道の世界を描いたロマンスであった。その結果彼はロマンティックな空想に耽りがちな若者となる。成人して軍隊に入った彼は、スコットランドに駐留する連隊に配属される。軍隊での厳しい訓練に嫌気がさした彼は、休暇をとって伯父の友人でジャコバイト支持者の男爵の家を訪れる。さらに彼はハイランド地方に行き、族長ファーガスとその妹フローラと出会う。エドワードの目にはハイランド地方はこれまで夢見てきたロマンスの世界そのもののように映る。フローラに心惹かれた彼は、彼女に求婚するが結婚を拒絶される。その間にウェイヴァリーには反逆者としての嫌疑が向けられている。彼は脱走兵として逮捕されるが、護送される途中で誘拐され、エディンバラでステュアート家の王子チャールズ・エドワードに引き合わされる。その高貴な外見と人柄に魅了された彼は、反乱軍に加わることになる。しかし、反乱は失敗に終わり、仲間とはぐれて一人になった彼は現実に目覚める。族長ファーガスは処刑されるが、ウェイヴァリーは赦され、最終的には男爵の娘ローズと結婚する。

この主人公の旅はイングランドからスコットランドへの地理的な移動であると同時に、現在から過去への時間的な移動をも表している。それはまた、現実の世界から夢の世界への旅でもある。この旅の過程で、イングランドとスコットランド、ローランド地方とハイランド地方、ハノーヴァー家とステュアート家、近代的社会と封建的社会が対比され、新旧の価値観の対立がはっきりと示されている。エドワード・ウェイヴァリーは互いにせめぎ合う二つの力の間で揺れ動く人物として描かれている。彼はスコットの「受動的な」主人公の典型とも言うべき存在であるが、このような主人公の行動によって、スコットは過去を相対化して見る視点を読者に提供しようとしているのである。

『ウェイヴァリー』以後一八一九年までに書かれた初期の小説はすべて、この激動の時代のスコットランドの歴史を題材とするものである。スコットは、比較的近い過去の社会を描いたそれらの作品で、現在の視点から過去を振り返り、スコットランドの歴史の再検証を行っている。そういった意味で、スコットの初期の小説には重要な作品が多く含まれており、批評家にも高く評価されている。

『湖上の美人』などの物語詩は実名で発表していたスコットは、最初の小説『ウェイヴァリー』は匿名で出版している。その理由についてスコットは、すでに詩人としての名声を得ていた自分にとって小説を書くということは一つの冒険であり、もしこの小説が読者に受け容れられなかったならば、世間の顰蹙を買うおそれがあったからだと述べている。(6) そのような心配をよそに『ウェイヴァリー』は好評を博し、大成功を収める。それにもかかわらず、スコットはそのあとの作品も匿名で出版する。『ウェイヴァリー』に続いて発表された二つの作品『ガイ・マナリング』(*Guy Mannering*, 1815) と『好古家』(*The Antiquary*, 1816) では、タイトルのあとに「ウェイヴァリーの作者による」と書かれている。このことからスコットの小説は「ウェイヴァリー小説」と称されることになる。

その後スコットは、一八二七年に「ウェイヴァリーの作者」であることを公式に認めるまで、作者の名を明かすことなく小説を書き続けている。彼はその理由について明確な説明はしていない。しかし、法律家として社会的地位を確立していたスコットにとって、文学作品の創造は私生活の領域に属する活動であり、公的立場と私生活とを区別しようとする気持ちが、スコットが匿名を守り続けた最大の理由であったと思われる。つまり、「ウェイヴァリーの作者」は公人スコットの素顔を隠すための「仮面」だったのである。さらに、作者の正体を隠すこと自体が、スコットにとって一種の「遊び」となっていき、彼は作品中に作者の分身を次々と生み出し、読者を欺くためのさまざまな工夫を施している。そのことによって読者も作品の世界の中に組み込まれ、フィクションの創造をめぐるもう一つのフィクションの世界が形成されることになる。

それが最もよく現れているのが、『宿屋の主人の物語』（*Tales of My Landlord*）と題された一連の作品である。『好古家』への序文の冒頭で「ウェイヴァリーの作者」は読者に別れを告げ、一旦姿を消してしまう。そこで、このシリーズでは、ジェディダイア・クリーシュボザムという学校教師が架空の作者として設定される。ただし、この人物は表向きの作者でしかなく、物語の本当の語り手は別に存在している。元々の語り手は、ギャンダクルーという架空の村にある宿屋の主人である。その人物が語った話を、クリーシュボザムの下で働いていた若き学校教師ピーター・パティソンが書き留めて編集する。そしてさらに、パティソンの死後クリーシュボザムがその原稿を整理し、出版したということになっている。このように手の込んだ形で出版された『宿屋の主人の物語』第一集（一八一六）には、『黒い小人』（*The Black Dwarf*）と『供養老人』（*Old Mortality*）が収められている。

しかし、「ウェイヴァリーの作者」は完全に姿を消してしまったわけではなく、次に出版された『ロブ・ロイ』（*Rob Roy*, 1817）では再び作者として復活する。この作品は、主人公フランシス・オズバルディストンが晩年になってから、これまでの生涯の出来事を親友に語って聞かせるという、一人称の語りの形をとっている。物語は一七一五年のジャコバイトの反乱を背景としているが、『ウェイヴァリー』のように実際の戦いの場面を描くことよりも、反乱前後の社会の雰囲気や当時の経済状況の描写に重点が置かれている。ジャコバイトの反乱はスコットにとって最も重要な題材の一つであり、のちに彼は『レッドゴーントレット』（*Redgauntlet*, 1824）という作品で、四五年の反乱の二〇年後のチャールズ・エドワードによる架空の反乱計画とその挫折を描いて、この問題に一応の決着を付けようとしている。

そのあとまた『宿屋の主人の物語』に戻り、第二集として『ミドロジアンの心臓』（*The Heart of Midlothian*, 1818）が出版される。この作品の冒頭部分では、一七三六年に起こった「ポーティアス暴動事件」（the Porteous riot）が描かれている。物語は密輸の罪で捕まった犯罪者の公開処刑の場面から始まる。エディンバラの治安を守る警備隊の隊長ジョン・ポーティアスは、処刑を見に来た群衆が起こした騒ぎを鎮めるために発砲し、何人かの市民を殺傷してしまう。そのためポーティアスは死刑を宣告されるが、処刑の当日広場に集まった群衆は、彼が恩赦を受けたため死刑が中止になったことを知らされる。怒り狂った群衆は監獄を襲い、ポーティアスを広場に引きずり出し、みずからの手で絞首刑に処する。この事件の背景には、一七〇七年の合同によって独自の議会を失ったエディンバラ市民の、イングランドの政府に対する不満がある。そういった意味で、この作品では、スコットランドの歴史を描いたほかの作品と共通する対立図式が、極めて鮮明に描き出されていると言えよう。ポーティアスが死刑を免れたことを知った群衆の怒りは次のように描かれている。

群衆は集まったまま、いわば恨みそのものに金縛りになったかのように立ちつくし、刑の執行の見込みがすっかりなくなった今もなお、いまや無駄となった処刑の準備をじっと見つめていた。彼らの気持ちをなお刺激したことには、ウィルスンにだって王の慈悲をあおぐためにいろいろと言い分があったのにということも思い出された。彼の行動は思い違いから出たものであるし、仲間に義侠の振る舞いをしたことからいってもだ。「あの男」と、彼らは言うのだった。「勇敢で、意志の強い、心優しいあの男は、たかが金貨一袋を盗んだだけで、それもある意味では自分のものを取り返しただけと思っても無理からぬ盗みで、情け容赦なく死刑になった。一方、身持ちの悪いこの腰巾着は、あのような折りにはつきものの些細な混乱を悪用して、市民同士でありながら二十人もの血を流し、それで国王の赦免権行使にふさわしい対象と考えられているのだ。これが黙って見ておられるか。おれたちの祖先ならこんなことを我慢しただろうか。おれたちも祖先と同じスコットランド人であり、エディンバラの市民ではないか」(7)

タイトルとなっている「ミドロジアンの心臓」とは、エディンバラの中心部にあったトルブース監獄（the Tolbooth）のことである。この監獄が群衆によって占拠された時、そこに収監されていたのが、嬰児殺しの疑いで逮捕されたエフィー・ディーンズである。彼女の姉ジーニーは妹が無実であることがわかっているが、宗教上の信念のために裁判で偽証することができない。そのためエフィーは死刑の判決を受けるが、ジーニーは妹の命を救おうと、国王に直訴するために徒歩でロンドンに向かう。アーガイル公爵の取り成しで王妃に謁見した彼女は、無事目的を果たし、エフィーは死刑を免れる。実在の女性をモデルとするジーニーの物語では、「法」と「正義」の問題に焦点が当てられている。エフィーの裁判の場面の生き生きとした描写に見られるように、法律家としてのスコットの知識と経験によるしっかりとした裏付けもある。また、群衆の統制のとれた行動を息をもつかせぬ筆づかいで描いた暴動の場面は、まさに圧巻であり、この小説をスコットの最高傑作とする批評家も多い。

次に出版された『宿屋の主人の物語』第三集（一八一九）に収められた『ラマムアの花嫁』（*The Bride of Lammermoor*）もまた、傑作としての呼び声が高い作品である。敵同士の家に生まれたエドガー・レイヴンズウッドとルーシーの悲恋を描いたこの小説は、作品全体が暗く陰鬱な雰囲気に支配されており、ほかの小説には見られない緊密な構成と統一感を備えている。予言や伝説などの超自然的な要素が、現実の世界で起こる悲劇と並行して描かれており、象徴的、暗示的な役割を果たしている。この作品はのちにイタリアの作曲家ドニゼッティによって『ランメルモールのルチア』としてオペラ化されている。

ロマンスの世界と夢の城アボッツフォード

一八一九年の暮れに出版された『アイヴァンホー』(*Ivanhoe*) は、これまでのスコットランド小説とは違って、中世のイングランドが舞台となっている。この作品以降、スコットは遠い過去の時代の、そしてしばしば、スコットランド以外の地域の歴史を題材とする小説を書くことになる。この時代的・地域的広がりと共に、彼の小説はこれまでよりもロマンス的傾向を強めていく。

『アイヴァンホー』はスコットの小説の中で最もよく知られており、スコットの代表作と考えられてきた。その理由として挙げられるのは、この作品が彼の小説の中で読み物として最もおもしろいものだという点である。確かにこの小説では、物語の語り手としてのスコットの才能が最大限に発揮されている。

物語は一二世紀末のイングランドでのノルマン人とサクソン人との対立を軸に展開していく。アイヴァンホーの騎士ウィルフレッドは、サクソンの王家の血を引くロウィーナと相思相愛の仲となる。彼女を別の貴族と結婚させたいと思っている父親に勘当されたアイヴァンホーは、リチャード一世の十字軍遠征に加わる。国王と共にひそかに帰国した彼は、「廃嫡の騎士」として馬上試合に出場する。彼はノルマン人のテンプル騎士団員ボア・ギルベールらを打ち負かすが、その戦いで重傷を負って、ユダヤ人娘レベッカに介抱される。そのあと彼は、父親のセドリックやレベッカと共に、ノルマン人貴族フロン・ド・ブーフの城に監禁される。そこで、「黒騎士」ことリチャード一世が、ロビン・フッド率いる一団と共に城を攻め、アイヴァンホーらを救出する。しかし、レベッカは彼女に思いを寄せるボア・ギルベールに連れ去られる。魔女として裁判に掛けられたレベッカは、死刑の宣告を受ける。アイヴァンホーは彼女の無実を賭けた決闘に臨むが、相手のボア・ギルベールはレベッカへの思いと騎士としての自尊心との板挟みのために憤死してしまう。リチャード一世の登場によって弟ジョンの陰謀はくじかれ、同時にサクソン人との和解も図られる。アイヴァンホーはロウィーナと結ばれ、レベッカはイングランドをあとにする。

このようにストーリーだけを追っていくならば、『アイヴァンホー』は騎士道の世界を描いた、文字通り血湧き肉躍る、愛と冒険の物語である。この作品は多くの読者の心を魅了し、一九世紀イギリスにおける中世趣味の浸透に貢献した。のちにコナン・ドイル（Arthur Conan Doyle, 1859–1930）は、スコットに倣って、『白衣の騎士団』（*The White Company*, 1891）などの騎士道ロマンスを書いている。その一方で、スコットの小説は二〇世紀に入ってから「子供のための読み物」として軽視されるようになるが、その理由の一つが『アイヴァンホー』のような作品が持つストーリーの魅力にあったことは間違いない。

しかしながら、この作品の表面的な華やかさの下に隠されている、初期の小説とも共通する歴史的テーマも見逃してはならない。この小説でのノルマン人とサクソン人との対立関係の描き方は、かなり図式的なものであり、ことさら強調されていることは否定できない。しかし、物語の結末では、両者の対立の解消によって、二つの民族がそれぞれの独自性を保ちながら融合し、新しい国家が生み出されるという歴史観が示されている。このような見方は初期のスコットランド小説と通底するものであり、国家の成立の問題はスコットの小説すべてに共通するテーマとなっている。アイヴァンホーとロウィーナとの結婚は二つの民族の融合を象徴するものとして、次のように描かれている。

だが、この結婚式は、単にこうした一家内の人間ばかりでなく、そのほかノルマン人といわず、サクソン人といわず、貴顕の連中がのこらず出席して祝意を表した。また、もっと低い階層の民衆も、この二人の結婚の中に、将来二つの民族の和解、協和のいわば保障を見てとったせいか、いっせいに喜びをもって迎えた。また事実このとき以来というものは、彼らは完全に混り合い、差別もやがてまったく見られなくなるのである。そしてセドリックは、そうした結合がほとんど完全になるまで長生きをした。というのは、社会的にも彼らが入り混り、両族間の結婚などもふえるにしたがって、サクソン人に対するノルマンの蔑視も減少するし、サクソン人のほうでも、その野蛮蒙昧からはるかに洗練されてきたからである。(8)

イングランドという国家の成立の過程を描いたこの作品が、スコットランド人であるスコットによって書かれたというのは興味深い事実である。しかし、ある意味では、『アイヴァンホー』はイングランドに対して相反する感情を抱いていたスコットにしか書けなかった作品だとも言うことができよう。スコットは、イングランドとスコットランドとの統合の過程を見てきたスコットランド人の視点から、国家としてのイングランドの成立の過程を描き、イングランドの人々に国民としてのアイデンティティを再確認させようとしたのである。これは文学作品によるスコットランドからイングランドへの文化的侵略の試みであり、そこには中心と周縁の逆転が見られる。

『アイヴァンホー』以後の主な作品には、女王エリザベス一世の宮廷を舞台とする『ケニルワース』(*Kenilworth*, 1821)、一五世紀フランスのルイ一一世の時代を描いた『クウェンティン・ダワード』(*Quentin Durward*, 1823)、リチャード一世の十字軍内部の抗争を題材とする『護符』(*Talisman*, 1825) などがある。これらの作品によってスコットの人気はヨーロッパ全体にまで及び、彼は文学史上最初のベストセラー作家として、中世ロマンスのような夢の世界を描いた作品を次々と発表していく。

一方で、この頃までに、スコットのもう一つの夢も実現に近づいていた。彼は一八一一年にボーダー地方に土地を買い、そこに移り住んでいる。その後彼は周辺の土地を次々と買い足して、建物の増築工事を進めていた。アボッツフォード(Abbotsford)と名付けられたその屋敷は、一八二四年頃にはほぼ完成しており、広大な

アボッツフォードの邸宅

敷地を持つ中世の城のような外観を呈していた。スコットはエディンバラにも居を構えていたが、そこは主に法律家としての公務をこなすための場所でしかなかった。彼が家族と共にくつろいで過ごすことができる私生活の場は、このアボッツフォードの屋敷であり、そこはスコットにとって俗世間から隔絶された「聖域」であった。膨大な数の彼の小説はすべてここで執筆されている。また、ワーズワスやエッジワース、ワシントン・アーヴィングなどの文学者もこの屋敷を訪れ、歓待を受けている。さらに、スコットはみずから収集した美術品や骨董品や武具などをこの屋敷の中に飾った。スコットにとってアボッツフォードは現実の世界に建てられた夢の城であった。スコットはみずからをその城に住む封建領主に見立て、使用人や周辺の人々を保護する領主の役を演じ、そこに中世社会の理想像を現出しようとしたのである。

しかしながら、巨万の富を投じて完成されたアボッツフォードは、その直後スコットを窮地に立たせることになる。一八二五年に起こった金融危機のため、翌年一月にはバランタインの印刷所・出版社が倒産する。その結果、共同経営者としてのスコットも多額の負債を抱えてしまう。さらに、同年五月には妻のシャーロットが亡くなり、スコットは精神的にも大きな打撃を被っている。このような逆境の中で、スコットはみずからの文筆活動によって借金を返済しようという英雄的な決意の下、その後も小説を書き続け、『ナポレオン伝』(*The Life of Napoleon Buonaparte*, 1827)も完成させる。また、これを契機にスコットは自分が「ウェイヴァリーの作者」であることを公式に認め、匿名の作者としての仮面をとっている。一八三二年に亡くなるまでに、スコットは莫大な額の負債のほとんどを、みずからの手によって返済することになる。

晩年のスコットは心労や過労のため著しく健康を害し、何度か脳卒中の発作に見舞われている。そこで彼は、転地療養のためにイタリアに赴くことになる。出発直前にアボッツフォードを訪れたワーズワスとの会話の中で、スコットは異国で客死したフィールディングとスモレットのことに言及している。(9) 彼の心の中には、二度とこの地に戻って来ることはないだろうという思いがあったのかも知れない。しかし、イタリア各地を巡ったのち、スコットは翌年七月に昏睡状態のままアボッツフォードに帰還している。そして、懐かしのわが家で約二カ月間過ごした彼は、九月二一日の昼下がり、家族に別れを告げたあと、トゥイード川のせせらぎの音を聞きながら静かに息を引き取ったのであった。

注

(1) John Gibson Lockhart, *The Life of Sir Walter Scott* (New York: AMS Press, 1983), I, 150–51.

(2) Walter Scott, *The Lady of the Lake* (Edinburgh: Archibald Contable, 1825), pp. 27–28. 訳文は、佐藤猛郎訳『湖上の美人』(あるば書房、二〇〇二年)による。

(3) Georg Lukács, *The Historical Novel* (Harmondsworth: Penguin Books, 1969), p. 20.
(4) Walter Scott, *Waverley* (Oxford: Oxford University Press, 1986), p. 340.
(5) *Ibid.*, pp. 352–53.
(6) Walter Scott, "General Preface, 1829" to the Waverley Novels, in *Waverley*, p. 355.
(7) Walter Scott, *The Heart of Midlothian* (Oxford: Oxfrod University Press, 1982), p. 43. 訳文は、大榎茂行・岡村久子・直野裕子・藤本隆康・他訳『ミドロージャンの心臓』上巻(京都修学社、一九九五年)による。
(8) Walter Scott, *Ivanhoe* (Oxford: Oxford University Press, 1996), p. 498. 訳文は、中野好夫訳『アイヴァンホー』(河出書房新社、一九六六年)による。
(9) Lockhart, X, 92.

第一二章　ジョン・ゴールト

変化の時代をとらえた歴史小説家
――社会観察とリアリズムの表現――

浦口理麻

スコットランド小説揺籃期の立役者

ジョン・ゴールト（John Galt, 1779–1839）は、一八世紀後半から一九世紀前半にかけてスコットランドが大きく変化する時代を生きた小説家である。彼の作品の魅力は何よりもまずその精緻な社会観察にある。ゴールトは徹底してリアリズムによる表現にこだわり、いかなる小さな事件、小さな変化をも細かに書き記した。ウォルター・スコット（Walter Scott, 1771–1832）の作品に見られるような読者の感情の襞に触れる描写は少ないかもしれないが、地域社会、特にスコットランド西部のエアシャーやグラスゴーなどの共同体における変化の在り様を正確に記録し、そこに独特のユーモアを加えて作品を創作したという点で、ゴールトは間違いなく歴史小説家と呼ばれるにふさわしい。

また、彼の作品の魅力は、その社会性のみならず独特の文体にもある。彼は作品によって巧みに文体を使い分けた。全知の語り手には標準的な英語を、そして登場人物の一人が語り手である場合にはローランド地方で話されていたスコッツ語（Scots）を使用させ、かつ同一人物の間でも状況に応じてこの二つの言語を使い分けさせた。

ゴールトはスコッツ語の使用にこだわったが、実際に彼はスコットランドに留まることはなく、イングランドやヨーロッパ、カナダへ渡り、国際的に活動をした。この旺盛な挑戦意欲は、ジャンルを超えた創作活動にも共通するものである。歴史小説のみならず、伝記、旅行記、政治小説、宗教小説、詩、自伝など、あらゆる形式の創作活動に挑戦した彼は、スコットランドの小さな共同体に着目するというローカル性を持ちつつも、国、そしてジャンルの境界線を超えた次元で表現しようとする、まれに見る開拓精神を持ち続けたのである。

緻密な社会観察から生まれる歴史の記録と創造、スコッツ語の使用、ジャンルにこだわらない貪欲な挑戦―どれをとっても、ゴールトがスコットに勝るとも劣らない才能を持っていることを示している。確かに、一九世紀前半のスコットランド小説の隆盛を象徴する作家の名を挙げるならスコットが最有力かもしれないが、ゴールトがその発展に並々ならぬ貢献をしたことも留意しておく必要があるだろう。

本章ではまず彼の生涯と執筆活動を紹介し、その後代表作、『教区の年代記』（*Annals of the Parish*, 1821）〔以下『年代記』と略記〕、『市長』（*The Provost*, 1822）、『エアシャーの遺産受取人』（*The Ayrshire Legatees*, 1820）〔以下『エアシャー』と略記〕、『限嗣相続』（*The Entail*, 1822）(1) を読み解いていく。『年代記』はゴールトの地域社会に対する観察能力が存分に発揮された作品である。変化の時代を記録したリアリズム小説の要素とユーモラスで変化に富んだ性格描写の創造性とが相まって、秀逸な歴史小説となっている。政治小説である『市長』、そして四人の登場人物の書簡と語り手の叙述が混在する『エアシャー』は、小説における語りの行為と読む行為への問題意識が提起された進歩的な作品である。『限嗣相続』は前述の三作品から一転、土地への野心と良心とが相克する悲劇であり、スコッツ語と英語の使い分けが功を奏した作品である。これら四作品の検討後、ゴールトが後世に与えた影響を考察し、スコットランド小説揺籃期に活躍した作家ゴールトの貢献の大きさを改めて確認したい。

国境、そしてジャンルを超えた執筆活動

ゴールトは一七七九年五月二日、スコットランド南西部エアシャー（Ayrshire）のアーヴィン（Irvine）で誕生した。一〇歳でクライド湾沿いのグリーノック（Greenock）に移り、二五歳までそこで過ごす。いつも本を読んでいた彼は、グリーノックでは会員制の図書館でアダム・スミス（Adan Smith, 1723–90）ら啓蒙主義者の本を読み漁っていた。執筆活動にも興味を示し始めるが、彼が最初に手掛けたのは小説ではなく、翻訳や詩、戯曲だった。

ゴールトは二五歳でロンドンへと旅立つ。そこでの活動は多岐にわたる。まず政治経済学や商業の歴史を学び、それらに関係する記事を書き始めた。また、父親が出資した金をもとに共同事業を始めるが、これは失敗に終わる。その後、今度は法律家を目指し、リンカンズイン法学院（Lincoln's Inn）に入った。

しかし、どの道でも成果をあげることができず、ゴールトは海外と目を向ける。向かった先はヨーロッパで、二年間の旅だった。この旅の途中でジョージ・ゴードン・バイロン（George Gordon Byron, 1788–1824）に会っており、これが後に彼が『バイロン伝』（*The Life of Lord Byron*, 1830）を出版するきっかけとなった。その後はグラスゴーの商人のもとで一年間をジブラルタルで過ごすものの、またもや成果を収められず、健康を害しロンドンに戻ってくることとなる。ここで、ゴールトは本格的に作家としての活動を始める。

作家として彼は成功するものの、そこには不運な面もあった。一八一三年に彼は『年代記』を出版業者のアーチボルド・コンスタブル（Archibald Constable, 1774–1827）に見せるが、コンスタブルはスコットランドを舞台としたこの作品を拒否する。しかし、翌年にスコットがスコットランドが舞台の小説『ウェイヴァリー』（*Waverley*, 1814）を出し、これが売れに売れたのである。ゴールトやスコット以前には、スコットランドを作品の中心舞台とし、主にローランドの土地言葉であるスコッツ語を用いて書かれた小説はほとんどなかった。ゴールトはスコットランドにおける歴史小説の祖となる機会を逃したことになる。

ジョン・ゴールト

とはいえ、ゴールトはその後『ブラックウッズ・マガジン』（*Blackwood's Magazine*）に活動拠点を移し、数々の記事を寄稿し、一八二〇年から一八二一年にかけて『エアシャー』、一八二一年に『年代記』、一八二二年に『市長』、『限嗣相続』を立て続けに発表する。書簡体小説、架空の年代記、政治色の強い自伝風小説、家庭悲劇など、様々なジャンルに貪欲に挑戦し、多くの作品が誕生した。この時期は、ゴールトにとって実に多産な時期であった。

ゴールトの作品にはその他にも、スコットランドの長老教会を支持した契約派（Covenanters）を扱った小説『リンガン・ギリーズ』（*Ringan Gilhaize*, 1823）、政治小説『メンバー』（*The Member*, 1832）、『ラディカル』（*The Radical*, 1832）などがある。『リンガン・

ギリーズ』はスコットの『供養老人』(*Old Mortality*, 1816)の契約派の描写があまりに偏見に満ちていたことへの不満から生まれた、いわばスコットへの挑戦状である。『メンバー』、『ラディカル』は短めの架空の自叙伝で、『メンバー』では政治について最初は何も知らなかったものの次第にその世界にはまっていくインド帰りのスコットランド人、『ラディカル』では題名通り、財産の所有や法律、宗教の廃止を望む過激な男が語り手の役割を果たす。また、ゴールトは伝記にも挑戦し、晩年には自伝も執筆している。自身が訪れたカナダを舞台にした作品もあり、生涯を通してジャンルにとらわれず、多彩な作品を生み出した。

海を越えた地で活躍をしたゴールトも晩年はスコットランドに戻ってきた。一八三九年、ゴールトは自身が育ち繰り返し作品内で描いたスコットランド西部の地グリーノックで、永遠の眠りに就く。

『教区の年代記』――ローカリズムとグローバリズム

『年代記』は語り手バルウィダー(Balwhidder)が、一七六〇年から五〇年間牧師を務めた教区の歴史を辞職後にまとめた記録である。主人公はおらず、筋書きは特にない。一八世紀後半は産業革命が起こり、啓蒙主義が花開いたスコットランドの黄金時代である。世界でもアメリカ独立革命やフランス革命が起こり、まさに激動の時代だった。

『年代記』は、一見こうした世界の大きな変化とは無縁である。バルウィダーは教区の変化を記録することを目的としているため、取るに足らない教区のエピソードばかりを綴っているからだ。また教区の話に限らず、バルウィダー個人の身に起きたことも記録の対象で、彼がエディンバラで説教を行った年の年代記は、その記述のみで占められる。あくまでもこの年代記はバルウィダーの主観で書かれている。

しかし、ゴールトの作家としての才能は、一見凡庸でローカルな年代記の中に世界の変化とそれに伴うスコットランド社会の変化をにおわせる記述をさりげなく織り込んだところにある。例えば一七六一年には、それまで教区ではほとんど見られなかった紅茶を飲む習慣が始まり、一七八七年には、女性たちの間でジャムやゼリー作りが始まったとある。紅茶も、ジャムやゼリーに使われる砂糖も、海外との貿易でもたらされるものであり、ジャムやゼリー作りは紅茶よりも多くの砂糖を必要する。おそらく一七八七年には二六年前と比べ教区に入ってくる砂糖の量が増加していたのであろう。

教区の変化というローカルな話題の中に世界の変化というグローバルな話題を混ぜた最たる例は、アメリカ独立革命に関連したバルウィダーの記述である。彼は一七七〇年の時点で、アメリカの反乱に関する噂は教区にはかすかにしか聞こえてこないと述べる。しかし、その後教区では徴兵が行われ、戦争に参加していた教区民の死亡が教区に伝えられる。小さな教区もアメリカの革命に巻き込まれずにはいられなかった。そして一七八八年、アメリカからやってきたカイエン（Cayenne）氏が中心となって、教区に綿工場が設立されることになる。

この年グラスゴーから、ウィッチ峡谷のふもとの斜面に綿工場を建設しようという提案が持ち出された。そこはカイエン氏所有の土地ホイートリッグの一部分で、彼は建設に同意しただけでなく、そこでの損益にも関わった。……綿工場は建てられ、とても広々としたつくりだった。私たちの世代は今までそのようなものを見たことがなかった。そして、工場で働くために連れて来られた人々のために、近くに町が建てられた。それはカイエン氏の土地の一角に建てられたので、カイエンヴィルと呼ばれた。(2)（『年代記』九九）

この町は発展し活気に満ちていくが、それが原因で教区内には不和が生じていた。

小塔の付いた家に住んでいるような古い家柄の者たちは、この改革を気に入らなかった。とくに、工場の職工のために建てられた立派な住居を見たときにその気持ちは高まった。……自分たちのプライドが無意味になったようにも感じられた。(『年代記』九九)

ここでは綿工場の設立は教区内での争い、つまりローカルな問題へと還元されていく。アメリカ独立革命に関しての記述はない。だが、そもそもこの綿工場は、戦争によりタバコ貿易の不振にあえいだグラスゴー商人たちが、綿花へと自分たちの対象を移したことがきっかけで建てられた(3)。アメリカ独立革命、そして綿工場は、二〇年前にはアメリカでの争いは他人事だった教区のあり方を根本から揺るがした。

しかし、語り手バルウィダーはその世界的な変化に気づかない。教区民たちは綿工場設立により、急速に新しい世界へと入っていくのだが、バルウィダーはそれを自分の問題として捉えるだけで広い視点を持つことができない。

しかし、商業や製造業が活発になる中で、私は教区の常であった質素な生活が衰退していく兆候に気がついた。カイエンヴィルの紡績工やモスリン職工たちには不満を抱え野心を持った者たちが出てきて、彼らは徒党を組み、クロスキーズにロンドンの新聞を配達させ、そこで夜毎集会を開き、山場を迎えているフランスでの事態について討論し合った。私からすると彼らは平凡な能力しかないにもかかわらず、宗教についても明確な意見を持っていない若者たちに思えた。……

彼らは私の説教の仕方が気に入らないらしく、そのため教会の礼拝に来なくなった。(『年代記』一〇〇)

教区民は新聞を読み、フランス革命について話し合う。教区には本屋もできる。教区内で市が開かれ始め、物質的にも発展し始める。一方、牧歌的だった教区にも、うつ病が流行るようになる。良い影響も悪い影響も含め教区に輸入される。しかしバルウィダーは、大きな変化が訪れていることを感じるものの、すべての問題を教区の問題として、自分の問題として捉えてしまう。

だが、だからこそこの作品は面白い。世界の変化について直接書かれるのではなく、バルウィダーの視野の狭さ、無知、語り手としての能力の欠如のために、どこまでもローカルな視線の中に世界的な変化が紛れ込んでいる。

フランス革命について談議する教区民たちは、精神的にはグローバルな存在になりつつある。開かれた世界に啓発され新しい道へ向かう労働者たちを描きだしたゴールトの姿勢には、スコットランド啓蒙主義の影響が少なからずあるに違いない。農業国から商業国への発展を必然のもの、望ましいものとみなし、変化を積極的に受け入れていく。産業が発達し資本主義国へ移行することで人々の精神が目覚め始める。常に外の世界に目を向けビジネスマンとしての成功を目指していたゴールトの啓蒙主義精神とバルウィダーの偏狭な視点との対比が絶妙なバランスで存在する『年代記』が、ゴールトの最高傑作の一つとみなされるのは当然であろう。

『市長』と『エアシャーの遺産受取人』——語りと読み

『市長』は、三度市長を経験したポーキー（Pawkie）が市長になった経緯、そして市での出来事を語った記録である。明確な筋書きはない。社会的地位の高い人物が自身の治める特定の地域の歴史を語っている点で、『年代記』と重なるところがある。

しかし、この二作はその中身においては大いに異なる。『市長』は語り手ポーキーが市長の座を手に入れるまでにどのようにして関係者の心を動かし、ライバルを蹴落とし、民衆の反乱を鎮圧したかという、権謀術数、人心掌握術を記した小説版『君主論』(*Il Principe*, 1532) なのだ。

『市長』と『年代記』は、語り口からして異なる。

> 仕事において、三度最高の地位まで昇りつめた人間は、自分を同時代の一般人よりもはるか上の地位にまで押し上げたその思慮分別と慎重さを語るに十分な権利があると、世間では認められているだろう。……公人の振る舞いというのは公益財産なのだ。公人の規則と習慣というのは、いつの時代にも国民的関心事だとみなされてきた。(『市長』二七三)

大衆の心を利用する方法、邪魔なものは追い払う方法、それをこの記録ですべて明らかにするという。教区のことしか考えていなかったバルウィダーと違い、ポーキーは自身の人生が公にされ「読まれる」性質のものであることを意識している。

彼はどうやって大衆の心をつかんだのか。ポーキーは人々に愛想良く振る舞い、身勝手な独裁者のように振る舞うことは避けた。あくまでも慎重に行動し、人々が自分に悩みを相談するように仕向け、信頼を得た。不遜な語り手ポーキーと、市民が見る物腰の柔らかいポーキー像の間には大きな乖離がある。

一方ポーキーは、邪魔になる人物は巧みな話術をもって速やかに追い払う。支持を取り付けるべき大衆と邪魔になる人物の間で巧みに態度を変えたのである。ポーキーがまだ市長ではない頃、ギルド長はマクルクレ氏

（McLucre）で、ポーキーはマクルクレ氏をその地位から引きずり降ろそうと考える。おりしもロンドンから議会解散のニュースが飛び込んできた。ポーキーは、代表としてロンドンへ行くこととギルド長の職務を遂行することの両方を行うことは無理という事実を利用して、マクルクレ氏を市参事会員にし代表としてロンドンに行かせることで、ギルド長の職を辞してもらい、空いたギルド長の座に自分が就こうと試みる。以下の引用は、マクルクレ氏が議会解散の噂が本当なら、市が得る利益は大きいだろうとポーキーに告げた場面である。

私は返事をする前にしばらく考えた。そして言った。「もしあなたが代表に選ばれたなら、それ（議会解散による選挙が私たちの市に大きな利益をもたらすこと）は確実でしょう。でも残念ながら、あなたは今年の唯一のギルド長だから、選ばれるのは無理でしょうね。あなたのような人がいなければ、私たちの市は選挙の争いでは勝てないでしょうから」。（『市長』二八〇）

ポーキーは、議会の解散がまだ噂で囁かれている段階にもかかわらず、まるで決定したかのように話す。代表になりたいマクルクレ氏は話に食いつく。

「選挙！」ギルド長は叫んだ。そして熱心に聞いた。「選挙があるって誰が言ったんだ？」
誰も私には言わなかったし、私は自分が言ったことがどれだけの効力を持つかに関してその時点では分からなかった。しかし、マクルクレ氏に与えた効果を見て、私はこう答えた。「ここで私が詳細に話すのはよくないでしょう。私が今言ったことは誰にも言わないでください。けれど、あなたが今年市長でもなく、市参事会員でさえもないのは残念です」。（『市長』二八〇）

ポーキーは、まるで何かを知っているけれど言えないというような口ぶりである。

「じゃあ議会の解散があり、選挙があると思うだけの理由があるのか?」

「これ以上は聞かないでください。でも、これを見て下さい。そしてもう何も聞かないでください」。(『市長』二八〇)

ジョン・ゴールト

それは伯爵から届いた手紙で、選挙とは全く関係のない手紙だったが、これを見てマクルクレ氏は選挙があると思いこむ。すかさずその後ポーキーは、こう説得する。代表にはマクルクレ氏がふさわしい、そして代表になるためにはまずギルド長の職を辞して市参事会員になることが必要だ。自分を次のギルド長として選んでくれれば、あなたが選挙を終えたあとには、ギルド長の地位をあなたに返す。

果たして、ポーキーの計画は上手くいく。ポーキーは噂と手紙、そして弁論術を用いて、相手と衝突することなく自身の計画を成功させる。原文では、相手の警戒を解くときにはスコッツ語、逆に警戒心のあるときには英語を用いるなど、言葉にも変化がつけられている。(4) 彼にとって周囲の人物は自分の地位を確立するための道具にすぎない。

さて、ポーキーの語りは読者に一つの疑問を抱かせる。人の心を操って支持を得たり、陥れたりする語り手を、信頼することができるのか。実は「信頼できない語り手」の問題は『年代記』ですでに提示されていた。しかし、バルウィダーとポーキーの間には大きな違いがある。すなわち、バルウィダーは無知ゆえにその語りを信頼できない。一方、ポーキーは意図的に騙そうとするために信頼できない。どちらも無条件に読者が信じられる存在ではない。

語り手と対比される存在は読み手だが、読み手の問題を取り上げたのは『エアシャー』である。この作品はスコットランドの牧師一家が遺産を受け取るためにロンドンへと旅をし、ロンドン見物後に帰郷するという内容であり、その旅の様子を牧師一家四人がそれぞれ故郷の友人らに手紙で報告するという形式をとっている。しかし、ただの書簡体小説ではない。『エアシャー』には手紙の受け取り手が明記された上に、受け取り手それぞれの反応も作品に組み込まれている。かつその受け取り手たちが手紙を交換し読み合い、批評し合う。以下の引用は、出し手四人の手紙を皆で読み合い、批判する箇所である。

グリバンズさんは、正統的慣行に関してはこの周辺の教区の中にも匹敵する者がいないほどの知識を持っていた。そんな彼女がはっきり、アンドルー・プリングルの手紙は下らぬ話の寄せ集めで判断力がないと告げた。……イザベラ・トッドは、アンドルーの手紙には鋭い感受性が見られると思うと答えた。しかし彼女に反対するグリバンズさんは、「判断力の伴わない感受性が何だというの」と大声をあげた。(『エアシャー』一九四—九五)

複数のテクストを読んで討論するという行為が当たり前のように行われている。読み手の視点の強調は他にも見られる。登場人物の一人、牧師スノッドグラス（Snodgrass）がスコットの『アイヴァンホー』（*Ivanhoe*, 1819）を読んでいて、人が来るとそれを引き出しの中に隠してしまう場面である。

ここから分かることは、当時では地位の高い男性が小説を読むのは恥ずかしいものと考えられていたが、実際読んでいる人は多かっただろうということ、そして読んだものを批評するという行為が、田舎の人々の間でさえも普通になってきていたということである。知識階級の人々が小説という世界に参入し、それを解釈し批判する精神を持ち始めたとしたら、当然生まれてくるのは文芸雑誌であろう。ゴールトの活躍前の一八〇二年には『エディンバラ・レヴュー』（*Edinburgh Review*）が創刊され、一八一七年には『ブラックウッズ・マガジン』も世に出た。文学評論も扱ったこれらの雑誌の登場は、スコットランドに文学を受け入れ批判する土壌が整ったことを意味する。ゴールトの優れた点は、そういった同時代の思潮をいち早く作品に取り入れ、しかもそれをユーモアを交え描写したところにある。

『限嗣相続』——欲望と良心、世俗と宗教、スコッツ語と英語

社会の変化をユーモラスに描いたゴールトであるが、もちろん毛色の異なった作品もある。『限嗣相続』（限嗣相続は、土地や財産の分散を防ぐため、相続を特定の人物のみに限定する制度）がその好例であろう。初期の作品では、人間の性質というのは一般的に見て慈悲深く社交的で親切だという人間観が示されているが、『限嗣相続』では人間は利己的であり、コミュニティはもちろん家族に対してさえ慈愛精神を持っていない。(5) ゴールトは啓蒙主義の影響を受け、進歩を肯定的に描いていたが、進歩につきまとう負の面も理解していたのであろう。

主人公は落ちぶれた地主の子孫、クロード・ウォーキンショー（Claud Walkinshaw）である。彼の祖父はダリエン計画に自分の土地をかけてしまい、父親はダリエンに向かう途中で死亡した。クロードは失われた一族の土地を取り戻すことに執着する。クロードの死後も彼の二番目の息子ワッティ（Watty）、三番目の息子ジョージ（George）へこの執着心は受け継がれていく。

この作品のテーマは、土地相続と親としての良心の間での相克である。クロードは失われた土地への異常な執着心から、土地を長男のチャールズ（Charles）ではなく二男のワッティに相続させようとする。そうすることで、所有地を増やすことができるからだ。「こんな相続には、キリスト教精神の欠片もないではないですか」[6]（『限嗣相続』五七）と、異常な相続を弁護士に責められながらも、クロードは土地への執着心、そして自己の虚栄心と利己心を優先し、良心を捨て、神を捨てて自分の意志を貫き通す。宗教心を捨て世俗の世界で自己の利益を追い求めて生きる人間を、人間の利己心を基盤とする商業で栄えたグラスゴー周辺地域を舞台に描いたのがこの作品である。

『限嗣相続』の中で見られる欲望と良心の二項対立は、突き詰めれば世俗と宗教とのせめぎ合いである。そしてクロードは、世俗的な欲求に突き動かされながらも、決して神の目からは逃れることができないことを悟る。どれだけグラスゴーが、そしてスコットランドが商業で繁栄しても、どれだけ人間の利己心が富を生み出しても、神という存在を忘れることなど不可能なのだと、ゴールトはクロードを通して訴えかける。

『限嗣相続』の秀逸な点は、欲望と良心、世俗と宗教の二項対立を、スコッツ語と英語の使い分けにより表現したところにある。ゴールトは主人公のクロードにスコッツ語と英語を使い分けさせる。クロードは将来の義理の父に暗に娘を勧められたとき、以下のように話す。

"Nane o' your jokes, Laird, – me even mysel to your dochter? Na, na, Plealands, that canna be thought o' now a days. [. . .] [I]t's vera true that, had na my grandfather, when he was grown doited, sent out a' the Kittlestonheugh in a cargo o' playocks to the Darien, I might hae been in a state and condition to look at Miss Girzy; but ye ken, I hae a lang clue to wind before I maun think o' playing the ba' wi' Fortune, in ettling so far aboun my reach."（『限嗣相続』一三）

冗談は止してください。私なんかをあなたの娘さんに？　いやいや、そんなことは考えられません。……もし私の祖父が耄碌した時にキトルストンヒューからダリエンにガラクタの積み荷を送ったりしなければ、ガージーさんとのことを考えられる状況だったかもしれませんが。でもご存知の通り、私には自分の力の及ばないことを試みて運命の女神に挑戦する前に、やらなくてはいけないことがたくさんあるのです。

謙遜しているクロードであるが、実は彼にとって結婚は彼の欲望を満たす手段の一部だった。というのも、ガージーとの結婚は彼に土地をもたらす。クロードが世俗的な欲望にとりつかれているときには、ゴールトはクロードにスコッツ語を使わせる。

一方、彼の良心は、長男に土地を相続させないという計画の異常さに耐え切れない。チャールズがクロードの計画を聞き熱病にかかり死亡して以降、彼は自分のしたことの愚かさを悔いるのだが、彼の良心が彼の欲望に勝利する時、彼の言葉は英語へと変わる。

"Frae the very dawn o' life I hae done nothing but big and build an idolatrous image; and when it was finished, ye saw how I laid my first-born on its burning and brazen altar. But ye never saw what I saw—the face of an angry God looking constantly from behind a cloud that darkened a' the world like the shadow of death to me; and ye canna feel what I feel now, when His dreadful right hand has smashed my idol into dust.（『限嗣相続』一四六—四七）

生まれてから、私は偶像を作り上げることしかしてきませんでした。そしてその作業を終えたとき、私は私の一番目の子どもを燃えさかる祭壇へと差し出したのです。あなたは見なかったでしょうが、私は見たのです。神が怒りの表情を浮かべ、まるでふりかかる死の影のように世界を暗くする雲の後ろから私を見ているのを。あなたには今私の感じていることが分からないでしょうね。今まさに、神の恐ろしい右手が私の偶像を粉々にしたのです。

ゴールトは世俗と宗教、利己心と良心の対立を言語で表現した。『限嗣相続』の優れている点は、生き生きとしたスコッツ語を用いて、スコットにも劣らない作品を書き上げただけでなく、そのスコッツ語を心情の変化を露わにするための道具として用いた点である。

グラスゴー小説の発展

ゴールトが後の作家に与えた影響に触れ、この章をまとめたい。彼の数ある功績の中でも最大のものは、スコットランドというローカルな地域のさらにローカルな地域、グラスゴー周辺の生活を小説の題材としたことである。決して華やかでなく、切り取って小説にするに値しそうもない人々が毎日の生活（その大半を占めるのが労働である）をこれもまた小説には値しないような生活感あふれる場所で営む様子、つまり社会の大多数を占める人々の現実を描いたのがグラスゴー小説であり、ゴールトである。グラスゴー小説と呼ばれるこのジャンルの最初の作品が『限嗣相続』だとも言われている。(7)

ゴールトの影響が見られる作家の一人ジョージ・ダグラス・ブラウン（George Douglas Brown, 1869–1902）の『緑の鎧戸の家』（*The House with the Green Shutters*, 1901）はグラスゴー近辺にある架空の町バービー（Barbie）を舞台とする。この作品は産業の発展が進む中、鉄道の建設をきっかけに一つの家庭が仕事を、そして家族のつながりを失っていく様を描いた悲劇である。ゴールトやスコットの死後、スコットランドで大きな力を持ったのは「菜園派」（"Kailyard School"）だが、その菜園派の牧歌的な雰囲気と真っ向から対立するリアリズムに徹した小説である。

一九三〇年代に入ると、グラスゴーの不況を主題とする小説が登場する。代表作はジョージ・ブレイク（George Blake, 1893–1961）の『造船技師たち』（*The Shipbuilders*, 1935）である。グラスゴーで不況にあえぐ労働者と資本家の生活が作品の主軸だ。ゴールトの作品において、産業の発展による社会の変化や進歩は肯定的な面も持っていたが、ブラウンそしてブレイクの作品においては生活を蝕んでいく否定的な側面が前景化される。エディンバラのように国の象徴としてではなく、実質的に、経済的にスコットランドを支えてきたグラスゴーとその周辺地域は、一九三〇年代にはその力を失おうとしていた。

衰退の一途をたどるグラスゴーを新たな形で表象したのはアラスター・グレイ（Alasdair Gray, 1934– ）の『ラナーク』（*Lanark: A Life in Four Books*, 1981）である。非現実的に描かれるグラスゴー（本作では「アンサンク」（"Unthank"）という名前で提示される）は、第一巻の表紙の挿絵に書かれた「グラスゴーよ、栄えよ」

（"Let Glasgow Flourish"）の言葉どおり、不気味な底力を持ち作品全体を支配している。この文句は『限嗣相続』においても小説の最後で用いられている。スコットランドを支えているのは、歴史の街エディンバラでもピクチャレスクなハイランドでもなく、グラスゴーだ――グラスゴーとその周辺を描いた作品からは、この地域が持つ巨大な力がにじみ出ている。

これまでスコットランド文学史の表舞台に出ることのなかったゴールトであるが、ゴールトの与えた影響は、一九世紀、二〇世紀、そして現在においても作品の中に反映されている。グラスゴー周辺地域が小説の題材になりうることを最初に証明したのはゴールトであるといってよい。スコット同様、ゴールトはスコットランドの小説の基礎を築いた陰の立役者なのである。

注

（1）表題ページの出版年は一八二三年となっているが、実際に出版されたのは一八二二年一二月である。

（2）John Galt, *Annals of the Parish, The Ayrshire Legatees and The Provost*. Edinburgh: Saltire Society, 2001. 以降『年代記』『エアシャー』『市長』の引用はこの版による。引用箇所の頁は日本語訳文の末尾に記した。日本語訳はすべて拙訳である。

（3）Dalphy I. Fagerstrom, "Scottish Opinion and the American Revolution." *William and Mary Quarterly*. 3rd Ser. 11. 2 (Apr 1954): 252–75. p. 273.

（4）J. Derrick McClure, "Scots and English in *Annals of the Parish* and *The Provost*". *John Galt, 1779–1979*. Ed. Christopher A. Whatley. Edinburgh: Ramsay Head, 1979, 195–210. p. 206.

（5）P. H. Scott, *John Galt*. Edinburgh: Scottish Academic Press, 1985. p. 68.

（6）John Galt, *The Entail, or, The Lairds of Grippy*. Oxford; New York: Oxford UP, 1984. 以降『限嗣相続』の引用はこの版による。引用箇所の頁は日本語訳文の末尾に記した。日本語訳はすべて拙訳である。

（7）Moira Burgess, *Imagine a City: Glasgow in Fiction*. Glendaruel: Argyll Publishing, 1998. p. 24.

第一三章　ジョージ・ゴードン・バイロン

多種多様なる詩の世界
――シリアスにしてコミック、浪漫的にして諷刺的――

東中稜代

スコットランドへの憧憬

ジョージ・ゴードン・バイロン（George Gordon Byron, 1788–1824）はロンドンで生まれるが、まもなく母親のキャサリンに連れられて、スコットランドのアバディーンに行く。父親ジョン・バイロンはノルマン系イングランドの家系の出で、母はステュアート王家の血を引くスコットランドの貴族ゴードン家の出身だった。彼女の故郷はアバディーンの北方五〇キロほどの所に位置するギヒト（Gight）であった。この一族には激しい感情の持主が多く、暴力、決闘、殺人などと無縁ではなく、バイロンの家系も顔負けするほどだった。放蕩者の父ジョン・バイロンは財産目当てにキャサリンと結婚するが、妻の財産を使い果たすと、「金の切れ目が縁の切れ目」で、妻子の許を離れ、バイロン三歳の時にフランスで死ぬ。バイロンは人生の最初の一〇年をアバディーンで過ごし、この地のグラマースクールに通う。またこの時代に長老派（Presbyterianism）の教えの影響を受ける。予定説を信じる傾向が彼にあるのはこのためだとされる。彼の英語には終生わずかながらスコットランド訛りが残っていたと言われる。

一〇歳の時に、バイロン家の直系の子孫が早世し、イングランドの貴族、第六代バイロン卿（男爵）となる。彼は母親に連れられてスコットランドを離れ、ノッティンガム州にある先祖伝来の館、ニューステッド・アビーに移り住む。以後スコットランドに戻ることはなかった。しかし血筋の半分はスコットランド人であることは生涯忘れなかった。後年ウォルター・スコット宛の書簡で、「わたしは一〇歳まで抜け目のないスコットランド人として育った」と書いている。(1) もっとも彼がスコットランドに対して、常に好感を抱いていたわけではない。それどころか、スコットランドに対する彼の思いは憧憬→反感→郷愁と言える過程を辿ることになる。

彼はパブリックスクールのハロー校を経てケンブリッジ大学へ進学。一九歳の時に処女作『無為の時間』（*Hours of Idleness*, 1807）を出版する。この詩集からスコットランドに関する詩を二つ取り上げる。一つは「歌―幼いハイランド人としてさまよった時」（'Song: When I rov'd, a young Highlander'）である。バイロンはこの詩で自らを「ハイランダー」（スコットランドのハイランド地方の人）と呼ぶ。実際、猩紅熱にかかった七―八歳の頃に、山羊の乳を飲むためハイランドに行ったことはあったが、彼の伝記的事実から判断すると、自らを「ハイランダー」と呼ぶには無理があり、実のところは「ハイランダー」と見なしたかった、と言った方がよい。この詩を書いたのは、イングランドに移って以降の一八〇六年で、スコットランドは彼の幻想の中で昇華されたものなっている。

この詩は遠縁のメアリー・ダフへの恋心を詠《うた》ったものだが、より重要なのは二人の背景にあるハイランドの荒々しい自然に対する詩人の憧憬である。少年は荒野をさまよい、雪のモーヴェンに登る。「北方のアルプス」の高所から川の轟音を聞き、煙る嵐を下に見る。「わたし」は学問と縁がなく、岩のように荒々しい。優しい面があるとすればそれはメアリーを思う気持ちだけである。ここにはロマン派詩人の好む、荒涼たる自然、文明に染まらぬ素朴さ、一人で彷徨を好む心、純粋な恋心などが揃っている。「わたしは夜明けとともに起き、愛犬に案内をさせて／山から山へ飛び跳ねた(2)」とあるが、これはむしろ湖水地方に育ったワーズワスの少年時代を彷彿とさせ、現実の少年バイロンの生活とは考えにくい。「わたしは荒涼たる故郷を離れた、／わたしの幻想は去り、／山々は消えた、わたしの青春はもはやない(3)」の一節が示すように、今ではイングランドに身をおく青年バイロンにとって、スコットランドの少年時代は至福の夢の時代に映る。

二つ目の詩は「ロッホ・ナ・ガール」（'Lachin Y Gair'）で、ハイランドのディーサイドの同名の山を詠ったもので、この詩に付した但し書には、この山が「崇高で絵のように美しく、夏でも雪をおく」とある。ここでもイングランドとスコットランドの景観が比較される、「イングランドよ！　おまえの美しさはおとなしくて家庭的だ、／遠くの山々をさまよった者には。／おお、暗きロッホ・ナ・ガールの荒々しくも壮大な岩々、／険しくも厳しい栄光ありせば(4)」と。この詩でもスコットランドの荒々しい自然が詠われる。少年はハイランダーのボンネットを被り、格子縞の外套をまとっている。そして強風の中

ハイランドのバイロン

に先祖の声を聞く。想起されるのはスコットランドの歴史である。ゴードン家の先祖は一七四六年のステュアート王朝再興を意図したカロデンの戦いで戦死している。バイロンは、「母方のゴードン家の者の多くが不運なチャールズ王子のために戦った[5]」旨の自注を付している。詩人は、「緑も花もない」スコットランドの山岳地帯をイングランドの平原よりも愛するのである。このような見方にはマクファーソン作の詩『オシアン』(*Ossian*)の流行も考えられる。『オシアン』はハイランドの歴史をロマンティックなものにし、古い時代を高邁で無垢なるものとして崇めた。いずれにしろこれらの詩には、素朴で荒涼たる自然の地、ハイランドに対して強い真情を吐露する二〇歳を前にしたバイロンがある。「詩編、われ悩みなき子供でありせば」(**'Stanzas: I would I were a careless child'**)においても、同様の心情をバイロンは詠う、「かつてわたしは輝かしい夢を見た、/幻想的な至福の光景を。/真実よ！　――なにゆえに汝の憎むべき光が/かくなる世界にわたしを目覚めさせたのか[6]」と。

スコットランドへの反感

しかしながら運命は皮肉なもので、『無為の時間』はこともあろうに、エディンバラに本拠を置く、フランシス・ジェフリー(Francis Jeffrey)主幹の『エディンバラ・レヴュー』(*Edinburgh Review*)によって酷評される。この批評を読んで自らを「作家として切り刻まれた」と表現したバイロンは、当然、悔しさで煮え繰り返る思いをした。しかし黙って屈辱に耐えるのはバイロンの流儀ではなかった。二年後に諷刺詩『イングランドの詩人とスコットランドの批評家』(*English Bards and Scotch Reviewers*, 1809)を出版し、ワーズワス、コールリッジ、サウジーそしてトマス・ムアらの詩人たちや、批評家では特にジェフリーを標的にして、スコットランドの批評家たちを、傍若無人にもなで切りにする。これは千行弱の作品で、バイロンの敬愛する一八世紀の諷刺詩人、アレグザンダー・ポープの手法を踏まえたもので、偏見に満ちた、活きのよい毒舌の開陳となっている。『無為の時』の場合とはまったく異なり、この詩では徹底的にスコットランドを諷刺した。

さて、『エディンバラ・レヴュー』の記事は匿名で、評者はヘンリー・ブルーム（Henry Brougham）で、バイロンが推察した主幹のジェフリーではなかった。彼は全体にわたって皮肉な冷笑的な調子でバイロンの処女詩集を扱い、詩のよしあしを論ずるよりも、この詩集を貴族の手遊びにすぎないとし、作者が自分の名前に「未成年者」と付したことを逆手にとって、「未成年者でもこれだけ書ける」と言いたいのだろうとか、「この貴公子の詩歌は神々も人間も許しはしないとされる類のものである」と、ローマの詩人ホラティウスの『詩論』を持ち出して酷評し、駆け出しの詩人に対する励ましや配慮は皆無であった。評者は、バイロンが「パルナソスの森へのただの侵入者にすぎない(7)」と断じて筆を納める。

バイロンは『イングランドの詩人とスコットランドの批評家』執筆の目的を冒頭で明快に述べる、「スコットランドの評論にへぼ詩人よばわりされたり、／詩を攻撃されたりするのを恐れて、僕は歌わないとでもいうのか。／さあ、詩の覚悟はいいか—正邪は問わず出版だ。／僕の主題は阿呆、歌は諷刺だ(8)」と。この出だしはポープが三文文士を題材にした諷刺詩『ダンシアッド』（*The Dunciad*）を思わせる。弱冠二〇歳のバイロンが偏見をもって、文壇を斬ることを宣言し、先輩にあたる詩人や批評家を思う存分笑い物にする。彼は言う、今の世ではジェフリーに代表される批評家たちが誤った基準で文学を審判し、その結果、偽詩人が横行するようになった、と。

ジェフリーを標的にした諷刺で最も痛快なのは彼とアイルランドの詩人トマス・ムア（Thomas Moore）との決闘を擬似英雄詩体で描いた場面である。ジェフリーに酷評されたムアは決闘を申し込み、両者は相対するが、当局の介入があって決闘には至らなかった。その時判明したことは、両者のピストルには弾が込められていなかったことだった。「そばで控えていた警官たちは腹を抱えて笑っていた(9)」とバイロンは二人を笑いものにする。

決闘という大事が、一転、茶番劇に仕立て上げられる。ポープの『ダンシアッド』では女神「ダルネス」(愚鈍)が登場するが、バイロンは彼女に似せてスコットランドの女神カレドニアを登場させる。彼女は可愛い息子のジェフリーの命を救うために、鉛の弾丸を二人のピストルから奪い、お気に入りのジェフリーの頭に戻してやる。(10)愚鈍で鈍重な頭には、鈍くて重い鉛の弾がふさわしいという訳である。

その頃名声をほしいままにしていた、スコットについては特に物語詩の『最後の吟遊詩人の歌』(*The Lay of the Last Minstrel*, 1806)と『マーミオン』(*Marmion*, 1808)を取り上げ、前者についてはプロットが矛盾していることを笑い、後者については気の抜けたロマンスだと呼んで揶揄し、金儲けのために詩を書いているとも述べて、温厚なスコットの気分を害している。(11)ただ、このことが不当な言い草だったことをバイロンはすぐに認めることになる。

彼はまた『エディンバラ・レヴュー』が本拠をおくエディンバラをも諷刺の対象にする。屋上階を重ねていたエディンバラの住宅事情が非常に不潔で不衛生だったことを笑いの対象にし、またオート麦を食う人種としてのスコットランド人を揶揄する。「イングランドでは通常馬に与えられるが、スコットランドでは国民を養う」という、ジョンソン博士の有名なオート麦の定義が思い起こされる。かくしてこの痛快な諷刺詩を書いて、バイロンは酷評された鬱憤《うっぷん》を見事に晴らす。

一八〇九年から二年間、バイロンは大陸旅行に出る。主にポルトガル、スペイン、ギリシャそしてアルバニア、トルコなどを旅する。ギリシャには一年ほど滞在する。そしてトルコ支配下のギリシャの現状を目の当たりにする。帰国後、『ミネルバの呪い』(*The Curse of Minerva*, 1811)という三〇〇行ほどの諷刺詩を書いた。この詩は『イングランドの詩人とスコットランドの批評家』に比べると、ユーモアやウィットはあまり見られず、激しい口吻の諷刺に終始している作品である。彼の諷刺の矢面に立つのはスコットランドの貴族トマス・エルギン伯爵（Thomas Elgin, 1766–1841）で、彼はパルテノン神殿のフリーズなど「エルギン・マーブル」と呼ばれるギリシャの美術品をイギリスに持ち帰った人物である。バイロンは彼を「略奪者」と呼ぶ。エルギンの行為は「略奪」だったのか、それとも優れた芸術を保護して後世に残した、称賛されるべきものだったのか。見解は分かれる。彼がフリーズなどをイギリスに持ち帰らなければ、それらは荒廃したかもしれないし、ナポレオンの手に落ちたかもしれなかった。一九八〇年代にギリシャの故メリナ・メルクーリ文化相はエルギン・マーブルの返還を要求した。バイロンの一貫した態度は「ギリシャのものはギリシャに」だった。ちなみに、キーツには「エルギン・マーブルを見て」（'On seeing the Elgin Marbles', 1817）という詩がある。また彼の名詩「ギリシャの壺に寄せるオード」（'Ode on a Grecian Urn', 1820）はエルギン・マーブルに代表されるギリシャ芸術を彼が実際に見たことから生まれた。皮肉なことに、エルギンは英文学を豊かにしたとも言える。

この諷刺詩の題名にあるミネルバは知恵、芸術そして戦争の女神で、アテネの守護神でもある。廃墟になったミネルバの神殿を彷徨するイギリスの旅人（バイロンに近い人物）にミネルバは語りかける。彼女はエルギンを略奪者と呼び、また愛の女神ヴィーナスが恥を雪いでくれたと言う。これはエルギンの結婚が離婚に終わったことを指す。エルギン夫人に恋人ができたのである。さらに、スコットランドの土地が不毛なようにその民の精神も不毛で、霧雨の降る気候がスコットランドの頭を水っぽくし、そんな頭を使ってスコットランド人はエルギンのように外国で不当な利益を得ようとする、などと非難する。このようにバイロンはエルギンを攻撃することで、スコットランドをも攻撃できた。かくして彼は二〇歳過ぎまでの間に、スコットランドに対して憧憬と反感の相反する気持ちを抱いていた、と言える。

一世を風靡そして追放

二年間のグランド・ツアー（大旅行）から戻ったバイロンは『チャイルド・ハロルドの巡礼』一、二巻（*Childe Harold's Pilgrimage*, 1812）を世に問う。「ある朝目覚めたら、わたしは有名になっていた」という言葉が示すように、この作品によってバイロンは空前のベスト・セラー作家になった。この時から一八一六年にイギリスを去る四年足らずの間、彼は文壇や社交界に、旋風を巻き起こした。この長編詩は自身の旅を題材にした物語詩で、主人公の貴公子ハロルドは若くして人生に倦怠を覚え、謎めいた苦悩を抱いて諸国を歴訪する。彼の境遇はバイロンのそれと酷似しており、読者はハロルドと作者を同一視した。作者は始めのうちはハロルドとナレーター（作者に近い人物）を書き分けていたが、次第にナレーターが前面に出てくる。第一巻では主にナポレオン影響下のスペインを扱う。ナレーターは専制下の民衆の立場に立つ。このリベラルな態度をバイロンは終生持ち続ける。第二巻のハロルド（そしてナレーターも）はアテネの廃墟の中に立ち、過去の栄光を偲び、現在の自由なきギリシャを憂える。後半ではアルバニアの自然と、そこに住むスリ人が描かれ、文明人と対比される。荒々しいが親切な彼らにバイロンは「高貴なる野蛮人」（noble savage）の姿を見る。自然と文明の対比はバイロンの詩の重要なテーマの一つである。

『チャイルド・ハロルドの巡礼』で名をなして以後、彼は実際に旅をして、熟知するに至ったイスラム世界を舞台にした物語詩を立て続けに書く。『邪宗徒』（*The Giaour*, 1813）、『アビドスの花嫁』（*The Bride of Abydos*, 1813）、『海賊』（*The Corsair*, 1814）そして『ラーラ』（*Lara*, 1814）などは、驚くべき売れ行きを見せた。これらの作品に共通するのは、溢れる程の潜在能力を秘めながら、非道なる運命に見舞われたために、世間に背を向けるアウトローとなる主人公の存在である。誇り高い主人公たちが唯一心を許すのは愛する女性で、愛のためには命をも賭す。ここに善悪の絶対値の差の大きな人物像、バイロン的英雄が生まれる。『海賊』は主人公コンラッドについて以下の三行で終わっている、「彼の死はいまだ不明、その所業は周知のこと。／彼は後世にコンラッドの名を残した、／一つの徳と、一千の罪行に結びついた名を」[12]。

25歳のバイロン

　結婚して一年も経たない一八一五年一二月、夫人アナベラは生まれたばかりの娘エイダを連れて夫のもとを去る。妻との別居のことや、異母姉オーガスタとの仲が世間で囁かれたりしたことで、石をもて追われるごとく、バイロンは一八一六年四月、大陸へ向かう。そして二度とイギリスには戻らなかった。ナポレオンが敗れたワーテルローの戦跡やライン河畔を経由、ジュネーブに入り、レマン湖畔に居を定める。ここでシェリーに出会い、夏の四カ月をともに過ごす。ちなみにこの時期にメアリー・ゴッドウィン（後のシェリー夫人）は『フランケンシュタイン』（*Frankenstein*）を書き始める。『チャイルド・ハロルド』第三巻は、バイロンが最大の精神的危機に見舞われたこの時期に書かれ、精神の均衡を保つための苦闘の記録となった。ワーテルローでは絶頂を極めながら失脚したナポレオンに己の姿を重ねる。またワーズワスの自然観をシェリーに吹き込まれ、自然に救いを求めようともする。これは風光明媚なライン河畔やアルプスに隣接したレマン湖畔に滞在したからであり、またレマン湖はルソーの小説、『新しいエロイーズ』（*Julie: ou, la nouvelle Héloïse*, 1761）の舞台でもあったからである。自然は彼にとっての究極的な救いとはならないが、自然との関係を率直に吐露する、「わたしが山や海や空の一部であるように、／それらもわたしとわたしの魂の一部ではないのか。／これらに対する激しい純粋な愛は／心の奥底にないだろうか。(13)」と。付された疑問符（～か）が率直なバイロンの自然への接し方を示している。特筆すべきはワーテルローを訪れたバイロンがスコットランドに思いを馳せることである。特に次の連はスコットランド一色になっている。

激しく、声高く「キャメロンの招集の歌」が起こる！
それはロッヒールの戦いの歌、アルビンの山々が聞き
敵のサクソンも聞いたもの。
あのバグパイプの何と荒々しくも甲高く
真夜中をつんざくことか！　山の風笛が
息で満たされる時、山岳兵士の胸も
生来の勇猛心で満たされる。
それは千年の記憶を吹き込み、心かきたて
エヴァンとドナルドの名声が一族皆の耳に鳴り響く。(14)

キャメロンはハイランドの氏族で、ロヒールはキャメロンの族長を指す。アルビンはスコットランドを意味し、「敵のサクソン」とはイングランドのことである。サー・エヴァン・キャメロンはクロムウェルに抵抗し、孫の

ドナルドは一七四五年にステュアート家再興のために戦い、翌年にカロデンの戦いで戦死する。バイロンの頭の中ではカロデンとワーテルローが重なって受け止められている。

さて、スコットやジェフリーは『チャイルド・ハロルドの巡礼』第一、二巻についてすでに好意的な見方をしており、バイロンと彼らとの関係も好転していた。バイロンとスコットは一八一五年に、出版者のジョン・マリの店において初めて会い、肝胆相照らす中になった。マリの誇らしげなメモが残っている、「今日、バイロン卿とウォルター・スコットは初めて会った、わたしが二人を紹介した」[15]と。また第三巻についても、ジェフリーとスコットから暖かい批評を貰い、スコットランドに対して含むところはなくなっていく。

一八一六年一一月、バイロンはヴェネチアに入る。『チャイルド・ハロルドの巡礼』第四巻の舞台はイタリアとなる。自然よりも芸術が全面に出てくる。ハロルドは忘れ去られ、作者自身と考えてよいナレーターが美術館や教会を訪れ、またローマの歴史や伝説そして文学に縁の地を訪ねる。これは日本流に言えば歌枕歴訪と言える。ナレーターは感情に引き裂かれる自己からの脱却を試みる。ローマでは廃墟の一部に溶け込もうとし、第四巻末尾では永遠のイメージである海に身を委ねようとする。究極的な救いとはならないが、紆余曲折はあろうとも彼は真摯な試行錯誤を繰り返し、魂の安寧を得るべく模索する。

滑稽叙事詩――新しい詩型の発見

バイロンの作品は二つのグループに大別できる。一つは『チャイルド・ハロルドの巡礼』に代表される、いわゆるロマン主義的な作品である。他方、人間の社会や行動をコミックに、また諷刺的に描いた作品もある。画期的な作品は『ベポゥ』（*Beppo*, 1817）である。この詩をバイロンに書かせたのはイタリア文学の諷刺的叙事詩の伝統と、居を構えていたイタリアの風俗であった。この詩で用いた詩型はイタリアの八行連（*ottava rima*）で、abababcc と押韻し、韻律は弱強五歩格で、最後の二行は連句になる。この連句はシェイクスピアがソネットで用いた最後の二行を思わせ、連全体をまとめ、また先行する六行の内容をひっくりかえすこともできる。

バイロンはこの詩型に、彼の書簡や会話に特徴的なウィットやユーモアの精神、また物事を喜劇的に、諷刺的に見る傾向を表現する媒体を発見したといってよい。『べポゥ』の筋は簡単である。旅に出た夫のべポゥが何年も戻らないので、妻のローラはある伯爵と暮す。すると死んだと思った夫が戻ってくる。二人はよりを戻すが、べポゥと伯爵も仲違いをせずに、三人は仲良く暮す。ナレーターはヴェネチア在住のイギリス人で、イギリスとイタリアの二つの風俗文化を熟知する人物、それゆえ彼の価値観は相対的なものになっている。バイロンはハロルドに具現された、絶対的価値を求めるロマン主義を笑っているようである。この作品の面白さはプロットよりもナレーターのお喋りにある。無限に脱線し、偏見の強いナレーターの個性が読者を引きつける。

『べポゥ』で自信を得たバイロンは同じ詩型で『審判の夢』（*The Vision of Judgment*, 1822）と『ドン・ジュアン』（*Don Juan*, 1819–24）を書く。前者はロバート・サウジーの同名の作品（*A Vision of Judgment*, 1821）のパロディである。桂冠詩人サウジーはジョージ三世追悼の詩を書き、その治世を讃美した。「審判」とは最後の審判のことで、サウジーはジョージ三世を天国に送り込む。バイロンはこれを王に対する追従と歴史の歪曲だと見た。天上世界で自作の詩を朗読して、聖人たちを怒らせたサウジーは、湖畔詩人よろしく「お気に入りのダーウェント湖」に落とされ、一度は沈むが、「軽薄さゆえに」表面に浮かび上がってくる。この作品はナポレオン時代と旧体制復活の時代の政治を諷刺したもので、脱線が少なく構造は緊密で無駄がない。コミックにしてシリアスなこの作品はバイロンの心情と見解を見事に反映する完成度の高い作品となった。

バイロンの最高傑作は『ドン・ジュアン』である。全一六巻と第一七巻の一四連からなる未完の長編詩である。ナレーターは作者自身と言ってよい人物。主人公はスペインで誕生した、おなじみのドン・ファン。ただしバイロンは「ドン・ジュアン」と読者に読ませる。『セビリアの誘惑者』（*El Burlador de Sevilla*, 1630）においてティルソー・ド・モリーナ（Tirso de Molina）が創造した人物で、その後モリエールや、モーツアルトとダ・ポンテの『ドン・ジョヴァンニ』などによってその人間像が肉付けされていった。伝統的には神をも恐れぬ女性の誘惑者である。しかしバイロンが創造したジュアンはむしろ女性に誘惑される。作者は彼をいくつもの国に泳がせて、様々な冒険を経験させる。一六歳の時にセビリアで二三歳の人妻と恋に落ち、発覚して船旅に出される。船は難破し救命ボートに乗り移るが、食料が枯渇し、ジュアンの家庭教師が食べられる。もっともジュアンは食べない。エーゲ海の島に打ち上げられたジュアンは海賊の娘と恋をする。しかし彼女の父親が戻ってきて、彼はコンスタンティノープルの奴隷市場で売られ、サルタンの妻に買われる。彼女に言い寄られるがこれを拒む。ここを逃れた彼はロシアの軍隊に加わり、トルコとの戦いで勲功をたてる。ロシアに赴いたジュアンは女帝エカテリーナの寵愛をうける。あまりに過度な寵愛ゆえに彼は健康を害する。次には外交使節としてイギリスへ派遣され、上流社会の生活を享受する。ジュアンが、三人の女性（伯爵夫人、好色な公爵夫人そして未婚の女性）の関心の的になったところで、この長編詩は未完のまま終わる。

バイロンはこの詩をギリシャ以来のジャンルである叙事詩と呼ぶ。たしかにホメーロスの叙事詩よろしく、恋あり、難破あり、戦争あり、旅ありである。ただし、扱う題材は森羅万象、天が下で起こるすべてである。作者の自伝的事実も臆面もなく題材となる。そしてナレーターの態度や気分は千変万化する。ロマン主義的で古典的、諷刺的にして抒情的、感傷的で皮肉的。怒れば和み、泣けば笑う。シリアスにして無限にコミック。詩人の個性、感情の起伏がこの詩の調子となる。バイロンは新しい滑稽叙事詩を創造したと言える。この詩を評してシェリーはミルトンの『失楽園』（*Paradise Lost*, 1667）以来の大傑作だと言った。このような詩はそれまでの英文学には皆無であった。

スコットランドへの郷愁

『ドン・ジュアン』にはスコットランドに対する郷愁を作者が吐露する箇所がある。彼はスコットランドそしてスコットとジェフリーに対して思いのたけを述べる。バイロンは四連を使って、「懐かしい昔《オールド・ラング・サイン》」をリフレインのように使い、スコットランドへの愛着を示す。次の引用で「君」とあるのはジェフリーのことである。

わたしが「懐かしい昔《オールド・ラング・サイン》!」という文句を使う時、
それは君に向けて言っているのではない——そのことはわたしにはそれだけ残念なことだ、なぜなら君の誇り高い都市に住む者の誰にもまして(スコットを除き)、君と酒を酌み交わしたいからだ。
しかしどういうわけか—学童の泣き言に響くかもしれぬが、
それでもわたしは尊大に、知的になろうとするつもりはない——
しかしわたしの生まれの半分はスコットランド、育ちは
すべてそう、だから胸が一杯になって思考が停止してしまう——
それは「懐かしい昔《オールド・ラング・サイン》」がどれもこれもスコットランドを
思い起こさせる時、格子縞、ヘアー・バンド、青い丘、

澄んだ流れ、ディー川、ドン川、バルグーニー橋の黒い壁、
わたしの少年の感情すべて、その時夢に見たものの
より優しい夢すべてを思い起こさせる時だ[16]……

スコットランドに対する反感を持ち続けられなかったことについて、以下のように巧みに表現する、「それは溌剌とした若い時代の感情を消すことはできない、／わたしの血の中のスコットランド人を、わたしは／〈傷つけたが殺せなかった〉」、そして〈山と川〉」の国を愛する」と。[17]〈傷つけたが殺せなかった〉は「スコティッシュ・プレイ」と呼ばれる『マクベス』からの引用であり、〈山と川〉はスコットの『最後の吟遊詩人の歌』から採られている。リフレインとして使われる「オールド・ラング・サイン」と相まってなんとも心憎い。またイタリアのバイロンは、絶えずスコットの小説を出版者のマリに所望し送らせた。

彼は七編の劇詩も書いた。傑作は『マンフレッド』（*Manfred*, 1817）である。主人公マンフレッド伯爵はあらゆる権威に反抗する。人との交わりを排し、「悪の原理」に身を委ねることも辞さず、神の権威、救いをも認めず、一人苦悩して死んでいく。彼の最後の台詞は「死ぬことは難しくはない」というものである。この作品はゲーテの『ファウスト』の影響も受けている。ヴェネチアの歴史を扱ったものには『マリーノ・ファリエロ』（*Marino Faliero*, 1820）と『フォスカリ父子』（*The Two Foscari*, 1821）がある。両作品ともヴェネチア共和国の歴史の腐敗と停滞、そして個人の名誉の尊厳性がテーマとなっている。アッシリアの歴史を扱った『サーダネーパルス』（*Sardanapalus*, 1821）では流血を嫌い、平和と愛を選び、滅んでゆく王の姿を描く。バイロンが政治に強い興味を抱いていたことが、これらの劇詩によく現れている。

他には聖書から題材を採った劇詩に『カイン』（*Cain*, 1821）と『天と地』（*Heaven and Earth*, 1821）がある。

ともに「天上の政治学」に疑問を呈したもので、当時物議を醸した。『カイン』では人間を創造しながらエデンの園からアダムとイヴを追放し、死をこの世にもたらした神の意図を問題視する。また、蛇に噛まれた子羊が薬草によって傷が癒えたことに、アダムはキリストの贖罪を見るが、カインは強い疑問を呈する。もともと子羊が噛まれて苦しむ必要があったのか、というものである。『天と地』はノアの洪水によってカインの末裔を滅ぼし、人間の愛の絆を断ち切る神の姿勢を糺す。バイロンの戯曲はそれぞれ重要なテーマを扱うが、特に権力と人間との相剋のテーマがよく見られる。ただこれらの戯曲は、彼が言うように「形而上学的」すぎて、実際の上演には向かなかった。

バイロンはギリシャに赴く前に物語詩『島』(*The Island*, 1823)を書いた。これは有名なバウンティ号叛乱(一七九八)を題材としたもので、舞台は南太平洋の島である。叛乱を起こした船員たちは帰国を拒否し、文明を捨てて自然の中での生活を選ぶ。船員の中にトークウィルという名の青年がいて、島の娘ニューハと恋に落ちる。本国から追手が迫って来た時、若い二人は海に飛び込み洞窟へ逃げ込む。ここが彼らの愛の巣となる。興味あるのはバイロンがこの青年をスコットランド出身にしていることである。「彼は誰なのか、青い目の北国の息子だ、/より知られた諸島の出身だが、そこはここと同じく荒涼たる所/ヘブリディーズ諸島の金髪の子だ(18)」。

この若者はスコットランドの厳しい嵐に育てられ、スコットランドの大海原を自らの住処と考える青年である。この期におよんでバイロンはスコットランドの若者を登場させ、文明を捨てさせて自然の中で生きさせる。ナレーターはほとんどバイロンその人である。彼は幼少の時に見たハイランドのことを思い出す、「幼児の頃の恍惚はいつまでも残り、/トロイの見下ろすアイダ山に、ロッホ・ナ・ガールを見た、/フリギアの山とケルトの記憶が混ざり/カスタリアの澄んだ泉にハイランドの滝を見た(19)」と。バイロンは『無為の時間』の中で描いたスコットランドの世界に戻っている。

バイロンは一八二三年、イタリアを去って、ギリシャに赴く。トルコ支配下にあるギリシャ独立運動を援助するためだった。一八二四年四月一九日、病のため寒村ミソロンギで命を落とす。「一八二四年一月二二日、ミソロンギにて。この日に三六歳を終える」（'On this day I complete my thirty sixth year'）が辞世の歌と言える。この詩の最後の二連には、半ば死期を悟ったバイロンの姿がある。

もしお前が青春を悔いるなら　なにゆえ生きる
名誉ある死地は
ここだ――戦場へ赴け！　そして
息絶えよ

求めよ――求めても得ること稀なる
兵士の墓を―それがお前には最上のもの
そして周囲を見回して所を選び
お前の休息を得るのだ(20)

注

（1）*Byron's Letters and Journals*, ed. Leslie A. Marchand（London, John Murray, 1973–94）, 13 vols, IX, p. 87.
（2）'Song: When I rov'd, a young Highlander', ll. 17–8 in *Lord Byron: The Complete Poetical Works*, ed. Jerome J. McGann

(Oxford: Clarendon Press, 1980–93), 7 vols. バイロンの作品の引用はすべてこの版による。*CPW* と略す。また日本語訳はすべて筆者の手になるもの。
(3) *Ibid.*, ll. 25–6.
(4) ‘Lachin Y Gair’, ll. 37–40.
(5) See *CPW*, I, P. 373.
(6) ‘Stanzas: I would I were a careless child’, ll. 21–24.
(7) *Edinburgh Review,* XI, February 1808, pp. 285–9.
(8) *English Bards and Scotch Reviewers,* ll. 2–6.
(9) *Ibid.*, l. 467.
(10) *Ibid.*, ll. 492–3.
(11) *Ibid.*, ll. 153-84.
(12) *The Corsair,* III, 694–6.
(13) *Childe Harold's Pilgrimage*, III, 75.
(14) *Ibid.*, 26.
(15) Smiles, Samuel, *Memoir and Correspondence of the Late John Murray* (London, John Murray, 1891), 2 vols, I, p. 267.
(16) *Don Juan*, X, 17–8.
(17) *Ibid.*, 19.
(18) *The Island*, II, ll. 163–74.
(19) *Ibid.*, ll. 290–3.
(20) ‘On this day I complete my thirty sixth year’, ll. 33–40.

第一四章　トマス・カーライル

文学における環境とは何か
――歴史的時間と生活空間について――

向井　清

環境と人格形成

今日、環境に関わる問題がさまざまな分野でクローズアップされるようになった。環境には自然現象の恒久的な面と社会や家庭という流動的な面とがあり、人間はそれらとの相互関係において徐々に変化していく運命にある。『オックスフォード英語辞典』を見ると、「環境」（environment）という言葉は、物事を取り巻く事物や地域という意味のほか、人間の人格形成にあずかる状況、あるいは人格形成を変容させたり決定づけたりする影響の総体を意味するとある。

「環境」の語を人間の人格形成と関係づけて初めて用いたのがトマス・カーライル（Thomas Carlyle, 1795–1881）である。ゲーテを論じた彼の一文がこの定義の初例（一八二七年）として辞典に挙がっている。良きにつけ悪しきにつけ人生全般を取り巻くさまざまな環境は、人間の思想信条に大きく関わり、ひいては独自の文化を生み出す有力な要因になり得る。したがって彼は、人と環境との躍動的なつながりに着目し、その関係性が時代や地域に応じて示すさまざまな態様に真の価値を見出そうとした。

カーライルが着目する「環境」には、時間と空間の概念が付随する。時・空の概念はカントから受け継ぎ、彼独自の思想へと昇華した重要な要素であって、人間精神はその置かれた時代と国・地域によって影響されるとともに、逆に影響を及ぼすこともあり得る。つまり、人間精神は機械のように万人に等しく備わっているのではなく、またどの時代でも同一というわけでもなく、時・空の中で多様な関係性を保ち、変容しながら各個が独自の色合いを帯びるというのである。

青年期における人間精神はその未熟さゆえに常に不安定な状況下にある。そのような視点に立つとき、ルネサンス期の人文学者たちの人間賛歌、あるいは一八世紀啓蒙思想家たちの理性尊重は、カーライルにあっては人間中心主義に偏っていると見なすため、むしろルネサンス以前の中世的な人間観に立ち帰り、多様な環境下に置かれた不完全な状態から理想的な神の世界に近づこうとする彷徨の過程を重く見ようとする。それはカーライル自身のカルヴァン主義の南部スコットランド文化に根を下ろした人生観であり、その地に端を発した人生航路でもあった。彼はその立脚点に立って歴史を解釈することで、内的葛藤を克服した人物に感動を覚え、詩的美しさを見出した。そのような基本理念を表した代表的な作品が、歴史上の偉人を論じた『英雄崇拝論』(*On Heroes, Hero-Worship and the Heroic in History*, 1841)である。

ここでは、カーライル自身の思想形成に深く関わったスコットランドの環境の中でも、特に著名な人物像を中心にして歴史的時間軸の中で見ていくこととし、さらに彼の生活空間において関係の深い人物群をも見ることとする。

歴史とはエネルギーの燃焼

カーライルは、「歴史とは真の詩である」という考え方をもっていた。言葉の芸術的表現によって過去の事象を叙事詩風に蘇らせることが、彼にとって理想的な歴史叙述であった。それを自ら実践してスコットランドの歴史を語るときの筆致は詩的情緒にあふれている。たとえばエディンバラの大自然を見ると、その雄大な風景が太初の風景へと遡及し、長い年月を経てきた情景が思い浮ぶのである。

今私は、ここエディンバラの城山から……町の美しい地区が穏やかに力強く横たわっているのが見える。芸術、工業、寺院、学校、制度、詩、精神、国民性をもつこの美しい広大なスコットランドは、誰により、どんな手段で、いつ、どのようにして創造され、耕地にされ、緑地化され、独特で、偉大なものになったのか。(1)

この問いかけは自然と人間社会の変遷を総体としてとらえ、独自の感性が働くことで歴史の動きの中に不可視のエネルギーのうねりを見ているように思われる。この歴史の流れを解釈する際、彼は当時の代表的な歴史家でありエディンバラ大学学長をも務めたウィリアム・ロバートソン（William Robertson, 1721–1793）を引用するが、ロバートソンは昔は野蛮な領主たちによる戦闘が繰り返された時代だったと見るに過ぎない、としてその即物的な歴史観に多くを期待しない。

もとより歴史の生成・発展に見えない力を見出す詩的・神秘的な感性は、政争の展開として見る社会学的な観点と相容れるものではない。というのは、それは国家制度の変革そのものよりも変革をもたらす人間のエネ

トマス・カーライル（1795年）

ルギーの燃焼に歴史的価値を認めるからであり、また、対象の客観的な分析よりも対象との個人的な関わりとしてとらえるからである。そして、歴史の展開に大きな役割を果たすのがいわゆる「英雄」であって、「世界の歴史とは偉人の伝記にすぎない(2)」という個人に特化した見方が生まれる。しかし同時に、歴史とは「無数の伝記のエッセンスである」（『全集』第二八巻八三）という一般大衆を視野に入れた見方もあって、偉大な指導者のもとで大衆が尊崇する緊密なヒエラルキーを構成することが理想社会の実現につながるという「英雄崇拝」の理念が構築される(3)。

カーライルが着目する歴史上の人物は、『英雄崇拝論』にまとまった形で見ることができる。それらは北欧神話の神であるオーディン、預言者としてのマホメット、詩人としてのダンテ、シェイクスピア、聖職者としてのルター、ノックス、文人としてのジョンソン、ルソー、バーンズ、帝王としてのクロムウェル、ナポレオンなどである。その他、単発的なエッセイで、ボズウェル、ゲーテ、ウォルター・スコット、モンテーニュ、モンテスキュー、ディドロ、ミラボーなども登場する。

右に挙げた人物でスコットランドの歴史に関係があるのは、ノックス、バーンズ、ボズウェル、スコットであり、イングランド出身でスコットランドに関わりのある人物はクロムウェルである。以下において、自らがスコットランド的特質を内包していたカーライルが、これらの人物をどのように評価し、血肉化したかを見てみることとする。

スコットランドの歴史上の人物

スコットランド史における宗教上の画期的な出来事は、一六世紀中期のジョン・ノックス(John Knox, 1515–1572)による宗教改革である。ノックスはプロテスタント活動ののろしを上げてスコットランド長老派教会(Presbyterian Church)を創立した。カーライルの見るところでは、その影響はスコットランドの精神的再生はもちろんのこととして、一七世紀前半のクロムウェルのピューリタン革命、一七世紀後半の名誉革命、さらにはアメリカのニューイングランド・ピューリタニズムへと波及するなど、宗教形態がピューリタニズムという最も高潔で完璧な形となって広まった。カーライルの郷里にあったエクルフェカン分離派教会の戒律もこの流れを汲んでおり、彼の宗教意識の原点もここにある。ノックスを論じている主な作品は、それぞれ四五歳と八〇歳のときに発表した『英雄崇拝論』と『ジョン・ノックスの肖像』(*The Portraits of John Knox*, 1875)である。

『英雄崇拝論』では、ノックスがスコットランド人に真のキリスト教信仰を蘇らせた「英雄」であるとし、「スコットランドの文学と思想、スコットランドの産業、ジェイムズ・ワット、デイヴィッド・ヒューム、ウォルター・スコット、ロバート・バーンズ、こういう人物と現象には、それぞれの核心にノックスと宗教改革が働いていることが分かる。彼らは宗教改革がなければ存在しなかったであろうと思う」(『英雄崇拝論』一二四―一二五)といっている。その意味で、ノックスはスコットランドに多大な貢献をした人物であり、真理に誠実なその姿は「一六世紀のエディンバラの牧師の装いをした古代ヘブライの預言者」(『英雄崇拝論』一二七)そのままでであった。伝記的事実を論じた『ジョン・ノックスの肖像』では、ノックスが最もスコットランド的な人物であると絶賛している。その特質とは、眼識、識別力、勇気、そして男性的な内なる声に従って実行する真率さであり、逆に、欺瞞、愚劣、不誠実なものへの徹底した嫌悪である。一言でいえば、「神を恐れる他はいかなる恐怖心もない」（『全集』第三〇巻三一九）という強い意志がスコットランドの人心に訴えるところとなった。そしてカーライルは、一七世紀のクロムウェルによるノックス思想の実践行動については、七一歳のときに行った「エディンバラ大学名誉総長就任演説」でも強調しており、もしノックスが存在しなかったならば、イギリスではピューリタン革命は起こりえなかったし、そのことは郷土愛を差し引いて考えてみても歴史の事実として受け止めるべきであると述べている。老年になって若い大学生を前にした熱弁は、イギリス宗教史についての彼の基本理念を吐露したものと思われる。

第二の人物は一八世紀の詩人ロバート・バーンズ（Robert Burns, 1759–1796）である。カーライルの英雄の型の一つとして、本来社会的身分の低い人物が歴史上の傑物へ大成するというとらえ方がある。主人公の人格形成の物語が、ゲーテの『ヴィルヘルム・マイスター』以来のいわゆる教養小説（Bildungsroman）の骨格となり、ヴィクトリア朝小説の重要なモチーフとして定着したことは周知のとおりであるが、つつましい生まれの者が社会的に脚光を浴びるようになる変容のさまは、カーライル自身が作家として成長した姿でもある。また、彼の代表作は「衣装哲学」の名で知られる『サーター・リサータス』（*Sartor Resartus*, 1833–34）だが、そこに登場する架空のドイツ人哲学者トイフェルスドレック（Teufelsdröckh）についても同様のことがいえる。さらに、『過去と現在』（*Past and Present*, 1843）で取り上げられている一二世紀のセント・エドマンズベリー修道院のサムソン院長もそうである。

そして、ノックスとバーンズも、もって生まれた生活環境がむしろ経済的に劣悪であり悲劇的でさえあったにもかかわらず高貴な精神へと転身するのは、当人の天分もさることながら、近代的な教育とは無縁の自然環境で育まれた面が強い。エッセイ「バーンズ論」（'Burns'）では、詩人の誠実さが作品に表われているとして次のように述べている。

バーンズは風聞をもとにして書くのではなく、見て経験したことをもとにして書く。彼が描くのは自分がその真っただ中で生活し骨折って働いた情景である。……彼は内的なものを自分に可能な旋律と音調で、「素朴で田舎風の短い歌で」語っているが、それは彼独自の純粋なものである（『全集』第二六巻二六七─二六八）。

自らが愛し感動したスコットランドの情景──それは自然の情景が多いのだが──を土地の言葉で純粋に表現すれば、自ずと読む者の心を打つという詩の原点をカーライルは指摘しており、それはまた一八世紀後半の前期ロマン主義の黎明をも意味する。

カーライルはゲーテを論じる際、その文学的特質として真面目な要素と娯楽の要素が共存していると指摘している。それは威厳のある重厚さと軽やかな甘美さとの共存であり、ノックス論において敬虔な信仰心とヒューモアを指摘したことと軌を一にしている。このような矛盾し合う要素を併せ持つという点が、彼の英雄を論じる際のもう一つの型であるが、「バーンズ論」においても、決然とした力強さと柔和な優美さが備わっているとしてバーンズの詩情が単一ではないことを論じている。

われわれはこの人物に女性のような優しさ、胸震わせる憐れみと、英雄のもつ深い真率さ、力、燃えるような情熱が共存していることが分かる。夏雲の雨粒に稲妻が潜んでいるように、涙と焼き尽くす火が彼には宿っている。その胸の内では人間感情のあらゆる音調に共鳴し、高貴なもの、低俗なもの、悲しいもの、滑稽なもの、楽しいものが、それぞれの節目で、「すぐに感動し、すべてを理解する心」に迎え入れられる（『全集』第二六巻二七四）。

優しさと心の燃焼は詩精神としては優れた美徳である。しかし、バーンズの心を交互に圧していたのは「激しい願望と激しい後悔の念」（『全集』第二六巻二九六）であった。それは時代の寵児となってもてはやされ、見捨てられるという世俗上の問題であって、「真の宗教的な道徳信条」（『全集』第二六巻三一二）があれば避けられたことである。つまり、カーライルのバーンズ評は、同郷スコットランドが生んだ文学的先駆者としては深い敬意をもって遇するが、篤い信仰心に裏打ちされた道徳的バックボーンが欠如していた点では憐れむべき存在であった、という二律背反的な見方になる。

『英雄崇拝論』の第五講「文人としての英雄」でもバーンズを論じており、同じ論調が続いている。すなわち、イギリス最大の人物が、スコットランド人の武骨な手をした農場労働者の姿となって世に出てきたと称賛する一方、名声と貧困の浮き沈みに翻弄され人生が浪費されてしまったという悲劇的な口調で締めくくっている。他の「英雄」たちとも共通して、バーンズは詩作と実生活において「誠実さ」を実践し、自己の内面的真理に忠実に従ったが、その姿は「悲劇的誠実」、あるいは「野性的誠実」と呼ぶにふさわしい。というのは、世人の彼を見る目は娯楽を提供する有名人でしかなく、本来備わっている福音のような詩精神を顧慮する者はいなかったからである。カーライルは世俗的な名声が破滅につながり、若くして貴重な天分が環境に埋没したことに深い哀惜の念を抱いた。

第三の人物はジェイムズ・ボズウェル（James Boswell, 1740–1795）である。『英雄崇拝論』に描かれているように、カーライルの歴史を見る視点は過去の人物像を復元することにある。さらにエッセイ「伝記論」（"Biography"）では、人物の日常の行動、信条、苦悩、喜び、生活環境に接することにより、「その内面を知り、行動を理解し、……その内面から外を見ること、その人が見るがままの世界を同じように見ることが」（『全集』第二八巻四四）肝要であると説いている。人物像の真の姿は自身が語る言葉に表れる以上、それを克明に記録したものが生きた歴史書の名に値する。日常生活における生の人間を描出した一例としてカーライルは、一八世紀末に出たジェイムズ・ボズウェルの『サミュエル・ジョンソン伝』（*The Life of Samuel Johnson*, 1791）を挙げエッセイ「ボズウェルのジョンソン伝」（'Boswell's Life of Johnson'）において伝記の具体的な真価を論じている。エディンバラ生まれのボズウェルは本業は弁護士であったが大成せず、イギリス文壇の大御所でありスコットランド人嫌いで有名なサミュエル・ジョンソンに親しく師事し、ジョンソンが亡くなった後に卓越した記憶力で伝記を執筆した。それは綿密な観察による稀有な伝記として歴史に名を刻した、とカーライルは絶賛している。しかもボズウェルの姿勢の中に、優れた者に対して自然に湧き出る崇敬の念を見出した。それは道徳的な謙虚さだけでなく、知的洞察力をも備えていたことを意味する。

ボズウェルの偉大な知的才能はそもそも無意識的なものであり、論理よりもはるかに高みに達し意義深いものであって、部分的でなく全体的に現れた。ここにも「心は頭脳よりも遠くを見る」という古い諺の真実が証明されている（『全集』第二八巻七五）。

むろんボズウェルの自堕落な家庭生活に対しては否定的な言辞が見られ、十全の道徳家としてとらえているわけではない。また、格別の郷土性を見出したわけでもなく、広く歴史と伝記あるいは英雄崇拝という大きな課題に応えてくれた作家がたまたまスコットランド人であった、ということであろう。

第四はウォルター・スコット（Walter Scott, 1771–1832）である。スコットの文学的名声は一八二〇年代においてエディンバラでは他をしのぐものがあった。常に二律背反のスタンスを伴うカーライルの人物評は、スコットを論じるときは特に顕著に表れ、ときにはマイナスのイメージが強調されることさえある。スコットの『ウェイヴァリー小説』（*Waverley Novels*）を耽読した若き日は、中世騎士道の歴史的価値を蘇らせた物語作家としての力量に引かれた。スコットは小説の最終章で、この半世紀のうちに古き良き時代のスコットランドは完全に変わってしまい、現在の人々は彼らの祖父とはまったく違う種類の人間になった、と嘆いている。カーライルにとってスコットは大量に書きまくった才人でしかなかったが、過去の生活風景を小説において絵画的な描写力で再現し、バランス感覚の取れた健全な能力を発揮した。しかも、スコットランド人らしい熱意と思慮と豊かな国民性が具現されているところに意義深さを認めている。しかしその一方で、金銭と社会的名声への渇望に災いされて明確な目的意識に欠けていた、と厳しく批判しており、おそらく世俗の波に翻弄された点では、ほぼ同時代のバーンズとの類似を見たであろう。つまり、一八世紀から一九世紀にかけてのイギリスは懐疑主義や功利主義の時代に移行していたため、真に必要とされたはずの宗教上の預言的な響きが作品に表れていないというのである。

若き日のスコットは一二歳年上で存命中だったバーンズに憧れ、また二〇代のカーライルは二四歳年上で存命中のスコットに憧れた。すなわち、バーンズからスコット、そしてカーライルにいたる歴史の流れは、同じスコットランド文化を継承しながらも、詩から小説、そして散文へというジャンルの変遷を文学史上で形作っていたことになる。

第五に、先述したように、スコットランドの歴史を政治・宗教の面で大きな刻印を残したオリヴァー・クロムウェル（Oliver Cromwell, 1599–1658）に触れざるを得ない。クロムウェルはピューリタン革命では王党派と対立する議会派に属し、鉄騎兵隊を率いてステュアート朝のチャールズ一世をオックスフォードからスコットランドに駆逐し、王党派の降伏によって議会派を勝利に導いた。この第一次内乱が終わった後も再び決起した国王を処刑した。本来スコットランドはピューリタンによる反抗運動の発祥地であったが、スコットランドの長老派教会はイングランドの貴族と結託し、大陸に亡命していたチャールズ二世を迎え入れたことで議会派との戦いが不可避となった。クロムウェルは王党派の拠点であったアイルランドを武力で制圧するとスコットランドにも遠征し、エディンバラの東部ダンバーの戦いで勝利を収めた。息子のチャールズ二世は一年間抵抗するものの壊滅的な敗北を喫し、一〇年続いた内乱は終結する。カーライルは王党派によってスコットランドが混乱状態に陥ったとき、クロムウェルが登場しなければその大義は死滅したであろうと言い、スコットランドと王党派のステュアート家を分断させたことを恩義であると考えた。クロムウェルは「今ではスコットランドの友人でもあることであるが、アイルランドの友人であったのと同様にスコットランド人がほとんど夢見ないことである。もしそこにクロムウェルがいなければ、スコットランドがこれまでに成した一大功業であるスコットランド・ピューリタニズムはどうなっていたであろうか」（『全集』第七巻二四五）と述懐している。クロムウェルを古代ギリシア・ローマの歴史にも見出すことのできないイギリス史上最大の傑物と見なすカーライルは、自ら大人物を生み出すことがなかったスコットランド人にとって、王政に対する無私の戦いを挑んだクロムウェルは真に必要とする偉人であったといっている。

家庭と親友

カーライルが誕生以来スコットランドの地で生活したのは一八三四年（三九歳）までである。地理的には、スコットランド南西部ダンフリースシャーの村エクルフェカン（Ecclefechan）やアナン（Annan）をはじめ、エディンバラ、カーコーディ（Kirkcaldy）、クレイゲンパトック（Craigenputtoch）など、エディンバラを中心にしてほぼ南北の生活空間に分散する。

生誕の地エクルフェカンでは家庭と教会で宗教道徳を涵養され、それが後々まで中世的な田園風景とないまぜになって保守的イメージとして定着した。精神的自叙伝である『サーター・リサータス』第二巻で、主人公トイフェルスドレックが誕生したエンテプフール（Entepfuhl）〔ドイツ語で「鴨池」の意〕は、エクルフェカンがイメージされている。その牧歌的風情の中で愛と希望に包まれて幼児が成長する情景は、カーライル自身の幼児体験と重なり合う。息子の願望よりも服従を重視する父と信仰心が篤く慈愛に溢れた母も、カーライルの両親像と一致する。父ジェイムズは石工（後に農業を営む）で、生涯を通じて六十数キロ以上の居住空間を出ることがなく、時間の流れは聖書の世界に限られ、それ以上の知識を必要としないというきわめて保守色の強い人であった。しかも、強い道徳観のゆえに、詩や小説といった文学作品のたぐいは怠惰であるだけでなく虚偽であり犯罪であるとする厳しい信念をもっていた。気を衒わない自然人にして表現力豊かな父親像はカーライルの生活信条になり、『回想録』（*Reminiscences*, 1881）で自分という存在は父の「第二巻」である、として敬慕の念を公言してはばからなかった。家族は後に農夫になる弟のアレグザンダーと医師になるジョンや妹らがいて、家族の強い絆は取り交わされた数多くの書簡にも表れており、彼の精神生活の支えになったことは明白である。特に、キリスト教思想につながる敬虔さ、自己犠牲、勤勉、質素、学識への尊敬の念、誠実さ、率直さ、ヒューモア、良識などの徳目は幼少時の家庭環境によるところが大きかった。

しかしながら、一四歳から受けた大学教育とその後の知的経験は、背後にあるスコットランド啓蒙思想、さらにはエディンバラに根づいていたフランス文化の風土が近代思潮の洗礼となった。その過程は、彼の内部において古い宗教体質から近代的な非宗教体質へと変化する道のりであった。それはまた、脱スコットランド化を強いられる精神的葛藤の道のりであったといってもよい。『サーター・リサータス』において、エディンバラ大学をイメージした「無名大学」のことを、人々は「合理主義的な大学を誇りに思い、神秘主義とは極度に敵対し、青年の空虚な頭は種の進化とか暗黒時代とか偏見などという議論をたくさんあてがわれた」[4]と皮肉っている。そして彼は、懐疑主義思想に染まったこともあって大学に入学した本来の目的である聖職者への道を断念し、一時鉱物学や法律学を学ぶなど明確な人生の方向性を見失う。それは伝統的なキリスト教信仰から離脱する行動であって両親は衝撃を受けた。しかし、ジェイムズは寛大な態度で息子を受け入れた。

宗教上の煩悶に理解を示してくれた人物に三歳年長で親友のエドワード・アーヴィング（Edward Irving, 1792–1834）がいる。『回想録』を見ると、家族以外の人物ではアーヴィングに関して多く記述しており、古い騎士道とキリスト教を体現したスコットランド人気質を残した人物に映った。[5]アーヴィングはカーライルとほぼ同じような学歴と思想傾向をもっていたが、牧師になる決意に揺るぎはなかった。牧師としてロンドンに移り、カレドニアン教会の説教壇に立つと、その異彩を放つ雄弁ぶりが多くの聴衆を引きつけ、一般の参拝者だけでなく政治家や貴族、チャールズ・ラム、ウィリアム・ハズリット、トマス・ド・クインシー、S・T・コールリッジらの知識人までも彼の説教を激賞した。声望が高まるにつれ小さな教会はスコットランド国教会へと衣替えして多くの群衆を迎え入れることになる。しかし時を経ると、熱狂的な預言者の調子を帯びた終末論思想は異端と見なされるようになった。紆余曲折の後、郷里のスコットランドで国教会から追放され、ロンドンでも信者は徐々に離れていき、ついには健康を害して四二歳の若さで亡くなった。カーライルは『フレイザーズ・マガジン』

（*Fraser's Magazine*）に「エドワード・アーヴィングの死」と題する追悼文を発表し、その中で「スコットランドはヘラクレスのような強力な人物を送り出したが、バビロンに似た狂気の町があらゆる道具仕立てで彼を疲弊消耗させてしまい、こうして一二年の歳月が過ぎた」（『全集』第二八巻三一九―三二〇）と書いている。スコットランド南部アナンデール出身のアーヴィングは、本来純朴な優れた人物であったが、華美悪徳の町ロンドンの空気に迷妄し流行に翻弄されてしまった。中世的で高貴なスコットランド的特質が、近代文明の病弊に飲み込まれ正気を失った事例をこのエッセイは物語っている。二一世紀の現在では、アーヴィングはカトリック使徒教会の礎を築くのに影響力のあった人物であったと見なされている。

　カーライルの文学人生において最大の貢献をしたのは妻のジェイン・ウェルシュ・カーライル（Jane Welsh Carlyle, 1801–1866）である。ジェインはアーヴィングによって紹介された学問志向の強い女性であった。エディンバラの東の町ハディントンで紳士階級の医者の娘として生まれ、才色兼備の噂の高い「ハディントンの花」であった。下層階級出身のカーライルとは格式の違いがあり、恋愛から結婚までの道のりは平坦ではなかったが、二人が交わした大量のラブレターは深いプラトニックラブで結ばれていたことを物語っている。彼女の名が後世に語り継がれているのはいくつかの理由がある。第一に、執筆にいそしむ夫に代わって住居管理や家事に優れた能力を発揮したこと。第二に、常に夫の作品を他に先んじて批評し評価した良き理解者であったこと。第三に、来訪する知人に対しては夫の引き立て役に徹したばかりでなく、その卓越した社交術で彼らを魅了したこと。そして第四に、知人と交わしたおびただしい数の書簡が、この時代のロンドンを描いた表現の才を示していること、などである。二人の間に子どもはなかったが、カーライルは彼女の並はずれた内助の功を惜しみ、自己の著作品が「二人の唯一の子どもたち」である、といって『回想録』で亡妻追慕の念を切々と語っている。このように当時の男性から見れば彼女は家庭夫人の鑑であったが、フェミニズムの思想が進む風潮にあって、女性解放を奉じる人々から見れば因習的な忍従の妻に映り、一種微妙な立場におかれていた。

アーヴィングやジェインと並んで『回想録』に記述されているフランシス・ジェフリー（Francis Jeffrey, 1773–1850）との出会いも重要である。アーヴィングが心の友であったとすれば、ジェフリーは生活上の友であった。彼はイギリス思想界に関わることになる季刊誌『エディンバラ・レヴュー』（*Edinburgh Review*）を創刊して主筆を務め、スコットランド法曹界の重鎮にしてイギリス下院議員をも兼任した人物で、スコットランドの輝ける星であった。気質と思想においてカーライルとは異なっていたが、若きカーライルの才能を見抜き原稿の執筆を依頼するなどして親密な交流をもち、カーライルがロンドンで作家生活の活路を開いてからも付き合いをもった重要な人物である。彼はカーライルをゲルマン文化に傾斜した神秘思想家であるとして違和感をもち、カーライルの方はジェフリーを世俗的で功利主義によって詩精神が衰退した人物だと見ていた。しかしそのような思想上の対立とは別に、二二歳年上のジェフリーはカーライルを「天才」と認め、文壇に乗り出すための助言者として温かく

カーライル夫妻の住んだクレイゲンパトックの農家。すぐれた作品の多くがここで執筆された

遇した。ジェフリーはジェインにも引かれ、両家は家族ぐるみの篤い友情で交わった。今日、『エディンバラ・レヴュー』は時代精神をバランス良く発揮した定期刊行物であったと一般に評価されている。

スコットランドに関わりの深い人脈をたどれば、右に見たように主として宗教と文学にまつわる人物群であることが分かる。その傾向はロンドンに定住してからも変わらないが、カーライルの宗教意識は内面化して歴史意識ないしは時代意識が全面に表れ、文学表現を駆使して歴史や時局を論じるようになる。彼はその強い道徳観念のゆえにロンドン西部の居住地にちなんで「チェルシーの聖人」(Sage of Chelsea) と呼ばれた。その間でもスコットランドへの愛着は消えることはなく、晩年になるまでまるで精神の充電を求めるかのように帰郷を繰り返した。そこではロンドンにはない悠久の自然があり、また、昔ながらの健全な心身と信仰心をもつ家族がいたからである。

環境との絆

以上のことからカーライルに関わるスコットランド的特性は次の二点に集約できる。

第一は、時間軸における過去のスコットランド文化に寄せる歴史意識である。歴史の探究は精神の探究と言い換えてもよく、カーライルの文学思想の中核をなしている。それは過去の人物の行動を追体験したり、心理的な対話を交わす場であり、単なる無機的な分析の対象ではない。歴史はまた、神聖な聖書に匹敵し、人生の指針になり得るだけの生命力のある鑑である。

すでに述べたように、カーライルが着目したスコットランド史は、ノックスに始まるピューリタン的土壌とクロムウェルにいたるまでの影響力、バーンズに見られる自然に寄せる郷土愛、ボズウェルが体現した英雄崇拝とその伝記的事実、スコットの中世騎士道世界への回帰などさまざまな態様を見せている。特にカーライルが最も感動を覚えたバーンズ詩の世界は、自然の営みに共鳴した細やかな情愛がそのままカーライル自身の心情となって移し込まれた風景であり、古いスコットランドへの郷愁を限りなくかき立てる力があった。

第二は、スコットランドという空間的な自然風土とそこに根差した父ジェイムズを中心とする家族の絆である。父親譲りの宗教意識は幼少時から無意識的に培われた養育の産物といってよいが、後にそれはプロテスタントの正統なキリスト教思想から外れ、宇宙の根源にエネルギーの存在を認めて、それが歴史を動かすというカーライル独自の直覚による宗教観へと変容する。あるいは精神的紐帯について言えば、妻ジェインをはじめとして、親友アーヴィングとの肝胆相照らす間柄やジェフリーとの文学人生上の出会いなど、当代における同郷人との緊密なつながりがある。

このような環境あるいは対象との一体感こそ、モダニズムの足音が聞こえる一九世紀において、自由と個人主義を標榜する民主主義思想に欠如した要素である、と彼は考えたに違いない。過去・現在を問わず環境との絆、とりわけ人間相互の精神の絆が彼の思想形成上の原点であったとすれば、その対極に功利主義と機械産業が進める「金銭のつながり」(**cash-nexus**)があった。換言すれば、環境との絆は自己の寄って立つための精神的支柱となり、自然の状態で人格を形成する場となった。環境と自己は不可分の関係でなければならず、それを失うことは自己アイデンティーと生命力の喪失につながる恐れがあった。

しかしながら、機械化の時代思潮は統御できない力によって非人間化を加速させた。それは自己の属する環境に対して無感覚になり、社会から疎外され、孤独感に陥ることを意味する。『過去と現在』ではその警鐘を鳴らしている。

人間は孤立して生きることはできない。我々は皆、同じ身体の中の生きた神経のように、お互いのためになるか、お互いに苦痛になるかして、共につながれている（『全集』第一〇巻二八六）

環境は時代と場所に応じて善になることもあれば悪になることもあり、そのどちらの場合でも人間と密接不可分の関係にある。カーライルが端的に対比させた時代環境は、イギリスの一二世紀と一九世紀を比較して論じた『過去と現在』に表されている。「現在」では何十万もの人が救貧院で仕事もなく無為のうちに過ごし、古くからの美風である「崇高な、きわめて崇高な国民的美徳、農民の堅忍の心、英雄的行為、国民的真価の精髄である勇敢で男らしい習慣」が浪費されているという（『全集』第一〇巻三）。つまり、昔のスコットランド人がもっていたような人間本来の美徳は、当今の貧民救済法という一時的方便の中に見失われてしまったと彼は考えた。カーライル自身の生い立ちと同様に、ここにも歴史的時間軸における対照的な二つの時代だけでなく、生活空間における田園と都会の相違とが対比されていると思われる。

人は常に理想的な状況におかれるとは限らないが、善なるものを基盤としながらも、悪を含めたすべてをいかにして自己の精神的な糧とするかが問われる。理想は自己の外部ではなく、内部に求めるのがカーライルの究極的な人生哲学であり人間観なのである。

注

（1）*The Works of Thomas Carlyle*, Centenary Edition, ed. H. D. Traill, 30 vols.（London: Chapman and Hall, 1896–1901）, vol. 28, p. 82. 以下、本文中に『全集』と略記して引用する。なお、日本語訳は『カーライル選集　全六巻』（日本教

文社、一九六二）を参考にした。

（2）*On Heroes, Hero-Worship, and the Heroic in History*, notes and introduction by Michael K. Goldberg（Berkeley: University of California, 1993）, p. 26. 以下、本文中に『英雄崇拝論』と略記して引用する。

（3）カーライル思想の「英雄」については独裁者のイメージで論じられることが多いが、これは必ずしも当を得ていないことを別に論じたのでここでは詳述しない（拙論「カーライルとイデオロギー」『キリスト教文学研究』第二七号所収、日本キリスト教文学会、二〇一〇年、三四―四五頁参照）。

（4）*Sartor Resartus*, notes and introduction by Rodger L. Tarr（Berkeley: University of California, 2000）, p. 87.

（5）*Reminiscences*, ed. K. J. Fielding and Ian Campbell（Oxford: University Press, 1997）.『回想録』に収められている主な人物は、ジェイムズ・カーライル、ジェイン・ウェルシュ・カーライル、エドワード・アーヴィング、フランシス・ジェフリー、ロバート・サウジー、ウィリアム・ワーズワスらである。

第一五章　ロバート・ルイス・スティーヴンソン

自然主義文学への挑戦状
——ロマンスの復権に向けて——

立野晴子

ロマンス作家の誕生まで

スコットランドの子供たちが難破船や海賊や海の話を聞いて育つといったのは、ロバート・ルイス・スティーヴンソン（Robert Louis Stevenson,1850–94）である。幼い頃に戸外で遊び興じる子供たちとは違い、生来、呼吸器系疾患で病弱なため外遊びなど許されなかったから、父や乳母カミーが語り読み聞かせてくれる物語を友として成長したのである。

ロバート・ルイス・スティーヴンソンは、一八五〇年一一月一三日、エディンバラのフォース湾近郊ニュータウン、ハワード・プレイス八番地の優雅なジョージ王朝風の家で、父トマス・スティーヴンソン（Thomas Stevenson, 1818–87）と母マーガレット・イザベラ・バルフォア（Margaret Isabella Balfour, 1829–97）との間に一人息子として生まれた。スティーヴンソン家はすでに三代にわたり高名な灯台技師一族として知られ、父トマスも多くの灯台建設に携わり、灯台の照明機器の発明でも知られるエディンバラの名士だったが、その父からは、いかにもスコットランド的な生真面目さと厳格さ、愛情深く、時に偏見も入り混じるメランコリー気質を、フランス人の血を引き色白で優雅な母からは、寛容で善良、陽気さと敬虔さを合わせもつ気質とを受けついだ。ロマンティックな想像力の持ち主でもあった父トマスは、幼いルイスの咳の発作が収まるまで、船や海賊、宿屋や旅の商人などの話を聞かせてくれた。ルイス一歳半の時、母の体調が思わしくないことから雇われた乳母アリスン・カニンガム（愛称カミー）も、生粋の厳格なカルヴィン主義者らしく、聖書物語やスコットランドの伝説や怪奇譚そしてバニヤンの小説を読み聞かせてくれ、特に長老派教会・契約派信徒（Covenanters）の受けた迫害の物語や悪魔の所業を非難するドラマチックな語りかけは、終生、彼の精神の根幹に刷り込まれるほど強烈な影響を与えた。安っぽい色刷り紙の〈スケルト玩具劇場〉が宝物に加わると、そこに描かれる火薬樽を肩に置き短銃を発射する髭の男やサーベル片手の海賊や騎士などが、遊び友達のいないルイスの孤独を癒してくれた。物語の国に住むルイスにとって、眠りの「ベッドは小さなお船」、病気の時には「ベッドカバーの国」の布団の波間に浮かべた艦隊が遊びの相手、昼間には妖精や魔女よりも速く走りすぎる「鉄道の客車から」丘や平原へと空想の旅に出かけ、「風の強い夜」には煙突から舞い降りる疾風とともに御者のように家の周りを駆け巡る。これらの詩は後に『子供の詩の園』（*A Child's Garden of Verses*, 1885）として出版され、ルイスが第二の母とまで慕ったカミーに捧げられたが、この詩集からも病弱で想像力豊かな少年がいかに戸外の冒険に憧れ、想像の世界が心の支えであったか、物語の世界で無心に遊ぶルイスの少年時代が偲ばれる。

ルイス一七歳のとき、エディンバラ大学土木工学科に入学する。同科に入学したものの、家業に興味のないルイスは、デフォー、ワーズワス、ボードレールなどの文体を模して文章の鍛錬に励むことはあっても勉学は二の次、アメリカの詩人ホイットマンや、エディンバラ大学医学部に在籍したこともあるダーウィンの博物学な

R. L. スティーヴンソン

どの新しい学問に興味を抱き、無神論や社会主義思想へも傾倒していく。長髪にヴェルヴェットの上着姿という特異な風貌で街を徘徊してはボヘミアンを気取り、下層階級の人間とも付き合い、大英帝国の繁栄の陰に潜む時代の閉塞感と闘いながら、当時のヴィクトリア朝・エディンバラとその上・中流階級、その代弁者ともいうべき両親に対して、反抗的態度を露わにしていた。父との間で信仰や価値観さらには家業をめぐる確執が決定的になると、父も虚弱な息子の身体では土木技師に不向きと譲歩、ルイスも父の意向を受け入れ、エディンバラ・ニュータウンの知的な気風を作り上げた多くの法律家にして文人の例にならい、最も博識豊かで尊敬される職業とされた法律家目ざして法科に転じる。一八七五年、弁護士資格を取得すると、ルイスはこれを父との約束の成就とみなし、二、三の簡単な案件を処理した後、待ち望んだ文学活動の自由を得るのである。

文学を志す背景には、文筆家として立つよう後押ししてくれた人物との出会いがあった。終生、文学的助言者となるケンブリッジ大学美術教授シドニー・コルヴィン（Sir Sidney Colvin, 1845–1927）がまずルイスの文学的資質を見抜き、そのコルヴィンを通じてレズリー・スティーヴン（Sir Leslie Stephen, 1832–1904）やアンドルー・ラング（Andrew Lang,1844–1912）、W・E・ヘンリー（William Ernest Henley, 1849–1903）などの著名な批評家や編集者との交流が始まると、ルイスは『ポートフォーリオ』誌（*The Portfolio*）などにエッセイや書評を書く機会を得るのである。さらにルイスのその後の人生を変える人物が、一八七六年、フランス、パリの郊外バルビゾン村で出会い、当時三七歳、二人の子の母であり夫と別居し不幸な結婚生活を送っていたファニー・オズボーン（Fanny Vandegrift Osbourne, 1840–1914）である。ファニーが夫の元へ帰国すると、ルイスは周りの心配をよそにその後を追ってアメリカへと旅立つ。病身を押しての初めての大西洋横断、アメリカ上陸後の大陸横断鉄道での長旅、二度にわたる瀕死の危機、経済的にも破綻寸前、しかしファニーの離婚手続きを終えた一八八〇年五月に晴れて結婚、ルイスはファニーと一二歳の連れ子のロイドを伴いスコットランドに帰国する。病身のルイスを献身的に支えるファニーは両親に温かく迎えられ、スコットランドでの新生活は、かつてのトマスとルイス親子の確執を吹き飛ばす、ともに初めて知る安らぎの場となるのである。

未知の大海原へ――『宝島』の誕生

一八八一年、スコットランドのブレイマーに両親と滞在中の九月のある寒い雨の日、学校の休暇で帰省していた義理の息子ロイド少年のため手慰みに描いた〈宝島〉と名づけた架空の島の地図に想像力が刺激され、『宝島』（*Treasure Island*, 1883）が書き始められた。義理の父と子はその宝島に夢中になり、海の知識の宝庫、ルイスの父トマスも海賊の衣装箱の目録作りに参加。デフォーの『ロビンソン・クルーソー』や同じくデフォー作といわれる海賊列伝、エドガー・A・ポーの『黄金虫』、ワシントン・アーヴィングの『旅人の物語』等からもヒントを得て物語が書き進められると、進展するごとに家族や来客の前で読みあげられ、そのひと時は久しぶりに灯台技師一族の血を実感する瞬間でもあった。

時は一七―年頃（物語の推移から一七六〇年代と推定される）、主人公の少年ジム・ホーキンズの父親の経営するベンボウ提督亭に、船員用の衣装箱を手押し車で運びながら老海賊がひょっこり現れる。男の名はビリー・ボーンズ、何やら人目を忍んで警戒している様子だが、強いラム酒がまわってくると、「死人の箱の上にゃ一五人――ヨッホーホー、それにラム酒が一瓶よ！　残りのやつらは酒と悪魔がやっつけた――ヨッホーホー、それにラム酒が一瓶よ！」[1]と、不吉な古い船乗りの歌を口ずさむ。医師の飲酒を控えるようにとの忠告にも耳を貸さないビリー・ボーンズがあっけなく脳溢血で急死すると、ジムと母親はこの老海賊が隠しもっていた一枚の地図を発見、ジムはその地図を手に、沈着冷静なスモレット船長の指揮の下、善良だが口の軽い郷士のトレローニさん、賢明な熱血漢リヴジー医師らと、海賊フリント船長の隠したという財宝を探しにヒスパニオラ号で出帆する。ところが港町ブリストルで集めた船乗りたちは、人殺しなど歯牙にもかけない悪党ぞろい。特に悪知恵の働く一本足の料理番で、肩にオウムをのせたのっぽのジョン・シルヴァは、この船を乗っ取り、財宝を独り占めしようと機会を窺《うかが》っている。リンゴ樽に身をひそめたジムが真相を知ると、ジムら六人は結束することを誓う。ところが無鉄砲にも一人こっそり島に上陸するジム。無人島らしきこの島の沼地をかき分け、探検を始める。偶然、三

『宝島』のさしえ

年前に置き去りにされ、ぼろ布をまとったベン・ガンという元海賊と遭遇、彼によると海象号の船長、海賊フリントがこの島に財宝を埋めたが、そのありかを知るのは当の船長一人、その時の副船長が地図を隠し持っていたビリー・ボーンズ、舵手長がジョン・シルヴァだったのである。宝を発見したベン・ガンは、ヒスパニオラ号の到着する二カ月前に宝を隠し終えていた。その頃、片足で松葉杖もないのに猿のようにすばしこく走りまわる料理番シルヴァも、銃を手に一味とともにジムの行方と宝を血眼になって探していた。ジムの身を案じながら砦に陣取るリヴジー医師らは、ついに行方不明だったジムとも再会を果たすが、謀反の張本人シルヴァらとの財宝探しの直接交渉が決裂、さらに謀反人の中には熱病にかかるものも出て、事態は悪くなるばかり。ところが再びこっそりヒスパニオラ号に忍び込むジム。船に翻る海賊旗《ジョリー・ロジャー》を降ろし、悪党イズレイル・ハンズとの大格闘の末、意気揚々と引き返すまではよかったが、たどり着いたはずの仲間の砦がシルヴァ一味の陣営とあって、あえなく敵の手中に落ちてしまう。怒りを爆発させていた海賊どもを前にジムは観念して、こう言い放つ。「僕を生かすも殺すも、好きにするさ。でも、これだけは言っておくよ。僕の命を助けるというなら、過去の事は水に流して、君たちが海賊行為の罪で裁判にかけられた時には、できるだけのことをして助けてあげよう。決めるのは君たちの方だ」(2)。血の気の多い海賊のモーガンがナイフを抜きながら飛び上がったその瞬間、「この子に手をかけた者は容赦しない」とのシルヴァの一言で、間一髪、ジムは命を救われる。帰還したときには縛り首にもなりかねないシルヴァの助命嘆願を約束して、ジム少年らは、探し当てた聖ジョージ金貨、ルイ金貨など世界の財宝を手にして故郷に帰還するのである。

いうまでもなく『宝島』は海賊譚を下敷きにした少年向けの冒険小説には違いないが、時に運を天に任せ、向う見ずだが機転を利かせて難局を乗り切る少年の成長の軌跡を描いた教養小説《ビルドゥングス・ロマン》でもある。『宝島』が『船の料理番』(*The Sea-Cook*)という題のもとに書き始められたことを思えば、一本足の料理番ジョン・シルヴァ——著者によればモデルは骨病で片足を失った友人W・E・ヘンリーで、その豪胆さや敏しょうさは残したまま一切の美徳や高潔さを抜いたヘンリーだという――が主人公の悪漢小説《ピカレスク・ロマン》ともいえる。狡猾で残忍だが、肩にオウムを止まらせ、ひょうきんでどこか憎めない一本足の料理番のっぽのジョン・シルヴァの描写には、殺人もいとわぬ凶暴さはもちろんだが、時に人間の滑稽さ、哀しさ、愛らしささえ見え隠れする。ロマンスでは海賊は必ずしも悪の存在ではない。むしろ宝探しという手に汗を握る冒険の興奮と熱気、善悪入り乱れての駆け引きの妙など、読者を物語の興奮の渦に巻き込む重要な牽引役で、スティーヴンソンはスピード感あふれる展開の中でヒーローとのバランスを巧みに取りながら、魅力ある悪漢像を作りあげた。スティーヴンソンの冒険物語の魅力の一つは、正義と理想を求める善人を窮地に陥れる悪漢の見事さにあり、シルヴァは、スティーヴンソンの他の悪漢同様、魅力的であればいっそう善人に輝きの増すその好例である。

もう一つ、『宝島』の重要な要素に地図がある。当時、世界にはまだ探検されぬ未知の地域も少なくなかったが、そのような地図に載らない空白の地域はテラ・インコグニタ（terra incognita）と呼ばれ、ヨーロッパの帝国主義下では宝探しは植民地獲得と同意語であった。この書物を大人の読書家が買い求めたというのも、その背景に当時の大英帝国の植民地獲得という国家戦略をこの冒険物語から秘かに読み取ろうとする見えない意思が働いていたからなのであろうか。

異界への扉――『新アラビア夜話』

出世作『宝島』以前にも、スティーヴンソンの愛読した『千夜一夜物語』になぞらえ奇想天外な物語の展開する『新アラビア夜話』（*New Arabian Nights*, 1882）がある。同書は、ボヘミア国の王子フロリゼルが難事件を解決する、三つの連作短編からなる「自殺クラブ」（'The Suicide Club'）と同じく連作四編からなる「ラージャのダイアモンド」（'The Rajah's Diamond'）の第一巻と、「臨海楼綺譚」（'The Pavilion on the Links'）など物語の関連はない四つの短編で構成の第二巻とからなり、彼の文学的性格を示唆してもいるので付言しておきたい。この作品をイギリス短編小説の先駆だとする学者もいる。

ボヘミア国の王子フロリゼルは、地位や権力があるだけでなく才芸にも秀で、影響力もあり、誰もが彼に敬意を表してやまない素晴らしい魅力を持つ王子である。劇場で興味ある芝居の演目の無いような時には、腹心の部下ジェラルディン大佐とともに変装しては外出し、事件にまき込まれると、見事に解決する。「自殺クラブ」では自分では死に切れない自殺志願者が会員の秘密の会合に出かけ、王子はあわや殺されかけるが、危機一髪、命を救われる。「ラージャのダイアモンド」では、これほど大きく見事なものはないといわれるダイアをめぐりさまざまな人間模様やその行く末まで、奇妙でスリリングな展開が待ち受けるのである。

「現実にはありえないような素晴らしく楽しい作り話」という古来、素朴な意味で使われるロマンスが、スティーヴンソンの文学的性格における一つの重要な要素だということを改めて確認しておきたい。六歳の病弱な子供が〈スケルト玩具劇場〉でロマンチックな黄金郷を発見し、想像上の冒険の世界で遊ぶ歓びを見出して以来、彼にとって文学の効用の一つは日常からの逃避あるいは規範に囚われない世界で自由に生きるボヘミアンになることであった。終生、彼を魅了し続けたそのボヘミアン的理想とは、暖炉での喫煙と談話、つまり回顧と思索にふけることであり、遊び暮らすかと思えば、非習慣的な冒険活動に没頭することであった。喫煙と談話、慰めと冒険というフロリゼルの性格には、スティーヴンソンが晩年まで理想としたボヘミアンの姿が投影されている。とはいえ一九世紀のパリとロンドンに遊ぶボヘミア国の王子フロリゼルが、深刻な人物ではありえない。やがて祖国で革命が起こる。変装時に身分を隠して名乗るゴドール氏として、亡命先のロンドンで煙草屋の主人におさまる王子は、明らかにロマンチックな英雄の一つのパロディであり、ほろ苦い皮肉をも味付けした王子をめぐるロマンスは、非ロマンチックな時代のロマンスの一つの象徴といえよう。

引き裂かれた人格――『ジキル博士とハイド氏』

ある日、スティーヴンソンが高熱に見舞われて見た夢から着想を得て書かれたのが『ジキル博士とハイド氏』（*The Strange Case of Dr. Jekyll and Mr. Hyde*, 1886）である。それまで小説など関心もない人々の間で、また説教壇や宗教新聞の社説でも注視の的となり、その売れ行きは驚くべき部数を誇り、世界の作家の仲間入りをする記念碑的作品となった。

ある冬の夜中、ロンドンのとある繁華街の裏通りの路地で、医者を迎えに行った一〇歳足らずの女の子と曲り角で出会い頭にぶつかった男が、その子供を踏みつけ、泣きわめくのをしり目に立ち去ろうとした。しかし居合わせた者に見とがめられ、男はやむなくその一角にある薄気味悪い建物に入ると、高名な医学者で富も名誉もある紳士として知られるヘンリー・ジキル博士の振り出した九〇ポンドの真正の小切手と一〇ポンド分の金貨とを慰謝料がわりに持参し戻ってきた。男はハイドというらしい。この話を従兄弟から聞いたアタスン弁護士は、この時、旧友でもあるそのジキル本人の直筆による「ジキル博士遺言状」を保管していた。その遺言状には、博士が死亡もしくは三カ月以上の失踪あるいは理由不明の不在の事態の生じた時には、エドワード・ハイド氏を相続人として財産を譲渡する、と記載されていたのである。エドワード・ハイドとは何者なのか。ジキルが遺産相続人に指定した身元不明のハイドの正体を暴かずにはおくものかと、アタスン弁護士は調査に乗り出す。

実は、ジキル博士は若い頃から放埒な快楽に身をやつし、ひそかにそれを悪だとして悩んでいた。その卓越した医学の知識により、心に潜む悪を解放する薬剤を作れないものかと実験を繰り返すうち、自身の魂における善と悪を自在に呼び覚まし、服用すると獣のごとき快楽と冷酷な悪行に歓びを見出す別の人格に変身できる薬品の調合に成功する。肉体を引き裂くような激痛に耐えてでも、一杯の薬液を飲むだけで著名な大学教授の肉体を脱ぎ捨て、ハイドとなって犯罪に手を染めるという二重生活を楽しむジキルだった。やがて自身内部に生み出したハイドが殺人を犯すほど兇暴になり、悪が善を駆逐、しかもジキルに戻りたくとも調合に必要な調剤が手に入らないと知って、ジキルは自らの破滅を悟り、これまでの一切を手記で告白する。隠れん坊《ハイド&シーク》さながらハイドの捜索《シーク》に乗り出したアタスン弁護士は、ジキルの自殺とともに真相のすべてを知るのである。

　この作品は〈分裂した自我〉を描いたものだが、その象徴としてまず思い出されるのはエディンバラの悪名高き伝説的人物ディーコン・ブロウディ（Deacon William Brodie, 1741–88）であろう。昼は飾り棚職人として自治体の役員《ディーコン》も務める身だが、夜は強盗に変身、最後は極刑に処せられた極悪人である。スティーヴンソンのヘリオット・ロウ（Heriot Row）の自宅にはブロウディ製作の飾り棚が置かれ、このブロウディこそ、若きスティーヴンソンを魅了した最初の二重人格者であった。実際、その若き日に、父やエディンバラ・ニュータウンの上流社会、その宗教的偏狭さに対する抵抗として、陽気な大酒飲み、涜神的な聖像破壊主義者を装う二重生活を親友のチャールズ・バクスターとひそかに楽しんだこともある。『宝島』の料理番ジョン・シルヴァのモデルとなったW・E・ヘンリーとは戯曲『ディーコン・ブロウディ』（*Deacon Brodie*, 1880）の草稿で共同製作もするなど、いわば〈精神の二重性〉は彼の文学的人生に取りついた憑依《ひょうい》のようなものであった。

　このような〈分裂した自我〉や、人間の心に潜む善悪二元的なものへの関心と葛藤、悪魔の憑依、悪のダイナミズムといった志向は、実は、スティーヴンソンに限らず、善と悪を峻別するスコットランド・カルヴィン主義の特徴ともいえる。スティーヴンソン以前にも、ジェイムズ・ホッグ（James Hogg, 1770–1835）が『許された罪人の手記と告白』(*The Private Memoirs and Confessions of a Justified Sinner,* 1824) のなかで、神から選ばれたという選民意識を持つ若者が、殺人でさえ許されるとの信念を抱き殺人を犯すうち、やがて自身が何者か分からなくなり自ら命を絶つという〈分裂した自我〉をテーマにしている。ホッグの同作品といい、『ジキル博士とハイド氏』といい、いずれの作品にもスコットランド的風土に根差した〈分裂した意識〉の投影が見られることは明らかであろう。

『ジキル博士とハイド氏』は怪奇・幻想的なゴシックロマンであり、まやかしの道徳の闊歩するヴィクトリア朝の時代精神を風刺する寓話でもある。同時に、人間と猿は共通の祖先をもち、人間は偶然にも一つの適者として生存競争に生き残ってきたにすぎないとするダーウィンの進化論をはじめ、人間の複雑な心理や精神また夢を解明しようとするフロイトらによる近代深層心理学、「神の死」を宣告するニーチェ哲学、さらにエディンバラ大学で導入されていた解剖学や法医学等、既成の知識の礎を揺るがす新しい思想や学問体系とも呼応していることを忘れてはなるまい。二〇世紀を前に科学技術時代の幕開けを予感させる実験的作品ともいえるであろう。

歴史への旅立ち——『誘拐されて』

さて、『ジキル博士とハイド氏』とほぼ同時期に書かれ、スティーヴンソンのその後の作品の転換点となった冒険歴史小説に『誘拐されて』(*Kidnapped,* 1886) がある。

田舎教師の父の死後、天涯孤独の身となった一七歳のデイヴィッド・バルフォアは、父の遺言に従いエディンバラ近郊のショーズ屋敷の郷士で父の弟エベニーザを訪ねる。叔父は、デイヴィッドが正当な遺産相続人だと知ると殺害を計画、それに失敗すると奴隷貿易船の船長ホージアスンに二〇ポンドで売り飛ばす。デイヴィッドが遊びがてら乗船していた奴隷船でそれと気づいた時は、すでに出港の後。船内では殺人も起きる不穏ななか、偶然、暴風雨のため難破した船から救助されたアラン・ブレック・ステュアートと懇意になる。かつてはイングランド政府側で戦ったアランだが、一七四六年のジャコバイト蜂起敗北後、今は国を追われた領主《レアド》のため、スコットランドとフランスを行き来しては金の調達に当たるハイランドの熱血闘士であり、イングランド政府からみれば謀反人、見つかれば絞首刑の身のうえであった。アランが大金を持っていると知ると、強欲な船乗りどもはその強奪を目論《もくろ》む。さらに追い打ちをかけるように襲う暴風雨で難破しかけた船から、命からがら一人小島に漂着したデイヴィッドは、はぐれたアランを追ってスコットランドの山中をさまようち、やがて迷い込んだアピンの地で殺人事件に巻き込まれる。アランに思わぬところを助けられるが、彼に連れられ立ち寄った一族のグレンズのジェイムズ家にはアピン事件関与の疑惑がかけられ暗雲が。その後も、身に覚えのない殺人の容疑がかけられたままデイヴィッドとアランの必死の逃避行が続く。ようやく政府軍の追手を逃れエディンバラに到着したデイヴィッドは、一計を案じたランキーラ弁護士の計らいで叔父から正当な遺産を受け取り、生死を共にした盟友アランとは再会を約して、涙ながらに別れを惜しむのである。

同じロマンスでも『誘拐されて』が『宝島』と異なるのは、イングランドとスコットランドの合同統治後のジャコバイト蜂起や一七五二年、反乱氏族からの没収地を管理委託されていた土地管財人コリン・キャンベルの暗殺されたアピン事件（The Appin Murder）などが作品の背景にあり、スコットランドの歴史と地誌を展望できる点にある。スティーヴンソンは、アピン事件の実際の公判記録を入手し（彼が弁護士資格を取得しているのを思い出していただきたい）、アランの養父ジェイムズ・ステュアートが不平等な司法制度の下で、主犯の特定もなく、確たる証拠もないまま従犯として絞首刑にされたという史実を踏まえ、当時、イングランドとの合同統治下にあってスコットランドの置かれていた差別的状況と、ハイランド人アラン・ブレック、ローランド人デイヴィッド・バルフォアに仮託してスコットランドにおける両地方の埋めがたい亀裂とその二重構造性とを、象徴的に描いた。この作品は同じスコットランドでありながら、長らく敵対してきたハイランドとローランドとの関係を、友情と信義と正義とをもって補完し、新生スコットランドのあるべき姿を描こうとしたスティーヴンソンの強いメッセージの込められたスコットランド・オデュッセイアであり、後日譚は『カトリオナ』(*Catriona*, 1893) に引き継がれる。

太陽と海と風に誘われて――『南海千夜一夜』

一八八七年、父トマスの他界により寒冷地スコットランドに留まる理由もなくなったルイスは、病身を気遣う母方の伯父の勧めもあり、母を伴い一家でアメリカ、アディロンダック山中サラナック湖畔に定住する。スクリブナー社と契約したエッセイなどの執筆も順調に進み、航海記事の寄稿を依頼され長期の航海が実現すると、翌年、妻ファニーのチャーターしたキャスコ号に乗り一家でサンフランシスコから南太平洋目指して旅立つ。亜熱帯の気候はルイスの健康と文筆への士気を大いに高め、マルケサス諸島、ギルバート諸島、ハワイ諸島などを巡る間も、大海原を住み家とした先祖の血を感じながら、太陽と海と風に心躍らせ、行く先々で王や酋長や宣教師たちと交流する。この時の航海の歓びや、文明世界ではにわかには信じがたい盲信や風習などその驚異を綴った旅行記が『南海にて』(*In the South Seas*, 1896)、その南海で力強く生きる白人や現地人の姿を描いた小説集が『南海千夜一夜』(*Island Nights' Entertainments*, 1893) である。『南海千夜一夜』の一編「ファレサの浜」('The Beach of Falesá') は、ルイス邸北側の森に発する青い燐光が魔女の足跡だと信じられていたことや、原住民の娘と白人との結婚証書には「一夜限りの妻にして、いつ何どきでも娘を遺棄する自由がある」と記載されるという結婚の差別的風習を基に創作された。

とある南海の島で、イギリス人のコプラ貿易商ジョン・ウィルトシャは、ケイスという男に紹介されたウマという島の娘と結婚式を挙げる。ケイスの作成した結婚証書によると、この婚姻には西欧的な意味での契約の拘束力はなく、ウマをいつでも遺棄できるというのであった。白人同士だといって面倒を見てくれるケイスに勧められ貿易業を始めるものの、一向に客の来る気配がない。実は、ウマはこの土地では排斥されている女で、ウマと結婚している間は島民との商売を禁ずるというタブーのあることが判明する。すべてケイスが仕組んだものだった。この狡猾《こうかつ》な男にはこの島で殺人を犯したのでは、という噂もあった。ウィルトシャは騙されていたことに気づく一方、ウマを心から愛するようになり、聖職者の立ち会いのもと、この結婚を合法的なものとする。こうした中、ケイスの島民に対する絶大な影響力は、彼に呪術的な力があると信じられていることから来ていることが分かる。島の入り江に通じる鬱蒼とした森には沢山の魔物がおり、その森に入ったら最後、誰も帰って来られないとケイスから聞かされていた島民の噂の真偽を確かめようと、ウィルトシャは単身、闇に紛れて森に分け入る。光ったり消えたりする大きな醜悪な顔を見つけ、それが夜光塗料を使用したトリックだと見破る。なるほど迷信深い島民なら、それが悪魔だと思うに違いない。真相の露見したことを知り対決の姿勢を強めるケイスと、敢然と挑戦を受けて立つウィルトシャ。ある深夜の森のなか、ウィルトシャはケイスの聖域を破壊するため、爆薬に火をつける。やがて大爆発が起こり木々に燃え移るなか、どこからともなく放たれた銃弾が、心配で後をつけてきていた妻ウマをかすめる。忍びよるケイスに噛みつかれた手足の痛みに耐えながらも、ウィルトシャはケイスにナイフで止めの一撃を加えて倒すのである。数年後、ウィルトシャはウマと幸せな結婚生活を送っている、混血の子供たちの将来はどうなるのであろうと、一抹の不安をのぞかせながら。

この作品は、白人対現地人、文明対未開の対立構造を軸に、白人の未開人に対する偏見や文明世界の価値観を押しつける思い上がり、そしてその独善的な道徳観、未開の人々の生き方に対する共感と懐疑の交錯する思いなどが緻密に構成されている。〈南太平洋の視点から読む〉という近年のスティーヴンソン研究にとっても重要な意味を持つ作品である。

望郷の思いは尽きず——未完の大作『ハーミストンのウィア』

一八八九年当時、スコットランドへの帰国を計画していたルイスは、シドニーで発熱、肋膜炎に喀血という重篤な事態に陥り、長期の船旅は生命の危険を意味すると帰国を断念、サモア諸島のウポル島を終の住み家と定め、購入した土地をヴァイリマ（Vailima）〔五つの川の意、実際は四つ〕と名づけて、ここに永住を決意する。海や森の素晴らしい自然に囲まれ、ポリネシア人の目には宮殿と映る邸宅に暮らし、英米の領事などの賓客をもてなすヴァイリマでの生活は、アボッツフォード邸当主ウォルター・スコットさながらの生活ぶりであった。この地に永住を決意する一方、なお心に去来するのはあの寒冷な灰色に煙った街《オールド・リーキー》エディンバラやローランド地方であった。南の島から故国に思いを馳せ、何週間もかかりきりで、その午前中まで口述筆記された『ハーミストンのウィア』（*Weir of Hermiston*, 1896）は、一八九四年一二月三日、彼の突然の死により未完の絶筆となった。なお遺稿と、口述筆記していた妻ファニーの娘ベル・ストロング夫人らの伝えるところから、この小説の概略は、およそ次のようなものとなる。(3)

時代は一九世紀初頭、場所はエディンバラそしてローランドの田園地帯である。ハーミストン卿と呼ばれる判事アダム・ウィアの息子アーチーは、ある男に死刑の宣告をした父判事を激しく非難したことから法律家の道は閉ざされ、領主となるべく所領ハーミストンにいわば流刑の身となる。純粋で感じやすく、知的素養もあるアー

書斎で口述筆記をしてもらうスティーブンソン

チーは、やがて暗い運命に導かれるかのように近在に住む女性を愛するようになるが、彼女を誘惑した世慣れた恋敵を思わぬことから殺害、父主宰の裁判で死刑判決を受ける。アーチーは協力者を得て脱獄に成功し恋人とアメリカへ逃亡するが、一方、その試練の重圧に耐えかねた高等法院判事の父を待ち受けていたのは死であった。

スティーヴンソンがこの作品の中心的人物に据えた判事アダム・ウィアのモデルは、あのディーコン・ブロウディにも絞首刑を宣告し、「首つり判事」の異名をもつ実在の伝説的判事ブラクスフィールド卿ロバート・マクイーン（Lord Braxfield, Robert McQueen 1722–99）である。若き日に肖像画家レイバーン（Sir Henry Raeburn,1756–1823）によるその肖像画を見て以来、関心を抱いてきたスティーヴンソンは、「彼はスコットランド法廷で生粋のスコットランド方言を使用した最後の裁判官で（中略）今日までその名前には絞首台の臭いがする」(4)と記したが、その一方で、この作品では怪物の肖像を描くのではなく、むしろ美と悦びを持った人物を描くとし、ブラクスフィールド＝ハーミストンこそ今までの著作の中で最高の人物であり、作品も

最高のものとなる予感がすると、自ら語っている。(5)

ブラクスフィールドはフランス革命で自由・平等を謳《うた》う啓蒙主義を危険な思想だと頑強に否定する保守主義者だが、スティーヴンソンは、判事ハーミストンを非情でも独自の信念に生き、彼なりに名誉を重んじる人物として描くことで、フランス革命以前の価値観に生きる世代を象徴的に描いた。一方、独自の価値観に生きる父とは相入れない理想主義的でナイーヴな息子アーチーは、民衆が啓蒙思想の洗礼を受け、新しい秩序と価値観を手にした世代の象徴である。愛情を抱きながら互いにどのように接したらよいのかわからずにいるこの父子の対立は、かつてのトマスとルイス父子の関係を示唆するだけでなく、ヴィクトリア朝時代の価値観に縛られていた父トマスの世代と、ダーウィニズム以降のキリスト教的世界観の解体しつつあるルイスの世代との違い、そして両者間の価値観や宗教観の違いをも浮き彫りにする。その昔、非道な弾圧を悲劇的な運命として甘受したスコットランド契約派信徒の亡霊の住まうボーダー地方を背景に、父子の葛藤や両者の容易に理解し得ない価値観の衝突、絞首刑に見られる恐怖による秩序の維持の是非など、スティーヴンソンはモラリストらしく人間の尊厳に関わる重い問いを投げかけた。またアーチーの上品な語彙を使う英語と父ハーミストンの耳障りな会話体のスコッツ語という対照的な言語表現を用いて人物を場面に応じて巧みに構成するなど、この作品が完成していたならば彼の最高傑作になったであろうといわれる。『ハーミストンのウィア』は静かだがスコットランドへの熱い郷愁の想いに貫かれた、スティーヴンソン最晩年の残照のごとき心象風景の映し出された作品である。

新たな文学的地平を求めて

スティーヴンソンの生涯は、病身でこの世に生を受けてからウポル島で突然の死を迎えるまで、まさに冒険小説を地で行くような波乱万丈の一生であった。幼い頃に想像上の冒険の世界で遊ぶ歓びを見出した少年が長じて目にしたものは、フローベールやゾラ等のフランス文学界の写実主義や自然主義という新しい文芸思潮であり、アメリカの作家ヘンリー・ジェイムズのようなロマンスの擁護者もいたが、なべてロマンスの命脈はかろうじて保たれているという状態であった。もとよりロマンスには国家の物語すなわち歴史や壮大なヴィジョンを紡ぐといった叙事詩的側面がある。かつてスティーヴンソンはヴィクトル・ユゴーのロマンス観にならい、「ウォルター・スコットとホメーロスとの融和した世界」(6)を目指すとしたが、それは彼にとって古代から歴史を紡ぎ続けてきた叙事詩という躯体を忍ばせるロマンスこそ、豊かな感情に裏打ちされた劇的な情熱と絵画的な冒険の悦びを注ぎ入れる器としてふさわしく、大英帝国のネイション無きスコットランドの一員として、自らの歴史観や理想を描くうえでも最適な表現方法であったからである。やがて南太平洋に生存の場を移し異文化理解への覚醒が促されると、これを機にスティーヴンソンは南洋諸島を植民地化しようとする帝国主義下の欧米列強に対して反植民地主義の姿勢を鮮明にする。モロカイ島でのハンセン病患者の保護救済活動を白眼視されていたベルギー人神父ダミアンを擁護し論陣を張る。そして南海を舞台とした著作で白人の偏見や尊大ぶりを暴いては、一貫して現地人の福利と尊厳と自尊の保全に努め、支配と被支配、強者と弱者、国家と個人の問題など、歴史意識を根幹に据えた執筆活動に傾倒していくのである。この強い意志の源泉こそ、まさにロマンスを根底にすえた精神的ボヘミアンとしての反骨のヒューマニズムにあり、スティーヴンソンにあってはロマンスとボヘミアン精神とヒューマニズムとはもはや分かちがたく一体となるのである。

しかし終生、自由と冒険と談話と思索のボヘミアンを自認し続けたスティーヴンソンにあってさえ、晩年まで解放されることがなかったのが、幼児期から乳母カミーに刷り込まれた契約派信徒の受難の悲劇であった。一八九三年一二月、ジェイムズ・M・バリ(Sir James Matthew Barrie, 1860–1937)に宛てて、「私の文体は契約派信徒の著作から得たものなのです」[7]と書き送り、自身にカルヴィン主義者の祖先の血が流れていることを片時も忘れることができない。さらに最晩年、彼の想像力に取りついて離れなかったものに、本来ならば相入れるはずのないボヘミア主義とカルヴィン主義の融合というテーマがあった。劇的で情熱的な冒険のありようをさらに歴史的実存としての人間の深部へと深化させつつあったスティーヴンソンが、この時期、故郷スコットランドへの引き裂かれた思いの中で書き続けた史実と虚構の織りなす『ハーミストンのウィア』こそ、まさに二律背反的な文学的野望と新たな文学的地平を模索する磁場だったのではあるまいか。だとするならばスティーヴンソンはボヘミア主義とカルヴィン主義をどのように融合しようとしたのであろうか。それともこれもまたスコットランドの〈分裂した自我〉の一つとして表現したであろうか。その答えを出さぬままの絶筆となった。一貫してロマンスを探究し続けたスティーヴンソンのたどり着く先を見ることができなかったのは、心残りではある。病魔に冒された一生だったとはいえ、やはりその突然の死は惜しまれてならない。

注

（1）「死人の箱」（The Dead Man's Chest）は島の名前。ジム少年はこの時ベンボウ提督亭の二階をねぐらとしているビリー・ボーンズの船員用の衣装箱か棺桶くらいにしか考えていない。スティーヴンソンによれば、「死人の箱」はチャールズ・キングズリ（Charles Kingsley, 1819–1875）の西インド諸島旅行記『遂に』（*At Last: A Christmas in the West Indies*, 1871）から借用したもので、これは海賊たちがヴァージン諸島のある島に付けた名前だという。なお『宝島』でも言及される「黒髭」（エドワード・ティーチ）は一七二五年以前に活躍した海賊だが、やがてその全盛期も過ぎ、海賊の取り締まりも条約により強化され捕まれば縛り首を覚悟しなければならない当時の海賊の事情や、船長の選出、略奪の決定と分配、福利や処罰まで、組織立った合議制のもとで運営されていた海賊の歴史などもスティーヴンソンは『宝島』で伝えている。

（2）Robert Louis Stevenson, *Treasure Island*（Black's Readers Service Company）, Chapter 28, p. 131. 拙訳。

（3）Robert Louis Stevenson, *Weir of Hermiston and Other Stories*（Penguin Books, 1979）, pp. 293–4.

（4）Robert Louis Stevenson, *Virginibus Puerisque and Other Essays in Belles Lettres*（Nash Press, 2008）, pp. 101–2.

（5）一八九二年一二月一日付け、チャールズ・バクスター宛書簡、Robert Louis Stevenson and Sidney Colvin, *The Letters of Robert Louis Stevenson to His Family and Friends, Part Two*,（Kessinger Publishing, 1899）, p. 327.

（6）Robert Louis Stevenson, *Familiar Studies of Men and Books*, "Victor Hugo's Romances"（Chatto and Windus, 1897）, p. 1.

（7）Robert Louis Stevenson and Sidney Colvin, *op. cit.*, pp. 372–3.

第一六章　ジョン・デイヴィッドソン

藁《わら》が燃えるような暴力的なエネルギーの生涯
——孤高の詩人の誕生から最期まで——

中島久代

故郷が育んだもの

アイルランド詩人W・B・イェイツ（W. B. Yeats, 1865–1939）から「芸術には不必要な、藁《わら》が燃えるような暴力的なエネルギーを持つ詩人だ」とからかわれたのは、一九世紀末から二〇世紀初頭に生きたスコットランド詩人ジョン・デイヴィッドソン（John Davidson, 1857–1909）である。(1) 激しいエネルギーで生き、作品を生み出したにもかかわらず、デイヴィッドソンはいわゆる一九世紀の群小詩人のひとりと評価されてきた。しかし、デイヴィッドソンの死後約半世紀が無名のままに過ぎた理由は、そのような評価のためではなく、実はデイヴィッドソン自身が企てたことだった。デイヴィッドソンは一九〇九年に謎の入水自殺を図ったが、その約半年前にグラント・リチャーズ出版社を遺言執行人として、二つの訓戒を遺言として残した。ひとつは「版権保護期間は、私が書いたことは別としても、言ったことは私のどの本にも載せてはならない」というもの、もうひとつは「誰も私の伝記を、現在もいかなる時も、書いてはならない」というものだった。[2] しかし、文人としては常軌を逸したこの訓戒は、一九一六年頃から破られてゆく。アメリカの研究者ファインマンが一九一六年に著した『ジョン・デイヴィッドソンの思想と詩の関連についての研究』(*John Davidson: A Study of the Relation of his Idea to his Poetry*) の書評を書くためにデイヴィッドソンの作品を改めて読んだ作家ヴァージニア・ウルフは、一九一七年に「ジョン・デイヴィッドソンほどの詩人がこれほど無名であってはならない」と『タイムズ』紙上で述べた。[3] 一九一七年はT・S・エリオットがモダニズムの先駆けをなす『プルーフロックとその他の観察』(*Prufrock and other Observations*) を出版した年である。そのエリオットは、デイヴィッドソンの生誕百周年の一九五七年に、「デイヴィッドソンは彼の時代のイギリス詩特有の言いまわしから完全に解放され、詩の内容と用語が完全に一致し、『一週間で三〇ボブ』('Thirty Bob a Week', 1894) の主人公の店員に威厳を与えることに成功した」と賞賛した。エリオットと並んで、現代スコットランド文学を代表する詩人ヒュー・マクダーミッド (Hugh MacDiarmid, 1892–1978) も「スコットランドの詩人たちは事実と何ら関わりを持たない理想郷の生活への郷愁と牧歌詩を真似た屑ばかりを書き続けているが、詩の題材を広げ、科学を含めて同時代の素材を巧みに吸収し利用したことがデイヴィッドソンの功績の一つである」と賞賛した。これらの言葉はスコットランド詩人モーリス・リンジー (Maurice Lindsay, 1918–2009) によってデイヴィッドソンの死後初めて編集刊行された『ジョン・デイヴィッドソン選集』(*John Davidson: A Selection of his Poems*, 1961) に採録されている。[4] モダニズムを牽引したエリオットとスコティッシュ・ルネサンスを牽引したマクダーミッドとの相並ぶ再評価によって、デイヴィッドソンはイギリスとスコットランドの文壇で忘却の淵から完全に復活した。本章では、一九世紀末から二〇世紀初頭の英詩の変革の時代に、スコットランドとロンドンで藁が燃えるような暴力的なエネルギーを持って生き、作品を書き、自ら命を絶ったスコットランド詩人デイヴィッドソンの生涯と作品を紹介する。

デイヴィッドソンは一八五七年四月一一日、アレグザンダー・デイヴィッドソンを父に、ヘレン・クロケットを母に、スコットランド中西部の旧レンフルーシャー（Renfrewsire）の田舎町バーヘッド（Barrhead）で生まれた。「ある女とその息子」（'A Woman and her Son', 1897）の中で、息子が母親に「ひどい陣痛の苦しみの中、八回も子を産んだ／華奢で小柄なあなただから」（一〇三―四行）と語った通りに、(5) デイヴィッドソンは八人生まれた兄弟姉妹の中の四番目だった。レンフルーシャーは、ペイズリー模様で知られるペイズリーやグラスゴーに接しており、二〇〇六年には人口約一七万人、グラスゴーのベッドタウンとして機能する地域である。その中のバーヘッドを写真で見ると、なだらかな緑の丘陵地帯の中に家々が広がる典型的なローランド地方の景観を持つ町である。のどかで、アイリッシュ・カトリックの信者の多いこの町に、父アレグザンダーは組合教会派から追放された同志とともに福音派教会を結成するという怒濤の経験を経て、一八五三年、教会牧師として赴任した。

詩人の誕生後の一八六一年、デイヴィッドソン一家はレンフルーシャーの西部、クライド湾奥に位置する港町グリーノック（Greenock）に移り、ジョン・デイヴィッドソンは少年期の大部分をこの町で過ごした。当時のグリーノックは、造船、砂糖精製、鉄鋼業、桶製造、紡績などを主要産業として、ヴィクトリア朝の繁栄を誇る港町のひとつであり、海外への布教活動の中心地でもあった。産業の発展によって一九〇〇年から三〇年までの間に人口は二倍の四万人にまで膨れ上がった。その発展ぶりは、まさに藁《わら》が燃えるような暴力的なエネルギーを発散するようなものであった。人口の急激な増加は、当然のことながら、町のスラム化、アルコール依存症や犯罪率の増加を伴った。父アレグザンダーがこの町に移されたのは、このような社会の中での新たな宗教的措置としてであったのかもしれない。

発展する周囲とは対照的に、清貧に甘んじる牧師の家庭に育ったデイヴィッドソンは、特別な教育を受けたわけではなかった。当時一般に幼児期は学校に行くよりは家庭での教育が重んじられ、デイヴィッドソンも六才から母親が手ほどきをしてバニヤンの『天路歴程』を読み始め、七才でウォルター・スコット（Sir Walter Scott, 1771–1832）の作品を読んだ。幼児期にスコットに親しんだことがデイヴィッドソンの生涯にわたるバラッドへのこだわりを形成したと思われる。早熟な読書家だったデイヴィッドソンは、安息日を厳格に守る福音主義の日曜日の退屈しのぎに詩の創作を始め、一二才の時に『スペイン王ラミロによるムーア人大敗のバラッド―聖イアーゴーの天上の剣が六千の異教徒を倒す―』（'A sturdy ballad on the Defeat of the Moors by Ramiro, King of Spain, when under the celestial sword of St. Iago twice thirty thousand heathen fell'）という宗教的テーマの英雄バラッド詩を書いた。少年詩人の作品はグリーノック在住の無名の詩人の目に止まった。意気投合したふたりの詩人は、丘陵地からフォース湾に臨んだ工業都市グリーノックを見下ろしながら散歩をしては語りあったという。[6]少年詩人の胸に詩人としての人生への灯りが灯った時期だった。

　荒くれたこの町で成長したデイヴィッドソンの関心は繁栄と貧困の二律背反にうごめく社会ではなく、スコットランドの自然とそれがもたらすものにあったようだ。デイヴィッドソンは一八九四年の「詩人の誕生についての無韻詩のバラッド」（'A Ballad in Blank Verse of the Making of a Poet'）の中で次のようにうたっている。

父の家が建っていたのは
海のように懐深い　とある入り江
遥か北国の小さな町　そこでは時は安逸《あんいつ》を貪り
変化は休止し　古さと新しさが
世界の果てで　ぶつかりうねっていた　　（一―五）

この古い灰色の町　この入り江
集落の明かりで煌めく遥かな海　緑したたる断崖
ごつごつした頂は　後方で重なり合い
古《いにしえ》の兜のように　見事な岩の彫刻
空の雲の紋章の中に　高く聳《そび》えている
この古い灰色の町は　僕には十分な世界　（三二一―三二六）

デイヴィッドソンが心に刻んでいた故郷のイメージは、都市化し荒廃してゆく近代の風景ではなく、繁栄する町にあっても変わらぬ自然の風景である。古さと新しさのせめぎ合いを耳の奥に聞きながらも、目の前に広がる入り江と振返って仰ぎ見る山々は、詩人にとって十分な全世界を構築していた。この作品の語り手は、両親とキリスト教への反発を経て、結末では自らの内的調和を目標として生きることを決意するが、その決意の瞬間には、東の空が茜色に美しく輝く夜明けを迎える場面が描かれる。故郷とその自然が詩人デイヴィッドソンを誕生させた要因でもあった。

ロンドンとライマーズ・クラブの功罪

一九世紀後半、スコットランドやアイルランドなどの、いわゆるイングランドの辺境から成功と名声を求めて繁栄の都市ロンドンに文士たちがたむろした。デイヴィッドソンは一八八九年、文筆家として生きるため、故郷スコットランドでの教員生活から足を洗いロンドンへ出た。一八九一年、デイヴィドソンは初の本格的な詩集『ミュージックホールで』（*In a Music-Hall and Other Poems*）を刊行した。ここには「うたびとトマス」（'Thomas the Rhymer'）や「吟遊詩人」（'The Gleeman'）などの、伝承バラッドから様式やエートスを模倣したバラッド詩が含まれている。

デイヴィッドソンの「うたびとトマス」は、伝承バラッドの「うたびとトマス」に加えて、スコットのバラッド詩「うたびとトマス」三部作中の「第二部―古の予言が覆される」（'Part Second - Altered from Ancient Prophecies', 1827）とM・G・ルイス（M. G. Lewis, 1775–1818）のゴシック・バラッド詩「勇敢なアロンゾと美しいイモジン」を土台にした模倣詩である。王の婚礼からの帰り道、伯爵は魔術師トマスに出会い、予てトマスが予言した大変異が起こらなかったことをなじるが、トマスの誘導で、伯爵は婚礼の舞踏会の最中に骸骨《がい》が出現した恐怖を語る。婚礼の客たちがダンスに興じていると、突然の叫び声が天上にこだまし、音もなく風が吹き荒れ、松明が赤紫色に明滅し始めた。貴婦人も騎士も青ざめる中、冷たい土臭い臭いがたちこめ、ピートのように真っ黒な骸《がい》骨が忽《こつ》然と現れたのである。目のない穴が婚礼の客たちを射竦めると、一瞬にして骸《がい》骨は消え失せた。これを聞きだしたトマスは、骸《がい》骨の出現に先立つ自然界の変異を伯爵に説く。緑の草地を舐め尽くして北へ向かった芋虫の大群、槍を揺らすかのように見えた不気味な星、大洪水、大地も海底も揺るがす地震、修道院に落ちた不可解な火。骸《がい》骨の出現と天変地異の描写が伯爵に恐怖と畏怖をかき立てたちょうどその時、アレグザンダー三世の突然死を知らせる使者が到着する。こうして魔術師トマスの大変異の予言は的中した。デイヴィッドソンが創った魔術師トマスは、もはや妖精の女王と出会って礼儀を尽くす素朴な庶民ではなく、恐怖と畏怖を予言の手段とする孤高のヒーローとなっている。

孤高のヒーローは「吟遊詩人」でも繰り返されるモチーフである。吟遊詩人は市場に集う市井の人々の虚栄を戒め、世の中の頽廃をうたうが、日々の生活に忙しい人々から吟遊詩人に与えられたのは、歌への賞賛ではなく冷たい無視だった。

詩人は外套の襟を立て
喧噪の市場を後にした
曲芸師は人々を楽しませ
香具師は硬貨の雨を浴び
免罪符売りは金で天国を叩き売る
市場の人間どもは売り飛ばされてしまったのだ　（七五―八〇）

デイヴィッドソンが描いたトマスと吟遊詩人は、地位や世間に翻弄されることなく、誇り高く孤高を貫くエネルギーを持つ人物である。

この時期、ロンドンですでにデイヴィッドソンと面識のあったイェイツは、『ミュージックホールで』について「成功か失敗かは別として、時代の興味深い特徴であり、当代の生活と詩の極めて洗練された反応でもある」と評価している。(7) 『ミュージックホールで』の刊行に続いて一八九三年にデイヴィッドソンが世に送ったのは『フリート街牧歌』(*Fleet Street Eclogues*) である。フリート街と牧歌という奇抜な組み合わせのタイトルと、バジル (Basil)、サンデー (Sunday)、メンジーズ (Menzies) など、フリート街に生きる庶民たちが語るモノローグを繋いですべての作品が構成されているという面白さのために、『ミュージックホールで』と同じくこの詩集も評判を呼んだ。一八九六年には『フリート街牧歌　第二シリーズ』(*The Second Series of Fleet Street Eclogues*) が刊行された。

ロンドンでの詩集の出版がひとまず成功した一方で、バラッド詩の主人公のみならず、ロンドンでの文筆家としての実生活でも、デイヴィッドソンは孤高のヒーローだった。一八九〇年、デイヴィッドソンはつてを求めて、最も著名な文人たちの社交クラブ「ライマーズ・クラブ」（Rhymers' Club）に参加した。このクラブは、当時すでに注目される存在だったイェイツを中心とした、ロンドンに住むアイルランド出身の文人たちの作品発表と批評の場であった。イェイツの言うところによれば、フリート街にある「チェシャー・チーズ」という名前の古いパブの二階の、床が泥でざらざらした部屋で、数年間にわたって毎晩会員が集まったという。このクラブの目指すところは純粋な詩の追求であり、ヴィクトリア朝的なレトリックや説教性を作品から排除することであった。[8]「チェシャー・チーズ」の正式名称は「ジ・オールド・チェシャー・チーズ」、一六六七年創業の由緒あるパブである。サミュエル・ジョンソンのサロンにも似たこの集まりの意味するところは、世紀末芸術やアイルランド文芸復興へと展開する脱ヴィクトリアニズム運動の一端であろう。参加はしたものの、デイヴィッドソンは、このクラブの持つ都会的な雰囲気や祖国アイルランドへの郷愁を漂わせたケルト集団のナルシシズムに次第に共感できなくなり、クラブ内では異質な存在になっていった。イェイツとデイヴィッドソンの間に大きな亀裂が生じたのは、イェイツの詩劇『キャスリーン伯爵夫人』

ジョン・デイヴィッドソン

(*The Countess Kathleen*, 1892)の書評が匿名で一八九二年九月一日付けの『デイリー・クロニクル』紙(*Daily Chronicle*)に掲載された時である。この作品は、イェイツの永遠の女性であるモード・ゴン(Maud Gonne, 1865–1953)をモデルにして、悪魔に魂を売り農民を飢えから救う地主の伯爵夫人を描いた詩劇である。この詩劇は「どの一行もしっくりこず、記憶に残らない失敗作である」と書評者が書いたことにイェイツは腹をたて、二人の間の生涯に渡る確執が始まった。しかし、その書評者がデイヴィッドソンであったという確証はなく、むしろ彼ではなかった可能性が高いという。(9) イェイツは一九三六年に『オックスフォード版現代詩集』(*Oxford Book of Modern Verse*)を編集したが、デイヴィッドソンの作品は採録しなかった。その理由をイェイツは「彼の詩は記憶に残っていないから」と述べた。(10) 目には目を、藁《わら》が燃えるような暴力的なエネルギーには同等のエネルギーを、という心境であったのか、この言葉は完全に『キャスリーン伯爵夫人』の書評への復讐だった。

しかし、デイヴィッドソンはロンドンで確実にふたつの成果を残した。そのひとつは、激しい確執を続けた当のイェイツが、デイヴィッドソンからの影響がありありと見られる作品を残したことである。イェイツの「ビザンティンへの船出」('Sailing to Byzantium', 1928)では、語り手の老人は、社会が若さと生殖能力を謳歌する若者の世界であることを激しい調子で非難し、ビザンティンへ船出して人間が縛られている有限の世界を脱し、永遠の命を宿す金メッキの細工物となることを声高に願う。同じテーマをデイヴィッドソンは一八九一年に『ミュージックホールで』の中の、ケオプスことエジプト第四王朝のクフ王をうたった作品「ケオプス」('Cheops')で、すでにうたっていたのである。

すぐさま獣か鳥になろう
今一度　人間の姿になるよりはましだ

魂は肉に埋没し
　強さも輝きも与えられはしないのだ　（二七―三〇）

　人間は　労働と睡眠の二つの死にあくせくし
時たま　生命を手にすれば
　喰らい　笑い　交わり　息つくひまもない　（四六―四八）

ビザンティンへ船出する老人が願う有限世界からの脱出は、ケオプスの魂を持たない存在への超越と酷似している。デイヴィッドソンの詩はイェイツの記憶に確かに刻まれていたのである。イェイツの代表作のひとつ「ビザンティンへの船出」の誕生は、デイヴィッドソンがライマーズ・クラブと関わった成果と言ってよい。

もうひとつの成果は、エリオットが賞賛した「一週間で三〇ボブ」の誕生である。この作品は、モノローグのスタイルで、朝暗いうちから夜遅くまで土竜のように働いて得る週給三〇シリングで、旅行鞄のサイズの部屋に、タオル縫いの内職をする妻と幼い子供たちを養う貧しい労働者を、誇り高き孤高のヒーローとして描いている。置かれた窮状を淡々と語りながら、貧しい暮らしを託つこともなく、貧しさの責任を社会や政治に転嫁することもなく、語り手の店員のモノローグは、この試練に立ち向かう勇気と、自己分析と、冷静な現実認識へと向かってゆく。

　ご覧のとおり　週給三〇ボブの店員で
でも　これが運命とはこれっぽっちも思っちゃいないんで

　星めぐりが悪いとか　運に裏切られたとかじゃないんです
上に立つのものは　何かの力が働いたまでのこと
　下積みに甘んじるのも　悪い力が働いたまでのことでしょう
旦那　苦しいことにも向かっていきます　野良犬じゃありません
　失敗したとは思ってないんで　おれを幸運と思ってくださいよ　（六―一二）

　妻と子を
入ったら出てゆく三〇ボブで養うのは
　太鼓と笛にあわせて踊ることじゃありません
酒を飲まなきゃ　考えようってもんです
　そして　人生の不思議に気付くんです　（三八―四二）

　人生とは　いつもひどい目に遭うこと
週給三〇ボブで嫁さんをもらおうと
　恋に落ちて　十代で早くも女房持ち
三〇ボブでこつこつやって　でもそれは運命じゃない
　海は鉢より深いってことぐらいわかってますから　（五〇―五五）

多くの労働者が貧困にあえいだ一九世紀末のロンドン。故郷グリーノックでは目をつぶった発展する都市と疲弊する人間に、デイヴィドソンはロンドンで正面から対峙した。主人公を、バラッド詩で創り上げたデイヴィッドソンお得意の孤高のヒーローとして、平易な現代語で日常生活を詩にうたう、エリオットのモダニズムに先んじる作品が生み出された。

孤高の詩人ペンザンスに没す

『ミュージックホールで』と『フリート街牧歌』は評判を取りはしたが、その後、デイヴィッドソンの読者は次第に彼から離れていき、芝居の脚本にも詩にも期待した成果は得られなかった。デイヴィッドソンの作品の着想と読者層との乖離に加えて、困窮する生活との壮絶な闘いと病いがデイヴィッドソンを激しく疲弊させ、一八九六年の年末頃から彼の精神を破壊し始めた。一時はイングランド南端のサセックス（Sussex）地方のショアハム（Shoreham）で転地療養を試みたが、ロンドンに戻り、わずかの原稿料とわずかの年金と友人知人からの援助で生活しながら、『疎外された人間の遺言』（*The Testament of a Man Forbid*, 1901）、『総理の遺言』（*The Testament of a Prime Minister*, 1904）、『ジョン・デイヴィッドソンの遺言』（*The Testament of John Davidson*, 1908）などの一連の『遺言』集の執筆を開始した。無韻詩の形式に劇的モノローグで綴られる社会批判と思想は、同郷の文人トマス・カーライル、ドイツの哲学者ニーチェ、イングランドの小説家H・G・ウェルズの思想を取り入れたものであり、中でも、科学的な世界観はドイツの生物学者エルンスト・ヘッケルが著した『宇宙の謎』（*Die Welträtsel*, 1900）と『生物の驚異的な形』（*Kunstformen der Natur*, 1904）から影響を受けたものである。[11] デイヴィッドソンは同郷の批評家ウィリアム・アーチャー（William Archer, 1856–1924）宛の書簡に「私の『遺言』集執筆の目的は、キリスト教国と呼ばれる腐った資本投資、その間違った打倒方法を手助けすることにある。これは、精神や魂やあの世といった言葉で意味されるもので作られている世界を浄化することによってのみ達成されると思う」と書き送った。(12)『遺言』集は、半ば精神を崩壊させた群小詩人の遺言ではなく、一九世紀末から二〇世紀初頭にかけての宗教の衰退を背景に、当時の社会思想と新しい科学を題材として綴られたエネルギー漲る思想と告発の詩である。この意味では、『遺言』集は、マクダーミッドの長編思想詩『酔いどれ男アザミを見る』(*A Drunk Man Looks at the Thistle*, 1926)の先例と見ることができよう。『疎外された人間の遺言』では、一九世紀のロンドンの繁栄と、その繁栄を支えて疎外され貧困にあえいだ労働者との必然の結びつきが高い調子でうたわれる。

この美、この神聖、この思想、
この清らかな歓喜の館と収穫、
その天上の根は星をつかみ、
その萎えることなき花は永遠を香気で包まんばかりだが、
地上の土の中では、利用され尽くした
労働者の骨によって豊かさを増し、
主な肥料たる売春婦の血で肥え太り、
狂人の頭脳と子供の砕かれた心臓の衣をまとう。
毎日あくせく働き、毎晩のように
この奢侈の根、全身の筋骨に生じた癌の痛みにもだえ
呻吟する君たちだけでも、せめてわかってくれ。

大聖堂がそびえ、天が美しく花開くのも、
君たちのゆえだ。君たちは美と歓喜、余暇、
情熱的な愛、高邁な想像力の
君たちは薔薇の美しさを保つ堆肥なのだ。(13)
（一一六―一二四）

一九〇七年、精神崩壊がさらに進んだデイヴィッドソンは再び転地療養のため、イギリスの中では最も気候の温暖なコーンウォール（Cornwall）地方の西端の港町ペンザンス（Penzance）に移った。病状の回復は捗々しくなかった。一九〇九年三月二三日、デイヴィッドソンは二ポンドのみを所持して、ペンザンスの町から姿を消した。おそらく入水自殺であろう。最後の詩集の原稿を送るべく梱包された小包の中から、遺書のようなノートが見つかった。「終わりにする時期が来た。動機はいくつかある。年金は十分ではない。したがって、収入が得られる仕事をせざるをえない。

Daily Mirror, 23 Sept. 1909

デイヴィッドソンの水葬の様子を伝える新聞の写真（1909年9月23日の『デイリー・ミラー』紙）

健康も理由のひとつだ。喘息その他の持病に長い間苦しんできたが、癌には耐えられない」[14]。海岸で遺体が発見されたのは六カ月後の九月一八日午前五時、二一日には、孤高のスコットランド詩人ジョン・デイヴィッドソンはイギリス海峡へ改めて水葬された。誰にも目撃されなかった最期を、読者は彼のバラッド詩「狩りにちょうどの雄鹿のバラッド」('A Ballad of a Runnable Stag', 1905) に追想することができる。狩りで追いつめられた雄鹿は、決して捕らえられまいと、棲息場だったエメラルド色の深い森を振返り、最期の決意を固める。

　安らかに眠る幻想の中に　雄鹿は見た
眠りが見せる素晴らしい幻想の中に　雄鹿は見た
　一頭の狩りにちょうどの五歳の鹿を　鹿を　鹿を
宝石の寝床に眠る　一頭の狩りにちょうどの雄鹿を
敵を防ぐ静かな海の下
一頭の雄鹿を　一頭の狩りにちょうどの雄鹿を

雄鹿の目に運命の希望の火が灯った
　鼻翼を大きく膨らませると
枝なす角を高く掲げて
　チャーロックの谷を駆け降りた
木霊する谷を駆け降りた　（六七―七七）

雄鹿は、土壇場でその目に希望の火を灯し、死をかけて生の尊厳を守る。鹿の孤高と誇り高さは、「うたびとトマス」や「吟遊詩人」にうたわれた孤高のヒーローというデイヴィッドソンの初期のバラッド詩のモチーフを引き継いでいる。

スコットランドの港町グリーノックから始まった、藁《わら》が燃えるような暴力的なエネルギーで生き、作品を生み出した詩人の人生は、イングランドの港町ペンザンスでその炎を消した。

注

（1）Edwin Morgan, "Scottish Poetry in the Nineteenth Century", *The History of Scottish Literature, vol. 3; Nineteenth Century*, ed. Douglas Gifford（Aberdeen UP, 1988）, p. 349.

（2）Davidson to Richards, 14 Aug. 1908, cited in John Sloan, *John Davidson, First of the Moderns: A Literary Biography*（Oxford UP, 1995）, p. 280.

（3）Sloan, *John Davidson, First of the Moderns*, p. vii.

（4）T. S. Eliot, 'Preface', *John Davidson: A Selection of his Poems*, ed. Maurice Lindsay（Hutchinson, 1961）, n. page, & Hugh MacDiarmid, 'Influences and Influence', pp. 50–51.

（5）本章中のデイヴィッドソンの作品の引用は *The Poems of John Davidson*, 2 vols., ed. Andrew Turnbull（Edinburgh: Scottish Academic P, 1973）による。『疎外された人間の遺言』以外の翻訳は筆者による。

（6）Sloan, *John Davidson, First of the Moderns*, p. 6.

（7）W. B. Yeats, "The Rhymers' Club", *Boston Pilot*（23 Apr. 1892）, cited in Sloan, *John Davidson, First of the Moderns*,

p. 77.

（8）Bernard Bergonzi, "Aspects of the Fin de Siècle", *The Penguin History of Literature: The Victorians*, ed. Authur Pollard（Penguin, 1987）, p. 477.

（9）*Daily Chronicle*（1 Sept. 1892）, p. 3, cited in Sloan, *John Davidson, First of the Moderns*, pp. 79–80.

（10）Yeats, *Autobiographies*（London: Macmillan, 1955）, p. 318.

（11）John Sloan, ed., *Selected Poems and Prose of John Davidson*（Oxford, 1995）, p. xix.

（12）Davidson to Archer, 22 Oct. 1904, cited in Sloan, *John Davidson, First of the Moderns*, p. 214.

（13）この翻訳は小池滋『ロンドン―ほんの百年前の物語』（中公新書、一九七八年）による。

（14）Sloan, *John Davidson, First of the Moderns*, p. 279.

第一七章　アーサー・コナン・ドイル

シャーロック・ホームズの生みの親
――歴史小説作家になりたかった探偵小説作家――

田中喜芳

隠しておきたかった父親の秘密

二〇〇八年に英国のテレビ局が三千人を対象に行った調査によれば、六割弱の人がシャーロック・ホームズ（Sherlock Holmes）は実在の人物だと信じているとの結果が出たという。もちろん、ホームズは架空の人物である。医師で、後に専業作家に転じたアーサー・コナン・ドイル（Arthur Conan Doyle,1859–1930）（以下「アーサー」と称す）が生み出した世紀の名探偵である。この結果は、回答者がどこまで本気で答えているのかいささか疑問も残るが、それでもホームズの人気の高さを示す一例とはなろう。

今日、アーサーが有名なのは、全六〇編に及ぶホームズ・シリーズによるのは間違いない。だが、彼がその生涯に書いたのはホームズものだけではない。最初の作品「ササッサ谷の謎」（The Mystery of Sassassa Valley,1879）が雑誌『チェインバーズ・ジャーナル』に掲載された一八七九年から、亡くなる一九三〇年まで、

シャーロック・ホームズ像（エディンバラ市内）

アーサーが発表した作品は小説が二三二編、単行本にすると三六冊になる。この他、自伝やノンフィクション、心霊術関係の専門書までを含めると五四冊にのぼる。本章では、これらアーサーの広範囲な著作の中から、故郷スコットランドの風土やスコットランド時代の知人、さらに、アーサー自身の経験がもとになっていると思われる記述に注目し、彼の私生活や、作品が生み出された背景について探ってみたい。

アーサーは、一八五九年五月二二日、エディンバラのピカディ・プレイス一一番（**Picardy Place**）でドイル家の第三子（長男）として生まれた。七一年間にわたるアーサーの生涯のうち、彼がスコットランド（エディンバラ）で過ごしたのは誕生から九歳までの九年間と、一七歳でエディンバラ大学に入学してから二二歳で卒業するまでの五年間、合計一四年間に過ぎない。アーサーの自伝『わが思い出と冒険』（*Memories and Adventures*, 1924）〔以下「自伝」と称す〕でも、本文四五四頁のうち、エディンバラの子ども時代（九歳まで）にふれたのはわずか四頁、また学生時代については二九頁となっている。

はじめに、アーサーの子ども時代の生活が、作品にどのようなかたちで表れているかを見ていきたい。ちなみに、「自伝」で、アーサーは子ども時代についてこう書いている。

私たちは貧しさのうちに辛苦になれて元気よい毎日を送っていたし、おのおのが全力をつくして年下のものを助けていった。（中略）父はあまり母の助けにはならなかったのではないかと思う。（中略）少年時代のことについては、あまりいうこともない。ただ、家庭のしつけはスパルタ風で、革むちをふりまわす先生のいる学校はそれに輪をかけてスパルタ式であったから、少年時代はまことにみじめであった。(1)

これらの記述から想像できる彼の子ども時代は「父母の厳しい躾のもと、貧しいながらも楽しい我が家があり、毎日を、子どもらしく元気に過ごしていた」といったところではないだろうか。しかし、現実は違った。彼がいう「少年時代はまことにみじめであった」の実態はスパルタ教育などではなく、父親チャールズ・アルタモント・ドイル（Charles Altamont Doyle,1832–93）のアルコール依存症による家庭崩壊だった。アーサーが三歳だった一八六二年当時、一家はエディンバラ郊外のまち、ポートベロに住んでいた。この頃、チャールズは趣味の絵を描いては展覧会などへ出品していた。だが、やがて自分の絵は世の中に認められないと悟ると、失望感から飲酒が激しくなり、年末頃には床に寝そべり、自分の名前さえ言えないほど深刻な状況に陥ってしまったという。

その四年後、一八六六年から二年間、アーサーはニューイントン・アカデミーに通学するとの理由から、アカデミーに近いメアリー・バートン（一八一九―一九〇九）の家、リバトン・バンク・ハウス（ＲＢＨ）にあずけられた。アーサーが預けられた本当の理由は、アルコール依存症の父親から、少しでも離しておくことだったことはいうまでもない。彼女は、アーサーの母親のメアリー・フォーレイ・ドイル（Mary Foley Doyle,1837–1920）の知り合いで、当時から、スコットランドの先駆的な女性教育家、婦人参政権活動家として知られていた。ちなみに彼女の兄、ジョン・ヒル・バートン博士（一八〇九―一八八一）はスコットランドでも高名な弁護士で歴史家、政治経済学者であった。

バートン親子との出会い

アーサーがメアリーのＲＢＨで暮らすようになった経緯については、今となっては分からない。だが、メアリーを通じて、まだ子どもだった彼はジョンの書斎にも出入りするようになり、そこで多くの本と出会ったのは確かである。もちろん、当時のアーサーに難しい本など理解できるはずもなかった。しかし、珍しい絵が数多く掲載された本を見ることで、彼の冒険心はかき立てられていった。

このとき、アーサーには忘れられない出来事があった。それは、彼にとって生涯の友となるウィリアム・キニモンド・バートン（William Kininmond Burton,1856–1899）との出会である。バートン博士の息子で、彼より三歳年上であるこの少年こそ、後に、浅草凌雲閣（一二階）の基本設計者、また、日本の上下水道発展の恩人となったＷ・Ｋ・バートン（バルトンと呼ばれることもある）その人である。アーサーの作品には、この親子が実名で登場する。

父親のヒル・バートンの方から披露する。ホームズ・シリーズの一つ「有名な依頼人」がそれだ。ホームズの相棒ワトスン医師が名乗った偽名と、彼が持っていた名刺には「ハーフムーン街三六九番地。ヒル・バートン博士」と書かれていたのである。この作品も他の短編同様、月刊誌『ストランド・マガジン』(一九二五年二月、三月号)に発表された。あらすじはこうである。

ホームズへの依頼内容は、オーストリアの殺人鬼グルーナ男爵の恋の虜になった英雄の娘、ド・メリヴィルの目をさまして欲しいというものだった。ベイカー街へ来たのは代理人。だが、彼の話から、依頼人本人は匿名ながらも高名な人物であることは間違いないようだった。早速調査を開始したホームズだが、男爵の手下とみられる暴漢に襲われ瀕死の重傷を負ってしまう。そこで、一計を案じた彼は、逆に、美需品の収集家として名高い男爵のもとへ、美術品愛好家というふれこみでワトスン医師を送りこむことにした。ワトスンは一夜漬けで東洋美術の知識を仕入れ、「ヒル・バートン博士」と書かれた偽名の名刺と中国陶器の逸品を携えてグルーナ男爵の館へと乗りこむ。

ホームズが用意した偽名名詞の効果もあってか、男爵に会うことには成功した。だが、たちまちワトスンの正体を見破った男爵は、彼に「聖武天皇や奈良の正倉院との関係」について尋ねるなど、立て続けに質問を浴びせてワトスンを窮地に追い込んでしまう。万事休す。まさにそのとき、ホームズが絶好のタイミングで登場するという趣向である。

本作は全六〇作品うち五四番目、アーサーが六六歳のときの作品である。子どものとき世話になった恩人の名前が、アーサーの晩年の作品に登場する。これ一つをみても、彼がいかに終生、博士に深い尊敬と感謝の念を抱いていたかが分かるであろう。

正倉院や奈良といった日本ゆかりの固有名詞が登場する作品にヒル・バートン博士を登場させたということは、あるいは、アーサーの深層心理には幼馴染ウィリアムへの思いがあったのかもしれない。彼は、作品が発表された当時は、すでに他界していたが、かつて東京帝国大学教授として日本へ赴任した時、日本各地の写真を撮ってはアーサーのもとへ送ったことがあった。当時、前述の正倉院は、歳末のすす払いの折などには、広く外国人にも内部を公開していたようで、ウィリアムも国の許可を得てそのとき内部を見学したものとみえる。あるいは、この時撮った写真や、入手した資料の一部をアーサーへ送ったのかもしれない。

明治三一年夏、台湾出張中に彼はマラリアで倒れ、帰国後も翌三二年春までは仕事に復帰できなかった。やっと回復し、長期休暇で英国へ旅立つ直前の明治三二年八月五日、今度は赤痢に感染し入院していた大学第一病院、現在の東大病院で惜しまれつつこの世を去った。享年四三歳であった。ウィリアムはこの作品が書かれる二六年前、帰国を目前にして日本で土にかえったのだった。(2)

そのウィリアムは、「有名な依頼人」よりずっと早く、アーサーの初期の作品「わが家のダービー競馬」に登場する。この短編作品は『ロンドン・ソサイエティ』(一八八二年五月号)に発表された。本文を紹介する前に、まず、ウィリアム自身と彼の仕事について、もう少し記しておいた方がいいだろう。

ウィリアムは父親とは全く違う工学の道へと進んだ。エディンバラ・カレッジエイト・スクールを一七歳で卒業すると、一八七三年、船舶機械を扱う大手ブラウン・ブラザース(B・B)社に入社し、見習い技術者としてエンジニアへのスタートを切った。そもそも、彼が衛生工学の世界に足を踏み入れることになったのは、父ヒル・バートンの勧めだった。父が、当時、有名な衛生工学士エドウィン・チャドウィックと親友だったことによるものだといわれている。チャドウィックは、一八四二年『大英帝国における労働人口の衛生環境に関する報告書』を書き、これが四八年の公衆衛生法の成立につながった。一八七九年にB・B社を退職すると、翌一八八〇年、ロンドンのアデルフィ近くで叔父のコスモ・イネスと共同で「イネス・バートン・コンサルティング・エンジニアーズ」を設立した。そして、二年後の一八八二年にはロンドン衛生保護会の主任技師に就任するのだが、ウィリアムが前述の作品に登場するのは、まさにこの年である。

昔ジャックは、ハザリーの小川で釣った死んだ魚を私にくれたことがあったのを憶えている。私はその魚を私の宝物の中で一番大切にしまっておいたので、やがて家中に臭いがたちこめ、母がバートンさんに苦情の手紙を書いたっけ。するとバートンさんは、お宅の排水装置は申し分ないと言ったものだ。(3)

診察は無料、薬は有料

この作品が雑誌に発表された一八八二年五月、アーサーはプリマスの開業医ジョージ・ターナヴィン・バッドから長文の電報を受け取った。当時、アーサーは船医として乗り込んだ「マユンバ号」が一月中旬にリバプールに帰港したのに伴い、船医の職からは離れていた。帰国後、彼はロンドンの親戚を訪ねた後、ちょうど電報が届いたときは故郷エディンバラに戻っていた。

バッドはエディンバラ大学医学部時代の同級生だが、かなり風変りな人物として知られていた。このへんの事情は、アーサーが一八九四年十月から翌九五年十一月まで、『アイドラー』誌に連載した自伝的小説『スターク・マンローからの手紙』(*The Stark Munro Letters*, 1895)〔以後『スタ・マン』と称す〕に詳しく書かれているので引用する。もちろん、スターク・マンローとはアーサー自身のことである。

昨年の六月にブラッドフィールド〔注・架空の地名、プリマスのこと〕で開業した。大成功だ。ぼく〔＝カリングワース〕のやり方は医学界に革命をもたらすに違いない。どんどんお金が貯まっていく。(中略)

アーサー・コナン・ドイル（42歳）

この手紙を読み次第、次の列車でこちらに来たまえ。きみのする仕事は山ほどある。(4)

小説である『スタ・マン』はともかくとして、「自伝」においてさえも、バッドは本名ではなくカリングワースという仮名で登場する。その理由は、彼の人権に配慮したためだと思われる。バッドには天才的な一面がある一方詐欺師的な性格も多分にあった。だから、アーサーは必ずしも彼を全面的に信用していた訳ではなかった。かつて、バッドがブリストル（作品では、エイボンマウスという架空地名で登場）で開業していたとき、アーサーは、彼からの電報でブリストルまで出かけたことがあった。このあたりの経緯も『スタ・マン』でも詳しく述べられているので小説をもとに要約する。以下、登場人物名を使うが、もちろん、カリングワースはバッドのこと、マンローはアーサー自身のことである。

カリングワースが駆け落ち同然でエディンバラを去ってエイボンマウスで開業した理由は、かつて、彼の亡くなった父親が同地で開業し大成功をおさめていたからだった。そこで彼は、まさに父が開業していたその建物を借りて開業すれば、かつて父の患者だった金持ちたちが皆自分のところへ来るのではないかと目論んだのだった。だが、それは大きな誤算だった。たいした資金もないのに無理して豪邸を借り、家具を調え、人を雇った結果、カリングワースにはかなりの負債が生じたばかりか、患者はみな向かい側にある医院にとられ、実情は破産寸前だった。

そこでカリングワースはマンローに助言を求めるためエイボンマウスに呼んだのだった。『スタ・マン』は自伝的小説とはいえ、基本はフィクションである。だから、当然、アーサーの実生活とは大きく異なる点も幾つかある。最大の違いはマンローが医師の息子という設定になっている点だ。アーサーの父親は、実際は建築職の地方公務員だが、ともかく、マンローはカリングワースに対して、こう助言をしている。これも本文を引用する。

「債権者を全員あつめて」。ぼくはいった。「きみがまだ若くてエネルギッシュだというところを彼らに見せて——近い将来、成功するに決まっているということを彼らに分からせるのだ。彼らだってこれ以上きみを追いつめたら、元も子もなくなるのだ。その点を十分に理解させてやりたまえ。もし、きみがどこかよその土地で開業して成功すれば、借金なんかすぐ全額返せる。ぼくはこれが一番の方法だと思うがねえ(5)」

カリングワースは助言どおりに債権者たちを集めると、彼らに現在の窮状と将来の可能性を切々と訴えた。すると、債権者の中にはもらい泣きしながら支払いを猶予した者もいたほどだったという。彼は、すぐに荷物をまとめると、ブラッドフィールド(=プリマス)へ引っ越す。そこでは、伯父が医院を開業し繁盛していた。

開業したカリングワースの医院は、今度は伯父の医院と同様、大いに繁盛した。「診察は無料、薬は有料」というのが彼のセールスポイントだった。もちろん、薬代の中にはしっかり診察料が含まれていた。彼の過剰ともいえる投薬は、危険を伴う一方で劇的な効果ももたらした。人々は「診察は無料」に引かれ大挙して押し寄せた。そこで、繁盛したカリングワースがマンローに送った電報が、先に引用したものである。最初は温かくマンローを迎えたカリングワースだったが、やがて、彼の陰湿な性格が顔を出し始め、二人の仲は急速に気まずいものになっていく。そして、ついに、マンローが追い出されるかたちでブラッドフィールドを去る日がやってきた。

夢は歴史小説作家になること

話は変わるが、今一度、アーサーの子ども時代に時間を戻したい。そもそも、彼が文学好きになったのは、読書好きだった母親の影響が大きい。このことも『スタ・マン』の中で詳細に述べられている。

ぼくの母はとても博識で、英国文学同様フランス文学にも通じていた。ゴンクール兄弟やフロベールのことともなれば、一時間でも話すことができる。だが、母は家事もとても熱心にやるので、いったいあれだけの知識をいつ吸収するのだろうかと不思議に思うことがある。母は編み物をしながら読書し、洗濯をしながら読書し、さらに赤ん坊に食事を与えながらも読書する。（中略）母の手は家事仕事で荒れてはいたが、何もしていない女性でも母ほどに読書をする女性はいないと思う。(6)

メアリーがもともと文学好きだったことは確かだが、夫がアルコール依存症で苦しい生活の中、読書というのは、唯一、彼女が逃げ込める癒しの世界だったのかもしれない。数多い読み物の中で、メアリーがとくに気に入っていたのは隔週刊誌『二つの世界』だった。この雑誌には、毎号、中世の騎士物語や外国で起きた不思議な現象の記事が載っていた。学校に通うようになったアーサーは、この雑誌を母親に読み聞かせることで、彼自身が騎士道物語に興味を持つようになっていった。

後年、シャーロック・ホームズ・シリーズの成功により、探偵小説作家としてアーサーはその地位を確立した。だが、彼が本来、夢見たのは歴史小説作家として英国文学史に名前を残すことで、決して探偵小説作家としてもてはやされることではなかった。それは、アーサーが最も敬愛したのが、故郷エディンバラが生んだ偉大な歴史小説作家、詩人としても知られるサー・ウォルター・スコット（Sir Walter Scott,1771–1832）〔以下「スコット」と称す〕であったことからもうかがえる。

スコットの代表作といえば、もちろん『アイヴァンホー』（一八一九）や『ケニルワーズ』（一八二一）、『タリスマン』（一八二五）といった、中世を時代背景とする華やかな騎士物語だろう。アーサーの目標は、いつか、これらの作品を超える歴史小説を書くことだった。

「ジェラール准将」の挿絵（W. B. ウォーレン画）

結果はどうだったか。その生涯でアーサーが書いた歴史小説といえば『マイカー・クラーク』（*Micah Clarke*, 1889）、『白衣隊』（*The White Company*, 1891）、『ジェラール准将の功績』（*The Exploits of Brigadier Gerard*, 1896）、『ジェラールの冒険』（*The Adventures of Gerard*, 1903）、

『サー・ナイジェル』(*Sir Nigel*, 1906)などがあげられる。このうち、「代表的な作品は何か」と問われれば、多くの人が『マイカー・クラーク』と、『白衣隊』をあげるのではないだろうか。じっさい『娯楽としての殺人』の著者で推理小説批評家でもあったハワード・ヘイクラフトは「『マイカー・クラーク』と『白衣団』はイギリスの最上の歴史小説のひとつということができるだろう」(林峻一郎訳)と両作品を絶賛している。アーサー自身、登場人物にこんなことをいわせている。

わたしの愚作の中にはサー・ウォルターの傑作を上回るものがあると言われております。わたしは疑いもなく全般的により強力でした。わたしは古代社会と同じく現代社会もじょうずに描けました。(7)

話を『マイカー・クラーク』に戻したい。この作品は一連のホームズ・シリーズが世に出る前に書かれたもので、彼の最初の長編歴史小説でもある。「自伝」においても「書きあげるのはわけなかった。脱稿したのは一八八八年で、希望をもって出版社へ送った」と書いていることから、アーサー自身、この作品にかなりの自信をもっていたことがうかがえる。ちなみに、題名にもなっているマイカー・クラークは主人公の名前である。

一七三四年の冬、マイカーが三人の孫、ジョセフ、ジャーヴァス、ルーベンに語った自分の経験を、孫のジョセフがまとめ、印刷したという設定になっている。第一九章では、「二人の人間から同じ親指の跡をとることは出来ない」と、指紋の個別特性に言及している。指紋についてはホームズ・シリーズの一つ「ノーウッドの建築業者」(The Adventure of the Norwood Builder, 1903)にも同様の主旨が登場することから、『マイカー・クラーク』は部分的には、「ホームズ物語」へ繋がる試験的作品の一つといえるのではないだろうか。

物語は、一六八五年、国王ジェイムズ二世の即位後、マンモス公ジェイムズ・スコットが王位を奪おうとして起こした「マンモスの反乱」を中心に、これに対抗したイギリス人清教徒の一団を扱っている。主人公マイカーの目を通して、歴史的出来事に翻弄される庶民の姿も描かれている。この作品を書いた一八八七年七月当時、アーサーはポーツマスで開業医をしていた。だが、彼の歴史小説にかける思いは熱く、忙しい合間をぬっては数カ月もかけて綿密に時代背景を調べたという。

事件が起きた一六八五年とマイカーが孫たちに語った一七三四年の間には約半世紀の隔たりがある。この間、一七〇七年には、スコットランドとイングランドが合併し、グレート・ブリテン王国になるという歴史的な出来事もあった。作品中にはスコットランドに関する記述も何カ所か見られるが、主人公のマイカー自身はスコッツマンではない。本文では「わたしは一六六四年にこのハンプシャー州のハヴァントに生まれた。ハヴァントはポーツマスから数マイル、ロンドン本街道からはずれた所にある栄えている村だ」（第一章、笹野史隆訳）となっている。ここでは「スコットランド」に関する記述部分のうち二カ所を引用する。

よく覚えているが、父（＝マイカーの父）がスコットランドのダンバーの町でスコットランド兵に混じって馬に乗りながら、詩編第百番を詠唱すると、声は砕ける波のとどろきのようで、ラッパの響きや銃のガチャガチャいう音より大きく響いた。(8)

「マンモス公はやって来る」父は話を続けた。「公は、勇敢なプロテスタントが一人残らず旗下に集まることを期待している。アーガイル公は別の遠征隊を指揮することになっている。この隊はスコットランドのハイランド地方を燃え立たせるだろう。スコットランドのハイランド人は信仰の迫害者ジェイムズ二世を屈服させたいと密かに願っている。(9)

捕鯨船の船医は医学生

このように、本作は、細かい描写や壮大な歴史の一こまが巧みに織り込まれているのが特徴といえよう。ここで、時計の針をアーサーの大学生時代に進めたい。一八八〇年二月、エディンバラ大学医学部三年生だったアーサーは、捕鯨船「ホープ号」に乗組み、船医として七カ月間、北極海への航海に出ることになった。じつは、このアルバイトはカリーという学生がもともと引き受けたものだったが、出港の直前になって彼の都合が悪くなり、急遽、カリーの依頼を受けてアーサーが代役をつとめることになったものだ。

報酬は魅力的だったが、アーサーは不安でいっぱいだった。「自伝」でも「医者の資格で乗り組んだが、まだ二〇歳で、平均的な医学部学生程度の知識しかなかったから、結果的に重大な事態が起きなかったのは幸いだった」と書いている。

航海中、アーサーはさまざまな体験をした。医師としての仕事だけではなく、乗組員と寝食を共にし、彼らの生活に慣れ、アザラシ漁の手伝いまで行った。それらを通じて、出港時にはひょろりとした青年にすぎなかったアーサーも、帰港したときは逞《たくま》しい大人になっていた。さらに、母親へ渡す五〇ポンドという大金も手にした。

アーサーにとって初めて見る北極海の不思議さや恐ろしさ、はたまた、船上での貴重な体験は若き日の彼の脳裏に深く刻みこまれたものとみえる。三年後、彼はこの七カ月間の見聞を巧みに盛り込んだ作品「ポールスター号の船長」（The Captain of the Polestar, 1883）を発表した。

物語は、船医として乗り組んだ医学生ジョン・マカリスター・レイ・ジュニアの日記の抜粋というかたちをとっている。ジョンの視点を通じて、若くて優秀だが非常に個性がつよい船長ニコラス・クレイギーと彼を取り巻く船員たち、氷に覆われた北極海の厳しい自然が描かれている。ストーリーからいえば、アーサーの作品では海洋奇談編に含まれるものである。しかし、真のテーマは、時空を超えた男女の深い愛である。怪奇小説の中にちりばめられたアーサー独特のラブロマンスと、厳しい自然環境下で働くスコットランド漁師の仕事魂を巧みに描いた作品といえる。

乗組員の中にかなり不満があり、彼らの多くはニシンの漁期に間に合うよう帰りたがっている。この魚期では、スコットランドの沿岸では労働者はいつも高賃金を取れる。（中略）（船長の）目にはあの狂気じみた表情が残っている。これをスコットランド耕地では『フェイ』、つまり千里眼と言うのだろう—少なくとも機関長はわたしにそう言ったが、乗組員の中にいるケルト人の間では船長は予言者、前兆を解釈する人として評判を得ている。(10)

ボクシング小説に境地を開く

アーサーは、捕鯨のための長い航海が始まったばかりの頃、ボクシングをやっているおかげで、一瞬にして船員たちの信頼を得られたことがあった。ダニエル・スタシャワーの『コナン・ドイル伝』（*Teller of Tales :The Life of Arthur Conan Doyle*, 1999）には、次のようなエピソードが紹介されている。(11)

アーサーが、捕鯨船内の自分に割り当てられた棚に荷物をしまっているとき、料理頭のジャック・ラムに荷物の中のグローブを見られてしまった。アーサーがボクシングを少しかじっていることを説明すると、ラムはアーサーの腕前を試してやろうと試合を申し込んできた。いざ試合が始まると、アーサーの正統派ボクシングに対して、ラムの方は単なる喧嘩ファイトだった。ラムのメチャクチャな戦法に対し、アーサーはボクシングのルールにのっとり、両腕を曲げながらしっかりガードしていた。決してプロとはいえないものの、しっかり基本を学んだ者と、そうでない者の違いは明らかだった。

アーサー自身のボクシング好きは、諸作品で主要なテーマになったり、作品に躍動感あふれる一場面を添えたりしている。ちなみに、ボクシングを扱った作品をいくつかあげると「クロクスリの王者」（原題 The Croxley Master, 1899）、「ファルコンブリッジ卿」（The lord of Falconbridge, 1909）、「バリモア卿の失脚」（The Fall of Lord Barrymore,1912）、「ブローカスの暴れん坊」（The Bully of Brocas Court, 1921）、「ロドニー・ストン」（Rodney Stone, 1896）などが代表的なものである。この他、『スタ・マン』や「ガードルストーン商会」（The Firm of Girdlestone, 1889–90）、にもボクシング場面が登場する。

「ホームズ物語」にもボクサーやボクシングに関する記述が二三カ所登場する。シャーロック・ホームズ自身がボクシングの達人という設定だから「一人ぼっちの自転車乗り」（The Adventure of the Solitary Cyclist, 1904）には「襲いかかってくる相手（ウッドリー）にぼくの左ストレートが見事に決まってね」などという記述も見られる。これら、アーサーのボクシング小説群の中から「クロクスリの王者」の一場面を見てみよう。

主人公は、ある炭鉱都市近郊のまちの医院でアルバイトをしている医学生である。これは若き日のアーサーの姿と重なる。主人公の医学生が後期の授業料六〇ポンドが払えずに困っていたとき、ひょんな経緯から、ボクシングでクロクスリ町の王者と賭け試合をすることになってしまう。当の医学生は、ボクシングならば少しは腕に覚えがある。だが、相手は炭鉱町でも名が知れたボクサーだ。そんな不安を抱きながら練習をする医学生に、相手の弱点を知らせる耳よりの情報がもたらされた。驚いたことに、その情報を伝えに来たのは対戦相手の息子だった。

医学生は座ったまま、その後もしばらく考えこんでいた。ボクシングなら大学で、かつてミドル・ウェイト級チャンピオンだった教師から基本から教えてもらったことがあった。トレーニングもした。その教師は、当時すでに足は遅かったし、筋肉も固くなってしまい、全盛期の勢いはなくなってしまっていたのは確かだった。だが、それでも、学生にとっては手強い相手だった。(12)

母校エディンバラ大学

最後に、アーサーが母校エディンバラ大学にふれた作品を見て本章を締めくくりたい。当初、アーサーはロンドン大学を受けて合格した。が、エディンバラ大学医学部に入学したのは、ここも名門大学であり、さらに自宅から通えることで学費が抑えられる利点ゆえだった。医学部は同大学の看板学部であり、何より、医者になれば、将来は経済的には困らないだろうというのが大きな魅力だった。

エディンバラ大学はおどけて自らを、学生たちの「親愛なる母」と称しているかもしれないが、いやしくも母であるとしたら、非常に英雄的でスパルタ的なタイプであって、母性愛を驚くほどじょうずに隠している。彼女がいつももったいなくも卒業生に示してくださる唯一の関心の印は、少なからざる機会に卒業生にギニー金貨を要求することである。(13)

これまでみてきたように、スコットランドの文化や風土、人々の暮らし方がアーサーの作品に与えた影響は少なくない。スコットランド時代、貧しさゆえの経験が、彼に、取材では到達し得ない迫力と味わい深い描写を可能にさせたといっても過言ではない。広範囲にわたる彼の作品を「スコットランド」というキーワードで再見することは、作品の新たな魅力の発見につながるといえよう。

注

（1）A.Conan Doyle, *Memories and Adventures*, The Crowborough edition of the Works of Sir Arthur Conan Doyle（Doubleday, Doran & Company, Inc.）, pp. 5–6. 延原謙訳『わが思い出と冒険――コナン・ドイル自伝』（新潮社、一九六五年）一四―一五頁。

（2）石井貴志「『御雇外国人バルトン』メディアに浮かぶ肖像――日本に眠るコナン・ドイルの親友について」、小林司、東山あかね編『優雅に楽しむ新シャーロック・ホームズ読本』（フットワーク出版、二〇〇〇年）、三一三頁。

（3）A.Conan Doyle, *Our Derby Sweepstakes*, London Society, 1882. 小池滋監訳「わが家のダービー競馬」（コナン・ドイル未紹介作品集①『ササッサ谷の怪』、中央公論社、一九八二年）、九四頁。

（4）A. Conan Doyle, The Stark Munro Letters（Longmans, Green, and Co.,1895）, p. 105. 田中喜芳訳『スターク・マンローからの手紙』（河出書房新社、二〇〇六年）、九四頁。

（5）*Ibid*. p. 30. 田中喜芳訳『スターク・マンローからの手紙』（河出書房新社、二〇〇六年）、三二頁。

（6）*Ibid*. pp. 53–54. 田中喜芳訳『スターク・マンローからの手紙』（河出書房新社、二〇〇六年）、五〇頁。

（7）A.Conan Doyle, *Cyprian Overbeck Wells:A Literary Mosaic*, The Boys Own Paper,1886. 笹野史隆訳「シプリアン・オーヴァーベック・ウェルズ――文学的モザイク」（コナン・ドイル小説全集　第七巻、エルミオン、二〇〇五年、五〇頁。

（8）A. Conan Doyle, *Micah Clarke*, The Crowborough edition of the Works of Sir Arthur Conan Doyle (Doubleday, Doran & Company, Inc.), 笹野史隆訳『マイカー・クラーク　上』（コナン・ドイル小説全集　第三巻、エルミオン、二〇〇五年）、四頁。

（9）*Ibid.*, 笹野史隆訳『マイカー・クラーク』（コナン・ドイル小説全集　第三巻、エルミオン、二〇〇五年）、六〇頁。ただし、訳文は一部修正した。

（10）A. Conan Doyle, *The Captain of the "Pole-Star"*, The Crowborough edition of the Works of Sir Arthur Conan Doyle (Doubleday, Doran & Company, Inc.), 笹野史隆訳『ポールスター号の船長　上』（コナン・ドイル小説全集　第六巻、エルミオン、二〇〇五年）、一頁。

（11）Daniel Stashower, *Teller of Tales: The Life of Arthur Conan Doyle*, 1999, 日暮雅通訳、『コナン・ドイル伝』（東洋書林、二〇一〇年）、五七—五八頁。

（12）A.Conan Doyle, *The Croxley Master*. THE ORIGINAL ILLUSTRATED ARTHUR CONAN DOYLE (CASTLE BOOKS., 1980), pp. 196–197.

（13）A.Conan Doyle, *The Firm of Girdlestone.*, The Crowborough edition of the Works of Arthur Conan Doyle (Doubleday, Doran & Company, Inc.), 笹野史隆訳『ガードルストーン商会　上』（コナン・ドイル小説全集　第八巻、エルミオン、二〇〇六年）、四一頁。

第一八章　ジェイムズ・バリ

夢想のなかの革命家
——風刺を込めて現実を見る——

阿部陽子

奇妙な人々への風刺的な視線

ピーター・パンの作者、ジェイムズ・バリ（James Matthew Barrie, 1860–1937）といえば、子供のための作品だけを書いた作家のようにも思われるかもしれないが、実際には子供のための作品はピーター・パンが登場する劇と小説だけで、その他のすべての作品は、大人の観客や読者を意識して創作されている。その子供向けとみられるピーター・パンが主役の作品さえ、実際は大人でなければ理解しがたい、奥深さをもっている。けっして「児童文学」の範疇ではくくれない性質の作品である。バリの劇作品では、登場人物たちの台詞に込められた意見や主張は、大人の観客の思考や行動に作用を及ぼし、影響を与えるように仕向けられていると考えられる。たとえば、戯曲『ピーター・パン、大人になろうとしない少年』（*Peter Pan or a Boy Who Would Never Grow Up*）〔以下、『ピーター・パン』と略記〕のなかに、「すべての女は自分の銀行口座を持つべき」という台詞がある。これには、子供よりも大人の観客のほうが明確な反応を示したであろう。なぜならば、当時のイギリスでは女性が外に働きに出て自分の収入を得るということが流行りだしていたからである。その他にも、劇中で、大人が見てこそ納得できる場面がいくつもある。このように子供の観客に愛されている『ピーター・パン』においてさえ、作者バリは、大人に受けるアイディアの台詞を多く用意しているのである。

スコットランドに生まれ育ったバリは、スコットランドという土地とそこに生きる人々の生活から文学的な材を得て、スコットランド的な特質を強調し、独自の文学世界を切り開いた。故郷を離れてイングランドに移ったことによって認識できた、スコットランドらしさを前面に出したのである。スコットランドらしさの根底にある一つの固有性は、世の中を風刺する姿勢であるといえるかもしれない。

スコットランドのキリミュア（Kirriemuir）に生まれたバリは、彼がよく知っているキリミュアの人々の独自な生活を描いた小説で文壇にデビューした。菜園派（Kailyard School）の小説の代表作である、バリの『旧光派の人々』（*Auld Licht Idylls*, 1888）では、生まれた土地を離れることもなく、一つの土地にしがみつくように暮らしながら、偏狭で奇妙な独身生活を送る人々のことが書かれている。これらの人々を凝視するバリの目は、批判的で風刺的である。スコットランドの長老派教会に属する頑なな信仰生活者たちは、見方を変えれば、滑稽であり、笑いの対象にすらならざるを得ない。その風刺的な視線は『ピーター・パン』の登場者たちにも向けられていないであろうか。永遠に歳をとらないネヴァーランドの少年ピーターは、地上の現世的な価値にどっぷりとつかり、そのことに疑念をも挟まないダーリング家の人々の対極にある存在として描かれているように思われる。『旧光派の人々』では、どの家庭にもジョン・バニヤンの『天路歴程』があったことが書かれているが、『天路歴程』は自分が住む「破壊した街」（City of Destruction）から「天空の地」（Celestial City）へと理想を求めて行く話である。主人公が向かう「天空の地」は、『ピーター・パン』のネヴァーランドとも重なっているようにみえる。ネヴァーランドはイングランドともスコットランドとも違う場所である。『ピーター・パン』のダーリング家はロンドンにあり、イングランドの子供たちが別の世界へ行く話である。そもそもロンドンの舞台設定そのものにバリの皮肉と風刺が込められているのではないだろうか。物語の冒頭で、イングランドでの家族の在り方や子供たちの育て方が批判にさらされる。しかし、読みようによっては、現実のスコットランド社会も同時に批判されているかもしれない。

『旧光派の人々』で奇妙な独身の人々を描いた後、バリは、独身の人々の叶わぬ片思い的な恋のテーマを中心に据えた、二編の恋愛小説『感傷的なトミー』（*Sentimental Tommy*, 1896）と『トミーとグリゼル』（*Tommy and Grizel*, 1900）を書いた。またこれらを書いた時期に、『スラムズの窓』（*A Window in Thrums*, 1889）と『小牧師』（*The Little Minister*, 1891）という恋愛小説も書いていることから、この時期のバリは、恋愛を通して人間性の奇妙さをえぐろうとしていたのは明らかである。

『旧光派の人々』では独身男の架空の手紙遊びが描かれたが、『感傷的なトミー』では宛名を妹にすり替えた姉妹の教師の姉と、ある男性との文通の話へと発展する。そして、人のすり替えは、劇作品『お屋敷町』（*Quality Street*, 1901）で、姉妹の教師の姉が姪になりすまして、一〇年ぶりにナポレオン戦争から帰ってきた恋人に会うという筋の運びになってゆく。そのすり替え行為に、バリ独特の人間性への風刺が込められている。

『小牧師』と『スラムズの窓』は恋愛小説である一方で家庭小説でもある。『小牧師』は村にある若い牧師が赴任してきて母親と一緒に村に住むが、語り手の「私」はその親子を知っていた。かつてその母親と「私」は婚外の恋人であり、その若い牧師は「私」の実の息子である。そして、若い牧師は世間的にふさわしくないとされていたジプシーの女性と結婚する。『スラムズの窓』では、一家の妻が夫を良く思わない一方で、ロンドンへ故郷から出て行った息子を恋人のように溺愛し、その息子は妹とも恋人のように仲良くする話である。家庭がいびつでまるでその家の息子は母親と妹に会いに来る恋人のようである。『トミーとグリゼル』でも夫婦の方向性の違いから家庭生活がうまくゆかないことが描かれている。矛盾する家族生活を描くイプセン流の作品を意識して、バリはスコットランド社会に生きる人々の矛盾を突こうとしていたことがわかる。バリは菜園小説から、恋愛小説、さらに家庭小説へと領域を広げ、同時に劇作品をも書きながら、スコットランドの人々の特徴的な考え方は何かを追求していた。そこにバリのゆるがぬ批判精神と風刺にみちた作家魂を感じ取ることができる。

母と子の絆――バリの原点

スコットランドの現代詩人、ロバート・クロフォード（Robert Crawford, 1959–　）は、「一八九〇年代のスコットランド」（'Scotland in the 1890s'）という詩のなかで次のようにバリについて言及している。

母親についてのすぐれた伝記を閉じて、
ダンフリースを回想し、少年たちに好意を寄せながら、
ジェイムズ・バリは、ロンドンの豊饒な沈黙の中に身を置き、
「絶対に、絶対にない国」を着想し始めた。(1)

クロフォードのこの詩行はバリの前半生をみごとに要約している。バリは母親についての伝記『マーガレット・オーグルヴィー』（*Margaret Ogilvy*, 1898）を書いたが、それは母と子の特別に親密な親子関係を綴ったままれに見る伝記である。バリは母親との絆から長い間解き放されることを求めつつも果たすことができなかったが、

ジェイムズ・バリの生家（キリミュア）

その一方で、母親の精神的な傷痕から受けた心理的影響を文学的なモチーフとし、永遠に少年のままのピーター・パンを造型することに成功した。

バリは一〇人兄弟姉妹の九番目（うち二人は彼の誕生前に死亡）として生まれたが、六歳の頃、母親の最愛の息子であった二番目の兄デイヴィッドが一四歳でスケート事故で亡くなってから、母親が非常に落ち込み、病的になった。バリがデイヴィッドに代わって母親の愛情を一身に受け、悲しむ母親を治療すること（doctoring）が彼の役目となった。その役目をバリはその後も長く引き受けることになる。母親は死んだ息子が永遠に少年のままで成長することがなく、彼女から離れることがないという事実に慰めを見いだした。と同時に母親は、バリの将来に期待をかけ、そこに生きがいを感じるようになった。デイヴィッドの死を悲しむこうした母親の気持ちをもとに、バリが後年、ピーター・パン物語を紡ぐことになったのは疑いない。

熟練した毛織物職人で教育熱心な父親は、子どもたちすべてがきちんとした職に就けるように十分な教育を受けさせようとした。バリは八歳で寄宿舎制のグラスゴー・アカデミーに入学するが、兄アレグザンダーと姉メアリーがそこで教鞭をとっていた。一〇歳の時に一家がフォーファー（Forfar）へ移住すると同時にバリはフォーファー・アカデミーへ転校した。旧友がバリの思い出について語るところによると、バリは内気で敏感な少年であり、運動好きではなかった。バリは作文が得意で、作り話を語ってきかせてはよく友人を楽しませていた。バリは物語を語る才にも恵まれており、ウォルター・スコット（Walter Scott, 1771–1832）の『アイヴァンホー』（*Ivanhoe*）のさわりを友人たちに聴かせたりした。そのあまりにも鮮やかで情景が思い浮かぶような演技に、聴き役の友人たちは、すっかりウォルター・スコットびいきになったといわれる。

バリは小学生の頃から文才を発揮していたが、その頃はとくに文才を磨く修行はしてはいなかった。ただ、デイヴィッドの死後、母親の楽しみを満たすためにいろいろな物語を語ってきかせる必要があったことから、経験が積み重なり、ストーリー・テラーとしての才能が自ずと育まれたかもしれない。母親にとっての永遠の少年を演じつづけることのために、物語をおもしろく語るという能力に磨きがかかったであろう。そのうえ、その語りの能力を仲間の少年たちが嘆賞してくれたことでますます彼の語りが進化していったに違いない。

演劇による作家生活への足固め

一四歳の時にバリは中等教育を受けるため、ダンフリース・アカデミーに入学した。そこで彼は少年文学を多く読み漁る。その当時の少年文学に特徴的だったのは、植民地開拓の話で、英雄的な荒くれ男や、荒い海での海賊の話などが主であった。さらにまた、英国の寄宿舎学校を舞台とした小説も好まれた。イングランドを舞台とした学校小説は、少年たちが教師をやっつけることが書かれていたり、バリにとってはスコットランドの学校とだいぶ状況が異なる内容で、バリの想像力を大いに掻き立てた。このイングランドの学校の雰囲気は、バリの『ピーター・パン』のなかに顕著に取り込まれている。海賊船の船長である悪者フックは、イングランドのその種の学校の教師だったことが示唆されている。そしてフックは始めは子供達を虐めていたが、最後には子供代表であるピーター・パンによって退治される。ダンフリース・アカデミー時代にバリが読んだ小説には、インディアンをめぐる話や、植民地開拓のための開拓者たちが遠隔の地へ渡って行き、世界を自分たちのために切り拓く話も含まれている。

バリはダンフリース・アカデミー在学中に、演劇に関心をもち、創作にも励むようになる。演劇クラブを作り、一八七六年には、フェニモア・クーパーの小説を劇化した『盗賊バンデレロ』(*Bandelero the Bandit*) の脚本を書き、上演した。その作品の登場人物たちの性格描写と風刺的な表現の才能が認められ、賞賛される。しかし、その風刺にはバリの反抗の姿勢が濃厚に表現されていたため、バリは才能が注目された一方で、批判にさらされることにもなった。ことに聖職者たちがその劇をモラルに反していると問題視し、槍玉に挙げた。そのとき、苦境に立たされていたバリを擁護したのが、エディンバラ大学の有名な英文学科教授ブラッキー (Stuart Blackie) であった。

そのブラッキー教授のいたエディンバラ大学へバリは進学した。英文科のもう一人の看板教授マッソン (David Masson) は、英文学と修辞学を教えたが、彼は文学の批評家にとどまらない人格者で、文学を読むだけで終わりとしなかった。キャラクターを重視し、文学を読む目的を人格の発展と結びつけて考えていた。バリは文学を学ぶことに人格的な意義を見いだすマッソン教授から大きな影響を受けた。大学進学した当初から、バリは文筆で身を立てることを心に決めていた。英文科を選んだのも文章修業のためだった。大学での学業は彼にとってあまり芳しいものではなく、また特に成績優秀というわけでもなく、むしろその大学生活は苦々しさが残るものであった。しかし、彼の心の支えになったのは、マッソン教授をとおして人格のありようを学べる文学環境であった。マッソンから影響を受けたバリのキャラクターを尊重する文学手法は、『ピーター・パン』をはじめとする多くの作品に反映されている。

バリにとっては、教室での授業以外のクラブ活動が作家修業に役立った。なかでもディベートクラブはバリの思考方法や文章表現の練磨の場となった。そこでは、文学や哲学、科学など多様な領域にわたって、一定のテーマを決め論じ合った。社会科学系のテーマでは、「人は環境に左右される存在であるか」、「ダーウインの進化論は人間が特別な存在であるという考え方よりも成り立つか」などがあった。また、文学に関しては、ロバート・バーンズ（Robert Burns, 1759–1796）の詩、テニソン（Alfred Tennyson, 1809–1892）の「追憶の詩」（'In Memoriam', 1849）などをめぐって批評したり、解説したりした。バリは討論に加わり口頭で論じることもあったが、エッセイを書くことで活動に参加することが多かった。

彼はそうしたエッセイを発表することで文才を磨き、学生ジャーナリストとしての名声を高めていった。バリは、ディベートクラブにとどまらず、エディンバラ大学の雑誌『新しい竪琴』（*The New Amphion*）への寄稿者となり、さまざまな記事を執筆した。それはバリの大学時代のもう一つの文章修業の場となった。

バリはまた、大学一年のときから地元の『エディンバラ・クーラント』紙のフリーの演劇記者の仕事もしており、エディンバラやグラスゴーなどの都市で上演される演劇を観ては、批評記事を執筆していた。この体験も、後年バリを作家として成功させる重要な基盤となったことはたしかである。

エディンバラ大学を卒業したバリは、一八八三年にイングランドの『ノッティンガム・ジャーナル』紙に就職し、本格的なジャーナリズムの道を歩みだした。しかし入社して一年後の八四年、会社の人員整理のため解雇されてしまい、ロンドンへ移住する。『ホーム・チャイムズ』誌などスコットランドについての記事を次々に書き、フリーのジャーナリストとして独自の領域を開拓した。ジャーナリストの仕事をしながら、一八八七年、当時好評だったスティーヴンソンの「自殺クラブ」の向こうを張って書いた最初の本『死んだがまし』（*Better Dead*）を出版した。これはロンドンで生計を立てようとするスコットランド出身の作家を風刺的に描いたものであったが、まったく注目されなかった。しかし、バリはこの時期に「ハイランド地方の密輸業者」、「スコットランドの大学生活」、「デイヴィッド・ルナン、旧光派の人」、「旧光派物語」など、スコットランドをテーマにした記事を書き続けた。これらがまとめられ、『旧光派の人々』として一八八八年に刊行され、世間に認められるようになる。スコットランドの田舎地方に目を据えて、そこに生活する人々の実態を描写した『スラムズの窓』や『小牧師』のような小説が成功をおさめ、バリはキプリングと並び称される新進作家として脚光を浴びた。

菜園派の小説家として

スコットランドの田舎の生活をテーマに一連の写実的な小説を描いたことで、バリは菜園派（Kailyard School）の小説家の部類に入れられる。バリのほかに、ジョン・ワトソン（John Watson）〔筆名、イアン・マクラレン Ian Maclaren〕やS・R・クロケット（S. R. Crockett）なども菜園派作家として名をあげられる。菜園派の原型は一八世紀のヘンリー・マッケンジー、ウォルター・スコット、ジョン・ゴールトなどに求めることができるかもしれない。菜園派の小説では、一九世紀スコットランドの田舎を舞台に、そこに暮らす教区牧師や学校教師、農民などの独善的で、頑固で、偏屈な姿が描写される。彼らは長い間の田舎暮らしで、考え方も行動も凝り固まり、旧い美徳にとらわれていることが多い。

バリの『旧光派の人々』ではかなり変わった独身の人たちが登場する。彼らはR・L・スティーヴンソン

(R. L. Stevenson, 1850–94) の短編小説集『新アラビア夜話』(*New Arabian Nights*, 1882) やコナン・ドイル (Authur Conan Doyle, 1859–1930) の「赤毛同盟」(The Adventure of Red Headed League, 1891) の登場人物たちをも彷彿させるが、周囲の目を気にしながらも、一人で個性的に生きている。たとえば、若い頃失恋して、好きだった女性の名前も知らずに会えなくなってしまい、独身のまま死んでいく純な男が登場する。その一方で、いかにも恋愛しているかのように見せるため、ニセ手紙を書いてうわさを流すが、かえって評判を落としてしまう独身男性教師も登場する。彼は、村のすべての女性にふられたことから、自分宛ての匿名のラブレターを友達に書かせ、その返事を自分で書くが、それらの手紙を郵便局員が読んだために、独身の彼には恋人がいるとの噂が流れる。しかし、一向に彼は結婚しなかったので、その女に遊ばれているという噂が村に広まる。結局、彼の意図とは裏腹に、評判を落としてしまう。

また、別のエピソードでは、一人で学校を切り盛りし、のんびりと日々を送っている老年の学校教師が登場する。ところが彼は、新たに教育法 (Education Act) が施行され、調査官が彼の学校を視察にくることになったことから、それまできちんと授業らしい授業をしていなかったことが露見するのを恐れて、いたずらっ子たちにバリケードを築かせ、調査官の訪問を邪魔させる。

さらにまた、家族をめぐる奇妙な物語も含まれている。たとえば、老年ばかり三人から成るある家族についての話が語られる。その家族の父親は九〇歳ほどの高齢で、兄弟の息子ふたりも六〇歳くらいの老齢に達している。この三人の楽しみといえば、墓場を回って墓石に刻まれた記事を読み上げ、故人を偲ぶことだった。墓碑を読み上げたあと、父親が弔いの言葉を述べるのである。葬式を逃がすことなく、父と息子たちは墓場へ行く。そんなある日、殺人事件が発生する。彼らは墓を掘らされることになる。

バークとヘアの殺人事件の前に、スネッキーの父はスラムズのあたりまで送られた。教会墓地の墓が悪質ないたずらをされたというニュースを言いふらすためである。「復活派」への恐怖はその時にいちばん高まっていた。そして一家の家長は、夜に新しい墓をお金を払って見る男のうちの一人だったが、その墓掘り話を何度もした。その街はそのニュースが広まるにつれて熱狂的になっていった。そして、ホーバートの話を聞いた人の中には荒々しく疑わしい男たちがいて、彼らは眼の中に墓場に銃を持っている男たちのことが浮かんでいた。(2)

老人は昔は秘密組織に属し、「ブラックニブ」（'Black Nib'）と呼ばれていた。ブラックニブとはフランス革命に賛成していた人のことで、スラムズでは、ブラックニブは迫害されていた。老人は、機織の仕事のあと、墓地を歩き回るのが大きな気休めになった。村の人々は処刑を見るのが娯楽だったが、彼は墓を見るのが娯楽だった。こうした特異な人々に目を向け、バリは社会の実態をこまかに記録している。

家族や夫婦をめぐるバリの小説はなかなか鋭い心理小説になっている。『スラムズの窓』は、バリの新進作家としての地位を押し上げた作品で、材料をやはりキリミュアに取っている。情趣ある村に住む夫婦（ヘンドリーとジェス）の様態を描いたという点では菜園小説の性格を帯びている。妻は息子をかわいがるが、夫には冷たく、いびつな家族関係である。入口は菜園派小説の感情的な緩やかさをもっているが、出口は夫婦の問題や矛盾を提示して、深刻さをたたえている。『スラムズの窓』はイプセンの描く夫婦の束縛による神経性的なつらさをもテーマとしているのである。『スラムズの窓』は『マーガレット・オーグルヴィー』に似て、ジェスの息子ジョーイが自動車に荷車に轢かれ命を奪われる。ジョーイの後に生まれた息子ジェイミーは、兄の代わりの立場にはなれない。彼は理髪師になり、ロンドンへ出て行く。その間にスラムズでは妹が死に、母の葬式には間に合

ジェイムズ・バリ

わずに帰ってくる。しかし、母親も妹もいない家には、もう寄りつかなくなり、その家族は終わるのである。

『スラムズの窓』のあと、バリは長編小説『小牧師』で本格的な恋愛物語を書いた。これは教師の「私」をとおして語られる私小説の形式をとっている。スコットランドのスラムズの村に住む「私」の近所に若い牧師とその母親が引っ越してくるが、「私」はその母親を知っていた。昔の恋人だったのである。そして、その息子である若い牧師は「私」の息子であった。「私」は昔、その若い牧師の母親を好きだったが、振られてしまう。その女性は他の人と結婚するが、結婚相手が行方不明になってしまい、その間に「私」はその女性と暮らし共にしたのであった。しかしやがて、その女性の夫は姿を見せる。「私」がその女性と暮らしている間に身ごもった子供がその若い牧師であった。牧師はその小さな村に赴任するが、ジプシーの娘を好きになる。しかし、牧師であるがゆえに、そのジプシーと結婚することは、あまり社会的に好まれることではなかった。牧師が悩んでいると、ジプシーの娘は自分が本当はジプシーではないことを打ち明ける。ジプシーだと言っていたのは、実は自分を養育してくれている伯爵と結婚することになっており、牧師とは結婚できないので、偽っていたのだという。娘とその婚約者の結婚式は行われるが、その後、若い牧師と娘は村を出て結婚する。このロマンスはのちに作者が劇化して上演された。

バリはスコットランド独自の生活を描いた菜園派小説家としてデビューした。その後のバリの小説は恋愛の要素を濃くしていく。『旧光派の人々』は独身の人についての語りが中心であったが、以後の小説では、恋愛への憧れや期待、過去の失敗した恋愛の苦難と反芻などに目を向ける。しかし、それらは恋愛というよりも一方的な、適わぬ恋情に過ぎないものである。『小牧師』では、恋仲の二人を向き合わせてみせたものの、ジプシーである女性と牧師という身分が違う者同士の恋愛であるがゆえに、禁忌の恋愛であり、秘密にされるべき恋愛であった。三作目の『小さな牧師』に至ってようやく、一般的な恋愛物語へ発展することができた。バリのその後の小説は、スコットランド独自の土地を描いた菜園小説の要素もあるにはあるが、土地に根差した小説というよりも、どの土地においても普遍的な恋愛小説に変容していく。

バリのロマンス

菜園派作家としてデビューして恋愛小説を書き始めたバリは二部作の小説を書く。それはピーター・パンの原型となるトミー（Tommy）が主人公の続きもの、『感傷的なトミー』と『トミーとグリゼル』である。それらはバリが劇作家として成功していた頃に執筆された。ピーター・パンの元となったトミーが主人公で、バリの特徴的なテーマが現れているシリーズといってよい。『感傷的なトミー』は、母親から言われたことには何でも絶対に受け入れるトミーという少年と妹と学校生活についての話である。感傷的な姉妹の教師やトミーの将来の結婚相手である仲の良いクラスメイトであるグリゼルも登場する。物語の中心は、姉妹の独身教師とそのうちの一方に宛てられたラブレターである。最初は身元が不明だった手紙の主が、亡くなったもう一方の姉妹の元恋人と判明し、独身の教師はその謎のラブレターの主と結婚するというロマンスである。

キティー先生の最期の数週間、アイリー先生はマクリーン氏からの情熱的な憎悪を感じた。だから彼女の意図は、彼によって妹が死んだと本人に伝えることだった。しかし、妹の死によって彼女自身が病気になってしまったので、そんな手紙は書かれなかった。（中略）やがて彼は二度、この長い沈黙の理由を問う手紙を書いてきた。そしてついに、アイリー先生は妹に似た筆跡で「キャサリン・クレイ」とサインした手紙をティードラムから投函した。そのことは驚異的に見えるが、この大人しい女性はそれをしたのだ。そしてそれ以後は難しくなかった。さらにその後は簡単だった。(3)

しかし、その続編である『トミーとグリゼル』は深刻な小説で、トミーは幼馴染のグリゼルと結婚するが、破綻して悲劇に終わる。トミーは学校時代のような感覚で結婚生活に満足するが、相手のグリゼルはそれを夫婦関係とは思わない。トミーの愛が異性愛でないことに不満を感じるのである。トミーのほうはグルゼルに母親になってくれることを求めるがかなえられず、結局、トミーは、母親のような存在である年上の女性を追いかけて死に至る。お互いに求めるものの異なることから生じた悲劇というほかない。トミーには女性を異性として愛せない未熟さと、母親のような女性を求める幼児性がある。この悲劇的な小説は、バリが結婚することになる女性メアリー・アンセルとの関係をもとに構想されたものであろう。大人になれないトミー――彼はピーター・パンの原型になりうる要素を多分にもっている。

ここで、『感傷的なトミー』の女性教師に宛てられた匿名のラブレターのテーマについてふれておきたい。これは、先に述べた『旧光派の人々』の男性教師にもかかわるテーマで、人間性を考えるうえで興味深いことである。男性教師の場合は、噂を広めるために遊びで手紙を人に書かせていただけだが、『感傷的なトミー』では、女性教師に宛てられた手紙は本当の気持ちで書かれ、生涯独身だった女性教師は、その手紙の主と本意から結婚する。自分を隠したり、偽ったりして、劇的な展開を図ることは、実生活においても、文学作品においても、大きな劇的効果をもたらす。手紙を匿名で書くというテーマは、バリのその後の小説に違う形で引き継がれる。本体を偽って、つまり、偽装してでも、目的を達しようとして人前に姿を見せる人物をも描く。

『お屋敷町』は、田舎町の上品なお屋敷町に住む姉妹の女性教師についての劇作品である。姉はすでに婚期を逸した老嬢であるが、妹は未だ年若く美しい、才気ある女性である。彼女は、ひそかに恋をしている青年医師が義勇兵としてナポレオン戦争に出征し、一〇年後に凱旋して帰ってきた際に、彼が冷たくしたのを憤って、真意を探ろうと、年取った自分の姿を見せないように変装して、姪と偽ってその男性の前に出る。二人は真意を確かめあい、結婚する。

偽りになるか否かは分からないが、初めてピーター・パンが登場する『小さな白い鳥』(*The Little White Bird*, 1902) でも、匿名性と変装的な「私」が出てくる。恋人ができて結婚し、赤ん坊が生まれる若い女を遠くから見つめる男の視点の物語である。「私」は、偶然街で見かけた女性を追いかけて、その女性の住居や結婚相手を突き止める。その赤ん坊が劇場に行けるくらいの年齢になると、その母親を誘う代わりにその子供を劇場に連れて行く。それらの章があるかたわら、ケンジントン公園に現れる妖精についての章がある。それは生まれて一週間のままの赤ん坊である。それがピーター・パンである。

『ピーター・パン』の誕生——妖精に込めた風刺

ピーター・パンは一九〇四年に上演されたが、後に観客の要望に応えて一九一一年に、小説『ピーターとウェンディ』（*Peter and Wendy*, 1911）が刊行された。戯曲の刊行は一九二三年で、タイトルは『ピーター・パン、大人になろうとしない少年』（*Peter Pan or a Boy Who Would Never Grow Up*）である。この作品で、ピーター・パンは生まれたときから歳をとらない（妖精なので口はきける）少年として登場する。この不思議なアイディアは、バリの独創というより、時間の流れが止まる別世界があると古くから信じられてきた民俗的な背景をもとにしているであろう。実際、バリの生まれ故郷キュリミアには、死後の世界にあっては時間が流れず、死者は死んだ時の歳のままであるとの言い伝えがあった。『旧光派の人々』のなかでも、洗礼を受ける前にあの世へ行った子供は、幽霊か妖精になって彷徨《さまよ》うと書かれている。そのような背景があって、バリが歳をとらないピーターという少年を思いついたことは確かである。

小説『ピーター・パンとウェンディ』の表紙（1915 年版）

それからまた、バリが幼い頃、すぐ上の兄がスケート事故で亡くなるという悲しい体験をしたが、その兄をいつまでも変わらぬ歳のまま記憶していることもあって、兄をピーターと重ね合わせたことも考えられる。死者たちは別世界から天空を飛んで現世に来て、また去っていく存在として想定されるが、バリはその別世界を空の彼方にある「ネヴァーランド」として提示する。ネヴァーランドではやはり時間が止まり、妖精たちは歳をとることはない。ところが、現世では時間は間違いなく確実に流れ、人々はその時間に支配され、逃れることはできない。人々は時間に従いビジネスを営み、生活に追われ、不可避的に老いていく。ピーター・パンの住む無時間性の、永遠の世界と、ウェンディらダーリング家の現実の人間が生きる世界の対比——それがピーター・パンの主要なテーマなのではなかろうか。

具体的には、劇の開幕早々に登場する、ロンドンに暮らすダーリング家の主人ダーリング氏は、きわめて現実的な人物である。ネクタイが揃わなくてはパーティーに行けなくなり、パーティーに行けなければ会社を首になり、会社を首になれば子供たちは路頭に迷うなどと言い、家庭内がパニック状態に陥る。彼の場合、一つのことが規則どおりに収まらなければ何事もできない。物事が順序どおりに動いていかなければ万事休止である。物事が決まった時間に従って動いてゆくことを当然と考えて疑わない。子供たちには薬を飲ませる際には「自分は子供の時に嫌がらずに薬を飲んだ」と言う。しかし、大人であるダーリング氏自身は薬を飲みたくないので、自分の分を犬に飲ませることを平気でする。そして、そのことを子供たちに責められると、彼は犬を犬小屋へ繋ぎとめてしまう。ダーリング氏は、ロンドンという巨大なビジネス都市で、物質主義にとらわれ、自己を中心に、偽善的な生き方をしている大方の人々の典型として描かれているのであろう。時間に支配され、日常生活に埋没し、それでいてそのことに少しも気づいていない人々を、バリは批判し、風刺しているのはたしかである。

バリはまた『ピーター・パン』のなかで、スコットランドのプロテスタントの一派である、長老派に属する契約派の信者たちを弾圧した国王チャールズ二世を風刺している。バリは、海賊船のフック船長をチャールズ二世のパロディーとして描いている。(4) フックの冷酷で専横的な性格を表すために、作者はチャールズ二世の薄気味悪い、異様な肖像画に類似した特徴を出すように、『ピーター・パン』のト書きで指示している。

フックはピーター・パンを憎み、子供たちを人質に取って処刑しようとするが、子供たちはピーターによって救われる。子供たちはピーターら妖精の存在を信じ、妖精たちは子供たちに信じられることで存在することができる。『ピーター・パン』はそのような信じる力の重要さを訴えた物語である。信じる力を失った現代人への警鐘ともいえる作品かもしれない。

『ピーター・パン』には、数々の女性が登場する。ウェンディ、ティンカー・ベル、タイガー・リリー、人魚たちである。これらの女性のキャラクターはピーターに何らかの形で関わっている。彼女たちは、女性にはさまざまな側面があることを体現している。その中でもとくに目立つのは「母親のイメージ」で、劇中の台詞で何度も口にされる。

ウェンディ：あなたは私にとって何なの？

ピーター：忠実な息子。

ウェンディ：私もそう思ったわ。

ピーター：君はとても複雑だ。タイガー・リリーもそうだ。彼女はぼくの何かになりたいと思っている。でもそれは母親じゃないんだ。(5)

ピーターも、ウェンディの弟も、失われた少年たちも、そして海賊船のフックたちでさえも、ウェンディに母親になってもらうことを期待している。しかし、心の中では母親に憧れていても、現実には母親を「撃ってしまった」少年たちがいる。

トゥートゥルズ：殺したのはぼくだ。夢に女の人が出てくると、ぼくは「美しいママと言っていた。それ

なのに、本当にママが来たらぼくは撃ってしまった。(6)

この台詞を言っているのは失われた少年たちのうちの一人である。失われた少年たちは、生後一週間で母親に見捨てられて家をできた少年たちで、彼らは特に母親を必要としていた。しかし、必要としているのにもかかわらず撃ち殺そうとしてしまったのは皮肉である。

ウェンディは少年たちから歓迎されネヴァーランドで暮らしたが、ネヴァーランドからみたロンドンの現実の生活に戻り、やがて大人になってからは結婚し、娘も生まれる。ウェンディは母親として誰からも歓迎され、その期待に応えてゆく。しかし、ウェンディは現実世界のこともしっかり認識し、それを娘にたんたんと語る。ウェンディが大人になって、娘がネヴァーランドへ行きたいと言うと、ウェンディは次のように言う。

ほとんどの男の人は作り話のヒロインと結婚するの、スライトリーは貴族の女性と結婚したので、地主になったのよ。(7)

男性たちが作り話のヒロインと結婚するという指摘は現実味を帯びた皮肉であろう。そして、後半は、貴族と結婚した女性が地主の女性となることはあっても地主の娘と結婚しても男性は地主という位を得ることはなかったので、この矛盾をバリは皮肉っている。

行き暮れた改革への意志

バリの特徴、全体の作風、そしてバリが目指していたものは、イプセン以降のイギリス人の三人の作家の流れの中で見ると立体的に分かる。バリの代表作は間違いなく『ピーター・パン』だが、皮肉なことに、ピーター・パンの人気があまりにも高かったため、バリについてはピーター・パン以外の要素は見過ごされてしまった。イプセンが夫婦をめぐる数々の演劇を発表し、結婚制度というものがいかに無理で歪みを作り出すものかについて訴えてから、多くの作家や劇作家がその問題提起に作品で応えようとした。イギリスでのその流れを導いたのはバーナード・ショー（George Bernard Shaw, 1856–1950）であり、バリであり、ゴールズワージー（John Galsworthy, 1867–1933）である。バーナード・ショーは『恋を漁る男』（*The Philanderer*, 1898）で、一組夫婦を登場させ、夫は未亡人である女性と交際し、それでよしという雰囲気を小説全体で貫いている。一方、妻は結婚していることで安心しているが、夫はそのこと自体が一生続く夫婦関係だとは思っていない。そして、その芝居では、台詞の中で結婚制度自体を批判している。バーナード・ショーはイプセン以後の立場にあって、積極的に、従来の結婚制度は絶対という考え方を否定し、個々人が生き生きと生きる態度へと新しい社会改革を提案している。バリも『スラムズの窓』で、妻が夫には向き合わず息子を夫のように慕い、夫婦が機能しない姿を描くことで非積極的にバーナード・ショーの結婚制度否定を支持している。しかし『トミーとグリゼル』では婚姻外の女性を慕うトミーは死を迎える。つまり、結婚制度を否定しながらも結局は否定できないのである。一方ゴールズワージーは、『フォーサイス家の物語』（*The Forsyte Saga; The Old Man's Property*, 1906）で、意にそぐわない結婚と結婚生活をする妻は、その立場にとどまる。「林檎の木」（*The Apple Tree*, 1916）では、男性が階級の違う恋を捨て、同じ階級の女性と結婚する。社会改革をするという意識はまったくなく、停滞したまま現状にとどまるだけである。

バリは風刺を用いて現状を批判した。しかし、社会を大きく変えるほどの訴えはしなかった。バリにとって理想の世界とは、イメージの世界、異世界だったのである。バリの作品の恋する人物たちは皆夢想している。そして接触すると、恋や理想は現実世界では壊れることを知っている。結局、すぐれた文学作品によって偉大な足跡を残したバリは変革を目指しつつも夢想のなかに生きていたということになるであろうか。

注

（1）Robert Crawford, *A Scottish Assembly*（London, Chatto & Windus, 1990）, p. 20. 邦訳は拙訳による。以下、本章の引用文の邦訳は拙訳である。

（2）James Matthew Barrie, *Auld Licht Idylls*（Charles Scribner's Son, 1975）, p. 157.

（3）James Matthew Barrie, *Sentimental Tommy*（Charles Scribner's Son, 1975）, pp. 317–318.

（4）*CALEDONIA* 38（日本カレドニア学会発行、二〇一〇年）所載の拙論「チャールズ二世のパロディーとしてのフック」、一三—二四頁を参照。

（5）James Matthew Barrie, *Peter Pan and Other Plays*（Oxford: Oxford University Press, 1999）, p. 130

（6）*Ibid.*, 112.

（7）*Ibid.*, p. 160.

第一九章　ジョージ・マクドナルド

ファンタジーの先駆者
――すべての人への救いを求めて――

相浦玲子

マクドナルド一族の記憶

スコットランドの歴史の中でも有数の悲劇のひとつであるグレンコーの大虐殺（Massacre at Glencoe）はいまだに多くの人々の心に刻まれている。一六九二年二月、冬の最中に事件は起こった。グレンコーをおさめていたマクドナルド一族の長、マクイーアン（MacIain）は、オランダからやってきて新教を信奉する王、オレンジ公ウィリアムに忠誠を誓うことを求められて躊躇した。ウィリアムはというと、先立つ名誉革命で反対派であった者たちも忠誠を誓えば許すというつもりであった。しかし当時のハイランドはカトリックが占めていたことと、社会の底流には追放されてフランスに逃れていたステュアート・ジェイムズ七世（Stuart James VII, 在位 1685–1701）への忠誠心があり、直前にジェイムズ七世から許可を得ていたにもかかわらず、即座の対応ではなかったため、深い雪などの不運も重なり新王への忠誠を誓う誓約書を約束の期日の元旦までに提出できなかったのである。

期限を五日すぎてしまってようやく提出したところ、ウィリアム王側の国務長官はこれに満足せず、マクドナルド一族の皆殺しを命ずる。グレンリヨンの隊長、ロバート・キャンベル（Robert Campbell）がその任を与えられ、ここにハイランドの同胞であるはずのものがスコットランドとは無縁の新政府に忠誠を示すことによって裏切りをする結果となった。キャンベル一族をもてなしている最中にマクイーアン家の人々は子供に至るまで多くが殺害され、他の多くのマクドナルドの一族のものも寒さの中で命を失い、谷間の小さなコミュニティーにおいてその死者の数は四〇名近くにのぼると言われている。

この難を逃れた数少ないマクドナルドの一族の末裔のひとりはボニー・プリンス・チャーリー〔"Bonnie Prince Charlie" は、Charles Edward Stuart のあだ名〕の最後の表舞台となるカロデン（Culloden）の野の戦いで盲目となり、バグパイプの名手となったといわれている。その息子の一人が命からがら逃げ延びたのがアバディーンシャーのハントリーであった。さらにその末裔がジョージ・マクドナルドの祖父で、このときからやがてジョージの生誕地となるハントリーに根づくことになった。

ジョージ・マクドナルドにとっては、グレンコーの虐殺もカロデンの戦いも直接の経験ではなかったものの、娯楽の少ない時代と地域にあって年長の家族から聞かされる一族の悲惨な歴史は生涯忘れることのできない記憶として生き続けたようである。

母の死——カルヴィン主義の嵐の中で

ジョージ・マクドナルド（George MacDonald）は、一八二四年の一二月一〇日、アバディーンシャーのハン

ジョージ・マクドナルドの生家。現在はハントリー・カーペット・センターになっている

トリー（Huntly, Aberdeenshire）で生まれた。母親のヘレンは病弱で、彼が八歳のとき亡くなった。父は、一八三九年にマーガレットと再婚するが、ジョージは奨学金を得て翌年（一八四〇年）には、アバディーン大学のキングズ・カレッジに入学するのであまり新しい母と一緒に暮らすことはなかったようである。ジョージは、実母が亡くなってから主に祖母によって育てられた。祖母は非常に厳格で特に当時スコットランドに吹き荒れていたカルヴィン主義の大いなる信奉者であった。当時、スコットランドにあるカルヴィン主義の色彩の濃い教会〔スコットランドの言葉で"kirk"と呼ばれる〕では、神への賛美に歌を歌ったり、楽曲を奏でること、また絵画などの芸術に表現することは冒瀆として戒められた。マクドナルドのスコットランドを舞台にした、自伝的といわれる小説、『ロバー

ト・フォークナー』(*Robert Falconer*, 1868) のなかでこの祖母は、主人公の大切にしていたヴァイオリンをこの理由で焼き捨ててしまう。父はハントリーで手紡ぎや紡糸工業を営んでいた。おそらく子供時代から紡績の糸を紡ぐ音を聞いて育ち、この影響は一連の「子供向けの」『ゴブリン』(*The Princess and the Goblin*, 1872; *The Princess and Curdie*, 1883) のストーリーの中に登場する老婆の糸紡ぎの姿などはこの頃の思い出が語られていると考えられる。その後一家は、漂白業に転じ、また製粉・でんぷん製造にかかわった。彼の父親は、寛大で愉快な人物であったと言い伝えられている。一八二五年には、結核に冒された片足の膝より下を、麻酔も顔の覆いもなしに切断したが、よくこれに耐えて、彼のユーモアの精神も絶えることがなかったと伝えられている。また一八四六年のジャガイモ飢饉の際には、近隣で飢饉の状況が悪化する中、一家が物価つり上げのために作物を隠しているのではないかという噂が流れ、マクドナルドの父は、その事実はないと、ユーモアを持って暴徒化しそうな住民をうまくなだめたといわれている。

マクドナルドは、経済的にはかなり大きくなるまで苦労を知らずに育ったが、家庭的には母親の死もあり、また六人兄弟のひとりは七歳で亡くなるなど、順風とは言い難かったようである。しかもその兄弟の死はカルヴィニズムにかこつけて学校でのしつけと称した一教師の暴力がゆきすぎたためではないかといわれているが、マクドナルドは幼い心に、子供が死ぬという不条理さをそれなりに受け止め、答えを模索したことであろう。この時代にあって、結核で命を落とす人も多く、マクドナルドの母親だけが珍しかったわけではない。マクドナルドは、『オーツ』(*Orts*, 1882) のなかで、「私の最も初期の頃の際立った記憶はというと、(地元の有力貴族であるゴードン家の立派な葬儀のときのもので、私は当時、二歳か三歳にすぎなかった」(1) というように、昔ながらの伝統を守り、よそ者のいない田舎にあっては、このような出来事はその地域全体が巻き込まれる行事であり、年少のマクドナルドも一部始終を見たことであろう。このように、身近に死や葬儀が存在する幼少期を過ごしたことからも、彼の死に対する認識は、『リリス』(*Lilith*, 1895)、『北風の向こうの国』(*At the Back of the North Wind*, 1871) などの作品にも大きなテーマとして現れることになったのであろう。

ドイツ文学への傾倒

大学に入ってから家運が傾き、一八四二年、一時休学して北の方で貴族の館に住み込み、図書室の目録整理のアルバイトをしたといわれている。残念ながらマクドナルド自身はこの城の名前を記していないが、現在はスコットランド北方で廃墟と化してしまっているサーソー城(Thurso Castle)が有力ではないかとされている。もしサーソー城であるとすれば、この地方の豪族シンクレア家(the Sinclairs)の館で一八三五年に、ゲッティンゲンに留学したこともあるドイツとゆかりの深いジョージ・シンクレアに相続された。マクドナルドの小説のひとつ『前触れ』(*The Portent*, 1864) には、ある貴族の館に家庭教師として雇われてきた主人公の若者が刺激の少ない単調な生活に倦んでその家の図書室に足を踏み入れて、ひととおりの文学の書物に加えてあらゆるドイツ文学の古典が眠る宝庫であるさまに狂喜する姿が描かれている。これはまさにマクドナルドが目録整理に訪れた貴族の館であろうと容易に推測される。この空間が彼に与えたインスピレーションには計り知れないものがある。マクドナルドの後のファンタジー、『ファンタスティス』(*Phantastes*, 1858) にせよ『リリス』にせよ、それぞれの主人公の冒険の始まりは書物のある部屋からであった。ここで、彼はE・T・A・ホフマンの『黄金のつぼ』をはじめドイツ・ロマン派の洗礼を受け、先達ゲーテを批判したノヴァーリスに深く傾倒するようになり、のちにノヴァーリスの作品を英訳するまでになる。彼は、『ファンタスティス』の最初にノヴァーリスを引用し、『リリス』の最後もノヴァーリスを引用して終わっている。ジリアン・アヴェリーは、『ファンタスティス』はスペンサーの『妖精の女王』に、『リリス』はバニヤンの『天路歴程』に似た構造を持つと分析しているが、いずれの主人公もファンタジーの世界の中で様々な経験をして成長することに変わりはない。(2)『ファンタスティス』は、英語で書かれた最高の教養小説（Bildungsroman）である、と言い切る人もいる。(3)

マクドナルドの人となりを考えるとき、人間の成長物語を描く教養小説を目指すゲーテと、結末を縛らずオープン・エンディングを是とするノヴァーリスを単純に比較すると、当然、マクドナルドの倫理観は、ゲーテの詩の一節、「人よ、高貴であれ、慈悲深くあれ、善良であれ、なぜならそれこそが人を他の生き物と分かっているものなのだから……」（『神性』(4)）に凝縮されるゲーテのそれに近いと考えられる。しかし、マクドナルドはゲーテを尊重しながらもよりノヴァーリスに傾倒していた。ノヴァーリスの『青い花』は、あこがれや手に入り難いものの象徴で、これを求めることが至上の幸いであった。それではマクドナルドは古典派とロマン派のどちらに属するのかという質問への答えは単純ではない。ゲーテよりはノヴァーリスという意味においては古典派よりも無限の可能性を肯定するロマン派、その上、マクドナルドは英国ロマン派よりはドイツ・ロマン派に近く、それはドイツ・ロマン派のもつ非世俗的・神秘的傾向がそうさせると考えられる。

スコットランドをあとにして

マクドナルドは、一八四五年にアバディーン大学を卒業すると、家庭教師の職を得てロンドンに移動した。しかし、当然ながら都会の生活は苦しく、スコットランドの父親からの物資の援助が絶えなかったようである。家庭教師先の子供たちのしつけが悪く、ここでの経験から対極として後の『北風の向こうの国』に登場するダイアモンドのような少年が作品の中に生み出されたとも考えられる。

さて、彼はロンドンで、一足早くこの街にきていた、いとこのヘレン（Helen MacKay）と再会する。この二人は、いとこ同士で恋が実るはずもなかったがスコットランドでも仲がよく、親密に文通を続けた。彼女は、ロンドンのフィニッシング・スクール〔若い女性が社交界デビューに備えて準備をする学校〕に来て、一八四四年には、アレックス・パウエル（Alex Powell）と結婚していた。マクドナルドは、彼女の婚家先で夫の家族を紹介されるが、この大家族の一人が後に夫人となるルイーザ（Louisa Powell）であった。ヘレンとルイーザはさまざまないきさつから気まずい関係となることもあったようである。一八四八年には、職業の選択として、牧師になる決意をし、ハイベリー神学校（Highbury Theological College）に入学する。この年の夏には、休暇で久しぶりに故郷に帰ることができた。このころヨーロッパ大陸では、ナポレオンの後、激動の時代に突入していた。その後、ヘレンを通じて知り合ったマクドナルドとルイーザは、それぞれ心身ともに落ち込む時期を経験した。自身の結核と近しい家族の死に遭遇したのである。死が常に身近にあったことが作品に反映しないはずがなかった。

この暗い時期のあと、経済的な問題を心配した父は彼に、教会に職を得るまで結婚してはならぬと言っていたが、その父に遂に次のような手紙が書けるときがやってきた、「春には結婚したいと思っています――パウエルさん（ルイーザの父）も喜んでくださっていますので……彼女（ルイーザ）に（スコットランドの）空や丘を見てほしいのです(5)」。このようにして一八五〇年に職を得たが、十一月には、大量吐血をして健康の危機が訪れた。その間、属した教会では、当時のドイツ文学について正当的なキリスト教と相容れないとの異端騒ぎが起こり、これに傾倒していたマクドナルドにとって非常に不利な状況が生じ始めていた。しかし一八五一年三月、マクドナルドとルイーザは結婚にこぎつけた。同年六月には、正式な牧師への叙任式が執り行われた。彼の父は、励ますつもりでマクドナルドに詩作をやめて聖職に専念するように手紙で諭したが、詩を書きたい彼にとってはうれしくない手紙となった。

一八五二年になって十一人の子供の最初の子が誕生した。しかし、ドイツ文学への傾倒の異端性を問われてどうしても相手におもねったり、自説を曲げることができず、給料を減じられることになった。すべての教区民が彼を嫌っていたわけではなく、あまり公正な形で決められたことではなかったが、教区民とのこじれは修復できないように思われて、教区民に追い出されるような格好で、一八五三年五月にはアランデルの教会を辞した。そして次の職の見込みもないまま兄や、師と仰ぐスコット（A. J. Scott）のいるマンチェスターに移り住むことになった。なかなか定職が得られないまま、私的な学校で教えたりしてしのいだため一家は貧しい生活を長く強いられた。しかし、一八五五年には、長年書きためていた彼にとって初めての出版物、『内なるものと外なるもの』（*Within and Without*, 1855）が出版され、作家としての出発を飾った。

マクドナルドとバイロン夫人の援助

一八五五年、マクドナルドが『内なるものと外なるもの』を出版すると、バイロン夫人、チャールズ・キングズリー（Charles Kingsley）、ラスキンなどが高く評価して、これをきっかけにマクドナルドと近づきになった。バイロン夫人はこのように晩年、年若いマクドナルドが生活に困窮している様を見かねて五年後に彼女が死ぬまで経済的援助を惜しまなかったといわれている。マクドナルドは、奇しくも彼女の亡夫の第六代ジョージ・ゴードン・バイロン卿がギリシャで客死した年の生まれであった。またマクドナルドの生まれ育ったスコットランド東北部アバディーンシャーのハントリーは、詩人バイロンの母方の大貴族、ゴードン家の領地であり、当然、縁を感じたことであろう。

詩人バイロンの友、パーシー・ビッシュ・シェリーは一八一八年から一九年にかけて、スイスのバイロンの別荘で、無神論者の自分と懐疑主義者のバイロンをそれぞれ表現した劇詩『ジューリアンとマダロ』(*Julian and Maddalo*)を書いている。この詩は、シェリーの死後まで発表されることはなく、バイロンが一八二四年の四月にギリシャで没したあと、その六月にシェリーの未亡人によって出版された。マクドナルドの『内なるものと外なるもの』も劇詩のスタイルで書かれており、信仰の問題を扱っている。この詩の主人公の名も、シェリーのものと同じく「ジューリアン」であるが、シェリーの詩が信仰への拒絶や懐疑を中心に据えているのに対し、マクドナルドの詩は信仰への道を描いており、終盤でダンテの『神曲』の最後を彷彿とさせるような救いの描き方もあり、波乱の前半生を送ったバイロン夫人にとって、心安らぐ思いをこの詩の中に見いだして、マクドナルドのパトロンになったとしても驚くに値いするまい。

神秘的な女性の存在――『賢い女性』、『北風の向こうの国』など

マクドナルドは子供向けストーリーとされるものを多く残している。これらの作品のほとんどに、さまざまな姿や役割の女性像が描かれているが、よく謎めいていて神秘的な導き手として表されることが多い。『妖精について』(*Dealing with the Faeries*, 1867)〔*Adela Cathcart*, 1864 に初出〕、森の近くに住む淋しい少年が、ふとしたことから妖精の国に迷い込み黄金の鍵を見つけに行く壮大なアドベンチャーを描いた『黄金の鍵』(*The Golden Key*, 1867)では、やはりダンテの『神曲』を思い出させるような煉獄の描写があり、ベアトリーチェ的な神秘的な女性が見え隠れする。また、いくつあるとも知れないお城の部屋に、純粋な心を持つ人だけに現れる糸を紡ぐおばあさんをモチーフに、お姫様が勇気をもって、城を地下から侵蝕しようとしているゴブリンと戦うというストーリーの『お姫様とゴブリン』、前作に続くお姫様と坑夫だが高貴な少年のストーリー、『お

姫様とカーディー少年』、重力を持てないように魔法のかけられた姫の話、『軽い姫の話と妖精物語』（*The Light Princess and Other Fairy Stories*, 1890）、『賢い女性』（*The Wise Woman*, 1875）〔のちに *The Lost Princess* と改題された〕などがある。

『賢い女性』には、最初にロンドンで家庭教師をしたときの経験もおそらく含めて、およそ反抗的で御し難い子供を登場させている。このストーリーも子供向けに書かれたように平易でありながら、読む人だれしもに「しつけ」や社会のあり方などを考えさせるものである。寓話的でありながら最初から「善」を代表できる子供が描かれていない。感傷に流れる部分が少なく、公平感のない、自己中心的な社会に対する警告ともとれる彼の本音が溢れ出したような作品である。ブリテン島と思われる国の肥沃で豊かな南の都会のプリンセスであるロザモンドと島の北東部の荒れた貧しい土地の羊飼いの娘アグネスは、いずれ劣らぬわがままで醜い女の子という設定である。読者はすぐにイングランドとスコットランドとの対比を思うが、ストーリーは単純な勧善懲悪ではすまないほど深刻である。「ワイズ・ウーマン」といわれる謎の女性がこの二人を誰に頼まれる訳でもなく厳しくときにやさしくしつけるが、現実さながらに二人の子の「ワイズ・ウーマン」との駆け引きと抵抗はすさまじい。このストーリーは、教育をする側にとってもされる側にとっても、「待つこと」の大切さを教えてくれる。そしてここに託されたマクドナルドからのメッセージは、また別のところにもある。それは、信仰は教えられるというよりも個々の人間の感性によって到達されるもので、人によってかかる時間が異なり、目で見ることのかなわないものを信じるためには時間がかかるということ、ヨハネによる福音書の「いまだ見ぬものを信じられるものは幸いなり」（二〇章二九節）に凝縮される神の存在に対する信仰の寓話でもある。

マクドナルドは、『語られざる説教』（*Unspoken Sermons*, 1867）の中で、「子供らしさ」と「子供っぽさ」について次のように述べている、「（世の中には）子供らしくない子供がいることはたしかである。この世で最も悲しくて、しかもよくあることのひとつに、子供の表情があまりに世事にたけていて本来の人間的な、そして神の宿ったような子供らしさが消え去っていることである[6]」。逆に大人でも子供の心を持った人はいるとして読者を、思いやりのない自己中心的なあり方から、本来の子供らしい純粋さに目覚めるように導こうとした。よく引用される言葉として、「私としては、子供向きのものを書こうとしているのではなくて、五歳であろうと、五〇歳であろうと、七五歳であろうと、子供らしい人のために書いているのです[7]」に表れているのは、マクドナルドの底辺にある思想といえる。

『北風の向こうの国』は、一般に「子供向けの」ストーリーと認識されているが、その中では様々な形をした「死」が語られている。マクドナルドの兄が七歳でなくなったことは、この少年に否応なしにその死の不条理さを悟らせたであろうと考えられる。『北風の向こうの国』の主人公の少年、ダイアモンド坊やは、「神の子」(God's baby)と子供の仲間から呼ばれているが、それは世渡りの下手なばか正直者という全く反対の意味でつけられたあだ名である。このストーリーは、マクドナルドが好んでつかったダンテの『神曲』の構造と類似しているところがあり、それは北風は死の象徴であると同時にダンテを天上界まで導くヴェルギリウスのような役割も果たしていて、彼女が天上界にはいることはないが、神の使いのひとつのかたちとして、ダイアモンドの導き手として、世の中のさまざまな様子を自分の背にのせてダイアモンドに見せて、自分自身はその門のところにとどまりダイアモンドを天上界に送り込もうとしたと考えることができよう。そこに描かれた「女性」性とも言うべきものは、マクドナルドの亡くなった母親への思慕ともとれる。「北風」は見つけようと思っても見つからず、超現実的な存在なのである。普通、童話で主人公が幼いまま死んでしまうという結末はめずらしいが、マクドナルドは、死はすべての終わりではなく、新たな人生の始まりであるということを描こうとしているのである。

ヴィクトリア朝時代の下町の風景と階級

ストーリーの背景には、ディケンズの小説に描かれたようなヴィクトリア朝時代の下町の生活があるが、『北風の向こうの国』の中でマクドナルドが、「ジェントルマン」（gentleman）という言葉の定義に言及しているのは興味深い。彼にとっての「ジェントルマン」とは、通常の階級通念と異なり労働者階級を除外するものではなかった。むしろ老若男女、貧富の差、そして階級を問わず、どのような人であれ、誠実で純粋な心の持ち主がそう呼ばれるべきである、という主張をしている。これは、まっとうな生き方をしようとすればするほど、荒波に遭遇した自分自身の経験を試練と受け止めたということでもあろう。しかしマクドナルドは、そのような生き方ができない人は滅びに至る、というスタンスもとらなかった。彼の究極の救いへの願望は「すべての人が救済される」ということであり、そこには、このような人たちや、異教徒も広く含まれるはずであるというのが彼の考えであった。この考えは後年のファンタジーの大作『リリス』にも顕著に凝縮されており、彼の独自のドグマであるとともに、ストーリーを難解にもしている。またこの寛大すぎるほどの考えこそが、教区民をして教区牧師であったマクドナルドに対する不信感を招き、聖職を続けられなくなった原因でもあった。

マクドナルドのこのような時代に先んじた平等への概念は独自のものであり注目に値する。彼は、一八八二年に書かれた自伝的小説のひとつの中で次のように述べている、「子供の頃、もし神がすべての人を愛さないのなら、そのような神はいらないと感じていたことをよく覚えている(8)」。つまり人間は本質的に自己中心的な存在であると考えられるのに、彼は少年時代からあえてそれにあらがい、「自分さえよければよい」という考えにどうしても同調しかねていたことがわかる。

マクドナルドの「社会小説」と評価

マクドナルド研究家のウィリアム・レーパー（William Raeper）はマクドナルドについての批評集を編著した『黄金の糸』（*The Golden Thread*）の中で、彼の作品の受容について分析している。当時ロンドンで発刊されていた、最も権威ある文学批評雑誌、『アテネウム』（*The Atenaeum*）は、『ファンタスティス』についても『リリス』についても、かなりな酷評をしていて、当時これらの作品が必ずしも歓迎されていたわけではないことを示している。[(9)] マクドナルドは執筆を続けている間は、世間でもよく知られた存在であり、『リリス』は一八九五年という晩年になってから書かれている。しかし一八九〇年代後半には、世間からかなり忘れ去られている存在になっていたという。というのも一八七七年から二五年にわたり、療養のためにイタリア、ボーディゲラ（Bordighera）に断続的に滞在していたことで交友関係に変化をきたしたこともあろう。一八九八年には脳梗塞に倒れ、一九〇二年一月には、妻ルイーザがボーディゲラで亡くなる。その後、娘に伴われて住んだイングランド、サリー州のアシュテッド（Ashted）において一九〇五年の九月一八日に没し、遺灰は妻の眠るボーディゲラに埋葬された。

マクドナルドの生誕百年後の一九二四年に、彼の息子のグレヴィル（Greville MacDonald）は、百年祭を挙行し、彼自身の書いた伝記も出版されて、それを機に人々の関心も引き戻されて、作品がもう一度注目され、出版されるようになる。しかし、それらは自伝的要素の強い社会小説ではなく、ファンタジーといわれる作品が日の目を見るようになったのである。[(10)]

マクドナルドの「社会小説」は、現在までほとんど知られなくなっていたが、彼の生きている間は、それによって知名度があり、ヴィクトリア朝時代の一有名人として名を馳せたのもそれらによるところが大きい。し

ジョージ・マクドナルド

かし、彼の死後、これらは急速に忘れ去られ、ふたたびマクドナルドの名が甦るのは英国ではなく北米大陸であり、そのファンタジー小説とよばれる作品が脚光を浴びだしてからである。アメリカではファンタジー小説に特化された形で、一九六〇年代のロバート・リー・ウルフ（Robert Lee Wolff）に代表される心理学的アプローチが多くなされた。現在では忘れられたかのような社会小説群は、スコットランドの当時の社会を知る上で極めて貴重な資料であり、何よりもその多くが自伝的要素を帯びているがゆえに、マクドナルドの思想をたどる重要な資料ともなっている。これらの作品はスコットランドの地域特有の言葉が多用されていて、それゆえに当時を生き生きと伝える良さとなっていると同時に、そのためにスコットランド以外の土地で理解されにくいということが、なかなか読者を増やせないという原因ともなり、裏腹の関係になっている。残念なことにアメリカ大陸からのリバイバル・ブームに乗って復活するまで、マクドナルドは英国では、その児童向けといわれる作品群が細々と、しかし堅実に読み継がれ、童話作家として知られるようになっていった。現在では、「社会小説」群にもリバイバルの光があたるようになって、出版物も出始めている。

同時代人たちとマクドナルドの与えた影響

マクドナルドは、生前は常に貧しかったが、しかし次第にその詩や社会小説で時代の中心を生きる人たちの間でもよく知られた存在となっていった。彼の交友関係は多岐にわたり、また特にそれを求めた訳ではないが時代の寵児も多かった。一時期ロンドンで暮らした「隠遁所」(the Retreat) と呼ばれる家はのちにウィリアム・モリスがケルムスコット・ハウスと名付けて住むことになる家で、文化人の集まる場であった。テニスン、ラスキン、バーン・ジョーンズ (Burne-Jones)、オクテイヴィア・ヒル (Octavia Hill)、そしてもちろんルイス・キャロル (Lewis Carroll) などが出入りする家であった。ルイス・キャロルの『不思議の国のアリス』(一八六五) が出版されるよりも前にいち早く作品を読んで、ぜひ出版するべきだと彼を勇気づけたのはこのマクドナルド家の子供たちであった。マクドナルドは、一八六〇年代から約三〇年間にわたり作家として多忙を極め、裕福になることはなかったが名声を得るに至った。この間、一八七二年から七三年にかけてアメリカ合衆国に講演旅行に出かけ、マーク・トウェインらとも知遇を得た。

ヴィクトリア朝時代を生き抜いたマクドナルドは、ヴィクトリア朝時代の作家でありその倫理観は揺らぐことなく、その一点を除いては神秘的なロマン派の作家と見なされても反論できまいが、最終的には神に到る道を描くという意味で、ノヴァーリスとは異なる。ただし、ドイツ・ロマン派の影響は、マクドナルドのインスピレーションをいたく刺激しただけではなく、時間をおいてあとの時代に続くことになった英国の作家、特にオックスフォードの「インクリング」(the Inklings) と呼ばれる一連の人々、トールキーン (J.R.R.Tolkien, 1892–1973)、チャールズ・ウィリアムズやC・S・ルイス (Lewis, 1898–1963) らにそれを引き継ぐことになり、彼らをして「師」と仰がしめた。C・S・ルイスは、マクドナルドをして「私の知る限りこの種の (神秘的な文学) の最たる天才であった」と言い、「彼（マクドナルド）は私の師であると言ってはばからない[11]」と宣言したことは有名であり、しかも彼にとってマクドナルドは作家としてのみならず「説教家」としての導き手でもあった。『ヴィクトリア朝時代の作家たち』の中でジリアン・アヴェリーは、マクドナルドはおそらくC・S・ルイスのほかはヴィクトリア朝時代の童話作家たちの中では抜きん出てオリジナルで影響力のある作家であった、と述べている[12]。C・S・ルイスは、自身が有名なファンタジー作家として名を知られるようになり、マクドナルドの名声を再現させるのに一役買い、彼のマクドナルド評は多くの共感を呼んだが、一方でマクドナルドの真の解釈として正しい方向に向いたかどうかは疑問である。マクドナルド自身は、エッセイ・評論集『オーツ』において「詩人とは、ギリシャ語の語源が示すような（言葉を紡いで）『創り出す人』なのではなく、（神から発せられ、遍在している言葉の）『発見をする人』なのである」と定義している。

近年マクドナルドの影響は、ポップ・カルチャーにまで見られるようになっている。二〇〇〇年の前後にスコットランド、アイルランド、イングランド出身のメンバーが構成するケルトの伝統的音楽とロックを合わせたような音楽を奏でるウォーターボーイズ（the Waterboys）やフィンランドの人気ロック・グループのナイトウィッシュ（Nightwish）が、マクドナルドの小説などの一部を歌詞として歌っているという事実は、マクドナルドの本格的なリバイバルの前触れであるのかもしれない。ウォーターボーイズのリーダーのマイク・スコット（Mike Scott）がエディンバラ大学で文学を学んだことが、マクドナルドをはじめとして文学作品を音楽に用いるという発想を生みだしたようである。このように若者が過去の評価や文学上の地位にとらわれずにマクドナルドを評価し始めているのは興味深いことである[13]。

ふたたびスコットランドへ

マクドナルドは二〇歳代でスコットランドをあとにしてから後は、一度もスコットランドで住むことはなかった。マクドナルドの伝記の一つを書いたエリザベス・セインツベリー（Elizabeth Saintsbury）は、次のように指摘している。アバディーンの小さな町のハントリーで赤貧洗うがごとしという人々の生活を目の当たりにしていて、自分の家も経済的にかなわぬことを悟ってあきらめたのは、医学の道に進むという望みであったが、その代わりに小説『ロバート・フォークナー』の中でロンドンのスラムで人々に尽くす医師の姿を描いている。[14] 彼はスコットランドでは目立つこともないタータンのキルトに長い髪とひげをなびかせてロンドンの町を歩き、好奇の目をさそっていたという。[15]

彼のストーリーに描かれた不思議な世界のなかに、ふと現れる光景はスコットランドのハイランドの光景である。彼の長い人生の中で、アルジェリアやイタリアでの療養生活の期間はことのほか長く、故郷スコットランドで生活したのはわずかであるが、彼にとっては自分の身がどこにあろうと関係なくスコットランドこそが心の故郷であったといえる。精神的、宗教的故郷である天国に近づく旅をするとき、それがたとえ純粋無垢な幼子であろうと、アノドスのような道に迷い込んだ青年であろうと、リリスのような異教徒であろうと、彼らは帰るべき「故郷」に帰るのである。故郷への回帰はまぎれもなく彼の人生の中で拠り所となるものであり、彼にとって視覚的イメージとしては、スコットランドの原野こそがそうであったのではないだろうか。

注

（1）George MacDonald, *Orts* (London: Sampson Low, 1882), p. 42. 拙訳。これ以下、引用箇所の日本文は拙訳による。

（2）Gillian Avery, "Fantasy and Nonsense" in Arthur Pollard（ed.）*The Victorians*（London: Penguin Books, 1993）pp, 287–306.

（3）William Raeper, ed., *The Golden Thread*（Edinburgh: Edinburgh University Press, 1990）, p. 9.

（4）『神性』は、一七八一年ころ書かれたとされているゲーテ（Goethe）の詩、"*Das Göttliche*"である。

（5）William Raeper, *George MacDonald*（Tring: Lion Publishing, 1988）, p. 77. 一八五〇年一〇月一六日付、父への手紙。

（6）George MacDonald, *Unspoken Sermons, First Series*（London: Alexander Strahan Publisher, 1867）, p. 3.

（7）George MacDonald, "The Fantastic Imagination" in *Orts*（London: Sampson Low, Marston, Searle, & Rivington, 1882）, p. 317.

（8）George MacDonald, *Weighed and Wanting Vol 1*（London: Sampson Low, Marston, Searle, & Rivington, 1882）, p. 47.

（9）*The Golden Thread*〔前出〕, pp. 6–7.

（10）*Ibid.*, pp. 6–7.

（11）*George MacDonald: An Anthology*（c1946; London, 1983）, p. xxviii.

（12）Gillian Avery, *The Victorians*〔前出〕, p. 302.

（13）"A Rock in the Weary Land Review." Allmusic. Retrieved 22 0ctober 2005.

（14）Elizabeth Saintsbury, *George MacDonald–A Short Life*（Edinburgh: Canongate, 1987）, p. 40.

（15）*Ibid.*, p. 41.

第二〇章　ウィリアム・シャープ

存在しえないものへの思慕
――実生活と創作活動を通した理想の追求――

有元志保

異性を装う

ウィリアム・シャープ（William Sharp, 1855–1905）は詩、小説、劇から伝記、文芸・美術評論まで様々な分野で著作を残した人物である。しかし、シャープの事績の中で最も知られているのは彼が女性の異名を名乗った点である。一八九四年から亡くなるまでの一〇年以上の間、シャープは本名名義での執筆のかたわらフィオナ・マクラウド（Fiona Macleod）という異名の下でケルトを題材とした創作や随筆を発表した。「マクラウド」は一九世紀末スコットランドにおけるケルト文芸復興の主導者の一人とみなされている。シャープに関する後世の研究ではマクラウド名義の活動に焦点が当てられることが多く、近年では彼が異性の名を名乗った行為はジェンダー論の観点から着目されている。

作家が作品を発表する際に異名を用いることは文学史上の慣習であった。一九世紀の半ばから後期にかけてのイギリスでは、カラー・ベルの筆名を用いたシャーロット・ブロンテやジョージ・エリオットの名を名乗ったメアリ・アン・エヴァンズを始めとして多くの女性作家たちが男性の異名を用いた。女性が書いた作品に対する批評家の先入観を避け、男性作家の作品と同等の扱いを受けることがその動機であったとフェミニズム研究者は指摘している。

一方で、女性の筆名を用いた男性作家も当時散見された。本章では女性名を用いた期間とその名によって発表された著作の数から、そうした男性作家の代表的存在といえるシャープの事例に焦点を当て、彼が異性の名を名乗るに至った経緯を辿りその意義を考察する。シャープにとってマクラウドを名乗る行為は彼の創作における姿勢と同根のものであった。近代社会と、そこでの成功を期待される男性像に対する違和感からそれらの対立項としてケルト性や女性性などに親近感を強めていった彼は、深い精神性や自然との親和性を作品上で志向するだけでなく、そうした性質を体現する存在としてフィオナ・マクラウドのペルソナを構築する。実生活と創作の両方を通してシャープは既存の自己と社会に代わるものを模索し続けたのである。

文壇への挑戦

ウィリアム・シャープは一八五五年、ペイズリーにおいて商社を営む父デイヴィッド・ガルブレス・シャープとスウェーデン系の母キャサリンとの間に八人兄弟の長子として誕生した。幼年期のシャープの精神的成長に多大な影響を与えたのは一家が夏に恒例としていた西ハイランド地方滞在と、ハイランド地方出身の子守を通して古いゲールの歌やケルトの妖精、英雄譚に親しんだことであった、と彼の従妹であり後に妻となったエリザベスは『回想録』（*William Sharp* （*Fiona Macleod*）*: A Memoir*, 1910）に記している。(1) 自然に対する愛着と想像上の世界への憧憬はシャープの創作の基盤となり、彼の人生を貫く主題ともなった。

一八七一年にグラスゴー大学に入学したシャープは詩人を志す熱心な学生であったが、彼の将来を案ずる両親の希望により二年後に大学を中退し弁護士事務所に入る。一八七六年に健康を害して事務所を辞めた彼は療養と求職を兼ねてオーストラリアに渡るものの、植民地での定住を断念し一年も経たずに帰国している。それからの数年間ロンドンで銀行員として働きながら、シャープは文芸誌に詩の投稿を続けた。この時期にダンテ・ゲイブリエル・ロセッティの知遇を得たことは彼にとって僥倖であった。画家であり詩人でもあったロセッティはシャープの詩の講評を行っただけでなく、彼の弟妹であるウィリアム・マイケル、クリスティーナはもちろん、アルジャーノン・チャールズ・スウィンバーンら当時の著名な作家、批評家をシャープに引き合わせた。ロセッティとの親交によってシャープは文壇への足がかりを得たのである。

シャープがロセッティから受けた恩恵はそれだけではなかった。不熱心な勤務態度を理由に銀行から退職を迫られた彼が一八八二年に出版した二冊の本の内、彼にとって念願の詩集『人類の遺産、新しき希望、母性』(*The Human Inheritance, The New Hope, Motherhood*) よりも広く読まれたのは、同年に亡くなったロセッティに関する伝記『ダンテ・ゲイブリエル・ロセッティ——記録と研究』(*Dante Gabriel Rossetti: A Record and a Study*) であった。後者の成功をきっかけにシャープに批評家としての道が拓かれた。この時期彼は『グラスゴー・ヘラルド』(*The Glasgow Herald*) 紙の美術評論を担当し、古典文学作品を安価で庶民に提供する草分け的な出版社であったウォルター・スコットからシェリー(一八八七)、ハイネ(一八八八)、ブラウニング(一八九〇)の伝記を上梓し、同社の詩シリーズの編集者として詩華集『今世紀のソネット』(*The Sonnet of This Century*, 1886) などの編纂も行っている。また、創作も継続して詩集『ロマンティック・バラッドと幻想の詩』(*Romantic Ballads and Poems of Phantasy*, 1888) や小説『明日の子供たち』(*Children of To-morrow*, 1889) などが出版された。
『明日の子供たち』の主人公フェリックスは俗物根性が蔓延したロンドン社会にも、妻リディアとの愛のない結婚生活にも倦怠感を抱いている。彫刻家である彼はユダヤ人女性サンプリエルの詩集を読んで感銘を受け、「明日の子供たち」を自任する彼女の芸術家としての進歩的思想に共感する。結婚制度を個人の人間性を無視した悪弊とみなしているフェリックスと、ユダヤ教徒であるために異教徒との結婚を禁忌とするサンプリエルは恋に落ち、リディアが不慮の死を遂げた後、法的婚姻を結ばず同棲することを決意する。しかし、二人はそれを実現することなく落雷によって死亡する。

「フェリックス、私たちの間に広がる未来はなんて美しいのかしら！」サンプリエルはついに囁き、振り向いて彼を見た。その目は非常に輝いていて彼の心臓は跳ねた。
「そうとも、愛しい人！　僕ら『明日の子供たち』は苦しんできて、今後も苦しむに違いないが、僕たちには何という喜びがあるのだろう！　ああサンプリエル！　君の愛が僕にどれほどのものをもたらしてくれるか君は知らないだろう。僕の力は一〇倍になった。僕はどの現代人も未だに成し遂げていないことをやるだろう。全身全霊でそのことを感じているんだ。それがわかるんだ。そして君も、僕の心の喜びである君も、本来やっていたであろうことよりも気高い仕事をするだろう。君もまた苦しみをものともせず、僕たちの同胞の萎縮した精神を新たに鼓舞することになるだろう。」

（中略）

そのとき天が裂けて二つに分かれたかのようであった。耳をつんざく恐ろしい轟音が響き、同時に炎の剣が、目をくらませ焼け焦がす白熱の流れが現出した。続いてぞっとする大音響が起こり、雷を浴びて引き裂かれたオークの巨木が倒れた――数世紀にわたる労苦と栄光が一瞬にして潰えたのである。

そこからほんの数フィート離れたところに二つの人影が横たわっていた。稲妻によって炎に飲み込まれ、黒く焼け焦げた凄惨な、判別困難な姿で。それらは密着して一体のようであった。(2)

思いが通じ合い幸福の絶頂にあったフェリックスとサンプリエルが落雷を受けて物理的にも一つに結ばれる描写はグロテスクですらある。二人は自然を深く愛しており、特に社会や家庭で疎外感を抱えていたフェリックスはその代償として自然に母性的存在を求めていた。物語の結末で二人の遺体は海に流される。夢半ばで命を終えた「子供たち」を包み込む自然は荒々しくも母なる存在として描かれている。

フェリックスは多くの点で当時のシャープの自伝的要素を反映した人物である。フェリックスは世俗的成功を手にしたことと引き換えに真の芸術の追求に行き詰まるが、彼の苦悩には、文壇での地歩を着実に築きながらもその成功は自己の一部を犠牲にすることで成り立っている、と常々感じていたシャープの心情が投影されている。幼少時の彼は活発で冒険好きである一方、繊細で空想にふける側面も持ち合わせていたが、他人には理解されがたい後者の性質を人生の早い段階で抑圧することを覚えたという。その結果、彼は自己の二重性を強く意識するようになる。オーストラリアから帰国して間もなく、シャープは当時彼の婚約者であったエリザベスへの手紙において「これまで以上に自己の中に存在するもう一人の自分の存在を感じます。声を上げなければならない魂に取りつかれているかのようです。」(『回想録』一・三九)と述べている。また、彼が一八八〇年に友人に宛てた手紙には「ある面で私が男性というよりも女性に近いといっても軽蔑しないで下さい。」(『回想録』一・五一)と記されている。文筆で身を立てるためにシャープは堂々とした容姿や押しの強さといった自身のいわば「男性的な」側面を前面に出して方々で自分を売り込み、批評家としての地位を手に入れた。しかし、それは彼の性分に合っておらず、一八九〇年には彼は友人に「私はあまりに多くの金もうけのための、文学的商品の物々交換に飽き飽きしています。」（『回想録』一・二六六）と書き送っている。青年期以来、生来の病弱と経済的困窮により肉体的にも精神的にも不安定な時期を過ごしたシャープは、彼の文学への志を理解しなかった実業家である父親への反発や、競争に勝って成功することが求められる商業主義社会への反感などから、自己の抑圧された内面を女性性と同一視するようになっていったのである。

新生の胎動

シャープがマクラウドの異名を用い始めるのは一八九四年であるが、彼の「もう一人の自分」に表現手段を与えようとする動きは一八九〇年から具体化する。この年シャープは順調であったロンドンでの仕事の多くを手放し、創作に集中できる環境を求めてローマへ向かう。陰鬱なロンドンの気候と、そこでの生活の重圧から解放された彼は詩作に没頭し、イタリアの自然美や生の喜びを詠った詩集『ローマの息吹』（*Sospiri di Roma*, 1891）を発表する。

このイタリア滞在中に、シャープはマクラウド名義での創作にインスピレーションを与えるイーディス・ウィンゲイト・リンダーと親交を深める。これ以降彼がこの既婚女性と恋愛関係にあったことは複数の研究者によって指摘されている。(3) 初めてマクラウド名義で発表した小説『楽園』（*Pharais*, 1894）をリンダーに捧げたシャープは、「自らの『フィオナ・マクラウド』としての発展を彼女（リンダー）に負って」おり、「彼女がいなければ『フィオナ・マクラウド』は存在しなかっただろう」（『回想録』二・五）と語っている。自己の豊かな感受性を女性性と結びつけていたシャープにとって、リンダーは彼の精神を理想的に具現化した存在であったのかもしれない。後年シャープは「フィオナ・マクラウド」をジョージ・メレディスに引き合わせたり、彼女の写真と称するものをアーネスト・リースらに見せたりしたが、それらはリンダーがマクラウドを演じたものであるとウィリアム・F・ハロランは推測している。(4)

一年足らずローマに逗留した後、ロンドンへの帰路にシャープはブランチ・ウィリス・ハワードとの合作を手がけるため、ドイツのシュトゥットガルトに立ち寄っている。そこで完成した『男とその妻』(*A Fellowe and His Wife*, 1892)には彫刻を学ぶため単身ローマに渡った妻の不貞と悔悛、それに対する夫の許しが描かれる。書簡体で書かれたこの小説では二人の作者がそれぞれ異性の役割を担っており、ハワードが夫オドーの、そしてシャープが妻イルゼの手紙を書いている。シャープの日記には彼とハワードが楽しげに議論しながら物語の構想を練った様子が記されており(『回想録』一:三〇三―〇四)、『男とその妻』で女性の役になりきった経験もまた、彼が女性の異名を名乗るきっかけの一つとなった。

ウィリアム・シャープ

ロンドンに戻ったシャープは以前から書きためていた劇詩の出版を計画する。ベルギーの劇作家モーリス・メーテルリンクに影響を受け、人間の内面を新しい劇形式によって表現する方法を模索した作品を含むこの劇詩集を、当初彼は匿名で出版したいと考えていた。その意図を彼は「好意的であれ否定的であれ、私の名前がこれらの『劇的な眺め』に付随することで生じる、いかなる先入観もない状態でこれらがどう受け止められるか特に気になります。[5]」と説明している。シャープが新機軸の創作を発表するにあたり、自らに定着した批評家としてのイメージを排して作品を世に問おうとしたことは、この二年後に小説『楽園』をマクラウドの異名を用いて発表する彼の行為を理解する上で一つの鍵となる。『眺め』（*Vistas*, 1894）という表題が付けられたこの劇詩集は結局、マクラウドの正体の発覚を防ぐ目的で『楽園』と同時に同じ出版社から本名名義で出版された。

本名を伏せて自由な表現を追求し、それを正当に評価されたいというシャープの望みは、差し当たっては『異教評論』（*The Pagan Review*, 1892）によって実現する。この季刊誌において彼は八通りの筆名を使用した。伝統宗教の形骸化を指摘し、慣習に縛られない時代の到来への期待を表明した編集者の序文も、さらには七人の寄稿者の文章も実際はすべて彼の手になるものであった。新時代の思潮に芸術的表現を与えることを目的とした『異教評論』は読者から好意的に受け入れられたが、多重執筆には負担がかかること、また、自己の内面を表現するという目的はある程度果たせたというシャープの判断から創刊号で終刊した。このように複数の要因が重なった結果、マクラウドは生まれるべくして生まれることとなる。

「楽園」の表出

すでに確立した「男性的な」自己とは別個のものとして秘められた「女性的な」自己を表現する機会を求めていたシャープにとって、女性の異名はそれを可能にする格好の手段であった。だが、マクラウド誕生の直接のきっかけは意外にも場当たり的なものであった。当初本名で発表するつもりであった『楽園』の出版を出版社に断られた後、作品を早急に世に出すことを望んでいたシャープが筆名の使用を思いついたのである。命名の由来について、シャープは「フィオナは『美しい少女』を意味する古風なケルトの名前」(『回想録』二：一二一—一三)と友人に説明している。マクラウドの姓は、彼が一〇代の頃にヘブリディーズ諸島で出会い、彼のケルト観の形成に大きな役割を果たした老漁師シェイマス・マクラウドから採ったものである。

女性性とケルト性を凝縮したともいえる筆名の下で発表された『楽園』もまた、それら二つを重要な構成要素としている。アウター・ヘブリディーズ諸島を舞台とするこの作品には崇高な自然とその自然に畏怖と愛着を抱く人々、異界への航海を思わせる船旅といったケルト的モティーフが随所に散りばめられている。主人公アラスデアは遺伝性の不治の精神病に侵されたことに悩み、妊娠中の妻ローラとともに満潮時に水没する洞窟で入水自殺を図る。別々に救出された二人の心境がこれを契機に絶望から平安へと変容していくことから、アラスデアとローラの入水は自然の胎内で苦悩を浄化し再生を遂げる象徴的儀式であるともいえる。虚弱で盲目の子どもを出産したローラがしばらくして再会した夫は、入水以前の絶望を忘れ「幸福な狂気」ともいえる状態にあった。移住先の孤島でアラスデアは美しい夢想に耽り、彼の話に耳を傾けるローラの心にも歓びが訪れる。やがて二人の子どもと、衰弱していたローラが相次いで亡くなり、余命幾ばくもないアラスデアが残される。

『楽園』の結末は『明日の子供たち』と同様に悲劇的であるが、死を前にした主人公たちが余人には測りがたい充足の境地に達する点はこの二作品のみならず、シャープ、マクラウド両名義の複数の作品にも共通している。アラスデアは雪景色に朝日が射す光景に楽園を見出す(6)。ローラの死を理解できない彼は妻の遺体に語りかける。

「愛しい人…僕の白い花よ…おいで。とてもきれいなんだ。とうとう楽園が僕たちに開かれたんだ。太陽の黄色い光の中に黄金に輝く階段が見える。向こうにはためく翼がかすんで見えた。おいで、ローラ…さあ！」

（中略）

しばらくの間、彼は彼女が目覚めるのを辛抱強く待った。それから彼の目は再びさまよい、果てのない水平線から水平線へと耐えがたいほど壮大に、際限なく打ち寄せる荘厳な海に向けられたかと思うと、今度は広大な蒼穹を見つめた。深く青い北西の空高くには、ほとんど目に見えない光を放ち薄金色の表面を見せる月があって、南東に勢いよく昇ってくる、まばゆくきらめく太陽の光と対峙していた。

突然彼は身を乗り出した。彼の唇は開き、目は彼を焼き尽くす心の奥の炎で輝いた。

「ローラ…ローラ、僕の小鹿。」彼は囁いた。「見てごらん！　扉が開くよ！　ねえ、とうとうすべてがうまくいったんだ。神が僕を君の元へ返して下さったんだ。僕の苦しみは癒された。口を利いてよ、僕はあまりにも幸せなんだ！[7]」


それまでの本名名義の作品と比べ、『楽園』の文体は平易で抒情的である。この傾向は「女性らしさ」やケルトの口承文芸を意識したシャープによって、これ以降のマクラウド名義の作品においても持続される。マクラウドの正体を明かした友人に対して彼は「これまでに私が書いたいかなるものよりも『楽園』は私のことを明らかにするでしょう。」（『回想録』二・一二）と語っている。シャープは『楽園』を、彼が社会から秘匿して守ってきた「最も真なる自己」（『回想録』二・一四）、すなわち彼にとっての「楽園」と呼べるもの、を表出した作品と位置付けた。初期の創作からシャープが一貫して追及してきた男女の一体性、人間と自然の一体性がより調和した形で実現されるこの作品の、都市社会とは隔絶した美しい物語世界全体が彼にとって理想郷であったといえる。出版の経緯で偶然も作用したとはいえ、『楽園』はシャープがロンドン社会に順応して手にした肩書きを脱して第二の作家人生を開始するのにふさわしい作品となった。

二重生活の展開と行き詰まり

『楽園』が比較的好評を博し、マクラウドの名の使用を継続することとなったシャープは創作だけでなく実社会でもマクラウドの活動領域を広げていく。[8] 彼はマクラウドの従兄と称し「彼女」の本を方々で紹介して人脈づくりに励み、以前から交友のあったグラント・アレンやウィリアム・バトラー・イェイツら多くの人々と異名を名乗って文通を行っている。また、短編集『罪を喰う人、その他の話』(*The Sin-Eater and Other Tales*, 1895) や詩集『夢の丘より』(*From the Hills of Dream*, 1897) など、マクラウドの代表作の内のいくつかはエディンバラで設立されたばかりの出版社「パトリック・ゲデスと仲間たち (Patrick Geddes & Colleagues)」から出版された。生物学者であり、後に都市開発や教育など幅広い分野でも功績を残すゲデスはエディンバラを知の都として復権させることを望んでおり、その糸口としてケルトに対する世間の関心の高まりに着目していた。ゲデスと意気投合したシャープは彼にマクラウドの正体を明かし、科学と文学という異なったアプローチでケルトの文化的遺産の保存、活性化に取り組んでいく。彼らの考えに共鳴して作家のサミュエル・ラザフォード・クロケットや画家のジェイムズ・ケイデンヘッド、博物学者のジョン・アーサー・トムソンらが集まった。「パトリック・ゲデスと仲間たち」からは季刊誌『エヴァーグリーン』(*The Evergreen*, 1895-96) が刊行され、シャープはその編集長を務めるだけでなく、シャープ、マクラウド両名義で詩や短編を寄稿した。こうしたケルト復興を標榜するグループとの関わりの中でマクラウドは運動の主導者の一人とみなされるようになっていく。

当初は謎めいた新鋭の女性作家に世間の注目が集まる様子を楽しんでいたシャープであったが、マクラウドとシャープは同一人物ではないかと疑う記事が新聞に現れ始めると焦燥を募らせる。『楽園』の発表以来過剰ともいえる二重執筆を行っていたシャープは、両名義での書き分けにもこだわるようになる。マクラウド名義の小説『緑の火』（*Green Fire*, 1896）を出版後、彼はこの作品にマクラウド的要素とシャープ的要素が混在していると判断した。全三部からなる『緑の火』の内、シャープは第二部「牧夫」（'The Herdsman'）のみを大幅に加筆修正して短編集『夢の領域』（*The Dominion of Dreams*, 1899）に収録し、元の作品を彼の死後も決して再版しないようにと妻に約束させている。また、本名名義の小説『沈黙農場』（*Silence Farm*, 1899）でも彼は批評家の目を意識し、マクラウド名義の作風との違いを強調するためリアリズムに徹した。このように神経を消耗する執筆を含めた二重生活は生来丈夫でない彼の身体に負担をかけ、彼の精神に不安定や抑鬱状態をもたらした。世紀が変わってからはシャープの著作は本名、異名両名義で評論や随筆が主となる。

ウィリアム・シャープ（1896年）。
ウィリアム・ストラングによるエッチング（版画）

シャープの創作力の衰えには心身の疲弊だけでなく、彼のマクラウドを名乗り続けることへの意欲の減退も影響していると考えられる。シャープが晩年精神的危機に陥ったのは彼の二つの自己の乖離が進んだためであったとエリザベスは述べているが（『回想録』二：六）、実際には両者の差異は逆に縮小していったとみることもできるのである。シャープは作品においてユダヤ、ジプシー、ケルトの民などを深い精神性や自然との親和力を帯びる存在として表象し、近代の物質偏重主義に染まりきらない彼らに共感を示した。社会的成功を期待される男性像に馴染めず女性に親近感を抱くようになった彼にとっては女性性も上記のマイノリティと同様の属性をもつものであった。したがって彼が実生活でハイランド女性のペルソナを身に着ける行為もまた、自己の社会との精神的な隔たりを表現する手段の一つであった。マクラウドの名の下にシャープは自己の繊細な性質、すなわち現実世界で生きるには不都合なものと自ら判断して抑圧した側面、を活性化させることを望んでいた。彼はマクラウドに「なる」ことで都市社会と、そしてたとえ表明上であれそこでの生活に適応しているウィリアム・シャープとしての自己とも一時的に距離を置こうとしたのである。

しかしそうした当初の意図に反し、マクラウドは世間との関わりを深めていった。一八九〇年代後半、再び経済的困窮に直面したシャープは本名名義のものだけでなく、マクラウド名義の著作の多くをイギリス、アメリカ両国で出版している。出版社との連絡はマクラウドの代理人として主にシャープが行っていたが、マクラウドの名の下でも印税などをめぐって激しい交渉が行われた。また、ケルト復興運動の牽引役を担うマクラウドの言論が論争を引き起こすこともあった。たとえば一九〇〇年にマクラウド名義で『コンテンポラリー・レヴュー』(*The Contemporary Review*) に寄稿された論説「ケルティック」('Celtic') において、シャープはケルト復興運動がナショナリズムの高揚をもたらしている事態に警鐘を鳴らし、イングランドとの政治的対立は避けるべきという自説を展開した。

私たちの民族は心から自らの故郷を、国を、歌を、古来の伝統を愛していると私は思うし、最も苦さを持つものはあの流浪という悲しい言葉なのだと思う。しかし私たちはその愛において漠然ともう一つの地を、虹の国を愛しており、私たちが最も切望している国は現実のアイルランド、現実のスコットランド、現実のブ

ルターニュではなく、茫漠とした若さの国、はかない心願の国であるということもまた真実なのである。(9)

マクラウド誕生以前から物質社会の対立項として豊かな精神性に根差した「もう一つの地」を追い求めていたシャープは、その探究の途上でケルトを霊感の源に定めた。「芸術の理想とは美しい生を表現することであるべきだ。」(「ケルティック」一八五)と述べる彼がケルトの精神的遺産の継承のみに関心を抱いたのは不思議ではない。しかし、ケルト復興運動が政治的色彩を強く帯びていたアイルランドでは「ケルティック」は賛否両論を招き、『オール・アイルランド・レヴュー』(*All Ireland Review*)誌上ではマクラウドと「彼女」の親英的ともとれる主張を非難したAEことジョージ・ラッセルとの間で加熱した議論が展開された。価格交渉や論争への参加といったマクラウドの行動は、シャープが払拭しようとしていた世慣れた批評家という彼に対するイメージを彷彿させるものであった。マクラウドの存在が社会で現実味を帯びるにつれて、「彼女」とシャープの理想化された自己像との間にはずれが生じ、彼はその魅力を維持することが困難となっていったと考えられる。

マクラウドが社会と密接な関係を築いたからこそ、それまでの筆名のようにその異名を名乗る行為を容易に止めることができないことはシャープ自身重々承知していた。一九〇二年、深刻な生活難に陥った彼は政府に年金の受給を申請するが、本名名義の活動だけでは功績として不十分なためマクラウド名義の著作も自らの手によるものであると公式に認める必要に迫られて受給を断念している。実際には彼がマクラウドの正体を明かすことなく年金は支給されることとなったが、この逸話はマクラウドが多くの読者に対して負っている責任を自覚し、マクラウドのペルソナが当初の機能を果たさなくなった後も「彼女」であり続けようとするシャープの覚悟を示している。結局彼は周囲のごく限られた人々以外には真相を語らず一九〇五年に亡くなるまで異名を名乗り続けた。

果てのない漂泊

シャープの困窮の要因には彼が健康的にも精神的にもロンドンでの定住に耐えられず転地を繰り返していたことが挙げられる。オーストラリア、ヨーロッパ、北米、北アフリカを訪れた経験を持つ彼は、晩年には夏季はスコットランドのハイランド地方やインナー・ヘブリディーズ諸島で、冬季はシチリアで過ごすことを好んだ。一九〇二年に彼は友人に「妻は私が満足することは決してなく、望むときに出ていけないのであれば天国にさえ我慢ができないだろうと言っています。部分的にではありますが、彼女の言うことには真実が含まれています。」(『回想録』二・一九八)と書き送っている。

シャープは実生活のみならず精神的にも流転を繰り返した。彼は「ケルトの薄明」のほかにもロマン派、ラファエル前派、デカダンスなど様々な文芸思潮と関わりを持った。シャープの関心の対象は短期間で移り変わることが常であり、彼がマクラウド名義でのケルトを題材とした創作にやがて限界を感じるようになったことは想像に難くない。マクラウド名義の後期の随想と創作をまとめた『翼ある運命――ゲール人の精神的歴史に関する研究』(*The Winged Destiny: Studies in the Spiritual History of the Gael*, 1904) などではそれまでのケルト性を強調する作風が象徴的なものへと変化し、普遍性への志向が表れる。シャープは現実に対する不満や不安からそれに代わるものを表現しようとし、その過程でマクラウドを創造した。マクラウドが現実世界の一部となった後、彼は新たな霊感の源を求めて模索を続けていたのであろう。一九〇五年の暮れにシチリアで没したシャープはその地に埋葬され、ケルト十字架に彼が生前選んだ二種類の墓碑銘「既知なる草臥れたものよさらば、未知なる果てなきものよ来たれ。W. S.」と「愛はわれわれが想像するよりも偉大であり、死は未知の贖いの番人である。F. M.」(『回想録』二・三二六)[10] が刻まれた。理想の追求の志半ばに倒れたことがシャープにとって不本意な結末であったとは思われない。彼はマクラウド名義の短編集『夢の領域』を「存在しえないものへの思慕」（『回想録』二・一四一）から生み出したと述べているが、それは彼の人生と芸術に対する姿勢に一貫していた。彼の作品ではしばしば登場人物が「もう一人の自分」や「もう一つの地」を目指す途上で死を迎えるが、彼らの多くは大いなる充足感に包まれている。彼らと同様、到達しえないからこそシャープはそれに憧れ、追い続けたのであろう。マクラウドはシャープが創作を続ける上で枷ともなったが、彼はマクラウドを名乗る行為とその異名の下での創作活動によって自らの求めるものに最も近づいたのではないだろうか。

注

（1）Elizabeth Amelia Sharp, *William Sharp*（*Fiona Macleod*）: *A Memoir*, 1910. 2nd ed. 2 vols.（New York: Duffield & Company, 1912）, vol.1, pp. 5–7.

（2）William Sharp, *Children of To-morrow*（New York: Garland, 1984）, pp. 306–08. 以下、作品の引用箇所はすべて拙訳による。

（3）Flavia Alaya, *William Sharp—“Fiona Macleod,” 1855–1905*（Cambridge, MA: Harvard University Press, 1970）, pp. 124–25. など参照。

（4）Ed. William F. Halloran, *The William Sharp Archive*, 2005, Chapter XIII, July 2, 2010. <http://ies.sas.ac.uk/cmps/Projects/Sharp/index.htm>. 参照。

（5）Ibid. William Sharp. Letter to Arthur Steadman. [Feb. 16?, 1892] [sic].（ALS, Columbia）.

（6）この作品の表題でもある楽園（Pharais, シャープによるとゲール語で「天国」の意）とはケルト的異界とキリスト教における天国が混じり合ったシャープ独自の概念である。詳しくは拙論 “Tir-na-h’Oigh—The Voyages to the

Paradise in Fiona Macleod's *Pharais*（1894）" 日本カレドニア学会 *CALEDONIA* 33（2005）, pp. 9–20. を参照。

（7）Fiona Macleod, *Pharais and The Mountain Lovers*（New York: Duffield & Company, 1911）, pp. 175–76.

（8）この時期のシャープのマクラウド名義での活動に関しては拙論「ウィリアム・シャープによる『フィオナ・マクラウド』のペルソナ構築」、日本カレドニア学会編『スコットランドの歴史と文化』（明石書店、二〇〇八年）五一五—三四頁を参照。

（9）Fiona Macleod, "Celtic," *The Winged Destiny: Studies in the Spiritual History of the Gael*（Fredonia, 2004）, p. 198.

（10）『夢の領域』収録の短編「はるかな国」（'The Distant Country'）の一節である。

第二一章　エドウィン・ミュア

オークニーの心象風景を抱きつづけた詩人
——想像と伝説の島に生まれて——

米山優子

「産業革命前」の社会から現代の大都会へ

「生まれ故郷のオークニーは、日常と神話の世界の境い目がはっきりしていないところだった。生きている人々の生活が伝説になったのだ。[1]」批評家、小説家、翻訳家、そして詩人として生きたエドウィン・ミュア（Edwin Muir, 1887–1959）は、オークニー諸島の本島で生まれた。父親は、本島の東端のディアネス（Deerness）でフォリー（The Folly）という農場を経営しており、エドウィンは六人兄弟の末っ子だった。両親共にこの北国の生まれで、母親は本島出身、父親は本島の北東に位置するサンディー島（Sanday）の出身だった。エドウィンが二歳の時、父親はこの農場を手放し、一家は北部の小さな島、ワイア島（Wyre）のブー農場（The Bu）で新生活を始める。そこでの暮らしはミュアの人間形成の土台となり、彼は子ども時代に生涯で最も充実した日々を過ごした。両親と三人の兄、二人の姉のほか、一家には父の姉と甥のサザランドが同居していた。

サザランドはミュアと三〇歳以上も年が離れており、ミュアは幼い頃から常に年上の人々に囲まれた生活を送った。

人生の幸福と悲哀を独特の筆致でつづった『自伝』(*An Autobiography*, 1954)には、少年ミュアの目から見た農場の四季が描かれている。厳しい自然の中で畑を耕し、家畜を育てて人生を切り拓いていく様子は、オークニーの風景と見事に溶けあって、読む者を魅了する。家畜の出産や屠殺を通して、幼いミュアは、動物を慈しみ、貴重な生命に敬意を払う大切さを学んでいく。寒い冬の季節には、「家畜が馬小屋や牛舎に集まるように」(『自伝』二一)家族が一つの部屋に寄り集まった。そしてストーブを囲んで歌ったり、フィドルやメロディオンを奏でたりして愉しい夕べを過ごした。大人たちは、民話や伝説を上手に語って子どもたちを喜ばせた。魔女や妖精が登場するたびに、皆は身を乗り出して聴き入った。こうした時間がミュアの想像力を養い、日常と神話の世界とのはざまから、自然への畏怖を心と身体で感じるようになる。初期の作品「馬たち」('Horses')には、日常的な耕作の一場面が、神秘的なものに対する少年ミュアの恐怖感を通して表されている。

しっかりと鋤《すき》を付けられて、ぎこちなく動いている馬たち、
何も生えていない畑で――今になって不思議に思うのだ、
どうしてあんなに恐ろしく、荒々しく、よそよそしく見えたのだろう。
石だらけの農場で魔法にかかったように。

たぶん子どもじみた時間がまたやってきたのだ、
暗い雨に降られて、

ぞっとするような馬の蹄《ひづめ》が古い製粉機のピストンみたいに
上下に動きながら、しかも立ちつづけているように見えるのを見つめていた時間が。

刈り取った後の畑を踏みしめる馬の蹄は征服者のように
畑を褐色に変える儀式を執りおこなった。
立派な巨体は金色の熾《し》天使(2)、
あるいは耕土に立って声もなく恍惚としている怪物。

溝が一つできあがると馬たちはうっとりし、
沈みゆく太陽に向かって堂々と胸を突き出して行進した！
馬のふくらみのあるわき腹に光の破片が舞った。
その後ろには溝が、もがいている蛇のようにうねうねと続いていた。

しかし夕闇が迫ると、馬たちは鼻孔から湯気を出し、
家路に着いた。薄闇にまぎれて馬たちはとても大きく見えた。
泥まみれのくすぶった体が神秘的な火に照らされて、
赤々とほてっているようだった。

馬たちの目は夜のようにきらめいて見開かれ、

冷酷な黙示録の光で輝いていた。
怒りたける風がたてがみを持ち上げた、
目に見えない秘められた憤怒で。

ああ、もう消える、消えてしまう！　私はまた思いこがれるに違いない、
あの澄み切った恐ろしい大地を。
そこには、何もない畑と静かに立っている木が
まぶしくもぞっとする光景を呈しているのだ。(3)

ウィリアム・ワーズワスが過去の記憶を呼び起こして創作したように、ミュアは追憶の彼方からイメージを膨らませ、その光景への憧れを表現した。

身体が弱かったミュアは、七歳から地元の学校へ通いはじめた。全生徒が一五名程度の小さな学校だったが、引っ込み思案のミュアは年下の子どもたちと仲良くなった。勉強の方はさっぱりだめで、得意なのは歌を歌うことだけだった。学期末にやってきた試験官も、ミュアの返答にひどくがっかりして「この子は特別ばかな子に違いない」と「これまで耳にしたことのない萎縮させるような声で」（『自伝』三一）言ったという。

学校は最初から嫌いだった。私たちが全員で使わなければならなかった教室は、インクやチョーク、石筆、コーデュロイ、ニスの匂いがして、まるで頭の中に熱い脱脂綿を詰め込まれたかのような気持ちになった。捕まえられて、自分に逃げ道がないのだということがよくよくわかった。壁の一面を覆っていた世界地図に

は、狭くて冴えなくて、教室よりもずっと狭い世界が描かれていた。(『自伝』三一)

窮屈な学校とのびのびとした家庭—大地と呼応するワイアでの日々は、永久にミュアの心を捉えて離さなかった。

その憧憬の思いは幸せが無情にも断ち切られたがために、いっそう強まったのであろう。ミュアが八歳の時、地主の搾取によって農場を追われた一家は再び本島に戻り、首都カークウォール(Kirkwall)に程近いガース(Garth)という農場へやってきた。しかし母親は病気がちで、家畜も死んだ。すぐ上の姉クララを除いて、兄と姉たちはエディンバラやグラスゴーで職に就くために家を離れた。一家がばらばらになっていく不安に駆られて、

20歳頃のエドウィン・ミュア

ミュアは「すぐさま大人のようにならなければならないという成長途上の少年の苦しみ」を感じた。それは「まるで、時が自分の中で急に声を上げて話しだしたかのようだった。」(『自伝』五七)

家族が試練を乗り越えようとする中で、ミュアは少年から大人へ成長する多感な時期を迎えた。自宅から約五キロのところにあるカークウォールの学校は、数百人の生徒を擁する大きな学校だった。ミュアはワイアの学校ほどここが嫌いではなかったが、繁忙期には農作業を手伝わねばならず、真冬には日暮れ前に家に着くために早く下校しなければならなかった。彼が「個人」というものを意識しはじめたのはこの頃で

ある。家族の一人一人は、彼にとって両親や兄弟姉妹であると同時に自律性をそなえた人間であり、自らもまた、それぞれの方向に向かって歩んでいくのだと自覚したミュアは、将来は物書きになりたいと考えるようになっていた。

ガースで六年間辛抱した一家は、あまりにも期待に反した毎日に失望し、遂にグラスゴーで再出発する決意をした。それ以前に、伯母とサザランドはそれぞれの場所で別の生活を始めていた。ミュアは両親とクララと一緒に、すでにグラスゴーで働いていた兄を頼ってオークニーを後にした。その時の心境をミュアは次のように書き表している。

産業革命の前に生まれて、もう二〇〇歳ぐらいになる。だが、そのうちの一五〇年ほどを飛び越してきた。本当に生まれたのは一七三七年で、一四歳になるまでは何も時代の誤差を感じなかった。それから一七五一年にオークニーからグラスゴーへ向かった。着いてみると一七五一年ではなく一九〇一年で、この二日間の移動で一五〇年が吹っ飛んでしまったのに気づいた。だが、それでも私自身は一七五一年に生きており、長い間そのままでいた。それ以来ずっと、目には見えないこの遅れを取り戻そうとしてきた。「時間」が頭から離れないのは無理もない。(『自伝』二八九)

飄々《ひょうひょう》とした語り口の裏に、ミュアが神話の世界や時間の流れを生涯の創作のテーマとした背景がうかがえる。一家はまさに都会という「秩序のない混沌へと放り込まれた」(『自伝』五四)のだが、彼らを待っていたのは更に苛酷な現実であった。ミュアは、法律事務所、出版社、ビールの瓶詰め会社など、家計を支えるためにさまざまな場所で事務員として働いた。しかしグラスゴーに移ってまもなく、両親と二人の兄は過労と心労から相次いでこの世を去った。かつてにぎやかに暮らしていた家庭の中に漂う悲壮感は、大人として歩きはじめたばかりのミュアに癒えることのない傷を残した。

ウィラとの出会い――ロンドン、そしてヨーロッパへ

いったんグラスゴーを離れたミュアは、グリーノック（Greenock;『自伝』では「フェアポート（Fairport）」）で事務職に就いた。そこは動物の骨を粉砕して炭に加工する工場だった。その後、グラスゴーへ戻って兵役を志願したが、健康上の理由で合格できなかった。第一次大戦中はレンフルー（Renfrew）の造船会社で事務員として働いた。

この時期、アルフレッド・オレイジ（Alfred Orage）が中心となって編集していた週刊誌『新時代』（*New Age*）(4) に影響を受けたミュアは、キリスト教に深い関心を示すと共に、社会主義やニーチェの思想に共感し、精神の充足を覚えるようになっていった。また、体調を崩して入院している間、世界文学の多くの名作に親しみ、特にハイネの叙情詩に傾倒した。古今の思想に触れて見聞を広げるにつれ、故郷ワイアがいかに文明社会とかけ離れた牧歌性や夢幻性を維持していたか、ミュアは悟った。

> 農夫は野心とは無縁であったし、野心がもたらすつまらぬ苦悩も知らなかった。ヴィクトリア朝末期に生きていたにも関わらず、競争がどんなものであるかわかっていなかった。助けが要る時には、昔の風習に従って皆お互いに助けあった。そこに住む人々には、伝説や民謡や聖書の韻文と散文で形作られた文化があった。そして大地に対して本能が抱く感情を認めた慣習があった。生活が一つの秩序であり、しかもよい秩序であった。

（『自伝』五四）

オークニーでは、昼も夜も家に鍵をかける習慣すらなかった。ミュアは、その稀少な大らかさを決して後進的とはみなさなかった。やがて彼は『新時代』に「我ら現代人」（'We Moderns'）というエッセイを寄稿しはじめ、文筆活動の第一歩を踏み出す。この連載は評論集としてまとめられ、一九一八年にロンドンで出版された。二年後、『我ら現代人』はニューヨークでも出版された。その序文を書いたH・L・メンケン（H. L. Mencken, 1880–1956）は、前年に発表した『アメリカ語』（*The American Language*）において、アメリカ英語がイギリス英語とは異なる独自性をもつと主張した。アメリカがイギリスから文化的独立を果たしたことを示唆したメンケンに、アメリカ国民は喝采を送った。このメンケンの推薦もあり、ミュアの名前はアメリカでも知られるようになる。ミュアはすでに『新時代』のほか、『スコッツマン』紙（*The Scotsman*）、T・S・エリオットやヴァージニア・ウルフら著名な執筆陣を擁していた『アシニーアム』（*Athenaeum*）などに文芸批評を載せるようになっていたが、アメリカでの著作の出版を機に、ニューヨークの文芸誌『フリーマン』（*Freeman*）からも原稿依頼を受けた。[5]

同じ頃、ミュアはロンドンの教員養成学校で講師をしていたウィラ・アンダーソン（Willa Anderson, 1890–1970）と結婚した。彼は『自伝』の中で、二人が知りあった経緯については一段落分しか言及していない。しかし、その最後に一言、「結婚は生涯で最も幸運な出来事だった」（『自伝』一四七）と記している。ウィラの両親はシェトランド出身で、ウィラはオークニー出身のミュアとよくお互いのルーツについて話しあった。一般のイギリス国民よりも純朴であり、競争ではなく協力しあって共生していく島民の血が流れていることを二人は強く自覚していた。グラスゴーでの悪夢はウィラとの出会いで終わりを告げた。しかし、そこで受けたさまざまな精神的打撃にミュアは苛まれつづけた。生活の拠点をロンドンに移した後、ミュアは夢分析の診療を受けるようになり、これをきっかけにフロイトやユングの心理学に理解を深めた。ずっと前に起きた出来事を再び夢で見る経験は、『自伝』の中でたびたび詳細に説明されている。心理学的な分析や考察の手法は、彼の創作過程にも影響を与えた。

ジャーナリストの仕事から得た貯えで、ミュア夫妻はヨーロッパへ旅立った。二人にとってヨーロッパは「想像の地域のネヴァー・ネヴァー・ランド」であり、「広くてロマンティックな捉えどころのない」場所であった。(6) 初めて島国を離れた二人は、一九二一年からプラハ、ドレスデン、イタリア北部のフォルテ・デイ・マルミ(Forte dei Marmi)、ザルツブルク、ウィーンを訪れた。大陸で過ごす毎日は新鮮で、二人は多くのことを吸収して帰国の途に着いた。同年、それ以前に書いたものをまとめた評論集『地方』(*Latitudes*)が出されたが、この三年間のヨーロッパ歴訪は、詩人ミュアの誕生を予兆させるものとなった。あらゆる知的刺激を受けながら、彼は自分の内面を見つめなおし、そこからあふれ出る静かな感情を詩に昇華させていった。

詩人としての開眼——マクダーミッドとの背反

帰国してまもなく、ミュア夫妻は南フランスのサントロペ(St. Tropez)とマントン(Menton)を訪れた。その後イングランドを転々としながら、詩集『死んだばかりの者たちの合唱』(*Chorus of the Newly Dead*, 1926)、評論『移行期——現代文学論』(*Transition: Essays on Contemporary Literature*, 1926)、評論『小説の構造』(*The Structure of the Novel*, 1928)、伝記『ジョン・ノックス—あるカルヴァン主義者伝』(*John Knox: Portrait of a Calvinist*, 1929)、詩集『時の主題による変奏曲』(*Variations on a Time Theme*, 1934)などを立てつづけに発表した。ミュアは三つの小説を残しているが、ザルツブルクの傷つきやすい青年を主人公にした最初の小説『マリオネット』（*The Marionette*, 1927）は、一人息子のギャヴィン（Gavin Muir, 1927–91）が生まれた年に出版された。このほかに、一六世紀のスコットランドを舞台にした『三人兄弟』（*The Three Brothers*, 1931）と、北国からグラスゴーへ家族と移り住んだ少年の物語で、特に自伝的要素が濃いとされる『哀れなトム』（*Poor Tom*, 1932）がある。

『初期詩集』（*First Poems*）が出版されたのは、大陸から戻った翌年の一九二五年である。ミュアは詩を書きはじめた理由について、「言いたいことを散文では正確に表現できなくなったからに過ぎない」（『自伝』二〇一）と述べている。彼の選ぶことばはいくつもの彩を重ねて、透明感のある淡い色調を醸し出す。ナイフを奪いあって取っ組み合いのけんかをした相手に、後日執拗に追いかけられた時の焦燥感を詩にした「黄泉の国のヘクトルのバラッド」（'Ballad of Hector in Hades'）は、ギリシア神話のモチーフを用いた秀作である。前掲の「馬たち」や以下の「子ども時代」（'The Childhood'）のように、初期の作品には少年の日の輝きを追体験しようとしたものが目立つ。

長い間、彼は日の当たる丘に横になって
ふもとにあるお父さんの家としっかり結びついていた。
意識の中で変わりゆく音は今も遠く、
ぎっしりと集まった黒い島々に囲まれていた。

彼は個々の頂の一つ一つを、もっとぼんやりとした色合いの一つ一つを見た。

そこでは一塊になった島々が霧に包まれて広がっていた。
すべてが視界の中で混ざりあっていたが
間には目に見えない海峡があるのを彼は知っていた。

よく彼は思った、どんな新しい岸辺があるのだろうと。
思いにふけると、砂浜にかすかな光が見えた。
浅瀬の水がのどかに澄んでいるのが見えた。
それから嬉しくなって岸から岸へと歩き回った。

船が音を立ててあんまりゆっくりと通るものだから
黒い丘の闇の中に横たわっているようだった。
夜の音は水底の鏡のようにすべすべして心地よく
船が通り過ぎないうちに時間が尽きてしまうようだった。

薄墨色の小さな岩々は、彼が横になっている周りで寝静まっていた。
じっとして、夜が迫りくるよりも静かだった。
草の葉がまっすぐな影を遠くに投げ掛けていた。
家から彼の名を呼ぶお母さんの声がした。(『全詩集』一九)

　一九三五年、ミュアは家族と共にかつてウィラが学生時代を過ごしたセント・アンドルーズに引っ越した。同じ年に出版された『スコットランド紀行』（*Scottish Journey*）は、ミュアがスコットランド中をドライブしながら綴ったものである。この旅行記は、プリーストリー（J. B. Priestley）の『イングランド紀行』（*English Journey*, 1934）を企画した出版社に依頼された。ミュアが友人から借りた車は一〇年以上も前の製造で故障ばかりしていたが、かえって気ままな旅の醍醐味が伝わってくる。エディンバラからハイランドへ車を走らせながら、ミュアは車のエンジンを奮い立たせるように五感を全稼動させた。各地で出会った人々や物事を考察する中で、グラスゴーに関しては特に辛辣《しんらつ》な意見を呈している。その一方、「スコットランド全域を巡る旅で発見した唯一の望ましい生活様式を体現している」(7)のは、オークニー諸島の伝統的なコミュニティであると述べている。スコットランドの文化と社会に対する彼の洞察は、『スコットランド紀行』の翌年に発表された『スコットとスコットランド——スコットランドの作家の苦境』（*Scott and Scotland: The Predicament of the Scottish Writer*, 1936）で更に研ぎ澄まされることになる。

エドウィン・ミュア

　ボーダー地方が輩出した詩人で、その文学観をミュアとよく比較されるヒュー・マクダーミッド（Hugh MacDiarmid, 1892–1978）は、スコッツ語（Scots）を創作手段として掲げた。彼が主導した一九二〇年代のスコットランド文芸復興運動は、スコッツ語文学の金字塔を残した中世の詩人たちを模範とするものであった。(8) オークニーで生まれ育ったミュアには、ローランドを中心に発展してきたスコッツ語はスコットランド全域の象徴として受け入れがたかった。中世のスコットランド王国で幅広い領域に用いられていた古スコッツ語は、現代のスコットランドにおける近代スコッツ語とは社会的役割が異なるものである。古スコッツ語から新しい文体を作り出し、現代文学の創生の要としようとするマクダーミッドに、ミュアは賛同することができなかった。一九二五年に発表した小論の中で、マクダーミッドはミュアについて「疑いなく当代切っての世界文学の批評家」であり、「スコットランドにとって必要な批評家ではあるが、その故郷ではまだ大きな影響を及ぼしていない」(9) と述べている。オークニーのことばで執筆することも試みなかったミュアは英語を文筆の手段に選び、その理由を『スコットとスコットランド』で次のように総括した。

その言語〔スコッツ語〕は、さまざまにおとしめられた形で、無数のスコットランド方言の中に今も存在している。しかしこれらは、会話のあらゆるレベルにおいて国民の気持ちを充分に表すことはできない。その結果、限られた文学目的のために方言を使おうと主張すると、スコットランドという概念にではなく、地域主義に忠誠を尽くすことになってしまう。地域主義は、スコットランドの崩壊を助長してきたものの一つなのだ。完全で均質的なスコットランド文学を有するとしたら、完全で均質的な言語を持たなければならない。スコットランドにはそのような言語が二つ、たった二つだけある。ゲール語と英語である。これ以外に選択肢はないように思われる。スコットランドが、文学で充分に表現することを達成しようとするならば、妥協はできない。二つのうち、ゲール語が今後どのようなものになろうとも、英語だけが実際に使用できるものなのである。(10)

英語で書くことによってしかスコットランドの国民文学を創造できないというミュアにマクダーミッドは憤り、二人の仲は決裂した。しかし、ミュアは文学者としてスコットランドへの愛郷心を全く持っていなかったわけではない。彼も中世のスコットランドの詩人たちに讃辞を送り、国民詩人ロバート・バーンズ（Robert Burns, 1759–96）の魅力を冷静に分析している。[11] また、『新時代』を通してミュアはボーダー地方出身の音楽家フランシス・ジョージ・スコット（Francis George Scott）と知己になり、スコットランドに根ざした彼の創作意欲に感銘を受けた。スコットランドをテーマにしたミュアの作品は「スコットランド　一九四一年」（'Scotland 1941'）や「スコットランドの冬」（'Scotland's Winter'）に見られるように、時として苦味のきいた表現を伴うが、スコットランドへの本質的な憎しみを表しているわけではない。ミュアはただ、表現手段としてのスコッツ語の可能性に限界を感じ、それに固執するナショナリストたちに背を向けたのである。

マリエンバッドでのミュア夫妻

第二次世界大戦中は非常態勢下で文筆業が滞り、生活は困窮した。もともとミュア夫妻はあまり丈夫ではなく、持病に悩まされることもたびたびであった。そんな時、ミュアはエディンバラのブリティッシュ・カウンシルに採用され、事態は好転する。内向的で孤独な執筆生活とは一変して、多くの人々と接する仕事で心身の安定を取り戻したミュアは、一九四五年、プラハのブリティッシュ・カウンシルの所長に任命された。革命の後、いったん帰国したミュアは、次にローマのブリティッシュ・カウンシル研究所の所長となり、翌年そこが閉鎖されるまでヨーロッパでの生活が続いた。その間、『旅と場所』(*Journeys and Places*, 1937)、『狭い場所』(*The Narrow Place*, 1943)、『航海』(*The Voyage*, 1946)などの詩集が出版された。

同郷人ブラウンとの交流

イタリアから帰国したミュアは、エディンバラ郊外のダルキース(Dalkieth)にある社会人のための継続教育学校、ニューバトル・アビー・カレッジ(Newbattle Abbey College)の校長に就任した。ニューバトル・アビーは一二世紀初期に建造された由緒ある寺院だが、一九三七年にアバディーン大学、セント・アンドルーズ大学、エディンバラ大学、グラスゴー大学の四大学の基金によって教育施設として生まれ変わった。ここでミュアは一九五〇年から四年間、「事務員、整備工、ろくろ工、配管工、鉄道員、タイピスト、ジャーナリスト、教師、公務員」(『自伝』二七五)などを前にして文学を講じた。彼は、スコットランド各地から集まったあらゆる職業の学生たちが、学問に対する情熱やこれから磨かれる才能を持っていることに心を打たれた。そして「ほとんどの場合、こうした情熱や才能は、個々人の逆境や皆が被る損失によって失われてしまうか成熟しないままになってしまう」(『自伝』二七六)ことを嘆いた。彼は学生たちの運命に、かつての自分の姿を重ねていたのかもしれない。

彼の教え子の中に、同郷の詩人ジョージ・マッカイ・ブラウン（George Mackay Brown, 1921–96）がいる。オークニー諸島本島の西端の町ストラムネス（Stromness）出身のブラウンは、一九五〇年の夏、休暇でストラムネスを訪れていたミュア夫妻と初めて会った。初対面の文学青年に夫妻は優しく接した。ミュアは雑誌に掲載されたブラウンの物語を読んで、彼にニューバトル・アビーへの入学を勧めた。その秋、カレッジの門をくぐったブラウンは、物静かな声で論文指導をするミュアを回想している。ブラウンの自伝『島に生まれ、島に歌う』（*For the Islands I Sing*, 1997）から、ニューバトル・アビーでのミュア夫妻の横顔を見てみよう。

最悪の嵐が北部と島々を襲った、とラジオは告げた。詩人は口をわずかに開けて、鶏小屋が海へ吹き飛ばされたというニュースに聴き入っていた。ある島で、風がオールド・ミスのラブレターを四方八方に吹き飛ばした、という話を聞いてウィラは笑った。

「さあ、ささやかな親睦会を開きます」とウィラは叫んだ。「みんないらっしゃい。」地下室や何もない寒い寝室に慣れている私たちにとって、ミュア夫妻のいるフラットは羨望の的だった。

それはウィラの夕べだった。彼女はセイボリーやサンドイッチ、ケーキやワインが並べられたところに私たちを座らせた。その声は歓迎するようで、どこか少しからかうような調子があり、特に風刺的なことや突拍子もないことを言ったとき（よくあるのだが）、私たちの顔に浮かぶ驚きの表情を見て笑うのだった。

詩人は隅に座っていた。彼はウィラが後に書いた「目に青色のきらめき」（原注・『帰属』）を見せて笑い、皿のケーキを細かくくずしたり、たばこの青い渦巻き状の煙を顔の周りにくゆらせた。[12]

学内の豪華な応接室では、ミュアの息子ギャヴィンが毎日グランドピアノでベートーベンとショパンを弾いていたという。長身の彼は後に耳が不自由になる不幸に見舞われるが、演奏は見事だった。

ブラウンの才能を認めたミュアは彼への助力を惜しまず、作品の発表に便宜を図った。ブラウンはミュアの厚意に感謝し、その人柄を慕うと共に彼の詩才を深く尊敬した。その一方で、自分の作品がミュアの影響を受けているという批評家の声に「少々傷ついた」ブラウンは、二人の作風の違いを説明しながら「ミュアは民族の記憶に遠く深く分け入り、彼の持ち帰るイメージとシンボルの財宝は、原初の純粋と光と静寂の中に浸されている」(『島に生まれ、島に歌う』一九三)と述べている。ミュアの『自伝』の冒頭にある少年時代の述懐を絶賛し、「オークニーは物語や詩を育てる豊かな風土を誇っている」(『島に生まれ、島に歌う』一一)というブラウンのことばは、同郷の二人の詩人の絆と、それぞれの個性に対する自尊心を強く感じさせる。

エドウィン・ミュアや私を詩の世界に駆り立てたのは、現代という世界である。グラスゴーでのミュアの青春、共産政権ができた一九四八年のプラハからの「追放」、彼はその恐ろしい経験をオークニーでの子供時代と対比させた。その対比がなかったならば、彼は違ったタイプの詩人、マイナーな詩人になっていたであろう。(『島に生まれ、島に歌う』一九四)

ブラウンがこのように言い表したように、ミュアはスコットランドの中のオークニーとグラスゴーでこの世の明暗を経験した。オークニーはミュアにとって「エデンの園」であり、そこを離れた直後から彼の人生にはたびたび闇が舞い降りた。グラスゴーでの悲劇と並んでブラウンが言及しているのは、ミュアがプラハに赴任した時の出来事である。期待に満ちあふれた初めてのヨーロッパ旅行の際も、ミュアはプラハを訪れている。彼はチェコ人との交流を育み、後にエディンバラのブリティッシュ・カウンシルでは東欧から逃れてきた難民の世話をした。

しかしプラハに赴任して三年後にクーデターが起き、共産党政権下に置かれたミュアは教鞭を執っていた大学も辞して、帰国の道を選んだ。ローマのブリティッシュ・カウンシル研究所に異動するまで、彼の受けた精神的打撃は治まらなかった。ミュアはヨーロッパでも明暗を見たのである。

ヨーロッパ人としてのアイデンティティの模索

最初にヨーロッパを訪れた後、ミュア夫妻はドイツ文学の翻訳に取り組んだ。中でも、共にユダヤ系のヘルマン・ブロッホ（Hermann Broch, 1886–1951）とフランツ・カフカ（Franz Kafka, 1883–1924）の作品の英訳には、自負心を持っていたようである。ミュアは、自らが思いあぐねていた人生観をカフカの作品に見出し、自分の見た夢の世界とカフカの描いた文学の世界とに共通するものを感じた。カフカが晩年に執筆した長編小説『城』（*Das Schloß*, 1926）の英訳（*The Castle*）を一九三〇年に発表した夫妻は、これを皮切りに次々と代表作を翻訳していく。当時、現在ほど地位を確立していなかったカフカを高く評価し、英語圏に紹介したのはミュア夫妻の大きな功績の一つである。ミュアには「城」（'The Castle'）と題した詩があり、最後の詩集『エデンに一歩踏み入れて』（*One Foot in Eden*, 1956）には「フランツ・カフカに」（'To Franz Kafka'）という一篇が寄せられている。

ブロッホの『夢遊病者』（*Die Schlafwandler*, 1931–2）は、出版と同年にミュア夫妻の英訳（*Sleepwalkers*）が出された。ブロッホがドイツのオーストリア侵攻後に逮捕された時、ミュアはジェイムズ・ジョイスらと共にブロッホを助け、ロンドンに逃れさせた。ブロッホは、アメリカへ渡る前の数ヶ月間をミュア夫妻と一緒にセント・アンドルーズで過ごしている。ミュアの「亡命者たち」（'The Refugees'）という一篇からは、祖国を失った人々の憂いが、故郷を追われたミュア自身の空虚感と共に描き出される。

路上でホームレスの人々が待っているのを見かけた、
来る年も来る年も。
常に家のない、
国もない、名もない人々。
彼らが身を寄せるむき出しの棟木に
決して平和は訪れず、ニシイワツバメも巣作りに寄りつかない。（『全詩集』九五頁、七―一二行）

ミュアが本格的に詩作に没頭するようになったのは、五〇歳を過ぎてからである。彼は人生の闇を「エデンの園」と対比させ、詩人としての才気を際立たせるが、その詩は次第に時間の流れや平和の希求をテーマとするようになり、キリスト教色を濃くしていく。『エデンに一歩踏み入れて』（前述）には、前述の「馬たち」と一対になるような、もう一つの「馬たち」（'The Horses'）が収められている。

世界を眠らせた七日間戦争の
わずか一二ヶ月後に
夜遅く、見知らぬ馬たちがやってきた。
その時までに我々は黙って契約を結んでいたのだが、
初めの数日間は自分たちの息遣いが聞こえて怖いほど

静まりかえっていた。(『全詩集』二四六頁、一―六行)

幼心に見た、たそがれ時に畑を耕す馬たちが、戦争に象徴される苦難を経験したミュアの前に再び現れる。二つの世界大戦の惨状を知るミュアは、核の脅威をも念頭においていただろう。

我々は先祖の時代に馬を売ってしまった、
新しいトラクターを買うために。それでその馬たちにはなじみがなく、
寓話の中に出てくる古い盾をつけた軍馬でもあり、
あるいは騎士の本の挿絵のようでもあった。
我々は敢えて馬たちに近づこうとはしなかった。だが馬たちは待っていた、
頑固に、それでいてびくびくしながら、まるで我々の行方《ゆくえ》と
古く忘れ去られた昔の付き合いを探し出せという命令で遣わされたかのように。
最初我々は、馬たちが所有されたり利用されたりする生き物とは
全くおもっていなかった。
中には、六頭ぐらいの雄の子馬がいた。
崩壊した世界の荒地に転がり落ちて、
それでもなお、自分たちのエデンの園から来たかのように生まれたてだった。
その時から、馬たちは我々の鋤《すき》を引き、積荷を背負ってきた。
だが自ら進んで労苦する姿は今も我々の心に突き刺さる。

我々の人生は変わった。馬たちがやってきたことが我々の始まりなのだ。
（『全詩集』二四七頁、三八―五三行）

一九五五年にミュアはハーバード大学のチャールズ・エリオット・ノートン詩学教授となり、六回の講義を行った。この講演録はミュアの死後、『詩の地位』（*The Estate of Poetry*, 1962）として出版された。帰国してケンブリッジのスウォファム・プライア（Swaffham Prior）に隠棲した一九五六年、最後の詩集が出された。ここで三年間余生を送ったミュアは、七一歳でこの世を去った。詩人が半生を振り返る「神話」（'The Myth'）は、心の機微をにじませながら遥かなる幻想の世界に私たちを誘う。

私の子ども時代は
遠く離れた島で再現された神話。
砂時計と大鎌を持った時の神が
日時計のところで夢見がちにたたずみ
一日中動かなかった
そうやって動かずにいれば
臨終の歌や花や凪いだ波を
絶えず保てたのかもしれない。
古い芝居のまねごとをした森の隅々では
伝統ある日を守りながら

誠実な見張り番たちが立っていた。
私の青春時代は悲喜劇こもごも。
夢と恥との滑稽な争い。
多くの犠牲を払って勝ったピュロス王のように
妄想と名ばかりの勝利を求めて戦った。
それがスローモーションで総崩れとなった。
激しい渇望を抱いて世界を築いた肉体が
着実な足取りで
少しずつ歩みを進める前に。
有益な役目を果たした妄想は
老練な肉体に凝縮された。
東西に輝いて
毎日聞かれる市場を形作りながら。

そして雄々しさは消え失せた。もう盛りを過ぎた私には
わかるのだ、この人生が
苦心の末にあらゆる作品を生み出し、
時で紛らわせながらそれを耐え忍ぼうとしたのだと。

強くなった肉体と野心は
心もとなく、ぎこちないものとなり、
揺るぎないのは妄想と名目だけ。
大地のどの境界にも
洪水が置き残した記念碑のような
目に見えない滑車を守りながら
反意を抱いた見張り番たちが立っている。（『全詩集』一四四―一四五）

実はミュアの『自伝』には前身と言える作品がある。『自伝』の前半部分には、一九四〇年に発表された『物語と寓話』（*The Story and the Fable*）がほとんどそのまま充てられ、その後の半生を記した部分が付け加えられて、一九五四年に『自伝』として出版された。スコットランド人としてよりもオークニー人というアイデンティティを自他共に認めたミュアだが、彼はヨーロッパ人として自己を模索しつづけたのではないだろうか。

ウィラは未刊となっていたミュアの遺稿を整理し、『バラッドと共に生きて』（*Living with Ballads*, 1965）として出版した。ミュアの死後一〇年以上経ってウィラが著した『帰属意識――回顧録』（*Belonging: A Memoir*, 1968）には、彼らが共にした半生が細やかに述懐されている。その冒頭の一節は、前述のミュアのことばと重なりあう。

でも一九五九年に彼が亡くなって、私は気づいた。死ぬ時が来たら、私たちは当然手を取りあって一緒に死ぬはずだと思っていたことに。私が生きているのに、彼が死んでしまうなんて信じられなかった。筋の通る

話ではなかった。私たちはつれあいだったのだ。(『帰属意識』一頁)

ウィラは、エッセイ『女性――ある疑問』(*Women: An Inquiry*, 1925)や小説『想像の場所』(*Imagined Corners*, 1931)などを発表しながら、スコットランド社会における女性の立場や、女性に対する抑圧を直視する論客として早くから頭角を現した。夫と共にドイツ文学の翻訳に力を注ぎ、病弱ながら、寡黙な情熱を湛えた夫を支えつづけた。数々のエピソードから、率直で茶目っ気のある彼女の言動が偲ばれる。二人は生涯お互いを尊敬しあう伴侶であった。夫の死はウィラにとって自分たちの「物語」の終わりを意味したが、「寓話」は決しておしまいにならなかった。

…だから、エドウィンの詩が終わってしまうわけでもなければ、「真の愛」に対する私の信念が消えるわけでもなかった。でも、人間の物語にはどれも必ず終わりがある。恋に落ち、生涯共に旅をつづけた誠実な私たち二人のこの物語のように。進むべき道で得た幸運にしどろもどろし、その結果、お互いにとっていつまでもお互いの存在がすべてであり、喜びとなったのだ。(『帰属意識』三〇九―一〇)

「自らを自分の詩の代弁者であると感じていた」(『帰属意識』三一〇)ミュアは、『自伝』の最後に「寓話」である自分自身の人生を顧みて、自らが他者に与えることができるものよりも他者から授かるものの方が多いと記している(『自伝』二七七)。オークニーを遠く離れて紡いだ詩の数々が、今もミュアの「寓話」を語り継いでいる。

注

（1）Edwin Muir, *An Autobiography*（Edinburgh: Canongate Books, 2000）, p. 4.　First published by London: The Hogarth Press, 1954. 以後、本書からの引用は本文中に『自伝』と記して頁数を示す。翻訳はすべて拙訳である。

（2）九つの階級の中で最高の位を持つ天使。

（3）Edwin Muir, 'Horses', *Collected Poems*（London: Faber and Faber, 1984）, pp. 19–20. First published by London: Faber and Faber, 1960. ミュアの詩の引用はすべて本書により、本文中に『全詩集』と記して頁数を示す。翻訳はすべて拙訳である。

（4）一九〇七年にオレイジがジョージ・バーナード・ショーから譲り受けた文芸誌。フェビアン協会やニーチェの思想などを広く喧伝し、後にウェッブ夫妻らが創刊した『ニュー・ステイツマン』（*The New Statesman*）と競合する立場をとった。一九二二年に廃刊。

（5）一八二八年にロンドンで創刊された文芸誌。一九二一年に『ネイション』（*Nation*）と合併し、一九三〇年以降は『ニュー・ステイツマン』に引き継がれた。

（6）Willa Muir, *Belonging: A Memoir*（Glasgow: Kennedy & Boyd, 2008）, p. 45. First published by London: The Hogarth Press, 1968. 以後、本書からの引用は本文中に『帰属意識』と記して頁数を示す。翻訳はすべて拙訳である。注（12）の引用にある『帰属』は本書を指す。

（7）Edwin Muir, *Scottish Journey*（Edinburgh: Mainstream Publishing, 1979）, p. 241. First Published in 1935.

（8）拙稿 "John Jamieson and Hugh MacDiarmid: Their Views of Scots Language and Scottish Lexicography", J. Derrick McClure, Karoline Szatek and Rosa Penna, eds., *What Country's This? And Whither Are We Gone?: Papers from the Twelfth International Conference on the Literature of Region and Nation*（Newcastle upon Tyne: Cambridge Scholars Publishing, 2010）, pp. 238–251.

（9）Hugh MacDiarmid, 'Edwin Muir', Alan Riach, ed., *Hugh MacDiarmid Contemporary Scottish Studies*（Manchester:

Carcanet, 1995), p. 93.

(10) Edwin Muir, *Scott and Scotland: The Predicament of the Scottish Writer* (Edinburgh: Polygon Books, 1982), First published by George Routledge & Sons Ltd., 1936, p. 111.

(11) 拙稿「表象としてのバーンズ―ミュアと『スコットランド民衆の詩人』」、神奈川県立外語短期大学紀要三二(二〇〇九)、一一一五頁。

(12) ジョージ・マッカイ・ブラウン著、川畑彰・山田修訳『島に生まれ、島に歌う』(あるば書房、二〇〇三年)、一一六頁。以後、本書からの引用は本文中に『島に生まれ、島に歌う』と記して頁数を示す。

第二二章　ヒュー・マクダーミッド

スコティッシュ・ルネサンス運動を牽引

――モダニズムからポストモダニズムへの架橋――

風呂本武敏

一人で背負うスコットランド・ルネサンス

ヒュー・マクダーミッドはW・B・イェイツからナショナル・アイデンティティの構築における文学の信念を得た。イェイツは「偉大な民族で偉大な文学を持たないものはない」と信じて、アイルランドにその偉大な民族の誇りを作りだそうとした。それには一方で古く信頼に値する伝統の存在があったことと、他方に抑圧のせいで本来の才能を発揮できない民族の悲劇への怒りと悲しみがあったことが考えられる。イェイツはその民族の統一のエネルギーを共通のイメージの構築に求めた。民族が共に憧れ、共に誇りと信頼を置ける古いケルトの伝統から生まれた神話はそのシンボルの宝庫であった。マクダーミッドも似た発想をイェイツに学んだが、民族の独立と伝統の形成にはやや異なった道を進んだ。アイルランド同様スコットランドにもそれと半ば共通のケルトの神話や伝説、あるいはスコットランド特有の民話がありそこに糧を求めたのは似ているが、表現手段とする言語媒体としてはイェイツのように単純に英語を主とする方向には進まなかった。その意味では英語の植民地主義の毒をどう浄化するかの方法はジョイスに学んだといえる。

一九二〇年代から「スコティッシュ・ルネサンス」運動に従事し、一九二三年にC・M・グリーヴ（C. M. Grieve）の名で発表した処女作『五感の年代記』（*Annals of the Five Senses*）から、死後出版の『マクダーミッド全詩集』（*The Complete Poems of Hugh MacDiarmid*, 1978）の間に多数の詩集・自伝・評論集がある。一人でスコットランド・ルネサンス運動を背負ってきた成果が二〇世紀後半から芽吹き、彼の流れをくむ詩人たちが今日のスコットランド詩壇を支えている。

キルト姿のマクダーミッド（1936 年）

ロナルド・スティーヴンソン（Ronald Stevenson）は「マクダーミッドの美神たち」（'MacDiarmid's Muses'）の中でマクダーミッドの九つの特徴を形成するミューズを数え上げる。第一は見目良いスコットランド娘で代表されるスコットランドそのもの。第二は北欧神話の天と地に枝と根を張るトネリコ、ユグドラシルに匹敵するスコットランド国花の大アザミ。第三はマクダーミッドの神話に住み着いたとぐろ巻く大蛇。第四は一七世紀後半から一八世紀初期のスコットランドゲール詩人のミューズ。第五は五大陸と世界言語の唱導者。第六はマルクス主義の預言的ミューズ。第七と八は科学と宇宙の時間空間をつかさどる美神。第九は音楽である。これらはマクダーミッドの主要な関心事の簡潔な列挙であるが、それらは独立に存在するというより相互に連なり、修飾し合う。このエッセイはP・H・スコットとA・C・デイヴィス共編『マクダーミッドの時代』(1)所収の一編であるが、そこにはマクダーミッドの同時代およびその後の彼の伝統を形成する詩人・学者・評論家が名を連ねている。たとえばソーリー・マクリーン（Sorley MacLean, 1911–1996）、デイヴィッド・デイシャス（David Daiches, 1912–2005）、エドウィン・モーガン（Edwin Morgan, 1920–2010）、トム・スコット（Tom Scott, 1918–1995）らの長老からダンカン・グレン（Duncan Glen, 1933–2008）、例外的に若いアラン・ボールド（Alan Bold, 1943–1998）、ジョージ・ブルース（George Bruce, 1909–2002）など成熟した詩人・批評家、さらにもっと若いイアン・クライトン・スミス（Ian Crichton Smith, 1928–1998）にいたるまで、マクダーミッド研究やマクダーミッド著作の編集について優れた研究成果を誇る執筆陣は圧巻である。

マクダーミッドの伝統を知るもう一つの書物がある。クリストファー・ホワイトの『現代スコットランド詩』(2)である。そこでホワイトは現代スコットランド詩を考えるには旧い民族主義的ゲール文化の伝統よりももっと自由な、英文学の伝統からすら解放された伝統を考える必要を論じたうえで、一九四〇年代以降のスコットランド詩の一〇年刻みの年代記として、それぞれに三〜四人の詩人を取り上げる。それらの二〇人が必ずしもその時代をもっぱらにする詩人ではないと断ってはいるが、にもかかわらず彼らの作品が現代スコットランドの最良の作品群の重要部分を形成しているのは間違いない。このホワイトは二一世紀の初めにスコットランドの現代詩（スコッツ語による詩とゲール語による詩を問わず）を論じようとすればマクダーミッド抜きには語れないとしながらも、その状況が生まれたのは一九六〇年代も終わり頃になって初めてであるとする。そのきっかけはケヴィン・デュヴァルおよびシドニー・グッドサー・スミス編『マクダーミッド記念論集』(3)およびダンカン・グレン『ヒュー・マクダーミッドとスコティッシュ・ルネッサンス』(4)であり、その後七〇年代、八〇年代とその関心は広がっていったという。ただこの流れは単純な一直線ではなく、北海油田開発とともに広がった民族主義の高揚で、独立を求める国民投票が行われたが（一九七九年）、その敗北の結果の反動があった。それまでのマクダーミッドの一見奇矯とも見えるルネサンス運動もこれらと無関係ではあり得ず、再評価は八〇年代まで待たねばならなかった。(5)以上のことを踏まえたうえで、本章ではマクダーミッドの詩の本質と彼の果たした役割を考察することにする。

詩人の誕生にむけて

ヒュー・マクダーミッド、本名クリストファー・マレイ・グリーヴ（Christopher Murray Grieve）は、イングランドとの国境に近いスコットランドのダンフリースシャー（Dumfriesshire）のランガム（Langholm）の町に一八九二年八月一一日に生まれた。二年後の一八九四年四月七日、弟アンドルー（Andrew）が生まれた。父ジェイムズ（James）は土地の郵便配達で、郵便配達人組合や協同組合の集会に出た。敬虔な長老派教会員で、信頼の厚い市民であったが、家ではバーンズ（Burns）は禁句であった。彼はボーア戦争時には、ボーア人への同情を公表し、地域の偏狭な愛国心に対立した。自由党を支持し、一九〇〇年に労働代表委員会として設立された労働党の目的に徐々に引かれていった。この父をうたった詩としては、「虹」（'The Watergaw'）、「父の墓前で」（'At My Father's Grave'）、「親類」（'Kinsfolk'）、「幼時に父を失って」（'Fatherless in Boyhood'）の四編がある。母エリザベス（Elizabeth）の系統は主に農業労働者で、父方はツイード織工場の労働者だった。幼年時代の家は町の図書館と同じ建物にあり、彼は自由に大量の読書を楽しむことができた。多読と早熟が彼の特徴であったが、この国境地方に生まれ育ったことが彼の土地言葉への関心と地方主義の誇りを育てたのは間違いない。七歳でランガム・アカデミー初等部に入り、一二歳でその中等科に進んだ。そこで彼が出会った先生の一人はのちの作曲家として名をなすフランシス・ジョージ（Francis George）で、彼はマクダーミッドの詩の多くに曲を付けた。アカデミーでは先の多読と早熟を助長する農村社会の大人の知識も平気で教室に入り込んでくる。自伝『幸運な詩人』（*Lucky Poet*, 1943）のエピソードはどこまで真実かはわからないが、この事実を物語る。「先生が一時部屋を開けたとき、田舎の若者の一人（我々は平均して大体一二歳だったが）は、一つの机の上で同級生のおませな娘と性行為のわかりやすい実地教育をしてくれた」[6]。性についての禁忌のあからさまな欠落は『酔いどれアザミを見る』でもふんだんに見せつけられる。

教育についてもうひとつ重要なこととして、ランガム・アカデミーを終わり将来どの道を選択するかについて校長が父ジェイムズに述べた予言は興味がある[7]。それは、「もし不注意か……無鉄砲さ」で人生をだめにしなければ彼は成功するだろう、というものであった。後に彼の戦闘性と呼ばれるものの萌芽であり、そうした性質はあとあとまで変わらないものだという例である。それで最初は学校の先生になるために、同じ国境地帯出身のトマス・カーライルよろしくエディンバラに出かけ、ブラフトン・短期大学センター（Broughton Junior Student Centre）に入学した。そこの英語科主任がジョージ・オジルヴィー（George Ogilvie）で、彼はマクダーミッドの才能を見抜き、A・R・オレージ（A.R.Orage）の『新時代』（*The New Age*）に紹介した。これより先マクダーミッドは一六歳で独立労働党に入り、一九一三年にはフェビアン協会が彼の土地問題の研究を認めて『農村問題』（*The Rural Problem*, 1913）を出版した。その後マクダーミッドは教員になるのはやめて、一八歳でジャーナリストになった。四七歳という若さで父が早世したせいでモラトリアム的にゆっくり自分の進路を決める余裕を許さなかったのかもしれない。

一九一五年、マクダーミッドは英国陸軍衛生部隊に入り、軍曹としてサロニカ、イタリア、フランスで勤務したが、マラリア発作で任務中断を余儀なくされる。一九一八年、以前彼のいた新聞社のタイピストであったマーガレット・スキナー（Margaret Skinner）と結婚、翌年には除隊する。まもなくアンガスシャーのモントローズに居を定め、一九二九年まで地方紙のレポーターとして生計を立て町会議員や治安判事も務める。ついで英国に行き、コンプトン・マッケンジー（Compton Mackenzie）の雑誌『声』（*Vox*）を手伝ったが、雑誌は破産する。一九三〇年にはリヴァプールに移り広告業などもするが、折からの不況で失業の憂き目にあう。リヴァプールとロンドンでの二重生活の中での妻の不貞と流産や経済的不安定も加わって夫婦仲は冷え切った。ロンドンに戻り出版業に関わるが、この結婚は一九三二年失敗に終わり、妻と二人の子供とは離別した。

同年再婚した妻ヴァルダ・トレヴリン（Valda Trevlyn）と赤子の息子を連れスコットランドに戻り、エディンバラでジャーナリズムの仕事に就こうとするが果たせず、シェトランド諸島のホワルセイ（Whalsay）に半ば亡命のように移住する。ときどき本土に渡る生活を続けるが、一九三五年には神経衰弱になり、パース（Perth）の病院に入院する（一九三三―四一）。

一九二七年、マクダーミッドはＰＥＮクラブのスコットランドセンターの創設者のひとりとなり、翌二八年にはスコットランド・ナショナリスト党の創設にも加わった。しかし彼にとってナショナリスト主義の政治家との関係を維持することは困難で、特にＣ・Ｈ・ダグラス（Douglas）少佐の社会資産税（Social Credit）によるスコットランド独立論をめぐっては対立が激化することになった。このことやコミュニストへ接近したことは彼にナショナリスト党から追放される結果をもたらした（一九三三）。翌年彼は共産党に入党したが、やがてそこからも民族主義的傾向のゆえに追放された。とはいえ、スターリン批判やハンガリー事件で多くの党員が離党したとき、彼は原則に立ち返る重要性を認めて再入党した（一九五六）。

大戦が始まった後の一九四一年、すでに四九歳のマクダーミッドは軍務には不適とされ、徴用工として弾薬工場で働いた。やがて沿岸警備の船の機械工としても働いたが、終戦時には再び失職する。一九五〇年、年額一五〇ポンドの年金受給者となる。その後一九七八年九月九日の死に至るまでラナークシャーのビガー近くの農場で過ごした。

一九四九年以後彼は多くの社会主義国を訪れ、一九五七年にはエディンバラ大学から名誉文学博士の称号を贈られる。このようにしてマクダーミッドの名声は内外に広まることになった。

主要な作品と主要な傾向

（一）『酔いどれ男アザミを見る』(*A Drunk Man Looks at the Thistle*, 1926)(8)

イェイツの『オクスフォード現代詩選』(*Modern Verse*, 1892–1935, 発行年）に収録された数編の短い叙情詩で垣間見られるように、マクダーミッドのスコットランド語（Scots）の詩を復活させようとする努力は、この作品のなかにその最大の成果を見た。可憐な短編抒情詩とは違い、そうした部分的きらめきは留めつつ、全体の構想も象徴性も形而上的思索も全てが渾然とした全体を構成する。酔っ払って帰宅途中、丘で寝そべると目の前に背の高いアザミが目につく。月光に照らされたアザミを相手にモノローグとも対話ともつかぬ形で、人生の様々な話題を語りつくす。国花のアザミと恋人のジーン［最初の妻］を重ねたことで、自我は自己を外化する客観的相関物を手にし、国家と民族と個人の生活が一体化する構図を得た。

もっと私を突き刺して持ち上げてくれ、
この際立つ混沌からきっぱりと分離するまで、
すれば月光に生えるこのアザミのように
私は悲しみの垣根の上にバラとなって花咲く。(9)（『全詩集』Ⅰ 一一三）

「スコッツは英語の方言であるのは英語が英語の方言であるのと同じ」という立場で書かれたスコッツ詩はここで一挙に花開いた感がある。鄙びたスコッツ語の土着の香りの魅力は捨てがたいが、ここでも登場する**chaos**や**grief**はやはり英語にせざるをえない。これがマクダーミッドの不満であり、悲しみであったのであろう。酔っ払いはどこかに一種の祝祭的気分を持つがそれは酒神バッカスのいたずらで、やがては冷めるべき運命を背負っている。ニーチェ、ドストエフスキー、メルヴィルなどからの影響も多いが、「カレドニアン・アンティスィズィジィ」（カレドニア的相反(10)）のような特殊な考えの実践でもある。しかし彼の思索の関心はやはり意識・知性・想像力という人間の冷めた能力により傾いていた。ロシアのシンボリストや神秘主義への関心も無きにしも非ずだが、それを表す言語は夢や無意識ではなく、あくまでも論理的な世界の部分にとどまらねばならなかった。マクダーミッドが酔いから覚醒へのドラマ、帰宅途上から妻の寝床への帰還という終わりのある構想から次に出発するのは必然であったといわねばならない。

（二）『とぐろ巻く大蛇によせて』（*To Circumjack Cencrastus, or the Curly Snake*, 1930）

先の『酔いどれ男アザミを見る』に比べてこの作が必ずしも成功していないのは、マクダーミッド自身がある手紙で述べている、前作とは異なった原理に基づくことにもその理由の一つがある。「これはリアリズムと形而上学との対比、獣性と美の、ヒューマーと狂気との対比に基づくのではなく、純粋美と純粋音楽の次元で移動する。これは本当に多数の人を動かす試み、理念的には『酔いどれ男アザミを見る』に補足的、［先に］否定的であったところで肯定的、悲観的であったところで楽天的、破壊的であったところで建設的であろうとする」[11]。

先の作が四行連を基本に叙事的語りの形式にのっとり、対立した要素の融合・統合を志向するのに比べ、ここでは「人類史の底流となるパターンを垣間見てそれと人間の思考の進化――人間の意識の革命的な発達における、変化の原理と主要な要素、〈信じがたいほどの人間の多様性〉――を同一化する試みである。この意識の発達はあまりに複雑であまりに速いので観察は困難で次の動きを予想するのは不可能である。したがってこの詩は全体として人間の意識の賛歌、創造的思考の褒め歌の詩である」[12]。

このように蛇は全てを包含する原理を表すとはいえ、その性質は流動性と絶えざる変化にある。これが作全体を一つの統一に向かわせるよりも断片的な洞察により多くを頼る結果となる。「詩人の住処は大蛇の口中」（『全詩集』一八六』）、「詩とは精神が己の表現に創りだす運動」（『全詩集』二八一）、「不滅の大蛇は人生の中でとぐろを巻く、／神が人の思考の中でするように」（『全詩集』二四四）などと表現される。

もう一つの統一を欠く要素は、この詩人が絶えざる発展を志すダイナミックな精神を持ち主で、先の成功にとどまることを潔しとせず、新たな発展を目指し続けることである。とはいえ、終わり近くには我々は一つの方向性を暗示するように後期の哲学詩に近い表現にも出会う。

青い壁に囲まれた地球は光と生命にあふれ
水がかすかに揺れるコップのよう。
この虚飾を捨て、動く精神を
歌え、水や光から採ったどんな比喩も
かすかにも暗示しえぬものを。
単なるロンギノスの崇高さのみならず、
人間以上の荘厳さで、勝利よ、来たれ
「魂のめくるめく無視」を伴い。
　それ以外は無用。

（『全詩集』二七〇）

（三）『レーニン賛歌』（*Hymn to Lenin*）と社会主義詩

生い立ちから経歴にも見られる社会主義や共産党への接近と共感は彼の唯物論的立場を示しているが、『酔いどれ男アザミを見る』でイエス（キリスト）や仏陀を人類解放の英雄の一人と扱ったり、歴史の到達点としての人類の解放に「曼荼羅」絵図のようなものを思い描くなど唯物論の機械的運用とは異なる柔軟性を示す。「ゼネスト・バラッド」（'Ballad of the General Strike'）や三つの「レーニン賛歌」はそうした態度の表明であるが、もっと直接に芸術（詩）とマルキシズムを扱った作品や三〇年代後半の大事件スペイン戦争の人民戦線を歌ったものもある。「なぜ私はアカを選ぶか」（'Why I Choose Red'）、「詩と宣伝」（'Poetry and Propaganda'）、「ファシストよ、お前たちはわが同志を殺した」（'Fascists, you have killed my Comrades'）「そして何より私の詩はマルキスト的」('And, above all, my Poetry is Marxist')、「小児病反対」('Against Infantilism')、「国際旅団」('The International Brigade') などがそれである。ロシアのシンボリストへの関心、社会主義の国際連帯、資本主義の腐敗堕落と社会主義による解放された世界展望などは繰り返し歌われる。未公刊のエセイで彼は「私の社会主義に対する真の関心は人生の相互依存性への芸術家としての組織された接近にある」と述べている。(13)

吟味せぬ人生などもつ価値もない。
だがバークは正しい、人生の土台に
関わりすぎるのは没落の
確かな兆候。次にジョイスも
正しかったが、芸術作品の主要な問題は
どれほどの深みから
跳ね上がるかだ——つまりそのゆえに
どれほど高く昇る力があるかだから。
「レーニン賛歌　第二」　(『全詩集』三二三)

(四)『ジェイムズ・ジョイス賛歌』(*In Memoriam James Joyce*, 1955)

これは『私の書きたい種類の詩』(*The Kind of Poetry I Want*, 1961) と共にマクダーミッドの狙いを語る重要な詩群の一つである。全体は「ジョイス追悼」、「言葉の世界」、「ヴァルナの罠」、「東西の邂逅」、「英国は我らが敵」、「ヒトの世代のように組み編まれて」の六部から成る。この作は文字通りジョイス死後二カ月（一九四一）した時、T・S・エリオットに送られたが「共感と称賛」に値するものの、紙不足の時代には余裕がないとして返されたものである。マクダーミッドは大衆（mass）の文化的高揚には言語的習熟が避けて通れないことを繰り返し主張し、その文脈でジョイスの困難な道を理解していた。マクダーミッドの公然とした教化主義、あからさまな政治参加と、ジョイスの特定の熱意に公的表現を与えないことと文学的寛大さおよび私的抑制の均衡との間には大きな隔たりがあるが、言語の持つ時代的要請の大きさには両者は共通した敏感さを有していた。このことはアラン・リアクが『ヒュー・マクダーミッドの叙事詩』で指摘している(14)。

シドニー・グッドサー・スミス（左）、マクダーミッド（中央）、ノーマン・マッケイグ（右）（1959年）

「言葉の世界」は言語と認識の問題と社会主義革命後の資本主義的抑圧から解放された民族が共通の世界に向けて作る「世界文学」の理想を語る。言葉は形而上的思考の道具以上の意味を与えられ、詩人エドウィン・モーガン（Edwin Morgan）の言葉を借りれば「読者の受容性の心理学、言葉・文字・韻律・統語法・シンボル・綴字・筆跡・合言葉・隠語、要するに書き言葉・話し言葉・思考の間の複雑な関係にかかわるすべての認知の心理学」の世界に解き放たれる（リアク九三）[15]。
「ヴァルナの罠」はヒンドゥー神話の主神ヴィシュナの連れ合いアディティ（Aditi）の息子たちアディチャスの一人であるヴァルナの、世界の諸悪の具体例を示す罠のことだという。次の東西の対立を描く始まりとして、これは資本主義の解体を暗示する「下向きの進化＝退化」のメッセージである。

牡蠣とフジツボの祖先は頭があった、
蛇は手足を失い、
ダチョウとペンギンは飛行力を失った。
ヒトも同じく簡単に知性を失うかもしれぬ。
もう大部分は失ってしまった。
ヒトがより高度なものに発達する可能性は薄い、
もしそれを望み代償を払う用意がなければ。
・・・・・
すでにその過程はかなり進行しているかに見える。
天才の数はますます少なくなり、
われらの肉体は世代ごとに弱くなり、
文化はゆっくり衰退している、
人類は野蛮に戻りつつあり
やがては消滅するであろう。

（『全詩集』八四二）

この大半の観念はハルデーン（J. B. S. Haldane）のエッセイ「人間の運命」（'Man's Destiny'）からとられている。マクダーミッドによくあるとおり、その散文の韻文化といえる。「……種の大多数が退化し消滅した。……牡蠣とフジツボの先祖は頭があった。蛇は手足を失い、ダチョウとペンギンは飛翔力をなくした。人間も同じくらい簡単に知性を失うかもしれない。ほんの少数の種のみがもっと高等なものに進化した。人間がそれを望み代価を支払う用意がなければ、もっと高等なものになることなどありえない……天才の数はますます珍しくなり、我々の肉体は世代ごとに一層弱くなり、文化はゆっくりと衰退しつつあり、……人類は野蛮に逆戻りしついには消滅するだろう」（リアク一一五）。

次の「東西の邂逅」は西欧中心主義の均衡を東洋に向けることを、まず東洋文学・哲学、とりわけインドのそれらのドイツにおける影響を指摘する。さらにショーペンハウアー、ニーチェ、ワーグナーにおける東洋哲学の影響へと発展する。

「英国は我らが敵」は東西の不均衡を招いた張本人としての英国、とりわけその文化的支配の根幹にある英語の支配力に批判の矢が向けられる。共通言語としての英語の有用性は必ずしも否定しないが、植民地支配の道具としてのその言語の排他的役割には常に批判的である。英文学の最良の作家でも五〇〇〇人の中の一人にしか読まれないとしたら、それは「民族的」（national）な作家とは言えない（リアク一一八）。大衆の一部しか接することができない文化は知識のどこかに盲点のある文化であるというのである。全体性・均衡性・相対性に基づく調和こそマクダーミッドの理想である。

「ヒトの世代のように組み編まれて」はこの部分だけ独立にさせても評価の高いものでもある。ロデリック・ワトソンも言うように[16]初期の作品が『とぐろ巻く大蛇』（*Circumjack Cencrastus*）において流動的に吸収されているのと同じく、以後の作品は人類の知識の全遺産を叙事詩的に引き継ぐ渦の中に再度巻き込まれる。この作は、実存的位相を扱う一種の分水嶺的位置にあり、このちょうど中間に位置して「異例なほど反省のための集中的な休止状態」を形成している。この部分で重要なことはリアクの指摘にもあるベンヤミンの翻訳論「翻訳者の任務」(『イルミネイション』)の影響である。つまりマクダーミッドの「原典の書き直し・再構成・再創出」は言語的相補性への憧れを表しているという。「真の翻訳は透明であり、原典を覆い隠さず、その光を遮らない。むしろ純粋な言語がまるでそれ自体の媒体で強化されたかのように原典に対しより十全に光を当てることを可能にする」。(リアク一二八)

ミュアとの対立とスコッツ語の重視

伝統の継承についてマクダーミッドと同じスコットランド出身のエドウィン・ミュア(1887–1959)の間には鋭い対立があった。その理由は、ミュアがスコットランド宮廷がロンドンに移動して文化的求心力を低下させた一七世紀以来その文化の復活は絶望的だとしたのに対し、マクダーミッドは民族的生命力の復活を信じていた。そこから彼の言語的実験と模索が続いた。ミュアは『スコットとスコットランド』(*Scott and Scotland*, 1936)の中で「自律した文学の前提は均質化した言語である」[17]「すべての表現上の目的に用いられる言語」「連想の充実との協力多様性」を備えた言語(ミュア一七)の喪失の結果「思想を表す言語」と「感情を表す語」の分裂が生じ、「スコットランドの批評は感性か基準を欠落させ、民族主義イデオロギーと地域的愛国心とあいまいな国際主義的感情の混淆物となり」、自身が対象とする作家たちと批評の関係を希薄にしたという(ミュア一二二)。これに対しマクダーミッドは以下に見るように、地域言語に根差し、それに若干の修正を加えながらも、「たった一人のスコットランド・ルネサンス」にこだわり続けるのである。

この二人の違いはまず詩学の違いに発するといってもよい。ミュアは幻視者ヴィジョナリとしてその詩の中心は言語の論理性よりも夢や幻想から生まれた絵画的・視覚的喚起力に力点を置いたのに対し、マクダーミッドの方は言語の記述性・思弁的展開の方に関心が強い。もちろん詩人である限り、言語のこれら二つの性能のどちらか一方を切り捨てるわけにはゆかない。しかしそれぞれの代表作をみればその傾向性は明らかである。ただこの二人の対立に『マクダーミッド伝』(*MacDiarmid, Christopher Murray Grieve:A Critical Biography*, 1988)を書いたアラン・ボールド(Allan Bold)の「詩的論理はミュアにマクダーミッドを容赦ない敵、自分を絶えざる被害者と見るのを可能にしたであろう」[18]は、ミュアの自己憐憫的傾向、マクダーミッドの戦闘性を端的に表わすものとして忘れ難い。

マクダーミッドの関心は多様で多岐にわたっているが、その広がりとともに幾つかに集中する傾向もある。その最も中心的なものが言語に対する工夫と発明である。ここではボールドに従ってその関心の推移をたどってみたい。その推移はまず土地言葉(Vernacular, the Doric, Mackay, etc.)を中心とした表現がある。マクダーミッドはボーダー地方出身で、日常的にこの言葉を話し、それにジョン・ジェイミソン(John Jamieson, 1759–1838)の『スコッツ語語源辞典』[19]による補足・修正を加えたという。それは彼自身の言葉によれば「スコッツ語が不適切だから英語に行くというのではなく、英語とほとんど変わりないスコットランドの地域言語(dialect Scots)から{本物の土着語}(real Mackay)に向かう必要があったからだ」という。[20]それは「土着語を(心理的圧迫 violence なしに)拡張して(extendability)近代文化の全領域を包含させる」努力であった。[21](ボールド五七)「スコットランド土着語は不思議な霊的・病理的知覚が共に満ちている西欧世界唯一の言語で、それらの知覚はドストエフスキーの作品の独特な性質を形成するものである」[22]。(ボールド六三)

次には「統合スコッツ語」(Synthetic Scots)を主張する。これは「地域語のすべての放棄された言葉を集め再結集させ、スコットランド人特有の心理や同時代の文化的機能や要請に合致する方向にその地域語の潜在的可能性を実現しようとする」(ボールド五八)ものである。[23] しかしながらやがてマクダーミッドはこれらの「スコットランド方言の卑俗性、統合スコッツ語の不純さに不満を」感じ、偉大なゲール語詩人——イーガン・オライリ(Aodhagan O Rathaille)、アラステア・マッカイスタ(Alasdair MacMhaighstir)、メアリ・マクラウド(Mary Macleod)——などとの言語的連携を作ろうとする。(ボールド一二八)「彼は統合スコットランド語や『とぐろ巻く大蛇によせて』に苛立ちを示し、その用語を雄弁な英語と官能的で口語的なスコッツ語で取り換えようとする。詩人としての彼は自分が熱意をもって発話できる基本的な観念を必要とし、それはつまりはランガムへの想像上の帰還にあると悟ったのである」(ボールド一三二)。この評言には統合スコットランド語がマクダーミッドにとってどこか後天的・人為的な創出の意識を伴うものであったことを暗示させる。

さらにより高度な抽象思考に適合しうる「荘重体スコッツ語」(Aggrandised Scots)を作りだそうとする。それは「深遠な科学的哲学的な事柄」を表現しうるもので、「マクダーミッドにとっての至上命令は統合語の抒情的限界を突破することのできるスコットランド語の一形態を作り出すことであり、それは既存の科学的用語と一時的な借用語の基礎の上に作るほかなかった」ためである(ボールド一四八)。[24]

こうして最後に彼の「神秘主義や、科学的用語の恩恵」までより一層可能にする「統合英語」(Synthetic English)にたどりつく。「スコットランド語は概念の印象的な融合を作り出すが、それはもはやマクダーミッドを満足させなかった。彼はその神秘主義に科学用語の恩恵を与えたかった。結果は統合英語であった(『マクダーミッド散文選集』より)。その意図は彼の形而上的議論(approach)に余分な抽象と不正確さを免れさせるためであった」（ボールド一七九）[25]。ボールドは「隆起した浜辺」がこの「統合英語」による最も記憶に残る作品だという。（ボールド一八一）

以上の変化は、方言の浄化（英語からの脱却）（Vernacular）、方言の洗練・強化（Synthetic Scots）、方言の補強（Aggrandised Scots）、対等な関係での英語との協力（Synthetic English）という流れのように思える。

この遍歴は彼の表現者の良心とあくなき探求心を示しているが、その根本には満足を知らない好奇心と変化発展し続ける彼の精神の動的なそして「粘着性のある」性質を読み取ることができる。ふさわしい言葉の発見を求め続けるのは詩人としては別に珍しくもないが、その過程で、様々なものを取り込む強靭な胃袋もマクダーミッドのいま一つの特性に思える。

自宅でのマクダーミッド夫妻

先に述べたように、マクダーミッドの諸作には他の作家からの、引用・借用・剽窃・もじり・パロディ・合成・混合・変形・換骨奪胎などが多い。しかしアラン・ボールドも言うようにマクダーミッドの自伝『幸運な詩人』では「自分の読書からの好みの章句を上手に連結させている」（ボールド二二七）。いずれにしてもこの技法をボールドは「知的拡張主義」（intellectual expansionism）（ボールド二二八）と名付けている。引用符を付けて引用するか、注記して出典を明らかにするかはともかく、一見したところこれらは市民的倫理に反する盗作行為とも見える。しかしまた、先の批評家アラン・リアクが同情的に述べているように、これらの特徴は彼の世界観の統一・融合志向に由来する。それはまず世界の多様性と分裂的傾向、人間の思考の分析的・分離的傾向、言語それ自体の対象と表象との分離から、すべての認識は一度は分化・異化・区別・弁別されたのち、人間の本性のゆえに再統合・有機的結合に向かうものだという信念がある。西欧の論理中心主義には二項対立の一方を無条件で肯定する図式が出来上がっている。「狂気より理性、文化より自然、女性より男性、実践より理論を」。これを秩序と体系と考えた。しかしデリダの言うように、従来「服従させられ抑圧されてきたもの」に復権と解放の機会を与えることは、より均整のとれた秩序の発見に導く。マクダーミッドの分裂から再統合への道もこの方向と一致している（リアク二〇四）。

こうした技法についてマクダーミッド自身の弁明がある。『ジェイムズ・ジョイス追悼』のデイヴィッド・クレイグによる批評についての反論である。それは、この作品には、長編に普通に見られる出来不出来あるいは不均等な文章があり、その一部だけを取り出すことの不当性を突いている。もう一つは、様々な出典からの引用が必ずしも統一的な傾向の作品ばかりでなく、相互に矛盾するようなものも並んでいることへの批判である。マクダーミッドは、これもまた詩人の意図を十分理解していないと指摘する。つまりマクダーミッドは、この作品、否、彼のすべての作品を通して一つの信念を伝えようとしているという。それは、今日人類はまだ自分の可能性のほんの一部しか利用しておらず、すべての可能性を実現する義務を負っているということ、我々の立っている文明の現時点はその壮大な解放劇の大きな岐路に立っているという危機感のことである(26)。

以上は、マクダーミッドの民族的地域言語の保存・開拓とT・S・エリオットの『荒地』やエズラ・パウンドの『キャントウズ』などのモダニストから始まった国際性と借用・引用のコラージュ的手法、これはポストモダンの雑種・混交と、グローバルな流れにおける異種共存の課題の先取り的な試みであった。今日グローバル化一色に見える流れの中で、地方的なものの復権の重要性が叫ばれるとき、この試みの先見性がいまさらながらに明らかになってきている。

注

（1）P. H. Scott & A. C. Davis eds., *The Age of MacDiarmid*（Mainstream, 1980）
（2）Christopher Whyte, *Modern Scottish Poetry*（Edinburgh University Press, 2004）
（3）Kevin Duval & Sydney Goodsir Smith eds.: *Hugh MacDiarmid: a Festschrift*（Edinburgh, 1962）
（4）Duncan Glen: *Hugh MacDiarmid and the Scottish Renaissance*（Edinburgh and London, Chambers, 1964）
（5）Christopher Whyte, *op. cit.*, p. 35.
（6）Hugh MacDiarmid, *Lucky Poet*（Jonathan Cape, 1943）. p. 228. Alan Bold, *MacDiarmid, Christopher Murray: A Critical Biography*（John Murray, 1988）, p. 36 に引用がある。
（7）*Ibid.*, p. 227.
（8）邦訳に大竹 勝訳『酔人あざみを見る』（荒地出版、一九八一）がある。
（9）引用は *The Complete Poems of Hugh MacDiarmid*, 2 vols.（Martin Brian & O'Keeffe, 1978）による。以下『全詩集』と表記し、引用の箇所に同書の頁を記す。とくに断りのないものは拙訳である。
（10）'Caledonian Antisyzygy' の概念は、G. Gregory Smith, *Scottish Literature*（1919）のなかで 'idea of dueling polarities within one entity' として示される。
（11）9 Dec. 1926 Alan Bold ed., *The Letters of Hugh MacDiarmid*（Hamish Hamilton 1984）, p. 91.
（12）Feb 1939, *Letters* p. 128.
（13）T. S. Law & Thurso Berwick eds., *The Socialist Poems of Hugh MacDiarmid*（Routledge & Kegan Paul, 1978 ）, p. xxviii に引用。

(14) Alan Riach, *Hugh MacDiarmid's Epic Poetry*（Edinburgh University Press 1991）, p. 89. 以下、この書からの引用箇所は本文中に、リアクと表記し、同書の頁を示す。

(15) Edwin Morgan の 'James Joyce and Hugh MacDiarmid' は W.J.MacCormack & Alistair Stead eds.*James Joyce and Modern Literature*（London, Routledge & Kegan Paul 1982）所収。Allan Riach の前掲書に引用。

(16) Roderick Watson, *Landscapes of Mind and Word: MacDiarmid's Journey to The Raised Beach and Beyond.* Nancy K. Gish ed., *Hugh MacDiarmid: Man and Poet*（Edinburgh University Press 1992）, p. 232

(17) Edwin Muir, *Scott and Scotland*（Edinburgh, Polygon Books, 1982）, p. 7. 以下、同書からの引用は本文中に、ミュアと表記し、同書の頁を示す。

(18) Alan Bold, *MacDiarmid, Christopher Murray Grieve: A Critical Biography*（John Murray, 1988）, p. 343. ここでの引用箇所はミュアの「闘争」（'Combat'）についての評言であるが、ボールドはそこに二人の対比を見ている。

(19) John Jamieson, *Etymological Dictionary of the Scottish Tongue*（1808）.

(20) *Lucky Poet*, p. 22. この統合スコッツ語に次の主張も重ねてみておく必要がある。「『ジェイムズ・ジョイス追悼』……は私の気持ちとしては自然な発展であった。ララン語あるいは統合スコッツ語で書き始める前の最初の詩からの自然な発展はより明らかであった。しかしその背後の議論、エスペラントではなくすべての言語の相互浸透による世界言語の議論は、私に関する限り、ララン語運動や様々なヨーロッパ諸国の類似の運動を取り入れるものであった。私は統一の中の多様性を求め、諸言語の統一を求めてはいなかった」。Kenneth Buthlay ed., *The Uncanny Scot by Hugh MacDiarmid*（London, MacGibbon & Kee , 1968）, p. 171.（ボールド一二一）

(21) C. M. Grieve, ed., *The Scottish Chapbook*, vol. 1, No. 3, Oct.1922, pp. 62–3. Alan Bold, *The Terrible Crystal*（Routledge & Kegan Paul, 1983）, p. 57 に引用がある。

(22) *The Scottish Chapbook* vol. 1, No. 8, March 1923, p. 210. 前掲書 Allan Bold, *The Terrible Crystal*, p. 63 に引用がある。

（23）MacDiarmid, *Contemporary Scottish Studies*（Edinburgh, Scottish Educational Journal, 1976）, p. 61. 前掲書 Allan Bold, *The Terrible Crystal*, p. 58 に引用がある。

（24）Allan Bold, *The Terrible Crystal*, p. 148 にマクダーミッドからの手紙（a letter to Alan Bold 4 Oct. 1972）が引用されている。

（25）引用の『マクダーミッド散文集』SE 79 は Duncan Glen ed., *Selected Essays of Hugh MacDiarmid*（Jonathan Cape, 1969）. p. 79.

（26）Alan Riach, ed., *Hugh MacDiarmid, Selected Prose*（Carcanet, 1992）所載の 'In Memoriam James Joyce' pp. 236–7 を参照。

第二三章　ルイス・グラシック・ギボン

地域言語の使用と文芸復興の試み
――『夕暮れの歌』に思いを込めて――

坂本　恵

『夕暮れの歌』の背景

ルイス・グラシック・ギボン（Lewis Grassic Gibbon）（本名ジェイムズ・レズリー・ミッチェル James Leslie Mitchell）は、一九〇一年にアバディーン近郊のセゲット村の農夫の家に生まれた。その後代表作『夕暮れの歌』（*Sunset Song*, 1932）の舞台ともなるアーバスノットに移り住み、一六歳でアバディーンの新聞記者となり、一八歳で軍隊に入隊する。その後、七年にわたる空軍経験のなかで世界各地に派遣された。ギボンが生きた時代は、まさに大英帝国が覇権を拡大させ、これまで以上に国内の一体化を求めた時期であり、スコットランドはそのなかで、急速に英国の国家体制に包摂化されていく時代でもあった。また、アバディーンやグラスゴーの都市労働者問題にふれるなかで、社会的意識を強めたギボンは、英国社会党員となり、後に英国共産党の創設メンバーともなった。三五年の生涯でギボンが発表した一八作にのぼる作品の多くが出版され始めたのは、英国においても一九七〇年代以降のことであり、特に九〇年代以降に多くの作品が出版された。一九二〇年代ヒュー・マクダーミッド（Hugh MacDiarmid）を中心に展開された「スコティッシュ・ルネサンス」の運動の一翼をになう形で、ギボンの作品では英語とともにスコットランドのローランド地方の地域言語でもあるスコッツ語（Scots）が多用されている。九〇年代以降ギボンの作品や、伝記の出版がつづいている背景にはスコットランド議会の再開にあわせた地方分権意識の高揚のなかで、二〇世紀初頭のスコットランド文化への関心がふたたび高まっていることも影響している。

『夕暮れの歌』の物語内容

一九三二年に書かれた『夕暮れの歌』の物語は一九一一年の冬から始まっている。アバディーンや、エディンバラといった地方都市にはもちろん、イングランドやロンドンからは遠く離れたスコットランドの寒村キンラディにも、時代の波は静かに、そして急速に影響を与え始めている。小作農民ジョン・ガスリを父にもち、陽気で優しい母もまた小作の家族出身である主人公のクリス・ガスリは、一五歳になったとき、両親と兄ウィルとともに自分が生まれたアバディーンのエヒトを離れ、キンラディ村のブレウェアリ農場に移り住む。小作農民の娘として育ったクリスは学校に通い、本に出会うことによって、はるか南のほうの国に憧れをもつ。生まれながらに知る土のにおいや、自然と果敢に格闘し畑を耕す父に愛着を感じながら、他方で厳しい農民の生活を知り、また父親の兄に対する激しい暴力や父親が自分に対してとる行動に恐れを抱くクリスの心には葛藤が生じる。キンラディにとどまるのか、土地を離れアバディーンの大学に行き、自分の学校をもつという夢をかなえるのか。母の死、兄ウィルの出奔のなかでクリスはブレウェアリを去る機会を逃す。

そして自分を縛りつけつづけた父が死んだときクリスは初めて、幼かった頃優しかったはずの父の愛が、農夫としての厳しい生活のなかで怒りに変わったのだと気づく。その後、ハイランド北部出身の作男の青年イワン・タベンディルと結婚したクリスは、村で火事が起これば命がけで助け合い、二人の結婚式に集えば陽気に歌い騒ぐ村の人々の強い絆のなかで、新婚の日々をおくる。しかしこの生活は、一九一四年のある日、二人の友人チェイ・ストラハンが第一次世界大戦への英国の参戦を報じる新聞をもって家に駆け込んできた瞬間から変化し始める。チェイは義勇兵としていち早く西部戦線に赴き、他方、水車小屋ののっぽロブは、最後まで従軍を拒むことで村人から激しい非難を浴び、孤立していく。亀裂を生じ、対立していく村落共同体。クリスにつねに優しく接した夫イワンは、フランス戦線に従軍し、休暇で戻った時には性格が一変し、二人は和解することなくイワンは戦地に戻る。

戦争が終わったとき、クリスの親しかった友人チェイもロブも、夫イワンも帰らぬ人となる。彼らを弔う牧師の言葉は、亡き村人たちを「最後の小作の民、スコットランドの民」と呼び、ある時代の「夕暮れ時」に「これらの人々と共に消え滅びたのは古いスコットランドでした。古い言葉、古い呪い、古い祝福、これらは異質な努力をせぬ限り再び私たちの口にのぼることはないでしょう」と語る(1)。

『夕暮れの歌』のスコッツ語と英語のないまぜになった語りから浮かび上がるのは、第一次世界大戦という初めての近代戦を英国の一員として戦わざるをえなかった小説の舞台、キンラディ村の人々の英国包摂化に対するささやかなあらがいと、そのあらがいをささえた崩壊しつつある農村共同体への愛着でもある。第一次世界大戦において、英国は「光栄ある孤立」という中立の立場を転じて、この戦争を三国協商の不可欠な一部となって戦うことで、自らの地位を欧州との一体化のなかに探る選択をした。そのうえで求められたのは、市民を巻き込む総力戦を遂行しうる通信・交通、生産手段といった社会基盤の標準化である。また、精神的には国家の統一・

ルイス・グラシック・ギボン

集権化を保証する帰属意識の発揚とコミュニケーション手段の規則化によって地方を統合する強力な試みであり、それは、上野俊哉氏の言葉を借りるなら、「自己植民地化」とでも呼びうるプロセスであった。このプロセスは、どういった言語を話すのか、どの言語共同体に属するのか、言語学者のフロリアン・クルマス言うところのまさにその忠誠心が問われたプロセスでもある。(2) しかしまた、このようなグローバル化を背景とした標準化、ロンドンを中心とした中央集権化の強まりは、他方で、ローカリズムを基盤とした地方コミュニティのあり方との齟齬をきたさざるを得なかった。欧州再編の新たな段階を迎え、さらに強化される国家意識の発揚をまえに、人々のなかではかつてなかったほどにローカルなコミュニティに対する帰属意識と、自らが使用してきた言語に対する意識が顕在化させられていったのではなかったのだろうか。今日、あらためて『夕暮れの歌』を読みなおすことで、ギボンが「スコットランドの最後の小作の民」とよんだ、主人公たちが語るスコッツ語という特有の地域言語から浮かび上がる、近代の国家編成期における言語変容の歴史性と、今日に投げかけられた課題について検討したい。

言語変容とアイデンティティのゆらぎ

アバディーン近くの学校に通い始めた主人公のクリスは、生まれてからずっと使ってきたスコッツ語ではなく、学校教育において初めて接した英語、つまりイングランド語という「国語」に接する。重要なのはこの、言語を学びイングランド語の本を読むという読書行為を通じて、クリスのアイデンティティが変化を蒙むっていることである。

これがクリス、その読書と学校の様子。二人のクリスがいて、心をひとり占めしようとしてクリスを苦しめていた。土地も、そして人々のうわさも憎らしく、勉強がすばらしい日があるかと思うと、次の日にはたげりが山の向こうから鳴く声で目が覚める（中略）。土の美しさ、スコットランドの土地と空のやさしさ。父と母の、近所の人々の顔（中略）、みんなが使っていたのに、若いころ忘れてしまったあのことばがほしい。人々の日々の苦労と際限のないたたかい、これをどんなふうにもぎ取ってきたかを自分の心に語るためのスコットランドの言葉がほしい。そして次の瞬間、これが消え去って、イングランド人になっている。だがクリスは奨学金に応募して、それをもらえることになった。そしてラテン語動詞の活用をはじめた、（中略）それからフランス語、かなりむずかしい、とりわけユの音が。視学官がエヒトに来たとき、恥ずかしさで床に穴をあけて入りたいくらいだった、視学官に立たされてみんなの前で言わされた、ユー、ユー、ユー、ピュタン。くちゅぶえ吹くような口にして、だけど吹かずにそのままにして言ってみなさい、「ユー、ユー、ユー」。クリスはのどに石をひっかけためんどりみたいな感じで、視学官のあとに続けて言った。視学官はイングランド人、すごいでん腹、口笛と言えず、くちゅぶえなんて言ってた。（『夕暮れの歌』、三三―三四）

「スコットランドの自分」と「イングランドの自分」。ここではクリスのアイデンティティの揺らぎが語られている。また、クリスの通う学校にはイングランドの視学官が視察に訪れ、クリスたちは覚えたてのフランス語の「ユ」の音を発音させられている。クリスのアイデンティティの揺らぎと視学官が学校教育の視察を行う、というこの二つのエピソードを、二〇世紀初頭のスコットランドの教育状況の変化の歴史に位置づけることによって、この場面がもつ象徴的な意味が浮かび上がってくる。

一八七二年の教育法の改正以来、スコットランドではそれまで一般的であった教会による教区教育が制限され、行政単位を基礎にした義務教育が奨励され拡大した。これら一連の改革は、それまでエディンバラを中心としたスコットランドの自主性が色濃かった教育制度がロンドン主導に切り替わっていく契機でもあった。国家主導の義務教育の確立を英国はなぜこの時期に急いだのか。スコットランドの歴史家T・M・ディバインはその理由を著書『スコッティッシュ・ネイション』のなかで次のように説明している。

一八九九年から一九〇二年にかけてのボーア戦争において政府を驚愕させたことは、都市の労働者階級からの徴用兵の身体状態があまりにも劣悪であったことである。一八七二年に政府の統制下で進められた義務教育においては、この問題への改善が取り組まれた。結果的に、学校は、国家福祉と社会政策をすすめる代用機関となり、学校教育を通じて次世代の市民の「改良」が可能となった。(3)

T・M・ディバインは、英国がボーア戦争で得た教訓がその後の教育政策に与えた影響を指摘している。その教訓とは、世界競争を勝ち抜く身体的にも教養的にも「優れた」人材を育成するという帝国の大目標を掲げた

ルイス・グラシック・ギボン・センター

教育の必要性にほかならなかった。スコットランドはそもそもイングランドとは異なる教育制度を宗教改革以降確立し、イングランド的な中央集権的義務教育システムをとることはなかった。スコットランドの教育システムの中心を担ってきたのは、いわゆる「教区教育」と自治都市が主体となった学校教育であった。しかし、アバディーン大学でスコットランド文学を研究するJ・D・マクルーアは、こういった「教区教育」と教区学校において行われてきたスコッツ語教育が、一八七二年のロンドン主導の「教育法改正」によって決定的な打撃を受け、標準英語を「正確に」話すことを重視する統一的、中央集権的教育システムにとって代わられた、と指摘する。これらの教育改革は、エディンバラやグラスゴー主導ではなく、ロンドンの「枢密院教育局」の直接の指導のもとで進められた。マクルーアはまた、この改革以降、教室で生徒がスコッツ語を使用すると罰せられることがあり、二〇世紀半ばまでこの習慣が続いていたことを指摘している[4]。一八七二年の教育法改正によってそれまで自治意識と不可分に結びついて確立し、維持されてきたスコットランドの独自の教育制度が一気に変化を蒙ったとは考えにくいとしても、ボーア戦争以降の義務教育強化の国家政策がスコットランド語の教育と使用の両面において深刻な打撃を与える最終的な契機となったことは想像に難くない。

先の引用部に出てくる「視学官」とは、なによりもこの中央集権的教育制度と「英国語教育」の遂行を帝国の隅々にまで徹底させる役割をもつ官職として導入されていた。クリスの学校では英語（イングランド語）を直接イングランド人の教師が教えるのではなく、スコットランドのハイランド北部アーガイル出身の教師が「ハイランド人の鼻声」混じりで教えていると語られている。イングランド語とも、それと同一の言語的起源を持ちつつ独自の派生を遂げたスコッツ語とも異なるゲール語文化圏にあり、とりわけ強いケルト的独自性を残していたはずのハイランド出身の教師が、ローランド出身のクリスにイングランド語という「国語」を教えているこの構図は、二重三重に入り組んだ図式であるといえる。それはまた、こういった図式が生み出されるまでに英国国内での中央集権的な英語教育が進行し、定着しつつあった状況を写し取ってもいる。

またクリスは、なぜここでフランス語の発音を練習させられているのか。このエピソードは、じつは一九〇四年にフランスと条約を結び、三国協商の一員となる英国にとって英国語教育と並んでフランス語が不可欠の素養となりつつあったことと符合している。

フランスとの永きにわたった覇権争いに終止符を打った英国の前に、フランスはもはやこの時期、敵ではなくむしろ勃興するドイツに対峙する形で両国は、ロシアを加えた協商を結んだ。キンラディという寒村の中等学校で行われるフランス語教育のこのエピソードは、ヨーロッパを舞台にした国家関係の歴史的再編劇の一端にほかならない。従来の共同体に個人は帰属するのか、あるいは固有の共同体から引き離された上で中央集権的国家の一員、歴史的国家再編の覇権競争を効率的にすすめる帝国の一員として帰属させられるのか、クリスのなかに二人のクリスが現れるアイデンティティの揺らぎはこの時期一人ひとりの個人に迫られたであろう運命のひとつの縮図といえるだろう。

クリスのなかで葛藤を生じさせるのは、ラテン語やフランス語はもとより、イングランド語を自らの言語であると感じることを容易には受け入れまいとする思いと、その背景にある生活体験であろう。それらの生活体験は、「土の美しさ」や「父と母、近所の人々の顔」と結びつくものであり、自身がローランドのセゲット村に出自をもつ作者ギボン自身の体験に根ざしたものでもあった。自らの固有の言語に対する愛着は、クリスのみならず登場人物の一人、水車小屋ののっぽロブの言葉に一層明らかである。

ロブのテーブルで議論が起こる。(中略)ロブはただ近ごろスコッチをしゃべるのをみんな恥ずかしがるのはけしからん、と言っているだけのこと—スコッツなんて言うやつもいる、舌足らずの馬やろうめが!えらそうぶってからに、イングランド語しゃべりよる、みんなけつの穴の小せいねずみや、スコッチではぐわい悪いとでも言うんか、薄っぺらいイングランド語のきいきい声ではあらわせんような言葉がスコッチにはあるやないか。あんたイングランド語で、泥(**sotter**)、溝(**greip**)、雨(**smore**)、ぬかるみ(**pleiter**)、夕暮れ(**gloaming**)、しかめっ面(**glunching**)、目立つ(**well-kenspeckled**)のこと何て言う?「夕暮れ」(**gloaming**)が'**sunset**'と同じや何て言うのは、うそつきや。(『夕暮れの歌』一四八。原語表記は筆者による)

ロブがここで原語を挙げて示したスコッツ語の多くは、農村共同体の日常生活で用いられる言葉である。キンラディとはこうした、生活に根ざした言語と農作業など緊密な協力関係があって初めて成り立ちうる共同体であったことをもロブの言葉は示している。キンラディは普段は噂が飛び交い、互いの生活に対し厳しい言葉を浴びせるコミュニティであるが、クリスとハイランド人の青年イワン・タベンディルとの結婚式にはほぼすべての村人が集い、クリスの友人チェイ・ストラハンの家で火事が起こる場面では、命がけで隣人を助けようとする人々が描かれている。そしてこの火災からの隣人の救出という共同作業の場面で、最も活躍するのはローランドの小作農民の言葉を話し、その言葉と自らが耕す土地に強い愛着を示すクリスの父、ジョン・ガスリであることもやはり偶然ではないのだろう。互いに土地や厳しい自然環境とたたかいながら小作の生活を送ることで、人々は土地の状態や天候を詳細に表現しうる言語を生み出し、共有してきた。そしてこのようなプロセスのなかで生み出され、使用された言語が逆に、いったん事のある時や刈り入れなど農作業の場では、人々の相互扶助と意志疎通をさらに緊密なものとする。ロブやジョン・ガスリが用いるスコッツ語はこのような地域の人々の行動と生活を支える土台となる機能を果たしつづけてきた。人々はそのような言語を自ら卑下し、その使用を「恥ずかしい」と感じ、むしろイングランド語という国家の「標準語」を使用し気取ってみせる。学校教育で使用が禁じられ、廃れていくかにみえるスコッツ語の状況は、一言語の衰退の問題にとどまらず、この言語が担ってきたコミュニティ自体の衰退の危機をも示していることは明らかである。(5)

スコティッシュ・ルネッサンスの高揚とその歴史的背景

T・M・ディバインは、一九三〇年代のスコティッシュ・ルネサンスの高揚について次のように述べている。

経済不況下の暗い時代に、同時に、バーンズ以降最大のスコットランド詩人、ヒュー・マクダーミッドが主導する顕著な文芸復興が興った。この運動には、ルイス・グラシック・ギボン、ニール・ガン、エドウィン・ミュア、フィオン・マコーラ、ナオミ・ミチソン、ジェイムズ・ブラウディといった主要作家たちが含まれる。この「スコティッシュ・ルネサンス」が際立った運動であったことは論をまたないが、運動の多くは短期間のうちに、人々の関心に直接うったえるまでにはいたらなかった。マクダーミッドは、古いスコットランドの言葉を文学作品に取り入れ、用いることによってふたたび［スコットランドという］国の再興を望んでいた。マクダーミッドは、真に国民の文化を再興するために全力を尽くして闘ったのだ。(6)

ディバインがここで、スコティッシュ・ルネサンスの時期を「経済不況下の暗い時代」と指摘しているとおり、この文芸復興運動とは、この地域の伝統的社会、とりわけ歴史的にその中心を担ってきた小作農の農村共同体が世界規模の経済体制の変化のなかで、決定的な打撃を受け崩壊していく過程と不可分のものであった。このことは、スコットランド史研究家W・ファーガスンの『近代スコットランドの成立』の指摘によって一層明らかになる。

［一八］八〇年代はまた、農業にとっての試練の時の前触れとなったが、これは安価なアメリカとカナダの穀物が市場にあふれた、いわゆる「大草原穀物危機」がきっかけとなっていた。その結果生じた不況は一九一四年まで続き、小麦の生産地域で特にひどかった。（中略）要するに一九一一年以前から、農業がスコットランドの主要な生業であることを止めて久しく、同年には、農業によって職を得ている人びとは、人口の二〇分の一以下になっていた。（中略）この大戦は、交戦国と中立国とを問わず、世界全体に対して、当然のことながら劇変的な影響をもたらした。戦死者、戦傷者、行方不明者たちが数限りなく出たことは、他の交戦諸国の場合と同じようにスコットランドの悩みの種となり、若い人的資源の損失は、ハイランド地

帯と島嶼《とうしょ》地帯のすでに過疎化していた地域を、なおも無慈悲な力で打ちのめした。(7)

メディアによるイメージ形成作用と自治権拡張運動の消長

『夕暮れの歌』では、二〇世紀初頭、特に第一次世界大戦を経験する時代が、こういった小作農業を主体とし歴史的に維持されてきたローランドの農村共同体自体が、深刻な崩壊の危機に直面したことが描かれている。崩壊のきっかけとなる出来事は次のような場面である。

八月の中ごろのある夜、二人が食事をしていると、戸が急に開いて踏み込んできたのがチェイ・ストラハン、新聞を手にえろう興奮している。クリスは聞いていて聞いていない。戦争や、英国がドイツと戦争することになった。だけどクリスは気にしない、イワンも気にしない、イワンが考えているのは天気がだめにするかもしれない畠のこと。それでチェイはまた新聞を持って出ていく。(『夕暮れの歌』一七七)

この場面はイワン・タベンディルと結婚し、新婚生活を送るクリスの家にチェイ・ストラハンが新聞をもって駆け込んでくる場面である。

英国のドイツへの宣戦布告は、一九一四年八月四日であった。このことから「八月の中ごろ」とされるこの場面は、史実では開戦から数日たった時点と符合する。遠く離れた大陸で展開されるイングランドによる戦争は、本来はスコットランドの小作農民の日常生活からは遠い事件であった。しかしこの時期、チェイが手にしていた新聞というメディアは、それまでの大衆版画技術によって描かれたイラストに加え、あらたに移動可能に小型化された写真機で撮影された写真を掲載する技術を導入し、事件をほぼリアルタイムにそしてヴィジュアルに遠隔の地に届け、そこに住む人々の意識形成を担う決定的な役割を果たすにいたっていた。新聞メディアは、今回の戦争がひとりイングランドの戦争ではなく、英国という「母国」の戦争であり、国のため、王のためにどのような態度をとるのかをスコットランド、ウェールズのコミュニティの一人ひとりの構成員に迫る役割を果たした。スコッツ語の独自性を語った水車小屋ののっぽロブは、「戦争なんてあほうなこっちゃ、王や国やの言うてばか騒ぎするのに庶民が一枚加わるのはヒステリーにほかならん」と話したことで「ドイツびいき」と呼ばれ、村人に襲撃され家の窓が割られてしまう。「ドイツびいき」とは村人が新聞を読んで知る言葉であり、次のように語られている。

人に笑われてるのに気がつかんかったチェイみたいに、みんながあほうな愛国者ではないけれど、あのひょろ長のっぽロブがあんなうそつくのも、新聞の言うとおりドイツびいきにちがいない、とみんなは考える。新聞はどれもドイツびいきの事を書きたてる。ドイツ野郎が正しいと考えてる英国人のことや。イングランドではそんな奴らの家の窓叩き割ってる。心のねじ曲がったドイツびいきにみんなえろう怒ってる。ロブんとこの窓たたき割ってもどおってことない。(『夕暮れの歌』一八五―八六)

相互信頼と協力関係によって初めて成り立ち得たコミュニティの人間関係に亀裂を生じさせ、容易に敵対関係へと転化させていくのは、新聞によって繰り返し伝えられる情報であり、言葉である。人々は「王のため、国のため」という言葉を使い始める。ロブを診察した軍医は「こいつは王のためにもお国のためにもならん奴や（he'd never be of use to his King and Coutry）」と語る。「王のため、国のため」とは、この時期、「すべての戦争を終わらせるための偉大なる戦争」といった言葉とともに新聞メディアによって帝国の隅々まで一斉に流布されたレトリックであった。こういった言葉とともに新聞はまたヴィジュアルなイメージをも作り上げていった。

『イラストレイテッド・ロンドン・ニュース』（*The Illustrated London News*）の一九一五年五月八日号の表紙のイラストは、戦火によって荒廃したと思われる戦場をバグパイプを吹きながら、なお整然と行進するスコットランド兵を描いている。また、同紙一九一六年一月二二日号は、当時ようやく新聞メディアで一般的に使用され始めていた写真掲載の技術を用いて、「フランスの日」と名付けられたパリでの西部戦線連合軍の行進でキルトを身につけたスコットランド人部隊の行進を紹介している。隊列を写した写真下には、「ハイランド人部隊」（**Highlanders**）の活字が見える。「ハイランド人部隊」や、「パイパーズ」（**Pipers**）と呼ばれたスコットランド兵は帝国のなかでも最も勇敢な兵士の部隊であると繰り返し宣伝され、戦闘への参加が、帝国のために命も惜しまない勇気ある行為として鼓舞されていく。新聞メディアが描き出すスコットランド兵は、帝国の一員としてつねに戦闘の最前線に立ち、バグパイプを吹き鳴らす勇気ある兵士である。(8) スコットランドはイングランドの侵攻に雄々しく抵抗してきた歴史をもっていた。スコットランドをイングランドから守る勇猛果敢さのイメージが実はこの時期に、スコットランドのためにではなく、大英帝国の名声と栄光を維持するための「雄々しさ」へとメディアを通じて巧みに置き換えられていった。

W・ファーガスンは、一九一二年にグラスゴーの選挙区で「統一党」候補者が行なった次のような選挙演説を引用している。「[スコットランドの]自治がうまく行くことはないであろう。文明の進歩は、全体として国民の形成に向かって進んできたのであって、国民の分割に向かってではなかった(9)」。

「統一党」とはこの時期に、イングランドを中心とした大英帝国の「統一」を主張し、スコットランドやアイルランドの自治権拡大に反対した政党であった。この演説からもわかるように、『夕暮れの歌』の舞台背景となる第一次世界大戦直前はじつは、アイルランドの自治法案提出にも刺激されたスコットランドの自治権拡張運動と、自治権獲得を阻止しようとした二つの流れが激しくぶつかり合い、せめぎあっていた時期にあたる。「統一」という名のもとでの帝国への包摂に反対し、水車小屋のロブのように、言語とコミュニティの自立、自治の拡大を求めた声は歴史の背景に照らしてみてもこの時期少なくなかったわけである。このせめぎあいに一気に決着をつけ、帝国の「統一」を実現する契機となったのが第一次世界大戦であり、新聞というメディアは、視覚的な効果も交えながら不可欠な役割を担ったといえる。

一九一八年の冬でこの物語は閉じられている。しかし、第一次世界大戦ののちスコットランドにたいする英国への包摂化が、強まりこそすれ弱まることがなかったとするならば、一九三二年においてギボンが、第一次世界大戦を振り返りこの物語を書いたことにはやはり意味があるのだろう。物語では、スコットランド語の独自性を語ったのっぽロブが最後まで従軍を拒んだし、西部戦線に加わったクリスの夫イワンは、最後には塹壕のなかでキンラディの土のにおいを思い出し、キンラディに戻ろうとして敵前逃亡の罪で英国兵士の手によって銃殺される、いずれも「勇敢ではない」人々である。第一次世界大戦中、新聞メディアが繰り返し描き出してきた「戦闘の最前線でバグパイプを吹き鳴らし一歩も引かぬ勇敢なる帝国兵士」というイメージに対し、一九三二年に書かれた『夕暮れの歌』の登場人物たちは、作り出されたスコットランドのイメージの虚偽性を暴き出す役割をもっていたといえる。

「夕暮れの歌」に込められた思い

この物語は、クリスの夫イワンをはじめとして、第一次世界大戦で帰らぬ人となった村人の死を悼む牧師の言葉で終わっている。

ある時代や時期の夕暮れ（sunset）に当たり、その時代の人々の墓碑銘にこのように書くことも許されるでしょう。【中略】これらの人びとと共に、あるものが死んだと言えるでしょう。それはこれらの人びとよりもっと古いものでした。これらの人びとは最後の農民であり、最後の古いスコットランドの民でした。これらの人びとのことを歌の中の思い出としてしか知らない新しい世代がやってきます。【中略】消え亡びたのは古いスコットランドでした。古いことば、古いのろい、古い祝福、これらは異質な努力をせぬ限り再び私たちの口にのぼることはなかろうかと思われます。（『夕暮れの歌』二四四）

ギボンは、この小説にあえて『夕暮れの歌』（*Sunset Song*）というタイトルをつけた。「歌」とはスコットランド歌謡「森の花」のように、収穫や婚礼の場で人々が共有し、古くから集団的に歌い継がれた、自分たちのコミュニティ固有の言語とメロディによる歌を意味する。またギボンが「夕暮れ」という言葉に込めたのは、スコットランドの暮れゆく過去であり、第一次世界大戦によって決定的な崩壊を迫られ、斜陽を迎えた共同体のあり様《よう》である。ギボンは愛惜の念を込めて失われつつある共同体と言語の復権を夢見て、それを「夕暮れ」と呼んだ。メディアによって圧倒的に作り上げられるイメージの前では、これはささやかなノスタルジーであったのかもしれない。しかし、この小説が発表された一九三〇年代に、ふたたびスコットランドの過去に封印をする形で、国民の「統一」が語られ、それこそが「文明の進歩」であるとする帝国と国民のあるべき「未来」が一方的に語られたのであれば、『夕暮れの歌』の過去への回帰と、過去の再表象化の試みは、単なるノスタルジーを超えた、明確なアンチテーゼでありえたといえるのではないだろうか。

ギボン自身が書いた歴史書『未開に挑んだ九人の冒険家』（*Nine Against the Unknown*, 1934）の巻頭に、ギボンがアルフレッド・テニソンの一八四二年の『詩集』に収録された詩「ユリシーズ」からの一節を引用していることを、イアン・キャンベルは指摘している[10]。

ほの明かりが岩場の陰からまたたき、
ながき陽の光が消えゆくとともに、月がたおやかに姿をあらわす
深きうねりがさまざまな声をともないささやく　友よ来たれと
より新しき世界をみいだすために、ときに限りはなし
さあ、こぎ出そう、波打つ波頭を乗りこえて、心に夢をいだき
夕暮れを超え、あらゆる西欧の星々を超え、ときがこの命、絶つるときまで
入り江の波に幾たびさらされようとも、
いぜ、幸福の満つ、島にぞいたらん。

ギボンが「夕暮れ」という言葉に込めたのは、たしかにひとつの時代の終焉に対する愛惜の思いであった。しかしその愛惜の念は、単に回顧的歴史観ではなく、寄せては返す波のように、再び輪廻・回帰し「より新しき世界」、「幸福の満つ島」を待望し、その到来を予兆するものでもあった。第二次世界大戦によって完全に頓挫させられたスコットランドの自治権拡張運動が、一九七〇年代ふたたびよみがえり、九〇年代の住民投票の成立で九九年七月スコットランド議会が三〇〇年ぶりに再開された。このことと、ニール・ガンやギボンの作品を含め多くが絶版になっていたスコティッシュ・ルネサンス期の作品が、この時期から今日に至るまで相次いで復刊さ

れていることは、不可分の関係をもつものであり、自治意識の高揚の上で相乗効果をもったとするならば、英国による包摂化に抗し、スコットランドの固有の言葉と、豊かな文学伝統の再興を信じた作家ギボンが「夕暮れの歌」という言葉に込めた思いは、今、新たな形でよみがえりつつあるといえる。

注

（1）*Sunset Song* からの引用は、久津木俊樹訳『夕暮れの歌』（三友社出版、一九八六年）による。これ以降は、書名と頁数のみを示す。

（2）フロリアン・クルマスは、「民族国家理念の鼓舞されている国家においては、支配的言語がひとつあり、それ以外のすべての言語は二義的な地位に甘んじているのが普通である。標準語は、（中略）下位の言語にまさる特権を享受している。この特権的地位は、ときとして、言語そのもののみならず、その言語を使う人間にまで及ぶ。言語問題とは、すぐれて政治的な、分裂した忠誠心の問題である」と論じる。（フロリアン・クルマス著、山下公子訳『言語と国家――言語計画ならびに言語政策の研究』岩波書店、一九八七年）六四―六五頁。

（3）T.M Devine, *The Scottish Nation A History 1700-2000*（Viking,1999）, p. 399. 本書の引用はすべて拙訳による。

（4）J.Derrick McClure, *Language, Poetry and Nationhood*（Tuckwell, 2000）, p. 18.

（5）本章中の「言語変容とアイデンティティのゆらぎ」および「メディアによるイメージ形成作用と自治権拡張運動の消長」の節については、拙論『国家編成期の言語変容――スコットランド作家 Lewsis Grassic Gibbon, *Sunset Song* 論』（福島大学『行政社会論集』第一三巻四号、三四―五八頁）を加筆・修正した。

（6）*Op.cit*, p. 399.

（7）W・ファルガスン著、飯島啓二訳『近代スコットランドの成立』（未来社、一九八七年）、三二一頁―三二二頁、三三九頁。

（8）*The Illustrated London News* の閲覧・複写には、日本大学芸術学部の安室可奈子氏に特別のご尽力をいただいた。

（9）『近代スコットランドの成立』、三三六頁。

（10）Lewis Grassic Gibbon, *Nine Against the Unknown*, (Polygon, 2000), xi. 引用は拙訳による。

第二四章　ミュリエル・スパーク

永世へのエグザイル
——カトリック改宗作家の自己規定——

柴田恵美

「召命」としての「エグザイル」

ミュリエル・スパーク（Muriel Spark）は、一九一八年、ユダヤ人の父バーナード・ケンバーグ（Bernard Camberg）とイングランド、ハートフォード州出身で、英国国教会信徒の母（セアラ・ケンバーグ（Sarah Camberg）のもとに、エディンバラで生まれる。同地には、両親と五歳年上の兄フィリップ（Philip）と共に一九歳まで過ごした。一九三七年一三歳年上のユダヤ人、シドニー・オズワルド・スパーク（Sydney Oswald Spark）との結婚を機に、遠くアフリカ大陸、南ローデシア（現ジンバブエ）へと出港する。

スパークは自らを、「生来のエグザイル」（constitutional exile）もしくは、「異邦人」、「アウトサイダー」、時には「ホームレス」とさえも言及している。(1) カルヴィニズムの道徳的規範が支配するエディンバラの息詰まるエトスから逃れるかのように、新天地を求めアフリカ大陸に渡り、結婚生活を始めることになった。後にわかったことだが、夫のオッシー（Ossie, Oswald の愛称）は、結婚以前から精神を患っており、本国で教職を続けることができなくなっていた。当時英国の植民地であった南ローデシアで、三年契約の教師の職を得て、スパークとの結婚生活を経済的に支えようとした。しかしオッシーの病はアフリカで悪化し、嫉妬深く脅迫的な言動と暴力やストーカー行為で、彼女は身の危険さえも感じるようになる。同地で死に至るような敗血症を患っていたスパークにとって、唯一の選択肢はアフリカから一刻も早く立ち去ることであった。一九四四年、結婚の翌年に誕生したひとり息子のロビン（Robin）を現地の修道院に預け、戦時下の英国に向かう軍用船に乗り込み、帰国の途に着くことができた。

しかし、その後両親の住むエディンバラで職を得て落ち着くことはなかった。スパークは自分が「生来のエグザイル」であることは、「宿命」ではなく、神から賜った「召命」だと思うようになっていた。(2) ようやく故郷エディンバラに戻って来たものの、「召命」に応えるかのごとく、直ちに創作活動の道を求めロンドンへと旅立った。外務省情報局でドイツ軍向けの情報操作の業務に携わった後、文学の世界に足を踏み入れる。『ポエトリー・レヴュー』（*Poetry Review*）の編集長の職を務め、また文学評伝、詩作、戯曲、小説等の創作活動をしながらロンドンで住まいを転々とする。一九六三年から、ニューヨーク、マンハッタンの高層アパートに住み始め、洗練された国際色豊かな都市で著作活動に励みながら、自分と同じ境遇の外国人居住者たちと自由闊達に社交生活を送る。

しかし、一九六八年にはニューヨークを去る決断をし、念願のカトリックのお膝元イタリアへと移り住む。当初はローマでの都市生活をこよなく享受していたが、次第に大都会の喧騒や、治安の悪さ、通りの薄汚さに嫌気がさし、一九七〇年代半ばから徐々にローマでの滞在時間を短縮していく。画家であり彫刻家でもある友人のジャーディン・ペネロペ（Jardine Penelope）が住むトスカーナ州（Tuscany）の古くて大きな神父館へ引っ越す

のは一九八〇年のことである。牧歌的なこの地で、二〇〇六年四月一三日、八八歳で永眠する。(3)

スパークの伝記を書いたマーティン・スタナード（Martin Stannard）のインタヴューに対して、「イタリアに来たことは、これまで私がしてきたことの中で最善のこと。生活の点でも、心の平安においても」と彼女は答えている。スタナードは、「彼女はどこにいても落ち着くような人ではないが、二〇〇六年にトスカーナ州で生涯を終えたことは、彼女には相応しいことである」(4)と述べている。自らを「生来のエグザイル」と規定したスパークは、「召命」に応じるがごとく転々と「巡礼」の旅を続けたが、「生来のエグザイル」である彼女にとって、トスカーナもまた「永遠の生」に至るための「巡礼」の経由地にすぎなかった。

「エグザイル」からカトリック改宗へ

敬愛するジョン・ヘンリー・ニューマン（John Henry Newman）に倣うかのように、スパークは、約九カ月間の英国国教会の入信を経て、一九五四年五月にカトリックに改宗した。天使や悪魔などの超自然的な存在を是と考えるスパークは、「幼い頃から常に感じていたこと、知っていたこと、信じていたことと、カトリック信仰は合致している」(5)と、一九九二年に出版された『自伝』（*Curriculum Vitae*）で述べている。改宗により全知全能の存在に、自分の弱さ愚かさを全託し、ようやく魂の拠り所を見出した。同時に、創作手法と表現の自由を獲得したことで、最初の小説『慰めるものたち』（*The Comforters*, 1957）の創作に本格的に取り組むことができた。

先のマーティン・スタナードは、二〇〇九年に出版された『ミュリエル・スパーク伝』で、「スパークが自らをエグザイルと称するのはジェイムス・ジョイスにおけるエグザイルと同じ意味合いを持ち、芸術家を生み育てる自然条件である。エディンバラは、まさにスパークにとってのダブリンであり彼女の芸術の骨格を形成した場

セント・ジャイルズ大聖堂はスパークにとってカルヴィニズムの予定説の不安と恐怖を象徴していた

所である」[6]と述べている。確かにエディンバラはスパークの創作活動に必要な骨格を築いた場所ではあるが、同時に、ジョン・ノックスが創設したスコットランド教会とその社会に帰属するのを本能的に拒んだ場所でもある。短編小説の表題にもなった「異教徒のユダヤ人女性」('The Gentile Jewesses' 1962)は、じつは彼女自身の姿にほかならない。彼女は確たる帰属意識を持てず「生来のエグザイル」としてエディンバラのエトスから逃れようとした。結果として、それは『マンデルバウム・ゲート』(*The Mandelbaum Gate*, 1965)のヒロイン、バーバラ・ヴォーン(Barbara Vaughan)の場合と同様にアイデンティティを希求する旅となり、葛藤の末に彼女はカトリック信仰に行き着くことになった。この旅を可能にした自己規定への渇仰こそが、エディンバラを舞台とした最高傑作『ミス・ジーン・ブロディの青春』(*The Prime of Miss Jean Brodie*, 1961)を世に出す原動力となるのだった。

スパークがエディンバラ出自であること、カトリック改宗作家であること、「異教徒のユダヤ人女性」であることが、彼女の作品にどのような影響を与えたのか、『メメント・モリ』、『ミス・ジーン・ブロディの青春』、『マンデルバウム・ゲート』の作品を紹介しながら論を進めていきたい。

『メメント・モリ』――「死すべき運命を忘れるな」

『メメント・モリ』（*Memento Mori*, 1959）は、スパークの第三作目の小説にあたり、評論家から好意的に迎えられた。本の売上げも順調で生活も安定し、四〇歳を越えてようやく作家として名前が知られようになった。ノーベル賞作家のナイポール（V.S. Naipoul）が、『ニュー・ステイツマン』誌で、彼女の作品は「素晴らしく、独創的かつ衝撃的（『伝記』二〇九）」であると称賛した。カトリック改宗者である、グレアム・グリーン（Graham Greene）とイーブリン・ウォー（Evelyn Waugh）もまた、惜しみない賛辞を寄せてくれ、ブックカバーに彼らの言葉が掲載された（『伝記』二〇九）。グリーンは、スパークが最初の小説『慰めるものたち』を創作していた時期にも、神経症を患い生活に困窮していたスパークに対して月に二〇ポンドの金額を援助してくれていたことがある（『自伝』二〇五）グリーンもウォーもまた自らを「エグザイル」と規定し、安息場所を求めて改宗した作家だった（『伝記』一七九）。

『メメント・モリ』の発表当時は、改宗からすでに五年経過しており、創作活動に自信を深め、輝きに満ちていた時期である。現に、フォートナム・アンド・メイソンでのサイン会において、「死を扱った小説にも関わらず、サインをする時のミス・スパークは、明るく輝いており陽気な性格でした。彼女は、イースターカードのラッピングまでも手伝ってくれたので、顧客がアシスタントだと間違えてしまったくらいです（『伝記』二一〇）」と、彼女の溌剌とした印象を店の広報担当者が語っている。

スパークは、一九六一年の「私の改宗」（My Conversion）というエッセイのなかで、カトリック改宗により、魂の拠り所や「安心」を得たばかりでなく、「規範」や善悪の「物差し」を得ることができたと語っている。(7)「規範」を得ることができて初めて「逸脱」が可能となる。善悪の「物差し」があるからこそ、「一から他を推し量る」(8)認識方法を得ることができた。善は悪を通して、生は死を通して、光は闇を通して認識し、闇が深ければ深いほど、そこに差し込む光が強くなる。カトリック改宗で得た認識により、スパークは絶対善をと対立する様々な悪の諸相を容赦なく小説に描き出すようになった。『メメント・モリ』においても、孤立した老女の残酷な死が描かれてはいるが、「死すべき運命を忘れるな」という表題が示唆するように、そこには「死を意識してはじめて生が充実する」という認識方法が貫かれている。

先のナイポールが評したように、この小説の着想は「衝撃的で独創的」である。登場人物のほとんどが七十歳を越えた老人たちで占められているからだ。誰が何の目的で「死を忘れるな」というメッセージを送ってきたのかは、テクストでは明らかにされていない。電話の受け手の性別や年齢、国籍が異なるため、犯人の手がかりをつかむのは難しい。特定の個人を犯人だと疑う老人、集団ヒステリーだと分析する老齢の社会学者、超自然的な存在の「死神」だと指摘する老人もおり、この作品では推理小説のように犯人探しを試みても徒労に終わる。

推理小説を装っているが、彼女のカトリック信仰で得た認識方法がこの作品の通奏低音であることを忘れてはならない。「規範」として提示されているのは、「死を忘れるな」という謎めいた電話を受けた老人たちの反応である。最も過激な反応を示したのは、上流階級に属する七九歳の老女、デイム・レティ・コルストン（Dame Lettie Colston）である。彼女は電話を受けるたびに、慌てふためき偏執的に犯人探しを試みる。疑心暗鬼になり、甥たちが自分の遺産を狙った仕業ではないかと疑ってみたり、あるいは遺言状に名前が書いてあるという理由で、元主任警部のヘンリ・モティマ（Henry Mortimer）までも疑う。しかし、モティマ自身もまた、上品で丁寧な口調の女性の声で「死を忘れてはいけない」という電話を受けていた。モティマとカトリック信徒である八五歳の小説家チャーミアン・コルストン（Charmin Colston）は、他の老人たちとは異なり、謎の電話に対して冷静に対応している。スパークの死生観を代弁する登場人物とみられるモティマは、「メメント・モリ」の電話を受けパニックに陥る老人達から事情を聞くため彼らを自宅に招き、自らの死の哲学を語る。

「もしも人生をもう一度やり直せるとしたら、僕は死というものを毎晩考えてみる習慣をつけるね。死を忘れない訓練をするわけですよ。これくらい人生を充実させてくれる訓練はない。死がやってきたときそれが不意打ちであってはこまる。人生で当然予期されることだからね。」

「死を忘れないというのは、素晴らしいことだ。死は真理そのものだから。自分の死を忘れないということは、つまり自分の生を生かす道となるんだ。」(9)

この言葉を聞いたレティは、モティマは何の役にも立たない、わけのわからないことを言っていると思い、彼の言葉を無視する。さらに彼を電話の共犯者だと確信し、警察組織すらも信用できないと、電話線を切断して連絡を断つ。メイドが家を去ったことと併せて、彼女は完全に外部から遮断され、孤独で無防備な状態に陥ることになる。ある晩レティは家と庭の見まわりをしてベッドにつくが、怪しげな物音で飛び起きたため、強盗に撲殺されてしまう。この皮肉な結末を語り手は、同情の余地がないほど淡々とした口調で語る。「彼女の口と黄褐色の目がいっぱいに開いた。老女の手から男はステッキをもぎとり、太い握りの方で、彼女をめったうちにして殺した。彼女は八一歳であった（二四六）」。老女の孤独な心情や死の間際の恐怖には言及されず、あたかも残酷な贖われない死に値するかのような語り口で述べられているだけで、レティという名前すら言及されていない。皮肉なことに、死因は「メメント・モリ」の表象である「頭蓋骨骨折（二二〇）」である。仮に、「メメント・モリ」

の電話が聖なる存在からのメッセージであれば、電話線を切断することは、神からの分離を意味することに他ならない。カトリック改宗者のジーン・テイラーのように信仰を奉じている人間であれば、たとえ孤独の淵に投げ出されたとしても「ひとりでいるときのほうが、むしろ孤独ではない」(Never less alone than when alone.)[(10)]というヘンリー・ニューマンの境地に達することができたであろう。しかしレティは「メメント・モリ」の警告を無視し、老いからくる弱さや死に対する恐怖を全知全能の神に委ねることもせず、自ら電話線を切断し孤立した。その結末が「頭蓋骨骨折」という無残で滑稽な死としてテクストで表象されているのである。

一方、チャーミアンの元家政婦兼話し相手であり、現在は老人病棟に入院しているカトリック改宗者の八二歳のジーン・テイラー(Jean Taylor)は、「メメント・モリ」の電話を受けていない。レティとは異なり、自らの生と死を神の意志に委ね、老人病棟における屈辱的な扱いや関節の痛みもすべて受け入れている。同じ病室にいる症状が進んだ認知症の老人たちを見ることもまた、自分にとっての「メメント・モリ」だと悟っているのだ。ジーンは自らの苦悩が深まれば深まるほど、以前にも増して全知全能の創造主に身を任せていく。実際、知性的で我慢強いジーンが、ストイックな抵抗をやめ、看護婦が来るのを待ちきれずに、ためらうことなくベッドを濡らしたことがあった。それは老いからくる弱さや苦悩をすべて、絶対的な存在に委ねたことによる。まさに彼女の信仰心が強まってきた証である。ジーンは旧約聖書のヨブのように、「信仰篤き正しい人間がなぜ苦しまなければならないのか」という命題に対し、全知全能なる存在が人知を超えた絶対的な力で人間の生と死を支配する限り、神を呪うことなくその栄光を称え続けていくという解答を出したのである。ジーン・テイラーと同様に、スパークもこの作品の創作過程を通して信仰を確信していき、先に述べたようにカトリック改宗で「規範」と「安心」を得たからこそ、「独創的で衝撃的」なプロットを描き出すことができたのである。

『ミス・ジーン・ブロディの青春』――「平凡なるものの変容」

スパークの第六作目に当たる『ミス・ジーン・ブロディの青春』は、先に述べたように彼女の芸術家としての骨格を形成した場所、エディンバラが舞台となった作品である。スパークは、五歳から一七歳までスコットランド長老派教会のギレスピー女子学院（James Gillespie's High School for Girls）で学んだ。スパークは一九九七年にデイヴィッド・コーエン英国文学賞の賞金の中から一万ポンドを同校へ寄付している（『伝記』五一六）。同校の教師、ミス・クリスチャン・ケイ（Christiana Kay）はスパークの才能を見込み、「一流中の一流」として彼女の文化的素養を育んでくれたが、『自伝』では、ミス・ケイがジーン・ブロディのモデルであることが明かされている（『自伝』五七）。スパークは詩作で次第に頭角をあらわすようになり、初寄稿は一二歳のときであった。翌年、エディンバラの全学校から選りすぐられた詩で編まれた詩集『青春のドア』（*The Door of Youth*）に彼女の詩が掲載された。一九三二年には、サー・ウォルター・スコット没後百周年記念詩コンテストで一位の栄冠に輝いた。一九三四年には、中学生の部で、サー・ウォルター・スコットおよびロバート・バーンズ・クラブ賞で同じく一位の座に着いた（『伝記』三八）。エディンバラに漂うジョン・ノックスの亡霊にさいなまれたスパークではあるが、同時に、スコットランド文学の礎となった先人たちの遺業の恩恵も受けているのである。

エディンバラが与えた最大の恩恵は、言うまでもなく、『ミス・ジーン・ブロディの青春』である。この作品は、一九六一年『ニューヨーカー』誌に最初に掲載され人気を博した。多くの劇場で上演され、映画やテレビドラマとしても放映された。一九六九年には、ジーン・ブロディ役をマギー・スミス（Maggie Smith）が演じ、アカデミー主演女優賞を獲得した。ちなみに彼女は、一九九二年、BBCで放映された『メメント・モリ』では、遺産相続を企む狡猾な老女、メイブル・ペッティグルー（Mabel Pettigrew）を演じている。

スパークが初めて映画を見たとき、小説と比べて、「エディンバラの描写が明るすぎる（『自伝』六〇）」という印象を受けたようだ。実際のテクストでは、「セント・ジャイルズ大聖堂や公開処刑場跡地は、暗く恐ろしい救済の象徴であり、この象徴に比べれば地獄の業火も陽気に感じられる」[11]と記されているように、カルヴィンの予定説の不安や恐怖を象徴している表現が散見される。さらには、スコットランド教会の牧師を兄にもつ、ジョン・ノックスのような偏狭で面白みのない同僚まで登場させてもいる。

一九三〇年代の初めに「人生の最盛期」を迎えているジーン・ブロディは、長老派教会のマーシャ・ブレイン女学校（Marcia Blaine High School for Girls）の中等部で、進歩的で型破りな授業を展開していた。彼女は、ムッソリーニの黒シャツ隊の写真を校長に隠れて教室に掲げ、「ムッソリーニは世界一偉い人です。彼は見事な業績をあげ、失業は去年よりもずっと少なくなっている（四四）」と少女たちに誇らしげに語るのである。倫理的で伝統を重んじる校長のミス・マッケイ（Miss Mackay）は、ジーンを学校から追放したいと考え、その証拠をつかもうと躍起になっていた。しかし、ジーンは、エディンバラにそびえる「切り立った岩（六〇）」のように他人の批判など意に介せず超然としていた。

ジーンは、恣意的に六人の女子学生を選び「ブロディセット」を構成し、「一流中の一流（八）」（crème de la crème）に仕立て上げるために、自分の「最盛期」を捧げようとした。ジーンは当時の多くの女性たちと同様に第一次大戦で恋人を失い婚期を逃していた。彼女はカトリックで既婚の美術教師テディ・ロイド（Teddy Lloyd）を愛していたが、同時に独身の美術教師ゴードン・ラウザー（Gordon Lowther）とベッドを共にしていた。自分には「神の恩寵の選びがあると思い込んでいたため、そのことで礼拝のときに苦痛や偽善を感じることはまったくなかった（八五）」。その後、高等部に入ったブロディセットのなかで、「性で有名」なローズ（Rose）を自分の身代わりとして、テディの愛人になるように仕向ける。その企みは洞察力のあるサンディ

(Sandy)に見抜かれ、逆に彼女がテディの愛人となりジーンを裏切る結末となる。次第にサンディは、ジーンの傲慢さと壮大な勘違いに気付いていく。それでもジーンはブロディセットの一員であるジョイス・エミリー(Joyce Emily)を煽り、フランコ将軍のために闘うことを勧めスペインに向かわせる。しかし、スペインにたどり着く前に列車が攻撃され、ジョイスは無残に命を落としてしまう。サンディは、ブロディ先生が「生れながらのファシスト(一二五)」(a born Fascist)だと校長に告発する。くしくもドイツ軍がポーランドに侵攻し世界大戦に突入した一九三九年にジーンは学校を追われ、終戦の翌年に五六歳で生涯を閉じた。

ジーンは、スパークと異なり、カルヴィニズムが浸透するエディンバラに死ぬまで住み続け、その息詰まるエトスによって、心の底に暗闇を植え付けられて生きた。「自分は救いの恩寵を賜わることはない」という気持が強くなれば、少なくとも現世では自分の意のままに動く人間を周りに配するのは当然であろう。彼女がファシストを盲信し、みずからをカルヴィンの神に擬して意のままに「ブロディセット」を選び、支配したのも同じ理由による。

カルヴィニズムの予定説の不安と恐怖、世界恐慌と失業者の群れ、ファシストの台頭といった第二次大戦前の暗雲漂う一九三〇年代の暗さを強調すればするほど、テクストに織り込められている弱々しい光が変容し、輝き始めるのを見逃してはいけない。スパークは、多感な少女時代を過ごしたエディンバラを舞台にしたことで、束の間の祝福された瞬間を光として変容させ浮び上がらせている。修道女となったサンディは、「平凡なるものの変容(三五)」(The Transfiguration of Commonplace)という論文で有名になり「変容のシスター・ヘレナ」と呼ばれた。彼女にとって、「学院はいつも陽光に輝き、冬は真珠色の北の光に輝いていた(三四)」場所であった。第二次大戦中にホテルで火災に巻き込まれ二三歳で命を落としたメアリー・マクレガー(Mary Macgregor)は、「ブロディ先生と過ごした最初の数年間、日常生活とは関係ないような話や意見に座って耳を傾けていたあの頃が、人生で最高に幸せだった(一五)」と述懐している。

『マンデルバウム・ゲート』――「異教徒のユダヤ人女性」による聖地巡礼

『マンデルバウム・ゲート』のヒロイン、バーバラ・ヴォーンは、スパークと彼女の祖母アデレード・ウェゼル(Adelaide Uezzell)と同様に、半分ユダヤの血が流れる「異教徒のユダヤ人女性」である。しかしバーバラの場合は母親がユダヤ人である。ユダヤの法律では、「ユダヤ人とは、ユダヤ人の母親から生れた者」と規定される。ちなみにスパークが息子ロビンと断絶した原因は、スパークは母系から受け継がれたユダヤ人であると彼がメディアを通して主張したことによる(『伝記』四六〇)。スパーク自身は亡くなるまで、祖母、母親を含めて半分ユダヤ人であると反駁していた。いずれにしても「選民」の血を受け継いでいることは確かである。自らを「エグザイル」と規定し、エディンバラのエトスに馴染むことはなかったスパークは、かの地のいずれの共同体にも属することはなかった。二〇世紀初頭のエディンバラは、ロシアや東欧からのユダヤ人移民の中継地点であり、ユダヤ人コミュニティが存在していたが、一家はそこに帰属することはなく、むしろ長老派教会員が多く住む地域に住んでいた。

スパークは一九三〇年代に入り、反ユダヤ主義の不穏な空気を感じ、自分に流れるユダヤの血を意識し始めたのではないだろうか。英国ファシスト連合の創立者であるオズワルド・モズレー(Oswald Mosley)率いる黒シャツ隊が、通りを行進していたことを彼女は記憶している(『伝記』二四五)。ホロコースト以降、スパークはエルサレムへ自己探求の旅に赴くことを望んでいたと『伝記』に記されている(『伝記』二四一)。実際彼女は、一九六一年に約四週間かけてエルサレムを訪れ、ユダヤ人を絶滅収容所に送った最高責任者アドルフ・アイヒマン（Adolf Eichmann）裁判を五日間傍聴している。また、スパイ容疑をかけられる危険を冒しながらもマンデルバウム・ゲートを通過し、ヨルダン領へ足を踏み入れたのである（『伝記』二四四—四五）。

マンデルバウム・ゲートとは、東エルサレムヨルダン占領時代の一九四九年から一九六七年まで、東西エルサレムの境界に位置して出入国の検問を行っていたゲートである。テクストにおいては、このゲートをキリスト教徒とユダヤ教徒の血を持つバーバラの分断された自己を象徴している。バーバラが自己探求の旅に出かけたのは、「ヨハネの黙示録」からテクストで何度も引用されるように、自分が「冷たくもなく、熱くもない、なまぬるい」存在だと感じていたからである。彼女がユダヤ人ガイドと共にカイゼリア（Caesarea）を訪れた際、自分は「カトリック教徒で英国人、しかも半分ユダヤ人」だと告げると、ポーランドから艱難辛苦を乗り越えイスラエルに辿り着いたガイドは「半分ユダヤ人というのは成立しない。異教徒かユダヤ教徒かのどちらかだ。ユダヤの法では母方を相続する」[12]と声を荒げて指摘する。答えに窮したバーバラは、咄嗟に「出エジプト記」から「私は在って在るもの」（I am who I am.）と、モーセに伝えた神の言葉を借用して答える。その後バーバラは命を賭したヨルダン領エルサレムの聖地巡礼から帰還し、国家、宗教、民族や血を越えた永遠の自己を見出し、「わたしは何であれ自分の望むものである」と最終的な自己規定に至る（二一九）。

アイヒマン裁判をユダヤ人の歴史の一部であると語るヘブライ大学講師のソール・イーフレイム（Saul Ephraim）の勧めで、バーバラは裁判を傍聴することにした。強制収容所で生き残った人々の証言は既に終了しており、ひとつひとつの記録に対する尋問が残されていた。バーバラはさながら「ゴドーを待ちながら」のように延々と機械的に続く審理を傍聴している最中に、ヨルダン領エルサレムの巡礼を遂行しなければならないと急に思い立つ。スパイ容疑で命が狙われる危険性があったのだが、無事に検問ゲートを通過することができた。しかし、ユダヤの血が混じった彼女の存在が新聞を通じてヨルダン側に知れ渡ることになり、英国領事館員のフ

寝転んでメモをとるスパーク（1960 年）

レディ・ハミルトン（Freddy Hamilton）は危機感を抱く。彼は宿泊先の修道院からバーバラを連れ去り、アラビア人女性スージー・ラムデス（Suzi Ramdez）のもとに預ける。そこでバーバラはスージーの召使に扮し、黒いヴェールで体全体を覆って再び聖地巡礼の旅を開始する。しかし聖墳墓教会で煌熱病に罹り病の床に臥す。テクストでは、「彼女が高熱で寝込んでいたお陰で宗教的転機が与えられ、真の意味で神の愛に身を委ねることができたのだ。神のもとではすべてが可能なのである（二六三）」と全知の語り手は述べている。帰国後バーバラは、神の計らいで離婚歴のある恋人のハリー・クレッグ（Harry Clegg）と、無事にカトリック教会で式を挙げることができた。まさに神のもとでは、すべてが見通され可能なのである。

　バーバラは聖地巡礼の自己探求の旅を通して、血の問題で自己を分断することなく、また祖国、共同体、宗教で自己を規定することもなく、超越したより大きな存在へと自己を昇華させ、全知全能の神の摂理に身をまかせながら神とともに生きていく存在へと「変容」したのである。キリストが弟子たちの眼前で「白く光り輝く衣をまとって、変容の白い光を放ちながら（四八）」預言者モーセとエリアとともに顕現した奇跡の地、タボル山（Tabor）

を訪れることで、いかなる苦難に遭遇しても信仰を強く持ち続ける「堅信」を、巡礼の旅で授かったのである。

スパークは二年の歳月をかけて、一九六五年に『マンデルバウム・ゲート』を完成させ、同年、ジェイムズ・テイト・ブラック記念賞を受賞した。それ以外にも生涯で数多くの賞や叙勲に輝いている。一九九二年に米国においてインガーソル財団T・S・エリオット賞、そして一九九七年には長年の文学的功績が評価され、デイヴィッド・コーエン英国文学賞が授与された。二作品がブッカー賞の有力候補になった。一九六七年に大英帝国勲章第四位（OBE）、一九九三年には第二位（DBE）が叙勲され、一九九六年には、フランス芸術文化勲章最高位コマンドゥールが叙勲された。デイム・ミュリエル・スパークは、革新的で斬新な創作スタイルを編み出し、二〇〇四年に発表された『フィニッシング・スクール』（*The Finishing School*）まで二二編の長編小説を書き上げ、スコットランドではサー・ウォルター・スコットおよびロバート・ルイス・スティーヴンソン以降の文壇で最も重要な作家のひとりとなっている。[13]

注

（1）Muriel Spark, 'Edinburgh born,' *Twentieth Century* 170,（Autumn 1961）; rpt. in *Critical Essays on Muriel Spark*, ed. Joseph Hynes,（New York: G.K. Hall & Co., 1992）, p. 21.

（2）*Ibid*., p. 21.

（3）Martin Stannard, 'Muriel Spark in Tuscany', *Transaction of Leicester Literary & Philosophical Society*, volume101, 2007, p. 15.

（4）'*Ibid*'. p. 15.

(5) Muriel Spark, *Curriculum Vitae: Autobiography*, London, Penguin, 1992, p.202. 以後本文中では『自伝』とし、括弧内に頁数を記す。

(6) Martin Stannard, *Muriel Spark, The Biography*, London: Weidenfeld & Nicolson, 2009, p. 2. 本文中では『伝記』とし、括弧内に頁数を記す。

(7) Muriel Spark, 'My Conversion,' *Twentieth Century* 170,（Autumn 1961）; rpt. in *Critical Essays on Muriel Spark*, ed. Joseph Hynes,（New York: G.K. Hall & Co., 1992）, p. 26.

(8) *Ibid.*,p. 26.

(9) Muriel Spark, *Memento Mori*, London: Penguin, 1961, pp. 150–51. 以後、本文中のテクストからの引用はこの版の頁数を括弧内に記す。邦訳は『死を忘れるな』（永川玲二訳、白水社、一九六四年）を参考にした。なお『メメント・モリ』の記述は、早稲田大学大学院教育学研究科紀要第一〇号―二（二〇〇三年）所蔵の拙論「贖われない死と生の苦悩――Muriel Spark, *Memento Mori* 考」と一部重複する箇所があることをお断りしておく。

(10) *Tatler*, 2000, Jan. p. 60.

(11) Muriel Spark, *The Prime of Miss Jean Brodie*, London:Penguin, 1961, p. 108. 以後、本文中のテクストからの引用はこの版の頁数を括弧内に記す。邦訳は『ミス・ブロウディの青春』（岡照雄訳、筑摩書房、一九七三年）を参考にした。

(12) Muriel Spark, *The Mandelbaum Gate*, London:Pnguin, 1967, p. 28. 以後、本文中のテクストからの引用はこの版の頁数を括弧内に記す。邦訳は『マンデルバウム・ゲート』（小野寺健訳、集英社、一九九七年）を参考にした。

(13) Ed. by Michel Gardiner and Willy Maley, *The Edinburgh Companion to Muriel Spark*, Edinburgh, Edinburgh University Press, 2010, p. 1.

第二五章　ジョージ・マッカイ・ブラウン

辺境の島に歌い続けた詩人・作家
――沈黙を探し求めて――

入江和子

小宇宙から言葉を織る

ジョージ・マッカイ・ブラウンは、二〇世紀半ば、処女詩集『嵐』(*The Storm and Other Poems*, 1954)でスコットランド文学界に登場した詩人・作家である。オークニーに生まれ、オークニーに生き、オークニーに歌い、生涯、沈黙の真の意味を問い続けた。この詩集の冒頭を飾る「プロローグ」('Prologue')は、その後四〇年以上に及ぶブラウンの作家人生の声明文といえるものである。「島のために、ジョン・ノックス(John Knox, 1510–72)に破壊されたスコットランドのために、農場や製粉所や鉱山で働く労働者のために歌う[1]」という。その序文に、ブラウンの才能を見いだして世に紹介した同郷の詩人エドウィン・ミュア(Edwin Muir, 1887–1959)が添えた言葉は、ブラウンの特性を言い表している。

彼（ジョージ・ブラウン）の主題は過去と現在のオークニーである。……しかし私は彼をオークニーの詩人としてだけでなく、ひとりの詩人として讃える。彼には想像力と言葉の才、つまり天賦の詩才がある。……優美とは美しさに温かみを、ユーモアに優しさを吹き込むものである。優美がこれらの暗い詩と明るい詩のすべてに存在する。(2)

オークニー諸島は、スコットランド本島からペントランド海峡によって隔てられた群島である。ブラウンがオークニーの人々を「入り雑じった織物(3)」と表現したように、この島では紀元前四〇〇〇年頃より外界から押し寄せる諸民族が共同体を形成してきた。八世紀にはノルウェー王が任命する伯が治める伯領となり、スコットランドによって併合されたのは一五世紀（一四七二年）になってからのことである。長期に及ぶヴァイキングの影響は色濃く残り、本土とは歴史的、文化的、言語的に大いに異なる。そのため人々は自らを固有の文化を有するオークニー人（Orcadian）と考える傾向がある。語り伝えられてきた民間伝承が豊かに残り、ミュアも自叙伝に記すように(4)、現実の世界と神話の世界の境界が定かでないところである。

このような土壌を持つ辺境の島にとどまって詩句を織り上げたブラウンの考えは、「どんな小さな共同体も一つの小宇宙である(5)」という言葉に端的に言い表されている。作品は詩や短・中・長編の小説、エッセイ、戯曲、随筆、子供向けの物語など五〇以上が出版されているが、その舞台はほとんどがオークニーである。歴史や風土、伝説、小作農や漁師などそこに暮らす人々は作品の主要な主題である。季節が循環するように、同じ出来事がどの時代にもすべての人々の生活に繰り返し起こると考えるブラウンは、閉じられた島での単調になりがちな生活を特有の七面体という手法を用いて丁寧に描き出していく。過去を蘇らせたり、過去と現在を対比させたり、時代を超えて同じ人物を登場させたり、同じ題材をさまざまな視点から切り口を変えて刻み込むのである。一貫してオークニーの歴史や民間伝承など、特に宗教改革や産業改革前の題材を好んで取り上げる点において、ノーマン・マッケイグ（Norman MacCaig, 1910–96）、イアン・クライトン・スミス（Iain Crichton Smith, 1928–98）、ブッカー賞候補で争ったジェイムズ・ケルマン（James Kelman, 1946– ）のような現代作家よりも、それ以前の作家に近いと評される。その素朴な語り口は詩情に富み、時空間を超えて想像力豊かな世界が描かれる。アイルランドの詩人シェイマス・ヒーニー（Seamus Heaney, 1939– ）は、ブラウンの特質について、「オークニーの針の目を通すことによりすべてを変容させる」[6]という。

自叙伝に、「初めにことばがあった（「ヨハネによる福音書」一章一節）。文学とすべての芸術が持つさまざまな美は、あの汚れのない原初（つまり言葉なる神のうちに吸収された言葉）への回帰に向けての懸命な努力と言ってよいのであろうか[7]」と記したように、ブラウンにとって詩人・作家の真の仕事は完璧を求めて精錬することであり、その人生は配管工と同じであるという。それゆえ、終生、たとえ出版されたものであろうと、言葉にこだわり、作品を修正し続け、その背景にある沈黙を探し求めたのである。

人生を変える出会い

ブラウンは一九二一年一〇月、小さな港町ストラムネス（Stromness）の貧しい家庭に六人兄弟の末っ子として生まれる。かつては交易や捕鯨、ニシン漁でにぎわったストラムネスであるが、当時は町に禁酒制が引かれ、ひどい不景気風が吹いていた。父は副業に仕立屋として働く郵便配達夫、母は、その昔ゲール文化が豊かに残っていたサザランド州（Sutherland）ブラール（Braal）村出身でゲール語を話した。ブラウンは、この母に流れる純粋なケルトの血から文学の才能を受け継ぎ、一〇歳年長の姉が歌うスコティッシュ・バラッドで早くから想像力に目覚めていたという。五歳からストラムネス・アカデミーに通い始めるが、ピューリタン的な教育で子供の自由な精神を一つの鋳型にはめようとする学校は、ブラウンにとって「監獄」であった。しかし、創作した物語やフットボールのレポートなどを盛り込んだ雑誌『ザ・ケルト』（*The Celt*）を七歳の時から独力で編集し、また造作なく取り組んだ作文の授業で先生に毎週のように褒められて喜びを見いだすなど、早くも作家としての才能を自覚するようになる。次第に、詩人たちが造り出す音や言葉そのものに興味を持ち、授業で読んだり聞いたりする詩やスコティッシュ・バラッド、旧約聖書を通して文学的経験を深めていく。

ところが、詩作を始めた十代半ばからの数年は、生涯ブラウンを苦しめることになる鬱症状や気管支炎、麻疹の後遺症による視力の衰えなどで、恐怖心と惨めさが入り混じった陰鬱な日々になり、教室では自分の殻に閉じこもって嫌われ者の烙印を押されたように感じ、孤独であった。

その頃、ブラウンの人生において重要な出会いとなる『オークニーの人々のサガ』（*Orkneyinga Saga*）を読み、強い衝撃を受ける。このサガは、一二世紀にアイスランドで書き留められた九〇〇年頃から三五〇年にわたる歴代のオークニー伯の物語である。特にブラウンを惹きつけたのは、マグヌス（Magnus, 1070–1117）とホーコン（Hakon）の従兄弟同士による伯の位をめぐる戦いと、マグヌスの殉教である。

私にとってマグヌスは実体のある血肉を備えた説得力ある人物であり、時折彼から純粋な精神がきらめいた。そしてその瞬間は、もちろん斧が打ち下ろされることによってもたらされた彼の死の一瞬において最高の輝きを見せたのである。一一一七年のイースター・マンデー、エギルシー（Egilsay）においてのことである。（同書、五二）

このように語った「宝石のように輝く」マグヌス伯殉教の物語は、以後、ブラウンの生涯にわたる創作の中心主題となり、異なった観点からさまざまに切り口を変えたマグヌス物語を詩や戯曲、短編、小説などに描き出していく。しかも、サガから学んだ簡潔な言葉の重要性や、壮大な構造と純粋な形式は、創作技法の面でブラウンの作家人生に大きな影響を与える。

また、同じころに読んだというリットン・ストレイチー（Giles Lytton Strachey, 1880–1932）の『ヴィクトリア朝偉人伝』（*Eminent Victorians*, 1918）の中で、マニング枢機卿（Henry Edward Manning, 1808–92）に関する一種のカトリック批判は、ブラウンをカトリシズムに強く惹きつけるきっかけとなった。[8] その後長い期間を経て、一九六一年にブラウンはローマ・カトリック教に入信するが、最終的にその扉を開いたのは文学であり、言葉の美しさであったという。彼の作家としての精神、宗教的考えの心髄をなすのが、「一粒の麦は、地に落ちて死ななければ、一粒のままである。だが、死ねば、多くの身を結ぶ」（「ヨハネによる福音書」一二章二四節）というキリストのたとえ話である。その多くは、大地に生きる農夫、海に生きる漁師の生業である。農民の耕作・種まき・発芽・収穫・パンやエールに至る一連の営みは、ブラウンにとってカトリックの聖餐の儀式と結びつく神秘的なものである。それゆえ、オークニーの共同体を支えるこれらの人々を新たな目で見るようになり、そこから豊かなイメージと象徴性を得るとともに、神秘性や美についての見方を深めていく。カトリシズムへの改宗は、作家人生の大きな転機であり、ブラウンの生き方の確固とした土台になる。しかし、宗教改革後のオークニーでは、一二世紀にカトリック教徒によって建造されたセント・マグヌス大聖堂を含め、ほとんどの教会が長老教会派に属していた。カトリック教会は首都のカークウォール（Kirkwall）に一つあるのみで、カトリック信者はごく少数であった。改宗は多くのオークニー人に理解されず、ブラウンは宗教的に孤立した存在となる。

一九四一年、ブラウンは肺結核の診断を受けてサナトリウムに入る。当時は不治の病であった結核に対する恐

メイバーン・コート近くでの
ジョージ・マッカイ・ブラウン

怖心ばかりでなく、仲間たちが兵役につく中、一人取り残されてオークニー周縁部へ追放されるという惨めな気持ちを味わう。サナトリウムを出たブラウンには職もなく、国民生活扶助金に頼るという貧しい生活が続く。この砂漠のような時間の中での唯一の楽しみは詩作になり、孤独な余計者には文学が自分の天職に思えてくる。この後も何度か入退院を繰り返すが、それは現実世界からの解放という意味で読書や書くことに専念できる逃避場所になっていく。

ブラウンの詩『日暮れのホイの丘』（*The Hills of Hoy at Sunset*）が、初めて一九三九年の地元新聞『オークニー・ヘラルド』紙（*The Orkney Herald*）に掲載されるが、四四年にブラウンはその新聞社のストラムネス駐在記者となり、記事や論説、書評を書き始める。収入を得られるだけでなく、自分の考えを公にできる喜びから精力的に執筆し、ジャーナリストとしての社会的役割を自覚していく。そして、経済発展や科学の進歩により人々の考えが物質主義に傾く時代に、オークニーの物語や伝統、歴史上の人物など固有の文化を守るために島民の意識を喚起することが自らの使命であるとの思いを強くする。三〇歳に近づくころには、ジャーナリストとしてオークニーで名の知れた存在になるが、次第に、事実を伝えるだけでなく、主題を発展させて「事実は自由である。意見こそが神聖である」(9)との傾向を強めていく。ジャーナリストとして時間とスペースが拘束された中で書くこの経験は、作家として成長していくブラウンの格好の訓練になる。

一九四七年、ストラムネスに続いていた禁酒制が解除されると、ブラウンは心配事や悩みを洗い流すために三〇年以上にわたって大酒飲みになり、時には警察の留置場で世話になることも度々であった。この飲酒癖は母親を終生悩ませたが、ブラウンの作家人生には重要な役割を果たしている。作品の多くにパブやアル中など飲酒に関連する場面が多いのは、酒によってもたらされる人間のジキルとハイド的な精神構造に興味をそそられたからであるという。

当時、ブラウンのよき理解者であり、助言者であったのは、ブラウンも三篇の詩を寄せている『オークニー詩選集』（*An Anthology of Orkney Verse*, 1949）を編集した民族学者で歴史家のアーネスト・マーウィック（Ernest Walker Marwick, 1915–77）である。彼はブラウンの作品を読み、根気よくコメントをし、詩作を奨励し続け、亡くなるまでの約三〇年間ブラウンと親密な交流を続けて大きな影響を与えた。さらに彼を介して、ブラウンはカークウォール在住の詩人ロバート・レンダル（Robert Rendall, 1898–1967）や、詩人クリスティーナ・コスティ（Christina Costie, 1902–67）、歴史家ジョン・ムーニー（John Mooney, 1862–1950）らを知り、ストラムネスの飲み仲間とは違った交流を通してオークニーの作家としての自信を強めていく。しかし次第に、ジャーナリストとしての生活に飽き足らなくなり、また創作上からも生活の変化の必要性を感じていたその頃、人生の転機が訪れる。

エディンバラでの刺激的な日々

一九五一年の秋、ブラウンは奨学金を得てストラムネスを離れ、ミュアが学長を務めるエディンバラ近郊のダルキース（Dalkeith）にある社会人対象のニューバトル・アビー・カレッジ（Newbattle Abbey College）で一年間学ぶことになる。ミュアが著した『物語と寓話』（*The Story and the Fable*, 1940）で、彼の少年時代についての素晴らしい描写に感動し、また、詩集『航海』（*The Voyage and Other Stories*, 1946）について、「ドアの鍵が回され、純粋な抒情詩の瞑想の部屋に入った」[10]と述べたブラウンである。文学的雰囲気に囲まれたニューバトルで、ミュアの指導のもとに「人生で最高に幸せな時」[11]を過ごし、詩人・作家としての才能を伸ばしていく。

しかし、一九五三年に結核が再発、失意の療養中に、ミュアの励ましを受けて冒頭に紹介した処女詩集『嵐』を三〇〇部自費出版する。「プロローグ」の最初の一行が、亡くなる一一年前に書いていたと言われ、死後に出版された自叙伝『島に生まれ、島に歌う』（*For the Island I Sing*, 1997）の題名になる。第二詩集『パンと魚』（*Loaves and Fishes*, 1959）の出版もミュアの力添えによるものであったが、ミュアはその完成を待たずに亡くなる。砂漠に戻ってきたブラウンにとってニューバトルにおける生活との落差は大きく、文学的刺激の必要性を一層強く感じるようになっていく。

安定した収入を得る方法を模索していたブラウンは、一九五六年からエディンバラ大学で英文科の学生として勉強に励み、多くの知己を得るばかりでなく知識の扉が次々と開かれていく充実した四年間を過ごす。続いて教師の資格を取得しようとマリハウス教育大学（現在はエディンバラ大学の一学部）に入るが、子供たちを相手にした教室での恐怖体験などから最終的に教師への道を断念する。さらに、結核の再発で休養しながらも大学院へ進学し、ジェラード・マンリー・ホプキンズ（Gerard Manley Hopkins, 1844–89）の詩を研究する。聖職者というホプキンズの宗教的な背景に、また独創的な言葉の表現方法に興味を持つが、彼の韻律上の厳しい理論には納得できなかったようである。

週末に、ローズ・ストリートのパブ「ミルンズ・バー」（Milne's Bar）や「アボッツフォード」（The Abbotsford）などに集うヒュー・マクダーミッド（Hugh MacDiarmid, 1892–1978）、シドニー・グッドサー・スミス（Sydney Goodsir Smith, 1915–75）、トム・スコット（Tom Scott, 1918–95）、ノーマン・マッケイグら文学者との談話は、ブラウンに大きな文学的刺激をもたらした。そして、「キルトをはいたテリアのような頭をした」[12]マクダーミッドが、ミュアとの文学上の対立で見せる激しい性格とは違って、物静かでユーモアのある人物であることを知るようになる。スコッツ語で書かれた彼の長詩『酔いどれ男アザミを見る』（*A Drunk Man Looks at the Thistle*, 1926）について、「……素晴らしい瞑想詩である。ユーモア、諷刺、熱情、宗教、政治、純粋な叙情性がこの作品の中で出会い、交じり合い、二〇世紀の偉大な詩の一角を成している」（同書、一二八）と讃える。ブラウンにとって、マクダーミッドは、「偉大な冬の詩人」ロバート・バーンズ（Robert Burns, 1759–96）以来の最大の詩人であるという。

また、その頃に出会い、一度は婚約までしたというステラ（Stella Cartwright, 1937–85）は、ブラウンが長年、誕生日に名前を織り込んだ折句を書くほど暮らしに彩りを添えた。ステラは当時、「ローズ・ストリートの詩神《ミューズ》」としてスコットランド詩人の間で知られた存在であったが、「その輝きや穏やかさの下に、非常に傷つきやすい人格が隠されていた」ため（同書、一三八）、人生の痛みを和らげようとした飲酒が彼女の体を蝕んでいった。ステラを念頭において描かれたのが、第二短編集『守る時』（*A Time to Keep and Other Stories*, 1969）に収められる「シーリア」（'Celia'）である。繊細な娘の主人公シーリアが、新年の祝いで飲んだ酒で別世界を知り、次第に酒におぼれていく物語である。

このように、木々の茂る美しく魅力的な文化都市エディンバラでの知的刺激に満ち溢れた自由な生活は、オークニーにおける孤独な存在のブラウンにとって、詩人・作家としてのアイデンティティを形成し、文学的素養を発展させていく上で重要な経験になった。

詩人から作家へ

ブラウンがオークニーの文化と伝統を伝えていくために、創作拠点をエディンバラではなく、生地オークニーに求め、詩集『鯨の年』(*The Year of the Whale*, 1965)を発表したころには、国の扶助金に頼る必要もなくなり、ようやく余計者という負い目から解放される。この後、詩作と平行させて、四〇年代後半から書き留めていた散文を集めた初の短編集『愛のカレンダー』(*A Calendar of Love and Other Stories*, 1967)を出版する。評判はよく、これが転換点となって、ブラウンは詩人としてだけでなく、作家としての名声も高めていく。短編では、物語を凝縮した詩の主題が一層生き生きと表現され、詩と同様に、サガ物語から学んだ素朴な語り口で、オークニーの歴史や人々とその暮らし、ヴァイキング時代といったさまざまな内容が、多様な手法でユーモアを交えて描写され、技巧的に素晴らしい発展を見せる。表題作「愛のカレンダー」は、一二カ月の暦に沿って進む独身の男女三人の愛をめぐる物語で、後に続くブラウンのカレンダーものの最初となる作品である。

第二短編集『守る時』は、「ルイス・グラシック・ギボン(Lewis Grassic Gibbon, 1901–35)以来の最も力強いストーリーテラー」、「魔術師の筆致を持つ作家」などと評される(13)ほど処女作品よりもさらに好評であった。表題作「守る時」は、町の名士の娘で信心深いインギと結婚した、無神論者で小作人ビルの「私」が語る物語である。これら短編の最後はいずれも登場人物の心の闇が一瞬にして希望に変わり、再生へと導かれる。「愛のカレンダー」では、初雪のひとひらが女主人公ジーンの心を溶かし、「守る時」では、赤ん坊を照らす一番星の光と波しぶきにビルの意固地な心は変化し、それぞれ子供の誕生とタラの大群が暗示される。

中期の第五短編集『アンドリーナ』（*Andrina and Other Stories*, 1983）には、幽霊物語、神話、変身などが含まれ、さらに多彩な内容が新たな手法で描き出される。「捕鯨船員マイケル・サーファックス」（'Michael Surfax, Whaler'）、「冬の伝説」（'A Winter Legend'）、「詩人たち」（'Poets'）、「アンドリーナ」は、これまで以上に人物の心に深く立ち入っている」という。(14) 表題作の「アンドリーナ」は、一人暮らしの老船長トーヴァルドが語る不思議な物語である。毎夕、身の回りの世話に来てくれるアンドリーナを待ちわびるトーヴァルドと、彼が語る五〇年前の残酷で悲しいある話、そして半年前に投函された昔の恋人シーグリッドからの手紙が語る事実。物語は時間が前後に錯綜し、物語中に、さらに物語や手紙が組み込まれるという二重、三重の複雑な構造である。最後に、トーヴァルドはアンドリーナがもたらした至福の時が終ったことを知る。

あとになって、わたしは炉辺で想いを馳せた。冬の夜ごと夜ごと、あの来訪者が敷居を越えてわたしにもたらしてくれた輝きと芽生えとみずみずしさを。そして、アンドリーナが最初の夕闇と一番星とともにどのような様子で私を訪ねたかを。そして今そのアンドリーナが塵芥に帰した場所で新たな時が大地と海を照らしていた。(15)

トーヴァルドが見たのは孫娘の「幻」、ブラウンはトーヴァルドに見えないものを見せたのである。先の短編にも見られるように、ブラウンは日々の営みの中で、共同体の住人たちに魂を揺さぶるような芸術的巧みを仕掛ける。この夢のような企みは、「私は経験したこともないこと、見たこともないものについて最高のものを書く」(16) という言葉にその心情が籠められる。

『守る時』と同じ年に出版された『オークニー・タペストリー』（*An Orkney Tapestry*, 1969）は、短編でも小

書斎でのジョージ・マッカイ・ブラウン

説でもなく、オークニーを賛美するエッセイである。独立した六つのセクションに、それぞれ詩と散文を一緒に織り込むという新たな形式を用いて、島の人々や歴史、サガ、民間伝承などが語られる。「ラックウィック」（'Rackwick'）は、ブラウンが初めてホイ島（Hoy）を訪れた際に（四六年）、その寂れた美しさに魅せられ、想像力に満ちた数世紀にわたる谷間の移ろいを描いたもので、後の連作詩『鋤を持つ漁師たち』（*Fishermen with Ploughs*, 1971）の出版に結びつく。また、オークニーの豊かな詩の伝統をうたった「詩人」（'Poets'）では、一章にオークニー方言で素晴らしい抒情詩を書いたレンダルに捧げる「ロバート・レンダル」（'Robert Rendall'）、もう一章の「バラッド・シンガー」（'The Ballad Singer'）では、バラッドの歌い手（詩人）が、アザラシ伝説の「オディヴィエ夫人」（'The Lady Odivere'）を見事に歌い上げ、その幕間にオークニー伯や権力者などの聴き手の反応が皮肉をもって展開される。語り手は、「詩人とは全く取るに足らない存在で、何がしかの報酬はもらえるが相手次第である。しかしバラッドを歌っている間は権力者であろうと自分の所有するところであり、その歌は限りある命と、虚栄と放蕩の日々の陰に忘れられている不滅の真珠を喚起する。（詩人にはそのような力がある）[17]」と言う。ここで興味深いことは、ブラウンが『オークニー詩選集』（五四―六四）の中に収められたバラッドをほぼ原形のままで物語の中に取り入れている点である。それについて序文には、「初めて読んだ素晴らしいバラッドで、広く知られていない『オディヴィエ夫人』を復活させようと試みた」（同書、一三）と記している。これは民間伝承学者ウォルター・トレイル・デニソン（Walter Traill Dennison, 1825–94）が、四〇年かけてオークニー各地で蒐集した五部構成九三スタンザのバラッド「オディヴィエ夫人の芝居」（'The Play o' De Lathie Odivere'）をマーウィックが編集したものである。

作曲家サー・ピーター・マクスウェル・デイヴィス（Sir Peter Maxwell Davies, 1934–　）は、この『オークニー・タペストリー』に感動して、一九七〇年にラックウィックに移り住み、そこから多くの曲を作り出している。

小説家として――ある原型のパターンの繰り返し

『守る時』の出版後、ホガース社（The Hogarth Press）のノラ・スモールウッド（Norah Smallwood）に勧められて、ブラウンは小説を書き始める。世界大戦や北極海の油田とウラン鉱の発見など、科学の進歩と産業の発展による共同体への脅威が急速に現実的なものとなり、オークニーという固有の文化を持った島そのものを破壊してしまうように感じていた時である。処女小説『グリーンヴォー』（*Greenvoe*, 1972）は、共同体のアイデンティティを深く追求した物語で、いくつかの短編が織り込まれた一枚のタペストリーのような作品である。二〇世紀のオークニーを思わせる架空の島ヘルヤにある小さな村グリーンヴォーで、住人たちに日々繰り返される月曜から金曜までの暮らしを背景に、島の歴史や過去の回想、古代から続く農耕儀式を織り交ぜながら、突然の防衛計画らしきプロジェクトで村が破壊されていく脅威を描いている。物語の最後には、一〇年後に七人の男が無人の島に戻って農耕儀式を再開し、キリストの復活を象徴するパンが割かれて島の再生が暗示される。数多くの登場人物の中でもとりわけ重要な存在は、オークニー人ではないアル中の牧師の母親マッキー夫人である。村の崩壊が彼女の身体的精神的衰えと平衡して描かれるように、物語の進展とともにその存在感を増していく。ブラウンの母親を思わせるような寛容で優しい、酒に溺れた息子を持つマッキー夫人について、ブラウンは、今まで想像した登場人物の中で最も魅力的な満足のいく人物になり、時折彼女と語り合うのが慰めであったという。

『グリーンヴォー』の成功による自信と経済的な後押しで、翌年、ブラウンは二作目の小説『マグヌス』(*Magnus*, 1973)を出版する。この作品は、『オークニー・タペストリー』の「殉教者」(‘The Martyr’)や、セント・マグヌス大聖堂修復のために創作した戯曲『光の機織り機』(*The Loom of Light*, 1972)を発展させた宗教的神秘性に満ちた作品である。オークニーの再生のために自らの命を犠牲にしたマグヌスについて、「八世紀前のこれらの出来事の猛々しいまでの美がなかったら、私が書くものはかなり異なったものであったろう」と自叙伝(九)に記したブラウンである。『マグヌス』では、二人の伯の戦いという単なるサガの再話ではなく、戦争により荒廃した農地を必死に耕す小作農民や漁師、ティンカーの姿を浮き彫りにし、マグヌス殉教を共同体に必然の儀式として描こうとする。そして、農耕作業と季節の循環に呼応して、マグヌス伯の誕生から死までの一生が、キリストの生涯を想起させながら見事に重ねあわされていく。

第七章の「処刑」(‘Killing’)において、ブラウンはブレヒト(Bertolt Brecht, 1898–1956)の『コーカサスのチョークの輪』(*The Caucasian Chalk Circle*, 1944)から着想を得たという大胆な企みをみせる。マグヌス殺害の場面が、突然二〇世紀のナチ強制収容所のキャンプに転換される。そこで処刑されるのは、ルター派の牧師らしき人物であり、読者はその処刑場面を通してマグヌスの死を認識することになる。その上、表現形式もサガのスタイルから現代の記者の報告や一人称語り、そしてサガへとさまざまに変化する。このように物語の流れを断ち切るメタフィクション的手法を用いてわれわれの意識に揺さぶりを掛けた意図を、ブラウンは次のように語る。

実は、こういう出来事は時間という点において孤立した偶然の出来事ではなく、ある原型のパターンの繰り返しである。地球上における人間の原初の時間において、人間の心に刻印されたあるイメージや出来事は、最後に歴史が一定の意味を生み出すまで、あらゆる生活において例外なく何度も繰り返されるだろう。それゆえ、マグヌスの生と死は同時代的に提示され、二〇世紀においても共鳴されるようでなければならない。（同書、一七八―九）

ブラウン自身は『グリーンヴォー』より、主題をさらに発展させた『マグヌス』の方が作品として優れていると話すが、批評家の間では意見が分かれる。一九七七年には、この小説に感銘を受けた作曲家デイヴィスによって『聖マグヌスの殉教』（*The Martyrdom of St Magnus*, 1977）というオペラが創作され、ヨーロッパのあちらこちらの教会で演じられるようになった。

一九九四年にブッカー賞の最終候補に残った『時を紡ぐ少年　ソーフィンの夢物語』（*Beside the Ocean of Time*, 1994）は、子供の夢想の世界と現実の世界が織り込まれたブラウンの最後となる小説である。惜しくも選に漏れたが、『ヴィンランド』（*Vinland*, 1994）と同様、最初は子供向けに構想された作品であった。タイトルは、ブラウンが若い頃に強烈な印象を受けたというトーマス・マン（Thomas Mann, 1875–1955）の『魔の山』（*The Magic Mountain*, 1924）、第七章「海辺の散歩」（'By the Ocean of Time'）を連想させるように、内容的にもマンの時を物語る考えと多くの共通点を持つ作品である。[18] また、ブラウン自身を髣髴とさせる箇所が随所に見られ、最後の数頁は特に自伝的である。

物語では、オークニーを思わせる二〇世紀の島ノーディを舞台に、「島いちばんのなまけ者で役立たず」の少年ソーフィンが成長していく姿と平行して、夢の中でヒーローとなってブロッホの時代から第二次世界大戦までの過去を航海する時空間を越えた旅が描かれる。のどかな風景が広がる島は軍用飛行場になり、戦争が始まるとともに人々に見捨てられて伝統が絶えてしまうが、作家になったソーフィンは、エディンバラでの無秩序な生活に飽いて詩作のために島へ戻ってくる。ところが、「(時のこちら側で見つかることはない)詩の杯」を探し求めてきたソーフィンには、もはや子ども時代の純真な魂や想像力を取り戻せないと分かり、自分の子供が詩人になることに夢を託す(この点はブラウンと異なる)。そして、最後に永遠を象徴する「終りでもあり始まりでもある大洋の波打ち際[19]」を恋人ソフィーと歩き続けるのである。

晩年のブラウン——「大いなる光」の栄光を讃えて

ブラウンが癌《がん》を克服した晩年の三年ほどは、「想像力はまだ働いている、仕事場の道具は使えば光るのである[20]」と語るように、かつてないほどの創作意欲に満ちて多くの作品を発表する。そのうえ多くの企画が進行中で、島民との接触を保つためにジャーナリズムの仕事も変わらずに続けていた。(亡くなる一週間前の『オーケーディアン』紙(*The Orcadian*)のコラムが最後の寄稿になる)。

一九九六年四月一三日、「私たちは沈黙から沈黙へと移動し、その間に人生や時間に意味を見いだそうとする各人によるつかの間の一騒ぎがあるにすぎない」(同書、一八一)と記した生涯に、ブラウンは七四歳の幕を下ろす。その数日後に出版されたのが、『ヒバリを追って　詩集』（*Following a Lark*, 1996）である。生前すでに四〇編を選び、序文は前年の一二月に書き終えて出版の準備を整えていたという。詩人として、作家としてのブラウンの凝縮された思いは、この最晩年の詩集の序文に記された「光を称賛し、また光の背後の『大いなる光』の栄光をささやかながら讃えるために書かれた[21]」という言葉に込められていよう。

遠くまでやって来た、たったひとりで
もう少しで七十番目の石だ
　これには驚いた。

この詩は七〇歳を迎えるに当たり、『スコッツマン』紙（*The Scotsman*）に求められて詩作した「西方の一つの星」（**'One Star in the West'**）の一節である。（同書、八五）「たったひとりで」の言葉に生涯の孤独感を漂わせるが、一方で、病と闘いながらも詩作を続けてこの歳まで生きてきたという一人の感慨を込めた力強さも感じられる。また、ブラウンには珍しく未来の子供たちに向って、「数字の網の目でますます傷ついた詩」を守るよう訴える「二〇九三年のハムナヴォーの詩人に寄せて」（**'To a Hamnavoe Poet 2093'**）がある（同書、一四）。

寝ずの番をせよ。それでもことばは流れる
　海や丘のリズムに呼応して。
防御せよ、石より深い
　純粋な源を、沈黙を。

四月一六日、奇しくも「聖マグヌスの日」に、セント・マグヌス大聖堂において、宗教改革後初めてのカトリック司祭によるブラウンの葬儀のミサが執り行われた。友人のデイヴィスが自作曲『さらばストラムネス』（*Farewell to Stromness*）を奏でる中、この地が生んだ二〇世紀の偉大な詩人に人々は別れを告げた。ホイ島を望むウァーベスに眠るブラウンの墓碑銘には、詩集の最後を飾る「詩人の務め」（'A Work for Poets'）の最後の二行（同書、八六）が刻まれている。文末に終止符がないのは、完璧な詩を探し求めたブラウンの最後の証なのであろうか。

ルーン文字を刻め
そして満ち足りて沈黙せよ

若いころに、「いつの日か後世に二、三篇よい詩を遺したい」[22]とマーウィックへの手紙に認めたブラウンは、言葉通りにそれを成し遂げたのである。詩人・作家として名を揚げるようになっても、最後まで共同体の中に溶け込むことが難しいブラウンであったが、オークニーから宇宙に向って言葉を紡ぎ続けた人生であった。

注

（1）Archie Bevan & Brian Murray (eds.), *The Collected Poems of George Mackay Brown* (London: John Murray, 2005), p. 1. 拙訳。

(2) George Mackay Brown, 'Introduction', *The Storm and Other Poems* (Kirkwall: The Orkney Press, 1954), 拙訳。

(3) George Mackay Brown, *Portrait of Orkney* (London: The Hogarth Press, 1981), p. 9. 拙訳。

(4) Edwin Muir, *An Autobiography* (Minnesota: Graywolf Press, 1990, first published by London: The Hogarth Press, 1954), p. 14.

(5) George Mackay Brown, *For the Island I Sing: An Autobiography* (London: John Murray, 1997), p. 180. 日本語訳は、川畑彰・山田修訳『島に生まれ、島に歌う』（あるば書房、二〇〇三年）による。以下同じ。

(6) The cover of Brown's *Selected Poems 1954–1983* (London: John Murray, 1991). 拙訳。

(7) George Mackay Brown, *For the Island I Sing: An Autobiography* (London: John Murray, 1997), p. 57.

(8) Isobel Murray (ed.), *Scottish Writers Talking: Interviewed by Isobel Murray and Bob Tait* (East London: Tuckwell Press, 1966), p. 14.

(9) George Mackay Brown, *For the Island I Sing: An Autobiography* (London: John Murray, 1997), p. 62.

(10) Sabine Schmid, '*Keeping the Sources Pure*': *The Making of George Mackay Brown* (Bern: Peter Lang, 2003), p. 44. 拙訳。

(11) George Mackay Brown, 'Friends of Newbattle (9/9/76)', *Under Brinkie's Brae* (London: Steve Savage, 2003), p. 45. 拙訳。

(12) George Mackay Brown, *For the Island I Sing: An Autobiography* (London: John Murray, 1997), p. 102.

(13) Maggie Fergusson, *George Mackay Brown: The Life* (London: John Muray, 2006), p. 194. 拙訳。

(14) Rowena Murray & Brian Murray, *Interrogation of Silence: The Writings of George Mackay Brown* (London: John Murray, 2004), p. 206. 拙訳。

(15) George Mackay Brown, 'Andrina', *Andrina and Other Stories* (London: Chatto & Windus, The Hogarth Press, 1983), p. 86. 日本語訳は、川畑彰・入江和子訳『アンドリーナ短編集』（あるば書房、二〇〇六年）による。

（16）William Sharpton, 'Hamnavoe Revisited : An Interview With George Mackay Brown', *Chapman 84*（Edinburgh: Chapman, 1996）, p. 24. 拙訳。

（17）George Mackay Brown, 'The Ballad Singer', *Orkney Tapestry*（London: Victor Gollancz Ltd, 1972）, p. 141. 拙訳。

（18）Rowena Murray & Brian Murray, *Interrogation of Silence: The Writings of George Mackay Brown*（London: John Murray, 2004）, p. 256.

（19）George Mackay Brown, *Beside the Ocean of Time*（London: Flamingo, 1995）, p. 217. 日本語訳は、入江和子・駒井洋子訳『夢を紡ぐ少年　ソーフィンの夢物語』（あるば書房、二〇〇三年）による。

（20）George Mackay Brown, *For the Island I Sing: An Autiobiography*（London: John Murray, 1997）, p. 184.

（21）George Mackay Brown, *Following a Lark*（London: John Murray, 1999）, 日本語訳は、川畑彰・入江和子訳『ヒバリを追って』（あるば書房、二〇一〇年）による。

（22）Rowena Murray & Brian Murray, *Interrogation of Silence: The Writings of George Mackay Brown*（London: John Murray, 2004）, p. 40.

第二六章　アラスター・グレイ

牢獄からの脱出
――『ラナーク』と『一九八二年ジャニーン』をめぐって――

照屋由佳

『ラナーク』が出版されるまで

現代スコットランド文学の大御所、アラスター・グレイ（Alasdair Gray, 1934–　）を一躍有名にしたのは、処女長編、『ラナーク』（*Lanark*, 1981）であるが、その起源は意外に古い。一九五一年、グレイが一七歳のときに、ボレアス・ブラウンという喘息もちの主人公を考えついたのが始まりであったらしい。それは同年、『オブリー・ポブリー』（*Obbly Pobbly*）の構想に変わり、グレイの分身と言うべき、労働者階級出身の少年、オブリー・ポブリーが戦後のグラスゴーを抜け出て、幻想世界を放浪する話となる。主人公の名前は、その後、エドワード・サザラン、ゴーワン・カンバーノールドに変わり、最終的に、『ラナーク』のダンカン・ソーに落ち着いたようである。(1)

グレイは一九五二年、グラスゴー美術学校に入学するが、『ラナーク』の最後につけられたセルフ・インタビュー（「おまけ」）によると、在学時代の一九五四年に『ラナーク』を書き始めたことがわかる――「一九五四年のこと、わたしは〈ソー〉の物語を絶対に書けるという自信があったので……家で執筆に励むことした……。が、その期間の終わりに書き上がっていたのは、現行の十二章『戦争の始まり』と、二九章『出口』終盤の幻覚にとりつかれるエピソードだけ」(2)――。在学中はデザインと壁画を専攻したものの、「おまけ」で「一九五〇年代のスコットランドでは、若い芸術家がカンバス画や壁画を描いて生計を立てるのは不可能だった。美術学校の学生はほとんど全員、教師になった」（『ラナーク』五六八）と述べられているとおり、卒業後は画家として一本立ちすることはできず、いくつかの学校で美術教師をしたほか、パヴィリオン劇場の背景画家となったり、公共施設やレストランで壁画を描いて、糊口を凌《しの》ぐ(3)。

グレイは一九六六年の『ケルヴィン・ウォーカーの転落』（*The Fall of Kelvin Walker: A Fable of the Sixties*）――BBCテレビが放映したのは一九六八年である――を初めとして、一九六〇年代中盤から七〇年代にかけては、ラジオやテレビドラマの台本執筆で生計を立て始めるが、そのほとんどは後に、小説や短編となっている。『ケルヴィン・ウォーカーの転落』（1985）、『マッグロッティとルドミラ』（*McGrotty and Ludmilla, or, The Harbinger Report*, 1990）、『革製品のものをちょっと』（*Something Leather*, 1990）の一部、『歴史を作るもの』（*A History Maker*, 1994）、『メイヴィス・ベルフレイジ』（*Mavis Belfrage: A Romantic Novel with Five Shorter Tales*, 1996）の表題作、『ほら話とほんとうの話、ほんの十ほど』（*Ten Tales Tall & True*, 1993）所収の「家路に向かって」（'Homeward Bound'）と「黄金沈黙の喪失」（'Loss of the Golden Silence'）、「運転手のそばに」（'Near the Driver'）の原型は、すべてもともとドラマの台本であった――原型の台本のほとんどは後に『グレイの台本』（*A Gray Playbook*, 2009）に収録されている――。グレイは一九七二年、グラスゴー大学のフィリップ・ホブズバウム（Philip Hobsbaum, 1932–2005）主催のライティング・グループ――ベルファーストのクィーンズ大学時代に立ち上げたライティング・グループのなかには、後にノーベル文学賞を受賞するシェイマス・ヒーニーがいた——に参加し、創作の腕を磨くとともに、トム・レナード（Tom Leonard, 1944– ）、ジェイムズ・ケルマン（James Kelman, 1946– ）、リズ・ロッホヘッド（Liz Lochhead, 1947– ）、クリス・ボイス（Chris Boyce, 1943–1999）、アンガス・マクニコル（Aonghas MacNeacail, 1942– ）など、生涯にわたる友人を作ることになるが、ホブズバウムがグレイを誘ったのは、『ケルヴィン・ウォーカーの転落』の台本を評価したからであるという。(4)

グレイはホブズバウムとそのライティング・グループの影響について幾度となく言及しているが、『ラナーク』のエピローグにある盗作の索引には、ホブズバウム、ケルマン、ロッホヘッド、ボイス、マクニコル、レナードなど、ホブズバウムのライティング・グループを通して友人になった文学仲間が多数、登場する。ケルマンにいたっては、エピローグの注釈に、「きわめて重要な冒頭の章の散文を滑らかなものにすることができたのは、ジェイムズ・ケルマンより受けた批評的助言のおかげである」（『ラナーク』四九九）とまで書かれている。ホブズバウムのライティング・グループ

アラスター・グレイ

でケルマンと知り合わなければ、『ラナーク』は、今とは違った形で存在していたのかもしれない。グレイとケルマンは後に、アグネス・オーエンズ（Agnes Owens）と三人共同で、短編集『痩せた話』（*Lean Tales*, 1985）を出版している。そもそも、盗作の索引自体、索引に登場するカール・マクドゥーガル（Carl MacDougal）との共同作業であり、索引に嘘の情報が混在しているのは、マクドゥーガルのアイディアであるという。(5)

このように、グレイはさまざまな手段で生計を立てながら、『ラナーク』を執筆し続け、「おまけ」によると、七章から十一章あたりを書いたのは一九六九年、七〇年頃で、第一巻は、一九六三年以前に、すでに現在のかたちででき上がっていて、一九七〇年代半ばまでには第三巻もでき上がり、遂に一九七六年の七月の終わりまでには、全編が完成したらしい。その後、いくつかの出版社に断られたあと、スコットランドのキャノンゲイトが出版を承諾し、一九七八年、キャノンゲイトとの契約が成立する。(6) 一九八一年、二月、構想からほぼ三〇年を経て、グレイの『ラナーク』はようやく、日の目を見ることになった。

『ラナーク』の受容

『ラナーク』は四巻から構成され、いきなり第三巻から始まって、プロローグ、第一巻、インタールード、第二巻、第四巻、エピローグ［第四巻の途中に挟まれている］と続く。第三巻と第四巻が「『一九八四年』……的世界を舞台にカフカが描いた『神曲』風ファンタジーであり」、それにサンドウィッチされた形の第一巻と第二巻が「四〇年代から五〇年代のグラスゴーを舞台にした『若き芸術家の肖像』……風のリアリズム小説となっている」。カフカ風ファンタジー、教養小説、メタフィクションなどをミックスした百科全書的な作品、『ラナーク』は、一九八一年に出版後、「それまで労働者階級の工業都市での孤独と疎外を描く社会的リアリズムが支配

的であったスコットランド文学界」に大きな衝撃を与えることになる。(7)

アントニー・バージェス（Anthony Burgess）は、「そろそろスコットランドから現代の言葉で書かれた衝撃的な文学が生まれる頃だと思っていた。この作品こそ、それだ」と激賞し、スコットランドの小説家がイングランドの雑誌で扱われることはなかった時代に、小説家ウィリアム・ボイド（William Boyd）は、一九八一年の『タイムズ文芸付録』（*Times Literary Supplement*）で『ラナーク』に異例の一頁を割いた。受賞は逃したものの、ブッカー賞の有力候補となり、サルティア協会賞（Saltire Scottish Book of the Year Award）を受賞し、装丁でスコットランド芸術協会の一九八一年度最優秀ブック・デザイン賞を受賞している（画家でもあるグレイは、ほとんどの作品を自分でデザインし、自筆のイラストを描いている）。グレイはフレドリック・ニヴェン賞も受賞するが、賞金をサッチャー政権と闘っているストライキ中の炭坑夫たちに寄付している。また、『ラナーク』はスコットランドの若い小説家たちにも大きな影響を与える。イアン・バンクス（Iain Banks, 1954–　）は、傑作、『ブリッジ』（*The Bridge*, 1986）が『ラナーク』の影響下で創作されたことを認めているし、今では有名な小説家となったジャニス・ギャロウェイ（Janice Galloway, 1955–　）は、「いつも思っていた……作家と言えば、全員男で、全員死んでいると。そうではないと、この本は教えてくれた……。わたしは感激した」と述べ、『トレイン・スポッティング』（*Trainspotting*, 1993）で一躍有名になった、アーヴィン・ウェルシュ（Irvine Welsh, 1958–　）は、「作家の言葉と想像力、そして彼が素材を完璧にコントロールしていることに驚愕した。とりわけ、その作家がアラスター・グレイのような、躍動的でとっぴな作家なだけに、驚愕だった……。『ラナーク』はおそらく、スコットランドが生み出したなかで、『ユリシーズ』に一番近い作品だ」と発言している。(8)

『ラナーク』とグラスゴー

『ラナーク』の第一巻と第二巻では、四〇年代から五〇年代のグラスゴーを舞台に、労働者階級出身の主人公、ダンカン・ソーの幼少期から青年期が、リアリズムの手法で描かれる。喘息《ぜんそく》持ちで内向的な夢想家ダンカンは、グラスゴー美術学校に入学し、同じ美術学校に通うマージョリーに恋をするが、結局、その恋はうまくいかず、画家として成功したいという夢にも破れ、失意のあまり自殺する。グレイが「おまけ」で「第一巻、つまり〈ソー〉のセクションの前半は、一七歳半までのわたしの人生にかなり似通っている」(『ラナーク』五六七―五六八)と述べているように、ダンカンはかなりの部分で作者と重なる。グレイもグラスゴー郊外リドリーに生まれ、ホワイトヒル中高校に入学して卒業し、母親の死を経て、グラスゴー美術学校に入学する。グレイとダンカンの相似は、第二巻に入っても続く。グレイは失恋し、喘息でストブヒル病院に入院したあと、一九五八年からグラスゴーのグリーンヘッド教会で天地創造の七日間を題材に壁画を描いていて、一九六二年に完成させている(この経験はダンカンが教会壁画を描くエピソードに反映されている[9])。グレイの父親が戦時中、軍需工場の労働者のためのホステルの管理人をした場所はハイランドではなかったこと、ダンカンとは違い、グレイは美術学校を卒業し、教会壁画を完成させたこと、売春婦を買おうとしたことはなかったことなどの一部を除けば、第一巻と第二巻は、きわめて自伝的な小説であると言ってよさそうである。

第一巻と第二巻の現実世界に対して、第三巻と第四巻は、死後の生を描いており、ダンカンは死後、ラナークとして転生し、アンサンクや施設という地獄を太陽と愛を求めて彷徨する。ある日、青年がアンサンクという街に到着する。しかし、彼はそこが何という場所で、自分が誰か、どこから来たのかわからないので、とりあえずラナークと名乗る。アンサンクはたえずどんよりと曇りがちで、太陽の存在を知らない街で、そこでは奇病が流行り、人々は突然消失する。アンサンクは、明らかにグラスゴー、とりわけ不況時代の五〇年代のグラスゴーをモデルにしている。人々の突然の消失も、当時、グラスゴーから人口が流出していった事実を踏まえての表現であるらしい。(10)

しばらく進むと、外周をごとごととトラムが走っている大きな広場に出た。街灯の明かりで見えるのは下のほうの階だけだったが、広場を取り巻く建物はかなり大きなものらしく、建物の正面は装飾が凝らされていた……。広場の中心には高い柱がそびえ、そのまわりに煤けたような黒い像が並んでいる。真っ黒な空を見上げても、柱のてっぺんは見えなかった。(『ラナーク』一九)

この描写は明らかにグラスゴーの中心、ジョージ・スクエアを彷彿《ほうふつ》させる。広場の中心にある高い柱は、サー・ウォルター・スコットの像が乗った柱のことであろう。トラムも五〇年代のグラスゴーのトラムのことであるし、スモッグのせいで真っ黒な空だった五〇年代のグラスゴーは、アンサンクとそう変わるわけではない。ラナークはエリートというカフェに出入りし、そこでスラッデンのグループに加わり、リマと知り合い、恋をするが、エリートは一九五〇年代に美術学校の学生のたまり場だったグラスゴーのカフェをモデルにしているという。(11)

ビート・ウィッチ(Beat Witschi)によれば、アンサンクはファンタジーの手法で変形したグラスゴーである。(12)奇病が流行るアンサンクで、ラナークは竜皮と呼ばれる病気にかかり、最初は肘のところに、硬い小さな斑点ができていただけなのに、肩から手首まで竜のような皮で覆われる——「竜皮は腕と手を覆ってしまうと、それ以上はひろがらなかった。ただ、腕全体の長さは一五センチ以上も長くなっていた。指が太くなり、指のあいだにはかすかに水かきのようなものができて、爪は長くなり、曲がりが大きくなった。それぞれの指の関節に、バラの棘のような赤い突起ができた」(『ラナーク』四〇)——。ラナークは殻に閉じこもる性格であったので、リマに傷つけられると、文字通り、竜の皮に覆われてしまう。また、スラッデンの婚約者、ゲイは、スラッデンに完全に支配されているため、彼女の手のひらには、スラッデンの口が突出していて、勝手に話をする。

> その手のひらにあるものが何かわかるのに、少し時間がかかった。口だった。冷笑的ににやりと笑っている口。その口が開き、微小な声がもれてきた「おまえはすべてを考えぬこうと必死になっていて、それがおれの興味をそそるのさ」
> スラッデンの声だった。ラナークはかすれた叫び声をあげた。「こんなの、地獄だ!」(『ラナーク』四五)。

病気を悪化させたラナークはネクロポリスに行き、そこで出口を自称する幅一メートル近くの巨大な口に出会い、その口に飛び込み、施設に脱出する。

施設は巨大な病院であり、時計が二五時まであり、仕事が時間帯によって細かく決められていることでわかるように、高度に組織化された世界である。竜皮を治したラナークは医者となって、患者を受け持つことになるが、竜皮を悪化させ、文字どおりの竜に変身しつつある、その患者は、リマの変わり果てた姿であった――「患者の体長は、銀色の頭のとさかから銀色の足のブロンズ色の蹄《ひづめ》まで、二一メートルはゆうに超えている」(『ラナーク』七二)――。グレイが「おまけ」で、「施設を描いた一連の章では、ほとんど医者とは呼べないような医者の視点を用いて、ウィンダム・ルイスの地獄、ストブヒル病院、ロンドン地下鉄網、それにロンドンBBCテレビセンターの雰囲気と細部を混ぜこぜにした」(『ラナーク』五七〇)と述べているように、施設はファンタジーやSFの手法で変容させたグラスゴーとロンドンの合体版というところであろう。

施設の支配者、オザンファン教授が、「太陽光がないのはわれわれだって同じだが、この施設はきちんと自力で存続しているばかりか、豊富な食料と十分な運動のおかげで、スタッフは健康そのものだ。そして時計に従って規則正しく生活している」(『ラナーク』七八)と自画自賛しているように、施設は、最初、アンサンクとは正反対のユートピア世界に見えるが、ディストピア世界であることが判明する。施設は、患者を有用な部分へと還元する、もう一つの地獄である。竜皮の患者は竜に変身すると、最終的に爆発する。ラナークはそのときに生じる熱を施設がエネルギーとして利用しているだけではなく、同僚から「よくなる患者なんているわけないでしょ。治療とか言ってるけど、そんなの患者の肉体が腐らないようにしてるだけじゃない、燃料やら衣料やら、食料やらが足りなくなるまで」(『ラナーク』八九)と、別の病気の患者を「冷凍フィレの謎仕立て」という食べ物に加工していることを知らされる。施設でラナークを手助けしてくれたノークスはこう説明する。

カニバリズムというのは、人類が絶えず抱えて来た大問題でね……。この施設が評議会に加わってからは、半数の大陸が残りの半数を食い物にしているようなありさまでね。人間ってのは自分で自分を焼いては食べるパイみたいなもので、パイの味の秘訣は切り分けにあるんだ。(『ラナーク』一〇一)

グレイは、「おまけ」で「七章から十一章にかけて描かれる、地獄の領分とも言うべき施設。そこでの悪魔は、現代に生きる中産階級、専門職の人々だ」(『ラナーク』五六九)と述べている。強者が弱者の犠牲の上に生き残るのがカニバリズムなら、カニバリズムは資本主義社会やそれが推進する格差社会の論理を寓意するはずである。

では、有用なものがなにもなかったらどうなるのか。評議会議長モンボドーの秘書の一人、ウィルキンズが「産業的な観点から言えば、知ってのとおり、アンサンクはもはや利益を生んでないわけでね。それでけっきょく潰して飲みこむことになったんだ」(『ラナーク』三六九)と、評議会の方針を説明しているように、ただ、切り捨てられるのである。このアンサンクの運命は、基幹産業が崩壊し、失業率が上がる一方のグラスゴー、ひいてはスコットランド全体の運命と二重映しになる。こう考えると、施設や評議会は、グラスゴーとロンドンの合体版というより、ファンタジーやSFの手法で描いたロンドンなのかもしれない。

『一九八二年ジャニーン』と自由

ロバート・クローフォード（Robert Crawford）は、『ラナーク』を含めた、グレイの全作品を通底するテーマは、なんらかのシステムのなかに捕われた主人公が自由を求めて脱出しようとすること、つまり牢獄からの脱出であると論じている[13]。実際、ラナークは、竜に変身し、爆発寸前であったリマを救い、施設の食べ物＝カニバリズムを拒否して、太陽の光あふれる街をめざして、二人は施設を出ることになる。それは彼らが格差社会の論理を拒絶したことを意味する。ただし、ラナークは脱出しても、脱出しても、牢獄の内側にいることを発見し、なかなか自由や愛を獲得することはできない。第一巻と第二巻においても、ダンカンは「美術学校から授業も試験もなくし、裸体デッサンも病理解剖学も道具も画材も情報も、必要とする者に自由を与える」（『ラナーク』二八八）と、階段教室の演壇で演説することを夢想している。

ダンカンはその直後、分権議会の夢想へと移る——「労働党政権は彼をスコットランド相に任命した。彼は下院で演壇に立ち、スコットランドに独立した議会をもうけるという計画を発表した。『社会の単位が大きくなればなるほど、真の民主主義の実現が困難になることは明白です』」（『ラナーク』二八八—二八九）——。自由を夢想するダンカンが政治的自由も夢想するのは、果たして、偶然なのだろうか。一九九二年の総選挙用に『スコットランド人がスコットランドを統治すべき理由』（*Why Scots Should Rule Scotland*, 1992）、一九九七年の国民投票に際しては、改訂版、『スコットランド人がスコットランドを統治すべき理由、一九九七年』（*Why Scots Should Rule Scotland 1997*, 1997）といった政治パンフレットを出版しているグレイは、当然のことながら、分権議会賛成派である。そのグレイの小説で希求される自由と政治的自由を結びつけるのは、決して奇異ではないだろう。知られているように、分権議会は、一九七九年に国民投票にかけたときは、賛成票が多かったにもかかわらず、投票者の賛成票が有権者総数の四〇パーセントを超えなければならないと定めた四〇パーセント条項で、否決されている。この否決はグレイに多大な影響を与え、グレイは、作品に政治的な要素が大きくなったのは、この否決のせいであると述べたという。(14)

評議会・施設とアンサンクの関係を、イングランドとスコットランドの関係として読める『ラナーク』が、政治的な要素の少ない小説とはにわかに信じがたい（『ラナーク』の完成は、一九七六年なので、分権議会を問う、第一回国民投票以前の作品である）が、最も政治的な小説は、『一九八二年ジャニーン』であろう。クロフォードはこう論じている。

閉じ込められることと、真性なるアイデンティティの探求という主題は、ミュリエル・スパークからジェイムズ・ケルマンといった、作風の全然異なる、多くのスコットランドの作家を引きつけてきた。すべてそうだとは言わないまでも、二〇世紀後期のスコットランドが、より大きな自律性を獲得することをめざし、時々は取り憑かれたように、自己のアイデンティティに関心を示す状況と関連する場合があるのではないだろうか。スコットランドのそのような政治的関心は、グレイの『一九八二年ジャニーン』にはっきりと現れている……。(15)

『一九八二年ジャニーン』は、ヒュー・マクダーミッド（Hugh MacDiarmid, 1892–1978）の詩『酔いどれ男アザミを見る』（*A Drunk Man Looks at the Thistle*, 1926）を現代に移し替えた作品であり、中年の主人公ジョック・マクリーシュが、サド・マゾの性的幻想に浸りながら、自分の過去やスコットランドの政治や現状に悪態をつく一日（一九八二年三月二五日）に焦点を当てる。当然、そのなかには否決された分権議会も登場する。

……イングランドがその話題［分権］で国民投票を許したとき、スコットランドの自治に賛成票を投じた。それで自分たちが裕福になるとはこれっぽっちも思わなかった。なにしろ貧しい小国だからな。いつだってそうだったし、これからもそうだろう。ただ、自分たちが陥った混乱をあのいまいましいウェストミンスターのせいにするのではなく、自分たちで責任を負うなんて、ぜいたくだと思ったんだ。「ウェストミンスターに到着したら、今までとは全く違った角度でスコットランドの問題を見るようになる」と、あるスコットランドの国会議員が言った。もちろん、そうだろうとも。とんだ、へつらい野郎どもだ。(16)

アル中のジョックは、ホテルの一室でウィスキーを飲んで酔っぱらいながら、現実を忘れるため、ジャニーン、スパーブ、ヘルガ、ビッグ・ママという登場人物を作り出し、次々と彼女たちに性的屈辱感を与える妄想に浸る。それと同時に、彼はスコットランドの問題をののしる。グラスゴーの中心部から五〇キロと離れてないホーリーロッホは、一九六一年から原子力潜水艦の基地として使われている。ジョックは、いったん、核戦争が起きれば、スコットランド、とりわけグラスゴーが核の攻撃にさらされると認識している。

核戦争が勃発すれば……ロシアの集中攻撃は、アメリカではなくヨーロッパに、南イングランドではなく西スコットランドに向けられていることは重要だ……。軍隊は、放射能汚染のひどい地域を封鎖する計画を立てている。士官たちは、当然、逃げようとする人びとの射殺を命令しなければならない。……英国の不健康な部分は、健全な部分が生き延びるよう、切除されるだろう。(『ジャニーン』一三四―一三五)

しかし、クライドサイドはその有用性を失った。……五〇年代にアメリカのポラリスの基地になってからは、資本は引き上げられ、製造は南部に集中した。もちろん、この二つの出来事のあいだには繋がりはないだろう。偶然の符号というやつだ。スコットランドの大会社はスコットランドのではない、より大きな、会社に買収され、それから規模を縮小させられるか、潰された……。グラスゴーは今や、英国のほかの場所にとって、失業と飲酒と時代遅れの過激な闘争性〔労働争議のこと〕しか意味しない。グラスゴーが核に破壊されるのは、平時に間断なく進行している過程の論理的な帰結である。(『ジャニーン』一三六)。

ジョックは核戦争が起きれば、健全な部分(イングランド)を助けるため、失業と飲酒が蔓延し、産業が停滞したグラスゴーは切り捨てられると妄想する。これは『ラナーク』に登場するカニバリズムの原理以外の何ものでもない。なによりも、このグラスゴーの運命は、『ラナーク』の第四巻で利益を生み出さないため、評議会と施設から切り捨てられるアンサンクの運命とかぶる。

しかし、ジョックが「国が土地だけではなく、そこの全住人を意味するなら、確かなことは、スコットランドはこれまでファックされてきたということだ。ぼくは、その言葉を別の誰かに満足、あるいは利益をもたらすために不当に扱われるという俗語の意味で使っている。スコットランドはファックされてきた。ぼくもスコットランドをファックしたファック野郎の仲間だ」(『ジャニーン』一三六)と考えるにいたって、読者は、彼の性的

仕事中のアラスター・グレイ

妄想とスコットランドへの考察が別問題でないことに気づく。クローフォードも示唆しているように、ジョックの妄想のなかで、サディスティックな男たちに性的に虐待されるジャニーンやスパーブ、ヘルガたちは、スコットランドのことなのだ[17]。そしてトーリーのジョックは、そのスコットランドのファックに加わっている。

また、ジョックの妄想のなかの女たちは、ジョック自身のことでもある——「女たちは堕落し、屈従を楽しみ、他人をそこに引き込もうと罠《わな》にかけるようになる。これが自分の人生の話だったとは気づかなかった。主人公が女性であることを強調して、気づかないようにしてたんだ」（『ジャニーン』一九三）——。ジョックの妄想のなかで女たちが無力であるのは、女性関係を含め、人生を何一つ思いどおりにできなかったジョックの無力を表している。ジャニーンたちはスコットランドであり、ジョックのことであり、ファックされてきた（ジョックもそのファックに加わってきた）。だとすれば、ジョックは自分で自分をファックしていることになる。それは高給取りの今の安楽な生活にしがみついていたいからである。だとすれば、ジョックは、国会議員になったとたん、イングランド側からの見方をするスコットランド人の国会議員と同じである。要は、ジョックは「へつらい野郎」なのだ。最後にジョックは、「二五年以上、自分はこの瞬間までナショナル・セキュリティ〔彼はそこの社員である」が書いた台本の登場人物にすぎなかった。その台本がぼくの行動の大部分を支配し、その結果として、感情を支配していたのだ」(『ジャニーン』三三二)と、自分が牢獄のなかにいたことに気づき、カニバリズムの原理を捨て、再出発を決意する。ジョックはとりあえず、牢獄を脱出したかに見える。しかし、仕事を辞め、ひとつの牢獄を脱出しても、イングランドに支配されているスコットランドにいることに変わりはない。ジョックは相変わらず、牢獄のなかにいる。

文学と分権議会

スコットランドの自治や独立への希望を取り上げたのは、まず最初に、一九七〇年代の演劇界であり、それが小説のほうに波及したということらしい。劇作家や小説家や詩人たちは、国民投票で自治が否決されても、分権議会を想像しつづけた(18)。ギフォードは『ラナーク』と、この小説が一つの起爆剤となった八〇年代の文学的活況を、分権議会否決後の文化のコンテクストに位置づけている。

スコットランドの自治を問う国民投票が、一九七九年に失敗したことにより、厭世的な気分が即座に蔓延《まんえん》し、深まったかに見えたことを考えると、ある逆説が生まれたことがわかる……。おそらく反動から、おそらく一九七九年の結果に挑戦する気持ちから、ほかの分野のグループもそうだが、都市の小説家たちが、スコットランドの自信を支え、自治が必要であることを示唆する小説を創作し続けた……。まず間違いないのは、とりわけ、一人の小説家が、スコットランドの小説をディストピア的な絶望とモダニティから、ポストモダニティと同時性へと突き動かしたことである。アラスター・グレイの主要作品――『ラナーク』(一九八一年）、『一九八二年ジャニーン』（一九八四年）、『哀れなるものたち』（一九九二年）――は、冒頭の、都会の息の詰まるような生活と崩壊から、解放と大きな変化に至る驚異の旅を記している。彼の形式における実験は、エドウィン・モーガンやイアン・ハミルトン・フィンリーの詩のそれを反映している……。一九八〇年代において、自信を持ったばかりの、探究心あふれる詩や劇と一緒に、この小説はスコットランド文学と文化に、手放しの礼賛ぶりではないにしろ、新しい、肯定的な雰囲気を醸成するのに貢献し、この小説から、多種多様な新しいスコットランド小説が、次々と生み出されることになる。[19]

第二回分権議会国民投票が一九九七年に実施されたとき、賛成票が、七四・三パーセントという圧倒的過半数で、分権議会は可決された。アラン・テイラー（Alan Taylor）は、その原因の一つにグレイやケルマンが中心となって生み出した文学的活性化を挙げている。[20] スコットランド人が、文学的活性化に自信を持ったというだけではないだろう。クローフォードは、グレイやケルマンの小説を含め、スコットランド小説の多くは、閉じ込めとそこからの自由をテーマにしていると論じていた。それは、グレイやケルマンより後の世代である、イアン・バンクスにも当てはまる。『ラナーク』の影響のもと創作された『ブリッジ』において、青年は、自動車事故による昏睡状態から目覚めると、記憶を喪失し、橋だけで構成されている、見知らぬ世界にいて、その不条理世界を彷徨することになる。それと並行して語られるのが、グラスゴーの労働者階級出身でエディンバラ大学を卒業後、エンジニアリング会社で出世するアレックスの現実世界である。『ブリッジ』は、主人公が悪夢的なブリッジ・ワールドから脱出し、昏睡状態から目覚め、恋人アンドレアの待つ現実世界に帰還する話である。そのアレックスは、第一回分権議会国民投票に言及し、「国民投票は、効果的に不正操作された」[21]と、失望し、一九八三年の総選挙でサッチャーが再選されたことに「また、まともな労働党の大半が一掃され、社会民主党が票を吸い取った。もう一つの驚きは保守党が勝利したことだ。専門家は、トーリーが前回よりも議席数を減らすと予測していたのに、保守党は一〇〇議席か、それ以上の差で過半数を増やす勢いだ。ああ、ちくしょう」（『ブリッジ』三二八―三二九）と絶望する。

「あの間抜けどもめが!」と彼はスチュアート［アレックスの友人］にいきまいた。「もう四年間、あのくそったれが君臨するなんて!こんちきしょうめ!外国人嫌いの反動政治家の一団に囲まれた老いぼれめ!」「選ばれていない、外国人嫌いの反動政治家だ」と、スチュアートは指摘した。ロナルド・レーガンは、次の大統領任期のために再選されたばかりだった。選挙権のあるひとびとの大半は、投票に行かなかった。「どうしてぼくは投票できないんだ?」と、彼は怒った。「父さんは、クールポート、ファスレーンやホーリーロッホのすぐそばで暮らしているんだ。あの道化のしみだらけの指がボタンに触ったら、父さんは死んでしまう。たぶん、ぼくたち全員も。おまえ、ぼく、アンドレア、ショナや子供たち、ぼくが愛しているひと、みんな……。どうしてぼくは投票できないんだ?」（『ブリッジ』三二九）

スコットランドの得票率という観点から見れば、一九八三年の総選挙は、労働党が三五・一パーセント（四一議席）、保守党が二八・四パーセント（二一議席）であった。実際、スコットランドにおける保守党の得票率は一九六四年を最後に四〇パーセントを切るようになり――スコットランドで保守党が第一党だったのは、例外はあるものの、大戦間から一九五〇年代半ばまでである――、一九八七年には得票率二四・〇パーセント（一〇議席）、一九九七年には得票率一七・五パーセント、議席ゼロにまで転落する。(22) 賛成票が多かったにもかかわらず、四〇パーセント条項で自治が否決され、スコットランドで人気がなかったにもかかわらず、圧倒的過半数でサッチャーが保守党政権を維持し、そのウェストミンスターに支配され、アメリカの大統領の気まぐれで核戦争にまきこまれ、死んでしまうかもしれないというスコットランドの状況は、とりわけ、アレックのような人物にとって、ブリッジ・ワールドと同じくらい、悪夢的で不条理な世界である。こう考えると、ブリッジ・ワールドは、変形されたスコットランドに見えてくる。

『ブリッジ』は愛の物語であると同時に、アレックスの脱出をイングランドの軛からの脱出と政治的に読み替えることも可能である。『一九八二年ジャニーン』において、性的な支配・被支配の関係を、政治的に、イングランドとスコットランドの関係として読み替えることができたように。ただし、アレックスが帰還する現実のスコットランドは、ブリッジ・ワールドと同様、悪夢的で不条理な世界である。『ブリッジ』においても、牢獄から脱出するのは容易ではないようである。

第二回分権議会国民投票が実施されたとき、圧倒的過半数の賛成票で可決されたことの一因が八〇年代の文学活性化だとすれば、それは、分権議会やサッチャリズムへの言及がある『一九八二年ジャニーン』や『ブリッジ』のように、文学者側からの一方的な働きかけだけが理由ではないだろう。読者たちは、作品内で描かれる自由を政治的自由と、積極的に読み替えたのではないだろうか。『ラナーク』のラストで、ラナークが見る太陽は、グレイと読者にとって、スコットランドの政治的自由の幕開けを意味しているのかもしれない。

注

（1）Bruce Charlton, 'The Story So Far', in Robert Crawford and Thom Nairn（ed.）, *The Arts of Alasdair Gray*（Edinburgh: Edinburgh University Press, 1991）, pp. 12–13. Rodge Glass, *Alasdair Gray: A Secretary's Biography*（London:

Bloomsbury, 2008), p. 51. チャールトンは『オブリー・ポブリー』起源説だが、ロッジはボレアス・ブラウン説を取っている。

（2）Alasdair Gray, *Lanark: A Life in Four Books*（Edinburgh: Canongate Books, 2001), p. 568. 以下、この作品からの引用はこのテクストにより、本文中の括弧内に作品名と頁数を示す。訳文はグレイ『ラナーク――四巻からなる伝記』森慎一郎訳（国書刊行会、二〇〇七年）による。ただし、適宜、変更を加えた部分もある。

（3）Chartlon, pp. 14–15, Glass, p. 56, p. 96. グレイの経歴に関しては、Charlton, Glass のほか、グレイ自身による、'Alasdair Gray's Personal Curriculum Vitae', in Phil Moores（ed.), *Alasdair Gray: Critical Appreciations and a Bibliography*（London: The British Library, 2002), pp. 31–44 を参考にした。

（4）Glass, pp. 103–110, pp. 121–125.

（5）Glass, p. 141, p. 162.

（6）Gray, *Lanark*, pp. 570–572.

（7）風間賢二『オールタナティヴ・フィクション――カウンター・カルチャー以降の英米小説』（水声社、一九九九年）、一五二―一五三頁。

（8）Glass, pp. 166–167, p. 172.

（9）Gray, *Lanark*, p. 570. Glass, pp. 69–70.

（10）Douglas Gifford, 'Scottish Fiction 1980–81: The Importance of Alisdair（sic）Gray's *Lanark*', *Studies in Scottish Literature*, vol. 18（1983), p. 230.

（11）Glass, p.162. エリートのモデルに関しては、第二巻の二一章に登場するソキホール通りのブラウンズとチャリング・クロスのクラシック・シネマ・カフェのふたつの説がある（Glass, p. 324)。

（12）Beat Witschi, *Glasgow Urban Writing and Postmodernism: A Study of Alasdair Gray's Fiction*（Frankfurt am Main: Peter Lang, 1991), pp. 68–71.

(13) Robert Crawford, *Scotland's Books: The Penguin History of Scottish Literature* (London: Penguin Books, 2007), pp. 646–647. 牢獄からの脱出というテーマに関しては、Cairns Craig, 'Going Down to Hell is Easy: *Lanark*, Realism and the Limits of the Imagination', in *The Arts of Alasdair Gray*, pp. 90–107 も参照のこと。

(14) Glass, p.146.

(15) Crawford, *Scotland's Books*, p. 648. 拙訳。

(16) Gray, *1982 Janine* (London: Penguin Books, 1984), p. 66. 以下、この作品からの引用はこのテクストにより、本文中の括弧内に作品名と頁数を示す。拙訳。

(17) Crawford, 'Introduction', in *The Arts of Alasdair Gray*, p. 5.

(18) Crawford, *Scotland's Books*, p. 645, pp. 661–663.

(19) Douglas Gifford, 'Breaking Boundaries: From Modern to Contemporary in Scottish Fiction', in Ian Brown (ed.), *The Edinburgh History of Scottish Literature Volume Three: Modern Transformations: New Identities* (*from 1918*) (Edinburgh: Edinburgh University Press, 2007), p. 245. 拙訳。

(20) Alan Taylor, 'Introduction', in Alan Taylor (ed.), *What a State! : Is Devolution for Scotland the End of Britain?* (London: Harper Collins Publishers, 2000), xiii–xiv.

(21) Iain Banks, *The Bridge* (London: Abacus, 1990), p. 320. 以下、この作品からの引用はこのテクストにより、本文中の括弧内に作品名と頁数を示す。拙訳。

(22) David McCrone, *Understanding Scotland: The Sociology of a Nation*. Second Edition. (London: Routledge, 2001), pp. 105–106.

第二七章　ダグラス・ダン

根なし草のコスモポリタン
――スコットランド現代詩人の詩と思想――

佐藤　亨

スコットランド性のゆくえ

ダグラス・ダン（Douglas Dunn, 1942–　）というスコットランドを代表する現代詩人の詩と思想について、本人の詩と発言を引用しながら考えてみたい。[1] 本章の構成は以下のとおりである。最初に一九六九年出版の第一詩集『テリー通り』（*Terry Street*）収録の詩篇を見る。詩人は対象から距離を取って静かに観察し、短編小説のように詩を仕上げていく。詩人のそのスタンスについて考える。言葉は意味と音声から成るが、ダンはどちらかといえば意味にこだわっている。彼が言葉のもう一つの側面である音声に強いこだわりを示すのはイングランドの詩との違いを自覚するときである。そこでつぎに、スコットランドの詩とはなにかをめぐって、一六世紀から一七世紀にかけて活躍したスコットランド詩人、アレグザンダー・モンゴメリー（Alexander Montgomerie, c.1545–c.1611）の詩を引用しながら考えてみたい。ダンはモンゴメリーに言及しながら自作「フォークランド宮殿にて」について語っている。

スコットランド性とは、ある意味で「創られた伝統」と言えよう。自己が他者との関係のなかで形成されるように、スコットランド性（自己）はイングランド（他者）との関係で形成される。この点、アイルランド性も同様である。植民地のアイデンティティは、ときに宗主国との関係の中で築かれる。ダンが『アイルランド文学の二〇年』という評論集を編集したのは[2]、旧植民地の詩人としての自覚からであろう。事実、彼は北アイルランド詩人のデレック・マホンやマイケル・ロングリー、シェイマス・ヒーニーに親近感を抱くと述べている。こうした旧植民地の書き手のスタンスについては、ヒーニーがヒュー・マクダーミッドに関して述べた発言などを引用しながら考える[3]。そして最後に、ダンの現代詩人としての立場について考えたい。この立場こそ、本章のタイトルになっている「根なし草のコスモポリタン」であるが、それについては、旧植民地のカリブの詩人デレック・オールコットやドイツの詩人ギュンター・グラスに依拠しながら現代を考察しているダンのエッセイがあるので、それを参考にしたい。

『テリー通り』と異邦人意識

詩集のタイトルになっている「テリー通り」とは、イングランド北東部の港湾都市ハル近郊に実在する町の名である。逆説的だが、スコットランド詩人ダンは、イングランドの町を描くことで出発した。それでは、実際に詩を見てみたい。

まずは「高潔の士」（'The Patricians'）から引用する[4]。

In small backyards old men's long underwear
Drips from sagging clotheslines.
The other stuff they take in bundles to the Bendix.

There chatty women slot their coins and joke
About the grey unmentionables absent.
The old men weaken in the steam and scratch at their rough chins.

小さな裏庭には老人の長そでの下着が
たるんだ物干し綱からぶら下がっている
ほかの衣類は束にしてコインランドリーへ

女たちはコインを機械に入れ
持ってこなかった灰色の下着について冗談をかわす
老人たちは気力がおとろえ、粗くなった顎をひっかく

詩は写実的である。作風は庶民的で、作品からは貧しさや卑しさ、そして寂しさもただよう。その点、タイトルの「高潔の士」は皮肉的である。右の一節では、井戸端ならぬコインランドリーに集まり、貧しさを笑い飛ばす威勢のいい女たち、そしてそれとは対照的に衰弱していく老人たちが描かれる。老人はテリー通りの住民で

あるものの、年をとるにつれ生活共同体からのけ者にされていく。詩の最後は以下のようである—— 'Dying in their sleep, they lie undiscovered. / The howling of their dogs brings the sniffing police, / Their middle-aged children from the new estates.'（老人たちは眠りながら死んでゆく、発見されることなく横たわって／飼い犬が吠えるので警察がかぎつけ／新興住宅地から中年になったこどもたちがやってくる）。

つぎに「店でのできごと」（'Incident in the Shop'）から引用する。[(5)]

Not tall, her good looks unstylised,
She wears no stockings, or uses cosmetic.

I sense beneath her blouse
The slow expanse of unheld breasts.

彼女は背が高くなく、その美貌はかまわぬまま
ストッキングもはかず、化粧もしない

ブラウスの下には
ノーブラのまま両方の胸がゆったりと広がっている

女性はせっかくの美貌に恵まれながら、それを生かしていない。それどころか、いまは枯れ果ててしまってい

る。第四連に「忘れ去られた冬の球根」（'forgotten winter bulbs'）という詩句があるが、まさにこの女性の比喩である。詩人が女性に認めるのは貧しさであり、愛の欠如である――'Her husband beats her. Old women / Talk of it behind her back, watching her.'（彼女の夫は彼女を殴る。老いた女たちは／彼女を見つめながら、陰口をたたく）。

以上、二篇の詩を見たが、これだけの引用からでもダンの詩風や詩法というものが伝わってくる。詩人はテリー通りの住民の物語を、エピソード風に一コマ、一コマ描写していく。物語を積み上げることでテリー通りという共同体を築き上げる。ダンは詩を「歌われた短編小説(6)」と呼ぶが、たしかに彼の詩は一篇一篇が短編小説のように構築されている。

ダグラス・ダン

ところで、ダンはシンクレア・ルイス、シャーウッド・アンダーソン、セオドア・ドライサーなど、アメリカの社会派作家たちから想像力の面で鼓舞されたという(7)。このうちアンダーソンの小説集『ワインズバーグ・オハイオ』について彼は言及していないものの、筆者はこの小説に見られる構成が、意識的か無意識的かはおくとして、なにかしら『テリー通り』に影響を与えているのではないかと思う。アンダーソンの小説は、オハイオ州ワインズバーグという架空の町で起こったできごとやエピソード、あるいはその住人を、一人の青年の目を通して描くという設定である。読者は小さな物語を読み進めながらワインズバーグというアメリカ北東部の町の像を形成していく。こうした、個々の作品が共鳴しながら全体に寄与し、しかも一つの土地を再現している点が『テリー通り』にも認められる。しかし、両者が決定的に異なる点がある。それは『ワインズバーグ・オハイオ』の語り手の青年が住民と交流を持つのに対し、『テリー通り』の語り手の詩人は住民と交流しない点である。この違いは語り手の境遇にあろう。前者の語り手がその土地で生まれ育ったのに対し、後者の語り手は共同体のよそ者として存在するという点である。

故郷と異郷

よそ者というスタンス、これはダンの場合、異邦人というスタンスであった。ダンはイングランド（テリー通り）で異邦人だった。そして、偶然にもオハイオ州でも。彼は一九六四年に結婚後、オハイオ州の公立図書館の職を得てアメリカに渡り、同州アクトンという町に住んだ。英国に戻ったのは一九六六年のことだった。伝記的なことを補足すると、彼は五年間の就労ビザを持っていたので、ベトナム戦争への徴兵の対象となり、それを忌避して帰国した。(8) ダンは詩集『テリー通り』について言う――「テリー通りについての詩篇は、私が生まれた村について書くべき詩だった。そしておそらく、もう少し長く住んでいたのならアクトンについて書いたかもしれない詩だろう。もっとも、観察の対象はまったく変わったものになっただろうが」(9)。このようにダンは、「私が生まれた村」、すなわちスコットランド、グラスゴー西部のレンフルーシャー（Renfrewshire）にある「インチナン」（Inchinnan）という村と、イングランドはハルの「テリー通り」、アメリカはオハイオ州の「アクトン」という町を、英国とアメリカという基準ではなく、故郷スコットランドとそれ以外の地域（＝異郷）という基準で区別する。

こうした故郷・異郷意識は、『テリー通り』の内容と成立についてみずから説明した一節に見ることができる――「ハルに実際にある、労働者階級が住む町についての詩がおもである。私はその通りに二年ほど住んだが、以来、そこは取り壊されてきている。これらの詩を『労働者階級の生活記録』として書いたつもりはない。何人かの評論家がそう詩集を名づけたけれども。（中略）私はただ自分の周囲にあったものを詩という虚構にした。人生におけるある特定の主題を意識的に選んだということではけっしてなかった。私がテリー通りについて書いた理由を一つ説明するとすれば、また、それはこれらの詩篇のムードの理解の仕方になることだが、私は自分が住んだ通りや町で自分自身を異邦人と感じたということである。ハルに代表される訛りや態度の社会において、私はいまでもアト・ホームな気持ちにはなれない[10]」。

文中、「労働者階級の生活記録」ではないと述べているが、ダンは別なところでテリー通りに見出したのは大衆文化に毒された現代人の姿だったと述べている[11]。彼は地域特有の文化を追い払っている大衆文化に嫌悪感を抱き、住人から距離を取って生活をしていたのであるが、彼が「異邦人」（'a stranger'）意識を抱いたのはそれだけではない。その意識は、同じ英国であろうとイングランドはスコットランドと違うという確たる認識に由来する。そしてこの違和感には英語の問題がからんでいる。すなわち、同じ英語でも、ハルに代表されるイングランドの一地方の英語の「訛り」（'accents'）は、彼の用いるスコットランド訛りの英語と違い、同郷意識を持てないのである。ダンは当時の心情を「単なる傍観者ではなく、よそ者（'an outsider'）という感じだった。なぜなら私はああいう地区に住んだことがなかったからである。そしてまた、私はほとんどがイングランドの人たちのあいだに混じった一人のスコットランド人でもあったからだ」とも語っている[12]。

アメリカはオハイオのスコットランド人、そして、イングランドはハルのスコットランド人。詩人＝よそ者＝異邦人というスタンス、それがダンの詩人としての出発点であった。それでは、ダンが詩人としてアト・ホームになれる「スコットランド」とはどういうものなのだろうか。

アレグザンダー・モンゴメリーにならって

まずはアレグザンダー・モンゴメリーの「サクランボとリンボク」（'The Cherry and the Slae'）から引用する。[13]

Our way then lyes about the Lin,
Whereby a warrand, we shal win,
　It is so straight and plaine,
The water also is so shald,
We shal it passe, even as we wald,
　With pleasure and but paine.

それから道は滝のあたりにさしかかり
きっとぼくらはそのそばに来るだろう
　道はまっすぐで平ら
川の水もとても浅い
ぼくらはおそらくそこを過ぎる
　喜んで、そして苦しんで

「精密で装飾的、そしてスコットランドの声と耳を満足させる」というのが、ダンのモンゴメリー評価である。[14]モンゴメリーの詩の韻律には、一五世紀から一八世紀末までのスコットランド詩の目立った特徴があるという。すなわちカプレット（二行連句）があり、一方において、行が三歩格から四歩格の長さで、二つか三つの強勢を持つ。引用文を例にとると、一行目と二行目がカプレットで、それぞれの最後の語の ‘Lin’ と ‘win’ が押韻する。また強勢については、一行目は ‘way’, ‘lyes’, ‘Lin’ に、二行目は ‘whereby’ の ‘by’、‘warrand’ の ‘wa’, ‘win’ に置かれるといった具合だろう。

モンゴメリーの詩行からは、「スコットランドの声と耳」を持たない筆者のような者ですら、その音楽の精密な構造と豊かさは感じとることができる。そして一度口に出して読むと、詩行はまるで呪文のように響く。つぎに引用するのは、そのモンゴメリーに影響を受けたと、作者のダンみずからが認める「フォークランド宮殿にて」（‘At Falkland Palace’）である。[15]

Innermost dialect
Describes Fife’s lyric hills,
Life, love and intellect
In lucid syllables,
    Domestic air.
Natural play of sun and wind
Collaborates with leaf and mind,

The world a sentient
Botanic instrument,
　Visible prayer.

内奥の方言が
ファイフの抒情の丘
人生、愛、知性を
自国の調べの
　澄んだ音節で描く
太陽と風の自然のたわむれが
葉と心といっしょに力を合わせる
世界は敏感な
植物の楽器
　目に見える祈り

この詩行を先ほど見た『テリー通り』収録の詩篇とくらべると、同じ詩人の作かと疑うほどである。ここに認められる連、韻律、押韻などの規則的な構造を根拠に、何人かの批評家はダンを「伝統主義者」、「古めかしい」と評したという。しかし、彼はアメリカ詩人J・V・カニンガムの「われわれは古代の伝統である繰り返しのハーモニーを失っているのに、まだ新しいものを打ち立てていない」といった発言を引いて、伝統的な詩のリズムに依存する自分を弁護する。さらには、テッド・ヒューズやヒーニーの詩に「型にはまった形よりも、詩句、行、イメージ、一連の土着的要素に関心を寄せる」傾向があり、それが自分の創作の刺激になっているとも述べる。[16]すなわち、「フォークランド宮殿にて」の音楽的な詩行は、音楽と言っても、地域を問わない普遍的な音楽というのではなく、スコットランドの言語が奏でる音楽をめざしたものだ。まさに「スコットランドの声と耳」にもとづいたものである。その点、ダンはこの詩でスコットランドに回帰しているとも言えるし、スコットランド詩人としての声を発しているとも言える。その声とは詩人に潜む「内奥の方言」であり、その「方言」は土地の「太陽と風の自然のたわむれ」と調和する。

スコットランド詩と「聴覚的想像力」

いまモンゴメリーとダンの二種類の詩の一節を引用したが、ヒーニーなら二つを「理解される以前に伝達する詩」と評するかもしれない。この評言は、T・S・エリオットがダンテの詩について述べたときに用いたもので、正確には「純粋な詩というのは理解される前に伝達することが可能である」という。[17]ヒーニーはこの評言を、スコットランド詩人、ヒュー・マクダーミッド（Hugh MacDiarmid, 1892–1978）の「水の音楽」（'Water Music'）について語る際に用いた。この詩の最初の四行を引用してみたい—— 'Archin' here and arrachin there, / Allevolie or allemand, / Whiles appliable, whiles areird, / The polysemous poem's planned.'（弓なりに流れたり　荒れ狂ったり／でたらめに　そして奥ゆかしく／しとやかになったり　がんこになったりして／多義性の詩が練られていく）。

この四行についてヒーニーは、「ここには理解される以前に伝達する詩がある。語彙は馴染みのないものだが、聴覚的想像力を駆使すれば言葉の音楽が語る根底的な意味を完全に掘り当てることができる」と評した。[18] この中で「聴覚的想像力」（'auditory imagination'）という語が用いられているが、これもまたエリオットの用語である。ヒーニーはそれを「言葉の音楽が語る根底的な意味を完全に掘り当てることができる」想像力と定義しているが、そう定義されてもなかなかわからない。しかし、むしろ感覚的に理解できよう。たとえば引用箇所の一、二行目、'ar' と 'chin' の音が 'archin'' と 'arrachin' に内在し、共鳴する。また 'here' と 'there' は押韻する。二行目は 'allevolie' と 'allemand' が 'alle' という音によって頭韻となる。

われわれは英語を母語としていないので、この詩行を手掛かりとして「言葉の音楽が語る根底的な意味」にまで到達するのはむずかしい。しかし、声に出して読みさえすれば詩行の内部に音楽が響いていることはわかる。例としてふさわしいかどうかは自信がないが、山頭火に「あざみあざやかなあさのあめあがり」という句がある。この句に響く「あ」の繰り返し（頭韻）と、「あ」・「さ」（「ざ」）という「あ」の母音が連続して作る音楽から、雨上がりのアザミの鮮やかさという歌の意味が同時にあらわれる。そんな具合に、右の詩行においても、音楽と意味が一体になっていることを少しは感じることができる。

ヒーニーは別のところでエリオットの言葉を直接引きながら「聴覚的想像力」をこう説明する――「音節やリズムに対する感覚であり、思考や感情の意識層のはるか下まで浸透し、あらゆる言葉に生気を与え、最も原始的で忘れ去られたものにさえしみ込んで、根源へと遡っては何ものかを取り戻し」、「最も原始的な精神と最も文明化した精神を融合する」想像力。[19] ヒーニーはマクダーミッドの「水の音楽」に、まさに流れる水が言葉の比喩であるように、音声が意味であり意味が音声であるような融合を感得したのである。

われわれはダンの詩行に「聴覚的想像力」の実例というよりも、むしろその定義を見出すことができる。たとえば、'Innermost dialect / Describes Fife's lyric hills, / Life, love and intellect / In lucid syllables, / Domestic air.'

という一節。「内奥の方言」が「澄んだ音節」でもって自然や人生を「描く」というのは、言葉と音楽が調和することであり、言葉がそのまま自然の音と共鳴し、意味作用をもするということであろう。

　言葉の音声はかくも詩人にとって重要である。ダンが「ハルに代表される訛りや態度の社会」にアト・ホームになれなかったことは先ほど見たが、それを踏まえて次のような見方ができるかもしれない。すなわち、ダンがテリー通りで異邦人意識を抱いたからこそ、詩人は社会の中で傍観者となり、その結果、詩はおのずと観察へ向かい、音楽性を持てなかったのではないか、と。そして、ダンは「フォークランド宮殿にて」において、スコットランドの音楽を発見し、そのことによって傍観者から歌う詩人となった、と。もちろん、この詩を収録する詩集『北の光』（*Northlight*, 1988）のすべての詩篇がスコットランド性を志向しているわけではない。しかし、少なくても、ダンはモンゴメリーの詩を契機として「スコットランド詩」を達成したと言えるかもしれない。詩人は自分の言語にくつろぎながら、詩作しているのを感じることができる。極言かもしれないが、ダンはこの詩を書くことで、英語の詩に対して異邦人から同郷人になったと言えるかもしれない。

ダン編集のアンソロジー『スコットランド』

　モンゴメリーはエアシャー出身だが、彼の父はダンと同郷のレンフルーシャーの領主だった。スコットランドの北端、オークニー生まれのエドウィン・ミュア（Edwin

Muir, 1887–1959）は、「スコットランド詩に'And peace proclaims olives of endless age'（「そして平和が永遠のオリーブを宣言する」）とか、'Bare ruined choirs where late the sweet birds sang'（「さきごろ鳥が甘美な鳴き声をあげた、むき出しの廃墟の聖歌隊」）とか、'I saw Eternity the other night'（「わたしはその夜〈永遠〉を見た」）などの詩句を探しても無駄だろう」と述べた（三つの引用はそれぞれシェイクスピア、ワーズワス、ヘンリー・ヴォーンからである）。ダンはミュアにならい、「われわれがワーズワスやキーツと結びつける感情や調和は、より速いテンポのスコットランド詩においてはそれほどうまくいかないだろう」と述べている。[20] ダンはここでミュアの指摘をさらに発展させている。すなわち、シェイクスピアやワーズワス、ヴォーンやキーツの詩行は、詩人の個性とか想像性豊かな着想の産物というよりは、イングランドの英語がもつ言語的土壌なしには生まれない文化的産物だと述べているのである。このことはつまり、スコットランドの詩人はスコットランドの英語を用いるかぎり、イングランド詩人のような詩句は書けないということである。しかし、イングランドの英語の音楽があるように、スコットランドの英語の音楽がある。そのことをダンは「フォークランド宮殿にて」で実証しようとした。

旧植民地詩人の闘い

それにしても、スコットランド詩人はなぜこれほどまでにスコットランド性やスコットランドの英語方言を意識せずにはおれないのだろうか。ここでまたヒーニーに再度、登場を願う。先ほど、ヒーニーのマクダーミッドの詩行を称えた一節を引用したが、一方で、彼はマクダーミッドの詩に旧植民地の詩人が共有する不安を認める。ヒーニーはその例としてつぎの詩行を引用する――'But where is the Christophanic rock that moved? / What

Cabirian song from this catasta comes?'（それにしてもキリスト復活の時に動いた岩はどこにあるのか／この奴隷競売台のように隆起した土地から　どのようなカベイロイ讃歌が鳴り渡るのか）。この一節は、一応意味を付したが、意味不明の詩と言ってもよい。また、ここには'Christophanic,' 'Cabirian,' 'catasta,' 'comes' など［k］の頭韻などあるが、それは「水の音楽」に響いていた音楽とは違う。この詩行は「理解される以前に伝達する詩」ではなく、また「聴覚的想像力」に働きかける詩でもない。ただただ難解である。マクダーミッドはなぜこのような難解な詩行を書くのであろうか。

ヒーニーはそれを「言語に対する疑念」があるからだと指摘する――「このことはアメリカや西インド諸島、インド、スコットランドやアイルランドの作家にとって文体の問題になりうるのである。かかる自覚にもとづいて神話や様式を創造したのがジョイスだが、彼の場合、他ならぬ英語を用いて英語の守護神と素手で格闘したのであった。インド・ヨーロッパ語族の諸起源や様々な類縁関係などが詰まった屑屋に陣取り、英語をその系譜の大本のところでねじ伏せることによって創造を成しとげたのである」[21]。ジョイスの難解さ、マクダーミッドの難解さ、それらはアイルランドやスコットランドなどの宗主国の言語を強制された地域（旧植民地）の文人が、宗主国の言語を用いつつも自国の文化的な独立を達成しようとして悪戦苦闘する姿でもある。

格闘する相手は英語ばかりではない。文学的伝統とも戦わなくてはならない。ヒーニーは言った――「アルスターは英国であった。しかし、英国抒情詩に／対する権利はない」（'Ulster was British, but with no rights on / The English lyric'）[22]。ヒーニーは自分たち「アルスター」（北アイルランド）の詩人は英語で詩を書いているものの英国詩の清華である「抒情詩」の伝統から隔絶されている、と述べる。そして、言外に、「アルスター」という地域は植民地という負の遺産を引きずっているがために英国の領土にとどまり、またそれゆえに社会の内部で対立が生じて紛争となり、英国抒情詩的な美の世界とは絶縁されている、とも述べる。スコットランドの詩人の場合、イングランドに対して、たとえばヒーニーのように被征服者の立場にある北アイルランドのカトリック詩人ほどの反感を抱いてはいないだろう。[23] しかし、先ほどのエドウィン・ミュアの発言、さらにはダンの一連の発言を見ると、英語を使いながらもイングランドの文化伝統にはくみすことはできないというスコットランド詩人の気概というものが伝わってくる。

プーシキンの指輪をはめて

それではアイルランドの詩人はアイルランド性に、スコットランドの詩人はスコットランド性に回帰すれば、それでいいのだろうか。ダグラス・ダンはそれだけで済まないと答えるだろう。それはなぜか。最後に、ダンを含めた現代詩人のアイデンティティについて考えたい。

「古典は慰めを与えてくれる、しかし、じゅうぶんではない」と、カリブの詩人、デレック・オールコットは言った。ダンはこの言葉を引き、「われわれは、文明化された文学の基準ではじゅうぶんではない人間である。しかし、われわれはこれまでその立場を余儀なくされてきた。だから私は、そろそろみずからをその立場から力ずくで引き離すときだと思っている」と、大胆なことを述べている。[24]

ダンがオールコットに依拠しながら主張するのは、古典は「文明化された文学の基準」に沿うがゆえに「じゅうぶんではない」ということなのである。現代社会はその「基準」以外の文学をも必要としている、と彼は言う。そして、自国の文化伝統を含めた文化全体との付き合い方については、現代詩人のあるべきスタンスとして「根なし草のコスモポリタン」（'rootless cosmopolitans'）を提唱する。[25] これはドイツの詩人、ギュンター・グラスが用いた用語であり、もともとは一九三〇年代にナチに迫害された左派のユダヤ人を指している。もちろん、ここでは意味が違う。ダンがこの語によって意図するところは、「折衷的であると同時に土着的」であれ、という点である。つまり、一つの文化に固執せず、また、これまでの「基準」に支配されないスタンスを取ることを主張しているのである。「根なし草」というのは「不安定」、「社会から疎外された」という否定的側面を持つが、裏を返せば「柔軟」であるということであり、また、「根を一か所だけに張らない」ゆえに複数性を持つ、という肯定的な意味にも転じる。

ダンは「根なし草のコスモポリタン」を「国内亡命者」（'internal émigré'）とも言い換えているが、それは具体的にどういう詩人像なのだろう。これまで見た彼の詩から考えると、イングランドで異邦人意識を抱く「テリー通り」の語り手のような存在なのであろうか。あるいは「フォークランド宮殿にて」のように、スコットランド性を見出してくつろぐ詩人なのであろうか。どちらの詩人像が「根なし草のコスモポリタン」なのであろうか。筆者はそのどちらでもあると思う。「根なし草のコスモポリタン」は異邦人にもなり、ナショナルな文学伝統にもこだわるといった、ヤヌス的な相貌を持つ詩人のあり方なのである。

最後に二〇〇〇年出版の詩集『その年の午後』（*The Year's Afternoon*）から「プーシキンの指輪」（'Pushkin's Ring'）を引用する。[26] この詩はプーシキンがはめていた指輪の行方の謎をめぐる詩である。詩のエピグラムによると、このロシアの文豪はカバラ主義的なヘブライ文字が刻んである金の指輪を護符として生涯身につけていた。その指輪は黒海沿岸で恋に落ちた相手の伯爵夫人がある日、彼の指にはめたものだった。指輪はプーシキンの死後一三年経って、友人たちが決闘の末にはずし、一九一七年までプーシキン博物館に保存された。しかし、ロシア革命が始まると、ある者に盗まれ、以来、行方知れずだという。

What you imagine could be true! Suppose

It found its way to Boris Pasternak,
Or Anna Ahkmatova, Marina Tsvetaeva,
Or Osip Mandel'shtam. Suppose it was
On Mandel'shtam's finger when *he* died.
And no one noticed, no one took it off.

. . . . .

Suppose Joseph Brodsky found it in New York.
Suppose *I* have it. Suppose I'm wearing it
Right now.

想像すれば、それはありうることかもしれない。もしかしたら
その指輪は回りまわってボリス・パステルナークのところにたどりついたかも
あるいはアンナ・アフマートヴァ、マリーナ・ツヴェターエワのところに
あるいはオシップ・マンデリシュタームのところに。彼が死んだときに
マンデリシュタームの指にはめられていたかも。
だれにも気づかれず、だれにも奪われず
（中略）
もしかしたら、ヨシフ・ブロツキイがニューヨークで見つけたかも
もしかしたら、このわたしが持っているかも。もしかしたら、いま、はめているかも

いまここで

プーシキンの指輪は、ダンの想像のなかで、ロシアの国内亡命詩人の指に、あるいは海外亡命詩人の指に、つぎからつぎにはめられていく。指輪は詩の比喩かもしれない。指輪は詩人の指を渡り歩くのである。プーシキンからパステルナーク、アフマートヴァ、ツヴェターエワ、マンデリシュターム、ブロッキイへ。そしてブロッキイ経由で、指輪はロシアから国境を越えてニューヨークに渡り、それからダンのところへ回ってくる。ダンはプーシキンの指輪をはめている自分の姿を想像する。目には見えない詩という指輪を。

「根なし草のコスモポリタン」とは、プーシキンの指輪をはめた詩人のような存在なのだろう。

注

（1）本章で引用・参照するダグラス・ダンの詩と発言は以下の書物からのものである。Douglas Dunn, *New Selected Poems 1964–2000*, Faber and Faber, 2003.（以下、Dunn と略す）。P. R. King, 'Three New Poets: Douglas Dunn, Tom Paulin, Paul Mills,' in *Nine Contemporary Poets: A Critical Introduction*, Methuen, 1979.（以下、King と略す）。John Haffenden, *Viewpoints: Poets in Conversation with John Haffenden*, Faber and Faber, 1981.（以下、Haffenden と略す）。Douglas Dunn, 'Writing Things Down,' in *The Poet's Voice and Craft*, ed. C. B. McCully, Carcanet, 1994.（以下、McCully と略す）。

（2）以下の書を参照のこと。Douglas Dunn ed., *Two Decades of Irish Writing: A Critical Survey*, Carcanet, 1975.

（3）本章で引用・参照するシェイマス・ヒーニーの発言は以下の書物からのものである。Seamus Heaney, *Preoccupations: Selected Prose 1968-1978*, Faber and Faber, 1980.（以下、Heaney と略す）。邦訳は以下の通りである。シェイマス・ヒーニー、

『プリオキュペイションズ——散文選集 1968~1978』、室井光広・佐藤亨訳、国文社、二〇〇〇年（以下、ヒーニーと略す）。

（4）Dunn, 3. 原文中、‘the Bendix’ は、一九三六年にアメリカで創設された家電メーカーで、洗濯機・乾燥機部門では最大手の一つ。ここでは「コインランドリー」と訳した。

（5）Dunn, 4.

（6）Haffenden, 32.

（7）Haffenden, 15.

（8）Nicholas Wroe, ‘Speaking from Experience,’ *The Guardian*, Saturday 18 January 2003. 以下のウェブサイトを参照した。http://www.guardian.co.uk/books/2003/jan/18/featuresreviews.guardianreview 24

（9）Haffenden, 15.

（10）King, 221.

（11）Haffenden, 15–16.

（12）Haffenden, 15.

（13）McCully, 92. なお、モンゴメリーの詩の解釈については、以下の書物を参考にした。Alexander Montgomerie, *The Cherrie and the Slae*, ed. H. Harvey Wood, Faber and Faber, 1937.

（14）McCully, 92.

（15）Dunn, 163–65.

（16）McCully, 96–97.

（17）T. S. Eliot, ‘Dante,’ *Selected Essays*, Faber and Faber, 1951, 238.

（18）Heaney, 196. ヒーニー、三六六頁。

（19）Heaney, 150. ヒーニー、二七二頁。

（20）McCully, 91.
（21）Heaney, 196. ヒーニー、三六七頁。
（22）Seamus Heaney, 'Singing School' in *North*, Faber and Faber, 1975, 59.
（23）スコットランドの作家は、イングランドやアイルランドの作家とくらべ、アイデンティティが不安定であると思う、とダンは述べている。cf. Haffenden, 20.
（24）McCully, 89.
（25）McCully, 89.
（26）Dunn, 328–31.

第二八章　イアン・バンクス

惑星スコットランドからの侵入
――成功までの道のりと作品の感染力――

横田由起子

デビュー作における宣戦布告

イアン・バンクス（Iain Banks, 1954―　）のデビュー作『蜂工場』（*The Wasp Factory*, 1984）の結末には次のようにある。

でも、〈あたし〉はいまだに〈おれ〉でもある。〈あたし〉と〈おれ〉は、同じ思い出を共有し、同じく行動し、（ちっぽけではあるが）同じ成果に達し、同じ（ぞっとするような）犯罪を、同じ〈おれ〉の名前で犯した、同じ人物なのだ。(1)

〈あたし〉なのか、〈おれ〉なのか。一六歳の主人公は、女性として生まれてきたが、実は父親の実験台となっていた。主人公は父親に男性ホルモンを過剰に投与され、男の子として育てられていた。そのことを知った主人公は、男性としての自分に女性としての自分が同居し始めていることを知る。事実を知ったとたん、主人公は男性でもあり女性でもあった。体の構造はそのままに、ただ心だけが女性性を持たされる。女性性が、主人公の心を「浸食している」。

この結末にある「浸食」の衝撃的なイメージは、どこから生まれたものなのだろうか。バンクスは多彩な作品を書き、作品数も多い。「同時代の作家で最も想像力に富むイギリスの作家」[2]と評される。ここでは、作家バンクスが、文学界で大きな存在となっていくためにとった過程や作品世界を「侵入・浸食」という観点を中心に述べていきたい。

イアン・バンクスは、一九五四年、スコットランド、ファイフのダンファームリンで生まれ育った。[3]海軍本部の士官の父と、プロスケーターの母を持つ。スターリング大学で英語学、哲学、心理学を学び、その後スコットランドを離れた。三〇歳でデビュー作『蜂工場』を出版し、三四歳までに六つの作品を発表した。その四年後、スコットランドに戻った。現在ノース・クィーンズフェリー（フォース鉄道とフォース鉄道橋の近く）を活動の拠点としている。

バンクスの最初の作品は『蜂工場』ではない。インタビューによれば、一四歳のときに小説を書きはじめ、その後『蜂工場』が出版される前の一九七四年から一九七九年までのあいだに、いくつかのＳＦ作品を書いた。[4]ＳＦの世界は、彼によれば「束縛を受けない自由な土俵」だった。[5]

しかし、ＳＦ作品ではどうしても出版社を見つけられず、活路を開けなかった。そのときバンクスが取った行動は、ＳＦ作品ではなく「主流の」フィクションで名声を得ることであった。そして、書きあげた「主流の」フィクションの第一作となる『蜂工場』は、二カ月ものあいだイギリスのベストセラー・リストに載った。の

ちにバンクスは、もしも最初にＳＦ作品が出版されていたのなら、「ＳＦ作品しか書いていなかっただろう」といっている。(6)

つまり、『蜂工場』は、バンクスが文学の世界に身を置くために自分が書きたい路線を変更し、文学界に侵入を果たすための手段であった。そのため、この作品には、その意気込みが随所に感じられる。

『蜂工場』は「奇妙な設定」を持っている。スコットランドの小さな島に住む元医者の父親は、戸籍上何の届けも出されていない息子（主人公）と孤独に暮らしている。主人公は学校に行かず、彼らの住む島をたずねるのはときおり来る年配の女性だけである。そして主人公の兄は、医学部学生時代に、頭にウジ虫がわきながらも笑っている子どもを小児病棟で発見してしまい、精神をわずらってしまう。この「ショッキングな事件」が中盤において起こり、その兄の帰宅が物語全体に重要な影響を及ぼす。最後に、結末において思いもよらぬ「どんでん返し」が待っている。主人公は、幼いころに犬に性器を食いちぎられたとされていたのだが、それは父親によるうそで、実は実験動物扱いされた少女であった。

そして、本稿の文頭にある言葉が、主人公によって吐かれる。自分は男なのか、女なのか。男としての自分に女の部分が浸食していく。ここには、ＳＦ作家として作品を書いてきたのに、「主

イアン・バンクス

流の」作品を書いている著者自身の心の状態が反映されているように思われる。

この作品には、これ以外にも随所に「侵入」もしくは「浸食」のイメージが用いられている。第一に、孤独な二人きりの生活に、狂った兄が精神病院を脱走して島に「侵入してくる」恐怖が作品全体に描かれていることが挙げられる。第二に、その兄が狂うきっかけとなった、医学部生時代に見た、子供の患者の頭にわくウジ虫もまた、「侵入・浸食」のイメージがつきまとう。頭蓋骨に巣くうウジ虫は子供の脳に侵入し、子供の脳を食った。

そのほか、狂った兄が、近所の子供たちの口にウジ虫や毛虫を突っ込み恐れられたことをはじめ、サナダムシや、ウジ虫毛虫が頻出し、羊が「ウジ虫のようにゆっくり動く」や、ゴミ捨て場が「アメーバみたいに広がっている」などの寄生虫の比喩が用いられている。サナダムシやアメーバといった寄生虫は、ここではびこり、汚し、「浸食し」、人を脅かし、悪害をもたらす存在として登場している。

上記の点を踏まえると、デビュー作には内容においても比喩においても、文学界に名乗りを上げ「侵入していこう」とするバンクスの精神状態や同年代の小説家たちの仲間入りをしようという強い意志が感じられよう。

ところで、この作品はなぜ出版社にも読者にも受け入れられ、広く読まれたのであろうか。衝撃的な内容のためであろうか。作品全体にある統一された浸食のイメージからであろうか。サイコ・ホラーという新しさのためであろうか。それは、おそらくこのデビュー作『蜂工場』の、先に述べた「奇妙な設定」と、「中盤におけるショッキングな内容が物語全体に及ぼす影響」、そして「結末のどんでん返し」といったストーリー展開の見事さも関係しているだろう。

そして「奇妙な設定」、「中盤の事件とそれが物語全体に影響すること」、「どんでん返し」という三点は、実に多くのバンクスの作品にみられるものであり、彼の作品を二、三読んだ者は、次の作品にもまたそれを期待することになる。結果、読者は、必ず何かが起こるという期待感から、バンクス作品を読み進まずにはいられないのである。

出版当時の『蜂工場』の広告には「九〇年代の小説家たちに挑戦状をたたきつけた」とある。バンクスは、この作品で、出版社に、同時代の作家らに、読者に、その衝撃的なストーリーと「浸食」という不快なイメージ作りと、魅力的なストーリー展開で文学界に宣戦布告を果たした。

Mブックスとノン M ブックス

『蜂工場』のあとに『ガラスの上で』(*Walking on Glass*, 1985)、続いて『橋』(*The Bridge*, 1986) が発表された。前者は後の作品に頻出する「城」や「ゲーム」が登場する最初の作品であり、後者はバンクス自身が最も気に入っている作品である。

『橋』の翌年、バンクスはそれまでの「主流の」文芸作品とは違ったSF作品『フレバスを考えよ』(*Consider Phlebas*, 1987) を発表する。(7) SF作品で芽の出なかった作者がしかけた戦略が功を奏し、バンクスは自分の書きたかった作品を世に出すことに成功した。その際、バンクスは Iain M Banks として作品を発表し、自分に本来つけられていたミドルネームを復活させた。以降、SF作品はMのついた名前で発表し、それらは「Mブックス」と呼ばれるようになった。一方、『蜂工場』のような「主流」の作品は「ノンMブックス」と呼ばれることになった。

『フレバスを考えよ』のあとに出版された第二のMブック(SF作品)は、『ゲーム・プレーヤー』(*The Player of Games*, 1988) であった。この作品は『蜂工場』の前にすでに書かれていたのだから、この時点でバンクスはSF作家になるという当初の目的を本当の意味で果たしたといえよう。そしてその二年後と六年後に、それぞれ元の原稿とは形を変えてはいるものの、やはりデビュー作以前に書いたSF作品が世に出た。バンクスの浸食は、SF文学においても成功したのだった。

Mブックス（SF作品）の多くは、「カルチャー」と呼ばれる文明を持つ社会と、異なった文明を持つ社会（星）ついてのストーリーを持つ。その「カルチャー」には心配ごとも寿命もない。平等主義的社会が徹底されており、人工的に創造された知的機能を持つ「マインズ」（Minds）や「ドローンズ」（drones）は、SF作品によくあるような人間と主従関係の間柄を結んでおらず、彼らは人間とむしろ対等な関係でありパートナーとなっている。その理由は、バンクスが、SF作品に見られる「民主主義対全体主義」、「人間対機械」といったテーマに反発していたことと、彼には伝統や体制に反対する左翼的傾向があることと深い関係がある。この作者の主義主張に基づいて、人工知能を持つ存在は人間と対等な位置に置かれた(8)。

Mブックスの熱烈な支持者はゲーム世代の二〇代から三〇代の若者が多い。その理由は、Mブックスには読者の日常にない舞台、つまり生活感のない設定の中で、生活感のない会話が行き交うという一見したところ入り込めない世界が描かれており、まるでロール・プレイング・ゲームのようだからであろう。バンクスは、趣味のひとつにゲームを挙げており、SF作品ではないノンMブックスの作品においても、ゲームに関する記述があふれている。

また、作品のスペースオペラ的特徴から、映画『スター・ウォーズ』シリーズ（*Star Wars*, 1977–2008）の世界に共通する点が多々あると指摘されている。

こうした特徴を持つMブックスであるが、その内容には、ノンMブックスと同じように「侵入・浸食」のイメージがつきまとう。主人公たちは、しばしば「カルチャー」と他の文明を持つ社会に「侵入し」、事件や問題などの仲裁に入り、その社会に影響を与える指令や課題を与えられる。そして、そのミッションのために性的魅

力を持った強力な女性が主人公の心をとらえることから、「ジェイムズ・ボンド」を彷彿させるともいわれている。(9)

その後、バンクスは精力的にMブックス(SF作品)を発表してきた。しかし、二〇〇九年に出版された『トランジッション』(*Transition*)が、ノンMブックスのようでもあり、Mブックスのようでもあるために、ファンは戸惑いを感じた。他に類を見ないスタイルとスリル、深い心理描写を持つノンMブックスと、壮大なスケールを持つ世界を緻密に描くMブックスは、それぞれに固定のファンがおり、ファンの中には他の一方の作品に関して批判的な者もいた。しかし、この『トランジッション』は、その二つの特徴を併せ持っており、書店によっては分類に迷ったともいわれている。

この作品以前に二つのジャンルのどちらもカバーする作品がなかったわけではない。『橋』(*The Bridge*, 1986)や『ビジネス』(*The Business*, 1999)などもそうした作品といわれてきた。しかし、『トランジッション』に関してはイギリスではノンMブックスとして分類され、アメリカではMブックスとして分類されるという異例の事態であった。'transition' とは、「移行」、「移り変わり」、「変化」を意味していることから、二つのジャンルの作品を発表してきたバンクスの執筆姿勢の変化を暗示するタイトルなのであろう。

それでは、著者名の「M」の文字以外にSF作品と「主流」作品を分けるものは何であろうか。SFの世界がバンクスにとって「束縛を受けない自由な土俵」を持っていたことはすでに述べた。SF作品には、細部にわたるまで作者によって自由に作り上げられた完全なる虚構の世界があり、結末に向かってある意味で一方向にストーリーが展開される。それに対して「主流」作品においては繰り広げられる世界も登場する人物設定も、作者が作り上げたものではない現実の世界が意識され、そういう意味で「現実」という制限を受けながら作品が描か

ノンMブックス作品の表紙。白黒イメージで統一されている

れている。

しかし、こうした違いをのぞけば、Mブックスもノンmブックスも同じ傾向をもっている。バンクスの研究書によれば、第一に両ジャンルの作品はあらゆる個人と社会のための合理的かつ人間的な政策や、科学技術の開発の必要性を課題としている。第二に、他人や自分が属さない社会にたいして抱く否定的かつ反人間的な傾向への嫌悪感と、宗教によくみられる差別意識や冷淡さを正当化することへの嫌悪感という二つが作品ににじみ出ているという[10]。

したがって、この指摘によれば、二つのジャンルにはその内容においてはっきりとした区別はない。ということは、二つは違う名前で発表される必要性はないのではないだろうか。

一九八四年のデビュー作での成功以来、三つの「主流の」フィクションを出版し、『フレバスのことを考えよ』というSF作品を「M」を入れた形で発表することに成功したことはすでに述べた。しかし、このときバンクス自身は、この二つのジャンルを明確に区別しようという意思がなかった。作家自身にそもそも区別する意識が低いのだから、明確な違いがないのは当然である。そのため、バンクスは以降の作品をすべて「M」の入った作者名で発表しようとも考えた。しかし、作品を出版する出版社がそれを許さなかった。そもそも最初の作品で「M」を取るように指示したのも出版社であった。出版社は、ノンMブックスの装丁を黒と白の凝ったデザインにし、一方、Mブックスの装丁はあえて彩色豊かで未来を思わせるイラストにした。つまり、出版社が、作家が二つのはっきりと区別されたジャンルを書いているかのような方向に推し進めていたのだった。

作家としての地位

現在二つのジャンルを書いていることに対して、バンクスは「特権を与えられたと感じている」と述べている。[11]同じテーマや主張を二つの形で表現できる「特権」は確かに与えられた。しかし、別の見方をすれば、バンクス自身がそれだけ多彩な才能を持ち合わせているといえる。バンクスは、サイコ・ホラー作家であり、ＳＦ作家であり、カルト作家であり、労働者階級を扱い、ロックミュージシャンを主人公にし、ファンタジーや、カルト宗教の世界観を描くこともできる。

『スコットランドの無神論者』（*Scottish Atheists*, 2010）には、さまざまな世界で活躍する他の一五人に交じってバンクスの名前が挙がっている。この本によれば、ＣＮＮのインタビューで、バンクスは心配も寿命もない徹底した平等主義社会を持つカルチャーの世界に住みたいし、カルチャーの社会は、彼個人の「理想郷」であると答えている。[12]また、『スターリング大学ゆかりの人々』（*People Associated with the University of Stirling, Iain*

Banks, 2010）にも、存命している四二人の人のなかにバンクスの名前がある。[13] 同世代の人気作家でスターリング大学卒といえば、イアン・ランキン（Iain Rankin, 1960– ）もいるが、彼の名前は挙がっていない。さらには、副題にただ一人バンクスの名前があるのだから、彼はスターリング大学ゆかりの人物の代表とであるといえよう。右の二つの書から、バンクスがいかにスコットランドを代表する作家であるかは明らかである。

同世代のカルト的作家で、バンクス同様、若者に大変人気のある作家アーヴィン・ウェルシュ（Irvine Welsh, 1958– ）の名前は、右の『スコットランドの無神論者』にも挙がっている。[14]

ウェルシュとバンクスの共通点は、音楽に造詣が深いことと、初期の作品にドラッグや排泄《はいせつ》物、便器、性器に関する表現が頻出することであろうか。ウェルシュはエディンバラに住む労働者階級の若者たちの底辺の生活を、実体験をもとに『トレイン・スポッティング』（*Trainspotting*, 1993）で描き、大成功を収めた。デビュー作が大ヒットしたという点でもバンクスと同じであるし、主に若者を主人公に据えていることも二人に共通している。バンクスは『フィアサム・エンジン』（*Feersum Endjinn*, 1994）で、かなりの言葉遊びを披露し、ページを「読む」のではなく、「見る」ことや仕掛けを解くことでも楽しめる実験的作品に挑戦しているが、言葉の実験、視覚的に楽しめるという点ではウェルシュのほうが多くの作品を書いている。

一方、二人の相違点といえば、それは作風、テーマ、主人公の性格など、数限りなくある。とりわけ、ウェルシュの作品が都会を舞台としており、友人、隣人、観光客といった人との関わりをおもしろおかしく、または過激に描いているのに対して、バンクスの描く世界は、宇宙にある閉じられた空間や、孤島（『蜂工場』）や人の住まなくなった城（『エスペデア・ストリート』*Espedair Street*, 1987）などであり、閉塞《へいそく》感、隠遁、孤独といったイメージがつきまとう。

その理由はなんであろうか。それは、ウェルシュがエディンバラという都会に生まれ、そこに生きる人々の話を作品にしたのに対して、バンクスは首都エディンバラとはフォース湾を隔てたダンファームリンのグリーノックという町で生まれ育っているからかもしれない。雑多な人びとが暮らし、人びとの出入りも激しい都会と比べて、いわば閉じられた空間で育ったことが、作品に影響を及ぼしていると推測できる。

バンクスのスコットランド

しかし、この推測は的を射ているが、正確ではない。バンクスによれば、SF作品が次々と出版を断られ、一九八〇年にはついに「SFではなく、普通の、つまらない、主流のフィクション」を書いてみることにしたという。そうすることで、ダイヤモンドの原石が眠っているということを皆に気づいてもらおうとした。「スコットランド風の荒っぽいリアリズム」の作品を書くことも、大学生のキャンパス生活を書くことも、「田舎者風のエッセイ」を書くこともできた。しかし、最終的に「スコットランドの辺境の孤島のような場所で、普通であることを阻まれた十代の若者の、常軌を逸した暴力的なストーリー」を書くことに決めたのだった。その理由は、バンクスによれば、「今まで自分が書いてきたSF作品と近い設定と内容を選択したから」であった。SF作品における「惑星」は「孤島」に、「エイリアン」は主人公に変わった。その際、スコットランドの地方都市で育った子どもの頃の経験（ダムを造ったり、大きな凧を作って武器にしたり、爆弾や大きなパチンコを作ったり）を主人公にさせてみることにした[15]。つまり、バンクスの作品が閉塞感、隠遁、孤独を感じさせるのは、ただ単に辺境で育ったからだけではなく、自分の書きたかったSF作品の世界を「主流の」世界に置き換えたからであり、その際に自らが育ってきた地方都市での環境や、子供時代の思い出を作品に投入したからであった。『蜂工場』の島、『エスペデアア・ストリート』の古城や、『共鳴』（*Complicity*, 1993）の殺人犯が一人で住む「暗い島」、『秘密』（*Whit*, 1995）の「カルト宗教の拠点」は、バンクスの「（ＳＦ作品における）惑星」であるために他から孤立しているのである。

当然、これらの「惑星」の多くはスコットランドの地方都市におかれる。というのも、バンクスがダムや凧を作って過ごしたダンファームリンは、ファイフにあり、首都エディンバラからはフォース湾を隔てて北西へ約二六キロメートルのところにあるからだ。ファイフは、エディンバラの「川向こうの遠くにある厚い雲に覆われた、灰色っぽいグリーンの原野」である。(16)

一方、地方だけでなく、首都エディンバラも作品の中でよく言及されている。同じく厚い雲に覆われた、霧雨の降る町として登場する。作品には政府の政策によって高級化が進められている様子が描かれる一方で、町の一角はいまだに高級化されていない闇の部分が広がっているとある。高級化の陰で犠牲になってきた多くの人々や、都市の持つ底知れぬ闇についての言及も多い。(17)

また、スコットランド全体はイングランドに比べて閉じられた空間として描かれている。たとえば、スコットランドはイングランドに対して「古くさい」と形容され、スコットランド特有の言葉や流行、訛りがイングランドでは（アメリカはもちろん）通用せず、時代遅れであると記述され、北部訛りが見下される原因となることなどが描かれている。

スコットランドからイングランドに飛び込んだ「エイリアン」は、さまざまな失敗を経験し、次のようにいう。

おれは北の辺境の言葉で話していることで、どのくらい他人に見下されているかに気づいていなかった。話せばすぐわかるような発音の訛りだけでなくて、単語やフレーズもだった。……イングランドではショッピングを「メッセージス」とか小指を「ピンキーズ」なんていわないのだ。こうした田舎の言葉のすべてのために、おれのことを無知だと思う人がいるなんて思いもしなかった。[18]

バンクス作品の多くは、辺境の地で孤独な生活を送った登場人物たちが、しばしばその閉じられた空間を飛び出し、新たな世界（違う文明を持つ惑星や都会）に飛び込んでいくものの、やがてまた辺境の地（自らの惑星やスコットランド、もしくはファイフ）に帰っていくというストーリーを持つ。

『エスペデア・ストリート』の「醜い無名の田舎者」である主人公は、スコットランドから都会に出てロック・スターとして大成功を収める。しかし、やがてスコットランドに戻り、身分を隠し古い城で世捨て人となる。そこで、自分を呪うのだ。

自らの、他人に伝染する、致命的な不器用さを証明されて、いらいらし、言葉を失った。おれは祝祭の幽霊、破壊の天使、死のキスだった。極彩色になって、捕食者に自分が死を招く毒を持っていることを宣伝する虫のように、おれは不運の烙印を押されていることを見せつけ、だました。自分で幸運を呼び込み、その宿命に打ち勝ち、着せられた制服を無視し……そして知らないうちにその不運を取り除いて他の人になすりつけた。そしておれの代わりにその人たちが苦しむことになった。

そして、主人公は自らを「異端」「異常」とし、普通の人の世界を「汚染してきた」という。[19]

この引用にあるように、「伝染」、「捕食」、「汚染」など、バンクスの作品に「侵入・浸食」に関する表現が頻出することはすでに述べた。他にもワラジムシ、ばい菌、癌細胞、寄生虫……と枚挙にいとまがない。それら「侵入・浸食」の表現が作品に独特の恐怖感をもたらし、それが「エイリアンの浸食」というストーリーと相まって、作品は統一されたイメージを持つ。

スコットランドは、ノンMブックスに表れる都会と辺境地という構図のなかで、良かれ悪しかれイングランドの影響をうけない独立した場所として、もしくは時がしばしらくのあいだ止まった場所として描かれる。それは、作者が、イギリスから独立したいという意思をもつスコットランドに生まれたことと大いに関係があるだろう。しかし、一方で、先に述べたように、ノンMブックスの辺境地（スコットランドやファイフなど）は、Mブックスのなかにある惑星の文明社会を置き換えたものであり、それが独自の理想郷なのだから、必然的にスコットランドは、バンクスの理想郷ということもできる。

その理想郷からバンクスはかつて逃げ出したことがある。スコットランドを飛び出し、ロンドンに行き、さまざまな職を転々とした後、作家として成功し、その数年後故郷に帰ってきた。作家が実体験としてたどった道は、作品の多くの登場人物たちが、閉じられた空間から他の空間に「立ち入り」、その空間を「汚染し」、さまざまな経験をしたあと、また帰っていくというストーリー展開に反映されている。

バンクスは、まず自分の才能を認めてもらうために、主流の文学の世界に「飛び込んだ」。そして、奇妙な設定、ショッキングな内容、結末のどんでん返し、「侵入・浸食」のイメージで読者の恐怖感をあおり、他に例のない作品を書いた。その成功を受け、やっとSF文学の世界に「進出し」、徹底した平等主義が貫かれる自分の理想郷を描いた。そのSF作品は、主人公が特別な任務を遂行するなど、他の文明社会に「入り込み」、活躍するストーリーを持っている。二つのジャンルを書くという特権を与えられたバンクスであるが、作品の底辺にあるものは、孤独や閉塞感、隠遁である。

バンクスは、「侵入」や「浸食」のイメージが強い作家である。おそらく、彼は、これからも様々な作品を書き、さまざまな運動に挑戦し、多方面で活躍し「侵入」しつづけていくであろう。そして読者は、彼の作品の

「感染」力に囚《とら》われるであろう。

注

（1）Iain Banks, *The Wasp Factory*,（Abacus,1984）, p. 242. 拙訳。

（2）*Espedair Street*（Little, Brown & Company,1993）, front page.

（3）バンクスの本名はIain Banksである。両親はIain Menzies Banksと名づけたが、出生届を出すときに父親が誤ってミドルネームを書かないで届けを出してしまった。

（4）これらの作品は、オリジナルの原稿のままではないが、『蜂工場』の後に出版された。*The Player of Games*（邦題『ゲーム・プレーヤー』）は一九八八年に、*Use of Weapons*（一九七四年、二〇歳のときに書かれた最初のSF作品）は一九九〇年に、*Against a Dark Background*は一九九三年に出版された。

（5）Iain Banks, *The Wasp Factory*（Abacus, 1984）, ix.

（6）〈http://www.iainbanksfaq.haddonstuff.co.uk/〉、二〇一〇年九月一日現在〉、六頁。

（7）タイトルは、T・S・エリオット（Thomas Stearns Eliot, 1888–1965）の『荒地』（*The Waste Land*, 1922）からとられている。

（8）バンクスはイラク戦争に反対し、その責任者であるとして当時のトニー・ブレアを糾弾し、マスコミに登場し、首相官邸の前で自分のパスポートを裁断するというパフォーマンスを演じたこともある。

（9）「カルチャー」を扱っていないSF作品も、バンクス自身の作家としての挑戦の一つとしていくつか作品がある。

（10）この段落における主張は、Alan MacGillivray, *Scotnotes, Iain Banks's The Wasp Factory, The Crow Road and Whit*（Association for Scottish Literary Studies,2001）, の一一—一二頁をまとめたものである。

（11）〈http://www.iainbanksfaq.haddonstuff.co.uk/〉、二〇一〇年九月一日現在〉、六頁。

（12）*Scottish Atheists: Iain Banks, Donald Dewar, Irvine Welsh, Shirley Manson, Robin Cook, Robert Bontine Cunninghame Graham, Duncan Bannatyne,*（Books LLC, 2010）, p. 31.

（13）*People Associated With the University of Stirling: Academics of the University of Stirling, Iain Banks,*（Books LLC, 2010）.

（14）スコットランド出身の同時代の作家としては、当然、バンクスの友人でもあり、左翼的志向も似ていることから、ケン・マクラウド（Ken MacLeod, 1954–　）も挙げるべきであろう。

（15）この段落の記述はすべて、Iain Banks, *The Wasp Factory*（Abacus, 1993）の x–xi による。

（16）Iain Banks, *Complicity*（Little, Brown & Company, 1993）, p. 112.

（17）エディンバラと地方都市との関係や、二つの対照性に関する記述は、『共鳴』（*Complicity*, 1993）に詳しい。また、二〇〇〇年に、邦題『サイコ二〇〇一』というタイトルで映画化されているので、そちらも必見である。

（18）Iain Banks, *Espedair Street*（Little, Brown & Company, 1987）, pp. 143–144. 拙訳。

（19）*Ibid.*, p.144. 拙訳。

（20）*Ibid.*, pp.309–310. 拙訳。前の段落の引用を含める。

主要参考文献一覧

序章

Bold, Alan, Modern *Scottish Literature* (London and New York: Longman, 1983).

Brown, Ian, Thomas Owen Clancy, Susan Manning and Murray Pittock (eds), *The Edinburgh History of Scottish Literature*, 3 vols (Edinburgh: Edinburgh University Press, 2007).

Carruthers, Gerard, *Scottish Literature* (Edinburgh: Edinburgh University Press, 2009).

Craig, Cairns, *The Modern Scottish Novel: Narrative and the National Imagination* (Edinburgh: Edinburgh University Press, 1999).

———, Douglas Gifford, Andrew Hook and R. D. S. Jack (eds), *History of Scottish Literature*, 4 vols (Aberdeen: Aberdeen University Press, 1987).

Kinsley, James (ed.), *Scottish Poetry: A Critical Survey* (London: Cassel and Company, 1955).

Royle, Trevor, *The Macmillan Companion to Scottish Literature* (London: Macmillan Press, 1984).

Walker, Marshall, *Scottish Literature since 1707* (London and New York: Longman, 1996).

Watson, Roderick, *The Literature of Scotland* (Houndmills, Basingstoke, Hampshire and London: Macmillan Publishers, 1984).

木村正俊編『文学都市エディンバラ　ゆかりの文学者たち』、あるば書房、二〇〇九。

第一章

Aber, Wdward, *Medieval Scottish Poetry: King James I, Robert Henryson, William Dumbar, Gawin Douglas* (Kessinger

Publishing, reprinted, 1903).
Allen, Walter, et al., *Great Writers of the English Language Poets* (Macmillan, 1979).
Crawford, Robert, *Scotland's Books: A History of Scottish Literature* (Oxford University Press, 2009).
Jack, P. D. S., *The History of Scottish Literature Vol. 1 Origins to 1660* (Aberdeen University Press,1988).
Lamdbin, Robert T, et al., *Encyclopedia of Medieval Literature* (Fitzroy Deborn Publishers, 2000).
Szarmach, P. E., *Medieval England* (Garland Publishing, N.Y., 1998).
Pennsylvania Univ., *A Journal of Medieval Studies* vol.1~18 (Pennsylvania University Press, 1966–81).
Watson, Roderic, *The Literature of Scotland* (Macmillan, 1984).

第二章

Child. F. J. (ed.), *The English and Scottish Popular Ballad* (New York: Dover Publications, Inc., 1965).
Buchan, David, *A Book of Scottish Ballads* (London: Routledge, 1973).
山中光義『バラッド鑑賞』、開文社出版、一九八八。
山中光義他監修『全訳　チャイルド・バラッド』、音羽書房鶴見書店、二〇〇五〜〇六。
山中光義『バラッド詩学』、音羽書房鶴見書店、二〇〇九。

第三章

Andrews, Corey, *Literary Nationalism in Eighteenth-Century Scottish Club Poetry* (New York, 2004).
Kinghorn, Alexander M., Alexander Law, and Burns Martin (ed.), *The Works of Allan Ramsay*, Scottish Text Society Series, 6 vols (Edinburgh: William Blackwood, 1945–74).
MacLaine, Allan H., *Allan Ramsay* (Twayne Publishers, 1985).

Martin, Burns, *Allan Ramsay: A Study of His Life and Works* (Cambridge, 1931).

Smeaton, Oliphant, *Allan Ramsay* (Famous Scots Series) (Edinburgh & London: Oliphant Anderson, 1896).

第四章

Knapp, Lewis Mansfield, *Tobias Smollett: Doctor of Men and Manners* (New York: Russell & Russell Inc., 1963).

Smollett, Tobias, *The History of England, from the Revolution to the Death of George The Second. Designed as A Continuation of Mr. Hume's History. A New Edition, with the Author's Last Corrections and Improvements* (London: Longman, 1848).

Spector, Robert Donald, *Tobias Smollett* (New York: Twayne Publishers, 1968).

服部典之『詐術としてのフィクション――デフォーとスモレット』、英宝社、二〇〇八。

村上至孝『笑いの文學――スターンとスモレット――』、研究社、一九五五。

第五章

Curley, Thomas M., *Samuel Johnson, the Ossian Fraud, and the Celtic Revival in Great Britain and Ireland* (Cambridge: Cambridge University Press, 2009).

Gaskill, Howard (ed.), *Ossian Revisited* (Edinburgh: Edinburgh University Press, 1991).

——— (ed.), *The Poems of Ossian and Related Works* (Edinburgh: Edinburgh University Press, 1996).

——— (ed.), *The Reception of Ossian in Europe*, The Athlone Critical Traditions Series 5 (London: Thoemmes, 2004).

Groom, Nick, *The Forger's Shadow: How Forgery Changed the Course of Literature* (London: Picador, 2002).

Moore, Dafydd (ed.), *Ossian and Ossianism*, 4 vols (London: Routledge, 2004).

Rosenblum, Joseph, *Practice to Deceive: The Amazing Stories of Literary Forgery's Most Notorious Practitioners* (New Castle: Oak, 2000).

Saunders, Bailey, *The Life and Letters of James Macpherson: Containing a Particular Account of His Famous Quarrel with Dr. Johnson, and a Sketch of the Origin and Influence of the Ossianic Poems* (London: Sonnenschein, 1894).
Stafford, Fiona J., *The Sublime Savage: A Study of James Macpherson and the Poems of Ossian* (Edinburgh: Edinburgh University Press, 1988).

第六章

Boswell, James, *The Journals of James Boswell 1762–1795*, selected and introduced by John Wain (New Haven: Yale University Press, 1991).
Clingham, Greg (ed.), *New Light on Boswell: Critical and Historical Essays on the Occasion of the Bicentenary of the Life of Johnson* (Cambridge: Cambridge University Press, 1991).
Hutchinson, Roger (ed.), *All the Sweets of Being: A Life of James Boswell* (Edinburgh and London: Mainstream, 1995).
Lustig, Irma S, *Boswell: Citizen of the World, Man of Letters* (Lexington: The University Press of Kentucky, 1995).
Martin, Peter, *A Life of James Boswell* (London: Weidenfeld & Nicolson, 1999).
Sisman, Adam, *Boswell's Presumptuous Task* (London: Hamish Hamilton, 2000).
江藤秀一、諏訪部仁、芝垣茂編『英国文化の巨人サミュエル・ジョンソン』、港の人、二〇〇九。
木村正俊編『文学都市エディンバラ　ゆかりの文学者たち』、あるば書房、二〇〇九。
諏訪部仁『ジョンソンとボズウェル――事実の周辺』、中央大学出版部、二〇〇九。
ボズウェル、ジェイムズ『ヘブリディーズ諸島旅日記』諏訪部仁、市川泰男、江藤秀一、芝垣茂、稲村善二、福島治訳、中央大学出版部、二〇一〇。

第七章

Barker, Gerard A., *Henry Mackenzie* (Boston: Twayne Publishers, 1962).

Bredvold, Louis I., *The Natural History of Sensibility* (Detroit: Wayne State University Press, 1974).

Mackenzie, Henry, *The Anecdotes and Egotisms of Henry Mackenzie 1745–1831* (London: Oxford University Press, 1927).

———, *The Man of Feeling*, ed. by Brian Vickers (New York: Oxford University Press, 2009).

Scott, Sir Walter, *The Novels of Sterne, Goldsmith, Dr. Johnson, Mackenzie, Hrace Walpole, and Clara Reeve* (1st edn 1825. Kessinger Publishing, 2010).

Shroff, Homai J., *The Eighteenth Century Novel: The Idea of the Gentleman* (New Delhi: Arnold Heinemann, 1978).

Smith, Adam, *The Theory of Moral Setntiments*, ed. by Knud Haakounssen (Cambridge: Cambridge University Press, 2009).

Thompson, Harold William. *A Scottish Man of Feeling: Some Account of Henry Mackenzie, Esq. of Edinburgh, and of the Golden Age of Burns and Scott* (London and New York: Oxford University Press, 1931).

榎本太「ヘンリー・マッケンジーの小説と「反世俗観」」『英国小説研究』（第二〇冊）、英潮社、二〇〇一、四三―六二頁。

坂本武「寓意としての感情教育――ヘンリー・マッケンジー『感情の人』の主題と構造」、内田毅監修、杉本龍太郎・内田能嗣編『イギリス文学評論Ⅱ』、創元社、一九八七、一二八―一四二頁。

福原麟太郎・西川正身監修『英米文学史講座　第五、六巻　十八世紀Ⅰ・Ⅱ』、研究社出版、一九七二、一九七六。

―――『英米文学史講座　第七巻　十九世紀Ⅰ』、研究社出版、一九七二。

マッケンジー、ヘンリー『感情の人』久野陽一・細川美苗・向井秀忠訳、音羽書房鶴見書店、二〇〇八。

第八章

Crawford, Robert (ed.), *Heaven-Taught Fergusson: Robert Burns's Favourite Scottish Poet* (East Lothian: Tuckwell Press Ltd, 2004).

Ford, Robert (ed.), *The Poetical Works of Robert Fergusson* (Paisley: Alexander Gardner, 1905, reprinted by BiblioLife, 2008).
MacLaine, Allan H., *Robert Fergusson* (New York: Twayne Publishers, 1965).
Smith, Sydney Goodsir (ed.), *Robert Fergusson 1750-1774: Essays by Various Hands to Commemorate the Bicentenary of his birth* (Edinburgh: Nelson, 1952).
Sommers, Thomas, *The Life of Robert Fergusson, the Scottish Poet* (Edinburgh: 1803).

第九章

Carruthers, Gerard, *Robert Burns* (Horndon, Tavistock and Devon: Northcote House Publishers, 2006).
——— (ed.), *The Edinburgh Companion to Robert Burns* (Edinburgh: Edinburgh University Press, 2009).
Crawford, Robert, *The Bard: Robert Burns, A Biography* (Princeton and Oxfdord: Princeton University Press, 2009).
Daiches, David, *Robert Burns* (London: Andre Deutsch, 1966).
Douglas, Hugh, *Robert Burns: The Tinder Heart* (Sutton Publishing, 1996).
Leask, Nigel, *Robert Burns and Pastoral* (Oxford and New York: Oxford University Press,
Mackay, James, *Burns: A Biography of Robert Burns* (Alloway Publishing, 1992).
木村正俊・照山顕人編『ロバート・バーンズ　スコットランドの国民詩人』、晶文社、二〇〇八。

第一〇章

Alker, Sharon and Holly Faith Nelson (eds.), *James Hogg and the Literary Marketplace: Scottish Romanticism and the Working-Class Author* (Ashgate, 2009).
Bold, Valentina, James Hogg: *A Bard of Nature's Making* (Peter Lang, 2007).
Duncan, Ian, *Scott's Shadow: The Novel in Romantic Edinburgh* (Princeton University Press, 2007).

Groves, David, *James Hogg: The Growth of a Writer* (Scottish Academic Press, 1988).
Hughes, Gillian, *James Hogg: A Life* (Edinburgh University Press, 2007).
Miller, Karl, *Electric Shepherd: A Likeness of James Hogg* (Faber and Faber, 2003).
Simpson, Louis, *James Hogg: A Critical Study* (Oliver & Boyd, 1962).
高橋和久『エトリックの羊飼い、或いは、羊飼いのレトリック』、研究社、二〇〇四。

第一一章

Johnson, Edgar, *Sir Walter Scott: The Great Unknown* (New York: Macmillan, 1970).
Millgate, Jane, *Walter Scott: Making of the Novelist* (Toronto: University of Toronto Press, 1984).
Sutherland, John, *The Life of Walter Scott: A Critical Biography* (Oxford: Blackwell,1995).
アーヴィング、ワシントン『ウォルター・スコット邸訪問記』、齋藤昇訳、岩波書店、二〇〇六。
貝瀬英夫『ウォルター・スコット『アイヴァンホー』の世界』、朝日出版社、二〇〇九。
樋口欣三『ウォルター・スコットの歴史小説――スコットランドの歴史・伝承・物語』、英宝社、二〇〇六。
松井優子『スコット』(世界の作家　人と文学)、勉誠出版、二〇〇七。
米本弘一『フィクションとしての歴史――ウォルター・スコットの語りの技法』、英宝社、二〇〇七。
ロックハート、J・G・『ウォルター・スコット伝』、佐藤猛郎・内田市五郎・佐藤豊・原田祐貨訳、彩流社、二〇〇一。

第一二章

Aberdein, Jennie W., *John Galt*. London (London: Oxford University Press, 1936).
Aldrich, Ruth I., *John Galt* (Boston: Twayne Publishers, 1978).
Frykman, Erik, *John Galt's Scottish Stories, 1820–1823* (Uppsala: Lundequistska Bokhandeln, 1959).

Gordon, Ian A., *John Galt: The Life of a Writer* (Edinburgh: Oliver and Boyd, 1972).
Parker, W. M., *Susan Ferrier and John Galt* (London: Longmans, Green & Co., 1965).
Scott, P. H., *John Galt* (Edinburgh: Scottish Academic Press, 1985).
Whatley, Christopher A. (ed.), *John Galt 1779–1979* (Edinburgh: Ramsay Head, 1979).

第一三章

Barton, Anne, *Byron: Don Juan* (Cambridge: Cambridge University Press, 1992).
Bone, Drummond (ed.), *The Cambridge Companion to Byron* (Cambridge: Cambridge University Press, 2004).
Graham, Peter W., *Lord Byron* (New York: Twayne Publishers, 1998).
Joseph, M. K, *Byron the Poet* (London: Gallanz, 1964).
Marchand, Leslie A., *Byron: A Biography*, 3 vols (New York: Alfred A. Knopf, 1957).
——— (ed.), *Byron's Letters and Journals*, 12 vols (London: John Murray, 1973–82).
McGann, Jerome J., *Fiery Dust: Byron's Poetic Development* (Chicago: University of Chicago Press, 1968).
Rutherford, Andrew, *Byron: A Critical Study* (Edinburgh: Oliver & B, 1961).
——— (ed.), *Byron: The Critical Heritage* (London: Routledge & Kegan Paul, 1970).
Stabler, Jane (ed.), *Byron Studies* (Houndmills, Basingstoke, Palgrave: Macmillan, 2007).
上杉文世著『バイロン研究』、研究社、一九七八。
東中稜代著『多彩なる詩人バイロン』、近代文藝社、二〇一〇。

第一四章

Cumming, Mark (ed.), *The Carlyle Encyclopedia* (Madison and Teaneck: Fairleigh Dickinson UP, 2004).

Disanto, Michael (ed.), *Criticism of Thomas Carlyle* (Herefordshire: Brynmill Press, 2006).

Heffer, Simon, *Moral Desperado: A Life of Thomas Carlyle* (London: Weidenfeld and Nicolson, 1995).

Jessop, Ralph, *Carlyle and Scottish Thought* (Houndmills, Basingstroke, Hampshire, and London: Macmillan, 1997).

Kaplan, Fred, *Thomas Carlyle: A Biography* (Cambridge: Cambridge University Press, 1983).

向井　清『トマス・カーライル研究——文学・宗教・歴史の融合——』、大阪教育図書、二〇〇二。

向井　清『カーライルの人生と思想』、大阪教育図書、二〇〇五。

第一五章

Calder, Jenni (ed.), *Stevenson and Victorian Scotland* (Edinburgh: Edinburgh University Press, 1981).

———, *R. L. S.: A Life Study* (Glasgow: Richard Drew Publishing, 1990).

Daiches, David, *Robert Louis Stevenson* (Norfolk: New Directions Books, 1947).

———, *Robert Louis Stevenson and His World* (London: Thames and Hudson, 1973).

Hubbard, Tom and Duncan Glen (ed.), *Stevenson's Scotland* (Edinburgh: Mercat Press, 2003).

Jones, William B., Jr. (ed.), *Robert Louis Stevenson Reconsidered: New Critical Perspective* (Jefferson: McFarland & Company, Inc., Publishers, 2003)

Menikoff, Barry, *Narrating Scotland:The Imagination of Robert Louis Stevenson*（Columbia: University of South Carolina Press, 2005）.

Norqay, Glenda (ed.), *R. L. Stevenson on Fiction* (Edinburgh: Edinburgh University Press, 1999).

Stevenson, Robert Louis and Sidney Colvin, *The Letters of Robert Louis Stevenson to His Family and Friends* (Kessinger Publishing).

Stott, Louis, *Robert Louis Stevenson and the Highlands and Islands of Scotland* (Stirling: Creag Darach Publications, 1992).

第一六章

O'Connor, Mary, *John Davidson* (Edinburgh: Scottish Academic Press, 1987).
Peterson, Carroll V., *John Davidson* (New York: Twayne Publishers, 1972).
Sloan, John, *John Davidson, First of the Moderns: A Literary Biography* (Oxford University Press, 1995).
Townsend, J. Benjamin, *John Davidson: Poet of Armageddon* (New Haven: Yale University Press, 1961).
Turnbull, Andrew (ed.), *The Poems of John Davidson*, 2 vols (Edinburgh: Scottish Academic Press, 1973).

第一七章

Barker, Michael, *The Doyle Diary: The Last Great Conan Doyle Mystery* (Paddington Press, 1978).
Coren, Michael, *Conan Doyle* (Bloomsbury, 1995).
Lellenberg, Jon, Daniel Stashaower and Charles Foley (eds), *Arthur Conan Doyle: A Life in Letters* (Harper Press, 2007).
Stashower, Daniel, Teller of Tales: *The Life of Arthur Conan Doyle* (Penguin Books, 2000).
Lellenberg, Jon (eds), *The Quest for Sir Arthur Conan Doyle THIRTEEN BIOGRAPHERS IN SEARCH OF A LIFE* (Southerm Illinois University Press, 1987).
ジョン・ディクスン・カー著、大久保康雄訳『コナン・ドイル』、早川書房、一九八〇。
ジュリアン・シモンズ著、深町眞理子訳『コナン・ドイル』、東京創元社、一九八四。
ダニエル・スタシャワー著、日暮雅通訳『コナン・ドイル伝』、東洋書林、二〇一〇。

第一八章

Geduld, Harry M., *James Barrie* (New York: Twayn's Publishers, 1971).
Jack, R. D. S., *The Road To The Never Land: Reassessment of J. M. Barrie's Dramatic Art* (Aberdeen: Aberdeen University Press, 1991).
Rose, Jaqueline, *The Case of Peter Pan: Or the Impossibility of Children's Fiction* (Pennsylvania: University of Pennsylvania Press, 1992).
Royle, Trevor, *The Macmillan Companion to Scottish literature* (London: Macmillan Reference Books, 1983).
Vinson, James, (ed.), *Great Writers of the English Language: Dramatists* (London: The Macmillan Press Ltd., 1979).
水間千恵『女になった海賊と大人にならない子どもたち——ロビンソン変形譚のゆくえ』、玉川大学出版部、二〇〇九。

第一九章

Avery, Gillian, "Fantasy and Nonsense" in Arthur Pollard ed., *The Victorians* (London: Penguin Books, 1993).
McGillis, Roderick (ed.), *For the Childlike* (Metuchen, N. J.: The Children's Literature Association and The Scarecrow Press Inc., 1992).
Philips, Michael R., *George MacDonald: Scotland's Beloved Storyteller* (Minneapolis: Bethany House, 1987).
Raeper, William, *George MacDonald* (Tring: Lion Publishing, 1988).
——— (ed.), *The Golden Thread* (Edinburgh: Edinburgh University Press, 1990).
Reis, Richard, *George MacDonald's Fiction* (Eureka, C. A.: Sunrise Books Publishers, 1972).
Saintsbury, Elizabeth, *George MacDonald—A Short Life* (Edinburgh: Canongate, 1987).

第二〇章

Alaya, Flavia, *William Sharp— "Fiona Macleod," 1855–1905* (Cambridge, MA: Harvard University Press, 1970).

Macleod, Fiona, *The Works of Fiona Macleod* Ed. Elizabeth A. Sharp 7 vols (London: Heinemann, 1910–12).
Meyers, Terry L, *The Sexual Tensions of William Sharp* (New York: Peter Lang, 1996).
Sharp, Elizabeth Amelia, *William Sharp (Fiona Macleod): A Memoir* 2 vols (New York: Duffield and Company, 1912).
Sharp, William, *Selected Writings of William Sharp* 5 vols (London: Heinemann, 1912).

第二一章

Aitchison, James, *The Golden Harvester: The Vision of Edwin Muir* (Aberdeen: Aberdeen University Press, 1988).
Butter, P. H., *Edwin Muir* (Edinburgh: Oliver and Boyd, 1962).
Hall, J. C, *Edwin Muir* (London: Longman, 1956).
Hall, Simon W., *The History of Orkney Literature* (Edinburgh: John Donald, 2010).
Huberman, Elizabeth, *The Poetry of Edwin Muir: the Field of Good and Ill* (New York: Oxford University Press, 1971).
MacLachlan, C. J. M., and D. S. Robb (eds), *Edwin Muir Centenary Assessments* (Aberdeen: Association for Scottish Literary Studies, 1990).
Marshall, George, *In a Distant Isle: the Orkney Background of Edwin Muir* (Edinburgh: Scottish Academic, 1987).
Mellown, E. W., *Edwin Muir* (Boston: Twayne, 1979).
Muir, Willa, *Belonging: A Memoir* (Glasgow: Kennedy & Boyd, 2008; first published by London: The Hogarth Press, 1968).
Tschumi, Raymond, *Thought in Twentieth-Century English Poetry* (London: Routledge & Kegan Paul, 1951).

第二二章

Bold, Alan, *MacDiarmid, Christopher Murray Grieve: A Critical Biography* (John Murray, 1988).
———, *The Terrible Crystal* (Routledge & Kegan Paul, 1983).

Gish, Nancy K. (ed.), *Hugh MacDiarmid: Man and Poet* (Edinburgh University Press,
Glen, Duncan, *Hugh MacDiarmid and His Scottish Renaissance* (Chambers, 1964).
MacDiarmid, Hugh, *The Complete Poems of Hugh MacDiarmid* 2 vols (Martin Brian & O'keeffe, 1978).
———, *The Letters of Hugh MacDiarmid*, edited by Alan Bold (Hamish Hamilton, 1984).
———, *The Uncanny Scot by Hugh MacDiarmid*, edited by Kenneth Buthlay (MacGibbon & Kee, 1968).
Riach, Alan, *Hugh MacDiarmid's Epic Poetry* (Edinburgh Universit Press, 1991).
Scott, P. H. & A. C. Davis (eds), *The Age of MacDiarmid* (Mainstream, 1980).

第二三章

Malcolm, William K, *A Blasphemer & Reformer: A Study of James Leslie Mitchell/Lewis Grassic Gibbon* (Aberdeen: Aberdeen University Press, 1984).
Whitefield, Peter, *Grassic Gibbon and His World* (Aberdeen: Aberdeen Journals Ltd, 1994).
Young, Douglas F, *Beyond the Sunset: A Study of James Leslie Mitchell (Lewis Grassic Gibbon)* (Aberdeen: Impulse Publications, 1973).
———, *Lewis Grassic Gibbon's "Sunset Song"* (Association for Scottish Literary Studies, 1986).
ルイス・グラシック・ギボン『夕暮れの歌』二〇世紀民衆の世界文学、久津木俊樹訳、三友社出版、一九八六。

第二四章

Gardiner, Michael, & Maley, Willy (eds), *The Edinburgh Companion to Muriel Spark* (Edinburgh: Edinburgh University Press, 2010).

Hynes, Joseph (ed.), *Critical Essays on Muriel Spark* (New York: G. K. Hall & Co., 1992).

Miller, Karl, *Memories of a Modern Scotland* (1970, repr. London: Faber Finds, 2008).

Page, Norman, *Muriel Spark* (London: Macmillan, 1990).

Stannard, Martin, *Muriel Spark, The Biography* (London: Weidenfeld & Nicolson, 2009).

Hart, Francis Russell, *The Scottish Novel—From Smollett to Spark* (Massachusetts: Harvard University Press, 1978).

永田美喜子『ミュリエル・スパークの世界　現実・虚構・夢』、彩流社、一九九九。

西山清『聖書神話の解読』、中公新書、一九九八。

第二五章

Anderson, Joseph (ed.), Hjaltalin, Jon A. and Goudie, Gilbert, trans., *The Orkneyinga Saga* (Edinburgh: Mercat Press, 1999, first ed. 1873).

Bold, Alan, *George Mackay Brown* (Edinburgh: Oliver & Boyd, 1978).

Brown, George Mackay, *For the Island I Sing: An Autobiography* (London: John Murray, 1997).

Fergusson, Maggie, *George Mackay Brown: The Life* (London: John Murray, 2006).

D'Arcy, Julian, *George Mackay Brown, Scottish Skalds and Sagamen: Old Norse Influence on Modern Scottish Literature* (East Lothian: Tuckwell Press, 1996).

Hall, Simon W., *The History of Orkney Literature* (Edinburgh: John Donald, 2010).

Murray, Rowena & Murray, Brian, *Interrogation of Silence: The Writings of George Mackay Brown* (London: John Murray, 2004).

Schoene, Berthold, *The Making of Orcadia: Narrative Identity in the Prose Work of George Mackay Brown* (Frankfurt am Main: Peter Lang, 1995).

Schmid, Sabine, '*Keeping the Sources Pure*': *The Making of George Mackay Brown, European Connections, 7 vols* (Bern: Peter Lang, 2003).

ジョージ・マッカイ・ブラウン『島に生まれ、島に歌う』、川畑彰・山田修訳、あるば書房、二〇〇三。

第二六章

Crawford, Robert and Thom Nairn (eds), *The Art of Alasdair Gray* (Edinburgh: Edinburgh University Press, 1991).

Glass, Rodge, *Alasdair Gray: A Secretary's Biography* (London: Bloomsbury, 2008).

Gray, Alasdair, *A Life in Pictures* (Edinburgh: Canongate, 2010).

Moores, Phil (ed.), *Alasdair Gray: Critical Appreciations and a Bibliography* (London: The British Library, 2002).

Witschi, Beat, *Glasgow Urban Writing and Postmodernism: A Study of Alasdair Gray's Fiction* (Frankfurt am Main: Peter Lang, 1991).

第二七章

Dunn, Douglas (ed.), *Two Decades of Irish Writing: A Critical Survey* (Carcanet, 1975).

——— (ed.), *Scotland: An Anthology* (HarperCollins, 1991).

——— (ed.), *20th-Century Scottish Poems* (Faber and Faber, 2000).

———, *New Selected Poems1964–2000* (Faber and Faber, 2003).

Haffenden, John, *Viewpoints: Poets in Conversation with John Haffenden* (Faber and Faber, 1981).

Heaney, Seamus, *Preoccupations: Selected Prose 1968–1978* (Faber and Faber, 1980).

King, P. R., *Nine Contemporary Poets: A Critical Introduction* (Methuen, 1979).

McCully, C. B. (ed.), *The Poet's Voice and Craft* (Carcanet, 1994).

Montgomerie, Alexander, *The Cherrie and the Slae,* ed. H. Harvey Wood (Faber and Faber, 1937).

シェイマス・ヒーニー『プリオキュペイションズ——散文選集 1968~1978』、室井光広・佐藤亨訳、国文社、二〇〇〇。

第二八章

Craig, Cairns, *Iain Banks's Complicity, a Reader's Guide* (New York: Continuum, 2002).

MacGillvray, Alan, *Scotnotes Number 17: Alan, Iain Banks's The Wasp Factory, The Crow Road and Whit* (Glasgow: ASLS, 2001).

Novels by Iain Banks (Study Guide): The Wasp Factory, the Crow Road, Espedair Street, Whit, Dead Air, the Bridge, the Business, Transition (Tennessee: Books LLC, 2010).

People Associated With the University of Stirling, Almni of the University of Stirling, Iain Banks (Tennessee: Books LLC, 2010).

Scottish Atheists: Iain Banks, Donald Dewar, Irvine Welsh, Shirley Manson, Robin Cook, Robert Bontine, Cunninghame Graham, Duncan Bannatyne (Tennessee: Books LLC, 2010).

年表

＊この年表は、スコットランドにおけるスコッツ語と英語による文学に限定し、本書で扱っている文学者たちにかかわる事項を中心にまとめたものである。各文学者の「誕生」の後に続く（　）内の数字は没年である。刊行物の終刊年も（　）の中に数字で示してある。

——編者——

西暦（年）	関連文学者およびスコットランドにかかわる事項
六三八	アングル人がエディンバラを攻略。彼らの言語が後に古スコッツ語となる言語のもととなる
一二九六	スコットランドのイングランドとの「独立戦争」始まる（　—一三二八）
一三〇五	イングランド軍へ抵抗したスコットランド軍指導者、ウィリアム・ウォレスがロンドンで処刑される
一三一四	バノックバーンの戦いでロバート・ブルース王がイングランド軍に勝利
一三六七	エディンバラ城が建造される
一三七五頃	バーバーの叙事詩『ブルース』執筆される
一三九四	スコットランド王ジェイムズ一世、ダンファームリンに誕生（　—一四三七）
一四一二	スコットランド初の大学、セント・アンドルーズ大学が創立される
一四二〇頃	詩人ロバート・ヘンリソン誕生（　—一四九〇頃）
一四二四頃	ジェイムズ一世『王の書』執筆される
一四五一	グラスゴー大学創立

一四六〇頃　詩人ウィリアム・ダンバー誕生（―一五二〇頃）。／ヘンリソン『イソップ道徳寓話』
一四七四頃　詩人ガウィン・ダグラス、イースト・ロジアンのタンテイロンに誕生（―一五二二）
一四七七頃　ブラインド・ハリー『ウォレス』
一五〇五　アバディーンにキングズ・カレッジが創立される
一五一三　フロッデンの戦いで、スコットランド軍がイングランド軍に敗北。／ガウィン・ダグラスがウェルギリウスの『アイネイス』を中期スコッツ語に翻訳
一五一五頃　宗教改革者、ジョン・ノックス誕生（―七二）
一五八三　エディンバラ大学創立
一五八五　詩人ウィリアム・ドラモンド、ミドロジアンのホーソンデンに誕生
一五九三　アバディーンにマーシャル・カレッジ創立。一八六〇にキングズ・カレッジとマーシャル・カレッジが統合
一六〇三　同君連合が成立。スコットランド国王ジェイムズ一世、イングランド国王も兼ね、ジェイムズ一世と称する
一六一四　ドラモント『詩集』
一六八六頃　詩人アラン・ラムジー、ラナークシャーのレッドヒルズに誕生（―一七五八）
一七〇七　合同条約によりスコットランド議会とイングランド議会が統合される
一七一二　アラン・ラムジー、「イージー・クラブ」を設立
一七一五　第一次ジャコバイト蜂起
一七二一　小説家トバイアス・スモレット、ダンバートンシャーのダルカーンに誕生（―七一）。／アラン・ラムジー『詩集』
一七二四　ラムジー『エヴァー・グリーン』（二巻）。／ラムジー『茶卓雑録』四巻（―三七）

一七二五　ラムジー『気高い羊飼い』
一七三六　詩人ジェイムズ・マクファーソン、インヴァネスシャーのラスヴェンに誕生（－九六）。／エディンバラで「ポーティアス暴動事件」起こる
一七四〇　伝記・旅行記作家ジェイムズ・ボズウェル、エディンバラに誕生（－九五）
一七四〇頃　スコットランド啓蒙始まる（－一八〇〇頃）
一七四五　第二次ジャコバイト蜂起。チャールズ・エドワード・ステュアート、カロデンの戦いで敗北。／小説家・随筆家ヘンリー・マッケンジー、エディンバラに誕生（－一八三一）
一七四八　スモレット『ロデリック・ランダム』
一七五〇　詩人ロバート・ファーガソン、エディンバラに誕生
一七五一　スモレット『ペリグリン・ピックル』
一七五六　ジョン・ヒューム『ダグラス』
一七五九　詩人ロバート・バーンズ、エアシャーのアロウェイに誕生（－一七九六）
一七六〇　マクファーソン『古詩断片』
一七六二　マクファーソン『フィンガル』
一七六三　マクファーソン『テモラ』
一七六五　トマス・パーシー『英国古詩拾遺集』
一七六八　『ブリタニカ大百科事典』がエディンバラで刊行（－七一）。／ボズウェル『コルシカ島事情』
一七七〇　詩人・小説家ジェイムズ・ホッグ、ボーダー地方のエトリック農場に誕生
一七七一　詩人・小説家ウォルター・スコット、エディンバラに誕生（－一八三二）。／スモレット『ハンフリー・クリンカー』。／ヘンリー・マッケンジー『感情の人』
一七七三　ファーガソン『詩集』。／ヘンリー・マッケンジー『世俗の人』。／サミュエル・ジョンソンとジェイ

一七七五　ムズ・ボズウェルがスコットランドのヘブリディーズ諸島へ旅行する
一七七九　サミュエル・ジョンソン『スコットランド西方諸島の旅』
一七八二　小説家ジョン・ゴールト、エアシャーのアーヴィンに誕生（—一八三九）
一七八五　小説家スーザン・フェリア、エディンバラに誕生（—一八五四）
一七八六　ボズウェル『ヘブリディーズ諸島旅日記』
一七八八　バーンズ『詩集——主としてスコットランド方言による』（キルマーノック版）。翌年、エディンバラ版発行
一七九一　詩人ジョージ・ゴードン・バイロン、ロンドンに誕生（—一八二四）
一七九五　ボズウェル『サミュエル・ジョンソン伝』
　　　　　歴史家・哲学者・文芸評論家、トマス・カーライル、ダンフリースシャーのエクルフェカンに誕生（—一八八一）
一八〇二　文学雑誌『エディンバラ・レヴュー』（一七五五に創刊のものと同名）がアーチボールド・コンスタブルによって発行される。／ウォルター・スコットの『スコットランド・ボーダー地方バラッド集』（—〇三）
一八〇五　スコット『最後の吟遊詩人の歌』
一八〇八　スコット『マーミオン』。／ジョン・ジェイミソン『スコッツ語語源辞典』（全二巻）（補遺二巻は一八二五）
一八一〇　スコット『湖上の美人』
一八一二　バイロン『チャイルド・ハロルドの巡礼』第一、二巻（第三巻は一八一六、第四巻は一八一八）
一八一三　ホッグ『女王の祝祭』
一八一四　スコット『ウェイヴァリー』

一八一五　スコット『ガイ・マナリング』
一八一六　スコット『好古家』
一八一七　『ブラックウッズ・マガジン』（通称「マガ」）がウィリアム・ブラックウッドによって創刊される。
／スコット『ロブ・ロイ』。／バイロン『ベポゥ』および『マンフレッド』
一八一八　スーザン・フェリア『結婚』。／スコット『ミドロジアンの心臓』
一八一九　スコット『ラマムアの花嫁』および『アイヴァンホー』。／バイロン『ドン・ジュアン』（－二四）
一八二〇　ゴールト『エアシャーの遺産受取人』
一八二一　ゴールト『教区の年代記』
一八二二　ゴールト『市長』。／スコット『ケニルワース』
一八二三　ゴールト『限嗣相続』および『リンガン・ギリーズ』
一八二四　小説家・詩人ジョージ・マクドナルド、アバディーンシャーのハントリーに誕生（－一九〇五）。／
ホッグ『許された罪人の手記と告白』。／スコット『ゴーントレット』
一八三六　カーライル『サーター・リサータス』
一八三七　カーライル『フランス革命』。／J・G・ロックハート『ウォルター・スコット伝』（－三八）
一八四一　カーライル『英雄崇拝論』
一八四三　カーライル『過去と現在』
一八五〇　小説家R・L・スティーヴンソン、エディンバラに誕生（－九四）
一八五五　詩人・小説家ウィリアム・シャープ（別名「フィオナ・マクラウド」）、ペイズリーに誕生（－
一九〇五）
一八五七　詩人・小説家ジョン・デイヴィッドソン、レンフルーシャーのバーヘッドに誕生（－一九〇九）。／
フランシス・ジェイムズ・チャイルドの『イングランドとスコットランドの伝承バラッド集』（－

一八五八　五八）
一八五九　ジョージ・マクドナルド『ファンタスティス』
一八六〇　小説家アーサー・コナン・ドイル、エディンバラに誕生（―一九三〇）
一八七一　劇作家・小説家ジェイムズ・マシュー・バリ、アンガスのキリミュアに誕生（―一九三七）
一八七五　マクドナルド『北風の向こうの国』
一八七七　マクドナルド『賢い女』
一八八一　グラスゴーにミッチェル図書館創立
一八八二　カーライル『回想録』
一八八三　スティーヴンソン『新アラビア夜話』
一八八六　スティーヴンソン『宝島』
一八八七　スティーヴンソン『ジキル博士とハイド氏』および『誘拐されて』
詩人・批評家エドウィン・ミュア、オークニー諸島メインランドのディアネスに誕生（―一九五九）。／ドイル『緋色の習作』にシャーロック・ホームズが登場、最初の「ホームズ物語」となる
一八八八　バリ『旧光派の人々』
一八八九　スティーヴンソン『バラントレーの若殿』。／バリ『スラムズの窓』
一八九一　デイヴィッドソン『ミュージック・ホールで』。／バリ『小牧師』
一八九二　詩人ヒュー・マクダーミッド（本名、クリストファー・マリー・グリーヴ）、ランガムに誕生（―一九七八）
一八九三　スティーヴンソン『南海千夜一夜』。／デイヴィッドソン『フリート街牧歌』
一八九四　コナン・ドイル『スターク・マンローからの手紙』が『アイドラー』誌に連載（―一八九五）

一八九五　パトリック・ゲデスら美術文芸誌『エヴァーグリーン』創刊（—九六）。／マクドナルド『リリス』。／フィオナ・マクラウド『山の恋人たち』

一八九六　スティーヴンソン『ハーミストンのウィア』（作者の死後刊行、未完）

一九〇一　小説家ルイス・グラシック・ギボン（本名、ジェイムズ・レズリー・ミッチェル）、アバディーンシャーのオーホターレスに誕生（—三五）。／ジョージ・ダグラス・ブラウン『緑の鎧戸の家』

一九〇二　バリ『あっぱれクライトン』ロンドンで上演。バリ『小さな白い鳥』

一九〇四　バリ『ピーター・パン』ロンドンで上演

一九一一　バリ『ピーターとウェンディ』（『ピーター・パン』の散文版）

一九一八　小説家ミュリエル・スパーク、エディンバラに誕生（—二〇〇六）

一九二一　詩人・小説家ジョージ・マッカイ・ブラウン、オークニー諸島メインランドのストラムネスに誕生（—九六）

一九二五　ミュア『初期詩集』。／マクダーミッド『歌の祭』。／スコットランド国立図書館創設

一九二六　マクダーミッド『小さいビール』および『酔いどれ男アザミを見る』

一九三〇　マクダーミッド『とぐろ巻く大蛇に寄せて』

一九三一　マクダーミッド『レーニン賛歌第一』。

一九三二　ルイス・グラシック・ギボン『夕暮れの歌』

一九三四　小説家アラスター・グレイ、グラスゴーに誕生

一九三五　ミュア『スコットランド紀行』。／マクダーミッド『レーニン賛歌第二』

一九三六　ミュア『スコットとスコットランド人』

一九三七　ミュア『旅と場所』

一九四二　詩人ダグラス・ダン、レンフルーシャーのインチナンに誕生

一九四九　ミュア『迷宮』
一九五四　小説家イアン・バンクス、ファイフのダンファームリンに誕生。／ブラウン『嵐』。／ミュア『自伝』
一九五五　マクダーミッド『ジェイムズ・ジョイス賛歌』
一九五七　マクダーミッド『レーニン賛歌第三』
一九五九　スパーク『メメント・モリ』
一九六〇　ミュア『全詩集一九二一―一九五八』
一九六一　スパーク『ミス・ジーン・ブロディの青春』
一九六二　マクダーミッド『全詩集』
一九六五　スパーク『マンデルバウム・ゲート』
一九六七　ブラウン『愛のカレンダー』
一九六九　ダン『テリー通り』。／ブラウン『守る時』
一九七二　ブラウン『グリーンヴォー』
一九七三　ブラウン『マグヌス』
一九八一　グレイ『ラナーク』。／ダン『聖キルダの議会』
一九八四　バンクス『蜂工場』。／グレイ『一九八二年ジャニーン』
一九八五　ダン『哀歌集』
一九八六　バンクス『橋』
一九八八　バンクス『ゲーム・プレーヤー』
一九九三　アーヴィン・ウェルシュ『トレイン・スポッティング』
一九九四　ブラウン『時を紡ぐ少年　ソーフィンの夢物語』
一九九七　ブラウン『島に生まれ、島に歌う』

二〇〇〇　ダン『ロバの耳』
二〇〇六　スコットランド・ナショナル・シアター創設

（木村正俊・編）

あとがき

スコットランドでは中世以来現代まで多くの偉大な文学者が輩出した。たとえば、トバイアス・スモレット、ジェイムズ・ボズウェル、ロバート・バーンズ、ウォルター・スコット、R・L・スティーヴンソン、コナン・ドイル、ジェイムズ・バリ、エドウィン・ミュア、ヒュー・マクダーミッド、そしてミュリエル・スパークなど、世界的に名を知られた人たちのごく一部を挙げただけでもまことに多彩である。彼らはスコットランドの独特な歴史や文化の生みだす豊饒な想像力をもとに、きわめて価値の高い魅力ある作品を紡ぎだした。ところが、わが国ではこうしたスコットランドのすぐれた文学遺産がまだまとまった形で系統的に紹介されているとはいえない状況にある。

本書は、そのような現状を打開するため、スコットランド文学の遠大な流れのなかで主要な位置にある文学者たちを取り上げ、彼らの生涯や作品、芸術的な価値などを具体的にわかりやすく紹介することによって、広範で奥深いスコットランド文学への好個の案内書ともなるように企画された。本書全体としては、スコットランド文学の流れを概観する序章と、中世以来の重要な文学者やテーマを細かく紹介する二八章、合わせて二九章で構成されている。とはいっても、これら文学者とテーマの選択および各章の設定と叙述の方法はけっして完全にして十分なものではありえず、本来の文学史の体系からみて、章立てをして扱うに値する文学者が除外されていたり、また逆に必要以上にスペースをとって記述されたりしている場合があるかもしれない。ことにゲール語を表現媒体とした文学領域に章を割り当て、相応の言及をなし得なかったのは、ゲール語文学の重要性を考えるとまことに残念なことである。別の機会にゲール語文学に焦点を合わせた著述の刊行を期したい。

スコットランド文学は、スコットランドという国の特異な地理的、歴史的、文化的状況を反映している表現記録である。そこにはスコットランドを直接に知る文学者たちのたしかな目がとらえた、スコットランド固有の風景や習俗、出来事、人間像、気質などが具体的に書き込まれていることが多い。そうした「スコットランドらしさ」あるいは「スコットランド性」（'Scottishness'）ともいうべき特質は、スコットランド文学の内実を考察する際にもっと着目され、探求されるべきものであろう。たとえば、イギリス・ロマン主義運動のコンテキストのなかで大詩人に位置づけられるバイロンにしても、スコットランドとの地縁や生活体験に光を当ててとらえ直し、彼の想像力の原点を探る必要があるのではなかろうか。そのことは、バイロンより以上にスコットランドと長らくかかわったスモレット、ボズウェル、コナン・ドイル、バリ、スパークなどにも当てはまることである。スコットランドから外部のイングランドへ出て、イングランド語（英語）を用いて活躍したことから「イギリス文学」の枠のなかに位置づけられた文学者たちを、いま一度スコットランドの文学アリーナへ解き放ち、新たな目線から再評価することが求められていると思われる。同時にまた、スコットランドの地域言語である「スコッツ語」を用いて文学的地位を築いた文学者のなかで、その地域性のゆえに本来的に有する価値を十分に認められていないかと思われるジョン・ゴールトやルイス・グラシック・ギボンなどは、これまでと異なる視点から再評価されてよいであろう。そしてなによりもまず、スコッツ語そのもののもつ言語的力強さや発話の特徴と、文学作品の価値との関連が理解されなければならない。本書では中世の詩人たちを源流とするスコッツ語文学の系譜に特に目配りし、従来の文学批評の尺度を公平化することで、スコッツ語文学者の史的位置を多少なりともシフトさせることを意を用いている。

スコットランド文学の本質は、「スコットランド性」の生み出す、喚起力が強い豊饒な想像力にあるとここではいっておく。スコットランドは一〇六三年のイングランドとの同君連合までは、ほぼ独立した王国であり、一六三三年から一七〇七年の議会合同までは、ほとんどの時期を通じて、エディンバラに独自の議会をもっていた。その歴史の歩みはスコットランド人の誇りとなり、いまなお彼らの民族精神の支えになっているといってよい。イングランドとの激しい対立・抗争などのあと、現在は連合王国の一部を形成する「国」となっているが、かつての独立王国の気概や自負からくる、孤絶の姿勢と自由を求める意思は、ほとんど揺るがないようにみえる。スコットランド人の誇りは、教会、教育、司法などの領域で独特の制度を生み出したことにもよく表れている。彼らは自力で考えることを好み、他にあるものをまねることを嫌う。ともかく独創的である。世界的な大発見や発明がスコットランドの「天才たち」によって数多くなされたのも偶然ではない。スコットランドでは民族、言語、宗教などさまざまな面で異質な要素が共存し、たがいに刺激しあい、緊張感を高めている。その緊張感の高まりがあればこそ、文学的想像力があふれだし、勢いよく飛翔するのであろう。スコットランドは、力強い喚起力のある想像力で、すぐれた文学を陸続と生み出してきた。辺境の小国ではあっても、文学的にはたしかに一つの中心をなす「王国」なのである。

本書はスコットランド文学の研究に長く携わってきた専門家の諸氏が、企画の趣旨に沿って、各自の専攻領域とかかわる章を担当し、執筆した成果である。各文学者の生い立ちや生涯、主要な作品、文学的な評価などについて、できるだけ具体的に分かりよく記述することを心がけたつもりである。主要な文学者を章ごとに年代順に配列してあるが、全体の流れがより連結性をもって理解できるように、個別の文学者を中心にした記述にとどまらず、同時代のほかの文学者、あるいは前後の時代の文学者にも目くばりするなど、広い視野からの記述に努めた。作品の内容紹介や引用文による例示などに重点を置き、写真・図版も適宜挿入した。また巻末には、参考文献、年表、地図、索引を載せ、検索と理解の便宜をはかった。

最後に、本書の発行を引き受けてくださった開文社出版株式会社にたいし、深く感謝の意を表したい。厳しい出版事情の折、このような大部な専門的刊行物であるにもかかわらず、同社安居洋一社長はスコットランド文学に深い理解を示され、本書の出版に同意してくださった。まことにありがたいことである。安居社長および同社編集部からは企画段階から終始多大のお世話とご尽力をいただいたことに厚く御礼申し上げたい。また、本書の編集作業の進行にあたり、関係者各位からさまざまなご教示とご協力をいただいたことにも感謝しなければならない。写真や図版の提供者は本書巻末に記載したが、ご厚意にたいし謝意を表したい。

本書が多くの人々によって長きにわたって愛読され、スコットランド文学への関心や理解が深まることを切に願っている。

二〇一一年三月

編者　木村正俊

【リ】

【ル】

【レ】

【ロ】

【ワ】

【ミ】

【ム】

【へ】

【ホ】

【マ】

【フ】

【ヒ】

【ニ】

【ネ】

【ノ】

【ハ】

【セ】

【ソ】

【ス】

【シ】

【コ】

【サ】

【ク】

【ケ】

【カ】

【キ】

【オ】

【ウ】

【エ】

索　引

＊項目の配列は五十音である。
＊アラビア数字は頁を示してある。
＊人名は姓、名の順である。

写真・図版提供者（敬称略）

115頁　服部典之　（撮影・提供）
361頁　田中喜芳　（撮影・提供）
505頁　「花と英国」（撮影・提供）
515頁　1960年5月25日『イーヴニング・スタンダード』紙撮影。
Evening Standard/Getty Images 提供
523頁　山田修　（撮影・提供）
529頁　山田修　（撮影・提供）
586頁　横田由起子（作成・提供）

宮原　牧子（みやはら まきこ）　筑紫女学園大学非常勤講師
福岡女子大学文学研究科英文学専攻博士後期課程単位修得満期退学
著書：『英国バラッド詩 60 撰』（共著、九州大学出版会、2002）など。
訳書：『全訳チャイルド・バラッド』全 3 巻（共訳、音羽書房鶴見書店、2005–06）。

向井　清（むかい きよし）　鳴門教育大学名誉教授
広島大学大学院文学研究科英語学英文学専攻修士課程修了、エディンバラ大学大学院英語専攻 (Diploma Course) 修了
著書：『トマス・カーライル研究——文学・宗教・歴史の融合——』（大阪教育図書、2002）、『カーライルの人生と思想』（大阪教育図書、2005）など。

横田　由起子（よこた ゆきこ）　明治大学非常勤講師
早稲田大学大学院文学研究科英文学専攻修士課程修了
著書：『英文学にみる動物の象徴』（共著、彩流社、2009）、『文学都市エディンバラ　ゆかりの文学者たち』（共著、あるば書房、2009）など。

米本　弘一（よねもと こういち）　神戸大学国際文化学部教授
大阪大学大学院文学研究科英文学専攻博士課程単位取得退学　博士（文学）
著書：『フィクションとしての歴史——ウォルター・スコットの語りの技法』（英宝社、2007）など。
訳書：ウェイン・ブース『フィクションの修辞学』（共訳、水声社、1991）など。

米山　優子（よねやま ゆうこ）　神奈川県立外語短期大学講師
一橋大学大学院言語社会研究科博士課程単位取得退学　博士 (学術)
著書：『文学都市エディンバラ　ゆかりの文学者たち』（共著、あるば書房、2009）など。
論文：“John Jamieson and Hugh MacDiarmid: Their Views of Scots Language and Scottish Lexicography”, J. Derrick McClure, Karoline Szatek-Tudor, and Rosa E. Penna, eds., *What Countrey's This? And Whither Are We Gone?* (Newcastle upon Tyne: Cambridge Scholars Publishing, 2010).

照山　顕人（てるやま あきと）　関東学園大学准教授
早稲田大学英語英文学専攻科修了
著書：『ロバート・バーンズ　スコットランドの国民詩人』（共編著、晶文社、2008）など。
訳書：『増補改訂版　ロバート・バーンズ詩集』（共訳、国文社、2009）。

服部　典之（はっとり のりゆき）　大阪大学大学院文学研究科教授
大阪大学大学院博士後期課程中途退学　　博士（文学）
著書：『詐術としてのフィクション——デフォーとスモレット——』（英宝社、2008）。
訳書：フォルスター『世界周航記　上　下』（岩波書店、2007 年・2008）。

東中　稜代（ひがしなか いつよ）　龍谷大学名誉教授
アルバータ大学博士課程単位取得退学　博士（文学）龍谷大学
著書：『多彩なる詩人バイロン』（近代文藝社、2010）など。
訳書：『チャイルド・ハロルドの巡礼』（京都修学社、1994）など。

中島　久代（なかしま ひさよ）　九州共立大学経済学部教授
九州大学大学院文学研究科英語学・英文学専攻博士課程中退
著書：『文学都市エディンバラ　ゆかりの文学者たち』（共著、あるば書房、2009）など。
訳書：『全訳　チャイルド・バラッド』全 3 巻（共訳、音羽書房鶴見書店、2005–06）など。

風呂本　武敏（ふろもと たけとし）　元神戸大学教授、元愛知学院大学教授
京都大学文学部文学研究科修士課程修了
著書：『見えないものを見る力』（春風社、2007）、『アイルランド・ケルト文化を学ぶ人のために』（編著、世界思想社、2009）など。

三原　穂（みはら みのる）　防衛大学校専任講師
大阪大学大学院言語文化研究科博士後期課程修了　博士（言語文化学）
著書：『スコットランドの歴史と文化』(共著、明石書店、2008)。
論文：「原著者の追跡——トマス・パーシーの編集方針」(『イギリス・ロマン派研究』、第 28 号、イギリス・ロマン派学会、2004) など。

著書：『ジェンダーと歴史の境界を読む「チャタレー夫人の恋人」考』（共著、国文社、1999 年）など。

論文：「国家編成期の言語変容」（『行政社会論集』、第 13 巻第 4 号、福島大学行政社会学部、2001 年）など。

佐藤　亨（さとう とおる）　青山学院大学教授

青山学院大学大学院文学研究科博士後期課程満期退学

著書：『北アイルランドとミューラル』（水声社、2011）、『異邦のふるさと「アイルランド」——国境を越えて』（新評論、2005）など。

柴田　恵美（しばた えみ）　明治大学非常勤講師

早稲田大学大学院教育学研究科教科教育学専攻博士後期課程単位取得退学

論文：「Joanna Childe の死を嘲笑する眼差し—— *The Girls of Slender Means* 考」（『早稲田大学大学院教育学研究科紀要別冊』第 10 号 –1、2002)、「蛇のイメージを持つ女—— *The Driver's Seat* における悪のヴィジョン——」（『早稲田大学英語英文学叢誌』第 33 号、2004）など。

立野　晴子（たての はるこ）　拓殖大学非常勤講師

明治大学大学院文学研究科英文学専攻修士課程修了

著書：『スコットランドの歴史と文化』（共著、明石書店、2008)、『文学都市エディンバラゆかりの文学者たち』（共著、あるば書房、2009）など。

田中　喜芳（たなか きよし）　関東学院大学文学部非常勤講師

Newport University, Department of Human Behavior, D.Phil 修了　PhD in Human Behavior（人間行動学博士）

著書：『文学都市エディンバラ　ゆかりの文学者たち』（共著、あるば書房、2009）など。

訳書：『スターク・マンローからの手紙』（河出書房新社、2006）など。

照屋　由佳（てるや ゆか）　学習院大学非常勤講師

学習院大学大学院人文科学研究科博士後期課程単位取得退学

著書：『スコットランドの歴史と文化』（共著、明石書店、2008）など。

訳書：リン・L・メリル『博物学のロマンス』（共訳、国文社、2004）。

入江　和子（いりえ かずこ）　神戸海星女子学院大学非常勤講師
芦屋大学大学院教育学研究科英語英文学教育専攻修士課程修了
著書：『スコットランド文化事典』（共著、原書房、2006）。
訳書：ジョージ・マッカイ・ブラウン『ヒバリを追って　詩集』（共訳、あるば書房、2010）など。

浦口　理麻（うらぐち りま）
上智大学博士課程単位取得退学
論文：“The Moral Awakening of a Small Parish in Western Scotland in *Annals of the Parish:* Transatlantic Influence on Scottish Mentality in the Age of Enlightenment.”（『十八世紀イギリス文学研究第４号――交渉する文化と言語』、開拓社、2010）、「フィクションとしての『スコットランド西方諸島の旅』――大英帝国と尚武の精神」（『サミュエル・ジョンソン――その多様なる世界』、金星堂、2010）。

江藤　秀一（えとう ひでいち）　筑波大学大学院人文社会科学研究科教授
明治学院大学大学院文学研究科英文学専攻修士課程修了　博士（文学）
著書：『十八世紀のスコットランド　ドクター・ジョンソンの旅行記を巡って』（開拓社、2008）など。
訳書：ジェイムズ・ボズウェル『ヘブリディーズ諸島旅日記』（共訳、中央大学出版部、2010）など。

金津　和美（かなつ かずみ）　同志社大学文学部准教授
ヨーク大学博士課程修了。 D.Phil (English and Related Literature)
著書：『スコットランドの歴史と文化』(共著、明石書店、2008)、『文学都市エディンバラ　ゆかりの文学者たち』（共著、あるば書房、2009）など。

境田　進（さかいだ すすむ）　元日本大学教授
北海道大学文学部文学科（英文学専攻）
著書：『アーサー王円卓の騎士　ガウェンの冒険』（秀文インターナショナル、1999）など。
訳書：『ガウェン詩人全訳詩集』（小川図書、1992）など。

坂本　恵（さかもと めぐみ）　福島大学行政政策学類教授
中央大学大学院博士課程単位取得退学

執筆者紹介（五十音順）

◇編者・執筆者

木村　正俊（きむら まさとし）　神奈川県立外語短期大学名誉教授

早稲田大学大学院文学研究科博士課程単位取得退学

著書：『ロバート・バーンズ　スコットランドの国民詩人』（共編著、晶文社、2008）など。

訳書：T．C．スマウト『スコットランド国民の歴史』（監訳、原書房、2010）など。

◇執筆者

相浦　玲子（あいうら れいこ）　滋賀医科大学教授

英国アバディーン大学大学院 M. Litt. コース修了

著書：*Terranglian Territories*（co-authored; Frankfurt am Main: Peter Lang, 2000）.

論文："Recurring Symbols in the Fantasies and Children's Stories of George MacDonald"（Aberdeen University, M. Litt thesis, 1986）など。

阿部　陽子（あべ ようこ）　拓殖大学非常勤講師

成蹊大学大学院文学研究科英米文学専攻博士後期課程単位修得退学

著書：『文学都市エディンバラ　ゆかりの文学者たち』（共著、あるば書房刊、2009）

論文：「チャールズ２世のパロディーとしてのフック」（『CALEDONIA』、第 38 号、日本カレドニア学会、2010）など。

有元　志保（ありもと しほ）　立命館大学非常勤講師

京都大学大学院人間・環境学研究科共生文明学専攻博士後期課程研究指導認定退学

論文：「『男とその妻』にみる「新しい女」と「新しい男」の試み」（『ロマンティシズム：英米文学の視点から』、英潮社、2007）、「ウィリアム・シャープによる『フィオナ・マクラウド』のペルソナ構築」（『スコットランドの歴史と文化』、明石書店、2008）など。

市川　仁（いちかわ ひとし）　中央学院大学准教授

駒澤大学大学院博士課程満期退学

著書：『スコットランド文化事典』（共著、原書房、2006）など。

訳書：『D. H. ロレンス全詩集【完全版】』（共訳、彩流社、2011）など。

スコットランド文学　その流れと本質　（検印廃止）

2011年3月30日　初版発行

編　　者	木　村　正　俊
発 行 者	安　居　洋　一
組　　版	アトリエ大角
印刷・製本	モリモト印刷

162-0065　東京都新宿区住吉町 8-9
発行所　開文社出版株式会社
TEL 03-3358-6288 FAX 03-3358-6287
www.kaibunsha.co.jp

ISBN978-4-87571-058-5　C3098